Andrea Isari
Römische Affären
Eine Arie für die Diva

SERIE PIPER

Zu diesem Buch

Als die römische Kommissarin Leda Giallo nach dem obligatorischen Morgencappuccino bei Mario ins Präsidium kommt, findet sie einen Zettel mit einer unbekannten Telefonnummer. Doch als sie Bankinspektor Gianpiero Puccio zurückrufen will, ist dieser nicht zu Hause. Wenig später findet man den Vermißten tot am Tiberufer. Die Spuren laufen auf mehr als eine seltsame Verbindung zwischen der Banca di Credito und dem Vatikan zu … In »Eine Arie für die Diva« wird der deutsche Bauleiter Karl Breuer ermordet auf der Baustelle einer gigantischen neuen Musikhalle gefunden. Verdächtige gibt es jede Menge, denn Breuer hatte viele Feinde. Leda Giallo gerät in einen Sumpf aus Korruption, Spielsucht und Leidenschaft, der sie ins Latium und in die Toskana führt. Doch dann hört sie in der Hitze der römischen Sommernacht die Wahnsinnsarie der Lucia di Lammermoor …

Andrea Isari, geboren 1954 in Koblenz am Rhein, ist Volljuristin und war jahrelang als politische Journalistin in Rio de Janeiro, Bonn und Rom tätig. Nach »Römische Affären« und »Eine Arie für die Diva« erschien »Letzter Tanz am Tiber«, der dritte Fall der außergewöhnlichen Kommissarin Leda Giallo.

Andrea Isari

Römische Affären
Eine Arie für die Diva

Zwei Leda-Giallo-Krimis in einem Band

Piper München Zürich

Von Andrea Isari liegen in der Serie Piper vor:
Römische Affären (3651)
Eine Arie für die Diva (4038)
Letzter Tanz am Tiber (4640)
Römische Affären/Eine Arie für die Diva (Doppelband, 6199)

Sämtliche Personen und Ereignisse sind frei erfunden. Sollten sich Parallelen zur Wirklichkeit auftun, handelt es sich um bloßen Zufall.

Taschenbuchsonderausgabe
Januar 2007

Umschlaggestaltung: Cornelia Niere
Umschlagfoto: Mauritius
Autorenfoto: Ulrike Hölzinger-Deuscher
Gesamtherstellung: Clausen & Bosse, Leck
Printed in Germany
ISBN-13: 978-3-492-26199-9
ISBN-10: 3-492-26199-X

www.piper.de

Römische Affären

SERIE PIPER

Für Andros

I

Der Mann zog den Mantel fest um sich. Er hatte seinen Hut im Büro vergessen. Nun schlich die Nässe von den Haaren bereits den Nacken hinunter in seinen Hemdkragen. Er fror. Kurz überlegte er, ob er sich zu Hause umziehen sollte. Nein, er hatte es eilig. Er mußte handeln. Heute noch, unter Inkaufnahme aller denkbaren Folgen. Er beschleunigte seinen Schritt. Wenn er es jetzt nicht tat, würde er es vielleicht nie mehr wagen.

Als er in die Via degli Ombrellari einbog, überfiel ihn die abendliche Stille des alten Stadtviertels Borgo. Hier, zwischen den grauen Häusern, die einst den Pilgern zum Petersdom Unterschlupf geboten hatten, war er groß geworden. Als Kind hatte er es albern gefunden, in der Via dei Tre Pupazzi, der Straße der Drei Puppen, zu wohnen, schließlich war er ein Junge. Als er das seinem Vater eines Tages gestanden hatte, war dieser böse geworden und hatte dem Sohn mit wütendem Blick erwidert:

»Mein Sohn, ich habe es mir nicht ausgesucht, hier zu leben. Die Faschisten haben uns dazu gezwungen. Und der Vatikan natürlich. Wenn Kirche und Staat gemeinsam Macht ausüben, haben weder Mensch noch Wahrheit eine Chance.«

Lange hatte er sich auf die Äußerung des Vaters keinen Reim machen können. Ihm hatte der Mut gefehlt, ihn zu fragen, weil das Thema den Vater offensichtlich zutiefst erzürnte. Seine Mutter war es gewesen, die ihm später die Hintergründe erklärt hatte.

Dort, wo heute die breite, von Prunkbauten gesäumte Via della Conciliazione den Borgo in zwei Teile reißt, standen bis 1936 kleinere Häuser und Kirchen. Der Besucher von einst mußte ein Gassengewirr durchdringen, ehe er unvermittelt auf dem imposanten Petersplatz stand.

In einer dieser Gassen hatte er das Licht der Welt erblickt. Als er zwei Jahre alt war, wurde ihr Haus abgerissen. Ein Beschluß des Duce, Benito Mussolini, alte Pläne aus dem 15. Jahrhundert zu verwirklichen. Eine repräsentative, gerade Straße sollte von der Engelsburg den freien Blick auf und den Zugang zum Petersdom gewähren, um so aller Welt die 1929 vertraglich festgelegte Versöhnung zwischen dem Vatikan und dem italienischen Staat zu demonstrieren.

Mit dem Umzug in die neue Wohnung hatte der Vater der Kirche und dem Staat seinen persönlichen Krieg angesagt. Jedesmal, wenn sie die Via della Conciliazione überquerten und von einem eisigen Wind erfaßt wurden, sagte der Vater:

»Siehst du, mein Sohn, diese Kälte schickt Gott durch die Straße des Faschisten direkt zum Vatikan, um zu zeigen, daß der Himmel seinen Segen für die Teilung unseres Borgos nicht gegeben hat.«

Die Erinnerung an seinen Vater ließ ihn lächeln, als er in eine Bar trat.

»Ciao, Federico«, begrüßte er den Mann hinter der Theke. »Heute möchte ich keinen Kaffee. Ich habe es eilig.«

Federico nickte ihm zu, offensichtlich erstaunt über sein Erscheinen.

»Sie sind heute hier?«

»Ausnahmsweise«, antwortete der Mann und sah zu, während Federico den rotflüssigen Inhalt einer kleinen, schlanken Aperitivoflasche in ein bereitstehendes Glas goß. Schweigend zog Federico eine Schublade unter der Theke auf, nahm einen Schlüssel heraus und reichte ihn dem Mann.

Dieser nahm ihn, ging hinter der Theke durch einen kleinen, muffig riechenden Flur an Getränkekisten vorbei und kletterte an dessen Ende eine dunkle Stiege nach der nächsten hinauf. Der Versuch, das Licht anzuknipsen, scheiterte, weil offenbar wieder einmal die Birne durchgebrannt war. Er hielt sich am Geländer fest und fühlte das glatte, jahrhundertealte Holz in seinen Handflächen. Er hing an diesem verrotteten Gebäude, in dem der Putz von den Wänden fiel.

Oben angekommen, ertastete er zunächst den Türrahmen, dann die Tür und schließlich den Griff. Er steckte den Schlüssel ins Schloß und drehte ihn um. In diesem Raum funktionierte das Licht. Noch im Mantel setzte er sich auf den wackligen Stuhl vor dem Tisch und zog einen Zettel hervor, der unter dem Fuß einer modernen Halogen-Schreibtischlampe steckte.

Dann zog er sein Telefonino aus der Tasche.

II

An diesem Morgen war Leda Giallo gut gelaunt. Pünktlich nach drei Tagen hatte der Tramontana sein Unwesen eingestellt. Leda haßte diesen Nordwind, der ihr mit schneidender Kälte ins Gesicht und unter den Mantel fuhr, sobald sie einen Fuß vor die Tür setzte. Dabei neigte sie keineswegs zum Frieren. Sie fühlte sich nur regelmäßig betrogen, wenn ihr Blick aus dem Fenster auf einen blankgeputzten, klaren Himmel eine angenehme Außentemperatur versprach und sie dann feststellen mußte, daß die winterschwache Sonne über der Stadt dem Tramontana nicht gewachsen war. Schon in der Nacht hatte sie seinen Rückzug bemerkt, weil die Rolläden ihr rhythmisches Windgeklappere eingestellt hatten.

Als sie nun aus dem Haus trat, kniff sie die Augen zusammen, um sie vor dem schräg einfallenden Winterlicht zu schützen. Zufrieden, daß die wärmenden Sonnenstrahlen wieder die Oberhand gewonnen hatten, öffnete sie den obersten Knopf ihres Mantels, sog die saubere Luft tief durch die Nase ein und ging zu ihrem Wagen.

Sie hatte Glück. Direkt vor der Bar fand sie einen Parkplatz auf dem Bürgersteig.

»Ciao, bello«, begrüßte sie Mario, den graumelierten Inhaber, der im offenen Kragen seines Hemdes eine Goldkette trug, dick genug, um im dichten Haarpelz seiner Brust noch aufzufallen.

»Buon giorno, Signora Commissaria.«

Die Zeitung und eine Packung Zigaretten lagen auf der Theke für sie bereit. Mario reichte ihr unaufgefordert ein Cornetto mit Cremefüllung. Sekunden später stellte er einen duftenden Cappuccino daneben. Leda fühlte sich mit der

Welt im Einklang, was selten genug vorkam. Sie knöpfte ihren Mantel nun ganz auf und wuchtete ihre Leibesfülle auf den hohen Hocker.

Seit über zehn Jahren begann Ledas Arbeitstag mit dem Frühstück bei Mario und seinen Ausführungen über Wetter, Fußball, den Papst, die Politik, Kriminalfälle oder Liebesgeschichten. Er interessierte sich für alles und hatte zu jeder Angelegenheit eine Meinung. Leda schaute ihn erwartungsvoll an.

»Was gibt's Neues bei den Mädchen?«

Das war es also!

»Wir wissen, wer es war.«

»Und wer? Der Arzt, nicht wahr?«

Mario hatte vor ein paar Wochen in der Zeitung von dem Doppelmord gelesen, mit dem Leda gerade befaßt war, und sich mit dem Instinkt des Laien sofort auf einen Schuldigen festgelegt. Hin und wieder hatte er sich nach dem Fortschritt der wochenlangen Ermittlungen erkundigt.

Obwohl die Erkenntnisse zwischenzeitlich auch einen anderen Täter als möglich erscheinen ließen, war Mario stur bei seiner Arztthese geblieben. Er sollte recht behalten. In der vergangenen Nacht war der Mediziner per Gentest als Täter überführt worden. Ein zehn- und ein zwölfjähriges Mädchen waren ihm zum Opfer gefallen. Er hatte sie erst vergewaltigt und anschließend erwürgt.

Leda war klar, was nun kommen würde: In tiefstem römischem Dialekt forderte Mario die Wiedereinführung der Todesstrafe.

»Dieses Ungeheuer hat doch kein Recht, auch nur einen Tag länger zu leben. Wie kann einer den armen Kindern nur so etwas antun? Man müßte ihn genauso quälen, wie er es mit den kleinen Engeln gemacht hat. Via, weg mit seinem Ding, ohne Betäubung abschneiden und ihn anschließend verbluten lassen«, tobte Mario, während er seine Äußerungen mit eindeutigen, sich unterhalb der Gürtellinie abspielenden Handbewegungen begleitete.

»Wenn ich den zu fassen bekäme, würde ich ihn eigenhändig erwürgen«, meinte er und streckte alle zehn Finger, die einen unsichtbaren Hals würgten, demonstrativ über die Theke.

»Ein Glück nur, daß wir diese Leute immer vor dir erwischen. Du hättest sicher schon einige umgebracht«, erwiderte Leda beruhigend.

Doch auch ihr waren die Tränen gekommen, als sie im Leichenhaus die geschundenen Kinderkörper gesehen hatte. Und sie war den Anblick von Leichen wahrhaftig gewohnt.

Auf der Fahrt ins Polizeipräsidium, die Questura, merkte sie, daß sie zu warm angezogen war. In ihrem Arbeitszimmer bullerte die Heizung so, als befände sich das winterliche Rom am Nordpol. Nur das Öffnen der Fenster konnte sie vor dem Hitzetod bewahren, denn eine individuelle Temperaturregelung für jeden Raum existierte nicht.

In jedem Winter hatte sie denselben Streit mit Ugo Libotti, ihrem Mitarbeiter. Sie teilten sich seit fünf Jahren ein Büro. Leda mochte ihn, auch wenn er in ihren Augen ein durch und durch langweiliger Mensch war, für den der Beruf den gesamten Lebensinhalt darstellte. Es gab nur einen einzigen Punkt, in dem er sich gegen seine Chefin regelmäßig zur Wehr setzte: die Raumtemperatur.

»Leda, ist es denn so unbegreiflich, daß dünne Menschen eher frieren als Sie?« hatte er ihr gestern mit grimmigem Gesicht entgegengeschleudert, als sie das Fenster aufgerissen hatte, um die saunaartige Hitze etwas zu senken.

Sie hatte eine Weile überlegt, ob sie ihm diese wenig dezente Anspielung auf ihre Körperfülle durch ein Machtwort als Vorgesetzte zurückzahlen sollte. Doch sie hatte sich entschieden, es nicht zu tun und das Fenster zu schließen.

Denn Ugo hatte erstens recht, was ihr Gewicht betraf,

auch wenn ein Herr (der Ugo zweifelsohne war) einer Frau (für eine Dame hielt Leda sich selbst nicht) so etwas nicht so direkt sagen sollte. Zweitens hatte er sich zum letzten Mal vor genau elf Monaten aus dem gleichen Grund mit ihr angelegt.

Von ihren Kollegen wußte sie, wie schwer sie es mit ihren Mitarbeitern hatten, die ihre Vorgesetzten nur zu gern in deren Abwesenheit kritisierten und sich beim Mittagessen stundenlang über deren kleine menschliche Schwächen den Mund zerrissen.

Das würde Ugo niemals tun. Er war Leda gegenüber bedingungslos loyal. Wenn er ihr etwas zu sagen hatte, dann tat er es direkt. Und das wußte sie zu schätzen.

Leda brauchte eine Ewigkeit, bis sie im Büro ankam. Wie immer waren Roms Straßen völlig verstopft. Wie immer war Ugo mit der U-Bahn gekommen und vor ihr da. Wie immer kam Ugo gleich zur Sache, während Leda, noch atemlos vom Treppensteigen, ihren Mantel an den Haken hängte.

»Wie lange hat es denn gestern noch gedauert, den Doktor weichzuklopfen?«

»Er hat sich schnell den unwiderlegbaren Erkenntnissen der Wissenschaft gebeugt. Als er das Geständnis unterschrieb, hat er wie ein kleines Kind geweint. Die Mädchen täten ihm im nachhinein so leid. Er habe das alles gar nicht gewollt. Du kennst das, wenn der Täter dir erklären will, daß er selbst das eigentliche Opfer seiner Taten ist.«

»Schreiben Sie den Bericht?«

»Ja«, seufzte Leda.

Die Schreiberei kam ihr regelmäßig wie verlorene Zeit vor. Sie wußte ja, wer was wann und wo getan hatte. Schon oft hatte sie sich eine automatische Übertragung ihres Wissens auf ihren Computer gewünscht. Statt dessen würde sie nun Stunden vor dem Bildschirm verbringen, um dem Staatsanwalt eine saubere Grundlage für die Anklage zu liefern.

»Gestern abend hat übrigens noch jemand angerufen. Sie möchten sich bitte schnell melden. Er versucht es heute noch einmal.« Ugo reichte Leda einen Zettel mit zwei Telefonnummern.

»Wer war es denn?«

»Das weiß ich nicht. Er hat seinen Namen nicht genannt. Es klang aber sehr dringend. Ich habe ihn gefragt, was los ist. Aber er wollte nur mit Ihnen sprechen.«

Leda wählte nacheinander beide Nummern und war ganz zufrieden, sich noch ein paar Minuten lang vor dem leidigen Berichtschreiben drücken zu können. Doch niemand antwortete. Eine automatische Ansage teilte ihr mit, daß der Teilnehmer derzeit nicht erreichbar sei. Sie möge es später noch einmal versuchen.

Resigniert schaltete Leda ihren Computer ein und begann mit der ungeliebten Schreibarbeit. Von Zeile zu Zeile schwitzte sie mehr. Irgendwann blickte sie Ugo an, der ihr stummes Flehen erhörte.

»Leda, sollen wir nicht das Fenster ein wenig öffnen?« schlug er galant vor.

Leda wußte, daß dies die Wiedergutmachung für seine gestrige Entgleisung sein sollte. Sie akzeptierte dankbar.

»Ugo, du bist der aufmerksamste Mann, den ich kenne.«

»Ich hole uns jetzt einen Kaffee. Sie möchten doch?«

Bevor Leda antworten konnte, war er bereits durch die Tür entschwunden, um der einströmenden Kälte zu entfliehen. Leda atmete tief durch und zündete sich eine Zigarette an. Ugo mochte es nicht, wenn sie rauchte, während er im Büro war. Sie respektierte seinen Wunsch, nutzte allerdings jeden Moment seiner Abwesenheit, um ihrer Sucht zu frönen.

»Ist es nicht herrlich, daß uns Gott fast jeden Tag einen neuen Toten beschert?« platzte kurz darauf Kollege Nicola Grunziola ins Zimmer.

»Und was findest du daran so schön?«

»Jeder einzelne von ihnen weist unsere Existenzberechtigung nach und sichert unsere Arbeitsplätze.«

»Du Zyniker!«

Sie war seit langem davon überzeugt, daß Nicola mit der gleichen Besessenheit Krimineller geworden wäre, wie er heute Polizist war. Gott sei Dank hatte das Schicksal für ihn die Karriere der Legalität gewählt und Leda so einen außerordentlich fleißigen Mitarbeiter beschert, der sich mit Leichtigkeit in die Gedanken und Gefühle der Unterwelt hineinversetzte. Eine Gabe, die vielen Polizisten nach Ledas Meinung völlig fehlte, obwohl sie häufig gebraucht wurde.

»Ist es bei euch immer so kalt?«

»Nur, wenn Ugo draußen ist. Wer ist der Tote des Tages?«

»Ein Mann, Mitte Sechzig, Kopfschuß, den sie am Tiberufer gefunden haben. Eben haben sie angerufen, daß wir kommen sollen. Ich schreibe gerade an einem Bericht, der muß heute noch raus. Kannst du vielleicht hinfahren?«

»Ich quäle mich auch mit einem Bericht herum.«

»Ist dein Täter denn geständig?«

»Ja, wieso?« fragte Leda.

»Meiner nicht, die Beweislage ist ziemlich kompliziert. Daher glaube ich, du fährst besser hin«, meinte Nicola mit der für ihn typischen Entscheidungsfreudigkeit, die Leda manchmal ärgerte, weil sie sich überrumpelt fühlte.

»Sieht ganz so aus«, willigte sie ein, denn ihr behagte die Aussicht, sich für ein paar Stunden von der Sklaverei der Tastatur befreien zu können. Sie ließ sich von ihm den Zettel mit den Notizen über den Fundort der Leiche geben. Den Kaffee tranken Ugo und Leda bereits im Stehen.

Mehrere Polizeiwagen mit Blaulicht zeigten den beiden, an welcher Stelle die Treppen zum Uferweg hinunterführten. Ihr Blick schweifte über das ruhig dahinfließende Wasser des Tibers. Beinahe wäre sie auf den feuchten Blättern ausgerutscht, während sie zur kalten, schattigen Flußniederung hinabstieg. Bis hierhin hatte es die Sonne noch nicht geschafft.

Auf der gegenüberliegenden Seite des Flusses erhob sich majestätisch der Aventin-Hügel mit dem Turm von Santa Sabina. Für Bruchteile einer Sekunde sah sie sich selbst als junge, schlanke Frau im Brautkleid. Dort, in der frühchristlichen Basilika aus dem 5. Jahrhundert, hatte sie Thomas ihr Ja-Wort für die Ewigkeit gegeben.

»Wie kurz doch die Ewigkeit ist«, murmelte Leda vor sich hin.

»Was sagen Sie?« fragte Ugo.

»Nichts, ich habe nur mit mir selbst gesprochen.«

Der Tote lag im Gebüsch zwischen winterbraunen Gräsern und Büschen. Vom Weg aus war er kaum zu sehen. Leda betrachtete sein bleiches Gesicht. Ohne das blutige Loch in der Schläfe hätte er ein Schlafender sein können.

»Das muß in der letzten Nacht passiert sein«, meinte einer der anwesenden Polizisten.

»Wer hat ihn gefunden?«

»Ich«, antwortete ein älterer Herr mit Hut. Er hielt einen zottigen Hund mit hängender Zunge an der Leine. »Oder besser gesagt, mein Hund.«

Dann erzählte er aufgewühlt, daß er mitten in Trastevere wohne und wegen seines vierbeinigen Freundes bei gutem Wetter jeden Tag hier vorbeikomme. Aber eine Leiche mit einem Loch im Kopf sei ihm noch nie begegnet. Erst habe er gedacht, der Mann schlafe oder sei betrunken.

»Hier am Ufer treibt sich ja das merkwürdigste Volk herum. Sehen Sie, da hinten am Brückenpfeiler hat sich sogar einer eine Hütte gebaut.«

»Ugo, sprich doch mal mit dem Bewohner«, schlug Leda vor.

»Schon erledigt, Signora Commissaria«, erklärte ein Uniformierter voller Stolz über sein vorausschauendes Handeln.

»Und?«

»Er hat nichts gehört, sagt er. Das glaube ich ihm auch. Er war vorhin noch oder schon wieder so betrunken, daß er einen Polizisten nicht vom Parkwächter unterscheiden konnte.«

»Nehmen Sie ihn bitte mit zur Ausnüchterung. Vielleicht kommt mit der Klarheit des Geistes auch die Erinnerung wieder. Was ist mit der Tatwaffe?«

»Die lag direkt neben dem Toten«, sagte er und reichte ihr eine kleinkalibrige Pistole im Plastikbeutel. Sie mußte noch auf Fingerabdrücke untersucht werden.

»Fußspuren?«

»Wir haben schon die Spurensicherung gerufen. Die müssen gleich dasein, um Abdrücke zu nehmen. Das Ganze sieht mir nach einem sauberen Selbstmord aus. Anzeichen für Kampfhandlungen sind jedenfalls nicht zu entdecken.«

»Papiere?«

»Alles durchsucht, nichts gefunden. Die Taschen sind völlig leer. Wahrscheinlich wollte der Mann aus irgendwelchen Gründen gar nicht so schnell identifiziert werden«, antwortete der eifrige junge Mann in Uniform.

Leda wartete noch den Arzt und die Spurensicherung ab. Sie bat um die Abdrücke aller Schuhe in der Umgebung und den Arzt um einen möglichst schnellen Bericht über die Todesursache.

Auf dem Rückweg ins Polizeipräsidium beauftragte sie Ugo, die Vermißtenlisten zu überprüfen und – falls er dort nichts fände – ein Foto des Toten an die Presse zu geben. Vielleicht erkannte ein Leser oder Zuschauer den Mann.

Zurück im Büro ließ Leda sich aus der Kantine eine Pizza und ein Fläschchen Wein bringen. Ihr Magen hatte schon im Auto bedrohlich geknurrt. Ein ganz normaler Selbstmord konnte ihr den Appetit nicht verderben. Ugo wartete, bis Ledas Essen auf dem Schreibtisch stand, und wickelte erst dann sein Tramezzino aus dem von mütterlicher Hand liebevoll zubereiteten Päckchen. Er betrachtete es beinahe zärtlich, bevor er hineinbiß.

Irgendwann, während Leda weiter an ihrem Kindermörder-Bericht schrieb, fiel ihr der Anrufer vom Vortag wieder ein, und sie versuchte ihn zu erreichen.

»Pronto«, erklang eine offensichtlich junge Frauenstimme am anderen Ende der Leitung. Leda erfuhr, daß sie mit Signora Puccio verbunden war, und erklärte ihr den Grund ihres Anrufs.

»Das muß mein Mann gewesen sein. Wann hat er denn versucht, sie zu erreichen?«

»Das war um kurz vor sechs gestern abend.«

»Merkwürdig, wir haben ein paar Stunden später noch miteinander telefoniert, und da hat er nichts von einem Anruf bei Ihnen erzählt. Keine Ahnung, was er von Ihnen wollte. Jedenfalls ist er im Moment nicht zu Hause. Ihre Kollegen waren aber schon hier.«

»Wieso waren meine Kollegen bei Ihnen?« fragte Leda erstaunt.

»Wegen des Einbruchs. Als ich heute nachmittag aus Florenz zurückgekommen bin, wo ich ein verlängertes Wochenende verbracht habe, bemerkte ich, daß bei uns eingebrochen worden ist. Ich habe deshalb gleich bei der Polizei angerufen. Daraufhin sind mehrere Herren gekommen. Sie haben alles untersucht und sind eben erst wieder weggegangen.«

»Das tut mir leid. Ist denn viel gestohlen worden?«

»Erstaunlich wenig, meinten Ihre Kollegen, nur ein bißchen Schmuck und etwas Bargeld. Das gesamte Silber, die Fotoausrüstung und die Musikanlage sind hiergeblieben, und die wertvollen Bilder haben sie ebenfalls an den Wänden gelassen. Das konnten Ihre Kollegen auch nicht verstehen«, sagte Frau Puccio.

»Wann ist denn der Einbruch geschehen?«

»Er muß passiert sein, nachdem mein Mann heute morgen das Haus verlassen hat. Aber warum fragen Sie mich das? Ich habe ihren Kollegen doch schon alles erzählt.«

»Ich habe von dem Einbruch gar nichts gewußt. Hoffentlich klären die Kollegen den Fall bald auf«, sagte Leda und dachte mitleidig an die junge Frau, die jetzt offenbar allein zu Hause saß, mit dem unangenehmen Gefühl, daß jemand in ihre Privatsphäre eingedrungen war.

Als Leda das Büro verließ, war es schon dunkel und der Bericht noch immer nicht fertig. Sie verspürte erneut Hunger, die Pizza hatte nur kurze Zeit vorgehalten. In ihrem Kühlschrank zu Hause würde sie umsonst nach Eßbarem suchen. Sie hatte auch keine Lust, noch einzukaufen und sich etwas zu kochen. Seit sie allein lebte, zündete sie die Gasflammen ihres Herdes nur selten an.

»Rom hat dreitausend Restaurants. Bis ich mich da durchgegessen habe, bin ich uralt«, pflegte sie zu sagen und überließ ihre Ernährung konsequent der Kochkunst anderer.

Ihr gutes, wenn auch nicht üppiges Einkommen und die Erbschaft nach dem Tod ihrer Eltern erlaubten ihr diesen Lebensstil durchaus. Unterhaltszahlungen für die Kinder hatte Thomas bei der Scheidung abgelehnt. »Leg ihnen dicke Sparbücher an«, hatte er ihr geraten. »Davon haben sie auf Dauer mehr.«

Ziellos fuhr Leda zunächst durch die Innenstadt. Zwischen den großen, beleuchteten Palazzi und den Monumenten der glorreichen römischen Vergangenheit suchte sie nach einem kleinen Ort der Geborgenheit. Sie brauchte eine Weile, bis sie wußte, was sie wollte.

Ihr war nach einer Polenta con le spuntature di maiale, einer Polenta mit Schweinerippchen, zumute, einem typischen Winterrezept aus dem Latium. Marcello war einer der wenigen Köche in der Stadt, der das Maismehl noch stundenlang auf dem Feuer rührte, bis der Brei fest war.

Sie überlegte kurz, ob sie Paolo anrufen sollte, damit er ihr Gesellschaft leistete. Doch ihr fiel ein, daß er heute abend eine Besprechung hatte. Leda stellte den Wagen auf der Piazza Chiesa Nuova ab und schlenderte durch düstere, menschenleere Gassen. Es war kalt. Leda schlug ihren Mantelkragen hoch. Ein Moped knatterte an ihr vorbei. Allmählich verlor sich der Motorenlärm zwischen den Häuserwänden. Endlich sah sie die erleuchteten Fenster von Marcellos Restaurant.

III

Die Polenta vom Vorabend lag Leda schwer im Magen, als sie aufwachte. Sie verfluchte sich selbst, weil sie wieder einmal zuviel gegessen hatte.

Steif stieg sie aus dem Bett. Der Versuch, ihre Haare in Form zu kämmen, scheiterte, und Leda faßte sie kurzerhand mit einer Spange am Hinterkopf zusammen. Sie beschloß, das Frühstück bei Mario ausfallen zu lassen. Den Kaffee konnte sie auch im Büro trinken.

Silvia Marconi war wie immer gut gelaunt, perfekt gekleidet, duftete wie eine ganze Parfümerie und sah so aus, als sei sie soeben aus dem Friseursalon gekommen. Erman Alesi, stellvertretender Polizeipräsident und Ledas Vorgesetzter, hatte die beste und hübscheste aller Sekretärinnen im gesamten Polizeipräsidium. Da waren sich alle einig.

Silvia war an diesem Mittwoch schon morgens in Ledas Büro gekommen, um mit ihr die Einzelheiten der anstehenden jährlichen Weihnachtsfeier zu besprechen. Leda betrachtete sie und fühlte sich jämmerlich häßlich.

»Alesi spendiert alle Getränke. Wir müssen nur noch etwas zu essen besorgen«, erklärte Silvia voller Stolz über die Großzügigkeit des Vice-Questore.

»Ich bringe Cracker, Oliven, Käse, Salami, Schinken und Brot mit«, schlug Leda sofort vor, um jeder Küchenarbeit von vornherein aus dem Wege zu gehen.

Natürlich würden die Frauen der Abteilung für diesen Anlaß all ihre Kochkünste zur vollen Entfaltung bringen und einen regelrechten Wettkampf zwischen gefüllten Oliven, Reisbällchen, eingelegten oder gebackenen Paprika, Auberginen, Tomaten oder Pizzastückchen, Fischhäppchen und anderen Spezialitäten ihrer jeweiligen Herkunftsregionen austragen. Leda war den Gaumenfreuden wahrlich nicht abgeneigt, nur widerstrebte es ihr zutiefst, sie selbst zu zaubern.

Sie verabscheute diese Weihnachtsfeiern, die sie für Stunden in einem überheizten Raum mit laut dröhnender Musik einsperrten. In den letzten beiden Jahren war ihr dieses Ereignis erspart geblieben, weil sie in Ermittlungen zu wichtigen Mordfällen gesteckt hatte, bei denen gegen die Uhr gearbeitet werden mußte, um der Täter habhaft zu werden.

Vergangenes Jahr war sie sogar an Heiligabend in strömendem Regen unterwegs gewesen. Doch das hatte sie wenig gestört, weil ihre beiden Kinder Flavia und Marco mit ihrem Vater Thomas die Feiertage in einem Hotel in den Alpen verbracht und Paolo auf der Intensivstation am Bett seiner Mutter gesessen hatte. Signora Agata hatte sich so lange geweigert, mit ihrer starken Bronchitis zum Arzt zu gehen, bis daraus eine Lungenentzündung geworden war. Heiligabend vormittag hatte Paolo sie gerade noch rechtzeitig in die Klinik gebracht. Nach dreitägigem Überlebenskampf konnte die alte Dame gerettet werden. Deshalb war das übliche Weihnachtsessen bei ihr ausgefallen. So war der Mordfall für Leda zum Retter vor der Einsamkeit geworden.

»Hier sind Bilder, die der Fotograf mir heute morgen gebracht hat. Sie wüßten, worum es geht«, sagte Silvia und reichte Leda einen Aktendeckel.

Sie sah kurz hinein. Es waren mehrere Aufnahmen vom Tibertoten, so wie sie ihn gestern gefunden hatten. Nachdem Silvia den Raum verlassen hatte, wandte sie sich erneut ihrem Bericht zu. Sie war tief in ihre Arbeit versunken, als das Telefon klingelte.

»Signora Commissaria? Hier ist Chiara Puccio. Hat mein Mann Sie noch einmal angerufen?«

»Nein.«

»Ich mache mir große Sorgen, er ist die ganze Nacht nicht

nach Hause gekommen. Er hat mich auch nicht angerufen. Das hat er noch nie getan.«

Da haben Sie aber bisher Glück gehabt, dachte Leda spontan. Wie oft riefen Frauen verzweifelt bei der Polizei an, weil ihre Ehemänner verschwunden waren. Und dann entpuppte sich das Drama als die männliche Lust auf ein Abenteuer oder als pure Informationslücke zwischen den Eheleuten. Doch dieser Fall war irgendwie anders, schließlich hatte Signor Puccio sie am Montag abend sprechen wollen.

»Wann haben Sie das letzte Mal mit ihm gesprochen?«

»Am Montag abend, so gegen zehn Uhr.«

»Was hat er gesagt?«

»Daß es ihm gutging. Er wollte in einem Restaurant noch etwas essen und anschließend ins Kino gehen. Er besucht häufig Spätvorstellungen.«

»Ist er denn in der Nacht von Montag auf Dienstag nicht nach Hause gekommen?«

»Das weiß ich nicht, ich bin doch selbst erst gestern nachmittag aus Florenz zurückgekommen. Ich habe mehrfach versucht, ihn zu erreichen, sein Telefonino ist aber abgeschaltet. In der Bank kann mir niemand sagen, in welcher Filiale er diese Woche arbeitet. Und ich wollte dort die Sache nicht aufbauschen. Sie wissen ja, sonst fangen die an, dummes Zeug über uns zu reden. Er weiß noch nicht einmal etwas von dem Einbruch.«

»Seit Montag haben Sie also nichts mehr von ihm gehört?«

»Nein, deshalb rufe ich Sie ja an.« Die Frau klang ernsthaft besorgt.

»Kommen Sie am besten zu mir ins Präsidium. Dann überlegen wir gemeinsam, wie wir ihn finden können.«

Eine elegante Dame von Mitte Fünfzig betrat eine halbe Stunde später Ledas Büro und stellte sich als Chiara Puccio vor.

Leda starrte sie erstaunt an. Diese Frau war meilenweit entfernt von der Vorstellung, die sie sich aufgrund der so jung wirkenden Stimme am Telefon von ihr gemacht hatte. Tief besorgt, aber keineswegs hysterisch schilderte sie der Commissaria erneut die Situation.

Leda bat ihren Kollegen vom Einbruchsdezernat, der nun den Fall »Einbruch Puccio« um den »Vermißten Puccio« erweitern sollte, die Sache zu übernehmen. Als Mordkommissarin konnte Leda sich ohnehin nicht darum kümmern.

Der Kollege war einverstanden. Er nahm Chiara Puccio mit, um alle Formalitäten zu regeln und all das von ihr zu erfahren, was die Polizei brauchte, um einen möglicherweise nicht rückkehrwilligen Ehemann aufzufinden.

Wenig später klingelte Ledas Telefon. Es war ihr Kollege aus der Pathologie.

»Ciao, Leda, hier ist Leo. Ich habe den Bericht noch nicht geschrieben. Wie ich dich kenne, willst du aber schon mal vorab wissen, wie und wann der Tote vom Tiber umgekommen ist. Es war ein glatter Kopfschuß. Das Projektil steckte noch mitten im Hirn und stammt von einer kleinen Pistole, Kaliber 5,6. Keinerlei Anzeichen von Kampf. Es gibt auch sonst absolut keine Hinweise auf einen unsachgemäßen Transport der Leiche, beispielsweise durch Ziehen oder Schleppen über den Boden. Der Einschußwinkel in den Schädel des Mannes ist so, daß sowohl tödliche Fremdeinwirkung als auch Selbstmord in Frage kommen. Ich tippe drauf, daß er dort unten am Tiber sein Leben ausgehaucht hat oder es ihm ausgehaucht wurde. Der Todeszeitpunkt liegt zwischen Mitternacht und drei Uhr morgens.«

»Danke für die rasche Arbeit. Sonst konntest du nichts Auffälliges an der Leiche entdecken?«

»Nein, gar nichts. Der Mann ist etwa sechzig Jahre alt, vielleicht auch mehr, war körperlich topfit und macht einen sehr gepflegten Eindruck. Unter den Fingernägeln keine Spuren von Resten, die auf irgendeinen Kontakt mit einem anderen Menschen oder der Umgebung des Fundortes hinweisen könnten. Er muß sich sogar kurz vor seinem Tod noch die Hände gewaschen haben.«

Es war Leos Art, sich nicht wie andere seiner Kollegen im komplizierten Fachjargon auszudrücken, und das schätzte Leda an ihm in den vielen Jahren der Zusammenarbeit.

»Willst du meine Meinung hören?« Ob Leda das wollte oder nicht, interessierte ihn wenig. Er legte los:

»Selbstmord. Seine Frau hat ihn zur Verzweiflung getrieben. Er litt seit Jahren unter ihr, den Kindern, dem Job und der Schwiegermutter. Dreißig Ehejahre – und dann hat's peng gemacht.« Leo war in seinem Element. Leda ließ ihn reden.

»Frauen kennen ihre Männer meistens nicht sonderlich gut«, meinte er lachend. »Sag jetzt bitte nicht wieder, daß es sich genau umgekehrt verhält. Glaub mir endlich, daß die Frauen das tiefe, die gesamte Existenz überschattende Leiden der Männer gar nicht im vollen Umfang erfassen. Sie erleben nur die oberflächlichen Symptome bei einer Grippe oder wenn die Familie nicht so spurt, wie es der Vater möchte, und er deshalb miesepetrig ist. Das Leben des Mannes ist in Wahrheit ein einziger Kreuzweg, den er normalerweise mit Würde und Hingabe erträgt. Manche schießen sich allerdings eine Kugel in den Kopf«, erklärte Leo ihr mit einer Inbrunst, die jemand, der ihn weniger gut kannte, ernst genommen hätte.

»Ich will mich ja nicht in eure Angelegenheiten einmischen, aber ich glaube, er hat sich selbst die Kugel gegeben. Wenn es ein anderer war, muß es ein Profi gewesen sein, der genau wußte, wie man einen Mord wie einen Suizid aussehen läßt. In diesem Fall hat sich der Tibertote offensichtlich schicksalsergeben hinrichten lassen. Hast du denn schon eine Spur?«

»Nicht die geringste.«

»Na, dann viel Spaß beim Suchen«, wünschte der Pathologe und versprach, daß sie morgen den ausführlichen schriftlichen Bericht auf dem Tisch hätte.

Leda stand auf, streckte sich, öffnete das Fenster, zündete sich eine Zigarette an und zog genüßlich daran.

Ich muß Alesi informieren, dachte sie. Vorher wollte sie aber noch rasch bei Piero Bassani, dem Leiter der Spurensicherung vorbeischauen. Vielleicht war er fündig geworden.

»Wir haben bisher nichts Konkretes«, meinte er jedoch. Auf dem Uferweg gebe es unzählige Fußspuren. Wo die Leiche gelegen habe, seien Gebüsch und Gras allerdings kaum niedergetreten.

»Waren mehrere Personen da oder nur der Tote?«

»Wenn es zwei oder mehr Leute waren, dann sind sie wie Störche durchs Gebüsch gestakt. Ein Kampf hat dort auf keinen Fall stattgefunden. Die Leiche kann auch nicht hingetragen worden sein. Das Gewicht von zwei Personen hätte stärkere Spuren hinterlassen. Im Tiber ist zur Zeit zuwenig Wasser, um bis ans Ufer mit dem Boot zu kommen. Du siehst, wir denken an alles.«

»Sehr gut, sehr gut ...«

Leda seufzte. Wieder nichts.

»Ihr tippt also auch auf Selbstmord?«

»Das sieht ganz so aus, und zwar nach einem gut vorbereiteten. Der Tote wollte auf jeden Fall verhindern, daß seine Identität schnell herauskommt.«

»Das ist ihm gelungen. Ich werde sein Foto gleich an die Presse geben.«

Auf dem Weg zu Alesi schaute sie durch die hohen, durch Säulen getrennten Fenster in den Innenhof der Questura. Durch die Blätter einer riesigen Palme sah sie die Fenster auf der anderen Seite des Hofes.

Der Chef würde sie nach dem Bericht über die vergewaltigten Mädchen fragen. Er steckte noch immer unfertig in ihrem Computer.

»Leda, gut, daß du kommst. Du bringst mir sicher den Bericht über die Mädchen«, erklang denn auch prompt Alesis Baßstimme hinter dem ausladenden, alten Schreibtisch, als sie durch die Tür trat. »Ich will den Medien Futter für die Abendnachrichten liefern. Für vier Uhr haben wir eine Pressekonferenz einberufen, und ich würde es gerne sehen, wenn du auch daran teilnimmst. Schließlich hast du den Fall gelöst, und zwar gut und schnell.«

»Danke, aber ich ... Es tut mir leid«, stammelte Leda, als sie in die erwartungsvollen, braunen Augen ihres Chefs blickte. Sie bildeten einen eindrucksvollen Kontrast zu seinem vollen, weißen Haar. Wie er dort auf seinem Stuhl saß, vor den noblen Herren der italienischen Gesellschaft aus vergangenen Zeiten, die in Öl abgebildet ringsherum an den holzgetäfelten Wänden hingen, hätte er beinahe einer von ihnen sein können.

Alesi war ein strenger Vorgesetzter, aber ein gerechter und deshalb bei seinen Mitarbeitern beliebt. Als ein Freund ihres Vaters hatte er den Einstieg Ledas bei der Polizei nach Kräften gefördert.

»Du kannst es hier weit bringen. Als Frau mußt du aber doppelt so gut sein wie alle Männer hier in der Questura zusammen. Sie sind Frauen in diesem Job nicht gewöhnt. Wenn du gut bist, verspreche ich, dich zu unterstützen. Wenn nicht, nützt dir meine Freundschaft zu deinem Vater auch nichts«, hatte er ihr damals vor zwanzig Jahren gesagt, als er selbst noch ein einfacher, aber karrierebewußter Kommissar gewesen war. Sie hatte damals geahnt, daß er seinen eigenen guten Ruf durch nichts gefährden würde. Wenn sie den beruflichen Anforderungen aus selbstverschuldeten Gründen nicht standhielte, würde er ihr nicht zur Seite stehen.

Leda hatte nach dem Studium kurz gezögert, ihre Laufbahn ausgerechnet mit Hilfe von Beziehungen zu beginnen. Doch der Beruf faszinierte sie so sehr, daß sie ihre Abneigung gegen diese weit verbreitete Art der Arbeitsbeschaffung für Kinder von Freunden schließlich überwand. Glücklicherweise war sie seitdem nie wieder wirklich auf Alesis Hilfe angewiesen gewesen. Im Gegenteil. Er faßte sie weit häufiger mit noch strengeren Händen an als ihre Kollegen. Da sie wußte, warum er es tat, nahm sie es ihm nicht übel.

»Meine Güte, ein sehr guter Freund deines Vaters kann er aber nicht sein«, hatte einmal ein Kollege zu ihr gesagt, nachdem sie von Alesi übermäßig gefordert worden war. Dieser Satz hatte sie innerlich jubeln lassen: »Ich hab's geschafft.« Mit den Jahren war Alesi nachgiebiger geworden, weil er den Erfolg Ledas als allgemein anerkannt und gefestigt sah.

Jetzt stand sie vor ihm und fühlte sich wie ein kleines Mädchen, das seine Hausaufgaben nicht gemacht hatte. Aber schließlich hatte sie einen triftigen Grund.

»Ich habe den Bericht noch nicht ganz fertig, weil uns eine andere Sache dazwischengekommen ist, über die ich kurz informieren wollte«, sagte sie nun mit gewohnt fester Stimme.

»Wann bekomme ich ihn?« unterbrach Alesi ungeduldig. Leda entdeckte auf seiner Stirn ein leichtes Runzeln. Die Spitze seines rechten Zeigefingers tippte rhythmisch auf das Holz des Schreibtischs.

»Um Viertel vor sieben hast du ihn in der Hand, das verspreche ich.«

Sie beeilte sich, ihm mit knappen Worten die Geschehnisse der vergangenen zwei Tage zu schildern.

»Wieso scheint dir bei dieser Sachlage ein Selbstmord zweifelhaft?«

»Nicht zweifelhaft. Aber mein Gefühl sagt mir, es könnte sich lohnen, darüber hinaus auch die Mordthese vorläufig beizubehalten«, erklärte sie.

»In Ordnung, gib das Foto an die Presse, aber bitte mach den Bericht erst fertig. Ich kann mir vor laufenden Kameras keine Patzer und Ungenauigkeiten in einer so heiklen Sache wie Mord und Vergewaltigung von Kindern erlauben. Du dir übrigens auch nicht. Bis später, ich warte hier.«

So schnell sie konnte, bewegte Leda ihre Körperfülle in ihr Büro. Noch nach Luft schnappend, setzte sie sich an den Computer und rief die Datei auf. Sie bat Ugo, der Pressestelle der Questura das Foto des Toten zu bringen, damit sie es an die Medien weitergeben konnte – mit der Frage: »Wer kennt den Mann?«

Leda schrieb wie eine Besessene. Während Zeitdruck auf andere Menschen lähmend wirken kann, hatte er bei ihr die umgekehrte Wirkung. Sie lief zu Hochform auf, und die Zeilen flossen ihr in geschliffenem Italienisch nur so aus den Fingern. Zwei Stunden später setzte sich ihr Drucker in Bewegung und spuckte eine eng beschriebene Seite nach der nächsten aus. Leda las sie noch einmal durch und war mit dem Ergebnis zufrieden.

Alesi nickte hin und wieder, während er den Bericht studierte. Er kopierte ihn buchstäblich in sein Gehirn, wo er für immer griffbereit lagern würde. So verfuhr er mit allen Berichten. Bei Bedarf war er in der Lage, nahezu jedes Detail eines Mordfalls, der je unter seiner Verantwortung ermittelt worden war, zu jedem beliebigen Zeitpunkt hervorzuziehen. Diese Fähigkeit hatte den Mitarbeitern des Mordkommissariats schon viel Arbeit erspart und oft entscheidende Hinweise für die Bearbeitung aktueller Fälle geliefert. Leider merkte er sich Ermittlungspannen genauso und erinnerte die Betreffenden gegebenenfalls daran.

»Du solltest dich vor Beginn der Pressekonferenz wenigstens noch kämmen. Entschuldigung, wenn ich dir das so sage, aber du siehst ein bißchen wie ein zerzauster Hund aus. Ich bin halt eitler als du und möchte dem gefräßigen Fernsehpublikum meine Mannschaft auch optisch perfekt servieren«, sagte Alesi nach Abschluß der Lektüre lächelnd.

»Auch« hatte er gesagt. Leda wußte, was das hieß: ein großes Lob für ihre Arbeit. Dafür verzieh sie ihm die Einmischung in ihre persönlichen Angelegenheiten. Aber selbst eine Bürste und ein Lippenstift hätten nichts daran geändert, daß sie sich in ihrem weiten Hängekleid neben ihm wie ein Lumpenkind neben einem Modeschöpfer fühlte.

Seine dezente Eleganz, sein unterkühlter Charme und seine Gabe, Konversation auf genau dem Niveau und mit der Stimmlage zu betreiben, die die jeweilige Situation erforderte, ließen ihm die Frauenherzen zufliegen und Männer vorsichtig werden. Das galt auch heute noch, obwohl er auf die Sechzig zuging.

Die Pressekonferenz verlief zunächst nach gewohntem Ritual. Leda saß entspannt auf ihrem Stuhl, der Bericht lag vor ihr auf dem Tisch. Ihr Blick überflog die Journalistenschar. Ob Paolo wohl kommen würde? Sie konnte ihn nicht entdecken.

Der Pressesprecher der Questura, Bruno Lerner, begrüßte die Medienvertreter und bat den Vice-Questore ohne weitere Umschweife um die Darstellung der Sachlage. Alesi faßte in druckreifen Worten die beiden Mordfälle und ihre Lösung zusammen. Er hob »die großen Verdienste von Commissaria Leda Giallo bei diesen schwierigen Ermittlungen« hervor und kündigte an, daß sie die näheren Details der Arbeit erläutern werde.

Was? Sie sollte jetzt weiterreden? Das war doch Alesis Job! Sie hatte noch nie bei einer Pressekonferenz gesprochen, denn sie mochte keine öffentlichen Auftritte. Ledas Herz raste vor Lampenfieber. Sie sah undeutlich Dutzende von Augenpaaren und ein paar Kameralinsen, die sich erwartungsvoll auf sie richteten. Das Scheinwerferlicht blendete. Ihr wurde heiß und schwindelig. Ein dicker Kloß klemmte irgendwo quer in ihrer Kehle. Sie brachte kein Wort über die trockenen Lippen.

»Leda, bitte, du bist dran«, drang von weither Alesis Stimme an ihre Ohren. Sie war dran, es gab kein Zurück.

Was dann geschah, kam ihr wie ein kleines Wunder vor: Sie räusperte sich, öffnete den Mund und erläuterte den Reportern mit fester Stimme, ohne auch nur ein einziges Mal zu stocken, die Vorteile des Gentests für die moderne Kriminologie.

»Wir brauchen für die Überführung des Täters nicht mehr als einen Abstrich aus seinem Mund oder ein Haar von seinem Kopf. Beide enthalten alle notwendigen genetischen Informationen, um eine Person zweifelsfrei identifizieren zu können. Das gilt natürlich nur dann, wenn am Opfer irgendwelche Körperspuren des Täters gefunden werden. Das können Haare sein, Hautreste unter den Fingernägeln, weil das Opfer sich gewehrt und den Täter gekratzt hat, oder wie in den vorliegenden Fällen Spermienreste. In diesem grausamen Mordfall kamen vier Personen als mögliche Täter in Betracht. Der Test hat den Arzt Walter Assani, dessen Mordmotiv zunächst am wenigsten klar zu sein schien, eindeutig als Täter überführt. Er legte nach Vorlage der Laboranalyse sofort ein umfassendes Geständnis ab. Bitte ersparen Sie es mir und den Angehörigen der beiden Kinder, die Details der Verbrechen erklären zu müssen. Ein offensichtlich durch und durch sexuell gestörter Mensch hat Grausamkeiten begangen, die mit Worten sowieso nur unzureichend beschrieben werden könnten.«

War sie das tatsächlich, die da sprach? Erstaunt hörte Leda sich selbst zu, während sie fortfuhr:

»Für uns Kriminalisten hatte die Aufklärung dieser Fälle eine besondere Bedeutung: Wir sind in der Lage, mit diesen Gentests solche Täter zu überführen, auf die es zunächst keinerlei Hinweise gibt. In Reihenuntersuchungen können im

Zweifelsfall Tausende von Menschen überprüft werden. Das ist gerade bei Sexualverbrechen an Kindern wichtig, da die Täter meist aus ihrem engeren oder weiteren häuslichen Umfeld stammen«, erklärte Leda den Reportern, die schweigend mitschrieben, ohne sie ein einziges Mal zu unterbrechen.

Leda atmete tief durch und sah zu Alesi. Er bedachte sie mit dem stolzen Blick eines Vaters, dessen Tochter soeben eine schwierige Prüfung bestanden hatte.

Dann ergriff er wieder das Wort, um die Auswüchse einer insgesamt gestörten, modernen Gesellschaft anzuklagen:

»Gerade Sie von der Presse tragen eine große Verantwortung für die Neuentdeckung traditioneller Werte, ohne die wir offensichtlich nicht leben können. Ist es denn wirklich altmodisch, das Leben und die Persönlichkeit unserer Kinder zu achten? Ist es denn wirklich überholt, sie als unsere schützenswerte Zukunft und nicht – wie es so häufig geschieht – als eine übermäßige Belastung oder schlimmstenfalls gar als Objekt ohne eigene Würde zu sehen? Wir können die Verbrechen nur strafrechtlich verfolgen. Die Hauptaufgabe zur Vermeidung solch grausamer Verbrechen liegt jedoch in der Gemeinschaft aller Bürger. Die immens steigenden Zahlen von Gewaltverbrechen an Kindern zeigen uns, daß der Wertekodex aus dem Lot geraten ist. Den Angehörigen, Freunden und allen, die den Kindern nahe standen, möchte ich hier mein tiefstes Mitleid ausdrücken«, schloß Alesi, und Leda wußte, daß er jedes Wort so meinte, wie er es gesagt hatte.

Plötzlich blickte sie geradewegs in die dunklen Augen von Paolo. Er stand an die Wand gelehnt gleich neben der Tür, hielt Block und Stift in der Hand und schaute sie lächelnd an. Offensichtlich war er zu spät gekommen, um noch einen der begehrten Sitzplätze zu erwischen.

Hunger stieg in ihr auf und besetzte ihre Gedanken, die sie

an den gedeckten Tisch bei Nabini in Trastevere trugen: Eine dampfende Fischsuppe stand vor ihr, und Paolo prostete ihr mit prickelndem Romanello zu.

»Commissaria Giallo, könnten Sie mir sagen, welche römischen Labore in der Lage sind, solche Massen-Gentests durchzuführen?«

Die Erwähnung ihres Namens holte Leda mit einem Ruck in den Pressesaal zurück.

»Das Ospedale Umberto I verfügt über die notwendige Ausstattung und die Kapazitäten«, antwortete sie in die unruhig werdende Menge hinein.

Die Kameraleute bauten bereits ihre Technik ab, die ersten Journalisten verließen drängelnd den Raum. Keine weiteren Fragen, wie erstaunlich, dachte Leda. Sie schaute auf die Uhr. Natürlich, in einer Stunde begannen die ersten Nachrichtensendungen. Sie mußten sich beeilen, um pünktlich auf dem Bildschirm zu erscheinen.

Leda suchte wieder Paolos Augen. Mit kaum wahrnehmbaren Gesten verabredeten sie sich zum Essen. Paolo würde sie später aus der Redaktion anrufen. Sie nickte, und er ging.

»Das war nicht fair. Warum hast du mich nicht auf die Situation vorbereitet?« zischte Leda Alesi zu, der seine Papiere zusammenräumte, als sei nichts geschehen.

»Weil du dich geweigert hättest, es zu tun. Also half nur der Schubs ins kalte Wasser. Jetzt weißt du fürs nächste Mal, wie es geht.«

Er grinste sie spitzbübisch an, und Leda schwankte, ob sie ihn zum Teufel schicken oder ihm dankbar sein sollte.

»Dann wollen wir mal«, sagte Alesi. Leda und Bruno Lerner wußten, was anstand.

Als sie Alesis Büro betraten, kam es Leda vor, als tauche sie in eine andere Welt ein. Trotz der Größe des Raums und der hohen Wände strahlte er Wärme und Behaglichkeit aus. Der große, dicke Teppich schluckte jedes Geräusch der

Schritte und den Streß des Tages. Von den Wänden schauten die noblen Herren in Öl, so schien es Leda, freundlicher auf sie herab als noch vor ein paar Stunden.

Alesi forderte die beiden auf, Platz zu nehmen, und ging geradewegs auf einen wunderbaren Barockschrank zu, in dem eine perfekte kleine Bar mit einem Kühlschrank eingerichtet war. Bruno Lerner und Leda ließen sich in den bequemen, hellbeigen Ledersesseln nieder, während Alesi drei Gläser mit Whiskey und Eis füllte. Nachdem er sie verteilt hatte, erhob er sein Glas:

»Der Fall ist tot, es lebe der nächste. Ihnen sage ich Grazie für die Arbeit und Salute.«

Die Mitarbeiter nannten es das »Fall-tot-Ritual«. Immer wenn die Ermittlungen zu einem großen Mordfall beendet waren, lud Alesi nach der Schlußpressekonferenz seine Mitarbeiter ein, um mit ihnen gemeinsam den Fall »in Whiskey zu ertränken« und die Nachrichtensendung im Fernsehen anzuschauen. Er sah sich selbst gern auf dem Bildschirm, denn er wußte, daß er dort eine gute Figur abgab. Es entsprach durchaus seiner Eitelkeit, daß die Kameras aus ihm einen bekannten Mann gemacht hatten.

Auf dem Rückweg ins Büro hörte Leda schon im Flur das Telefon klingeln.

»Ciao, ich bin's, Paolo. Der Tote auf dem Foto ist Gianpiero Puccio. Ich kenne ihn.«

Leda verschlug es die Sprache.

»Bist du sicher?«

»Natürlich bin ich sicher.« Paolo war immer sicher, wenn er so etwas sagte.

»Danke. Dann fahr ich mal zu Signora Puccio, die kenne ich nämlich. Zehn Uhr bei Nabini. Va bene?«

»Va bene, viel Glück.«

Telefonisch meldete sie bei Signora Puccio ihr Kommen an. Wie in einem Film sah sie das bevorstehende Gespräch mit der Witwe vor ihrem inneren Auge ablaufen. Leda war froh, noch die Autofahrt vor sich zu haben. Sie brauchte immer eine gewisse Vorbereitungszeit, um Betroffenen den Tod eines Angehörigen mitzuteilen. Jedesmal fiel es ihr schwer. Wann immer es ging, versuchte sie diese Aufgabe an Mitarbeiter zu delegieren.

Sie hatte sich vor einiger Zeit mit Ugo darüber unterhalten, ob diese Schwäche vielleicht eine typisch weibliche wäre. »Das glaube ich nicht«, hatte er gemeint. »Sie haben ja auch keine Schwierigkeiten, die Leichen selbst zu sehen. Es muß etwas in Ihrer Vergangenheit passiert sein, was Sie heute noch beeinflußt.«

Leda hatte intensiv über Ugos Worte nachgedacht. In der Tat: Am Anfang ihre Karriere als Mordkommissarin hatte sie sich zunächst in die Rolle der Überbringerin schlechter Botschaften gut eingelebt. Ihr Interesse war ausschließlich darauf gerichtet gewesen, daß die Angehörigen, Freunde, Geliebten oder Bekannten sich bald fingen und ihre Fragen beantworteten. Die Aufklärung eines Mordes, der verbissene Wille, den Täter so schnell wie möglich zu fassen, hatten bei ihr jahrelang so weit im Vordergrund gestanden, daß sie sich um die Gefühlswelt der Betroffenen kaum gekümmert hatte.

Dann, mit einem Anruf, war alles anders geworden. Vor fünf Jahren hatte sie abends noch in ihrem Büro über einem schwierigen Fall gebrütet, als das Telefon klingelte. »Guten Abend, Leda, hier ist Thomas«, hatte sich ihr geschiedener Mann mit tränenerstickter Stimme gemeldet. Es mußte etwas Furchtbares geschehen sein, denn sie hatte Thomas noch nie schluchzend erlebt.

»Flavia? Marco? Thomas, sag schon, was ist mit den Kindern?« Leda war in Panik geraten.

»Nein, Leda, sie sind gesund. Aber Nonna Marta ...«

»Was ist mit meiner Mutter?« hatte Leda damals so laut

in den Hörer geschrieen, als müsse sie die Entfernung von Rom bis München mit eigenen Lungenkräften überbrücken.

»Sie hatte einen Herzinfarkt, und vor einer Viertelstunde ist sie gestorben. Wir sind so traurig. Flavia sitzt bei ihr, läßt ihre Hand nicht los und sagt kein Wort. Sie weint nicht einmal. Marco steht hier neben mir und möchte mit dir sprechen.«

»Mamma, bitte komm ganz schnell«, hatte Marco schluchzend gesagt.

»Ich nehme den nächsten Flug«, hatte Leda völlig geschockt beschlossen. Sie war zu keinerlei Gefühlsäußerung in der Lage gewesen, gerade so, als hätte man ihr den Tod einer fremden Person mitgeteilt. Dieser Zustand hatte auch dann noch angehalten, als sie für den gleichen Abend einen Flug nach München gefunden und das Taxi zum Flughafen bestellt hatte. Erst im Auto war die Mauer zur Welt des Schmerzes eingebrochen, und auch sie hatte angefangen, hemmungslos zu weinen. Der Gedanke daran, wie sehr Marco und Flavia litten, daß ihre über alles geliebte Großmutter, die sie großgezogen hatte, nun nicht mehr für sie dasein würde, hatte Leda zutiefst erschüttert.

Seit dieser Taxifahrt, seitdem sie die Gefühle der Kinder ihre eigenen hatte werden lassen, war ihr das Überbringen von Todesnachrichten ein Graus. Jedesmal hatte sie wieder Angst, in den Betroffenen das Leid zu entfachen, das Marco und Flavia damals erfahren hatten.

IV

Vor Puccios Haus war kein Parkplatz zu finden. Leda stellte deshalb ihren Wagen direkt vor das große Eingangsportal, auf dem ein Halteverbotsschild prangte, zeigte dem Portier ihren Polizeiausweis und erklärte, daß sie bei Familie Puccio erwartet werde.

War Leda schon von der großzügigen Eingangshalle des Palazzos aus dem 19. Jahrhundert begeistert, so beeindruckte sie die elegante Wohnung der Puccios erst recht.

»Sie haben es hier sehr schön«, sagte Leda zu Signora Puccio, deren tiefe Ringe unter den Augen von einer durchwachten Nacht zeugten.

»Die Wohnung habe ich von meinen Eltern geerbt. Ich bin hier aufgewachsen.« Signora Puccio sprach wie jemand, der eine Katastrophe erahnt, ohne Genaueres darüber erfahren zu wollen: lauerndes Abwarten. Leda entschied sich, es ihr vorsichtig beizubringen.

»Bitte geben Sie mir doch als erstes noch mal die Daten Ihres Mannes«, sagte sie und zog einen Kugelschreiber und ein Blatt Papier aus ihrer Handtasche.

»Er heißt Gianpiero Puccio, ist einen Meter siebenundsiebzig groß, sehr schlank, zweiundsechzig Jahre alt, graublaue Augen und dunkelblonde Haare. Gianpiero arbeitet seit fünfunddreißig Jahren bei der Banca di Credito. Ich habe ihn zuletzt Montag früh beim Frühstück in Florenz gesehen.«

Damit hatte Signora Puccio alles gesagt, was sie sie hatte fragen wollen. Die Beschreibung paßte genau auf den Toten.

»Signora Puccio, ich weiß gar nicht, wie ich anfangen soll«, sagte Leda unsicher und drehte den Kugelschreiber aufgeregt zwischen den Fingern hin und her.

»Soll ich keine Vermißtenanzeige aufgeben und noch abwarten?«

Das brauchen Sie nicht zu tun, dachte Leda und fragte laut: »Trug Ihr Mann ein taubenblau-grau-kariertes Jackett und einen hellen Wollmantel, als Sie ihn das letzte Mal gesehen haben?«

»Ja, woher wissen Sie das?«

»Es tut mir leid, aber ich muß Ihnen sagen, daß wir gestern am Tiberufer einen Mann gefunden haben.«

Chiara Puccios Gesicht wurde kalkweiß. Sie blickte die Kommissarin mit ihren großen braunen Augen an und fragte mit ruhiger Stimme:

»Er ist tot, nicht wahr?«

»Ja.«

»Ich hatte es im Gefühl, daß etwas Schreckliches passiert sein muß. Gianpiero ist kein Mann, der einfach für ein paar Tage verschwindet und dann wiederauftaucht.« Chiara Puccio ging im Zimmer schweigend auf und ab.

Sie war eine Schönheit, schlank mit vollem braunen Haar, das sich sanft über den Rollkragen ihres wollweißen Pullovers wellte. Minutenlang war sie ganz mit sich und der Bestätigung ihrer Vorahnungen beschäftigt.

Leda merkte, daß sie die Frau nicht stören durfte. Sie schwieg und wartete. Eine andere Frau hätte jetzt vielleicht geweint, geschrien, eine Umarmung gebraucht. Chiara Puccio nicht. Sie rang mit sich selbst und darum, die Fassung zu wahren. Erschrocken fuhr sie zusammen, als das Klingeln des Telefons die Stille im Raum zerriß. Sie ließ es klingeln. Plötzlich blieb sie stehen und fragte:

»Sind Sie denn ganz sicher, daß es sich um meinen Mann handelt?«

»Ja.«

»War es ein Unfall?«

»Nein, er ist durch einen Kopfschuß gestorben. Wir haben

die Tatwaffe direkt neben ihm gefunden. Es könnte Selbstmord gewesen sein.«

»Das ist völlig ausgeschlossen«, fuhr Chiara Puccio auf. »Gianpiero ist ein Kämpfer. Er glaubt, daß es für jedes Problem eine Lösung gibt. ›Vielleicht nicht heute, vielleicht nicht morgen. Aber irgendwann wird jeder Knoten gelöst‹, sagt er immer. Außerdem würde ihm sein, nein, unser Glauben eine Selbsttötung verbieten. Wenn sich Ihr Toter selbst umgebracht hat, kann es nicht Gianpiero sein.« Leda hörte aus ihren Worten die flehende Bitte heraus, dem Leben ihres Mannes wenigstens eine kleine Chance zu geben.

»Signora Puccio, ich würde Ihnen gerne ein Foto von dem Toten zeigen, das wir an der Fundstelle gemacht haben«, sagte Leda und nahm ein Foto aus dem Aktendeckel.

»Muß das sein?« flüsterte die Frau.

»Ich fürchte, ja«, antwortete Leda ebenso leise, stand auf und reichte ihr das Foto. Dabei sprach sie weiter.

»Er kann nicht gelitten haben. Ich habe zwar noch keinen Obduktionsbericht, aber ich weiß, daß bei solchen Kopfschüssen der Betroffene sofort tot ist. Der Schuß wurde offensichtlich aus allernächster Nähe abgegeben. Wir haben keinerlei Spuren eines vorherigen Kampfes gefunden.«

Chiara Puccio starrte fassungslos auf das Bild. Leda hatte einen Moment lang Angst, sie würde ohnmächtig werden.

»Und er hat ganz bestimmt nichts gemerkt?«

»Nein, davon bin ich überzeugt«, sagte Leda, während sie ihr die Hände auf die Schultern legte.

Sie spürte ihren rasenden Atem und fragte immer noch ganz leise: »Er ist es, nicht wahr?«

Ein Nicken war die Antwort. Plötzlich ergriff Chiara Puccio mit eiskalter Hand die von Leda, hielt sie ganz fest und sagte eindringlich:

»Signora Giallo, was auch immer geschehen sein mag,

eines ist absolut sicher: Er hat sich nicht selbst getötet. Sie müssen den Mörder so schnell wie möglich finden.«

Zwar brauchte eine gläubige Katholikin nicht mehr zu fürchten, daß ihrem Mann, falls er selbst Hand an sich gelegt haben sollte, ein christliches Begräbnis verweigert würde. Doch Chiara Puccio war der Gedanke, irgend jemand könne glauben, Gianpiero habe gegen seine christliche Verpflichtung verstoßen und Gottes Gabe an den Menschen zurückgewiesen, offensichtlich unerträglicher als die Tatsache seines Todes an sich.

Ihre Reaktion erinnerte Leda an ihre Tante Angela, auch sie eine tiefgläubige Katholikin. Als ihr Mann Carlo sein Unternehmen seinerzeit in den Konkurs geritten und er sich erschossen hatte, war die einst selbstbewußte, aktive und fröhliche Tante Angela zu einem Häufchen Elend geschrumpft. Sie hatte vor lauter Scham ihr Haus nicht mehr verlassen. Sie schämte sich, einen Mann geheiratet und mit ihm Kinder gezeugt zu haben, der den Gesetzen Gottes und der Kirche zuwidergehandelt hatte. In ihrer Gegenwart durfte bis heute niemand mehr den Namen von Onkel Carlo erwähnen. Nicht einmal in die Kirche ging sie mehr, obwohl Padre Giovanni ihr immer wieder erklärt hatte, daß nicht sie gegen sittliches Recht verstoßen habe, sondern ihr Mann. Alles gute Zureden nützte nichts. Tante Angela schämte sich vor Gott und den Menschen und wollte mit ihrer Scham möglichst in Ruhe gelassen werden.

In Leda stieg eine Ahnung hoch, welche Bedeutung die Aufklärung des Todes von Gianpiero Puccio für seine Frau haben mußte. Es ging um sein Seelenheil und um das ihre. Beide sollte sie retten.

»Wir werden unser Bestes tun«, versicherte Leda der verzweifelten Frau und fühlte dabei die schwere Last einer Verantwortung, die sie eigentlich nicht tragen wollte.

Auf der Fahrt ins Leichenschauhaus sagte Signora Puccio

kein einziges Wort. Leda saß schweigend neben ihr. Als in der kalten, gekachelten Leichenhalle das weiße Tuch über dem Kopf des Toten kurz angehoben wurde, erkannte Signora Puccio ihren Mann und verlor für einen Moment die Fassung.

»O Gott, Gianpiero«, rief sie, drehte sich um und lief aus der Tür.

Auf dem Rückweg schwieg sie wieder und stierte aus dem Fenster. Leda vermutete, daß sie dort nichts sah außer dem Bild ihres verstorbenen Mannes. Leda wäre am liebsten aus dem Wagen gestiegen, um der erdrückenden Nähe der Verzweiflung zu entfliehen.

Zurück im Büro, informierte Leda die Kinder Camilla und Michele über den Tod des Vaters. »Ich kann das nicht«, hatte Chiara Puccio ihr erklärt. Beide wollten umgehend nach Rom kommen und am späten Abend in der elterlichen Wohnung eintreffen.

»Schaffen Sie es denn noch, mir ein paar Fragen zu beantworten?« fragte Leda. Sie merkte, wie sich Signora Puccios Schock langsam legte.

»Ja, ich möchte nur zu Hause sein, wenn die Kinder kommen.«

Leda warf einen Blick auf ihre Uhr. Fünf Uhr – und ihr Magen vermeldete eine umfassende Leere. Sie bat Ugo, ihr eine Pizza mit Zucchini im Restaurant um die Ecke zu bestellen. Signora Puccio lehnte das Angebot ab.

Bis das Essen kam, würden noch zwanzig Minuten vergehen. Für solche Notfälle lag in Ledas Schublade eine Tüte mit Konfekt, die sie jetzt herauszog und den beiden anderen daraus anbot. Ugo hatte in ihrer Abwesenheit sein Tramezzino längst wie jeden Tag pünktlich um eins ausgepackt und wahrscheinlich so andächtig wie immer verspeist. Ein Stück Schokolade kam ihm jetzt gerade recht. Chiara Puccio schüttelte den Kopf.

»Gab es denn in der letzten Zeit etwas, was Ihren Mann beunruhigte?«

»Er war beruflich sehr unzufrieden und hatte sich mehrfach mit der Idee beschäftigt, frühzeitig in Pension zu gehen. Dann konnte er sich aber doch nicht dazu durchringen. Er hat sich sehr auf die Rente gefreut. Im April wäre es soweit gewesen. Er hatte genug von der Arbeit, von der vielen Reiserei, und träumte davon, den Sommer in unserem Landhaus am Lago di Bolsena zu verbringen, dort Gemüse und Obst anzubauen und ein Buch zu schreiben.«

»Worüber wollte er denn schreiben?«

»Das weiß ich nicht genau. Er deutete nur ein paarmal an, daß es wohl um seine beruflichen Erfahrungen gehen sollte.«

»Was tat er genau bei der Bank?«

»Er hat die Filialen der Banca di Credito in ganz Italien überprüft, ob sie korrekt arbeiten. Dafür fuhr er gemeinsam mit ein paar Kollegen für ein paar Wochen in eine Stadt. Sie überprüften die Bücher, Kontenbewegungen, Einlagen, Transaktionen, Spekulationen und was weiß ich noch alles. Ich verstehe nichts davon.«

»Hat er Ihnen denn immer erzählt, was er herausgefunden hatte?«

»Früher schon. In den vergangenen Jahren aber so gut wie nichts mehr. Da wird wohl viel betrogen und hinterzogen. Das enttäuschte, besser entsetzte ihn. Wenn ich ihn hin und wieder einmal fragte, meinte er nur: ›Die Summen variieren ebenso wie die Namen der Schurken. Sonst hat sich nichts verändert. Was es zu erzählen gäbe, weißt du eigentlich schon. Und ich habe keine Lust, mich mit diesem ganzen Schmutz auch noch zu Hause zu beschäftigen. Laß uns über etwas Schöneres reden.‹«

»Dann muß er eine Menge Feinde gehabt haben, oder? Hatte er nie Angst vor Rache?«

»Ihm war klar, daß seine Arbeit nicht besonders beliebt

war. Aber Angst hatte er nie. Das ist wahrscheinlich so ähnlich wie bei Ihnen. Haben Sie nie Angst?«

»Manchmal schon, sehr selten. Man gewöhnt sich in gewisser Weise tatsächlich daran«, antwortete Leda. »Und bis April sollte er nun nicht mehr auf Reisen gehen?«

»Doch. Eigentlich sollte er ab Montag in Lucca prüfen. Aber dann platzte der Termin aus irgendwelchen Gründen.«

»Wissen Sie, warum Ihr Mann ausgerechnet mich sprechen wollte und woher er meinen Namen kannte?«

»Keine Ahnung. Er hat Ihren Namen nie erwähnt, ich kann mich zumindest nicht daran erinnern.«

»Mehr Fragen habe ich im Moment nicht. Vielen Dank, Signora Puccio. Kann ich noch etwas für Sie tun?«

Die Frau schüttelte den Kopf. Sie wirkte jetzt sehr erschöpft. Leda bat Ugo, sie mit dem Auto nach Hause zu fahren. Sie versprach ihr, daß er bei ihr bleiben würde, bis die Kinder kämen. Wahrscheinlich habe sie einige Telefonanrufe zu erwarten, weil das Foto ihres toten Mannes im Fernsehen gezeigt wurde.

»Morgen vormittag möchte ich gern mit Ihren Kindern sprechen. Ich komme gegen halb neun vorbei.«

Sobald die beiden die Tür hinter sich geschlossen hatten, riß Leda das Fenster auf. Der Schweiß lief ihr in Strömen am Körper hinab, ihr Kopf brummte, und ihr Magen knurrte inzwischen so laut, daß er sich wie ein wütender Hund unter dem Tisch anhörte.

Glücklicherweise klopfte es in diesem Augenblick, und die Tür ging auf. Wie schon so häufig kam ihr auch heute Enrico, der Sohn des Pizzabäckers, mit seinen braunen Locken und dem strahlenden Lächeln wie ein Engel Gottes vor, der ihr ein lang ersehntes Geschenk brachte.

»Tag, Signora Commissaria, eccomi«, begrüßte er sie.

»Ciao, Enrico, wie gut, daß du da bist. Ich komme vor Hunger beinahe um.«

»Oje, Sie Arme. Halten die Toten Sie wieder auf Trab?« fragte er mitfühlend und neugierig zugleich.

»Das kann man wohl sagen.«

»Bearbeiten Sie den Fall mit dem Toten aus dem Tiber?«

»Hast du das Bild im Fernsehen schon gesehen?«

»Klar. Und wer ist es nun?«

»Ein Banker. Apropos, wieviel kriegst du von mir?« antwortete sie mit einer Gegenfrage, um Enrico von weiteren Nachforschungen abzulenken.

Sie gab ihm die geforderten sechs Euro und noch einen als Trinkgeld dazu. Der Junge freute sich, dankte überschwenglich und zog zufrieden ab.

Endlich stand die Pizza vor ihr. Sie begann, sie in atemberaubender Geschwindigkeit in sich hineinzustopfen.

V Die heiße Dusche tat Leda nach diesem anstrengenden Tag gut und weckte ihre vom Whiskey noch zusätzlich ermatteten Lebensgeister. Sie streifte sich einen schwarzen Pullover über, von dem sie fand, daß er ihr besonders gut stand. Aus dem Schmuckkasten zog sie eine Korallenkette. Die einzelnen, wie kleine Äste geformten und durch Goldperlen getrennten Korallenstücke waren nur ein paar Töne dunkler als ihre schwer zu bändigende Lockenpracht.

Als Kind war sie als »Karotte« von ihren Freunden oft ausgelacht worden und hatte sich furchtbar geschämt. Der erste Kuß und ein seufzendes »meine Güte, wie schön du bist« eines verliebten Achtzehnjährigen hatten den Friedensschluß mit ihrem vermeintlichen Makel gebracht. Dabei kam ihr zusätzlich zugute, daß ihre Haut unter dem Einfluß der italienischen Sommersonne nicht verbrannte, sondern einen wunderschönen tiefen Braunton annahm.

Heute – als »alte Frau«, wie Paolo sie seit ein paar Jahren liebevoll bezeichnete – machten sich auf ihrem Kopf zunehmend weiße Strähnen bemerkbar. Dank der modernen Chemie war es Leda bisher gelungen, diesen kleinen Schönheitsfehler durch regelmäßiges Tönen zu beheben.

Ledas Problem begann weiter unten. Menschen, die es gut mit ihr meinten, sagten, sie sei »barock«, andere bezeichneten sie schlicht als »cicciona«, als Pummelchen. Ihr schmales Gesicht und ihr schlanker Hals bildeten einen merkwürdigen Kontrast zur sonstigen Leibesfülle. Kein Doppelkinn verunstaltete ihr klassisches Profil, und sie brauchte auch ihren Hals nicht mit Tüchern oder Rollkragenpullovern zu kaschieren.

Früher einmal hatte sie rund zwanzig Kilo weniger auf die

Waage gebracht. Dann war die Scheidung von Thomas gekommen. Die Kinder und Nonna Marta waren mit ihm nach Deutschland gezogen.

Die Leere ihrer Seele hatte sie mit Essen und Affären zu füllen versucht. Wären da nicht der Beruf und Alesi gewesen, der auf ein gepflegtes Äußeres seiner Mitarbeiter pochte, hätte sie sich wahrscheinlich ganz gehen lassen. So waren mit den Jahren die Pfunde gekommen und leider geblieben, die wechselnden Liebhaber aber verschwunden. Bis auf einen: Paolo.

Zum schwarzen Pullover wählte sie einen langen, ebenfalls schwarzen Wollrock, der mit großen roten, orangen und braunen Rosen bedruckt war. Leda betrachtete sich im Spiegel. Zufrieden, das Bestmögliche aus sich gemacht zu haben, verließ sie das Haus.

Sie freute sich auf einen gemütlichen Abend mit Paolo und fuhr pfeifend die breite, erleuchtete Straße am Tiber entlang. Die kahlen Platanen am Straßenrand streckten ihre nackten Äste in den sternenübersäten Nachthimmel.

Der Engel auf dem Hadriansmausoleum schien vor der Kulisse der Petersdomkuppel im Licht der Scheinwerfer zu tanzen. Die Tiberinsel lag wie ein fest verankertes Schiff mitten im Fluß, der sich als schwarzes Band durch die Stadt zog. Leda sah ihn nur manchmal, weil er weit unterhalb der Straße lag. Als sie an der Stelle vorbeikam, wo die Treppe zum Fundort der Leiche hinabführte, grauste ihr bei der Vorstellung, daß ein Mensch dort unten im feuchten, kalten Dunkel der Winternacht gestorben war. Sie gab Gas, obwohl sie es nicht eilig hatte.

Für zehn Uhr war sie mit Paolo bei Nabini an der Piazza Santa Maria in Trastevere verabredet. Sie fand einen Parkplatz am Lungotevere und lief durch die Gassen des einstigen Armenviertels. Von manchen Häuserfronten bröckelte der Putz, hin und wieder ließ jedoch ein geöffneter Vorhang einen Blick ins beleuchtete Innere zu, und Leda sah, was sie längst wußte: Hier wohnten oft keine armen Menschen mehr, sondern solche, die sich das Leben in teuer renovierten Luxuswohnungen erlauben konnten. Die Fassade war eben nur Fassade.

Leda genoß den Spaziergang durch die abendliche Stille des Stadtviertels, das sich in dieser Jahreszeit von den Touristenströmen erholte.

Plötzlich ging direkt neben ihr ein schweres, geschnitztes Holztor knarrend auf. Leda sprang erschrocken auf die andere Seite des schmalen Gäßchens und starrte in den schwarzen Eingang. Sie konnte nichts darin erkennen, hörte aber eine Männerstimme:

»Avanti, Nerone, beweg dich.«

Leda glaubte ihren Augen nicht zu trauen: Aus dem Haus traten erst der Hund und dann der Herr, die den toten Puccio gefunden hatten.

»Nerone, mein Alter. Ich weiß ja, daß es kalt ist. Aber du mußt noch mal raus. Sonst pinkelst du mir alles voll.« Der Mann war so sehr mit seinem Hund beschäftigt, daß er die schwarz gekleidete Leda übersah. Langsam trottete das Paar im Schein einer trüben Straßenlampe von dannen.

Enzo, der Ober, begrüßte sie überschwenglich.

»Signora Commissaria, wie lange haben wir uns nicht gesehen! Wochen müssen das her sein! Und was ist in dieser Zeit nicht alles passiert? Schon wieder eine neue Regierung, schon wieder neue Steuern, und die Weiß-Blauen führen die erste Liga an.«

Leda mußte lachen.

»Tja, Enzo, daß die Regierungen wechseln wie das Chamäleon seine Farbe, ist Ihnen egal. Aber daß Ihre Gelb-Roten verloren haben, das kommt einer Katastrophe gleich. Vielleicht sind die Laziali eben einfach doch besser.«

Leda interessierte sich eigentlich nicht für Fußball. Da sie sich aber den montäglichen Bürogesprächen über die Wochenendsiege und -niederlagen der beiden berühmten Mannschaften der ewigen Stadt, A. S. Roma und S. S. Lazio, nicht entziehen konnte, wußte sie recht gut Bescheid.

»Ich habe es selbst nicht gesehen, aber das Spiel von Lazio soll sensationell gut gewesen sein«, setzte sie provozierend hinzu.

Enzos Reaktion war die erwartete. Heftig gestikulierend redete er auf Leda ein, während er sie an den von Paolo telefonisch reservierten Tisch in der Nische begleitete.

»Die sind nicht besser«, verteidigte er seine römische Elf. »Die haben nur Glück und ausreichend Geld, um unsere Spitzenleute wegzukaufen. Das müßte verboten werden. Es geht doch nicht, daß es innerhalb einer Stadt solche Konkurrenz gibt. Die Stadt Rom als solche, egal von welcher Mannschaft, sollte in der Liga ganz oben repräsentiert werden.«

»Aber Lazio ist doch ganz oben, was wollen Sie mehr?« fragte Leda ihn mit unschuldigem Gesichtsausdruck.

»Das stimmt«, räumte Enzo ein. Als alter Gastronom wußte er, daß man Gästen ab einem bestimmten Punkt nicht weiter widersprechen sollte, auch wenn man anderer Meinung war.

Paolo war noch nicht da. Leda hatte sich längst daran gewöhnt, in Restaurants auf ihn zu warten, weil er als Polizeireporter häufig noch bis zum Redaktionsschluß arbeiten mußte. Kriminalität kannte keine Arbeitszeit, nur die anlaufenden Druckmaschinen legten sie für Paolo auf spätestens dreiundzwanzig Uhr fest.

Als er erschien, strahlte er, beugte sich zu ihr nieder und küßte sie auf die Stirn.

»Wunderbar warst du heute abend im Fernsehen. Du wirst noch in die Kriminalgeschichte Italiens eingehen. Und großartig ausgesehen hast du auch. Auguri, Glückwunsch, und das sage ich nicht nur als einer vom Fach, sondern auch als Mann.« Er setzte sich Leda gegenüber an den Tisch. Enzo kam sofort und schenkte ihm Wein ein.

»Prost, alte Frau. Du weißt, ich habe dich schon immer geliebt. Morgen früh kannst du dich auf unserer Titelseite bewundern.«

Zum zweiten Mal an diesem Tag errötete Leda.

Paolo war der beste Freund von Thomas in Rom gewesen. An dieser Männerfreundschaft hatte Leda nur am Rande teilgenommen. Erst nach Thomas' Fortzug hatten sie sich richtig kennengelernt.

Alles hatte damit begonnen, daß Paolo sie in der »Zeit der Leere«, wie sie selbst die ersten Jahre nach der Trennung nannte, nächtelang angehört und getröstet, ihr gut zugeredet hatte, wenn sie es brauchte, oder sie auch völlig in Ruhe gelassen hatte, wenn sie allein sein wollte. Er hatte sie ins Kino, ins Theater und in die Oper begleitet, war mit ihr am Wochenende in die Berge oder ans Meer gefahren und hatte sie an Festtagen zum Feiern mit seiner Mutter zu sich nach Hause eingeladen.

So wurde er mit der Zeit auch ihr bester Freund und Vertrauter. Weder zu ihrer Schwester Francesca noch zu ihrer Freundin Roberta hatte Leda in dieser Zeit so viel Vertrauen gehabt wie zu Paolo. Er war der einzige, der bis heute fest daran glaubte, daß Leda wieder dünn wie einst und die berühmteste Kommissarin Italiens werden würde. Langsam war dann aus Freundschaft Liebe geworden.

Paolo lebte bei seiner Mutter, Signora Agata. Thomas hatte ihn schon früher gerne damit aufgezogen, daß er entweder bei einer Frau wohnte, manchmal sogar jahrelang, oder, wenn das nicht mehr klappte, zurück ins Elternhaus zog. Bis heute hatte er noch nie seine eigenen vier Wände gehabt, und Leda nannte ihn deshalb scherzhaft »Untermieter«.

Paolo war weder besonders schön noch gut angezogen, aber dafür einfühlsam, intelligent und mit einer starken männlichen Ausstrahlung ausgestattet. Diese Eigenschaften führten dazu, daß Frauen sich gerne bei ihm aufhielten. Umgekehrt wirkten die weiblichen Anziehungskräfte geradezu magnetisch auf ihn.

Mit der Zeit war Leda bewußt geworden, daß sie sich nie mehr ganz voneinander trennen würden, auch wenn Paolo hin und wieder kurzfristig von Amors Pfeilen getroffen wurde.

Geschah dies, erklärte er Leda unter Tränen, diesmal sei es endgültig zwischen ihnen aus. Die andere Frau fessele ihn so stark, daß er sich ihr voraussichtlich nie wieder entziehen könne. Ein paar Wochen später war aus der Leidenschaft Überdruß geworden, und Paolo bat Leda mit der gleichen Inbrunst wie bei der vorangegangenen Trennungszeremonie, ihm doch bitte zu vergeben, weil er nichts weiter als ein von seinen Trieben besessener Dummkopf gewesen sei.

Leda pflegte ihm zuzustimmen, ihm zu vergeben und ihn anschließend wieder in ihre Arme zu nehmen. Amor schoß immer seltener, und die Dosis des Liebesgifts in seinen Pfeilen wurde geringer. Den letzten Liebesanfall hatte Paolo vor nunmehr fast drei Jahren gehabt.

Leda hatte der Sinn, abgesehen von mangelnden Alternativen, schon viel länger nicht mehr nach anderen Männern gestanden, weil sie zunehmend tiefere Empfindungen für Paolo hegte.

»Was wünschen Signora Commissaria heute zu speisen? Bitte nimm etwas Unkompliziertes, was schnell kommt, ich habe wahnsinnigen Kohldampf«, bat er sie nun mit einem Blick, in den er den ganzen Schmerz der hungernden Welt legte. Sie einigten sich auf eine Fischsuppe, gegrillte Gamberoni und einen großen gemischten Salat.

»Wieso hast du mir eigentlich nicht gesagt, daß ihr den Arzt überführt habt?«

»Erstens, weil du doch sowieso in deiner Kunstraubgeschichte stecktest. Und zweitens, weil ich soviel zu tun hatte, daß ich die armen kleinen Mädchen und den Mörderdoktor ganz vergessen hatte. Stell dir vor, Alesi hatte schon die Journalisten eingeladen bevor mein Bericht fertig war. In der Stunde, bevor ihr kamt, habe ich wie eine Verrückte geschrieben. Und dann mußte ich auch noch vor den ganzen Kameras reden.«

Die Suppe war köstlich, Nabini machte seinem guten Ruf als Fischkoch wieder einmal alle Ehre. Sie lobten das Essen in den höchsten Tönen, als er an ihren Tisch kam, um sich als Herr des Hauses nach dem Wohlergehen seiner Gäste zu erkundigen.

»Man muß auf dem Markt nur die richtigen Tiere einkaufen. Dann gelingt die Suppe immer«, meinte er und erging sich hingebungsvoll in der Erläuterung der Zubereitung, zerlegte einen imaginären Fisch, bestreute ihn mit Salz, beträufelte ihn mit Öl und Zitrone, hackte Petersilie und schob ihn schließlich mit ausladenden Gesten in einen unsichtbaren Ofen.

Leda und Paolo schauten ihm bewundernd zu. Keine Handbewegung, kein Gesichtszug des großartigen Schauspiels entging ihnen. Im übrigen wäre Nabini sehr beleidigt gewesen, wenn sie Desinteresse gezeigt hätten.

Als er sich anderen Gästen zuwandte, fragte Leda Paolo, woher er Puccio kannte.

»Aus meiner Zeit als Untermieter bei Emilia. Ewig her! Puccio war der Nachbar, ein netter Mann, Banker, glaube ich.«

Leda erzählte ihm von Puccios Frau und wie sie sich gegen den Selbstmordverdacht gewehrt hatte.

»Ihre Argumentation klingt überzeugend. Aber manchmal gehen im Partner Veränderungen vor, die der andere gar nicht bemerkt.«

»Das schon, aber vielleicht stehen der Einbruch bei Puccios und sein Tod in einem Zusammenhang. Schließlich haben die Einbrecher gezielt etwas gesucht. Ich habe mit den Kollegen vom Einbruchsdezernat gesprochen, und sie hatten nicht den Eindruck, daß es sich um einen ganz gewöhnlichen Einbruch gehandelt hat.«

»Was könnten sie denn gesucht haben?«

»Wenn ich das nur wüßte, auch Chiara Puccio hatte keine Idee. Ich frage mich außerdem, warum Puccio ausgerechnet mich so kurz vor seinem Tod sprechen wollte, woher er meinen Namen hatte.«

»Das kann ich dir sagen. Vor ein paar Monaten hat er mich angerufen. Er hat jemanden bei der Polizei gesucht, dem er absolut vertrauen könnte. Ich habe ihm deinen Namen gegeben, aber mich dann nicht weiter um die Geschichte gekümmert.«

Nun wußte Leda zumindest, warum Puccio gerade mit ihr sprechen wollte. Nur der Grund für den Anruf war und blieb ein Rätsel.

VI

Als Leda am nächsten Morgen durch die Glastür in Marios Bar trat, mußte sie im Slalom durch Kartonberge laufen.

»Ciao, Bello, was ist denn hier passiert?«

»Panettone. Mein Cousin Fabio, der mit der Bar in San Giovanni, hat gestern ein Sonderangebot aufgetrieben und mir hundert Stück gegeben. Ich weiß nur noch nicht, wo ich sie stapeln soll.«

»Bau doch das große Fenster damit zu, dann zieht es wenigstens nicht mehr so herein, und die Leute sehen von draußen dein Angebot. Was soll denn einer kosten?« fragte Leda.

»Drei Euro das Stück.«

»Ich nehme zwei und gebe dir fünf Euro, va bene?«

»Aber nur, weil Sie es sind, Signora Commissaria«, lachte Mario und stellte ihr den morgendlichen Cappuccino neben die bereitliegende Zeitung und die Packung Zigaretten. »Möchten Sie ein Stück probieren? Nur meine Mutter hat besseren gebacken.« Mario reichte ihr ein Stück in einer Papierserviette über den Tresen.

Leda liebte dieses Weihnachtsgebäck, einen lockeren, hohen Hefekuchen mit Orangeat und Zitronat, und aß es mit Genuß.

»Sie sind ja berühmt. Heute morgen am Kiosk haben Sie mich von mindestens drei Titelblättern aus angeschaut. Ich bin sehr stolz auf Sie«, sagte Mario feierlich, um anschließend wie schon gestern mit Vehemenz die Todesstrafe für so unmenschliche Wesen wie den Mörderdoktor zu fordern.

Sie wußte, Mario würde dieses Thema in den Mittelpunkt seiner Tagesgespräche mit den Gästen stellen. Nicht ohne jedes Mal mit stolzgeschwellter Brust kundzutun, wie gut er diese außergewöhnlich erfolgreiche Kommissarin kenne.

»Müssen denn so berühmte Leute wie ich bei dir überhaupt bezahlen?«

»Gerade die«, gab Mario lachend zurück. »Wenn man einmal berühmt ist, verdient man doch ganz von allein immer mehr und wird überall eingeladen, weil sich jeder von der Bekanntschaft etwas verspricht. Ihre Berühmtheit ist allerdings noch zu frisch, um Ihnen jetzt schon Vorteile zu bringen. Deshalb ist es mir sozusagen eine Ehre, Ihnen Ihren ersten VIP-Kaffee spendieren zu dürfen.«

»Nein, Mario, das habe ich doch nicht ernst gemeint.«

»Ich aber«, sagte Mario schlicht. »Ab morgen zahlen Sie wieder ganz normal.«

»Danke.« Leda steckte die Zigaretten in die Manteltasche, nahm die beiden Kartons mit den Kuchen, zahlte und ging.

Während sie sich im Schrittempo durch den morgendlichen Verkehr quälte, hörte sie im Radio die wortreichen Ausführungen eines Politikers, der in den von Leda gestern erwähnten Reihen-Gentests einen Anschlag auf die Privatsphäre des freien italienischen Bürgers sah.

»Immer tiefer gerät der einzelne in das Überwachungsnetz des Staates. Wir sind von den grausamen Visionen, die George Orwell bereits in seinem Roman ›1984‹ mit allen negativen Auswirkungen auf unsere zivile Gesellschaft beschrieben hat, nicht mehr weit entfernt«, tönte es aus dem Lautsprecher.

»Du Quatschkopf«, sagte Leda laut. »Kannst du vielleicht mal verraten, wie wir diese Perversen sonst kriegen sollen? Die zerstören doch die Gesellschaft – und nicht diejenigen, die sie mit effizienten Methoden verfolgen.«

»Ist Signor Puccio ermordet worden?« fragte der Portiere, als sie das Haus der Familie Puccio betrat. Er hatte sie sofort wiedererkannt.

»Dazu kann ich nichts sagen.«

»Wirklich schade um ihn, wirklich schade. Ein so netter Mann war das. Immer freundlich, auch wenn einmal etwas nicht funktionierte. Signor Puccio wurde nie laut und hat sich auch nicht laufend beschwert, wie es die anderen tun. Feine Leute sind das, richtig feine, die wissen, was sich gehört. Als ich ihn so tot im Fernsehen gesehen habe, da hat mich beinahe der Schlag getroffen. Ich habe dann gleich bei der Polizei angerufen. Glauben Sie vielleicht, daß die sich dafür interessiert haben? Nicht die Spur! Meine Nummer durfte ich denen geben, und anschließend hat sich keiner mehr gemeldet. Da will man denen mal helfen, und dann wollen sie nichts von einem wissen. So wird man als anständiger Bürger in diesem Land behandelt.«

»Das tut mir leid und ich entschuldige mich hiermit für unsere Nachlässigkeit. Es wird nicht wieder vorkommen.« Daß er ihr nicht ganz glaubte, konnte Leda unschwer in seinem Gesicht lesen.

»Würden Sie mir später noch ein paar Fragen beantworten? Ich muß nur noch schnell zu den Puccios gehen.«

Beruhigt, daß er doch nicht so unwichtig war, erklärte er sich großzügig bereit, für sie dazusein, wann immer sie ihn brauchte. Außerdem, wie sonst hätte er besser Neuigkeiten über Puccio erfahren können als von der Polizei direkt, um sie anschließend – natürlich jeweils unter dem Siegel der absoluten Verschwiegenheit – im Haus, bei Familie und Freunden zu verbreiten?

In Chiara Puccios Gesicht hatten sich über Nacht tiefe Linien des Leids eingegraben. Mit steifen Bewegungen führte sie Leda ins Wohnzimmer.

»Die Wohnung ist ohne Gianpiero viel zu groß für mich. Wahrscheinlich werde ich in unser Landhaus ziehen. Falls mein Sohn Michele eines Tages wieder in Rom arbeiten sollte, kann er hier wohnen.«

In diesem Moment betrat ein junger Mann mit dunklem Haar und rotgeweinten Augen das Wohnzimmer und stellte sich als eben dieser Michele vor. Ihm folgte Camilla, die ihrem Vater sehr ähnlich sah. Sie war leichenblaß.

»Unsere Experten halten es für möglich, daß Ihr Vater Selbstmord verübt hat. Für diese These sprechen die Umstände am Fundort und der Zustand der Leiche, die keinerlei Spuren von Gegenwehr erkennen läßt. Es fehlt jedoch ein Motiv. Außerdem ist es mehr als erstaunlich, daß Ihr Vater mich ein paar Stunden vor seinem Tod noch angerufen hat. Und es waren Einbrecher in dieser Wohnung, ohne daß Wesentliches gestohlen wurde. Die Täter haben wahrscheinlich etwas gesucht, vielleicht auch gefunden. Es ist nicht auszuschließen, daß der Tod Ihres Vaters und der Einbruch in einem Zusammenhang stehen.«

»Ich bin sicher, daß nach etwas gesucht wurde«, unterbrach Camilla die Kommissarin. »In meinem Zimmer ist nichts mehr an seinem richtigen Platz. Meine alten Puppen und Plüschtiere sitzen in einer anderen Reihenfolge auf dem Regalbrett als früher. Maria, unsere Putzfrau, arbeitet bei uns, solange ich denken kann, und sie weiß genau, wer wo zu sitzen hat. Außerdem staubt sie die ganzen Sachen höchstens zweimal im Jahr ab, und dann nur, wenn ich mich mit den Kindern angemeldet habe. Ich habe sie gestern abend noch angerufen und gefragt, ob sie etwas bei mir verändert hat. Sie sagte mir, daß sie mein Zimmer seit Wochen nicht betreten hat. Papa hätte sich nie an meinen alten Puppen zu schaffen gemacht. Mamma sagt, sie sei es auch nicht gewesen. Wer war es dann, frage ich mich?«

»Können Sie sich vorstellen, was die Einbrecher gesucht haben?«

Alle drei schüttelten die Köpfe.

»Haben Sie denn an Ihrem Vater in der letzten Zeit irgendwelche Veränderungen bemerkt?«

»Ja, schon«, meinte Michele. »Früher arbeitete er mit viel Freude und Engagement. Am Schluß hat er sich geradezu unbändig auf seinen Ruhestand gefreut. Er hatte die Betrügereien in der Bank satt. ›Was bin ich froh, wenn ich es nicht mehr mit ansehen muß‹, hat er vor ein paar Monaten mal zu mir gesagt. Ich habe ihn gefragt, warum er solche Machenschaften nicht anzeigt. ›Weil ich dann riskieren würde, daß euch oder mir etwas passiert, und das ist die Sache nicht wert‹, hat er geantwortet, und dann wollte er nicht mehr darüber sprechen. Ich habe weder meiner Mutter noch meiner Schwester etwas von diesem Gespräch erzählt, war aber ziemlich beunruhigt. Jetzt denke ich, daß sein Tod etwas mit seinem Beruf zu tun haben könnte, zumal er ja noch versucht hat, Sie zu sprechen.«

Namen von Kollegen hatte Puccio selten im Familienkreis erwähnt. Sie erinnerten sich lediglich an Gianni Verdone, den Vorgesetzten des Toten. Einen Selbstmord hielten die beiden Kinder genau wie die Mutter für ausgeschlossen.

Der Portiere wartete wie verabredet in seinem Häuschen, als Leda mit dem Aufzug herunterkam.

»Haben Sie am Montag fremde Personen hier im Haus gesehen?« fragte sie ihn, nachdem sie seine gute Absicht, der Polizei trotz der gestrigen Enttäuschung weiterhelfen zu wollen, ausführlich gelobt hatte.

»Handwerker, weil Signora Baldini im dritten Stock schon wieder umbaut.« Angestrengt dachte er weiter nach. »Ja ... Und zwei Männer sind wegen der Wohnung im vierten Stock gekommen. Wissen Sie, Signora Cenci ist schon alt und kann nicht mehr so. Sie wohnt seit vier Monaten bei ihrer Tochter in Cerveteri. Mir hat sie die Schlüssel gegeben, falls einer die Wohnung besichtigen will. Der eine Fremde hat draußen am Haus das ›Vendesi‹-Schild kleben sehen. Da ist er mit seinem Bruder gekommen und hat die Wohnung angeguckt. Seltsame Vögel waren das. Erst hat sie ihnen gut gefallen. Sie wollten sie dann aber noch komplett ausmessen, um zu sehen, ob ihre Möbel auch hineinpaßten. Ich hab ihnen einen Zollstock und einen Zettel geliehen. Die waren furchtbar umständlich, und es hat ewig gedauert. Und weil es andauernd geklingelt hat, bin ich dann wieder runtergegangen. Schließlich gab's in der leeren Wohnung nichts zu klauen.« Der Portiere kratzte sich am Kinn und fuhr fort:

»Sie waren fast eine Stunde lang oben und kamen irgendwie unzufrieden wieder runter. Sie müßten sich das noch mal überlegen, sagten sie. Die drei Zimmer zum Innenhof waren ihnen zu dunkel. Außerdem wären keine Einbauschränke da. Wirklich komische Leute, habe ich mir gedacht. Die sollten froh sein, daß die Schlafzimmer zum Hof gehen und ruhig sind. Im Sommer ist es doch nur angenehm, wenn die Sonne nicht in die Zimmer knallt«, meinte er kopfschüttelnd.

»Haben Sie das den Polizisten schon gesagt, die nach dem Einbruch da waren?«

»Nein, die wollten nur wissen, ob jemand mit Taschen oder Koffern das Haus verlassen hat. Haben sie aber nicht.«

»Würden Sie sie wiedererkennen?« fragte Leda.

»Ich glaube schon. Ist was mit ihnen?« fragte der Portier.

»Das weiß ich noch nicht. Haben Sie eigentlich Signor Puccio am Montag abend gesehen?«

»Nein. Ich dachte, er wäre unterwegs wie immer. Waren das die Mörder?«

»Vielleicht die Einbrecher«, antwortete Leda.

Dann bedankte sie sich und sagte dem Portiere, wie wichtig seine Aussage gewesen sei.

VII

Am Telefon hieß es, Signor Verdone sei heute leider krank, Leda möge es doch bitte in den nächsten Tagen noch einmal versuchen. Es dauerte einige Zeit, bis Leda die Sekretärin von Gianni Verdone dazu gebracht hatte, ihr die Privatanschrift des Chefs zu geben. Es hatte der handfesten Androhung von persönlichen Konsequenzen bedurft, bis sie die gewünschte Information erhalten hatte.

Leda lotste ihren Wagen von der Zentrale der Banca di Credito in der Via Veneto quer durch die Stadt auf die nördliche Ausfallstraße. Es goß in Strömen. Die Scheibenwischer kämpften mit Mühe gegen die Wasserfontänen überholender Wagen an.

Leda kannte sich im Nobelvorort Olgiata nur sehr mangelhaft aus. Sie verfuhr sich mehrfach. Endlich stand sie vor einem Eisentor. Daneben war an einer über mannshohen Bruchsteinmauer unauffällig die Hausnummer angebracht. Leda stieg aus und klingelte. Nach einiger Zeit ertönte die Stimme einer Frau an der Gegensprechanlage.

»Wer ist da?«

»Hier ist die Polizei, ich möchte Signor Verdone sprechen.«

»Er ist krank, kommen Sie bitte morgen wieder.«

Der Regen hatte sie inzwischen völlig durchnäßt und Leda verlor die Geduld. Ein paar deutliche Worte ließen das Eisentor wie von Geisterhand bewegt zur Seite gleiten. Leda fuhr über einen schmalen Waldweg einen Hügel hinauf. Von einem Wohnhaus war weit und breit nichts zu sehen.

Dann eröffnete sich vor ihr ein Park. In der Mitte lag ein Haus im Stil einer alten römischen Villa, das im typischen Backsteinrot dieser Region gestrichen war. Rechts daneben erstreckte sich ein Schwimmbad mit einer breiten naturfarbenen Sandsteinumrandung. Auf dem kleinen Platz vor der Eingangstür aus schwerem Holz prangte ein hoher, über und über mit Lichterketten behängter Weihnachtsbaum, die durch das Grau des Tageslichts nur schwach schimmerten.

Ein Hausmädchen mit weißer Schürze nahm ihr den Mantel ab und führte sie durch die kalte, marmorne Eingangshalle zu einer Tür. Es roch nach Putzmitteln, und Leda fror.

Sie brauchte einige Zeit, bis ihre Augen sich an das Dunkel im Zimmer gewöhnt hatten. Der Hausherr stand reglos am Fenster. Leda ging auf ihn zu. Der dicke Teppich verschluckte jeden Laut ihrer Schritte. Hier war es warm. Verdone kam mit langsamen Bewegungen auf sie zu.

»Buon giorno, Commissaria. Ich habe Sie bereits erwartet.«

Er trug einen weinroten, seidenen Hausmantel. Sein pechschwarzes Haar betonte das fahle Winterweiß seiner Haut. Unter seinen braunen Augen lagen beinahe ebenso dunkle Ringe. Verdone sah krank aus.

»Puccio, nicht wahr?«

Leda nickte.

»Ich bin wirklich erschüttert über seinen Tod. Ich habe sein Bild in der Zeitung gesehen. Meine Güte, wie schrecklich. Was ist denn passiert?«

Leda berichtete von den beiden möglichen Todesthesen und bat Verdone, ihr etwas über Puccio zu erzählen.

»Er war ein Inspektor von vielen, die wir in der Bank haben. Sie überprüfen die Rechtmäßigkeit und Wirtschaftlichkeit der Arbeit aller Bankfilialen im Inland, eine rein interne Tätigkeit. Vor drei Jahren haben wir ihn zum Gruppenchef befördert, weil er ein sehr zuverlässiger und kenntnisreicher Mann war und zudem gut mit Menschen umgehen konnte. Er war mit Abstand der beste Controller, den wir hatten. Seit ich in der Bank arbeite, war Puccio mein Vorbild.«

Ledas Beine waren vom Stehen schwer geworden. Mit einem Blick auf zwei Sessel, über denen ein Bildnis des von Pfeilen durchbohrten Heiligen Sebastian hing, bat sie Verdone, sich setzen zu dürfen.

»Entschuldigen Sie bitte. Ich bin ein schlechter Gastgeber. Möchten Sie einen Kaffee?«

Leda nickte dankbar, und Verdone rief mit einer Klingel das Mädchen herbei.

»Ist in den vergangenen Monaten denn etwas geschehen, was ihn in besonderem Maße bedrückt oder empört hat?«

»Nicht, daß ich wüßte. Puccio war ein eher zugeknöpfter Mann, der seine Gefühle nicht nach außen trug. Hin und wieder, wenn er Unregelmäßigkeiten entdeckte, die Kollegen in einer Filiale zu verantworten hatten, war er sehr enttäuscht, geradezu verbittert. Er nahm seinen Beruf manchmal zu ernst. Ob er private Sorgen hatte, kann ich Ihnen wirklich nicht sagen. Wir haben nie darüber gesprochen.«

»Werden diese Untersuchungen in den Filialen von einzelnen Mitarbeitern durchgeführt?«

»Nein, wir stellen immer Gruppen von Männern zusammen, in denen jeder ein anderes Fachgebiet beherrscht. So kennt sich einer beispielsweise im Kapitalanlagebereich, der nächste in der Buchhaltung, ein anderer im Geschäftskunden-, im Privatkunden- oder im Auslandsbereich besonders gut aus. Wir stellen die Gruppen jeweils so zusammen, daß sie in die Arbeitsschwerpunkte der einzelnen Filialen erfolgreich Einblick gewinnen können. Puccio war ein begabter Buchhalter, der Bilanzen lesen konnte wie andere Leute die Zeitung.«

»Und wie gelangen die Ergebnisse der Untersuchungen zu Ihnen?«

»Die Prüfer schreiben gemeinsam einen Bericht, den der Gruppenchef verantwortet. Wenn es Ihnen helfen sollte, lasse ich Ihnen gern die letzten Berichte von Puccio schicken.«

»Die würde ich wahrscheinlich gar nicht verstehen«, antwortete sie.

»Doch, durchaus. Sie werden so abgefaßt, daß auch diejenigen, die im Fachgebiet keine Spezialisten sind, Mängel oder besonders gute Arbeit in der Filiale beurteilen können«, sagte Verdone.

»Wenn ein Mann so erfolgreich arbeitet, warum sind Sie als der jüngere von beiden der Chef?«

Verdone lächelte nun zum ersten Mal:

»Um in einer Bank in Italien aufzusteigen, muß man nicht nur fachlich gut sein, sondern auch die Karrierepolitik beherrschen. Das ist, denke ich, ein offenes Geheimnis. Dazu gehört, daß man zielgerichtet Kontakte auf- und ausbaut, ein paar Kompromisse schließt und ein bißchen Diplomatie betreibt, auch außerhalb des engeren Bankenbereichs. Sie wissen schon, was ich meine!«

Leda wußte genau, wie manche Beförderungen zustande kamen, und nickte.

»Puccio war nie bereit, dieses Gesellschaftsspiel, das niemandem schadet, aber viel nützen kann, mitzuspielen. Selbst aus kleinen Verhältnissen stammend, hatte er eine sehr wohlhabende Frau geheiratet und befand sich in einer ausgezeichneten finanziellen Situation. Daher fehlte ihm wahrscheinlich der Anreiz, die höheren Stufen zu erklimmen.«

Oder er wollte es nicht zu diesen Bedingungen, dachte Leda und erinnerte sich an das Gespräch, das Michele mit seinem Vater geführt hatte.

»Könnten Sie mir auch eine Liste der Kollegen schicken lassen, die in den letzten Jahren mit ihm zusammengearbeitet haben?«

»Natürlich, gern.«

Verdone war ein auskunftsfreudiger Mann. Er erklärte, daß Puccio von der geplanten Reise nach Lucca abgezogen worden sei, damit sich sein Nachfolger in den Job einarbeiten könne, und das gehe nun einmal nur durch Training vor Ort.

»Macht man sich durch diese Arbeit nicht viele Feinde? Schließlich kann es doch, wenn ein Prüfer eine Unregelmäßigkeit entdeckt, durchaus unangenehme Folgen für die Betroffenen in den Filialen und hier in der Zentrale haben?« fragte Leda.

»Jeder Banker weiß, daß es diese Routineprüfungen gibt, und sieht das rein professionell. Wer etwas auf dem Kerbholz hat, muß damit rechnen, erwischt zu werden, oder er muß im Vertuschen besser sein als die Inspekteure im Aufdecken. Weil aber diese Kontrollarbeit vielen unangenehm ist, bezahlen wir die Leute ausgezeichnet, um auch die Besten aus unserer Belegschaft dafür gewinnen zu können. Um gleich den Hintersinn Ihrer Frage mit zu beantworten: Es ist noch nie einer von ihnen bedroht, angegriffen oder gar ermordet worden. Banker sind sicher keine Mörder.«

Nur zwei Filialleitern sei aufgrund von Puccios Untersuchungen wegen Unterschlagung gekündigt worden. Leda ließ sich die Namen der Männer geben.

»Was ich Sie noch fragen wollte«, meinte Verdone. »Puccio hatte einen tragbaren Computer von der Bank. Wurde der vielleicht gefunden?«

»Ich kann seine Frau danach fragen.«

»Das wäre nett. Angesichts der gravierenden Ereignisse ist das natürlich ein unwichtiger Punkt. Ich möchte nur der Ordnung halber nachfragen. Er ist nämlich Eigentum der Bank, und die Materialabteilung wird nach seinem Verbleib fragen.«

»Ich werde Ihnen Bescheid geben, sobald er auftaucht.«

»Vielen Dank und guten Erfolg bei der Arbeit. Finden Sie bitte schnell heraus, was geschehen ist. Wenn ich Ihnen weiterhelfen kann, scheuen Sie sich nicht, jederzeit bei mir anzurufen.«

Ugo saß über den Bericht der Spurensicherung gebeugt, als Leda ins Büro zurückkehrte.

»Keine Hinweise auf einen Fremdtäter, steht hier klar und deutlich. Ich habe fast den Eindruck, daß wir die Akte schließen können«, sagte er und schaute Leda aus seinen blauen Augen fragend an, ob sie möglicherweise eine andere Idee von ihrem Morgenausflug mitgebracht hatte.

»Hier ist es wieder einmal entsetzlich heiß«, beschwerte sich Leda, hängte ihren klatschnassen Mantel auf und wischte sich den Regen aus dem Gesicht.

Sie berichtete Ugo ausführlich von ihren Gesprächen mit den Puccios, dem Portiere und Verdone.

»Die Puccios sind übrigens ganz sicher, daß die Einbrecher in der Wohnung intensiv nach etwas gesucht haben. Camillas Puppen und Plüschtiere saßen nicht mehr auf ihren angestammten Plätzen im Regal.«

»Vielleicht erwachen sie ja wie im Märchen nachts zum Leben und setzen sich hinterher woanders hin«, witzelte Ugo, dem die Beweislage für die These ausgesprochen schwach erschien.

»Und niemand hat eine Idee, warum er ermordet worden sein könnte?«

»Keiner, Ugo, keiner. Mein Lieber, wir stecken fest.«

Leda saß mit aufgestützten Ellbogen an ihrem Schreibtisch, hielt ihren Kopf zwischen den Händen und schaute ihn mit leerem Blick an. Wo sollten sie nur ansetzen?

»Das scheint mir auch so«, bemerkte Ugo lachend.

»Warum lachst du?«

»Weil Sie das jedesmal zu Beginn einer Ermittlung sagen.«

»Tatsächlich? Das ist mir noch nie aufgefallen.«

Das Telefon klingelte.

»Buon giorno, spreche ich mit Commissaria Giallo?«

»Ja, wer spricht da?«

»Sie sitzen doch am Fall Puccio?«

»Ja, wieso?«

»Ich muß Sie dringend sprechen«, flüsterte eine aufgeregte Männerstimme, die zwischen brummenden Motoren und hupenden Autos nur schwer zu verstehen war. Der Mann rief aus einer öffentlichen Telefonzelle an.

»Wollen Sie zu mir kommen?«

»Nein, nein. Kommen Sie um sechs in die Via di Ripetta. Da ist eine Buchhandlung mit einem Café. Ich warte dort. Falls ich den Kopf schüttele, sprechen Sie mich keinesfalls an.«

»Woran erkenne ich Sie?«

»Blaue Baskenmütze, heller Regenmantel und eine braune Aktentasche.«

»Ich habe rote Haare, die fallen auf.«

»Bis nachher.« Und schon war die Leitung stumm.

»Wer war das?«

»Keine Ahnung. Er will mich nachher sprechen. Es klang sehr dringend. Ich glaube, der Mann hatte Angst.«

»Männer haben immer Angst, vor allem vor Frauen, die nicht ihre Mütter oder Schwestern sind«, erklärte Ugo ihr mit gespielt ernstem Gesicht.

»Du bist albern, Ugo. Ist irgend etwas passiert?«

»Ich freue mich ehrlich gesagt, weil vorhin Vice-Questore Alesi höchstpersönlich hier war, um zur Lösung des Mörderdoktor-Falls zu gratulieren. Bei Ihnen habe er das schon getan, meinte er.«

»Das ist wirklich nett von ihm. Ein guter Chef, der Alte. Hoffentlich werden wir auch mal so«, meinte Leda, und Ugo nickte.

Um kurz vor fünf Uhr beschloß sie, schon früher zum Treffpunkt mit dem Unbekannten zu fahren. Sie war sehr gespannt. Würde er ihr eine Spur für den Fall liefern können?

»Wäre es nicht besser, wenn wir beide hingehen? Ich komme kurz nach Ihnen in die Buchhandlung und schaue mich dort um. Das ist unauffällig, und im Notfall wäre ich da.«

Leda war mit Ugos Vorschlag einverstanden. Sie machten sich auf den Weg.

»Das sind die Privilegien unseres Berufs«, sagte Leda, als sie ihren Wagen in der Via Savoia parkte, wo es für den Normalbürger strikt verboten war. Aus dem Handschuhfach nahm sie ein Schild mit dem Aufdruck »Polizei«, legte es auf die Konsole vor der Windschutzscheibe und schloß den Wagen ab. Es nieselte nur noch. Dafür war ein kalter Wind aufgezogen, der ihre noch immer feuchten Haare an den Kopf preßte. Sie fror.

»Sauwetter«, schimpfte Ugo und zog seinen Schal fester um den Hals.

Sie gingen zur Piazza del Popolo, den »Platz des Volkes«, der ihr als Kind unendlich groß vorgekommen war. Sie liebte ihn, weil er mehreren Epochen der Kulturgeschichte Tribut zollte. Die Vorstellung, daß in der Karnevalszeit Menschen, Esel und Büffel erst in der Via del Corso um die Wette gelaufen waren, um sich anschließend auf der Piazza zu versammeln, hatte ihr als Kind großes Vergnügen bereitet. Noch heute ertappte sie sich dabei, daß sich in ihrer Phantasie die vom Corso auf die Piazza strömenden Menschenmengen plötzlich in Tiere verwandelten, die wieherten, muhten oder blökten.

Jetzt, in der Vorweihnachtszeit, war mitten in den Pinienhängen des Pincio-Parks ein hoher Baum aufgestellt worden. In dieser Abendstunde verströmte er feierliches Licht und verstärkte den Eindruck, man befinde sich auf einer riesigen runden Bühne.

Als sie am Café Rosati vorbeigingen, blies ein Windstoß unter Ledas Mantel. Sie beneidete die Menschen, die schon vor Tassen mit wärmenden Getränken saßen.

Es roch wunderbar nach bedrucktem Papier und Wärme,

als Leda durchgefroren, mit steifen Fingern und Ohren im sanften Licht der Buchhandlung stand. Sie fühlte sich wohlig, als sei sie soeben im Paradies angekommen. Ein paar Menschen standen vor den Regalen, plauderten oder blätterten in Büchern. Ugo war ein paar Sekunden nach ihr eingetreten. Niemand im Geschäft entsprach der Beschreibung des Unbekannten. Es war auch noch zu früh. Leda schlenderte durch die Gänge, nahm hin und wieder ein Buch in die Hand und betrachtete es, nicht ohne den Rest des Geschäfts im Blick zu behalten. Schließlich setzte sie sich an einen der kleinen Tische im hinteren Teil der Buchhandlung und bestellte einen Kaffee.

Als er zögernd durch die Tür trat, erkannte Leda ihn sofort. Mit fahrigen Händen nahm er seine Brille ab, putzte die beschlagenen Gläser mit dem Saum seines Mantels und schaute sich nervös um. Wie ein Tier, das höchste Gefahr wittert, dachte Leda. Sie wußte nicht, ob er sie gesehen hatte, denn anstatt zu ihr zu kommen, ging er zu einem Bücherregal am anderen Ende des Raumes und tat, als ob er ein bestimmtes Buch suche. Dabei hob er immer wieder plötzlich den Kopf und studierte die Personen in seiner Umgebung genau. Langsam, fast schleichend, näherte sich ihr der kleine Mann, der kaum größer war als die Zwischenregale im Raum. Überraschend ließ er sich auf den Stuhl neben ihr fallen.

»Wurde Puccio umgebracht?«

Er saß auf dem äußersten Rand seines Stuhls, jederzeit zur Flucht bereit.

»Es war wahrscheinlich Selbstmord.«

»Selbstmord?« Der Kleine lachte ein kurzes, fast hysterisches Lachen. »Selbstmord! Nie und nimmer war das Selbstmord!«

»Und wieso nicht?«

»Hätte Puccio nie gemacht. Viel zu entschlossener Typ.«

»Kannten Sie ihn denn gut?«

»Hab mit ihm zusammengearbeitet. Was hat Verdone Ihnen gesagt?«

»Woher wissen Sie, daß ich mit ihm gesprochen habe?«

»Ich stand neben seiner Sekretärin, als Sie nach seiner Adresse fragten.«

»Möchten Sie etwas trinken?« fragte der Ober.

Er bestellte einen Kaffee. Ugo hatte inzwischen am Nachbartisch Platz genommen. Aus seinem kurzen Kopfnicken schloß Leda, daß niemand dem Fremden gefolgt war.

»Hat Verdone den Skandal erwähnt?«

Der Ober brachte Kaffee und Wasser, und der Unbekannte trank das Glas in einem Zug leer.

»Nein, welchen Skandal?«

Auf seiner Stirn glänzten Schweißperlen.

»Und warum haben Sie Angst?«

»Weil Puccio tot ist. Das war kein Selbstmord, glauben Sie mir«, sagte er und fuhr sich mit dem Taschentuch, das er umständlich aus seiner Hosentasche gekramt hatte, über die Stirn.

»Signor, ich bitte Sie. Sagen Sie, was passiert ist.«

»Entschuldigung, ich muß mal verschwinden«, sagte der Mann, ohne auf ihre Bemerkung einzugehen, und verschwand eilig Richtung Toilette.

Es kam Leda so vor, als wäre er eine Ewigkeit fort.

»Ugo, geh bitte mal schauen, wo er bleibt«, forderte sie ihren Mitarbeiter auf, der sich sofort erhob und lässig die Gänge zwischen den flachen, breiten Bücherregalen durchschritt. Als er die Tür zur Toilette öffnete, wäre er beinahe mit dem Vermißten zusammengeprallt.

»Ich muß jetzt gehen«, sagte dieser, als er an den Tisch zurückkehrte, ohne sich nochmals hinzusetzen. Er hatte es offensichtlich eilig fortzukommen. Aus der Tasche zog er ein paar Euromünzen und legte sie auf den Tisch.

»Bitte zahlen Sie für mich mit. Es tut mir leid, wenn ich Ihnen nicht weiterhelfen konnte, aber glauben Sie mir, das war kein Selbstmord. Arrivederla.«

Ohne daß Leda noch irgend etwas hätte sagen oder fragen können, verließ der Mann eiligen Schritts die Libreria di Ripetta.

Ugo sah, daß der Fremde aus der Tür ging, schnappte seine Jacke und folgte ihm nicht ganz so unauffällig, wie es den Regeln der kriminalistischen Kunst entsprach, dafür aber schnell. Der Ober bemerkte seine Abwesenheit erst, als Ugo das Geschäft bereits verlassen hatte. Wütend kam er an Ledas Tisch:

»Die Welt ist doch voller Betrüger. Haben Sie den gesehen? Da sitzt der Typ seelenruhig am Tisch und läßt sich Kaffee auffahren. Dann drehe ich mich eine Minute um, und schon ist er verschwunden, ohne zu bezahlen. Das ist doch eine Frechheit! Die Polizei sollte man ihm auf den Hals hetzen.«

»Ich übernehme die Rechnung«, sagte Leda sofort und hoffte ihn damit beruhigen zu können. Doch sie irrte: Er war in Rage geraten, und seine Enttäuschung über die Verderbtheit der Menschen kannte keine Grenzen:

»Er sah doch wirklich nicht aus wie einer, der kein Geld für einen Kaffee hat. Ich sage Ihnen, der macht so etwas, weil er nichts anderes zu tun hat. Entweder hat er keine Arbeit und lebt bei seiner Mamma, oder er langweilt sich zu Tode und beklaut andere, um mal was zu erleben«, schimpfte er und räumte mit flinken Fingern Ugos Tasse auf ein rundes Silbertablett. Dabei unterstrich er wild gestikulierend seine Worte und drehte sich dann so schnell zu Leda um, daß sie befürchtete, die Tasse würde der Zentrifugalkraft folgend im hohen Bogen vom Tablett fliegen. Nichts dergleichen geschah, und Leda bewunderte seine Geschicklichkeit, während er seinen Monolog der Empörung fortsetzte:

»Solche Leute machen nach außen einen auf anständig. Der Mann hätte doch glatt ein Polizist in Zivil sein können. Wenn Sie wüßten, wie viele Bücher hier jeden Tag verschwinden, und man kann gar nichts dagegen tun. Die Leute haben einfach keine Moral mehr und keine Erziehung. So geht unser Land zugrunde, sage ich Ihnen. Und die Politiker machen es genauso, die denken nur an sich selbst, erhöhen die Steuern und für sich die Gehälter. O Gott, in welches Land bin ich geboren worden«, seufzte er.

»Ich übernehme die Kosten wirklich gern«, versuchte Leda ihn erneut zu beschwichtigen.

»Danke, aber warum sollten Sie für die Unehrlichkeit meiner Kunden büßen müssen? Das ist meine Sache. Aber wenn dieser Kerl hier noch einmal reinkommt, kann er was erleben. Das Gesicht habe ich mir genau gemerkt. Zahlen Sie für den Herrn an Ihrem Tisch? Der war ja genauso schnell weg«, ging er nahtlos zum geschäftlichen Teil über, was Leda mehr als recht war.

»Ja, natürlich«, antwortete sie, nahm aus ihrer Geldbörse einen Fünf-Euro-Schein und reichte ihn dem Ober, der das nun volle Tablett mit der Linken hoch über seiner Schulter hielt und mit der Rechten in seiner Hosentasche nach Wechselgeld suchte.

»Stimmt so«, sagte Leda.

»Signora, vielen Dank. Aber wenn Sie weiter für alle Betrüger in Rom geradestehen wollen, können Sie schon heute abend Ihr Essen nicht mehr bezahlen«, meinte er und half ihr, immer das Tablett in luftiger Höhe balancierend, ihren Stuhl zum Aufstehen wegzurücken.

»Aber ich schwör' es Ihnen, wenn ich den Lümmel erwische, bekommt er ein blaues Auge.«

Leda glaubte ihm aufs Wort und beschloß, Ugo zu warnen.

Dieser lehnte draußen mit aufgeschlagener Zeitung am Auto und bemerkte Leda erst, als sie aufs Papier klopfte.

»Nichts Besonderes«, legte er los, ohne ihre Frage abzuwarten. »Er ist zur Metrostation an der Piazzale Flaminio gegangen, hat eine Fahrkarte abgestempelt, ist mit der Rolltreppe runtergefahren und verschwunden. Niemand ist ihm gefolgt. In der Libreria Ripetta habe ich auch nichts Auffälliges entdeckt. Und was hat er Ihnen gesagt?«

»Der Ober hat mir vor allem viel erzählt, beispielsweise über Leute, die ihren Kaffee nicht bezahlen. Wenn du bei dem noch einmal auftauchst, wird er dich grün und blau schlagen, hat er geschworen«, berichtete Leda ihm lachend.

»Oje, in der Eile des Gefechts habe ich das Bezahlen vergessen. Haben Sie mich denn ausgelöst?«

»Nein, du fällst ab sofort in die Kategorie des gemeinen Diebes. Er wollte das Geld nicht von mir haben. Ich hatte wiederum keine Lust, nach einer verdrehten Ausrede zu suchen. So habe ich ihm ein ordentliches Trinkgeld gegeben, mehr als dein Kaffee gekostet hat.«

»Danke. Und was hatte der Mensch nun so Wichtiges auf dem Herzen?«

»Fährst du, dann kann ich besser reden?« fragte sie und drückte ihm die Autoschlüssel in die Hand.

»Wo fahren wir denn hin? Ich wollte eigentlich nach Hause. Meine Mutter wartet mit dem Abendessen.«

»Welche Haltestelle ist denn die günstigste für dich?«

»Stazione Termini.«

»Also, dann fahren wir dorthin.«

Während Ugo sie geschickt durch das abendliche Verkehrsgewühl lenkte und dabei hin und wieder andere Fahrer mit wilden Schimpfworten bedachte, die – durchaus zum Stolz der Italiener – einen festen und reichhaltigen Bestandteil ihrer Sprache darstellen, berichtete Leda vom Gespräch in der Buchhandlung.

Ugo hielt ganz nach römischer Manier in der zweiten Reihe neben der Haltestelle, mit der Folge, daß die Autos hinter ihm kräftig hupend ausweichen mußten. Unbekümmert verabschiedete er sich von Leda.

»Ugo, paß nur auf, daß dich die Polizei nicht eines Tages erwischt«, sagte Leda lachend.

»Wo soll ich sonst anhalten?«

Diese Frage konnte auch Leda nicht beantworten, weil richtiges Parken in der Ewigen Stadt höchstens den von den Heiligen des Himmels Erhörten möglich war. Und das waren im Verhältnis zur Anzahl der Autobesitzer nur wenige.

Wo in den Zentren anderer Großstädte der Welt Parkhäuser in die Erde gegraben wurden, lagen in Rom die Zeugnisse der Vergangenheit, die so gut wie jedes unterirdische Bauprojekt verhinderten. Der Bau der Untergrundbahn war einer der wenigen Kompromisse gewesen, die man an die Mobilität der Massen gemacht hatte. So eng liegen eben Fluch und Segen der Geschichte in dieser Stadt beieinander, dachte Leda nicht zum ersten Mal.

»Du hast ja recht. Ciao – und grüß deine Mutter von mir.«

»Ciao, bis morgen«, sagte Ugo und tauchte im Eingang der Untergrundbahn ab.

VIII

Das Klingeln des Weckers riß Leda am nächsten Morgen aus dem Tiefschlaf. Es vergingen ein paar Sekunden, ehe sie begriff, daß sie nicht in einer großen, dunklen Halle saß, in der Nonnen und Priester in absurden klerikalen Gewändern und Kopfbedeckungen auf Rollschuhen hin- und hersausten, sondern in ihrem Bett lag.

Fellinis »Roma«, identifizierte sie sachlich die soeben geträumte Szene aus dem berühmten Film. Sie hatte zwar einige kluge Bücher über Traumdeutung gelesen, war jedoch nie dahintergekommen, warum sie selbst zu welchen Zeitpunkten was träumte, und hatte längst sämtliche Bemühungen um eventuelle Schlußfolgerungen eingestellt.

Der Film, der gestern abend im Kino gelaufen war, hatte jedenfalls weit unterhalb des Niveaus von Fellini gelegen, sie aber dennoch zu Tränen gerührt.

Als sie vorsichtig unter der warmen Decke hervorschlüpfte, drehte Paolo sich grunzend auf die andere Seite, ohne aufzuwachen. Sie hütete sich, ihn zu wecken, da er morgens regelmäßig miserabel gelaunt war und durchaus noch eine Stunde weiterschlafen konnte. Er würde sowieso nicht vor zehn Uhr in die Redaktion fahren.

Leda duschte, zog sich an und verließ das Haus.

»Buon giorno, Commissaria, Sie sind aber heute früh dran«, rief ihr ein vergnügter Mario entgegen. Kaffee, Zeitung und Zigaretten lagen noch nicht an ihrem gewohnten Ort auf der Theke.

»Ciao, Bello. Die Panettonekartons machen sich gut am Fenster«, gab sie zurück.

»Zwanzig habe ich gestern verkauft. Wenn das so weitergeht, muß mein Cousin noch mehr besorgen.«

»Ich war gestern abend mit Paolo im Kino und habe geheult wie ein Schloßhund«, berichtete Leda, während sie einen Blick auf die Titelseite des »Il Giorno« warf.

Ein Parteiführer hatte wieder einmal damit gedroht, das Regierungsbündnis mit seiner knappen parlamentarischen Mehrheit zu verlassen. Drei Tote in einem apulischen Nest, wahrscheinlich ein Clan-Krieg der Sacra Corona Unita, wie die Mafia dort hieß, ein Mietshaus in einem römischen Stadtteil war eingestürzt, siebzehn Tote, darunter ein kleiner Junge von dreizehn Monaten.

Mario bereitete Ledas Cappuccino zu. Begleitet vom Zischen der Dampfdüse, fragte er:

»Wieso denn? Ging es in dem Film um unglückliche Liebe?«

»Nein, um eine Mutter, die sich bemüht, ihren Sohn aus Mafiageschäften rauszuhalten.«

»Das hat sie natürlich nicht geschafft, und Sie sind angesichts der Beschreibung, wie der kriminelle Nachwuchs heranwächst, verzweifelt. Das wäre ich als Polizist auch«, stellte Mario fest.

»Deshalb nicht. Es war nur rein menschlich so herzerweichend, wie diese Mutter in der schönen Landschaft des Südens wieder und wieder erfolglos versuchte, den bösen Sohn, den sie mehr liebte als ihren anderen guten, vom rechten Lebenswandel zu überzeugen, während der Gute alles tat, um von der Mutter geliebt zu werden. Weil er das nicht schaffte, wurde auch er zum Bösewicht, und die Mutter war völlig verzweifelt. Da habe ich halt geweint.«

»Also sozusagen als Mutter und nicht als Polizistin.«

»Genau.«

»Haben Sie denn als Kommissarin derzeit nichts zu tun?«

»Doch, ich muß rausfinden, ob sich einer selbst umgebracht hat oder erschossen wurde.«

»Und was sagt Ihr Gefühl?«

Mario stellte den Kaffee vor sie auf die Theke und goß die aufgeschäumte Milch so in die Tasse, daß sich in der schneeweißen Schaumkappe eine feine, braune Spirale bildete.

»Mein Gefühl sagt mir, daß er ermordet wurde. Die Indizien am Fundort der Leiche sprechen hingegen für einen Selbstmord«, erklärte Leda.

»Gibt es denn auch Hinweise auf einen Mord?« fragte Mario und wollte nicht lockerlassen.

»Wenn überhaupt, dann nur sehr vage.«

Leda trank eilig ihren Cappuccino, schlang ein Cornetto mit Cremefüllung hinunter, zahlte und ging. Ihr stand heute nicht der Sinn nach der üblichen kleinen Morgenunterhaltung mit Mario. Sie mußte dringend mit Alesi sprechen. Vielleicht hatte er neue Informationen über Verdone.

Auf ihrem Schreibtisch lagen sowohl die versprochene Namensliste als auch die drei versprochenen Berichte von Puccio, die Verdone ihr in Aussicht gestellt hatte.

»Verdone behauptet, sie seien auch für Laien verständlich«, meinte Leda und reichte sie Ugo.

»Da scheint wirklich kein Zündstoff drinzustecken. Allerdings haben wir auch nicht die Bilanzen vor uns liegen. Bei Wirtschaftskriminalität steckt der Teufel meist im Detail«, meinte er nach der Lektüre des ersten Berichts.

»Selbst wenn du sie hättest, könntest du wahrscheinlich das entscheidende Detail des Bösen doch nicht erkennen. Bilanzen sind eine Wissenschaft für sich«, entgegnete Leda.

»Haben Sie vergessen, daß ich vor drei Jahren einen Lehrgang in Wirtschaftskriminalität gemacht habe? Da war ich im Bilanzlesen sogar richtig gut, um nicht zu sagen der Beste.«

»Stimmt. Dummerweise konnten wir dein Talent bisher nicht nutzen, und in die andere Abteilung wolltest du nicht gehen«, erinnerte sich Leda. Ugo hatte damals auf keinen Fall in die Abteilung Wirtschaftskriminalität wechseln wollen, weil er mit dem dortigen Leiter nicht zurechtkam. Leda war über seine Wahl sehr erfreut gewesen.

Während Ugo weiterlas, studierte sie die Namen der Kollegen, die Puccio begleitet hatten. Ihr fiel auf, daß ein gewisser Vincente Lanari bis vor zwei Jahren so gut wie immer mit ihm unterwegs gewesen war. Anschließend nur noch sporadisch, genau wie zwei weitere Inspektoren. Danach hatten die Personen im Reiseteam unter Puccios Leitung jedes Mal gewechselt. Leda beschloß, Verdone nach dem Grund zu fragen.

Das Telefon klingelte.

»Commissaria, Sie müssen mit Domenico di Nittis sprechen.«

Leda erkannte die Stimme des Mannes aus der Bücherei.

»Sie sind Lanari, nicht wahr?«

»Ja, Sie finden es ja doch raus. Aber niemand, absolut niemand darf erfahren, daß ich mit Ihnen gesprochen habe. Reden Sie mit di Nittis.«

»Wo finde ich ihn?«

»In Neapel. Ein früherer Kollege. Sprechen Sie mit ihm. Er weiß Bescheid. Finden Sie den Mörder, damit helfen Sie vielen«, antwortete Lanari und hängte unvermittelt ein.

Wovor hatte dieser Mensch nur solche Angst? fragte Leda sich.

»Gianni Verdone kenne ich zwar nicht persönlich, habe aber schon von ihm gehört und in der Zeitung gelesen. Er und vor allem seine Frau sind sehr kirchenorientiert und in sozialen Dingen engagiert. Sie haben einen ausgesprochen guten Ruf«, sagte Alesi, der sich in der römischen Gesellschaft auskannte.

»Ich werde nach Neapel fahren und mit einem ehemaligen Arbeitskollegen von Puccio sprechen. Ich kann nicht genau sagen, warum, aber ich habe das Gefühl, daß Puccio in eine größere Sache verwickelt war.«

»Die bisherigen Spuren sind mehr als vage. Allerdings

spricht Puccios Anruf kurz vor seinem Tod dafür, daß dich dein Gefühl nicht trügt. Komm mir bitte nicht mit leeren Händen wieder«, mahnte Alesi sie beinahe väterlich.

»Wie geht's eigentlich deinen Kindern?« fragte er, und Leda wußte, daß sie freie Bahn für die weiteren Untersuchungen hatte. Sie erzählte ihm, daß Flavia mit ihrem Freund am zweiten Weihnachtsfeiertag kommen und über Neujahr bleiben wollte.

»Hoffentlich hast du den Fall Puccio bis dahin unter Dach und Fach. Zwei Wochen sind wenig Zeit, wenn man so gar kein Mordmotiv hat«, meinte Alesi und begleitete Leda zur Tür.

»Viel Glück«, rief er ihr nach, als sie eiligen Schrittes den Flur entlang zu ihrem Büro lief.

Sie bat Ugo, die Telefonnummer von Domenico di Nittis in Neapel zu besorgen. Wenig später hatte Ugo die Nummer in Erfahrung gebracht. Leda mußte lange warten, bis sich eine Frauenstimme meldete.

»Pronto.«

»Guten Morgen. Ich möchte bitte mit Domenico di Nittis sprechen.«

»Vater oder Sohn?« fragte die Frau sachlich.

»Denjenigen, der früher bei der Bank gearbeitet hat.«

»Den Vater also. Sind Sie eine Arbeitskollegin?«

»Nein, er kennt mich noch gar nicht.«

»Was wollen Sie denn von ihm?«

»Dringend mit ihm über seine frühere Arbeit sprechen«, antwortete Leda. »Sind Sie seine Frau?«

»Ja, und wer sind Sie?«

»Leda Giallo, Mordkommissarin der Questura in Rom.«

»Und in welchen Mordfall soll mein Mann verwickelt sein?«

»Verwickelt dürfte er gar nicht sein. Er kann uns aber vielleicht helfen, einen aufzuklären«, antwortete Leda geduldig.

»Und wer wurde umgebracht?« fragte Frau di Nittis weiter.

»Gianpiero Puccio ist tot.«

»Puccio? Dio mio, Puccio!« rief sie entsetzt ins Telefon. »Moment bitte, ich hole meinen Mann.« Signora di Nittis legte den Hörer mit solcher Wucht ab, daß Leda vom Knall zusammenfuhr. Sie hörte, wie die Frau am anderen Ende durchs Zimmer ging und ihren Mann rief.

»Mimi, Mimi, komm schnell! Die Polizei ist am Telefon, Puccio ist ermordet worden.«

Nach einiger Zeit näherten sich Schritte, und eine Männerstimme meldete sich.

»Was sagen Sie, Puccio ist ermordet worden?« fragte di Nittis ohne Umschweife.

»Es kann auch Selbstmord gewesen sein. Wir untersuchen beide Alternativen«, antwortete Leda ebenso direkt.

Am neapolitanischen Ende der Leitung herrschte eine Zeitlang Schweigen.

»Er ist wirklich tot?«

»Ja, Signor di Nittis. Er wurde am Montag früh am Tiberufer tot aufgefunden. Ich ermittle in diesem Fall und muß Sie als ehemaligen Arbeitskollegen dringend sprechen.«

»Wieso gerade mich? Er hat mit vielen anderen Kollegen zusammengearbeitet, sprechen Sie doch mit denen«, meinte er mit einem aggressiven Unterton in der Stimme, der, das wußte Leda aus ihrer jahrelangen Polizeierfahrung, fast immer Angst signalisierte.

»Und warum wollen Sie mir nicht helfen?« ging Leda in die Offensive.

»Weil mir nichts einfällt, was ich Ihnen dazu sagen könnte«, antwortete er kurz angebunden.

»Mir fallen aber eine Menge Fragen ein, die ich Ihnen stellen möchte«, sagte Leda und trommelte ungeduldig mit ihren Fingern auf der Platte ihres Schreibtischs herum.

»Und was wäre das?« erkundigte sich di Nittis ungerührt.

»Das würde ich gerne mit Ihnen persönlich und nicht am Telefon besprechen.«

»Wollen Sie nach Neapel kommen?«

»Ja.«

»Und wenn ich nicht mit Ihnen reden will?«

Jetzt platzte Leda der Kragen. »Dann lasse ich Sie vorladen und zur Aussage nach Rom bringen. Ich sehe allerdings keinen Grund, warum das alles so kompliziert sein soll.«

Di Nittis lenkte ein: »Ist ja schon gut. Ich habe nur keine Lust, wegen dieser alten Banksachen in Schwierigkeiten zu geraten.«

»Ich will Ihnen natürlich keine Probleme bescheren, aber es geht immerhin um die Aufklärung des Todes eines Ihrer Kollegen«, sagte Leda jetzt ruhiger.

»Aber ich möchte auf keinen Fall, daß Sie zu mir nach Hause kommen.«

»Dann schlagen Sie einen Treffpunkt vor«, erwiderte sie.

»Wann wollen Sie denn hiersein?«

»Heute abend.«

»Va bene. Rufen Sie aber bitte nicht mehr bei mir an. Ich melde mich bei Ihnen in etwa einer Stunde.«

Leda diktierte ihm, nachdem er erst minutenlang nach einem Stift und einem Zettel gesucht hatte, sowohl die Nummer in der Questura als auch die ihres Telefoninos.

»Ich kann mich auch darauf verlassen, daß Sie sich melden?«

»Sie können sich darauf verlassen«, sagte di Nittis und legte ohne jeden weiteren Gruß auf.

»Der ist ganz wild darauf, beim Mörderfangen mitzuspielen«, kommentierte Leda das soeben geführte Telefonat.

»Glauben Sie denn, daß er überhaupt etwas sagt?« fragte Ugo und wiegte den Kopf zweifelnd hin und her.

»Keine Ahnung. Aber da wir keine andere, ja, überhaupt keine Fährte haben, kann es auf keinen Fall schaden. Ja, ich fahre«, entschied sie.

Bis dahin brauchte sie von Verdone Puccios Berichte zum Fall in Neapel. Sie stand auf und zog aus dem grauen Metallschrank den ersten Band des römischen Telefonbuchs. »B... Ba... Banca di Credito, da ist sie ja.« Dann wählte sie die Nummer von Gianni Verdone.

»Er ist gerade in einer Besprechung, und da kann ich nicht stören«, teilte ihm freundlich, aber bestimmt die Vorzimmerdame von Verdone mit, Signora Emilia.

»Ich brauche dringend alle Berichte, die Gianpiero Puccio in den vergangenen vier Jahren geschrieben hat«, erklärte sie der Sekretärin, die ihr entgegnete, daß sie diese ohne Verdones Anweisung nicht besorgen könne.

»Signora, können Sie dann bitte dafür sorgen, daß Signor Verdone mich innerhalb der nächsten halben Stunde anruft? Ich benötige die Berichte sehr dringend. Vielleicht können Sie ihm einen Zettel in die Sitzung reichen lassen?« schlug Leda vor.

Signora Emilia versprach, ihr Möglichstes zu tun.

»Wo werden die Berichte denn aufbewahrt?« fragte Leda und drückte den Knopf für den Lautsprecher im Telefon, damit Ugo mithören konnte.

»Auf Disketten im Archiv. Man kann sie allerdings nur mit der schriftlichen Genehmigung des Chefs holen«, antwortete Emilia.

»Und nach welchem System sind sie dort geordnet? Nach den einzelnen Filialen oder nach den Autoren der Berichte?«

»Nach den einzelnen Filialen. Die Leiter der jeweiligen Prüfgruppen zeichnen die Berichte auch nur in der ersten Stufe ab. Anschließend werden sie hier in der Zentrale bearbeitet«, erklärte Emilia gewissenhaft.

»Und wer ist dafür bei Ihnen zuständig?«

»Direttore Verdone als Direktor der Außenprüfung, also der Prüfung der Filialen vor Ort. Weiter Ferdinando Bertolucci als Direktor für die Zusammenarbeit zwischen den Filialen und der Zentrale. Aus diesen beiden Prüfkomplexen entsteht dann ein Gesamtbericht, der wiederum dem Direktorenkollegium vorgelegt und von diesem genehmigt wird.«

»Werden denn auch die Einzelberichte aufbewahrt oder nur die Gesamtberichte?«

»Nur die Gesamtberichte.«

»Und wieso konnten Sie mir dann die letzten drei Berichte von Puccio geben?«

»Weil in diesen Fällen die Prüfung hier in der Zentrale noch nicht erfolgt ist. Es dauert meist Wochen oder Monate, bis beide Abteilungen ihre Ergebnisse vorliegen haben und der Gesamtbericht verfaßt werden kann.«

»Wenn die eine Gruppe fertig ist, wer bekommt dann als erster ihren Bericht? Sie?« fragte Leda.

»Nein. Die Berichte der Außengruppen werden direkt von deren Computern auf den von Direttore Verdone überspielt. Ich nehme an, daß es mit der Innenrevision genauso läuft.«

»Und in welcher Form speichern die Kollegen der Außenprüfung ihre Berichte?«

»Auf die Festplatte und auf Sicherheitsdisketten. Wenn der Gesamtbericht fertig ist, werden die Disketten hier bei mir abgegeben und vernichtet.«

»Lesen Sie die Berichte dann noch einmal?«

»Nein, warum auch? Selbst wenn ich mich dafür interessieren sollte, könnte ich sie nicht lesen, weil jede Datei mit einem Paßwort gesichert ist, das ich nicht kenne. Das kennt nur der Direttore. Man weiß ja nie, in wessen Hände solche Bankgeheimnisse fallen könnten.«

»Direttore Verdone muß sehr zufrieden mit Ihnen sein, Signora Emilia. Sie sind außerordentlich präzise, ich danke Ihnen. Ich kann also nur die Gesamtberichte der Prüfungen von den Filialen und Niederlassungen bekommen, an denen Puccio teilgenommen hat.«

»Genau.«

»Gut, dann brauche ich die. Und zwar möglichst schnell«, bat Leda.

»Ja, natürlich, Signora Commissaria, ich werde mich darum kümmern. Für die Aufklärung von Puccios Tod möchte ich gerne etwas tun. Er war ein feiner Mann. Ich mochte ihn.«

»Hatte er eigentlich irgendwann einmal Ärger mit Direttore Verdone?« fragte Leda.

»Nun, hin und wieder waren die beiden wohl nicht ganz einer Meinung. Aber das kommt öfter vor, auch mit den anderen Kollegen.«

»Worüber haben sie gestritten?«

»Das weiß ich nicht. Da sollten Sie besser den Direttore selbst fragen. Ich kenne nur die Abläufe, aber nicht die Inhalte von Prüfungen«, antwortete Emilia. Leda hörte, wie ein anderes Telefon bei ihr klingelte.

»Entschuldigen Sie bitte, ich muß Schluß machen, da kommt ein anderes Gespräch. Ich rufe Sie an, sobald ich mit dem Direttore gesprochen habe«, meinte Emilia und legte auf.

Leda erhob sich, nahm aus ihrer Manteltasche die Schachtel Zigaretten, die sie vorhin bei Mario gekauft hatte, und ging zum Fenster.

»Stört es dich, wenn ich es für zwei Minuten öffne? Schau mal raus, es ist wunderschön sonnig und gar nicht kalt«, meinte sie zu Ugo, während sie den Fenstergriff schon in der Hand hielt.

»Aber bitte nur zwei Minuten«, erwiderte Ugo und zog sich seine Jacke an, die über der Stuhllehne hing.

Die frische Luft tat Leda gut, die erste Zigarette an diesem Vormittag schmeckte köstlich. Sie atmete das Gemisch aus Tabakrauch und frischem Sauerstoff ein und beobachtete durch das Fenster im gegenüberliegenden Palazzo zwei Männer in dunklen Anzügen.

Der größere von beiden, mit Schnauzbart und Halbglatze, redete auf den kleineren, glattrasierten ein, verzog sein Gesicht zu hundert verschiedenen Grimassen, ballte seine Hände zu Fäusten, die sich Bruchteile von Sekunden später öffneten und anschließend seinem Gegenüber auf die Schultern gelegt wurden. Der Glattrasierte schüttelte sich vor Lachen. Diese Szene wiederholte sich mehrmals, bis der Kleinere innehielt und dem Größeren einige Papierblätter reichte, wobei er ihm etwas erklärte. Das Gesicht des Schnauzbärtigen nahm einen ernsten Ausdruck an, und er hörte aufmerksam zu.

Die Theatervorstellung ist beendet, dachte Leda und schloß das Fenster.

»Soll ich mit nach Neapel fahren?« fragte Ugo.

»Ich glaube, es ist besser, wenn du hierbleibst und die Berichte von Verdone abholst. Falls er sie nicht ohne formelle Anforderung herausgeben möchte, sorge bitte bei Alesi dafür, daß du die notwendigen Papiere erhältst. Sobald du die Berichte hast, gib mir telefonisch ihren Inhalt durch.«

IX Es war stockfinster, als Carlo, der Chauffeur, Leda weckte. »Signora Commissaria, wir sind da.« Fast zwei Stunden lang hatte sie fest auf dem Rücksitz des silbergrauen Alfa Romeo der Questura geschlafen. Nun blendete sie der helle Schein einer Straßenlaterne. Noch schlaftrunken schaute sie aus dem Fenster und entdeckte auf der anderen Straßenseite ein schwach beleuchtetes Schild mit der Aufschrift »Il Giardinetto«, das an der grauen Vorderfront eines Hauses hing.

Ein paar Stufen führten direkt von der Straße zur Eingangstür aus Holz, die von den Schmutzspritzern vorbeifahrender Autos grau verschmiert war. Es hatte angefangen zu regnen, was dieser häßlichen Vorstadtstraße mit ihren zweistöckigen Betonbauten den Eindruck völliger Trostlosigkeit verlieh. Domenico di Nittis hatte diesen Treffpunkt gewählt, weil er direkt am Autobahnzubringer lag.

»Die Wegbeschreibung war perfekt. Wir sind pünktlicher als der Papst mit seinen Messen«, lobte Carlo, stellte den Motor aus und drehte sich zu Leda um.

»Soll ich hier warten?«

»Nein, das kann länger dauern. Kommen Sie am besten mit hinein, und essen Sie etwas. Wir dürfen nur nicht zusammen gesehen werden. Sobald ich fertig bin, gebe ich ein Zeichen, dann zahlen Sie und verlassen das Restaurant vor mir.«

Aus ihrer Tasche, die Paolo ihr vor zwei Jahren zu Weihnachten als »Sack für alle Fälle« geschenkt hatte und die sie seitdem so gut wie immer mit sich herumtrug, kramte sie ihr Portemonnaie hervor, zog einen Zwanzig-Euro-Schein heraus und gab ihn Carlo.

Leda war überrascht, wie hübsch das Lokal innen ausgestattet war. Beide Längswände zierten sommerliche Landschaftsszenen, die dem Namen »Il Giardinetto« alle Ehre machten und dem Raum tatsächlich die Atmosphäre eines Gartens verliehen, vor allem, weil die vor den Wandbildern stehenden einzelnen Tische durch Kübel mit großen Grünpflanzen abgetrennt waren und kleine Nischen bildeten.

Leda sah sich um, konnte aber außer einem Paar mit zwei Kindern keine weiteren Gäste entdecken. Halb acht war noch zu früh für das Abendessen. Sie war mit di Nittis erst in einer halben Stunde verabredet.

»Buona sera, Signora. Sind Sie allein?« begrüßte sie der dicke Eigentümer des Lokals, der hinter der Theke vor dem großen gemauerten Holzkohleofen gerade mit der Zubereitung von Pizzateig beschäftigt war, als Leda das Restaurant betrat.

»Ich bin mit einem Bekannten verabredet. Er kommt allerdings erst später.«

»Also ein Tisch für zwei.«

Der Gastwirt begleitete Leda zu einem Tisch, rückte ihr einen Stuhl zurecht und schlug mit der weißen Serviette, die er in der Hand hielt, so eifrig auf den Sitz, als hätte sich dort der Staub von Jahrhunderten angesammelt.

»Ist es hier recht? So können Sie Ihren Bekannten gleich sehen, wenn er zur Tür hereinkommt.«

Er nahm ihr den Mantel ab, und Leda nahm Platz.

»Wer hat dieses kleine Paradies gemalt?« fragte sie den Wirt, der ihr sofort ausführlich von seinem malerisch talentierten Sohn berichtete.

»Nunzio würde am liebsten alle Häuser der Stadt innen bepinseln. Aber das ist doch kein Beruf. Ich habe ihm hundertmal gesagt, er soll hier im Restaurant mitarbeiten. Davon will er jedoch nichts wissen. Die Kunst sei sein Leben, nicht die Pizza«, seufzte der Vater in ausgeprägtem neapolitanischen Dialekt.

»Das hier hat er aber wirklich gut gemacht.«

»Um ehrlich zu sein: auf seinem Gebiet ist er offenbar erfolgreich. Und er verdient erstaunlich gut damit, das muß man ihm lassen. Nur wer hilft mir mit den Pizzen, wenn ich mal älter bin?«

Leda bestellte einen halben Liter trockenen Weißwein aus der Region und rief Ugo auf ihrem Telefonino an. Die Verbindung war miserabel, sie konnte ihn kaum verstehen.

»Ich bin gerade bei mir zu Hause. Rufen Sie mich hier auf dem Festnetz an«, hörte sie ihn zwischen Knistern und Rauschen.

Bereitwillig bot ihr der pizzabackende Künstlervater sein Telefon auf der Theke an.

»Hast du die Berichte?« fragte Leda.

»Ja, aber zum Thema Neapel steht nur wenig drin. Erstens: Von Kirchenkonten wurden durch einen Generalbevollmächtigten größere Geldbeträge abgehoben. Der Filialleiter ließ sich darauf ein, diese, zu völlig überzogenen Zinssätzen von zwanzig Prozent, als Kredite an Kunden weiterzureichen, die unter normalen Bedingungen nicht mehr kreditfähig waren. Das Geld wurde inklusive der gängigen Zinssätze dem Rückfluß der Kreditsummen entsprechend auf die Konten zurückgezahlt. Die Differenz steckten die beiden selbst ein.

Zweitens: Dem Kontoinhaber Kirche entstand kein Schaden. Da wurden die Vorgänge nicht einmal bemerkt. Die Privatkonten des Bankers, die auf die Namen seiner Frau, Tante, Großmutter, Cousine und anderer Familienmitglieder liefen, wuchsen in ungewöhnlichem Ausmaß an. Bei seinem generalbevollmächtigten Kompagnon war es genauso. Über die Höhe der Beträge wird im Bericht kein Wort verloren. Der Filialleiter, ich zitiere aus dem Bericht, ›war mit dem Vorschlag einverstanden, die Kündigung bei unserem Haus einzureichen‹, was auch geschah.

So sind der feine Herr von der Bank, sein Partner mit der Kirchenvollmacht und die Bank um einen Prozeß herumgekommen. Der hätte den Ruf der Banca di Credito nämlich nur beschädigt und ihr möglicherweise immensen Schaden im öffentlichen Ansehen eingehandelt. Das wollte man natürlich vermeiden.«

»Stehen Namen im Bericht?«

»Puccio, Lanari und di Nittis als Prüfer. Ansonsten nur der des Filialleiters Talamona«, sagte Ugo und fuhr fort: »Morgen früh weiß ich auch über die anderen Filialprüfungen Bescheid. Und wie läuft es bei Ihnen?«

»Di Nittis ist noch nicht da. Ich berichte morgen alles. Gute Nacht und vielen Dank, Ugo. Grüß deine Mutter von mir.«

»Was schulde ich Ihnen denn für das Telefonat?« fragte Leda den Wirt, dem das Kneten des Teiges Schweißperlen auf die Stirn getrieben hatte.

»Schon gut, das hat ja nicht sehr lange gedauert. Essen Sie lieber ordentlich, dann sind wir quitt.«

Als Leda zu ihrem Platz zurückging, sah sie Carlo zur Tür hineinkommen. Er schaute sie kurz an, gab aber mit keiner Miene preis, daß er sie kannte. Dann setzte er sich so, daß er sowohl sie als auch den an der Wand hängenden Fernsehapparat im Auge hatte.

Der Versuch, eine Zeitung aus der Tasche zu ziehen, endete damit, daß einzelne Seiten vom Schlüsselbund und ihrer Sonnenbrille in Fetzen gerissen wurden, die sie leise vor sich hin fluchend aus der Tiefe ihres »Sacks für alle Fälle« herausfischte und vor sich auf dem Tisch stapelte. Erschrocken fuhr Leda zusammen als über ihr eine Stimme ertönte.

»Buona sera, Signora Giallo. Ich schätze, bei dieser Art von Detektivarbeit kann ich Ihnen kaum behilflich sein«, sagte lächelnd ein Mittfünfziger mit graumelierten Locken, die ihm fast bis auf die Schultern reichten.

»Buona sera, Signor di Nittis. Diese Riesenbeutel verkommen immer zu Rumpelkammern, in denen man dann nichts findet, wenn man es braucht.«

»Und wie wäre es mit einer kleineren Tasche?«

»Da paßt alles das, was ich brauche, nicht rein.«

»Also gibt es keine Lösung für Ihr Problem«, stellte er mit einem gespielt bedrückten Gesichtsausdruck fest.

»Ich glaube nicht. Danke, daß Sie gekommen sind«, sagte Leda, reichte ihm die Hand und schenkte ihm Wein in das zweite bereitgestellte Glas.

»Ciao, Mimi. Kaum hast du eine schöne Frau vor dir, vergißt du gleich die alten Freunde«, tönte es hinter der Theke.

»Ciao, Bruno. Wie könnte ich! Aber im Leben verschieben sich die Präferenzen von einem Moment zum anderen, manchmal wenigstens. Du mußt zugeben, daß eine rothaarige Römerin einem fast kahlköpfigen Neapolitaner allemal den Rang abläuft.«

»Das ist wohl so«, seufzte Bruno laut und murmelte etwas über die Ungerechtigkeit der Welt vor sich hin.

»Komm, mein Alter, sei nicht traurig! Bring uns lieber eine Flasche von meinem Wein.«

»Wieso von Ihrem?« fragte Leda den ehemaligen Banker mit seinem von Sonne und Luft gegerbten Gesicht und den kräftigen Händen eines Bauern, die noch vor kurzem mit Erde gearbeitet haben mußten, denn die Fingerkuppen waren aufgesprungen und die Nägel rissig.

»Ich baue Wein an. Sie trinken ihn gerade.«

Dann erzählte er Leda, daß schon sein Großvater und sein Vater Wein angebaut hätten. Solange er bei der Bank beschäftigt gewesen sei, habe er nach dem Tod des Vaters die Ländereien an einen Bauern aus der Nachbarschaft verpachtet, der dann aber zu alt für die schwere Arbeit geworden war.

»Vor zweieinhalb Jahren bin ich in Frührente gegangen, habe mir den Pensionsfonds auszahlen lassen, davon zusätzliches Land gekauft und bin vom Computer auf den Traktor umgestiegen. Heute bin ich wieder ein glücklicher Mensch. An die Zeiten in der Bank möchte ich nicht mehr erinnert werden. Sie sehen ja selbst, der arme Puccio ist tot.«

»Wer ist tot?« mischte sich der Wirt neugierig ein, während er eine Flasche Wein und einen Korb mit Brot auf den Tisch stellte.

»Kennst du nicht, ein früherer Kollege von mir. Was bietest du uns zu essen an?«

»Viele schöne Antipasti nach freier Wahl, Pizza jeder Art, Pasta jeder Art, fritierten oder gegrillten Fisch und Meeresfrüchte«, zählte er in atemberaubender Geschwindigkeit auf.

»Was halten Sie von einem großen Teller gemischtem Antipasto für uns beide? Maria, Brunos Frau, und Rebecca, seine Tochter, braten das Gemüse selbst und legen es ein. Ein Gedicht, kann ich ihnen versichern. Hinterher müssen Sie bei uns in Neapel natürlich eine Pizza essen. Die mit Meeresfrüchten macht Bruno so gut, daß Sie später wahrscheinlich noch eine zweite möchten. Nichts Tiefgefrorenes liegt darauf«, schwärmte di Nittis so eindringlich, daß Leda nichts übrigblieb, als zustimmend zu nicken. Sie hatte einen Bärenhunger.

»Hängt Puccios Tod Ihrer Meinung nach denn mit der Bank zusammen?« fragte Leda, nachdem Bruno sich vom Tisch entfernt hatte.

»Womit denn sonst? Bis vor ein paar Wochen jedenfalls, als ich das letzte Mal mit ihm telefoniert habe, war bis auf die Probleme mit der Bank bei ihm alles in Ordnung.«

»Wieso hat Puccio Sie angerufen?«

»Das hat er manchmal getan. Ich war der einzige Kollege, zu dem er eine Art Freundschaft entwickelt hatte. Das blieb auch nach meinem Fortgang aus der Bank so«, sagte di Nittis. Sein ernster Blick verriet die Trauer um den Verlust des Kollegen.

»Welche Probleme hatte er denn?«

»Er wußte zuviel. Genau wie ich damals. Als Inspektor in den Filialen erfährt man die unglaublichsten Dinge. Man darf sie in die Berichte schreiben und muß im übrigen darüber schweigen. Wie übel die Machenschaften auch immer sein mögen, der Inspektor kann nicht eigenständig agieren. Er liefert nur Fakten für die Entscheidungen der oberen Bankgremien. Das ist gut, weil die Prüfer nur so geschützt werden und ihre Arbeit unbehelligt durchführen können. Von Nachteil ist, daß die oberen und obersten Herren in der Bank meist ausschließlich der wirtschaftliche Erfolg einer Filiale oder Niederlassung interessiert, nicht aber, wie er zustande kommt. Also ergreifen sie bei Unregelmäßigkeiten jeder Art nur dann Maßnahmen, wenn für die Bank mit Sicherheit keine Nachteile zu erwarten sind, wenn vor allem niemand dadurch betroffen werden kann, der für sie geschäftlich wichtig oder sonst einflußreich ist.

Ich bin damals gegangen, weil ich wußte, daß ich das nicht mehr aushalten würde und mit jedem Teilchen Wahrheit, das ich erfuhr, in immer größere Gefahr geriet. Puccio war der beste Kollege, den ich je hatte. Aber er hatte einen großen Fehler: Er wollte die Wahrheit wissen. Die damit verbundene Gefahr für sich und seine Familie ignorierte er einfach. Das mußte schiefgehen.«

»Was wußte er?«

»Bei einer Routineprüfung vor drei Jahren hier in Neapel stießen wir auf Mafia-ähnliche Geschäfte, die der Filialleiter, Angelo Talamona, betrieb. Er war mit Stefano, dem Bruder von Kardinal Ernesto Carducci, befreundet. Dieser hatte von seinem Bruder die Prokura für die Kirchenkonten bei der Banca di Credito bekommen und vermehrte dieses Geld wie einst Jesus das Brot in Galiläa, jedoch nicht für Tausende, sondern nur für drei Personen: Talamona, Carducci I im Talar und Carducci II im Laiengewand.«

Eine große, ovale Servierplatte aus Chrom schob sich zwischen Leda und di Nittis, auf der kleine Hügel von Köstlichkeiten angerichtet waren: eingelegte Tomaten, Auberginen, Zucchini, Paprika und Bohnen, schwarze und grüne Oliven, Sardellen und Salat aus Meeresfrüchten.

»Ecco, Signora, die Antipasti. Passen Sie auf, daß Mimi Ihnen nicht alle getrockneten Tomaten in Öl wegißt, die mag er so gerne. Ich habe extra schon mehr als üblich aufgelegt.«

»Sprich in Gegenwart von Damen nicht so schlecht über mich«, sagte di Nittis scherzend zu seinem Freund.

»Besser, sie weiß es sofort, als daß sie später enttäuscht wird, nicht wahr, Signora?«

»Bruno, ich danke für Ihre Fürsorge und werde Sie im Zweifel zu Hilfe rufen, falls er zu gierig wird. Darf ich das tun?«

»Come no, natürlich, Signora, mit dem größten Vergnügen«, antwortete Bruno. »Fehlt euch sonst noch etwas?«

»Nein, danke«, antwortete di Nittis und begann Leda einen hübschen, bunten Teller zurechtzumachen. Dann nahm er den Gesprächsfaden wieder auf.

»Wir sind auf die Sache gestoßen, weil plötzlich große Geldsummen von der Kirche bei unserer Bank angelegt wurden und mit ihnen sehr aktiv gearbeitet wurde. Das ist bei Kirchenkonten normalerweise nicht der Fall. Erstaunlicherweise erschienen auf den Privatkonten von Talamona und seiner Familie sowie auf den Konten von Stefano Carducci, der als Immobilienhändler ebenfalls Kunde der Bank war, und auf denen seiner Frau ebenfalls hohe Geldbeträge, die uns stutzig machten. Carducci erklärte das mit boomenden Einnahmen aus dem Immobiliengeschäft.«

Bei der Überprüfung der von Carducci erworbenen oder verkauften Immobilien habe sich allerdings gezeigt, daß sie meist weit unter dem von ihm angegebenen Wert gelegen hätten, erzählte di Nittis. Carduccis Geld mußte also aus anderer Quelle stammen. Aus welcher, habe er durch puren Zufall erfahren. Puccio und er seien eines Abends in ein Restaurant essen gegangen und mit dem Inhaber ins Gespräch gekommen:

»Er wollte wissen, was wir in Neapel machten, und wir erzählten ihm, daß wir bei der Banca di Credito arbeiten und von der Zentrale aus Rom immer durchs Land geschickt werden, um die Arbeit der Filialen zu prüfen. Da wurde er auf einmal bitterböse. ›Von diesem Institut der Verbrecher seid ihr! Zwanzig Prozent Zinsen zahle ich jeden Monat für meinen Kredit, und mein Cousin auch. Ich geb ja zu, daß keine andere Bank mir damals das Geld für den Wiederaufbau meiner Osteria nach dem Brand geliehen hätte, weil ich euch sowieso noch so viel für die alte schuldete. Aber jetzt läuft alles prima, und ich verdiene gut. Wären die Zinsen nicht so hoch, könnte ich den Kredit bald abzahlen. So werde ich mein ganzes Leben dafür brauchen. Hundertmal war ich schon bei eurem feinen Signor Talamano, um den Wuchervertrag zu ändern. Der sagt aber immer nur, Vertrag ist Vertrag. Dagegen bin ich machtlos, denn bei uns in Neapel brennen Osterien leicht.‹ Wir waren schockiert, stellen Sie sich vor: ein Zinssatz von zwanzig Prozent, das war glatt illegal. Die haben wirklich genau wie die Mafia gearbeitet.«

»Haben Sie die Zentrale, sprich Verdone, davon in Kenntnis gesetzt?«

»Selbstverständlich. Zum einen haben wir ja unsere Berichte geschrieben. Zum anderen hat Puccio selbst mit Verdone ausführlich darüber gesprochen. Zumindest über unseren Fall in Neapel. Immerhin wurde Talamona anschließend entlassen. Wir drei, Puccio, Lanari und ich, erhielten von Verdone in diesem Jahr eine hohe Jahresgratifikation, weil wir diesen Fall aufgedeckt hatten.«

»Das bedeutet, daß in Ihrem Bericht der Fall ganz genau beschrieben wurde.«

»Jedes Detail stand drin.«

»Werden diese Berichte verändert, wenn sie mit denen der anderen internen Revisionsgruppen zusammengefaßt werden?«

»Die Inspektoren sehen diese Gesamtberichte nicht mehr. Sie sind zur Vorlage an das Direktorengremium bestimmt. Dort möchte man natürlich nur über die wesentlichen Fakten informiert werden. Deshalb nehme ich eher an, daß aus unseren Berichten die wirklich wichtigen Auffälligkeiten in den Filialen und Niederlassungen herausgefiltert werden und in den Gesamtbericht einfließen.«

»Und würden Sie die Geschehnisse in Neapel als ›wichtige Auffälligkeit‹ bezeichnen?«

»Auf jeden Fall. Das war, soweit mir bekannt ist, der schlimmste Fall, den wir je hatten, weil sich die Bank auf die Methoden der Mafia eingelassen hatte.«

»Das müßte also mit den Namen der drei Handelnden, sämtlichen Kontobewegungen, Zahlen und Verbindungen zu den anderen Banken nachzulesen sein?« hakte Leda nach.

»Welchen Sinn würden sonst die Berichte machen, wenn sie später all das nicht mehr enthielten? Warum interessiert Sie dieser Punkt so sehr?«

Leda zögerte einen Moment, ob sie di Nittis sagen sollte, daß im Bericht so gut wie nichts von alledem stand. Sie entschied, daß dies der falsche Augenblick war, und überging seine Frage.

»Und der Kardinal wußte von alledem nichts?«

Di Nittis schaute Leda zunächst verdutzt an und brach dann in schallendes Gelächter aus.

»Natürlich hat er es gewußt. Sein Klingelbeutel wurde ja nicht nur durch die Rückzahlung der Kredite gefüllt, sondern auch durch ... nennen wir es ›Spendengelder‹. So verzeichneten die Kardinalskonten ebenfalls mehr als ordentliche Zuwachsraten, was bei den Obersten der Kurie gern gesehen wird.

Jeder von den dreien hat also profitiert. Als wir das herausfanden, hatten die Herren das Spiel bereits seit Jahren betrieben, und zwar nicht nur bei der Banca di Credito. Der Kardinal hatte Konten bei Banken in ganz Italien eingerichtet und seinem Bruder jeweils die Generalvollmacht erteilt. Das haben wir auf inoffiziellem Weg erfahren.

Stefano Carducci hatte im Laufe der Jahre für sich und seine ganze Familie an den verschiedensten Orten, sogar in der Schweiz, Konten eröffnet. Er war jeweils Inhaber der Generalvollmacht für die Konten, konnte also die Wuchergelder ungehindert kreuz und quer im In- und Ausland transferieren und waschen.«

Di Nittis unterbrach seinen Bericht immer wieder kurz, um sich etwas von den Köstlichkeiten auf seinem Teller in den Mund zu schieben. Er sprach leise, und Leda mußte genau zuhören, um ihn zu verstehen, da sich das »Gärtchen« inzwischen mit Gästen gefüllt und der Geräuschpegel im Raum sich erhöht hatte. Der Fernseher, vor dem Carlo gerade eine Portion Spaghetti aß, tat sein übriges dazu.

»Um welche Geldsummen ging es?«

»Wir sind in unserer Filiale auf Geldbewegungen in einer Größenordnung von rund fünf Millionen Euro gestoßen. Aber das war, wie gesagt, nur eine der am Spiel beteiligten Banken.«

»Sie vermuten also, daß die Gesamtsumme viel höher lag?«

»Ja, aber das ist nur eine Vermutung, weil ich natürlich nicht sagen kann, was in anderen Banken oder in unseren Filialen an anderen Orten gelaufen ist.«

»Puccio wußte das?«

»Zumindest in wesentlichen Teilen.«

»Hat er Ihnen darüber berichtet?«

»Nein. Ich wollte es nicht wissen. Ich wollte gar nichts

mehr davon hören, weil ich ja ahnte, daß es gefährlich sein könnte.«

Bruno kam, um abzudecken, erkundigte sich, ob es geschmeckt habe, und lief davon, ohne eine Antwort abzuwarten. Kurz darauf kehrte er schnaufend mit zwei Pizzen zurück, die so groß wie Wagenräder waren, und stellte sie vor sie auf den Tisch.

Seine anfängliche Redefreude war dem Streß zum Opfer gefallen. Über ein kurzes »Laßt es euch schmecken« brachte er es nicht hinaus, da von irgendwoher jemand rief: »Bruno, kommst du heute gar nicht mehr?«

»Hat Puccio mitgemacht?«

»Keine Ahnung. Er war eigentlich nicht der Typ dafür. Im Gegenteil. Doch mit Druck erreicht man viel. Hätte er rechtzeitig aufgehört, so wie ich, wäre ihm wohl nichts passiert. Sie hatten ihn schließlich eindringlich genug gewarnt.«

»Wieso gewarnt?«

»Seine Tochter Camilla hatte vor zwei Jahren einen schweren Unfall. Die Bremsen an ihrem Auto haben versagt, weil die Bremsschläuche durchgeschnitten waren. Sie hat nur durch ein Wunder überlebt. Der Fall wurde nie aufgeklärt.«

»Und wer war es Ihrer Meinung nach?«

»Das weiß ich nicht. Ich weiß nur, daß sowohl die Banken als auch die Kirche mächtiger und brutaler sind, als wir glauben.«

»Hat Verdone etwas damit zu tun?«

»Er macht mir nicht den Eindruck eines Verbrechers.«

»Warum wurden die drei nicht angezeigt?«

»Dann wäre die ganze Sache öffentlich und damit ein Riesenskandal für Bank und Kirche geworden. Außerdem zeigen Sie mir einmal, wie man einem Kardinal und seinem Bruder die Verwicklung in Mafiageschäfte nachweisen will! Der Vatikan wird immer dafür sorgen, daß alle nur denkbaren Beweise rechtzeitig verschwinden oder unzugänglich werden. Gerade hier in Neapel sind die Gesetze von Angst und Schweigen stärker als das Vertrauen in die Justiz. Niemand würde gegen die drei aussagen.«

»Würden Sie das denn tun?«

»Niemals, ich habe eine Familie. Falls ich jemals auf das, was ich Ihnen heute abend gesagt habe, angesprochen werden sollte, werde ich immer behaupten, Ihnen nichts, aber auch gar nichts erzählt zu haben.

Puccio ist tot, weil er diesen Leuten das Handwerk legen wollte und vielleicht später mitmachen mußte. Ich will leben und meinen Kopf nicht für eine Sache hinhalten, die sich morgen so oder ein bißchen anders wiederholen wird! Falls Sie also jemals die Hoffnung gehabt haben sollten, von mir eine vor Gericht verwertbare Aussage zu erhalten, vergessen Sie es. Ich will nicht wie Puccio krepieren. Und für mich steht fest: Es war Mord.«

X

Weit nach Mitternacht war Leda aus Neapel zurückgekehrt. Sie hatte im Auto nicht schlafen können, weil ihr das Gespräch mit di Nittis immer wieder durch den Kopf gegangen war. Er war ein Mann, der zweifellos die Gefahr erkannt, aber genau deshalb längst seine Konsequenzen gezogen hatte. Er würde kein noch so gutes Zeugenschutzprogramm für sich und seine Familie akzeptieren, weil er nicht daran glaubte, daß eine Aussage vor Gericht an der Macht von kriminellen Machenschaften in den Banken oder der katholischen Kirche etwas ändern würde.

»Vielleicht würden ein paar Banker für eine gewisse Zeit hinter Gitter wandern, aber nur, um der nächsten Generation von Gangstern Platz zu machen. Und was die Kurie betrifft, wird nicht einmal das geschehen. Haben Sie jemals einen Kardinal, einen Bischof oder einen sonstigen Kirchenoberen im Gefängnis gesehen? Mit mir brauchen Sie nicht zu rechnen. Wenn Sie aber aufgrund dessen, was ich Ihnen heute abend gesagt habe, herausfinden, wer die Mörder von Puccio sind und gerichtstaugliche Beweise entdecken, würde ich mich freuen. Schon deshalb, weil Puccio mein Freund war. Aber das ist allein Ihre Angelegenheit«, hatte er Leda sehr bestimmt erklärt.

Sie stand auf und zog die Gardine zurück. Es regnete heftig. In der Wohnung war es totenstill. Nur die runde Uhr über dem Küchenfenster tickte laut. Es war bereits elf Uhr, und Leda verspürte großen Hunger.

Im Schrank fand sie ein Päckchen mit Zwieback, der ein halbes Jahrhundert alt sein mußte, genauso wie der Kaffee in der geblümten Dose. Paolo hatte sich kürzlich beschwert, daß er wie Schmieröl schmecke.

Das war Leda jetzt gleich, sie brauchte einen heißen Kaffee zum Wachwerden, füllte Wasser und das schwarze Pulver in eine kleine Kaffeemaschine und stellte sie auf die Gasflamme. Im Kühlschrank befand sich nichts außer einem Glas mit Waldbeermarmelade, das sie in Ermangelung sonstiger Auswahl herausnahm. Im Hängeschrank fand sie einen Liter H-Milch, deren Haltbarkeitsdatum noch nicht abgelaufen war.

Sie schaltete das Radio an, um wenigstens irgendein menschliches Geräusch um sich zu haben, und ärgerte sich gleich darauf über die Werbung. Auf drei Kanälen wurden die Vorzüge eines Mineralwassers erläutert, das verdauungsfördernd wirken sollte.

»Und wer innen sauber ist, ist außen schön«, trällerte eine fröhliche Frauenstimme. In Leda kam der Verdacht auf, im Körper der Sprecherin befinde sich nichts als Wasser, aus dem Kohlensäurebläschen aufstiegen, sich in Worte verwandelten und durch den Mund den Weg ins Freie suchten. Der Kaffee schmeckte in der Tat scheußlich, genauso wie der Zwieback mit Marmelade.

Ein weiterer Werbespot machte ihr plötzlich klar, daß Weihnachten vor der Tür stand und sie noch kein einziges Geschenk hatte. Sie wußte auch nicht, wem sie mit was eine Freude machen könnte. Nur Flavia hatte einen Wunsch geäußert: eine schicke Handtasche aus Leder, die sie aber gemeinsam mit der Mutter in Rom aussuchen wollte.

Sie holte vom Telefontisch im Flur einen Zettel und einen Stift, um eine Liste von Empfängern und passenden Geschenken anzufertigen. Flavia: Tasche, Telefonino, Marco: Telefonino und ...

Sie zögerte und beschloß, ihn zu fragen. Das folgende Telefonat bestätigte Leda erneut in ihrem Beschluß, kleine, tragbare Telefone zu verschenken. Denn Marco war nicht zu Hause.

»Er hat ein Eishockeyturnier. Stell dir vor, Mamma, heute spielen sie um den ersten Platz in der bayerischen Jugendliga. Das ist doch toll, nicht wahr?« berichtete Flavia so stolz, als habe sie selbst alle Siege mit errungen. Leda mußte lachen.

»Was ist denn so komisch?« fragte Flavia.

»Du sprichst mit einem ganz kleinen deutschen Akzent. Das habe ich noch nie bei dir gehört.«

»O Gott, wirklich? Das liegt daran, daß hier alles so deutsch ist. Früher haben wir wenigstens noch mit Nonna Marta Italienisch gesprochen.«

»Das ist nicht schlimm, mein Schatz, es klingt nur etwas komisch. Wenn du erst einmal wieder ein paar Tage hier bist, wird das sofort besser. Kann eigentlich dein Philipp Italienisch?« fragte Leda.

»Es geht so. Seit wir uns kennen, besucht er einen Sprachkurs an der Uni, und manchmal, wenn wir allein sind, reden wir Italienisch und lachen uns tot. Sobald andere Leute dabei sind, traut er sich nicht mehr. Ich bin mal gespannt, wie das in Rom wird. Da muß er wohl«, erzählte Flavia.

»Wir können ihm ja helfen. Mir tut es außerdem auch mal wieder gut, mein Deutsch aufzufrischen. Denn mit wem soll ich hier schon Deutsch reden?«

»Ach übrigens, hat Marco dir schon gesagt, daß er auch mitkommt? Er will nicht mit Papa und Raffaella zum Skilaufen fahren, weil er Angst hat, sich mitten in der Hockeysaison ein Bein zu brechen. Ich finde ja, er übertreibt maßlos. Bald steigt er nicht mehr aufs Fahrrad, weil er Angst hat, umzukippen und sich den Arm zu verknacksen. Spitzenmanager dürften das auch nicht, sagt er. Der spinnt ganz einfach.«

Leda mußte wieder lachen.

»Ein bißchen schon, würde ich sagen. Aber schön, daß er kommt. Ich freue mich wahnsinnig auf euch. Hast du eine Idee, was er sich zu Weihnachten von mir wünschen könnte?«

»Pullover. Und zwar diese ganz klassischen Wollpullover mit V-Ausschnitt. In Schwarz, Blau oder Bordeauxrot. Er nimmt immer die von Papa, und der regt sich auf, weil er sie dreckig zurück bekommt. Also schenk ihm einen Pulli, da tust du echt was für den Hausfrieden.«

Als Leda auflegte, war sie traurig. Wie gerne hätte sie jetzt mit Flavia am Tisch gesessen und noch eine Stunde lang mit ihr geplaudert. Sie mußte unbedingt diesen Puccio-Fall zu Ende bringen, damit sie über die Feiertage ihre ganze Zeit den Kindern widmen konnte.

Nach der Dusche stand Leda unentschlossen vor dem Kleiderschrank. Sie schob Röcke und Kleider auf der Stange hin und her, betrachtete sie und kam wieder einmal zum Ergebnis, daß ausgerechnet das Kleidungsstück, das sie gerade vor Augen hatte, heute nicht das richtige war.

Schließlich nahm sie eine alte Jeans vom Bügel, fand einen grob gestrickten, blauen Wollpullover in der Kommode und zog beides an. Dazu band sie ein buntes Seidentuch um.

In diesem Moment klingelte das Telefon. Sie hoffte, daß es Paolo wäre, aber statt dessen meldete sich Ugo.

»Möchten Sie wissen, was ich gefunden habe?« fragte er.

»Natürlich, ist es denn was Neues?«

»Allerdings! Puccio hat, soweit ich das überblicke, mindestens fünf Fälle aufgedeckt, die alle zunächst im engeren und später im weiteren Sinne mit der Kirche zu tun haben. Auf den ersten Fall sind Puccio und seine Leute vor fast vier Jahren bei einer Prüfung in Cosenza gestoßen. Auch hier hatte jemand die Prokura für Kirchenkonten. Der Mensch ist im Bericht namenlos. Mit dem Filialleiter Umberto Longo, der unter dem Briefkopf der Banca di Credito Wucherverträge abgeschlossen hat, wurden die Kreditnehmer ausgenommen wie Gänse. Der Filialleiter hat seine Arbeit verloren, was in der Bankensprache ›sich in gegenseitigem Einvernehmen trennen‹ heißt. Es wurden keine Anzeigen erstattet, die Wucherverträge mit den Kunden mit sofortiger Wirkung aufgelöst. Ihnen hat die Bank neue Kreditverträge zu günstigen Konditionen angeboten.

Der zweite Fall war der in Neapel vor drei Jahren. Der dritte Fall ereignete sich vor zwei Jahren in Bologna. Der dortige Kardinal hat einem Finanzberater die Prokura über die Kirchenkonten erteilt. Dieser hat zusammen mit einem Bankangestellten einer Bologneser Niederlassung, einem gewissen Romero Santilli, erneut das Wucherspiel gespielt. Nachdem der Fall aufgedeckt worden war, kam man auch mit Santilli überein, sich zu trennen. Wieder keine Anzeige, dafür neue Kreditverträge, wie gehabt.«

»Unglaublich«, murmelte Leda und hörte ihrem Mitarbeiter wie gebannt zu.

»Puccios Fall Nummer vier«, erzählte Ugo, »spielte sich vor einem Jahr in Mailand ab. Diesmal hatte ein Finanzberater die Generalvollmacht für die Konten einer Organisation für Benefizveranstaltungen, die zugunsten der Kirche stattfinden. Sie läuft unter dem Namen Fare-Bene-Events, kurz FBE. Unter seiner Obhut sind die Fare-Bene-Konten kräftig angewachsen.

Der fünfte Fall flog bei der Überprüfung einer Niederlassung in Venedig auf. Dort hat FBE einem Baulöwen die Prokura über ihre Konten in einer venezianischen Bankfiliale erteilt. Über die Konten der Benefizoganisation und über die des Bauunternehmers sind im Laufe von zwei Jahren, halten Sie sich bitte fest, fast acht Millionen Euro ins Rollen gebracht worden. Hier steht endlich mal eine Summe.«

»Und wie hat er das angestellt?« wollte Leda wissen.

»Keine Ahnung, das müssen wir noch rausfinden. Jedenfalls ist schon wieder die Kirche im Spiel, wenn auch auf Umwegen. Die Sache war für mich besonders auffällig, weil dieser Bauunternehmer bis vor drei Jahren eine kleine Baufirma besaß, die immer wieder kurz vor dem Konkurs stand.

Sein Erfolg war im Bericht eine lobende Erwähnung wert, weil die venezianische Banca di Credito ›dank seiner großen unternehmerischen Anstrengungen‹ einen mächtigen Umsatzzuwachs hatte. Die Bank ist heute bereit, dem Baulöwen Riesenkredite einzuräumen, die er auch schon zweimal in Anspruch genommen hat. Die Prokura für die Fare-Bene-Konten hat er ebenfalls noch. Was sagen Sie dazu?« fragte Ugo, ganz außer Atem von dem langen Vortrag.

»Das muß ich erst einmal verdauen. Wer ist denn diese mysteriöse Wohltätigkeitsorganisation?«

»Keine Ahnung. Auf jeden Fall können die Spenden an dieses Unternehmen von den Steuern abgesetzt werden, also muß es gemein- oder kirchennützig sein«, antwortete Ugo.

»Erkennst du irgendein System hinter dem Ganzen?«

»Nein, bisher noch nicht. Nur ist jedesmal die Kirche direkt oder indirekt im Spiel«, meinte Ugo.

»Wirklich merkwürdig, daß ausgerechnet Puccio auf die ganzen Kirchenprobleme gestoßen ist.«

»Das finde ich auch. Aber im ganzen gesehen, sind es nur fünf von über dreißig Berichten, die sich mit Kirchenangelegenheiten befassen. Es kann also purer Zufall gewesen sein, daß Puccio auf diese Fälle gestoßen ist. Was hat denn Ihr Zeuge gestern erzählt?«

»Daß er vor allem niemals offiziell als Zeuge aussagen wird. Er ist vor zweieinhalb Jahren auf eigenen Wunsch in Frührente gegangen, weil er diese Inspektionen für lebensgefährlich hielt. Das Angebot für ein Zeugenschutzprogramm hat er abgelehnt. Er ist fest davon überzeugt, daß Puccio umgebracht wurde, und hält es für möglich, daß dieser zum Mitmachen gezwungen wurde. Seine Aussage deckt sich bezüglich des Falls in Neapel genau mit dem, was du mir gerade gesagt hast. Er kannte nur wesentlich mehr Details.«

»Dio mio, Signora, wenn das stimmt, trete ich sofort aus der Kirche aus«, empörte sich Ugo.

»Davon wird sie vermutlich weder ärmer noch anständiger«, entgegnete Leda lachend.

»Soll ich Ihnen die Berichte bringen?«

»Heute habe ich keine Zeit, sie zu lesen. Ich muß noch Weihnachtsgeschenke kaufen und bin abends bei meiner Schwester zum Essen eingeladen. Morgen vormittag komme ich zu dir und hole sie ab. Va bene?«

»Benissimo.«

Der nachmittägliche Ausflug in die Stadt wurde ein voller Erfolg. Leda begann ihn in einem Café mit einem richtigen Kaffee und einem Stück Apfeltorte, unter deren durchsichtigem Tortenguß die vom Backen leicht gebräunten Fruchtscheiben wie unter einem Fensterglas lagen. Dieser Anblick gefiel ihr so gut, daß sie die Sahne nicht sofort darauf verteilte, sondern erst nach und nach in kleinen Portionen auf die Stückchen hob, ehe sie sie genießerisch in den Mund schob. Einmal auf den Geschmack gekommen, bestellte sie sich noch ein Stück Käsekuchen, der mit seiner glatten, weißen Oberfläche zwar längst nicht so hübsch aussah, dafür aber mindestens so köstlich schmeckte.

Anschließend wühlte sie sich durch die unbeschreiblichen Menschenmengen in der Via Cola di Rienzo, ganz in der Nähe der Engelsburg. Dort hatte sich der Volkstribun, der der Straße ihren Namen gegeben hatte, im 14. Jahrhundert versteckt gehalten, nachdem er versucht hatte, eine neue römische Republik zu gründen.

Zwischen Weihnachtsmännern, Buden mit allerlei Leckereien, Kinderwagen, heißen Maroni-Öfen und einer Blaskapelle in altrömischen Gewändern, die für eine Telefongesellschaft warb, schob Leda sich von einem Schaufenster zum nächsten.

Mit fünf Tüten voller Geschenken und weihnachtlichen Kleinigkeiten betrat sie schließlich das berühmte Delikatessengeschäft Castroni, kaufte eine Schachtel mit Konfekt für ihre Schwester und ließ sich von einem Taxi nach Hause bringen.

Erschöpft von der körperlichen Anstrengung, ließ sie sich im dunklen Wohnzimmer in einen Sessel fallen und fühlte sich plötzlich wieder allein und hungrig dazu.

Sie rief Paolo an, doch seine Mutter erklärte ihr, daß er wegen einer Recherche unterwegs sei: »Irgendeine Geschichte mit minderjährigen Prostituierten aus Osteuropa, die von Freiern oder Zuhältern geschunden wurden. Scheußlich, Leda, scheußlich. Können die nicht wenigstens in der Weihnachtszeit die armen Dinger in Ruhe lassen?«

»Nein, Signora Agata, diese Leute sind rund um die Uhr, 365 Tage im Jahr zugange. Und wir werden es vermutlich nie schaffen, ihnen das Handwerk zu legen, das ist das Schlimme daran.«

Paolo ließ ihr ausrichten, daß er vermutlich mitten in der Nacht zurückkehren und sie deshalb erst morgen anrufen werde.

»Kommst du morgen abend zum Essen?« lud Paolos Mutter sie ein und versprach: »Ich mache ein Kaninchen.« Ihre Kaninchen, die sie frisch von einem Jägerfreund geschenkt bekam, waren von lukullischer Spitzenklasse, und Leda sagte gern zu.

Anders als Paolos Mutter kochte Ledas Schwester Francesca ausgesprochen schlecht. Beim Abendessen war die Pasta zu weich geraten, das Fleisch zäh und das Gemüse völlig zerkocht.

Dafür mundete der Wein um so besser. Romano, Ledas Schwager, war ein Kenner besonderer Tropfen. Er servierte sie voller Stolz und Freude, begleitet von meist langen Erklärungen über Herkunft, Anbau und das beste Trinkalter.

Heute hatte er einen Brunello di Montalcino aus dem Regal im Flur gezogen und schon Stunden vor Ledas Besuch geöffnet, damit er seinen Geschmack voll entfalten konnte.

»Bis Ende der siebziger Jahre war dieser Rotwein wenig verbreitet. 1967 haben auf weniger als achtzig Hektar nur siebenunddreißig Weinbauern diese Köstlichkeit in die Flaschen gezaubert. Heute sind zwölfhundert Hektar mit Reben bepflanzt, und 152 Winzer verdienen ihr Geld mit der Weinproduktion. Und weißt du, daß es zunächst die Engländer und Deutschen waren, die den Wein haben wollten, bevor wir Italiener auf den Geschmack kamen? Unglaublich, nicht wahr? Heute gehört er zu den Diamanten unserer Weinkultur«, erklärte Romano, und sie ließen die Gläser klingen.

Die zweite Flasche enthielt wieder einen Roten, diesmal einen Marzemino.

»Perle des trentinischen Weinadels, wie die Experten ihn nennen. Und recht haben sie. Probiert mal«, meinte Romano und nahm andächtig einen Schluck. »Diesen Wein hat schon Mozart gekannt. Seinen Don Giovanni läßt er ›Eccellente Marzemino‹ singen, als er im letzten Akt das nächtliche Bankett abhält. Napoleons Soldaten tranken ihn, so wird überliefert, als sie vor Rovereto lagen. Er hat seinen Namen vom kroatischen Dorf Marzemin, von wo aus venezianische Soldaten Anfang des 15. Jahrhunderts die Rebstöcke mitgebracht haben.«

»Romano, diese Weinabende bei euch sind wirklich immer ein Genuß!« meinte Leda.

Als sie wenig später erzählte, daß Marco und auch Flavia mit ihrem Freund Philipp am ersten Weihnachtsfeiertag kommen würden, brach allgemeine Freude aus.

»Warum ist Paolo eigentlich nicht mitgekommen?« wollte Romano wissen.

»Er recherchiert einen neuen Fall von Prostitution mit Minderjährigen«, antwortete Leda.

»Sehen wir ihn denn noch vor Weihnachten?« erkundigte sich Francesca.

»Hoffen wir's. Wir müssen beide furchtbar viel arbeiten. Aber wir kommen auf jeden Fall mit den Kindern am ersten Feiertag zu euch.«

Francesca hatte Jahre gebraucht, um Leda zu verzeihen, daß sie Thomas und die Kinder nicht nach Deutschland begleitet hatte und es zur Trennung gekommen war. Daß Leda dann ausgerechnet ein Verhältnis mit Thomas' bestem Freund begonnen hatte, fand sie geradezu empörend und begegnete Paolo lange Zeit ausgesprochen ablehnend. Das war Leda zunächst ziemlich gleichgültig gewesen – bis Paolo mehr für sie wurde als nur eine Affäre. Doch seit sich Ledas Einstellung zu Paolo geändert hatte, war merkwürdigerweise auch die Mauer zwischen Francesca und Paolo gefallen, und mittlerweile schätzten sich die beiden sehr, worüber Leda mehr als glücklich war.

XI

Das Telefon schrillte so laut, daß Leda mit einem Satz aus dem Bett fuhr. Wer zum Teufel rief sie Sonntag morgens um halb neun an? Mit pochendem Herzen lief sie in den Flur und hob ab:

»Pronto.«

»Ciao, Mamma. Ich bin's, Marco. Schläfst du noch?«

»Die Frage dürfte sich jetzt erübrigt haben, mein Sohn. Ciao, wie geht's dir?« fragte sie noch schlaftrunken.

»Bestens. Wir sind gestern bayerische Eishockey-Jugendmeister geworden. Wie findest du das?«

»Bravo, ihr seid einfach toll.«

»Wir waren die Besten, gut trainiert und mit einem Kampfwillen bis zum Umfallen«, erklärte er, als gebe er gerade ein Fernsehinterview.

»Vielleicht schlägst du noch die Profilaufbahn ein«, meinte Leda scherzhaft.

»Das ist tatsächlich eine Überlegung wert. Papa und Flavia meinen zwar, ich sei übergeschnappt, bin ich aber nicht.«

»Dann rede mit ihnen vorläufig besser nicht über deine beruflichen Ambitionen, und geh fleißig in die Schule.«

»Ihr Erwachsenen habt wirklich keine Ahnung von echter Faszination, für die du alles geben würdest. So ist das mit mir und dem Eishockey.«

»Na ja, wir schauen mal, wie sich das weiterentwickelt. Ansonsten hat mir Flavia gestern schon erzählt, daß du in den Ferien auch nach Rom kommst.«

»Genau. Da ist aber noch etwas. Du kennst doch Rupert, meinen Freund?« fragte er.

»Ja natürlich, der blonde Lockenkopf aus deiner Klasse, der schon mal mit hier bei uns war.«

»Genau der. Also, Rupert würde schrecklich gern über Silvester mit nach Rom kommen, und seine Eltern würden das auch erlauben. Was sagst du dazu?«

»Das geht in Ordnung, würde ich sagen. Und warum wolltest du mir das alles mitten in der Nacht sagen?« fragte Leda ihren Sohn.

»Weil ich jetzt gleich los muß und dann keine Zeit mehr zum Telefonieren habe. Wir haben ein Freundschaftsspiel gegen eine tschechische Mannschaft. Die müssen echt gut sein. Drück uns die Daumen. Ciao, Mamma, bacio!« Und weg war er.

Ledas Müdigkeit war inzwischen verflogen. Sie ging in Marcos Zimmer, das schon lange nicht mehr gelüftet worden war. Außerdem war es eiskalt.

In den Herbstferien hatte Marco zuletzt eine Woche hier verbracht. Flavia war im September vor Semesterbeginn für vierzehn Tage bei ihr gewesen. Nach ihrer Abreise hatte Regina, die Putzfrau, die seit Jahren zweimal wöchentlich zu ihr kam, die Zimmer auf Hochglanz gebracht, die Möbel sorgfältig abgedeckt, die Fensterläden zugeklappt und die Türen geschlossen. Nur einmal hatte Leda sie seitdem betreten, um die Heizkörper abzudrehen.

Jetzt machte sie sie an und hörte, wie das Wasser in den Rohren gluckerte. Sie öffnete das Fenster, schlug die grünen Fensterläden zurück und befestigte sie an der Außenwand des Hauses. Ihre Zähne klapperten, weil Leda noch immer nichts weiter trug als ihr Nachthemd. Dann schloß sie das Fenster und ging schnell ins Schlafzimmer zurück, um sich im Bett kurz aufzuwärmen. Im Radio auf ihrem Nachttisch fand sie einen Sender, in dem das Weihnachtsoratorium von Bach gespielt wurde. Sie schlief ein.

Als Leda wieder aufwachte, war es fast Mittag. Siedend heiß fiel ihr Ugo ein, der auf sie wartete. Schnell duschte sie, zog die Jeans mit dem blauen Pullover an, machte sich einen

Kaffee mit Milch, knabberte Zwieback mit Marmelade. Zwanzig Minuten später saß sie im Auto.

Ugo wohnte am anderen Ende der Stadt, und Leda überlegte kurz, ob sie die Ringstraße benutzen oder quer durchs Zentrum fahren sollte. Sie entschied sich für den direkten Weg. In der Woche war hier kein Durchkommen, doch sonntags luden die breiten Straßen und schmalen Gassen zu einer Stadtrundfahrt ein.

Zügig fuhr sie am Tiberufer entlang und betrachtete die großartigen Wolkenformationen am Himmel, der sich hin und wieder als blaues Loch zwischen den weißen Bergen sehen ließ.

Sie lenkte ihren Wagen über die Tiberbrücke und bog zur Piazza Bocca della Verità ein. Früher einmal waren hier Rinder verkauft worden, weshalb der Platz Forum Boarium geheißen hatte. Heute kamen statt Rinderherden Touristenströme, um ihre Hand in den Mund der Wahrheit zu stecken. Dabei ließen sie sich von Ehegatten, Freunden, Verwandten oder Bekannten ablichten. Der antike Brunnendeckel zeigte den griechischen Meeresgott Triton, der – so glaubte man im Mittelalter – mit seinem riesigen Mund den Lügnern oder Eidbrüchigen die Hand festhalten oder die Finger abreißen würde. Deshalb war er für sogenannte Gottesurteile benutzt worden.

Leda fuhr auf einer breiten Straße den Hügel hinauf. Von hier aus bot sich ein herrlicher Blick auf die Ruinen der Kaiserpaläste am Circus Maximus. In der einstigen Arena für Wagenrennen, in der Caesar Schlachten mit rund tausend Infanteristen, Hunderten von berittenen Soldaten und Elefanten aufführen ließ, spielten heute ein paar Jungen Fußball. Sie dachten wahrscheinlich nicht im entferntesten an den früheren Ruhm dieses Ortes. Genau das liebte Leda an ihrer Stadt, den selbstverständlichen und unbefangenen Umgang der Bürger mit den weltberühmten Zeugnissen der Geschichte.

Zehn Minuten später war sie bei Ugo, der bereits auf sie gewartet hatte. Seine Mutter bot ihr einen Kaffee an. Sie servierte ihn in zierlichen Porzellantassen auf einem Silbertablett mit Spitzendeckchen. Das Wohnzimmer kam Leda mit seinen lachsfarben gestrichenen Wänden, den schweren, dunklen Möbeln und den noch schwereren dunkelgrünen Samtvorhängen wie eine bewohnte Grabkammer vor. Es war drückend heiß.

Zu Ledas großer Freude brachte die alte Dame einen Teller mit Panettone-Stücken. Als Leda ihn sah, fiel ihr ein, daß noch einer im Auto lag, den sie vergangene Woche bei Mario gekauft hatte. Wahrscheinlich war er vom Rücksitz gefallen und wartete nun im Fußraum darauf, daß sie ihn herausholte.

Ugo hatte die dicke Mappe mit den Berichten bereits zurechtgelegt und an den Stellen, die ihm wichtig vorkamen, ein gelbes Blatt hineingeklebt.

»Ugo hat am Freitag die halbe Nacht mit diesen Akten zugebracht. Der arme Junge«, meinte Signora Cecilia.

»Nun, der Fall ist tatsächlich sehr kompliziert«, antwortete Leda.

»Ugo hat mir schon erzählt, daß die Kirche Mafiageschäfte betrieben hat.«

»Sì, Signora, das scheint so zu sein.«

»Mamma mia, wo sind wir hingekommen, daß sogar die Priester nur noch hinter Geld her sind?« meinte sie, bekreuzigte sich dreimal mit winzigen Handbewegungen und hob das kleine Goldkreuz, das sie an einer Kette trug, an ihre Lippen.

Leda fand die Panettone-Schachtel dort, wo sie sie vermutet hatte: im Fußraum ihres Wagens. Um sie nicht wieder zu vergessen, legte sie sie auf den Vordersitz. Sie wollte sie mit ins Büro nehmen, weil sie bis zum Abend nichts zu essen bekommen würde.

In ihrem Arbeitszimmer sperrte sie erst einmal die Fenster auf und ließ frische Luft in den stickigen Raum. Sorgfältig las sie jeden Gesamtbericht, zu dem Puccio seinen Teil beigesteuert hatte. Es waren über dreißig aus einem Zeitraum von vier Jahren. Unter jedem standen die Namen der jeweiligen Mitglieder der Prüfungsgruppen und in Klammern der Ort, den Leda für den Herkunftsort der Mitarbeiter hielt.

Verschiedenste kleinere und größere Unregelmäßigkeiten hatten Puccio und seine Leute entdeckt, dreimal, nicht zweimal, wie Verdone gesagt hatte, waren Mitarbeiter der Bank wegen Unterschlagung, Diebstahl oder Veruntreuung angezeigt und auf Schadenersatz verklagt worden. Nicht so in den fünf Fällen, in die die Kirche verwickelt war. Hier hatte es lediglich die drei »freiwilligen« Kündigungen gegeben.

Puccio hatte Feinde wie Sand am Meer, dachte Leda. In ihr wuchs der Verdacht, daß einer der entlassenen oder verurteilten Kollegen Rache an ihm geübt haben könnte und daß sein Tod überhaupt nichts mit der Kirche zu tun hatte.

Vielleicht hatte sie sich zu sehr in den seit Anfang der achtziger Jahre kursierenden Verdacht verliebt, daß die Banker Gottes, die der Erde und die Mafia vom selben Holz geschnitzt sein könnten. Der Heilige Stuhl hatte zwar die damalige Beteiligung der Vatikanbank am betrügerischen Bankrott des Banco Ambrosiano nie zugeben wollen, aber dennoch hohe Schadenersatzsummen an die Gläubiger der weltlichen Bank bezahlt. Warum? Hatte man nicht auch Roberto Calvi, den Chef des Banco Ambrosiano, aufgeknüpft aufgefunden – ein angeblicher Selbstmord, den niemand für einen solchen hielt?

Bankgeheimnis, Kirchengeheimnis und die Omertà, das Gesetz des Schweigens in der Mafia – all das paßte gut zueinander. Diese Dreieinigkeit hatte von jeher für so spannende Kriminalgeschichten gesorgt, daß Leda angesichts von so viel Banalität gewisse Zweifel kamen. Wenn sie sich irrte und es nur die geringste Beweislücke gab, so würde sie sich in der Auseinandersetzung mit mächtigen Gegnern wie Kirche und Banken gewaltig die Finger verbrennen.

Leda merkte, daß es bereits dämmerte, und knipste die Lampe auf ihrem Schreibtisch an. Das Licht fiel direkt auf die Panettone-Schachtel und rief ihr den leckeren Geschmack des Hefegebäcks in Erinnerung. Sie streckte sich, stand auf und holte einen Kaffee aus dem Automaten. Abgesehen vom Geräusch ihrer eigenen Schritte war es im Gebäude totenstill.

Es grauste sie ein wenig. Sie war froh, wieder in ihr Büro zu kommen, nahm einen Teller und ein Messer aus dem Schrank und den Panettone aus der Schachtel, der dank der Plastiktüte, in die er eingeschweißt war, durch die Zeit im Auto nichts an Frische eingebüßt hatte. Sie schnitt sich zwei dicke Scheiben heraus und begann sie mit Genuß zu verzehren. Als das Telefon klingelte, schreckte sie zusammen.

»Meine Güte, Leda, da steckst du! Ich versuche dich seit Stunden zu erreichen. Hast du das Telefonino nicht gehört?« fragte Paolo aufgebracht am anderen Ende der Leitung.

»Ich habe es zu Hause vergessen.«

»Warum hast du dich denn nicht gemeldet?«

»Entschuldige bitte, Paolo, aber ich bin so in diese Berichte der Bank vertieft, daß ich darüber die Zeit und dich völlig vergessen habe. Wieviel Uhr ist es denn?«

»Fünf Uhr. So leicht vergißt du mich?« fragte er scherzend.

»Nein, natürlich nicht wirklich. Was soll ich dir nur sagen?«

»Daß du mich liebst, schätzt und dein Leben für mich geben würdest«, antwortete er prompt.

Leda lachte: »Also gut. Ich liebe dich. Das ist wahr, auch wenn ich es erst ziemlich spät gemerkt habe. Daß ich dich schätze, brauchen wir wohl kaum zu erörtern, weil es seit

Jahren offensichtlich ist. Ob ich mein Leben für dich geben würde, na ja ... Das würde ich schon vom Grund abhängig machen. Ich habe immerhin zwei Kinder.«

»Sei doch einmal im Leben romantisch, ohne gleichzeitig Folgenabschätzung zu betreiben. Begreif doch endlich: Romantik ist ein wunderbares Spiel, das mit der Realität wenig zu tun hat. Es geht nur um das Spiel, und es ist völlig egal, was davor und was danach kommt. Also ich würde mein Leben für dich geben«, säuselte Paolo mit der Stimme eines Latin-Lovers. Wieder mußte Leda lachen.

»Ich kann da nicht mithalten.«

»Na schön. Aber kannst du mir wenigstens sagen, ob du heute abend wirklich Zeit für mich hast?«

»Ja, Liebster, natürlich. Ich träume seit Stunden von nichts anderem.«

»Oh, là, là. Vielleicht wird's doch noch was. Wann kommst du denn?«

»Sagen wir um acht Uhr.«

Bis halb sieben blieb Leda im Büro. Sie fertigte als erstes eine Liste mit den Namen derjenigen Männer an, die aufgrund von Puccios Nachforschungen ihre Banklaufbahn beenden mußten, und teilte sie in zwei Gruppen ein: diejenigen, die mit Kirchenangelegenheiten befaßt waren, und diejenigen mit anderen Arbeitsbereichen. Unter die Rubrik »Kirche« notierte sie: Cosenza – Umberto Longo, Neapel – Giuseppe Talamona, Bologna – Romero Santilli.

Unter die Rubrik »Sonstige« trug sie vier weitere Städte- und Personennamen ein. Dann ließ sie sich von der Auskunft die Telefonnummern geben. In Bologna gab es zehn Santillis, jedoch keinen Romero. Daher notierte sie alle Santilli-Nummern.

Anschließend nahm sie sich die Liste mit den Namen der Männer aus den Inspektorengruppen vor, die mit Puccio zusammengearbeitet hatten. Ihr fiel auf, daß sich die

Namen bei den die Kirche betreffenden Prüfungen nie wiederholten – bis auf den Namen Puccio, der stets als Chef der Gruppen fungierte. Bei den anderen Inspektionen war er häufig mit denselben Kollegen, die für ein besonderes Spezialgebiet im Bankfach ausgebildet waren, unterwegs gewesen.

Sie pickte sich aus jeder »Kirchengruppe« einen Prüfer heraus, der in Rom wohnte, suchte sich aus dem örtlichen Telefonbuch die Nummern und notierte alles sorgfältig.

Als sie Punkt acht mit einem knallroten Weihnachtsstern bewaffnet vor der Tür der Sinibaldis stand, zog ihr der Duft des Kaninchenbratens in die Nase. Mutter Agata freute sich sehr über die Pflanze und über Ledas Besuch.

»Du warst ja heute den ganzen Tag verschwunden. Paolo hat dich wie ein Verrückter gesucht«, tadelte sie ihren Gast, als sei Leda ihre Tochter. Die Sorge, die sie sich gemacht hatte, fand Leda rührend, entschuldigte sich und erklärte ganz genau, was sie alles entdeckt und getan hatte.

Mutter Agatas Coniglio alla romana war ein Gedicht. Das zarte Fleisch zerfiel buchstäblich auf der Gabel, die zugefügte Mischung aus Rosmarin, Knoblauch, Sardellen und Essig war so fein abgestimmt, daß der Eigengeschmack des Kaninchenfleisches hervorgehoben und nicht, wie zu Ledas Leidwesen so oft bei dieser Spezialität, unterdrückt wurde.

»Signora Agata, Sie sollten ein Feinschmeckerrestaurant eröffnen«, lobte Leda.

Die alte Dame strahlte. Weder ihre über siebzig Jahre noch der Verlust eines Kindes und des Ehemannes, der bereits mit knapp Vierzig gestorben war, hatten ihrem unkonventionellen und fröhlichen Wesen etwas anhaben können.

Ein pinkfarbenes Seidentuch um den Hals geschlungen, die noch erstaunlich dunklen Haare wie immer adrett geschnitten, mit einem schicken schwarzen Pullover und ebensolchen Samthosen eilte sie zwischen Tisch und Küche hin und her und bediente die beiden. Sie lehnte Ledas Hilfe mit der schlichten Begründung ab:

»Bleib sitzen, meine Liebe. Du bist in Küchenangelegenheiten eine ebensolche Niete wie ich beim Schreiben oder beim Verbrecherfangen.«

Dann erzählte sie ausführlich von ihrem Tanzkurs, den sie voller Begeisterung seit drei Jahren zweimal wöchentlich besuchte. Vergangene Woche erst hatte sie mit ihrem Partner, einem gewissen Gianluca, ein Turnier gewonnen, worauf sie sehr stolz war.

»Ich würde diesen Gianluca gern einmal kennenlernen«, bekannte Leda.

»Das wird wohl nicht gehen. Es ist schon schwer genug für ihn, zwei Abende in der Woche zu Hause zu fehlen. Seiner Frau hat er erzählt, er spiele an einem Abend Schach und am anderen Karten mit seinen Freunden. Die wissen natürlich alle, daß er mit mir tanzen geht, und spielen das Spiel mit. Hin und wieder, wenn der Tanzkurs mal ausfällt, treffen sie sich tatsächlich bei ihm zum Spielen, und seine Frau glaubt die Geschichten«, lachte sie vergnügt.

»Und warum geht sie nicht mit zum Tanzen?«

»Die geht so gut wie gar nicht aus dem Haus, guckt den ganzen Tag Fernsehshows, telefoniert und kocht.«

»Sie hat also keine Ahnung, was ihr Mann mit Ihnen treibt?«

»Nein. Wüßte sie es, würde sie vermutlich ein riesiges Eifersuchtsspektakel beginnen. Das wollen wir ihr und uns ersparen. Sonst spielt sich ja auch nichts zwischen uns ab«, setzte sie keck hinzu.

»Wie alt ist denn Gianluca?« erkundigte sich Leda neugierig.

»Etwa so alt wie ich, also ziemlich jung«, lachte Agata.

»Und wo haben Sie ihn kennengelernt?« Leda interessierte es brennend, wie zwei so alte Herrschaften zueinander finden und sich offensichtlich blendend amüsieren konnten. Sie bewunderte, wie sie ein gemeinsames Ziel gefunden hatten und es systematisch mit Methoden ansteuerten, von denen sie immer geglaubt hatte, daß nur jüngere Menschen sie anwendeten.

»Ich habe ihn in einer Bar beim Kaffeetrinken getroffen. Wir kamen ins Gespräch, und ich habe ihm erzählt, daß mir im Tanzkurs ein guter Partner fehlte. Erst wollte er nicht mitmachen, eben wegen seiner eifersüchtigen Frau. Weil ich aber weiß, daß Männerfreunde wie Pech und Schwefel zusammenhalten, bin ich auf die Idee mit den fingierten Spielabenden gekommen. Er hat das organisiert, und wir konnten trainieren. Wie du siehst, mit Erfolg. Als nächstes wollen wir uns den Seniorenpokal holen.«

Leda wurde bewußt, daß das Alter keinesfalls die wehmütige Rückschau auf ein vergangenes, aktives Leben bedeuten mußte. Agata jedenfalls hatte immer Ziele vor Augen, die sie mit Charme und Hartnäckigkeit verfolgte. Das hatte Paolo von ihr geerbt.

»Wie kommst du eigentlich in deinem Mordfall weiter?« fragte Paolo.

Leda berichtete ihm von der Aussage di Nittis', den Auffälligkeiten in den Berichten und ihren Zweifeln hinsichtlich einer möglichen Verstrickung der Kirche in den Mordfall.

»Mein Kind«, mischte sich Agata ein, »wenn es zwei Institutionen auf dieser Welt gibt, die für Geld buchstäblich über Leichen gehen, dann sind es die Banken und die Kirche. Deine Fährte ist garantiert die richtige.«

XII

»Da hat Paolo ja eine furchtbare Sache aufgetan«, rief Mario Leda entgegen, als sie am nächsten Morgen seine Bar betrat.

»Du meinst die Geschichte mit der Kinderprostitution? Ja, die ist gräßlich.«

Die Zeitung mit Paolos Bericht auf der Titelseite lag auf der Theke, und Leda las ihn, während sie ihren Cappuccino trank und ein Cornetto aß.

Sie hegte seit Jahren Bewunderung für Paolos Fähigkeit, in einem Artikel das Problem auf den Punkt zu bringen, alle notwendigen Informationen zu liefern, Widersprüche und Ungereimtheiten in der Polizeiarbeit gnadenlos aufzudecken und den Leser sozusagen an der Hand durch das oft komplizierte Gestrüpp von Ermittlungen, Verwicklungen und Strafgesetzbarkeit zu führen. Er bezog im Artikel selbst nie Partei, anders als viele seiner Kollegen.

»Das ist die Schuld der Regierung. Die Politiker müßten doch in der Lage sein, diese Albaner aus dem Land zu jagen. Nacht für Nacht kommen sie mit den Schlauchbooten übers Meer und überfluten unser Land mit Kriminalität. Wenn ich in der Regierung säße, würde ich das anders machen«, führte Mario erzürnt aus.

»Wenn das so einfach wäre. Die Albaner können doch nur erfolgreich arbeiten, weil sie von der apulischen Mafia unterstützt werden. Hier steht doch, daß die Tätergruppe aus Italienern und Albanern zusammengesetzt war. Außerdem ist der Kundenkreis, der diese armen Kinder mißbraucht, überwiegend italienisch«, erwiderte Leda.

»Wenn diese Kinderschänder keinen Nachschub mehr bekämen, wäre das Problem gelöst.«

»Willst du die gesamte Küste mit einem Polizeigürtel lükkenlos absperren, die Männer so gut entlohnen und jeden einzelnen und seine Familie so gut schützen, daß die Mafia sie weder bedrohen noch mit Geld locken kann?«

»Genau, das wäre es«, nickte Mario zustimmend.

»Und wer soll das bezahlen? Außerdem würde der Tourismus unten im Süden völlig lahmgelegt. Ich sehe ein paar praktische Schwierigkeiten«, gab Leda zu bedenken.

»Soll das heißen, daß das alles für immer und ewig so bleiben wird, nur weil das Geld fehlt?« fauchte Mario wütend. Da Leda seine morgendlichen Ausbrüche nach der Zeitungslektüre kannte, blieb sie ruhig und trank ihren Cappuccino, während sie antwortete:

»Ich fürchte, es gibt keine kurzfristige Lösung. Wir haben zu lange mit angesehen, wie sich diese Mafiastrukturen als eine Art Staat im Staat entwickelt haben. Und so wie alles mit der Zeit international wird, was ja auch seine guten Seiten hat, arbeitet eben auch die Mafia über Grenzen und Meere hinweg. Solange Albanien und andere Länder so arm sind, werden die Menschen versuchen, woanders und im Notfall auf kriminelle Art und Weise ihr Geld zu machen.«

»Dann wandere ich aus«, meinte Mario.

»Hast du schon ein Land gefunden, wo du besser leben könntest?«

Jetzt mußte Mario lachen:

»Nein, hier ist es immer noch am besten, da haben Sie recht.«

Ugo war noch nicht im Büro, als Leda ankam. In der Zeitung hatte sie vom heutigen Streik der öffentlichen Verkehrsmittel gelesen. Wutschnaubend kam Ugo zehn Minuten später zur Tür hinein.

»Diese Streiks sind eine nationale Katastrophe! Kennen Sie irgendeine andere Hauptstadt in der Welt, in der sämtliche Busse und Bahnen zweimal im Monat für ein paar Tage komplett ausfallen? Wenn dann wenigstens genug Taxis da wären! Aber nicht mal das!«

Er ließ sich noch eine Weile über die Unfähigkeit der römischen Stadtregierung aus. Leda wartete geduldig, bis sein Blutdruck wieder gesunken war. Die Idee, sich für diese Fälle vielleicht doch ein Auto anzuschaffen, würde bei ihm sowieso auf Ablehnung stoßen.

»Ich lasse mir von den Herren da oben doch kein Auto aufzwingen, das ich bezahlen muß, nur damit deren Schlamperei weitergehen kann. Ich denke gar nicht daran. Dann komme ich eben später ins Büro und kann jedem erklären, warum«, hatte er einmal auf ihren Vorschlag geantwortet.

Das Telefon läutete.

»In unserem Landhaus wurde eingebrochen. Heute morgen rief mich die Nachbarin an, die sich ums Haus kümmert, wenn wir nicht da sind.« Es war Chiara Puccio. Unter Tränen fuhr sie fort:

»Signora Giallo, was ist denn nur los? Irgendwer hat es auf uns abgesehen, warum nur?«

»Ich weiß es nicht. Es tut mir sehr leid für Sie, Signora Puccio. Das ist eine schwere Zeit, ich weiß. Bitte erzählen Sie mir genau, was passiert ist.«

»Irene rief vorhin an und sagte, das gesamte Haus sei auf den Kopf gestellt worden. Die haben alle Schubladen ausgeräumt, Bilder abgehängt, Schränke abgerückt und umgekippt, die Polster von Sesseln, Sofas und Matratzen aufgeschlitzt und sogar die Pflanzen aus den Kübeln gerissen. Es muß dort aussehen wie auf einem Schlachtfeld.«

»Ist etwas gestohlen worden?« fragte Leda.

»Soweit Irene es beurteilen kann, nicht. Sie haben nur alles zerstört.«

»War die Polizei schon dort?«

»Die sind wohl immer noch da.«

Leda ließ sich von Chiara Puccio sowohl die Telefonnummer der Nachbarin als auch die im Landhaus geben, um sich sofort mit den Kollegen in Verbindung zu setzen.

»Fahren Sie hin?« fragte Leda.

»Ich kann nicht mehr, ich schaffe es einfach nicht. Irene hat gesagt, daß sie mit ihrem Mann alles in den Griff bekommt und ich im Moment nicht zu kommen brauche.«

»Ich kümmere mich darum und rufe Sie an, sobald ich Neues in Erfahrung gebracht habe«, versprach Leda.

Sie hatte Glück. Im Landhaus der Puccios meldete sich ein junger Mann mit dem üblichen »Pronto«.

»Guten Morgen, hier ist Leda Giallo von der Questura in Rom.«

»Signora Commissaria, buon giorno. Hier spricht Alessandro Tombardi. Erinnern Sie sich an mich? Ich habe vor drei Jahren ein Praktikum bei Ihnen gemacht«, antwortete der junge Mann und war offensichtlich hocherfreut, die Kommissarin am Telefon zu hören. Leda erinnerte sich genau an ihn, der sein Jurastudium mit einer glatten Eins absolviert und eine glänzende Karriere bei der Polizei vor sich hatte.

»Alessandro, natürlich erinnere ich mich an Sie. Wie geht es Ihnen?«

»Danke, sehr gut. Ich bin inzwischen Inspettore, und die Arbeit macht mir viel Spaß.«

»Das freut mich. Dann können Sie mir auch gleich helfen. Was ist denn da bei euch passiert?«

»Ein Einbruch, bei dem das gesamte Haus verwüstet wurde. So etwas habe ich noch nie gesehen. Die Einbrecher haben jeden Quadratmillimeter durchwühlt. Die haben offensichtlich etwas gesucht, es aber nicht gefunden und deshalb aus Wut die Einrichtung zerstört. Sie haben sich Zeit gelassen und gründliche Arbeit geleistet. Die Terrassentür war aufgebrochen. Unsere Spurensicherung hat bisher ein paar Fußspuren und Fingerabdrücke gefunden, die wir noch auswerten müssen. Von den Nachbarn hat in der Nacht niemand etwas gehört oder gesehen. Das ist verständlich, weil das Haus etwas abseits und versteckt hinter einer hohen Hecke liegt.

Es gehört einer Familie namens Puccio aus Rom, die normalerweise jedes Wochenende herkommt. Die Frau bleibt manchmal länger. Jetzt waren sie aber schon seit zwei Wochen nicht hier. Die Nachbarsfrau, eine Irene Zacchi, hat uns geholt und erzählt, daß der Eigentümer am vorletzten Wochenende angerufen habe, um zu sagen, daß sie nicht kämen. Letztes Wochenende haben sie sich aber nicht gemeldet. Frau Zacchi wollte sich heute mit diesen Puccios in Verbindung setzen, um sie über den Einbruch zu informieren«, berichtete Alessandro in seiner präzisen Art, die Leda schon während des Praktikums an ihm geschätzt hatte: kein Satz zuviel, aber auch keine Information zuwenig.

Nun war es an ihm zu fragen:

»Und warum ruft die Mordkommission hier an?«

»Weil der Eigentümer, Gianpiero Puccio, vergangene Woche tot aufgefunden wurde. Wir untersuchen den Fall. Seine Witwe hat mich eben von dem Einbruch unterrichtet. Bereits vergangene Woche wurde in ihre römische Wohnung eingebrochen«, antwortete Leda.

Alessandro Tombardi pfiff durch die Zähne.

»Dann müssen wir wohl besonders gründlich arbeiten. Wurde er ermordet?«

»Das wissen wir eben nicht. Die Spurensicherung und die Pathologie tippen auf Selbstmord per Kopfschuß, weil keinerlei sonstige Hinweise auf Gewaltanwendung durch Dritte zu finden waren.«

»Und Sie glauben, daß es sich um Mord handelt?«

»Ich untersuche beide Möglichkeiten.«

»Aber Sie haben Ihr berühmtes Gefühl, nicht wahr?«

Leda lachte: »Ja, genau. Aber diesmal führt es mich vielleicht in die Irre.«

»Das glaube ich nicht. Sie passen da auf. Was kann ich noch für Sie tun?« fragte Alessandro hilfsbereit.

»Bitte geben Sie mir Bescheid, sobald Sie etwas finden. Da wir nicht wissen, was wir suchen, kann jeder Hinweis dienlich sein. Vielleicht gibt es eine Verbindung zwischen Puccios Tod und dem Einbruch.«

Leda rief anschließend bei Signora Puccio an und berichtete ihr vom Stand der Untersuchungen.

»Die Täter haben wieder etwas gesucht. Überlegen Sie noch einmal ganz genau, ob Ihr Mann etwas besaß, was von Bedeutung sein könnte. Hat er vielleicht einmal erwähnt, daß er vor anderen Menschen etwas verbergen mußte? Fällt Ihnen ein Ort ein, wo er eine Sache versteckt hätte, ein Platz, den nur er und Sie kennen?« bohrte Leda.

»Gianpiero sammelte Briefmarken und hatte eine ziemlich wertvolle Kollektion zusammengekauft. Aber auf die haben sie es nicht abgesehen, denn sie ist vollständig und befindet sich hier in unserem römischen Haus.«

»Hatte er möglicherweise eine Mappe mit Dokumenten?«

»Mehrere. Die können Sie sich gerne alle anschauen.«

»Heute nachmittag kommt mein Mitarbeiter Ugo Libotti bei Ihnen vorbei, um die Mappen durchzusehen.«

»Das ist mir recht.«

Dann fragte sie Signora Puccio, was sie seit ihrer Unterhaltung mit di Nittis schon die ganze Zeit tun wollte, es aber immer wieder verschoben hatte, weil so viel dazwischen gekommen war.

»Ihre Tochter Camilla hatte vor zwei Jahren einen schweren Autounfall, nicht wahr?«

»Ja, sie wäre beinahe gestorben«, antwortete Chiara Puccio.

»Was ist genau geschehen?«

»Auf einer abschüssigen Straße raste Camilla mit hoher Geschwindigkeit in einen Straßengraben, weil die Bremsen nicht funktionierten. Die Bremsschläuche waren durchgeschnitten.«

»Wo ist das passiert?«

»In der Nähe von Florenz, wo sie mit ihrer Familie lebt.«

»Wurde der Fall damals untersucht?«

»Ja, es konnte aber kein Täter ermittelt werden.«

»Wie hat Ihr Mann damals reagiert?« fragte Leda weiter.

»Er war verzweifelt und hat sich unentwegt bei Camilla entschuldigt, als sie im Koma lag. Es sei seine Schuld. Er werde dafür sorgen, daß ihr und uns nie wieder etwas passiere. Stundenlang hat er an ihrem Bett gesessen, geweint und geschwiegen.«

»Haben Sie ihn gefragt, was das bedeutete?«

»Ja, aber er antwortete nur, er könne es mir nicht sagen, weil sonst alles noch schlimmer werde. Da die Möglichkeit bestand, daß Camilla sterben würde, rief ich einen Priester. Doch Gianpiero jagte ihn beinahe mit Fausthieben aus dem Zimmer. ›Ich will keinen von diesen schwarzen Geiern an ihrem Bett sehen!‹ brüllte er. Anschließend trat er aus der Kirche aus. Ich habe nie verstanden, warum er so reagiert hat, denn er war wirklich ein tiefgläubiger Mensch. Er hatte mir versprochen, mir eines Tages sein Verhalten zu erklären. Da Gianpiero seine Versprechen immer hielt, hatte ich Vertrauen zu ihm und konnte warten. Nun haben sie ihn umgebracht, und ich werde die Wahrheit nie erfahren.«

Im September vor zwei Jahren war Camilla verunglückt, und im Dezember desselben Jahres hatte Puccio die Inspektion in Bologna geleitet.

Leda beschloß, Romero Santilli, den ehemaligen Angestellten einer Niederlassung in Bologna, zu suchen. Zehn Telefonnummern, die auf diesen Namen registriert waren, standen auf ihrem Zettel.

»Guten Tag. Ich heiße Leda Giallo und möchte bitte mit

Romero Santilli sprechen«, sagte Leda ihr Sprüchlein fünfmal auf, sobald sie am anderen Ende der Leitung ein »Pronto« vernahm. Zweimal meldete sich niemand. Beim achten Anlauf hatte sie Glück.

»Romero Santilli ist mein Onkel. Er lebt aber seit anderthalb Jahren nicht mehr in Bologna, sondern auf dem Land bei Pistoia, wo er ursprünglich herkam. Möchten Sie seine dortige Telefonnummer?« fragte eine freundliche Frauenstimme.

»Dafür wäre ich Ihnen sehr dankbar.«

»Wer sind Sie eigentlich?« wollte die Frau wissen.

Leda beschloß, zu schwindeln, um sich ihre Hilfsbereitschaft zu sichern.

»Ich bin eine alte Freundin und habe seit Jahren nichts mehr von ihm gehört. Nun wollte ich mich einfach mal wieder melden.«

»Und wieso haben Sie dann meine Nummer gewählt?« fragte die Stimme am anderen Ende mißtrauisch.

»Ich habe mir von der Auskunft genau zehn Bologneser Santilli-Nummern geben lassen und beschlossen, es spätestens nach drei Versuchen aufzugeben. Nun hatte ich gleich beim ersten Anlauf Glück und freue mich sehr, daß Sie mir weiterhelfen können. Denn ich finde es immer schade, wenn man sich so ganz aus den Augen verliert.«

Die Geschichte überzeugte, und die Frau gab ihr die Nummer.

Es dauerte eine Weile, bis sich jemand meldete und einen Firmennamen hinunterratterte, den Leda nicht verstand.

»Ich möchte mit Romero Santilli sprechen. Bin ich da bei Ihnen richtig?«

»Er ist der Inhaber der Firma. Worum geht es?«

»Ich bin von der Polizei im Rom und möchte ihn etwas fragen. Entschuldigen Sie bitte, ich habe den Firmennamen nicht verstanden.«

»Trasporti Santilli heißt unsere Firma. Einen Moment bitte, ich verbinde.« In der Leitung erklang kurz ein Thema aus den »Vier Jahreszeiten« von Vivaldi.

»Erinnern Sie sich an den Namen Puccio?«

»Wer soll das sein?«

»Ein ehemaliger Bankkollege von Ihnen.«

»Ich hatte keinen Kollegen mit diesem Namen.«

»Er war auch nicht in Bologna angestellt, sondern aus Rom gekommen, um Ihre Niederlassung in Bologna zu prüfen. Er hat mit seinen Kollegen den Fall aufgedeckt, weshalb Sie anschließend die Bank verlassen mußten.«

»Die waren zu mehreren da. Ich weiß nicht mehr, wer von ihnen dieser Herr war.«

»Bitte versuchen Sie sich zu erinnern, es ist sehr wichtig für uns.«

»Wollen Sie mir heute noch einen Strick aus dieser Sache drehen?«

»Es geht gar nicht um Sie. Gegen Sie wird nicht ermittelt, und ich sehe auch keinen Grund, warum das geschehen sollte. Es geht um diesen Puccio.«

»Ach, hat er sich auch in diese dumme Kirchengeschichte verwickeln lassen?«

»Das untersuche ich gerade. Haben Sie irgendwelche Anhaltspunkte, die dafür sprächen?«

»Ich? Nein! Ich weiß nicht einmal mehr, wer er ist.«

»Aber er war immerhin schuld an Ihrer Entlassung.«

»Ich wurde nicht entlassen, sondern wir haben uns im gegenseitigen Einvernehmen getrennt, wie es so schön heißt«, sagte Santilli, und Leda hörte den sarkastischen Unterton in seinem Lachen.

»Wie dem auch sei, Sie sind heute jedenfalls nicht mehr bei der Bank beschäftigt«, stellte Leda fest.

»Zum Glück«, gab Santilli zur Antwort.

»Wieso denn das?«

»Nun, heute bin ich mein eigener Herr und verdiene viel mehr.«

»Und was machen Sie?«

»Warum interessiert Sie das?«

»Weil es mich eben interessiert, was ein Ex-Banker so machen kann. Es heißt doch immer, daß es in unserem Land keine Arbeit mehr gibt.«

»Ich habe ein Fuhrunternehmen gegründet, und das läuft prächtig.«

»Was transportieren Sie?«

»Baustoffe. Wenn Sie also eine neue Polizeistation bauen wollen, sagen Sie mir Bescheid, ich bringe Ihnen alles, was Sie dafür brauchen.«

»Vielen Dank für das Angebot. Noch einmal zu Puccio. Sie erinnern sich tatsächlich nicht mehr an ihn?« startete Leda einen neuen Anlauf.

»Nein, ich will auch von diesen alten Bankgeschichten nichts mehr wissen. Aber wieso interessieren Sie sich so sehr für diesen Mann?«

»Weil er tot ist.«

»Ermordet?«

»Möglich.«

»Dann hätte er seine Inspektorennase wahrscheinlich nicht so tief in Angelegenheiten stecken sollen, die ihn nichts angehen«, antwortete Santilli mit Triumph in der Stimme.

»Und was hätte ihn nichts angehen dürfen?«

»Bankinspektoren erfahren alles, was in einer Bank nicht klappt. Das könnte irgendwem in seinem Fall nicht gepaßt haben. Mich wundert, daß diese Berufsklasse nicht viel öfter von unerklärlichen Toden heimgesucht wird. Ich hatte Glück und bin gut gelandet. Aber wer sagt Ihnen, daß das mit jedem so läuft, der wegen einer Kleinigkeit auffliegt? Für andere kann das den Ruin bedeuten. Und wenn sich hin und wieder einer rächt, würde mich das nicht wundern.«

Genau das hatte Leda sich auch schon gedacht.

»Ich kann Ihnen aber versichern, daß ich mich an diesem Puccio nicht vergriffen habe. Erstens, weil ich gar nicht wußte, daß er der Verantwortliche für das Ende meiner Bankkarriere war. Zweitens, weil es mir heute besser als je zuvor geht. Warum sollte ich ihm also böse sein?«

In vielen Kursen hatte man Leda während der Ausbildung eingeschärft, bei den Untersuchungen keinerlei Sympathien für einen Täter oder Zeugen, aber auch keine persönliche Abneigung aufkommen zu lassen. Doch bei Santilli konnte sie nicht anders: Er war ihr zutiefst zuwider, denn dieser Mann schien weder Gesetz noch Moral zu kennen.

Sie malte ein Fragezeichen hinter seinen Namen und bat Silvia Marconi, stolze Besitzerin eines Verzeichnisses aller Questuren in Italien mit den dazugehörigen Telefonnummern, sie mit den Kollegen in Pistoia zu verbinden. Drei Minuten später klingelte Ledas Telefon:

»Commissario Martinelli für Sie.«

»Buon giorno, Commissario. Wir kennen uns nicht, und ich möchte Sie dennoch um Hilfe bitten«, sagte Leda.

»Aber gern, was kann ich für Sie tun?«

»In Pistoia gibt es ein Fuhrunternehmen namens Trasporti Santilli, spezialisiert auf Baustofftransporte. Ich müßte wissen, für welche Kunden diese Firma fährt und insbesondere, ob möglicherweise ein Bologneser Immobilienmakler an den Trasporti Santilli beteiligt ist.«

Sie bat Martinelli um äußerste Diskretion, da es sich um die Klärung eines Mordfalls handelte. Weder Santilli noch Cesarini durften den geringsten Verdacht schöpfen, daß sich die Polizei für sie interessierte.

»Ihr zweiter Punkt kann sicher schnell erledigt werden. Die Beteiligten müssen im Handelsregister eingetragen sein, ein Blick dorthinein genügt also. Um herauszufinden, wer die Kunden sind, müssen wir jedoch den Santilli-Lastern eine Zeitlang folgen, um zu sehen, welche Baustellen sie mit Materialien versorgen. Das kann also dauern. Ich hoffe, Sie haben soviel Geduld.«

Leda bedankte sich für seine Hilfsbereitschaft und wählte als nächstes die Nummer von Umberto Longo in Cosenza.

Seine Frau meldete sich und erklärte, daß ihr Mann vor einem Jahr an einem Herzinfarkt verstorben sei. Leda erkundigte sich, ob er nach seinem Ausscheiden aus der Bank eine neue berufliche Laufbahn eingeschlagen habe.

»Warum wollen Sie das wissen? Mein Mann ist tot, und niemand kann ihm heute mehr den Prozeß machen.«

»Das hat auch niemand vor. Es kann nur sein, daß die Leute, die Ihren Mann damals in die Geschichte hineingezogen haben, weitermachen und Familien ruinieren. Das müssen wir verhindern. Dazu brauche ich aber die Information, ob es Ihrem Mann gelungen ist, beruflich wieder Fuß zu fassen«, antwortete Leda geduldig.

»Nein, Umberto hat nicht mehr gearbeitet. Er hatte es auch nicht nötig, weil er von der Bank eine hohe Abfindung erhalten hat. Mit dem Geld hat er unsere Kinder nach England in ein Internat geschickt, weil er Angst hatte, hier könnte ihnen etwas passieren. Es ist ein sehr gutes Internat, und es geht ihnen prächtig. Aber sie sind eben nicht hier, wo sie hingehören«, sagte die Frau verbittert.

»Wovor hatte er Angst?« fragte Leda.

»Das weiß ich nicht. Aber er sagte den Kindern, er habe etwas sehr Falsches getan, was uns unser Leben lang bedrohen werde. Deshalb müßten sie gehen und dürften auch nicht nach dem Warum fragen.«

»Haben Sie ihn denn nicht nach den Hintergründen gefragt?«

»Doch. Aber auch mir hat er nur geantwortet: ›Ich liebe euch, Anna Lorena. Wenn ich dir sage, was ich getan habe, schwebst du in Lebensgefahr.‹ Er war ein guter Mensch, glauben Sie mir, Signora, auch wenn er einmal etwas Böses getan hat. Dafür hat er mit seinem Tod gebüßt, und Gott wird ihm verzeihen, so wie wir es längst getan haben.«

Leda legte auf. Nachdenklich drehte sie ihren Kugelschreiber zwischen den Fingern hin und her. Sie war sich ganz sicher, daß Verdone erzählt hatte, es seien keinerlei Abfindungen an die »freiwillig« ausgeschiedenen Banker bezahlt worden.

Sie versah den Namen Longo mit einem Minuszeichen, er schied als Racheengel aus. Dann schrieb sie eine kurze Nachricht an Ugo, der sich ins Archiv zurückgezogen hatte, daß sie zum Essen gegangen sei, und bat Silvia, in ihrer Abwesenheit eventuelle Telefonate anzunehmen.

»Gehen Sie in die Kantine?« fragte Silvia.

»Soll ich etwas mitbringen?«

»Bitte eine Portion von der guten Montagslasagne.«

Die Lasagne war tatsächlich vorzüglich. Leda aß eine doppelte Portion und anschließend einen Rucolasalat, auf den hauchdünne Scheiben von Parmesankäse gehobelt waren.

Sie mochte die Atmosphäre im Keller der Questura eigentlich gar nicht. Es war unerträglich laut und heiß. Außerdem zogen sämtliche Dünste aus den Kochtöpfen und Öfen der Großküche regelmäßig durch die offene Tür in den Raum und vertrieben den letzten Rest von Sauerstoff. Wäre das Essen nicht so gut gewesen, hätte Leda niemals einen Fuß in dieses »Gefängnis der Gerüche« gesetzt, wie sie die Kantine nannte.

Als sie Silvia den Aluminiumbehälter mit der Lasagne brachte, berichtete diese, daß Martinelli aus Pistoia angerufen habe. Leda rief ihn sofort zurück.

»Sie haben ins Schwarze getroffen. Ein Alberto Cesarini, Immobilienhändler in Bologna, ist Teilhaber an der Firma Santilli.«

»Sie haben einen gut bei mir, Martinelli. Was auch immer Sie aus Rom brauchen, ich besorge es Ihnen«, bot sie ihm an.

»Ich wüßte da was: einen randvollen Teller ›Trippa alla romana‹«, antwortete Martinelli schlagfertig.

Leda konnte zwar nicht verstehen, wie jemandem dieses weiße Eingeweide in Tomatensoße munden konnte, stellte ihm aber dennoch in Aussicht, ihn zu dieser römischen Spezialität einzuladen, sobald er einmal in der Hauptstadt wäre.

Als Ugo aus dem Archiv zurückkam, stürzte er sich als erstes auf seine Aktentasche aus hellem Leder und zog sein tägliches Tramezzino heraus. Seine Mutter hatte es heute mit Salatblättern, dicken Mozzarellascheiben und rohem Schinken belegt.

Leda berichtete Ugo von ihren Telefonaten mit Longos Witwe in Cosenza, mit Santilli und Martinelli in Pistoia.

»Wahrscheinlich bauen Santilli und Cesarini zusammen Kirchen«, amüsierte sich Ugo.

»Mit der kriminellen Energie, die ich den beiden unterstelle, werden das Kathedralen«, meinte Leda und fuhr fort:

»Könnte es nicht sein, daß sowohl Longo als auch Santilli Schweigegeld erhalten haben? Der eine hat damit seine Kinder in England in Sicherheit gebracht, der andere ein Unternehmen gegründet.«

»Ja, natürlich«, antwortete Ugo, als wäre das die offensichtlichste Erklärung der Welt. »Aber von wem?«

»Von der Bank, von der Kirche, von beiden zusammen, vom Kardinalsbruder Carducci oder von Cesarini. Wir haben eine große Auswahl. Jeder von ihnen hätte gute Gründe gehabt«, antwortete Leda.

»Was meine Nachforschungen anbetrifft, so habe ich ebenfalls auf die Amtshilfe der Kollegen zurückgegriffen. Von unseren betrügerischen Ex-Bankern ohne kirchlichen Segen sitzt einer im Gefängnis und einer zu Hause, zählt Gänseblümchen und wartet seit drei Jahren auf seinen Prozeß.

Ein weiterer, der mit einer Bewährungsstrafe davongekommen ist, weil er der Bank eine Verletzung der Aufsichtspflicht nachweisen konnte, arbeitet ganz offiziell als freier Anlageberater. Mit dem habe ich gesprochen. Er konnte sich gut an Puccio erinnern und hat seine gründliche Arbeit gelobt. Seine eigene Entlassung und die Anzeige seien eine Entscheidung von Puccios Vorgesetzten gewesen, die ihn loswerden wollten. Ich würde ihn als möglichen Täter ausscheiden.

Zu den beiden anderen habe ich die Kollegen vor Ort geschickt, morgen oder übermorgen bekommen wir die Ergebnisse. Den im Gefängnis haben sie vor eineinhalb Jahren groß in der Zeitung abgehandelt. Wir bekommen die Artikel morgen zugefaxt. Über den, der noch auf sein Verfahren wartet, ist noch nichts erschienen«, erläuterte Ugo die Ergebnisse seiner Recherchen.

»Übrigens, haben Sie in der Zeitung gelesen, daß heute abend bei Verdone ein Benefizkonzert zugunsten armer Kinder in der Dritten Welt stattfindet?« meinte Ugo und blätterte im »Il Giorno«, bis er die Meldung gefunden hatte. Dann reichte er Leda die aufgeschlagene Seite über den Tisch.

Hundertfünfzig Gäste, so schrieb die Autorin des Artikels, würden um neunzehn Uhr in der Villa der Verdones zum Konzert »Kinder spielen für Kinder zu Weihnachten« erwartet. Eingeladen sei der Geld-, Kirchen- und Schönheitsadel Roms, dem es obliege, die bereitgestellten Schecks mit möglichst hohen Ziffern zu versehen. Im vergangenen Jahr sei bei dieser Veranstaltung fast eine halbe Million Euro zusammengekommen, die der römischen Kurie zur Verfügung gestellt wurde. Diese habe mit der Summe Kinderhilfsprojekte in Afrika und Lateinamerika unterstützt. Neben dem Artikel war Verdone mit seiner Frau Pia Mastella abgebildet.

»Da gehe ich hin, eingeladen oder nicht. Verdone wird mich schon nicht rauswerfen«, entschied Leda prompt.

»Dafür muß man sich aber sehr fein machen«, mahnte Ugo.

»Keine Sorge, das werde ich schon tun, darauf kannst du dich verlassen.«

Dann fiel ihr Signora Puccio wieder ein, und sie berichtete Ugo vom Einbruch im Landhaus der Puccios.

»Während ich mich auf den Kunstgenuß vorbereite, fährst du zu ihr und siehst alle Dokumente durch, die ihrem Mann gehörten. Vielleicht findest du einen Hinweis auf ein Mord- oder Selbstmordmotiv – oder zumindest irgend etwas, was er versteckt halten wollte.«

XIII

Leda hatte für den Abend bei Verdone ein beinahe knöchellanges schwarzes, weichfallendes Kleid aus Seidenjersey gewählt. Über die Schultern legte sie ein großes, in Herbstfarben handbemaltes Seidentuch, das sie vor drei Monaten für ein kleines Vermögen in einer Boutique erstanden hatte. Ihre rote Locken wurden von einem schwarzen Samtreif nach hinten gehalten und gaben den Blick auf ein Paar wunderschöne Ohrringe aus schwarzen Korallen in Goldfassung frei.

Sie lotste ihren Wagen durch die abendlichen Verkehrsstaus Richtung Norden. Eine Stunde brauchte sie für die nicht einmal zwanzig Kilometer in den Nobelvorort.

Als sie am Eingangstor ankam, wurde sie von einem freundlichen, kurzhaarigen Mann in dunklem Anzug um ihre Einladung gebeten. Sie habe sie nicht mitgebracht, antwortete sie wahrheitsgemäß und zückte statt dessen ihren Polizeiausweis.

»Einen Moment bitte«, entschuldigte er sich lächelnd, zog sein Funksprechgerät aus dem Gürtel und bat um Anweisung durch Verdone. Mit einem freundlichen »Alles klar« winkte er sie durch.

Vor dem Haus angekommen, eilte ein junger Mann auf sie zu, öffnete ihr die Wagentür, half ihr beim Aussteigen und versprach, sich um das Auto zu kümmern. In der Tür wartete Verdone bereits mit einem Glas Champagner in der Hand auf sie.

»Signora Commissaria, welche Überraschung, Sie hier zu sehen. Es freut mich von Herzen, daß Sie gekommen sind«, sagte er und reichte ihr mit einem charmanten Lächeln ein volles Glas. »Sind Sie dienstlich oder privat hier?«

»Als ich heute in der Zeitung von der Veranstaltung las, hat mich die Neugier gepackt. Für mich waren hohe Bankangestellte bisher immer Menschen, die für arme Menschen eher eine Bedrohung als eine Hilfe darstellen, weil sie ihnen im Zweifel große Probleme bereiten. Sie wollen dagegen helfen, das ist interessant.«

»Sie haben aber ein schlechtes Bild von meinem Berufsstand. Hoffentlich können Sie es heute abend aufpolieren«, lachte Verdone. »Oder gehöre ich etwa zu den Verdächtigen im Mordfall Puccio, und Sie wollen sich den Täter einmal näher betrachten?«

»Signor Verdone, machen Sie nicht solche Scherze«, meinte Leda mit einem charmanten Lächeln.

»Kommen Sie herein und genießen Sie den Abend in unserem Kreis.« Galant hakte Verdone sie unter und schritt mit ihr durch die Eingangshalle ins Wohnzimmer auf eine schlanke Dame in einem dunkelblauen Seidenkleid zu.

»Signora Commissaria, darf ich Ihnen meine Frau vorstellen, Pia Mastella? Sie ist die Organisatorin des heutigen Abends. Pia, das ist Leda Giallo, Kommissarin bei der Questura. Sie untersucht den Todesfall Puccio, von dem ich dir berichtet habe.«

»O ja, der arme Mann. Seine Familie hat mein volles Mitleid. Und das so kurz vor Weihnachten«, sagte Pia Mastella und schüttelte den Kopf. »Sind Sie dienstlich hier?« fragte sie.

»Nein, eigentlich nicht. Ich hoffe, ich störe nicht«, sagte Leda.

»Natürlich nicht. Ich hoffe, daß Ihnen unser kleines Konzert gefällt.«

In diesem Moment kam ein Paar auf sie zu, das die Verdones überschwenglich begrüßte.

»Wie schön, daß ihr extra aus Neapel gekommen seid«, freute sich die Gastgeberin.

»Dieses Ereignis konnten wir uns kaum entgehen lassen. Denkst du, daß du in diesem Jahr wieder soviel Geld zusammenbekommst?« meinte die Dame zu Pia Mastella.

»Wenn ihr nur die Schecks hoch genug ausfüllt. Ich denke, wenn Kardinal Balbo euch erst einmal berichtet hat, was wir mit dem Geld alles tun konnten, werdet ihr sicher noch spendabler werden.«

Ober in Fräcken kamen vorbei. Auf großen Silberplatten boten sie Häppchen mit Meeresfrüchten, rohem Schinken, gefüllte Oliven und Pizzastückchen an. Leda langte kräftig zu, weil sie noch nicht zu Abend gegessen hatte.

Unter den Gästen entdeckte sie viele Gesichter, die sie bisher nur aus der Zeitung kannte: Politiker, Fußballspieler, Geschäftsleute und eine große Anzahl Kirchenmänner. Aus ganz Italien waren Gäste gekommen, die langsam die Räumlichkeiten füllten. Leda war neugierig, das Haus in seiner ganzen Größe zu sehen.

»Ich mache einen kleinen Rundgang, bitte entschuldigen Sie mich«, sagte sie zu Verdone.

»Möchten Sie, daß ich Sie begleite?« fragte er höflich.

»Nein, vielen Dank, ich finde mich allein zurecht.«

Das Wohnzimmer lag vor ihr wie ein Königssaal in einem Schloß. Schwere, helle Seidenvorhänge wurden mit breiten Schärpen links und rechts der Fenster zusammengehalten, die den Blick auf den Garten mit Rasenflächen und hohen Schirmpinien freigaben. Mehrere Sitzkombinationen in aufeinander abgestimmten Pastellfarben waren um niedrige Glas- und Holztische herum gruppiert und erzeugten in diesem riesigen Raum sogar eine Art Gemütlichkeit. Hohe Palmen unterteilten ihn zudem optisch. Auf jahrhundertealten Holzkommoden standen üppige Blumenarrangements, an den Wänden hingen Ölgemälde mit Landschaftsmalereien in geschnitzten Goldrahmen.

Leda kämpfte sich durch die plaudernde Menschenmenge

in den Speisesaal, der durch einen Rundbogen abgeteilt war. In der Mitte stand ein Glastisch auf sechs Säulen, die antiken Vorbildern nachempfunden waren. Mindestens zwanzig Gäste hätten hier bequem sitzend speisen können. An diesem Abend war ein Büfett mit Spezialitäten der italienischen Küche aufgebaut: Hummer und Langusten türmten sich neben Schüsseln mit verschiedensten Salaten und Gemüsen, tropischen und einheimischen Früchten, Salami und Schinken, Käseplatten und Torten.

»Und das alles ist für die armen Kinder der Dritten Welt«, hörte Leda, die noch in den Anblick dieser Gaumenfreuden versunken war, eine spöttische Frauenstimme neben sich.

»Sie nehmen mir die Worte aus dem Mund. Von diesem Büfett kann eine afrikanische Familie das ganze Jahr über leben«, sagte Leda zu der Dame.

»Sollen wir es deshalb boykottieren?« fragte diese lächelnd.

»Schaffen wir das? Und nützt das irgendwem?« konterte Leda.

»Nein. Gestatten Sie, daß ich mich vorstelle: Laura Lombardi aus Rom«, sagte die berühmte Modeschöpferin, die Leda bisher nur aus der Presse kannte, und reichte ihr die Hand.

»Es freut mich, Sie kennenzulernen. Ich bin Leda Giallo, Kriminalkommissarin, ebenfalls aus Rom.«

»Oh, vermuten Sie in diesem Haus Verbrecher?«

»Vielleicht wissen Sie da mehr als ich.«

»Unter uns gesagt: wenn ein Banker und eine frühere Nonne heiraten, anschließend lauter Gutes für die Armen dieser Welt tun, während sie selbst dabei reich und reicher werden, dann finde ich das zwar nicht straf-, aber dennoch merkwürdig. Offen gesagt paßt mir dieser Heiligenschein überhaupt nicht, der diesen Verdones und ihrem unermüdlichen Wirken für Bedürftige von der Kirche verliehen wird.«

»Aber Sie selbst finanzieren doch auch Frauenprojekte in der Dritten Welt, tun also auch Gutes, wenn man so will. Warum ärgern Sie sich, wenn andere es tun?« fragte Leda etwas überrascht.

»Das kann ich Ihnen erklären. Wenn ich ein Wohltätigkeitskonzert veranstalte, dann mache ich das in einer Konzerthalle mit bekannten Künstlern. Ich sorge dafür, daß wir die Halle gratis bekommen, die Künstler ohne Gage auftreten, normale Eintrittspreise genommen werden, damit möglichst viele Leute kommen, die vielleicht von der Problematik der Menschen in der Dritten Welt nicht viel wissen.

Wenn Sie meine Veranstaltung verlassen, sind Sie bestens informiert. Denn vor jedem Konzert haben die Menschen, die aus diesen Regionen kommen, das Wort. Sie erklären genau, was sie selbst mit jedem Pfennig Geld, das von uns kommt, getan haben. Sie berichten, was bei Projekten gut und was schlecht läuft und was sie bewirken. Ich spiele mit meinem Namen nur die Rolle des Magneten, der die Konzertbesucher anlockt. Außerdem schaue ich mir vor Ort selbst an, wie unsere Projekte laufen. Die Reisen bezahle ich aus dem eigenen Geldbeutel, nicht von Spendengeldern. Bei mir werden Sie niemals eine solche Small-Talk-Inszenierung mit Völlerei und Champagner erleben. Und vor allem bin ich nicht von Herren im Talar abhängig, die das Geld einsammeln und nach ihrem Gutdünken ausgeben. Wer kontrolliert die schon?«

Laura Lombardi hatte sich in Rage geredet, und Leda rutschte die Frage heraus:

»Und warum sind Sie hierher gekommen?«

»Weil mich Jacopo, Verdones Sohn, darum gebeten hat. Wir sind Nachbarn. Er kommt oft und spielt mir auf dem Klavier etwas vor. Da wächst ein großer Pianist heran, davon bin ich überzeugt. Heute ist sein erster halböffentlicher Auftritt und er wollte, daß ich das miterlebe.«

Aus dem großen Saal erklangen eine Glocke und die Stimme Pia Mastellas:

»Bitte kommen Sie ins Konzertzelt hinter dem Speisesaal. Unsere kleinen Künstler erwarten uns.«

Langsam setzte sich die Menge in Bewegung.

»Wir sollten uns beeilen, damit wir möglichst weit vorn sitzen«, sagte Laura Lombardi.

Sie zog Leda mit sich durch die geöffneten Flügeltüren des Zimmers, vor denen ein gelb-weiß gestreiftes Zelt aufgebaut war. Am hinteren Ende war eine leicht erhöhte Bühne mit Blumenschmuck zu sehen, in deren Mitte ein Konzertflügel stand. Ein paar Treppenstufen führten zu ihr hinauf. Im vorderen Zeltbereich warteten die noch leeren Stuhlreihen auf Gäste. Gasöfen heizten das Provisorium.

»Kommen sie. Ich habe Jacopo versprochen, mich an den rechten Rand in der ersten Reihe zu setzen, damit er mich sehen kann. Er meinte, dann fühle er sich wie bei mir zu Hause und könne besser spielen.«

Langsam füllte sich das Zelt. Als Leda sich umschaute, sah sie, daß es bis auf den letzten Platz gefüllt war.

Inzwischen hatten einige Besucher Laura Lombardi entdeckt. Sie war eine Weile mit Händeschütteln und Smalltalk beschäftigt.

»Wer von diesen Herrschaften ist eigentlich besonders wichtig?« erkundigte sich Leda, sobald sich der Ansturm auf die prominente Frau gelegt hatte.

»Das Ehepaar, das mich zuletzt begrüßt hat, war beispielsweise ein Aufsichtsrat der Banca di Credito, Oreste Ariola, mit seiner Frau. Die Dame, die nächste Woche wegen ihrer neuen Sommerausstattung zu mir kommen will, ist die Frau eines Bauunternehmers, dessen Name mir leider entfallen ist, der aber immer wieder wegen irgendwelcher Bestechungsskandale in der Zeitung auftaucht. Davor war das Ehepaar Piero Saba aus Brescia bei mir. Er gilt als einer der gewieftesten Anlage- und Finanzberater Italiens, eine Art kleiner George Soros. Er arbeitet auch für mich.

Links neben uns sitzen die Kirchenfürsten, sprich der halbe Vatikan. Wer dort welche Funktion innehat, weiß ich nicht. Der elegante Herr mit der Begleitung in Knallrot, der gerade von den geistlichen Herren begrüßt wird, ist der Präsident der Vatikanbank. Da lassen sie seit der Marzinkus-Affäre keinen Priester mehr ran«, flüsterte Laura Lombardi.

Mittlerweile hatte Pia Mastella die Bühne betreten und klatschte in die Hände: »Meine Damen und Herren, darf ich bitten.«

Ruhe kehrte im Zelt ein. Mastella nahm ein bereitstehendes Mikrofon und begann zu sprechen:

»Sehr geehrte Damen und Herren, liebe Freunde. Ihr alle könnt euch vorstellen, wie sehr ich mich auf diesen Abend gefreut und wie sehr sich die Kinder auf ihn vorbereitet haben. Es sind besondere Kinder, die über eine Begabung verfügen, welche nur wenigen gegeben ist. Mit ihrer Musik verzaubern sie unsere Umwelt in ein Paradies. Ihnen gehört unsere ganze Liebe und Aufmerksamkeit, damit sie das voll entwickeln können, was sie an Möglichkeiten in sich tragen.

Diese Chancen werden den Kindern in der Dritten Welt womöglich nie eröffnet werden, auch nicht mit unserer noch so großen Unterstützung. Aber wir wollen wenigstens ihr Überleben sichern, ihr Leiden mildern. Das ist unser christlicher Auftrag, und wir danken Gott, daß wir es gerade jetzt in der Weihnachtszeit tun können.

Ich möchte nun Kardinal Corrado Balbo bitten, uns zu erläutern, wie unsere Spenden des vergangenen Jahres verwendet wurden.«

Pia Mastellas kleine Ansprache wurde mit kräftigem Applaus bedacht. Graziös und mit niedergeschlagenen Augen verneigte sie sich vor ihrem Publikum.

Dann stieg Kardinal Balbo die kleine Treppe zur Bühne hinauf, ging Pia Mastella mit weit geöffneten Armen entgegen und schloß sie um die zierliche Frau, die ganz in ihnen zu verschwinden schien. In einer Hand hielt er einen großen weißen Briefumschlag. Dann würdigte er in einer längeren Dankesrede die unermüdliche Arbeit von Pia Mastella:

»Solche Laien brauchen wir in unserer Kirche. Menschen, die ihren Glauben in die Tat umsetzen. Deshalb habe ich heute auch eine Überraschung ganz eigener Art mitgebracht: Der Heilige Vater, von dem wir alle wissen, wie nahe er gerade den benachteiligten Menschen auf der Erde steht, hat mir für Pia Mastella ein handschriftliches Gruß- und Dankeswort mitgegeben.«

Er reichte der völlig überraschten und gerührten Gastgeberin den Umschlag. Tosender Applaus erhob sich im Saal. »Dio mio«, hörte Leda einen Mann hinter sich sagen, »der Heilige Vater höchstpersönlich dankt dieser Frau. Sie hat es verdient.«

Nachdem wieder Ruhe eingekehrt war, fuhr Balbo fort, über die Investition der Spendengelder aus dem vergangenen Jahr in zwei Hilfsprojekte zugunsten afrikanischer und lateinamerikanischer Kinder zu referieren.

Leda fielen hin und wieder die Augen zu. Ein anstrengender Arbeitstag und zwei Gläser Champagner forderten ihren Tribut. Erst der erneute Applaus holte sie ins Hier und Jetzt des Zeltes zurück.

Im Scheinwerferkegel der Bühne stand nun ein etwa achtjähriges Mädchen, das seiner Mutter Pia wie aus dem Gesicht geschnitten war und sich als Virginia Verdone vorstellte. Unbefangen präsentierte es das erste Kinderkünstlerpaar: Anna und Ernesto.

Leda war überrascht, mit welcher Perfektion die beiden eine Sonate für Violine und Pianoforte von Bach darboten. Dabei schien ihnen das Spiel richtig Spaß zu machen. Sie hatte immer geglaubt, diese Wunderkinder seien nichts als gedrillte Musikmaschinen.

Als Ernesto sich einmal auf den Tasten verhedderte, entfuhr ihm ein lautes und deutliches »Mortacci«. Seine Schwester Anna kicherte los und steckte das gesamte Publikum mit ihrem Lachen an. Völlig gelassen erklärte die junge Dame, sie würden die Sonate noch einmal spielen, was diesmal auch reibungslos klappte. Rauschender Applaus.

Dann kam der kleine Jacopo auf die Bühne und setzte sich mit ernstem Gesicht ans Klavier. Leda beobachtete, wie er Laura Lombardi ansah und sie ihm lächelnd zunickte. Er lächelte zurück, bevor er einige Klavierstücke von Erik Satie zu spielen begann. Leda meinte ihren Ohren nicht zu trauen, was der kleine Kerl mit seinen winzigen Händen zustande brachte.

»Da haben Sie wohl recht. Der wird sicher mal ein ganz großer Pianist«, sagte Leda zu ihrer Nachbarin, die nach der Darbietung aufgestanden war, um ihm begeistert Applaus zu zollen. Jacopo verneigte sich kurz und verließ die Bühne so ernst, wie er sie betreten hatte.

Als letzter Programmpunkt wurden Flötenduette von Corelli geboten. Eliana und Eva spielten zwar nett und auch ziemlich richtig, aber ihr Musizieren wirkte eingeübt und steif. Doch auch ihre Bemühungen fanden den Beifall des Publikums.

Nach Beendigung der Vorstellung strömte der Pulk von Menschen wieder in die steinernen vier Wände des Hauses direkt aufs Büfett zu.

»Da haben wir vorläufig keine Chance. Die Letzten werden die Ersten sein, das steht schon in der Bibel. Da wir die Ersten hier waren, sind wir also beim Essen die Letzten«, meinte Laura Lombardi.

Gemeinsam bahnten sie sich den Weg in das große Wohnzimmer, nahmen ein weiteres Glas Sekt und griffen in die auf den Kommoden verteilten Schüsseln mit Knabbersachen.

»Wie lange wohnen die Verdones eigentlich schon hier?« fragte Leda.

»Seit drei Jahren. Sie haben das Haus von der Filmschauspielerin Linda Brindisi gekauft, nachdem diese nach Amerika umgezogen war.«

»Es muß ein Vermögen gekostet haben.«

»Drei Millionen Euro. Linda hat es mir gesagt.«

»Demnach muß einer der beiden aus einer sehr reichen Familie stammen.«

»Pia Mastella hat mir erzählt, daß ihr Vater riesige Olivenpflanzungen im gesamten Gargano-Gebiet besitzt. Außerdem haben sie wohl einige Hotels in und um Peschici an der Küste des Stiefelsporns. Aber warum fragen Sie sie nicht selbst?«

»Entschuldigung, Signora Lombardi, ich wollte Sie nicht aushorchen. Die Fragen schossen mir nur gerade durch den Kopf, als ich all diesen Luxus sah.«

»Ist schon gut. Kriminalkommissare machen sich wohl immer ihre Gedanken. Seien Sie sicher, wenn ich nicht antworten will, tue ich es nicht. Ich werde Sie jetzt verlassen und nach Hause gehen. Übrigens finde ich es schön, daß Sie ein Tuch aus meiner Kollektion tragen. Das hat eine der Frauen aus einem Hilfsprojekt in Indien entworfen und gemalt. Sie kann heute gut davon leben, sehr gut sogar.«

Laura Lombardi ging Richtung Ausgang davon. Leda sah, wie sie noch zwei- oder dreimal angesprochen wurde, jeweils aber nur kurz antwortete und dann verschwand. Eine erstaunliche Frau, dachte Leda.

In diesem Moment kam Verdone lächelnd auf sie zu.

»Sie haben ja noch gar nichts zu essen. Nehmen Sie meinen Teller, ich hole mir später einen neuen«, meinte er und drückte ihr seinen eigenen in die Hand.

»Ihr Sohn ist wirklich ein hochbegabtes Kind. Herzlichen Glückwunsch«, gratulierte sie ihm.

»Vielen Dank. Jacopo ist wirklich ein Geschenk des Himmels, und wir sind sehr stolz auf ihn«, erwiderte der Vater strahlend.

»Er wächst auch in einer wunderbaren Umgebung auf«, fuhr Leda fort.

»Ja, das stimmt. Dank meiner Schwiegereltern konnten wir uns dieses Haus kaufen. Wir leben sehr gern hier«, erklärte Verdone, was Leda ihm aufs Wort glaubte.

»Nicht nur das Haus ist schön, sondern auch das Essen schmeckt vorzüglich«, lobte Leda. »Ach ja, was ich noch fragen wollte: Wieso haben Sie eigentlich so gute Kontakte zur Kirche? Es sind auffällig viele kirchliche Würdenträger hier.«

»Das ist eine lange Geschichte. Ich stamme aus einem Dorf, das in der Basilicata liegt, den Bergen zwischen dem Golf von Tarent und dem Golf von Policastro. Weil ich ziemlich intelligent war, wurde ich vom Padre in ein kirchliches Internat nach Cosenza geschickt. Meine Eltern waren froh, daß ich eine gute Ausbildung erhielt.

Nach dem Abitur ermöglichten mir die Padres das Wirtschaftsstudium in Rom. Zusätzlich besuchte ich die päpstliche Universität, weil ich eigentlich Priester werden sollte. Da mich aber das Leben in Freiheit mehr faszinierte als das in den Mauern der Kirche und ich außerdem ein glänzendes Angebot von der Banca di Credito bekam, habe ich diese Laufbahn bevorzugt. Ohne allerdings jemals meine Liebe und Dankbarkeit der Kirche und Gott gegenüber aufzugeben.

In Pia habe ich eine Frau gefunden, die der Kirche ebenfalls sehr nahe steht. Sie war früher Ordensfrau bei den Schwestern der Heiligen Mutter Gottes. Ich bin schuld daran, daß sie es heute nicht mehr ist, sondern Ehefrau und Mutter.«

Nun war es an Verdone zu fragen:

»Haben Sie in den Berichten etwas gefunden, was Sie in der Ermittlung weiterbringt?«

»Nein, leider nicht«, log Leda.

»Entschuldigen Sie bitte, Signora, wenn ich störe«, unterbrach ein Geistlicher. »Ich muß Gianni noch kurz sprechen, bevor ich gehe.«

»Ich wollte mich ohnehin verabschieden«, erwiderte Leda und bedankte sich bei Verdone für den interessanten Abend.

In der Eingangshalle war inzwischen ein Tisch aufgebaut, hinter dem eine junge Dame saß. Freundlich sprach sie Leda an: »Signora, möchten Sie vielleicht etwas spenden? Das können Sie bei mir tun.«

»Wie spendet man denn, mit Bargeld?«

»Nein«, erwiderte die junge Frau lachend. »Nehmen Sie doch bitte einen Überweisungsschein mit. Dann können Sie sich zu Hause in Ruhe überlegen, wieviel sie diesen armen Kindern zu Weihnachten schenken möchten.«

»Wieviel ist denn üblich?« fragte Leda.

»Oh, das ist sehr unterschiedlich. Manche geben hundert Euro und manche viele Tausend.«

»Vielen Dank, ich werde es mir überlegen«, sagte Leda.

Sie nahm ein Überweisungsformular und steckte es in ihre Handtasche.

XIV

Am nächsten Morgen war Leda nervös. Ihr Rücken schmerzte vom schlechten Schlaf. Nach dem Konzert hatte sie ihre Handtasche ausgeräumt, dabei den Überweisungsträger herausgenommen und eher beiläufig nachgeschaut, an wen die Spenden überwiesen werden sollten. Sie wollte ihren Augen nicht trauen, denn als Empfänger war Fare-Bene-Events mit einer Kontonummer bei der Banca di Credito angegeben.

Im Traum plagte sie das Überweisungsformular, in das sie mit einem roten Stift eine Zehn mit unendlich vielen Nullen eintrug. Sobald das Blatt voll war, verschwanden die Nullen, und Leda mußte mit der Arbeit von vorn beginnen.

Eine heiße Dusche löste die Verspannungen etwas, doch die Nervosität blieb. Noch im Bademantel rief sie bei Alesi zu Hause an.

»Ciao, Leda, ist etwas passiert?« fragte Alesis Frau besorgt.

»Ja, aber nichts Persönliches. Mir geht es gut, den Kindern auch. Sie kommen übrigens in den Ferien. Dann sehen wir uns hoffentlich.«

»Darauf freue ich mich.«

»So wichtig?« ertönte gleich darauf die Stimme von Alesi.

»Ja. Bist du heute in der Questura? Ich muß dich dringend sprechen.«

»Sagen wir in einer Stunde in meinem Büro!«

Zwanzig Minuten später betrat Leda Marios Bar.

»Meine Güte, in letzter Zeit sind Sie immer so früh dran. Haben Sie so viel Streß?« begrüßte Mario sie und begann sofort an der Kaffeemaschine zu hantieren.

»Ich weiß kaum noch, wo mir der Kopf steht. Ein schwieriger Fall ist dieser Tote vom Tiberufer.«

»Sie bekommen demnächst noch viel mehr Tote«, sagte Mario, während er Kaffeepulver in den Filter der Maschine löffelte.

»Wieso denn das?«

»Werfen Sie einmal einen Blick in die Zeitung. Ein Irrer behauptet, Gift in Panettones gespritzt zu haben. Eine Million Euro will er von der Herstellerfirma haben und erst dann verraten, in welchen Geschäften er das Gift verteilt hat.«

»Du kannst nur froh sein, daß deine fast alle verkauft sind«, meinte Leda.

»Bin ich auch. Aber die anderen werden jetzt kein Stück mehr los. Glauben Sie, daß jemand so etwas tatsächlich tut?«

»Nichts ist unmöglich, würde ich sagen. Mein Panettone war jedenfalls nicht vergiftet und lecker dazu.«

»Dio mio, kann man in diesem Land nicht einen ruhigen Tag im Jahr haben«, stieß Mario seinen morgendlichen Stoßseufzer aus.

Bevor er längere Ausführungen zum Thema beginnen konnte, hatte Leda ihren Cappuccino runtergeschüttet, ihr Cornetto und die Schachtel Zigaretten geschnappt, die er ihr hingelegt hatte, passend gezahlt und das Lokal verlassen.

Im Eingang der Questura traf sie Ugo.

»Buon giorno, Signora. Sie sind ja heute morgen schon mit den Vögeln aufgestanden!«

»Komm schnell, wir müssen zu Alesi gehen.«

»Ist was passiert?«

Leda nickte nur, packte ihn am Ärmel und zog ihn mit sich durch die Flure.

Erman Alesi wartete bereits.

»Schieß los«, forderte er sie ohne Umschweife auf. Leda berichtete, was di Nittis ihr in Neapel erzählt hatte und daß sich seine Aussage mit dem deckte, was Ugo in den Berichten

Puccios gefunden hatte: In vier Jahren war dieser dreimal direkt und zweimal indirekt mit Kirchenangelegenheiten befaßt gewesen. Nach seinen Prüfungen hatten zwei Banker ihren Dienst quittieren müssen, und drei weitere waren wegen sonstiger unsauberer Geschäfte entlassen worden.

»Es gibt also insgesamt fünf mögliche Rächer«, stellte Alesi fest .

»Von denen drei meiner Meinung nach ausscheiden: Longo aus Neapel ist tot, Santilli scheint mit seinem neuen Leben zufrieden zu sein, dasselbe gilt für den jetzigen Anlageberater. Ein weiterer Ex-Banker sitzt im Gefängnis, und einer wartet noch auf seinen Prozeß. Diese beiden werden von Kollegen vor Ort vernommen. Wir müssen diese Ergebnisse abwarten.«

»Habt ihr ein Tatmotiv?« fragte Alesi.

»Nein. Wir wissen lediglich, daß die Täter dringend nach etwas suchen.« Leda berichtete vom Einbruch im Landhaus der Puccios.

»Hast du eigentlich bei Signora Puccio etwas in den Dokumenten entdeckt?« wollte Leda von Ugo wissen.

»Nichts, was von Interesse sein könnte. Normale Versicherungen für die Wohnung und das Landhaus, für die Kinder und die Ehefrau jeweils eine ziemlich hohe Lebensversicherung, die bei Selbstmord allerdings nicht ausgezahlt wird, ein paar Aktien – das war's. Zehn Jahre hat Puccio ein ordentlich dokumentiertes Leben geführt. Auf dem Dachboden der Puccios stehen aber mindestens zehn weitere verstaubte Kisten mit Unterlagen, die viel älter sind und teilweise, so sagte mir Frau Puccio, noch von ihren Eltern stammen.«

»Also auch keine Spur«, meinte Alesi.

»Nein, Signore.«

Dann berichtete Leda vom gestrigen Abend bei den Verdones, von dem Luxus, der sie umgab, von den vielen hohen

Kirchenvertretern, von den Unsummen, die in den vergangenen zwei Jahren bei dieser Wohltätigkeitsveranstaltung zusammengekommen waren und der erstaunlichen Vorgeschichte der beiden Verdones.

»Was ist daran verwerflich, wenn reiche Leute sich gemeinsam mit der katholischen Kirche für Arme einsetzen?«

»Nichts. Aber ich finde es mehr als seltsam, daß die Spenden ausgerechnet auf ein Konto der Fare-Bene-Events bei der Banca di Credito eingezahlt werden. Diese Organisation schmeckt mir nicht. In Mailand und in Venedig sind immerhin ein Finanzberater und ein Bauunternehmer in kürzester Zeit zu den wichtigsten Kunden der dortigen Niederlassungen geworden, weil sie die Prokura für diese heilige Firma haben. Das ist mir zuviel des glücklichen Zufalls«, sagte Leda.

»Was hast du vor?«

»Ich möchte erstens wissen, warum Pia Mastella ihre Laufbahn als Nonne aufgegeben hat und aus welcher Familie sie stammt. Sie könnte in diese Geldbeschaffung für die Kirche einbezogen sein, sonst würde ihr niemand ein persönliches Dankschreiben vom Papst besorgen.

Zweitens frage ich mich, welche Rolle Verdone bei der ganzen Angelegenheit spielt. Dazu bräuchten wir dich mit deinen guten Beziehungen. Ich möchte – ganz informell natürlich – erfahren, wer Verdone damals in die Bank gelockt hat.

Drittens will ich noch Mitarbeiter von Puccio befragen, wohin genau die Fare-Bene-Gelder in Mailand und in Venedig überwiesen wurden und wahrscheinlich noch werden. Darüber steht nämlich in den Berichten nichts.«

»Welchen Verdacht hast du?« fragte Alesi sie geradeheraus.

»Ich glaube, daß Puccio einen ganzen Nebenerwerbszweig der Kirche sowie anderer krimineller Elemente aufgetan hat, möglicherweise selbst darin verstrickt war und deshalb sterben mußte.«

Alesi war aufgestanden und ging im Zimmer auf und ab.

»Was sagen Sie dazu, Libotti?«

»Ich befürchte, daß die Signora recht hat.«

»Das ist ein ungeheurer Verdacht, Leda, ein ganz ungeheurer sogar. Du bringst uns in Teufels Küche, wenn wir keine absolut stichhaltigen Beweise für diese Behauptung auf den Tisch legen können. Schließlich ist die Banca di Credito eines der größten Geldinstitute in unserem Land.

Über die Macht der Kirche brauche ich dir wohl kaum etwas zu sagen. Sie ist eine Krake, die mit ihren Tentakeln jeden Winkel dieses Landes erfaßt. Greifst du sie an, wird sie dich packen. Das heißt im Klartext, wir riskieren entweder unsere Entlassung oder schieben bald Dienst in einem Bergdorf, wo es vielleicht eine Kirche, aber sicher keine Bankfiliale mehr gibt. Ist dir das klar?« Alesi schaute sie scharf an, und Leda konnte zum erstenmal Angst in ihnen entdecken.

»Ja«, sagte Leda leise.

Es war totenstill im Raum. Leda sah, wie Alesi seine Hände wrang, während er weiter schweigend auf und ab lief. Plötzlich blieb er stehen, atmete tief durch und sagte:

»Also gut. Wir verlieren noch mehr, wenn wir nichts unternehmen. Denn irgendwann kommt jede Wahrheit ans Licht. Macht weiter, aber seid sehr, sehr vorsichtig. Niemand darf merken, welche Spur wir verfolgen. Und noch etwas: Jedes Gespräch wird in Berichten festgehalten. Mit Namen, Datum und Uhrzeit. Umgekehrt werde ich das genauso tun, wenn ich etwas erfahre. Diese Berichte darf vorläufig niemand außer uns dreien sehen, und ich werde sie hier in meinem Panzerschrank deponieren. Das war's. Ich wünsche uns viel Glück.« Alesi reichte den beiden die Hand.

»Danke für das Vertrauen«, sagte Leda und drückte seine Hand fest. Er öffnete ihnen die Tür, und sie gingen schweigend davon.

»Alesi hat Angst, richtige Angst. Das habe ich bei ihm noch nie erlebt.«

»Ich habe auch Angst, Ugo. Es wird ein Kampf wie der von David gegen Goliath.«

Aus dem Büro schlug ihnen muffige Hitze entgegen, als sie die Tür öffneten.

»Ugo, du entschuldigst, aber es ist einfach nicht zum Aushalten«, sagte Leda und riß das Fenster auf. Dann setzte sie sich wieder an ihren Schreibtisch und erklärte Ugo ihre Vorgehensweise:

»Ich versuche, alles über Pia Mastella in Erfahrung zu bringen. Stell bitte fest, ob Fare-Bene-Events in Mailand und Venedig nur Niederlassungen der römischen Zentrale sind oder ob sie ganz unabhängig voneinander arbeiten.«

Dann rief sie bei ihrer Schwester Francesca an.

»Ist was passiert?« fragte diese, sichtlich erstaunt, Leda so früh am Telefon zu hören.

»Ich brauche eine Information. Ihr macht doch oft Urlaub in Peschici im Haus von euren Freunden. Kannst du rausfinden, ob es dort eine Familie Mastella gibt, die eine Tochter namens Pia hat. Sie ist heute mit einem römischen Bankdirektor verheiratet, früher war sie Nonne. Ich muß wissen, ob diese Familie sehr wohlhabend ist.«

»Warum mußt du das wissen?«

»Es geht um einen Mordfall. Das darf aber niemand erfahren. Falls du gefragt wirst, erklär einfach, Pia Mastella sei hier in Rom inzwischen berühmt für ihre Wohltätigkeitsveranstaltungen, und ich hätte bei einem Konzert erfahren, daß diese tolle Frau aus Peschici stammt, und dich nach ihr gefragt. Ich muß dringend alles über ihren Hintergrund wissen. Tust du das für mich?« bat Leda.

»Ja natürlich, wenn es so wichtig ist. Ich rufe dich zurück.«

Anschließend blätterte Leda im Telefonbuch nach. Sie suchte sich die Nummer der »Schwestern der Heiligen Mutter Gottes« heraus und wählte sie. Eine freundliche Frauenstimme teilte ihr mit, daß die Schwester Oberin im Moment leider nicht zu sprechen sei, weil sie Unterricht gebe.

»Welche Art von Unterricht wird bei Ihnen gegeben?« erkundigte sich Leda.

»Wir bilden für den Missionsdienst aus. Unsere Schwestern gehen als Lehrerinnen, Erzieherinnen, Ärztinnen oder Krankenschwestern in die ganze Welt. Darauf müssen sie vorbereitet werden. Und genau das machen wir hier«, erklärte die Frau bereitwillig. »Wenn Sie sich dafür interessieren, schicke ich Ihnen gern Informationsmaterial zu.«

»Vielen Dank, das brauche ich nicht. Ich möchte nur mit der Schwester Oberin sprechen. Wann wäre das möglich?«

Sie vereinbarten, daß die Oberin sie in der nächsten großen Pause zurückrufen würde, also in etwa einer Stunde.

Während Leda gerade den von ihr ungeliebten Organisationskram erledigte, Formulare ausfüllte, Abrechnungen erstellte und Unterschriften leistete, wozu sie von der Abrechnungsstelle nun schon zum dritten Mal aufgefordert worden war, klingelte das Telefon.

Es war Francesca.

»Ich habe mit meiner Freundin Eliana in Peschici gesprochen, die mit der älteren Schwester deiner Pia Mastella befreundet ist. Der Vater betreibt mit Pias beiden Brüdern und der Mutter einen Campingplatz. Ihre Schwester ist verheiratet und führt mit ihrem Mann ein kleines Hotel mit Restaurant. Beide sind reine Sommerbetriebe. Im Winter kümmern sie sich um ihre Oliven. Sie haben ein paar Hektar mit Bäumen. Insgesamt kommen beide Familien gut über die Runden, sind aber keinesfalls wohlhabend oder gar reich.

Pia ist die einzige aus der Mastella-Familie, die Peschici verlassen hat. Unter dem Einfluß ihrer bigotten Tante verfiel sie schon als junges Mädchen ganz diesem Padre Pio, der in San Giovanni Rotondo wohltätig gewirkt und Wunder vollbracht haben soll. Sie wollte als Missionarin den armen Kindern in Entwicklungsländern helfen und muß geradezu besessen von dieser Idee des Helfens, gleichzeitig aber auch intelligent und fleißig gewesen sein. Mit Hilfe der Tante ging sie nach Rom, trat in einen Orden ein und wurde Lehrerin. Dort war sie sehr glücklich, doch kurz bevor sie dann endlich ins Ausland gehen sollte, kam die Kehrtwende.«

»Was ist denn passier?« wollte Leda wissen.

»Pia hat sich ganz banal in einen steinreichen römischen Banker verliebt, ist aus dem Orden ausgetreten, hat den Mann geheiratet und dann eine Tochter bekommen, Maria, übrigens ein Siebenmonatskind von beinahe vier Kilo ... Seit ihrer Heirat macht sich die Schwester große Sorgen um Pia, weil sie offenbar sehr depressiv geworden ist. Eliana meint, daß Pia den Schritt aus dem Kloster in die normale Welt zutiefst bereue. So, hoffentlich habe ich nichts Wichtiges vergessen.«

Leda dankte ihrer Schwester.

»Hat Eliana eigentlich wissen wollen, warum du sie über Pia aushorchst?«

»Ja, und ich habe ihr genau die Version aufgetischt, die wir vereinbart hatten. Sie hat das anstandslos geschluckt.«

Vor Ledas innerem Auge tauchte die zierliche Achtjährige auf, die Pia Mastella so ähnlich sah, wie sie am vorherigen Abend auf der Bühne gestanden und die jungen Künstler vorgestellt hatte.

»Nach nur sieben Monaten Schwangerschaft ein Vier-Kilo-Baby«, sagte sie wenig später zu ihrem Mitarbeiter.

»Das war sicher eine unbefleckte Empfängnis, wie bei der

Mutter Gottes, und die trifft wohl – wenn überhaupt – nur Nonnen«, meinte Ugo.

»Bei wirklich gläubigen und guten Menschen ist eben das Unmögliche möglich.«

»Sei nicht so moralisch. Sie haben per Ehe die Situation geradegebogen und sogar noch ein Kind bekommen. Was wollen Sie mehr?« konterte Ugo.

»Ich rede nicht vom Baby. Ich rede von ihrem Geld. Die ehemalige Nonne kommt aus einer ordentlichen, aber keinesfalls reichen Familie. Die Leute in Peschici sind davon überzeugt, sie hätte einen reichen Banker geheiratet. Verdone hingegen läßt die Leute hier in Rom glauben, sie stamme von Eltern ab, die in Geld schwimmen. Warum nur?«

Wieder klingelte das Telefon.

»Guten Tag, hier ist Schwester Claudia. Signora Giallo wollte mich dringend sprechen.«

»Vielen Dank, daß Sie so schnell zurückrufen. Ich wollte mit Ihnen über Pia Mastella sprechen«, sagte Leda.

Am anderen Ende der Leitung herrschte Stille.

»Hallo«, rief Leda, »sind Sie noch da?«

»Wer sind Sie, daß Sie mit mir über Pia Mastella sprechen möchten?« fragte die Oberin.

Leda erklärte es ihr.

»Nicht am Telefon. Können Sie zu mir kommen? Am liebsten gleich, dann habe ich es hinter mir«, schlug Schwester Claudia vor.

Eine halbe Stunde später betrat Leda das moderne, mit hellrotem Backstein geklinkerte Ordenshaus an der Via Aurelia und ließ sich von der Pförtnerin bei der Schwester Oberin melden.

Die junge Frau in mittelblauer Schwesterntracht begleitete sie einen langen Flur entlang.

»Hier sind wir«, sagte sie schließlich und klopfte an eine Tür.

Ein leises »Herein« erklang.

»Signora Giallo ist da, Schwester Oberin.«

»Grazie, Gilda. Buon giorno, Signora Giallo. Bitte treten Sie ein.« Schwester Claudia stand auf und kam auf Leda zu, um ihr die Hand zu geben. Ein fester, Entschlossenheit signalisierender Händedruck. Sie war etwa sechzig Jahre alt, fast einen Kopf größer als Leda, ausgesprochen kräftig und strahlte Autorität aus.

»Sie möchten also mit mir über Pia Mastella sprechen. Was soll ich Ihnen erzählen, was wissen Sie schon über sie?«

Leda erklärte, daß sie mit der Aufklärung eines brisanten Todesfalls befaßt sei: es gehe da um einen Banker, der vor seinem Tod ein ungewöhnliches Wachstum von Geld auf den Konten zweier Unternehmer und einer Firma für Wohltätigkeitsveranstaltungen entdeckt habe, für die auch Pia Mastella tätig sei. Da Pia außergewöhnlich reich sei, müsse Leda die Zusammenhänge untersuchen und dazu den gesamten Hintergrund jeder einzelnen Person kennenlernen.

»Halten Sie Pia für eine Kriminelle? Schlagen Sie sich das sofort aus dem Kopf. Das ist völlig ausgeschlossen. Sie ist reich geworden, weil sie einen Mann aus einer begüterten Familie geheiratet hat, der zudem noch sehr fleißig ist. Ich erzähle Ihnen ungern Pias Geschichte, weil sie erschütternd ist. Aber wenn Sie sie kennen, werden Sie Pia sicherlich aus dem Kreis Ihrer Verdächtigen ausschließen«, sagte die Oberin und trank ihren Kaffee in einem Zug aus.

Dann legte sie die Hände auf den Tisch, senkte den Kopf und begann ganz ruhig sprechen:

»Pia hat mich in meinen größten inneren Konflikt gestürzt, seitdem ich in den Orden eingetreten bin. Sie kam aus einem kleinen apulischen Ort an der Adriaküste zu uns.«

»Wie war ihre Familie finanziell gestellt?« fragte Leda.

»Sehr anständige Leute. Sie waren zwar nicht reich, hatten aber ein eigenes Häuschen und konnten ihre vier Kinder gut ernähren und erziehen. Pia wurde also nicht zu uns geschickt, weil ihre Familie einen Esser loswerden wollte. Sie ergriff dieses Leben aus freien Stücken. Pia war eine wunderbare und intelligente Studentin und später eine ebensolche Lehrerin, sie war wißbegierig, kritisch und gleichzeitig loyal, absolut fest im Glauben an Gott und in ihrem Willen, benachteiligten Menschen zu helfen.

Sie hatte den Mut, in Gesprächskreisen mit allerhöchsten Vertretern des Vatikans über die Methoden der Missionsarbeit zu diskutieren, und fiel immer wieder durch gute Vorschläge auf. Sie las sich durch ganze Bibliotheken und entwickelte sich zu unserer hoffnungsvollsten Nachwuchsschwester.«

»Und was geschah dann?« fragte Leda.

»Mit neunundzwanzig Jahren veränderte Pia sich plötzlich, wurde verschlossen, weinte oft und beteiligte sich immer seltener an unseren gemeinsamen Aktivitäten. Sie war häufig unterwegs und behauptete, in den vatikanischen Bibliotheken zu lesen. Ein Jahr lang ging das so. Sie stand unter einem furchtbaren Druck, weigerte sich aber zu sagen, warum sie so durcheinander war. Wir beschlossen, sie in den Auslandsdienst zu schicken, damit sie ihr großes theoretisches Wissen endlich in die Tat umsetzen könnte. Außerdem glaubte ich, daß ihr ein Ortswechsel vielleicht gut täte.

Eines Abends rief ich sie zu mir und teilte ihr unsere Entscheidung mit. Da brach sie völlig zusammen und sagte mir, sie müsse aus unserem Orden austreten. Ich begriff zunächst nicht, wovon sie sprach, denn der Orden war ihr Leben.

Sie war schwanger und wollte heiraten. Ich fragte sie nach dem Vater des Kindes, wann und wie sie ihn kennengelernt hatte. Sie verwickelte sich in Widersprüche, bis endlich die grauenhafte Wahrheit zutage kam. Der Vater ist ein Priester, den sie bei einem dieser Gesprächskreise kennen und lieben gelernt hat. Sie war diesem dreißig Jahre älteren Mann seit mehr als einem Jahr völlig ergeben. Und dieser Mann hat diese junge Frau bis zum Letzten ausgenutzt und ihr Leben zerstört.«

Schwester Claudia hielt kurz inne und kämpfte sichtlich mit den Tränen. Dann erzählte sie weiter:

»Verdone war die gute Seele, die Pia schließlich auffing. Auch ihn hatte sie bei einem Diskussionsabend bei diesem Priester getroffen. Pia und Verdone waren dort Freunde geworden. Zwar veränderten sich Verdones Gefühle für sie mit der Zeit, und sie wußte das auch. Er respektierte allerdings ihren Status als Ordensschwester in vollem Umfang und pflegte eine Freundschaft mit ihr, die mir gut gefiel.

Als Pia ihre Schwangerschaft im Frühstadium bemerkte, begann sie sofort ein Verhältnis mit Verdone, um den Priester zu schützen. Sie bat ihn, sie zu heiraten, was er auch tat, weil er glaubte, der Vater zu sein. An dem Abend, als Pia mir das alles erzählte, wollte ich zum ersten und einzigen Mal in meinem Leben aus der Kirche austreten.«

Inzwischen hatte Schwester Claudia ihren Kopf in die Hände sinken lassen. Leda sah, wie Tränen auf den Tisch tropften. Sie zog ein Taschentuch aus ihrer Handtasche und gab es der Oberin. Die Tränen liefen ihr übers Gesicht, während sie weitersprach.

»Ich fragte Pia, ob sie Verdone denn liebte und wirklich mit ihm zusammenleben wollte. Immerhin sollte ein Kind in diese Beziehung geboren werden. Aber sie liebte den Priester. ›Ich werde ihn bis ans Ende meines Lebens lieben‹, sagte sie. ›Gianni schätze ich, er ist ein guter Mensch und wird ein guter Vater für mein Kind sein. Es wird im tiefen Glauben an Gott erzogen werden. Schwester Oberin, beten Sie um Vergebung für mich, ich habe falsch gehandelt.‹ Ich habe sie gefragt, ob nicht vielmehr der Priester Falsches getan habe.

Doch sie sprach diesen, bitte verzeihen Sie den Ausdruck, Lüstling frei.

Es stellte sich dann heraus, daß es die Idee des Kirchenmannes gewesen war, daß sie ein Verhältnis mit Verdone beginnen und ihn heiraten sollte. Verdone hat wahrscheinlich nie erfahren, daß er nicht der Vater von Maria ist. Ich habe Pia noch ein paarmal getroffen. Sie war sehr unglücklich, obwohl sie die Kinder liebt und Gianni mag. Bis heute sorgt sie dafür, daß wir für unsere Dritte-Welt-Projekte vom Vatikan aus reichlich mit Geld versorgt werden. Anders kann ich mir jedenfalls die außergewöhnliche Großzügigkeit der Kurie unserem Orden gegenüber nicht erklären.«

»War dieser Priester im Vatikan beschäftigt?« fragte Leda.

Die Oberin nickte.

»Sagen Sie mir, wer es war?«

Es fiel der Oberin sichtlich schwer, den Namen über die Lippen zu bringen.

»Kardinal Innocenzo Vinciguerra«, antwortete sie schließlich mit gesenktem Kopf.

Leda glaubte ihren Ohren nicht zu trauen. »Wie bitte, ein Kardinal? Haben Sie gegen ihn nichts unternommen?«

»Das habe ich mir auch überlegt. Doch dann kam ich zum Ergebnis, daß ich nur noch mehr Schaden anrichten würde. Es wäre eine vatikaninterne Untersuchung eingeleitet worden mit Pia als Zeugin. Das männliche Machtsystem dort hätte sie zugrunde gerichtet, und sie litt doch schon so furchtbar. An solchen Dingen haben immer ausschließlich die Frauen schuld. Diese junge Familie wäre daran zerbrochen. Das wollte ich nicht. Ich schrieb deshalb einen Brief an den Kardinal. Er hat nie geantwortet.«

»Wieso sind Sie eigentlich nicht aus dieser Kirche ausgetreten? Eine rein persönliche Frage, weil ich das getan hätte«, sagte Leda.

»Weil nicht alle in der Kirche so verdorben sind, weil ich

meinen Orden liebe und vielen Frauen ein erfülltes Dasein bieten kann und will. Gott wird diesen Menschen irgendwann zur Rechenschaft ziehen. Pia hat gefehlt und büßt dafür. Sie war allerdings meiner Meinung nach nichts weiter als sein Opfer. Glauben Sie immer noch, daß sie eine Kriminelle sein könnte?«

»Ich habe in meinem Beruf schon so viel erlebt, daß ich gar nichts ausschließen möchte«, antwortete Leda.

»Signora Commissaria, würden Sie mir einen Gefallen tun und mich anrufen, wenn etwas mit Pia geschehen sein sollte? Ich möchte wenigstens für sie beten können. Und falls Sie sie sprechen, sagen Sie ihr, daß sie sich jederzeit an mich wenden kann. Ich bin ihr nicht böse, was immer sie getan haben mag, es ist nicht ihre Schuld«, sagte die Oberin und geleitete Leda zum Ausgang. Mit einem »Gottes Segen sei mit Ihnen« verabschiedete sie sich von ihr.

Auf dem kurzen Weg durch den Garten zum Parkplatz atmete Leda tief durch. Die kühle Luft des frühen Nachmittags tat ihr gut. Sie gab ihr das Gefühl zurück, nach so vielen unglaublichen Geschichten in eine Welt zurückzukehren, die nicht ganz so verlogen war. Bevor sie in den Wagen stieg, schaute sie noch kurz auf das Haus der Schwestern der Heiligen Mutter Gottes zurück und sah die Oberin am Fenster stehen und zum Abschied leicht winken. Auch Leda hob ihre Hand zum Gruß.

Im Auto warf sie einen Blick auf die Uhr. Es war schon fast zwei, und um vier Uhr sollte die Weihnachtsfeier beginnen. Sie hatte noch nichts dafür eingekauft. Am Straßenrand entdeckte sie Werbeschilder für einen Supermarkt in der Nähe. In kürzester Zeit hatte sie ihren Einkaufswagen vollgeladen. An der Brottheke schlang sie noch ein köstliches Stück Pizza mit Zucchini hinunter.

Eine halbe Stunde später stand sie an der Kasse und pfiff amerikanische Weihnachtslieder vor sich hin, die aus den unsichtbaren Lautsprechern an der Decke erklangen, um nach den modernen Regeln der Werbepsychologie dem Konsumenten das Konsumieren besonders angenehm zu gestalten. Leda ertappte sich dabei, daß sie auf den Trick hereingefallen war und jetzt viel mehr aufs Laufband legte, als sie ursprünglich hatte erstehen wollen. Dafür hatte sie bereits einen Grundstock an Weihnachtsleckereien für die Kinder, dachte sie, während sie den Kofferraum mit fünf vollgepackten Plastiktüten belud. Auf schnellstem Wege fuhr sie zur Questura. Um diese Zeit pflegten die Römer zu essen und sich nur wenig mit dem Auto zu bewegen, was ihr ein glattes Durchkommen ermöglichte.

Drei der Tüten schleppte sie sofort zum Festsaal. Bereits auf dem Flur hörte sie laute Musik dröhnen, die überhaupt nichts mit Weihnachten zu tun hatte. Es waren Lieder des bekannten Sängers Claudio Baglioni, dem es heute so gut wie vor dreißig Jahren gelang, junge und ältere Menschen in seine Konzerte zu locken. Seine Musik kannte buchstäblich jedes Kind im Lande.

Einige Damen der Abteilung waren damit beschäftigt, das Büfett aufzubauen und die kahlen Wände des Raumes mit Weihnachtsschmuck und Girlanden zu dekorieren. In der einen Ecke stand ein Weihnachtsbaum, der über und über mit Glitzerzeug behängt war. Bunte elektrische Kerzen blitzten regelmäßig auf und erinnerten Leda an das Blaulicht eines Polizeiwagens im Einsatz. Auf den runden Tischen lagen weiße Decken, in deren Mitte jeweils ein kleiner Weihnachtsmann in Weihnachtsgrün prangte.

»Hallo Leda, was bringen Sie Gutes mit?« wurde sie freudig begrüßt.

»Lauter Leckereien. Soll ich sie auf den Büfettisch stellen?«

»Sie können mir die Sachen geben, damit ich sie auf Platten und Teller verteilen kann«, erbot Silvia sich.

Leda nahm dankbar an, denn sie wollte so schnell wie möglich ins Büro kommen. Wenigstens ihr Tagesbericht für Alesi sollte noch fertig werden.

»Haben Sie eigentlich daran gedacht, daß gleich die Weihnachtsfeier ist?« fragte Ugo, als sie den Raum betrat.

»Ich habe mir sogar die Vorbereitungen angeschaut. Der häßliche Konferenzraum sieht schon viel netter aus. Man sollte ihn anschließend so lassen«, meinte Leda.

»Gehen Sie tatsächlich hin? Sie waren seit Jahren nicht mehr da.«

»Aber ich trage immer mein Scherflein dazu bei. Das habe ich auch heute getan und drei Tüten voller Leckereien für das Büfett hingebracht.«

»Ob Sie hingehen, wollte ich wissen«, meinte Ugo hartnäckig.

»Warum denn?«

»Weil ich so gerne mal mit Ihnen tanzen würde«, antwortete Ugo breit grinsend.

»Tango oder Cha-cha-cha?«

»Am liebsten Polka, Marsch oder Walzer.«

»Ich kann aber überhaupt nicht tanzen.«

»Sie waren doch jahrelang mit einem Deutschen verheiratet, da werden Sie doch wohl die dortigen Volkstänze können?«

In der Erinnerung an die Tanzversuche, die sie mit Thomas gestartet hatte, mußte Leda lachen. Er hatte sich noch ungelenker als sie selbst angestellt. Bei ihrem Hochzeitswalzer waren sie zum großen Vergnügen der Gäste der Länge nach auf der Tanzfläche gelandet.

»Mein lieber Ugo, deine tänzerischen Fähigkeiten zweifle ich nicht an. Aber ich glaube, du solltest deine Chefin nicht so in der Öffentlichkeit blamieren. Ich kann wirklich nicht tanzen. Ich weiß außerdem nicht recht, ob ich die ideale Figur dazu habe.«

»Es kommt beim Tanzen nicht auf die Figur an, sondern auf den Rhythmus, der im Leib steckt. Jeder Mensch kann tanzen.«

»Wir schauen mal, wenn's soweit ist. Bist du mit Fare-Bene-Events weitergekommen?« fragte Leda, um das unbequeme Thema zu wechseln.

»Nicht wesentlich. Sowohl in Venedig als auch in Mailand ist die Firma mit eigenen Telefonanschlüssen zu erreichen. Unter beiden Nummern haben sich Sekretärinnen gemeldet. Da wir so vorsichtig vorgehen müssen, habe ich mich als Journalist ausgegeben und behauptet, für die Weihnachtstage einen Artikel über Wohltätigkeitsveranstalter vorzubereiten. Da ich FBE in Rom vorstellen würde, wollte ich das auch mit Mailand und Venedig tun.

Erstaunlicherweise wußten die beiden nicht, daß es diese Wohltätigkeitseinrichtung auch in anderen Städten gibt. Sie hätten mit denen nicht das geringste zu tun. Veranstaltungen organisierten sie auch nicht, sondern seien lediglich für die Buchhaltung da. Für jegliche Informationen solle ich mich an die Chefs wenden: in Mailand an einen Finanzberater namens Gregorio D'Alma und in Venedig an Luciano Rossi, Bauunternehmer. Das habe ich natürlich nicht getan.«

»Demnach arbeiten die also unabhängig voneinander.«

»Das klang zumindest so. Und wie war der Klosterbesuch?«

Leda berichtete ihm kurz von Pia Mastella und dem Kardinal. Ugo starrte sie mit ungläubigen Augen an.

»Das darf doch wohl nicht wahr sein! Solche Geschichten gibt es doch nur in Groschenromanen!«

»Das habe ich bis vorhin auch gedacht. Aber welchen Grund sollte die Oberin haben, mir ein solches Märchen aufzutischen?«

»Daß einfache Pfarrer mit ihren Haushälterinnen Verhältnisse oder sogar heimlich ganze Familien haben, hat sich schon herumgesprochen. Daß es aber ein Kardinal mit einer jungen Nonne treibt, ich finde, das ist zuviel des Guten. Das dürfen wir meiner Mutter auf gar keinen Fall erzählen. Die hat sich über die Mafiamethoden schon so aufgeregt. Wenn sie diese Geschichte hört, bekommt sie einen Herzschlag«, meinte Ugo kopfschüttelnd. »Und was machen wir jetzt?«

»Berichte für Alesi schreiben und dann feiern.«

»Was ich vergessen habe: Paolo hat angerufen. Sie möchten ihn bitte zurückrufen.«

Leda wählte umgehend seine Nummer.

»Ciao, Untermieter, hast du nichts anderes zu tun, als an eine alte Frau zu denken?«

»Nicht ganz«, lachte Paolo. »Ich werde nur sicherlich heute abend Hunger bekommen und wollte fragen, ob du mit mir essen gehst, weil ich so ungern allein im Restaurant sitze.«

»Wo wolltest du denn hingehen?«

»Ins Consolato D'Abruzzo.«

»Na gut, sagen wir um halb neun.«

Paolo war einverstanden.

Leda schaltete ihren Computer an und begann die Arbeit der vergangenen zwei Wochen detailliert aufzuschreiben. Sie nahm immer wieder ihr Notizbuch zu Hilfe, in das sie nach ihren Gesprächen mit Zeugen oder Verdächtigen Gedächtnisstützen eintrug. Wenn sie abends nach dem Essen nach Hause kam, setzte sie sich gern an ihren Küchentisch, trank einen Schluck Wein, rauchte die letzte Zigarette und notierte das Tagesgeschehen, bevor sie zu Bett ging. Diese Methode half ihr beim Abfassen der obligatorischen Abschluß- oder Zwischenberichte für Alesi.

»Es ist Zeit«, sagte Ugo, nachdem im Raum lange Zeit nichts als das Klacken der Computertastaturen zu hören gewesen war. Leda war noch nicht fertig.

»Geh schon vor, ich komme gleich nach.«

Kurz nach fünf war sie soweit. Sie speicherte ihren Text ab und überlegte ein paar Sekunden, welches Paßwort sie der Datei geben sollte. »Santi Soldi«, heiliges Geld, schoß es ihr durch den Kopf. Darauf würde niemand so leicht kommen. Sie tippte die Worte ein, mußte aber feststellen, daß ihr Rechner nur ein Wort mit höchstens acht Anschlägen akzeptierte. Als sie ihm »Santsold« anbot, surrte er und nahm an. Dann druckte sie den Text für Alesi aus.

Während der Drucker Seite um Seite ausspuckte, ging sie zum Schrank, öffnete die Tür, in die irgendwer vor ihrer Zeit einen kleinen Spiegel gehängt hatte, kämmte sich, trug Lippenstift auf und frischte ihr Deo auf. Dann schaltete sie Drucker und Computer aus, steckte den Bericht in einen großen Umschlag, klebte ihn zu und verstaute ihn in ihrem »Sack für alle Fälle«. Langsam schlenderte sie den Flur entlang zum Festsaal und wunderte sich, daß sie keine Musik hörte.

Alesi hielt gerade eine Rede. Als er sie erblickte, lächelte er sie an.

»Besonders freue ich mich, daß sich in diesem Jahr sogar Leda Giallo von ihrem Fall trennen konnte, um zu uns zu kommen. Wir wollen sie mit Applaus begrüßen.«

Alle drehten sich klatschend zu ihr um, was ihr sehr unangenehm war. Sie haßte solche Einzelauftritte vor Kollegen und brachte nur mühsam ein Lächeln auf die Lippen.

Die Feier nahm ihren üblichen Lauf. Mit Plastiktellern in der Hand, die unter der Last der mitgebrachten Leckereien zu knicken drohten, standen die Kollegen herum und tauschten sich über die neuesten skurrilen Geschichten aus, die sie berufsbedingt erlebt hatten. Zynische Witze über Ermordete wurden gerissen, die nur jemand erzählen konnte, der tagtäglich mit dem Tod in seinen grausamsten Varianten zu tun hatte.

»Wie geht's denn unserem Tibertoten? Hatte er nun

Freunde mit Colts?« fragte Piero Bassani von der Spurensicherung.

»Dem Toten geht's wahrscheinlich besser als uns. Er weiß wenigstens, wer geschossen hat. Wir nicht!« antwortete Leda.

»Habt ihr denn immer noch keine Hinweise, was passiert sein könnte?« fragte er erstaunt.

»Leider nichts, worüber es sich zu sprechen lohnen würde«, antwortete Leda.

»Wollt ihr die Akte zumachen?« bohrte Piero weiter.

»Noch nicht. Wir haben ein paar krumme Bankgeschichten gefunden. Die müssen erst geklärt werden. Dann sehen wir weiter. Und wie läuft's bei euch?«

»Wie immer. Tote mit und ohne Spuren. Ich denke mir immer, daß bei so vielen Morden die Stadt langsam aussterben müßte, und dabei ist jeden Tag mehr Verkehr auf den Straßen«, sagte Piero.

Irgendwann wurde Tanzmusik aufgelegt, und Ugo holte Leda zu den angedrohten Walzerrunden ab. Ihre Gegenwehr nahm er nicht zur Kenntnis, sondern schob seine Chefin übers Parkett. Es klappte viel besser, als Leda je erwartet hätte. Schnaufend ließ sie sich nach einer Weile auf einen Stuhl fallen. Alesi setzte sich zu ihr.

»Wir bieten in diesem Haus doch wirklich alles: gutes Essen, Wein, Freunde, Musik und Sport. Das bekommst du woanders nicht so leicht geboten«, lachte er angesichts ihrer Erschöpfung.

»Danke für die Fürsorge. Ich habe übrigens den Bericht dabei.«

»Wollen wir in mein Büro gehen, dann kannst du ihn mir geben, und wir kommen aus diesem Getümmel raus?«

»Nichts lieber als das.«

»Ich schätze solche Betriebsfeiern gar nicht. Aber sie müssen sein. Hast du gesehen, welchen Spaß es den Leuten macht, wenigstens einmal im Jahr für ein paar Stunden einfach nur miteinander zu essen, zu trinken und zu tanzen? Hinterher sind sie vertrauter miteinander, und die Zusammenarbeit klappt besser«, meinte Alesi vergnügt.

»Dabei reden sie die ganze Zeit über ihre Mordfälle«, wandte Leda ein.

»Morde sind nun einmal das Spannendste, was das Leben zu bieten hat. Auch die können das Wir-Gefühl einer Gruppe stärken«, gab Alesi zurück.

»Oho, hast du einen Kurs für Führungskräfte belegt?« fragte Leda lachend.

»Genau, vergangenen Freitag und Samstag. Da erzählen sie einem lauter Sachen, die man durch die eigene Berufserfahrung längst weiß, drücken es aber unglaublich gewählt aus.«

Im Büro nahm Alesi aus seiner Bar eine Whiskeyflasche und zwei Gläser.

»Mit Eis?« fragte er.

»Gern. Und vorher am liebsten ein Glas Wasser ohne Alkohol.«

Alesi brachte ihr das Gewünschte, während Leda aus ihrer Tasche den Umschlag mit dem Bericht zog und Alesi reichte, der inzwischen in einem Sessel Platz genommen hatte.

»Steht etwas Neues drin?« fragte er, prostete ihr mit dem Glas zu und begann zu blättern, nachdem er den Bericht aus dem Umschlag gezogen hatte.

»Dies hier vorn kenne ich ja schon, nicht wahr?«

»Ja, ich habe nur noch einmal alles zusammengeschrieben. Du brauchst jetzt nur den Teil unter dem heutigen Datum zu lesen.« Alesi las schweigend.

»Das darf ja nicht wahr sein. Ich erspare mir jeden Kommentar über die Moral in der Kirche. Aber der Zölibat scheint mir nicht der richtige Weg für die katholischen Priester zu sein. Wie dem auch sei, Pia Mastella ist jedenfalls nicht reich geboren worden. Über Gianni Verdone konnte ich noch nichts in Erfahrung bringen. Guido Cremonese, der Präsident der Banca di Credito, ist ein Freund und Universitätskollege von mir. Er ist leider heute und morgen unterwegs. Wir haben gemeinsam bei deinem Vater an der Universität als Assistenten gearbeitet. Er ist ein sehr honoriger Mann, zu dem ich Vertrauen habe, und ich möchte keinen anderen in der Bank mit der Sache beauftragen. Das wäre mir zu heikel.«

Sie tranken in Ruhe ihre Gläser leer.

»Ich kann nicht verhehlen, daß mich dieser Fall sehr erschüttert, Leda. Ich war bisher immer davon ausgegangen, daß die katholische Kirche eine moralische Instanz für uns Gläubige sein kann. Die ganzen Geschichten über die Kirchenkriminalität hielt ich für übertrieben, für Einzelfälle, die sich weder so noch ähnlich wiederholen würden. Je tiefer wir in den Fall Puccio hineinschauen, um so tiefer sind die Abgründe. Das bringt mein bisheriges Weltbild ins Wanken.«

Alesi tat Leda leid. Er war in doppelter Hinsicht hart getroffen. Zum einen mußte er ein kompliziertes Machtgeflecht von Banken und Kirche mit höchstem diplomatischen und kriminalistischen Geschick angreifen, ohne daß sie ihn, Leda und auch Ugo vernichteten. Zum zweiten mußte er erleben, wie der stützende Lebenspfeiler Kirche so tiefe Risse bekam, daß er für ihn einzustürzen drohte. Er gehörte noch zu jener Generation, für die die Kirche tatsächlich eine zweifelsfrei glaubwürdige Instanz außerhalb jeder Kritik dargestellt hatte.

»Weißt du noch? Als du und Francesca so um die zwanzig wart, haben wir heftig über Gott, den Glauben und die Kirche diskutiert. Ihr habt euch geweigert, sonntags mit in die Kirche zu gehen, mit dem Argument, Gott und Glaube seien unabhängig von der Kirche und deren Zeremonien, wie ihr sie nanntet. Je unabhängiger man sich von ihr mache, desto leichter könne man glauben, weil man die Widersprüche in der Kirche leichter ertragen könne. Übrigens eine These, die auch dein Vater zum großen Entsetzen deiner Mutter vertrat. Wenn ich mir diesen Fall anschaue, glaube ich fast, ihr hattet recht.«

Nach dem Gespräch mit Alesi kehrte Leda noch kurz in ihr Büro zurück. Ohne Erfolg hatte sie versucht, die beiden Bankinspektoren Fernando Brindisi und Italo Esposito aus der Gruppe Puccio zu erreichen, die in Mailand und Venedig mit von der Partie gewesen waren.

Brindisi war zur Zeit zwar in einer römischen Niederlassung beschäftigt, jedoch gerade nicht zu Hause, weil er im Fitneßstudio seine Muskeln stählte. Leda ließ sich von seiner Frau die Nummer seines Telefoninos geben, um ihn direkt erreichen zu können.

Esposito prüfte irgendwo im Norden eine Filiale der Banca di Credito. Als Leda ihn sprechen wollte, teilte ihr eine freundliche Damenstimme der Telefongesellschaft mit, daß dieser Mobilfunkanschluß im Moment außer Betrieb sei, sie könne aber eine Nachricht nach dem Piepton hinterlassen. Leda bat um Rückruf.

XV

Das Essen mit Paolo im Consolato D'Abruzzo wurde zu einer herrlichen Erholung vom anstrengenden Tagesgeschäft.

»Du wolltest heute abend wohl eine passende Umgebung für meinen Fall schaffen!« meinte Leda, nachdem Giacomo, der jüngere Bruder des Eigentümers Luigi, eine große Schüssel mit verschiedenen Sorten Mozzarella und abruzzesischen Wurstspezialitäten auf den Tisch gestellt und einen leichten Weißwein aus der Region in die Gläser gefüllt hatte.

Luigi sammelte seit vielen Jahren Geldnoten aus aller Welt und Schecks, die auf sehr geringe Beträge ausgestellt waren. Er bekam sie entweder von Gästen geschenkt oder fand sie auf Flohmärkten und in Antiquariaten. Sorgfältig hatte er jedes Stück seiner Sammlung in Glas gerahmt an die Wand gehängt.

Leda berichtete Paolo von ihren neuesten Erkenntnissen im Fall Puccio und wie schwierig es sich gestaltete, sowohl bei Banken als auch in Kirchenkreisen möglichst unbemerkt nachzuforschen.

Wie so oft fiel Paolo aus seinem breit gestreuten Bekanntenkreis jemand ein, der ein Spezialist für Rechtsfragen der Kirche war und, soweit sich Paolo erinnerte, einen Kardinal im Vatikan beriet.

»Du mußt mit David sprechen. Ich werde ihn morgen früh anrufen und ihn fragen, ob du ihn im Fall der Fälle in Anspruch nehmen kannst.«

»Kenne ich ihn?« fragte Leda.

»Ja. Vergangenes Jahr war er zum Kaninchenbraten bei uns. Er stellte die verwegene These auf, daß Giuseppe Verdis Kompositionskraft durch das Auftauchen von Richard Wagner geschwächt worden sei, weil er mit dessen Modernität nicht mithalten konnte. Dann gerieten er und meine Mutter sich in die Haare, weil ihr die pompösen Opern des Deutschen auf die Nerven gehen. ›Dieser Wagner hat doch keine einzige Arie geschrieben, die man von Anfang bis Ende mitsingen könnte. Wenn ich aus einer Oper rausgehe, möchte ich Melodien in meinem Herzen tragen und nicht von komplizierter Musik erschlagen sein‹, fauchte sie David an. Ich mußte dann lauter Verdi-Arien auflegen, die ihre These bestätigten.«

An diesen Abend konnte sich Leda lebhaft erinnern. David della Cava war ein vergnügter Jesuitenpater aus New York, der seit vielen Jahren in Rom lebte, die Oper fast so liebte wie Gott und streiten konnte wie der Teufel in Person. Als Mutter Agatas Wut von David auf den Höhepunkt getrieben worden war und Leda befürchtete, die alte Dame werde ihn nun gleich hinauswerfen, hatte David plötzlich das Gesicht eines gescholtenen Schuljungen aufgesetzt und gesagt:

»Signora Agata, bitte entschuldigen Sie. Ich glaube, ich habe übertrieben, weil ich streitsüchtig bin und Sie so leicht zu erzürnen sind. In Wahrheit liebe ich Verdi viel mehr als Wagner. Sie haben völlig recht, wenn Sie sagen, daß Verdi einem direkt ins Herz geht. Wagners Musik ist viel zu intellektuell. Darf ich Sie demnächst in die Oper ausführen? Zu Verdi natürlich!«

Mutter Agata hatte ihn zunächst verblüfft angeschaut und dann schallend losgelacht.

»Sie gefallen mir, junger Mann.«

Zwei Wochen später hatte er sie dann tatsächlich zu einer Aufführung von »La Traviata« eingeladen. Seitdem schwärmte Mutter Agata für David. Auch Leda mußte zugeben, daß es zumindest aus der Sicht einer Frau schade war, daß dieser blendend aussehende, groß gewachsene Italo-Amerikaner das Leben eines Jesuitenpaters gewählt hatte.

»Vielleicht führt er ein Doppelleben, wie dieser Kardinal«, meinte Leda.

»Das weiß ich nicht. Es geht uns auch nichts an, solange er in keinen Mordfall verwickelt ist. Hauptsache, er kann dir helfen.«

Bevor Leda an diesem Morgen ihre Wohnung verließ, legte sie Paolo einen Zettel auf den Tisch, um ihn an den versprochenen Anruf bei David zu erinnern.

Auf dem Weg zu Mario überlegte Leda, welches Thema er ihr wohl heute zum Frühstück servieren würde. Zehn Minuten später erfuhr sie es: die geplante Senkung der Pensionszahlungen für die Heerscharen von Ruheständlern des öffentlichen Dienstes.

»Genau richtig. Die sollen diesen ganzen Frühpensionären kräftig ans Portemonnaie gehen. Meine Nachbarin beispielsweise hat sich mit Mitte Vierzig in Pension schicken lassen, arbeitet seitdem bei ihrer Cousine in der Boutique mit und verdient mehr als das Doppelte wie früher. Und wer zahlt das? Sie und ich mit unseren Steuern.«

»Wie willst du das ändern?« erkundigte sich Leda.

»Wenn ich in der Regierung oder im Parlament säße, würde ich ein Gesetz erlassen, das diese Nebenarbeit verbietet. Außerdem sollen die Leute erst in Pension gehen dürfen, wenn sie alt genug dafür sind«, erklärte Mario.

Leda stellte sich vor, wie er in breitestem römischen Dialekt und wild gestikulierend eine Rede vor dem Parlament hielt und seine Kollegen dabei beschimpfte. Wahrscheinlich würde er zu einem der Hauptveranlasser der schon jetzt häufigen Prügeleien in dieser Arena der Demokratie werden.

»Ich stelle mir gerade vor, wie du erst die Politiker anschreist und sie anschließend in eine Prügelei verwickelst.«

»Richtig, die sollte man alle so lange schlagen, bis sie endlich aufwachen und etwas für die Bürger tun anstatt nur für die eigene Brieftasche.«

»Diese Gesetze gibt es doch längst«, wandte Leda ein.

»Dann frage ich Sie, warum sie denn bitte schön nicht angewendet werden?« erzürnte sich Mario und fuhr fort: »Ich werde es Ihnen erklären, meine Liebe: weil die sich gar nicht dafür interessieren. Die werden dafür bezahlt, die Gesetze zu machen. Ob die dann befolgt werden oder nicht, ob die Gesetze sinnvoll sind oder nicht, ob wir armen Steuerzahler dabei vor die Hunde gehen oder nicht, das ist denen da oben egal. Hauptsache, sie haben ihre goldenen Schäfchen ins Trockene gebracht!« Mario knallte die Cappuccinotasse auf die Theke neben das schon bereitliegende Cornetto und die übliche Schachtel Zigaretten. Er war so ungehalten, daß Leda beschloß, das Thema zu wechseln.

»Sag mal, hast du eine Idee, was ich Paolo zu Weihnachten schenken kann?«

»Eine neue Frau, die mich nicht jeden Morgen zur Weißglut treibt«, antwortete er wie aus der Pistole geschossen. Dann mußte er selbst lachen. »Ich habe es nicht so gemeint. Ich bin ja gar nicht sauer auf Sie, sondern auf die Politiker. Also ein Geschenk für Paolo?« Er stand vor ihr und rieb nachdenklich das Kinn. »Eine neue Lederjacke. Seine braune mit Fell sieht so abgetragen aus, daß man meinen könnte, er hätte sie bei den Zigeunern gestohlen.«

»Aber er liebt sie.«

»Wie kann man so einen Lumpen denn lieben? Schenken Sie ihm eine neue, die wird er garantiert noch mehr lieben und Sie gleich mit. Was macht eigentlich der Tibertote?«

»Er ist immer noch tot, und wir sind und bleiben wohl vorläufig ohne Mörder.«

»Haben Sie denn gar nichts gefunden?«

»Doch schon, aber es ist alles sehr verwirrend und unklar. Ich berichte, sobald ich mehr weiß.«

Leda hatte es eilig, ihr Frühstück zu beenden, weil Mario sie sonst weiter ausquetschen würde.

Auf dem Weg in die Questura überholte sie ein Wagen mit so geringem Seitenabstand, daß er ihr den Außenspiegel abriß. Auch seiner hing abgeknickt zur Seite. Ein junger Mann mit kurzgeschoren Haaren stieg aus dem Wagen und kam mit erhobenen Fäusten auf sie zu.

»Sie Kanaille! Das war Ihre Schuld! Wieso sind Sie plötzlich nach links ausgeschert und haben mir den Weg abgeschnitten?« schrie er Leda an.

Als sie ausstieg, mußte sie sich gewaltig im Zaum halten, um gelassen zu bleiben.

»Ich bin weder nach links ausgeschert, noch habe ich Ihnen den Weg abgeschnitten. Sie sind vielmehr zu schnell gefahren und haben den Abstand falsch eingeschätzt.«

»Wenn Sie weiter lügen wollen, holen wir eben die Polizei«, brüllte er weiter, und langsam versammelte sich eine Menschenmenge um die beiden.

Etwa hundert Meter weiter an der Kreuzung sah Leda zwei Polizisten stehen. Sie bat einen Passanten, doch einen von ihnen zu ihr zu schicken. Der junge Mann schilderte dem Polizisten noch einmal lautstark seine Version des Unfallhergangs. Dieser ließ sich jedoch nicht aus der Ruhe bringen. Das erlebt er wahrscheinlich zehnmal jeden Tag, dachte Leda.

»Ihre Papiere, bitte.«

Leda zog Fahrzeugschein, Versicherungsbescheinigung, Führerschein und schließlich ihren Polizeiausweis aus der Tasche. Sie reichte sie dem Uniformierten, während der junge Mann noch in seinem Handschuhfach kramte. Der Polizist schaute sich die Dokumente an, zog Block und Stift aus der Jackentasche und begann mit ernstem Gesicht die notwendigen Daten zu notieren.

»Was haben Sie zu dem Vorgang zu sagen, Signora Commissaria?«

Langsam, zum Mitschreiben, erklärte sie ihm, was sich

aus ihrer Sicht abgespielt hatte, und gab ihm noch ihre Direktwahl in der Questura, falls es Nachfragen geben sollte.

»Soll ich Ihnen einen Wagen kommen lassen?«

»Vielen Dank, aber ich komme auch mit dem Mittelspiegel bis zum Polizeipräsidium.«

»Seien Sie vorsichtig. Aber es ist ja nicht mehr weit«, verabschiedete er sich freundlich von der Kollegin.

Den Spiegelabreißer erwartete mindestens eine halbe Stunde lang die Keule der italienischen Bürokratie. Das geschieht ihm recht, dachte sie und fuhr davon.

»Sehen Sie, nichts als Ärger hat man mit Autos«, kommentierte Ugo, als sie ihm von dem kleinen Unfall erzählte.

»Das mit dem Spiegel regt mich gar nicht auf. Das kann jedem mal passieren. Aber daß dieser Kerl sich erdreistet, so zu lügen, das finde ich ungeheuerlich. Und das hat gar nichts mit Autos zu tun«, hielt sie ihm entgegen.

»Lassen wir die Diskussion. Bankinspektor Esposito hat angerufen. Hier ist seine Nummer.«

»Erst mal brauche ich einen Kaffee. Möchtest du auch einen?«

»Bitte mit Zucker.«

Am Automaten traf sie zwei weitere Kollegen, die angeregt über die Weihnachtsfeier plauderten.

»Ciao, Leda. Du bildest ja mit Ugo ein herrliches Tanzpaar. Wenn ihr wollt, kommt doch samstags abends mal mit uns zum Tanzen. Wir fahren fast jede Woche in einen der Tanzsäle.«

Leonardo erzählte in aller Ausführlichkeit, wie und was dort gegessen, getanzt, getrunken wurde, wie amüsant es sei, mit einer Gruppe von Freunden dorthin zu gehen und so weiter und sofort. Leda bedankte sich höflich für den netten Vorschlag und meinte, sie werde ihn sich durch den Kopf gehen lassen.

Mit einem »Entschuldigt, ich habe so viel zu tun« trat sie

die Flucht ins Büro an, mit zwei glühend heißen Plastikbechern voller Kaffee in den Händen.

»Mit der Tanzerei hast du uns ja etwas Schönes eingebrockt«, sagte Leda zu Ugo und stellte ihm seinen Kaffee auf den Schreibtisch.

»Danke, wieso denn?«

Leda berichtete Ugo vom Flurgespräch.

»Die Idee ist nicht schlecht.«

Leda sah Ugo irritiert an. Meinte er das wohl ernst?

»Ich glaube nicht, daß Paolo davon begeistert wäre, wenn ich auch noch samstags ohne ihn unterwegs bin.«

»Da haben wir's. Autos und feste Beziehungen taugen eben nichts.«

Sie entzog sich einer Antwort, indem sie zum Telefonhörer griff und Espositos Nummer wählte.

»Buon giorno, Signor Esposito. Ich möchte mit Ihnen über Signor Puccio sprechen. Wir haben in den Prüfberichten gelesen, daß sie mit ihm zusammengearbeitet haben.«

»Das stimmt, aber nur ein einziges Mal vor ein paar Monaten in Venedig. Ich kann also nur wenig über Puccio sagen.«

»Mich interessiert, was Sie in Venedig genau herausgefunden haben. Wir haben den Eindruck, daß dort etwas passiert sein muß, was Puccio aus der Fassung gebracht hat«, sagte Leda.

»Oje, da muß ich kurz überlegen, weil ich so viele Inspektionen durchführe. Aber warten Sie, Venedig ...«

Nach ein paar Sekunden sagte er: »Ich hab's wieder zusammen. Ja, es stimmt. Da sind merkwürdige Sachen aufgetaucht. Ein Bauunternehmer, dessen Name mir leider entfallen ist, hatte noch vor drei Jahren ein einziges und meist leeres Konto, war aber plötzlich Inhaber mehrerer Konten, über die hohe Summen liefen. Das machte uns stutzig, weil so etwas selten ganz legal geschieht. Wir überprüften also die Kontobewegungen der letzten Jahre. Dabei stellten wir fest, daß dieses einst winzige Bauunternehmen auf einmal überraschend große öffentliche Aufträge erhalten hatte.

Bei so sprunghaften Aufwärtsentwicklungen von Bauunternehmen muß man, so unsere Erfahrung, besonders vorsichtig sein. Tangenti, die Bestechungsgelder, die an die Auftraggeber im Staatsdienst gezahlt werden, sind leider immer wieder die Ursache für plötzlichen und später anhaltenden Reichtum von Bauunternehmern. Vor allem fragten wir uns, woher dieser Mann über solche Summen verfügte, die ihm die Zahlung von Bestechungsgeldern erlaubten. Wir fanden heraus, daß dieser ... Rossi hieß er, jetzt ist es mir wieder eingefallen ... Rossi also hatte die Kontovollmacht für die Konten einer Firma für Wohltätigkeitsveranstaltungen, wie hieß die noch?«

»Fare-Bene-Events.«

»Genau«, fuhr Esposito fort, »und zwischen den Konten von Rossi und Fare-Bene gab es einen ausgeprägten Finanzverkehr. Außerdem entdeckten wir einen bestimmten Zahlungsrhythmus. Von Fare-Bene-Konten entnahm Rossi große Summen und zahlte sie auf Konten von Kunden anderer Banken. Einige Zeit später gingen wiederum auf Rossis Konten wesentlich höhere Summen für die Ausführung von Bauaufträgen ein. Er zahlte daraufhin das zuvor von den Fare-Bene-Konten entnommene Geld zurück und spendete diesem Wohltätigkeitsverein große Summen, die er von der Steuer absetzen konnte. Das alles hat natürlich unsere Neugier geweckt.«

»Woher hatte Fare-Bene-Events das Geld?« fragte Leda.

»Das waren wohl vor allem Spendengelder an die Kirche.«

»Und an wen hat Rossi von diesen Kirchenkonten die hohen Summen gezahlt?«

»Das war genau der Punkt, den wir nicht zu Ende recherchiert haben. Puccio hat diese Aufgabe an sich gezogen. Er war der einzige, der es wußte«, erklärte Esposito.

»Haben Sie keinen einzigen Namen in Erfahrung gebracht?«

»Doch, schon, weil wir ja mit der Untersuchung angefangen hatten. Rossi hatte an zwei bekannte venezianische Herren in der Bauverwaltung Geld vom Fare-Bene-Konto überwiesen, und zwar nicht wenig. Das waren für mich ganz klar Bestechungsgelder. Der Ansicht war Puccio auch und übernahm daraufhin sofort die Prüfung. Das sei Chefsache, hat er gemeint, weil das eventuell eine strafrechtliche Verfolgung nach sich ziehen könnte«, berichtete Esposito.

»An wen sonst wurden Gelder von dem Konto überwiesen?«

»An die Vatikanbank. Ich erinnere mich deshalb genau, weil ich Puccio noch geraten habe, gut aufzupassen. Denn ich hatte vor ein paar Jahren in der Zeitung von einem Bestechungsfall in der Regierung gelesen, wo die schmutzigen Gelder von der Vatikanbank gewaschen worden waren. Puccio lachte nur und meinte, ich hätte zuviel kriminelle Phantasie. Danach hatte ich wie gesagt mit der ganzen Sache nichts mehr zu tun.«

»Ist es üblich, daß der Leiter einer Gruppe bestimmte Untersuchungen selbst übernimmt?« fragte Leda weiter.

»Was ist schon üblich? Jeder Gruppenleiter hat seine Marotten, denen wir uns fügen müssen. Da Puccio ja nichts grundsätzlich Verkehrtes tat, war es mir eigentlich gleichgültig. Ich fand sein Verhalten nur merkwürdig panisch. Zwei Tage später brach ich ohnehin meinen Einsatz in Venedig ab, weil Verdone meine Spezialkenntnisse in der Buchführung bei einer anderen Filiale benötigte. Das passiert öfter.«

»Signor Esposito, sagen Sie keinem Menschen etwas von unserem Gespräch, weder Kollegen noch Verdone oder Ihrer Familie. Da wir noch nicht sicher sind, was wir eigentlich suchen, wäre es mir sehr unangenehm, wenn unnötig viel Staub aufgewirbelt würde. Geht das in Ordnung?« fragte Leda eindringlich.

»Klar, Signora Commissaria. Ich konnte Ihnen ja auch wirklich nicht viel sagen.«

Sie irren sich, dachte Leda und bedankte sich bei Esposito für seine Mitarbeit.

Während ihres Telefonats hatte Ugos Apparat mehrfach geläutet.

»Wer war dran?«

»Die Kollegen, die die anderen möglicherweise rachsüchtigen Banker vernommen haben. Der eine sitzt im Gefängnis, wie Sie wissen. Dort ist er nicht etwa untätig, sondern studiert aufs fleißigste Informatik. Schon zu Bankzeiten hat er sich mit Computern beschäftigt. Er unterschlug damals das viele Geld bei der Banca di Credito, weil er sich mit einer Computerberatungsfirma selbständig machen wollte. Nun nutzt er die Zeit hinter Gittern, spezialisiert sich weiter und will, sobald er draußen ist, im Computerladen seines Bruders einsteigen und ein neues, ganz legales Leben beginnen.

Er erinnert sich an Puccio nur schemenhaft und ist keineswegs sauer auf ihn. Die Kollegen vor Ort halten ihn für völlig ungeeignet, irgendeine Rachetat zu verüben, geschweige denn einen Mord aus dem Gefängnis heraus zu planen. Sie haben auch mit der Gefängnispsychologin gesprochen, die das ebenfalls ausschließt. Wir bekommen nächste Woche den schriftlichen Bericht.«

»Und was ist mit dem anderen?« wollte Leda wissen.

»Der andere wartet ja noch auf seinen Prozeß. Er ist inzwischen Vollalkoholiker. Seine Frau hat nach seiner Entlassung aus der Bank ihre Sachen gepackt und ihn verlassen. Er ist zwar wütend auf die ganze Welt, aber unfähig, einen klaren Gedanken zu fassen oder sich aus seinem Loch von Wohnung weg zu bewegen. Einmal in der Woche geht eine Sozialarbeiterin zu ihm, kauft für ihn ein und putzt.

An Puccio konnte er sich offenbar nicht erinnern. Die von der Bank seien alle Verbrecher, habe er andauernd geschrien. Irgendwann werde er sie alle umbringen und seine Frau dazu. Aber die Kollegen meinten, das sei nicht ernst zu nehmen. Der Bericht kommt ebenfalls nächste Woche. Zwei Rächer weniger, würde ich sagen«, schloß Ugo. »Ach ja, und dann hat Paolo angerufen und mir die Telefonnummer von einem David gegeben. Der wartet auf Ihren Anruf.«

»Danke!«

»Und was hatte Esposito zu sagen?«

Leda berichtete.

»Also hat Puccio die Kirchenangelegenheiten buchstäblich an sich gerissen und anschließend geheim gehalten. Denn im Bericht steht davon nichts«, stellte Ugo fest.

»So war es wohl. Ich muß unbedingt noch mit dem anderen sprechen, diesem Brindisi.«

Sie wählte seine Nummer und hörte zunächst ein lautes Knacken, Rauschen und Knistern, bis die Mobilfunkleitung stand.

»Signor Brindisi? Ich würde Sie gern sprechen, aber so, daß kein anderer mithören kann«, sagte Leda, weil sie im Hintergrund noch andere Stimmen vernahm.

»Rufen Sie bitte in zwei Minuten noch einmal an, dann habe ich einen anderen Raum gefunden«, antwortete Brindisi.

Wenig später setzten sie das Gespräch ungestört fort. Leda fragte ihn, ob er bei der Überprüfung der Mailänder Filiale im vergangenen Jahr mit Konten eines Finanzberaters namens D'Alma und der Fare-Bene-Events zu tun gehabt habe und ob er sich an Puccio erinnere.

»Ja, natürlich, sogar sehr genau. Er war unser Gruppenleiter. Ich hatte früher schon mit ihm zusammengearbeitet und kannte ihn deshalb. An diese Fare-Bene-Events erinnere ich mich ebenfalls, und zwar, weil Puccio uns zu Beginn der Prüfung gesagt hatte, wir sollten diese Vorgänge aussondern und ihm geben. Was wir auch taten. Der Name D'Alma sagt mir allerdings gar nichts.«

»Aus der ganzen Gruppe hat sich also niemand außer Puccio mit Fare-Bene-Events beschäftigt?«

»So ist es.«

»Entspricht es normalen Prüfungsgepflogenheiten, daß sich der Gruppenleiter einen Kunden rauszieht und prüft, ohne daß die Kollegen irgendein Ergebnis sehen?« fragte Leda.

»Das kommt zwar nicht sehr häufig, aber hin und wieder durchaus vor. Wenn der Leiter von oben einen Sonderauftrag bekommt, erledigt er ihn eben.«

»Hat Puccio sich irgendwie seltsam verhalten, anders als Sie ihn kannten?«

»Er war depressiv, ausgelaugt von der Arbeit und den vielen Reisen und konnte seinen Ruhestand kaum erwarten.«

Leda dankte für die Informationen und bat auch ihn, über dieses Telefonat zu schweigen.

Als sie aus dem Fenster sah, stellte sie fest, daß es in Strömen goß. Ihr Magen zog sich vor Hunger zusammen.

»Hast du einen Regenschirm dabei?« fragte sie Ugo.

»Sie wollen doch nicht etwa bei dem Wetter rausgehen?«

»Ich habe aber Hunger.«

»Dann gehen Sie doch in die Kantine.«

»Da stinkt es.«

»Dann bestellen Sie sich eine Pizza.«

»Ich muß mal an die Luft gehen, kommst du mit?«

»Ich bin doch nicht verrückt. Das ist das klassische Wetter, um sich erst nasse Füße und dann eine deftige Grippe zu holen. Nein danke, ich möchte Weihnachten nicht krank sein.«

»Hast du nun einen Regenschirm oder nicht?«

»Bitte, hier ist er. Aber machen Sie mich hinterher nicht dafür verantwortlich, wenn Sie krank werden.«

»Du benimmst dich ja wie früher meine Mutter.«

»Einer muß ja auf Sie aufpassen«, sagte Ugo grinsend und zog sein Tramezzino aus der abgenutzten Ledertasche. Heute lagen zwischen den Salatblättern Sardellen. Das sah Leda zwar nicht, roch es aber, was sie veranlaßte, erst recht schnell in ihren Mantel zu schlüpfen und das Büro zu verlassen.

Im Laufschritt lief sie die schmale Straße zur Via XX. Settembre hinunter, die wie in fast jeder italienischen Stadt an den Tag erinnerte, als die Piemonteser Truppen sich 1870 endlich durch die der Franzosen und des Papstes durchgekämpft hatten und Rom zur Hauptstadt des geeinten Italiens erklärten.

Der Regen peitschte Leda ins Gesicht, obwohl sie Ugos Schirm aufgespannt hatte. Von Kopf bis Fuß tropfend betrat sie Giuseppes Selbstbedienungsrestaurant.

»Dio, Commissaria, wenn Sie sich mal keine Grippe holen. Pepe liegt schon im Bett. 39 Grad Fieber hat er, und jeder Knochen tut ihm einzeln weh. Und der Husten, ich sag es Ihnen, an diesem Husten wird er noch ersticken. Nicht einmal essen kann er richtig. Seit einer Woche geht das schon so. Jetzt hat ihm der Arzt Antibiotika verschrieben, die nimmt er auch. Aber die hätte er schon vor einer Woche bekommen müssen. Ich hab's ja gleich gesagt, er soll zum Arzt gehen. Aber Sie wissen ja selbst, wie Männer so sind. Stark und unverletzlich, bis sie auf der Nase liegen. Dann jammern sie wie kleine Kinder.« Letitia, Pepes Frau, thronte hinter der Kasse und redete wie ein Wasserfall auf Leda ein, die sich vorsichtig aus ihrem patschnassen Mantel schälte. Letitia riß Papiertücher von einer Rolle und reichte sie ihr.

»Hier, wischen Sie sich erst einmal Ihr Gesicht ab.«

»Danke, Letitia. Im Gegensatz zu Pepe habe ich aber riesigen Hunger. Was gibt's denn?«

»Antipasti, wie immer. Dann Spaghetti alla Carbonara, Rigatoni al Ragù und Tortellini in Brodo. Anschließend ein Steak oder eine gegrillte Dorata mit Zitrone. An Gemüsen haben wir Spinat, Brokkoli und Zucchini. Salate und Käse wie immer.«

»Ich nehme die Spaghetti, den gegrillten Fisch, Salat und einen kleinen Weißwein«, entschied Leda.

»Hinterher einen Kaffee?« fragte Letitia, während sie die Preise in die Kasse eintippte.

»Ja, bitte.«

Leda zahlte und ging zur Theke, wo sie einer jungen Frau in weißem Arbeitskittel den Bon reichte und sich die verschiedenen Teller und Getränke auf ein Tablett stellen ließ. Anschließend balancierte sie es vorsichtig zu einem freien Tisch.

Leda ließ es sich schmecken. Sie hörte, wie Letitia allen neu eintreffenden Gästen die tragische Geschichte von Pepes Grippe erzählte, und stets im gleichen Wortlaut. Die meisten, die ins Restaurant kamen, waren offenbar bis auf die Knochen naß geworden. Die Scheiben waren beschlagen, und jedesmal, wenn die Tür aufging, zog ein kalter Lufthauch bis zu Leda, und sie spürte ihren nassen Rocksaum an den Beinen.

Obwohl es auf dem Rückweg weniger regnete, fror Leda. Sie beeilte sich, ins Büro zurückzukommen.

»Völlig durchweicht«, stellte Ugo sachlich fest, als sie schnatternd vor Kälte den überheizten Raum betrat und ihrem Mitarbeiter den Regenschirm zurückgab.

»Dafür war das Essen gut«, verteidigte sie sich, wußte aber, daß ihr Argument schwach war.

Ihr Blick fiel auf Davids Telefonnummer. Sie zögerte, ob sie ihn anrufen sollte. Die Hinweise darauf, daß die Kirche willentlich und wissentlich in irgendwelche Verbrechen verwickelt sein könnte, waren bisher noch nicht überzeugend genug. Sie hatte nichts weiter in der Hand, als daß Geistliche in hohen Positionen ein paar Gaunern Kontovollmachten erteilt hatten, die diese mißbrauchten. Um welche Art von Hilfe sollte sie David also bitten? Nachdem Paolo sie nun aber schon einmal bei ihm angemeldet hatte, konnte sie ihn nicht vor den Kopf stoßen und wählte schließlich seine Nummer.

David lud sie sofort zu sich ein. »Sie haben Probleme mit der Kirche, sagte mir Paolo?«

»Sagen wir, es gibt da einfach zu viele Zufälle, die mir nicht gefallen«, antwortete sie.

»Wann haben Sie Zeit?«

»Wäre es Ihnen am späten Nachmittag recht?«

Sie verabredeten sich zum Tee um halb sechs. So blieb Leda noch genügend Zeit, um ihren Tagesbericht mit den Aussagen der beiden Inspektoren zu schreiben. Ugo hatte seinen bereits fertig. Um halb fünf war Leda fertig und inzwischen auch wieder weitgehend trocken.

Alesi hatte gerade Besuch von einem anderen Kollegen, als sie sein Zimmer betrat.

»Ich wollte nur schnell die versprochenen Berichte vorbeibringen«, sagte sie und reichte ihm den Briefumschlag.

»Danke. Wir bekommen übrigens morgen vormittag alle gewünschten Informationen von der Bank.«

XVI

David della Cavas Wohnbüro befand sich im fünften Stockwerk, und Leda ging bereits nach der vierten Treppe die Puste aus. Einst lagen die Häuser dieser ehemaligen kleinen Arbeitersiedlung am Rande der Stadt. Inzwischen wurde der Stadtteil zum Zentrum gerechnet, weil sich die Grenzen Roms längst weit nach außen verschoben hatten.

Rund um einen idyllischen Innenhof gruppierten sich die Gebäude, in dem hohe Palmen und Magnolienbäume im Sommer kühlen Schatten spendeten. Die Arbeiter waren schon lange weg, weil sie die Mieten nach den Renovierungen nicht mehr zahlen konnten. Sie lebten in nichtssagenden Wohnblocks, die aussahen wie nebeneinandergestellte Schuhkartons, dort, wo heute die Kriminalität in der Trostlosigkeit einen fruchtbaren Nährboden gefunden hatte.

Immerhin gibt es dort Aufzüge, dachte Leda, während sie still vor sich hin fluchend die letzte Treppe erklomm. Als sie vor Davids Haustür stand, hörte sie ihr Blut in den Ohren rasen und hatte das Gefühl, ihr Herz würde gleich vor Anstrengung aus der Brust springen.

»Das ist eine prima Sportübung, nicht wahr?« meinte David, der bereits wartend in der Tür stand.

»Meine Güte, wie schaffen Sie das jeden Tag?« fragte Leda schnaufend.

»Reine Trainingssache. Wenn Sie das hundertmal gemacht haben, sind Sie in Hochform. Kommen Sie rein und erholen Sie sich!« Er half ihr aus dem Mantel.

Die Wohnung war über und über mit Büchern und Schallplatten vollgestopft. Dort wo keine Bücherregale die Wände zustellten, hingen Bilder, Fotos, Reiseandenken oder Wimpel von amerikanischen Basketballmannschaften. Selbst auf dem Fußboden des Raums, der früher wahrscheinlich einmal das Wohnzimmer gewesen war, gab es kaum einen freien Fleck, wo man seine Füße hätte hinsetzen können. Bücher, Zeitungen, Zeitschriften, Broschüren und Zettel bedeckten jeden Quadratzentimeter des Raums. Mitten im Chaos stand ein Schreibtisch mit einem Computer.

»Finden Sie hier etwas wieder?« erkundigte sich Leda.

»Ich finde immer alles, so erstaunlich das klingen mag. Weil ich mir gut merken kann, wo ich was hinlege. Als meine Putzfrau neu war, hat sie hier nach ihrem Verständnis versucht aufzuräumen. Das war schrecklich, weil sie alles durcheinanderbrachte. Inzwischen hat sie begriffen, daß sie sauber machen muß, ohne die Sachen zu verlegen. Lassen Sie uns in die Küche gehen, da sieht es besser aus.«

Von diesem Raum war Leda entzückt. Er hatte offensichtlich die Wohnzimmerfunktion übernommen. Vor einer hohen Fenstertür, die den Blick auf eine kleine, rundum bewachsene Terrasse freigab, hatte David den runden Tisch gemütlich gedeckt. Auf einem Stövchen stand eine gläserne Kanne, aus der er duftenden Tee in die Gläser goß. Zitrone, Milch, Kandiszucker und Kekse standen bereit.

»Was kann ich für Sie tun?«

»Das weiß ich offen gestanden noch nicht genau«, antwortete Leda leicht verlegen. »Ich würde Ihnen gern den Fall beschreiben und Ihre Meinung dazu hören.«

»Milch oder Zitrone?«

»Zitrone, bitte.« David ließ eine Scheibe in ihre Tasse gleiten, während Leda ihren Bericht begann. Sie sprach zehn Minuten ohne Unterbrechung. David hörte ihr aufmerksam zu, nahm zwischendurch einen Keks und trank Tee.

»Das heißt, Sie wissen weder, ob diese Fare-Bene-Events nur zufällig in mindestens drei Städten den gleichen Namen trägt oder ob es sich um eine größere Organisation handelt, die möglicherweise zentral gesteuert arbeitet. Sie wissen auch nicht genau, wohin die Gelder von den Fare-Bene-Konten fließen. Außer den Aussagen von ein paar Inspektoren gibt es keine handfesten Beweise, die auf ein organisiertes Verbrechen hinweisen«, resümierte David nachdenklich und drehte dabei seinen Teelöffel zwischen den Fingern hin und her.

»Wenn Sie in Betracht ziehen, daß in Italien für die etwa 220 Diözesen über 250 Kardinäle, Erzbischöfe und Bischöfe verantwortlich sind, die fast alle nicht das geringste von Geldgeschäften verstehen, die aber alle dankbar sind, wenn ihre Kasse stimmt, dann kann ich mir schon vorstellen, daß eine Handvoll gewitzter Laien diese Ahnungslosigkeit ausnutzt«, meinte David. »Meiner Meinung trügt Sie Ihr Gefühl nicht. Wenn in vier Jahren ein einziger Prüfer fünfmal kriminelle Verwicklungen der Kirche mit einer Bank entdeckt, dann könnte das mehr als Zufall sein. Muß aber wie gesagt nicht.«

»Das weiß ich«, sagte Leda.

»Da Sie jedoch aufgrund Ihres Amtes und angesichts eines Toten Gewißheit brauchen, kann ich Ihnen anbieten, meine Fühler in Richtung Vatikan auszustrecken. Das dürfte wohl auch Paolos Hintergedanke gewesen sein, als er Sie an mich weiterverwiesen hat. Wie Sie vielleicht wissen, bin ich vor fünfzehn Jahren nach Rom gekommen, um mich in der Problematik der rechtlichen Beziehungen zwischen dem Vatikan und dem italienischen Staat zu spezialisieren. Dazu gehören vor allem die juristischen Aspekte der Berührungspunkte im Geld- und Finanzwesen.

Seit einigen Jahren berate ich meinen Landsmann Kardinal William Hughes. Er ist Mitglied der fünfköpfigen Kardinalskommission für die Ernennung des Kontrollrates der Vatikanbank. Dieser Kontrollrat setzt sich aus Finanzexperten aus der ganzen Welt zusammen. Das für Sie wirklich

Spannende kommt jetzt: Raten Sie einmal, wer der Vorsitzende der Kardinalskommission ist!« David schaute Leda mit erwartungsvollen Augen an.

»Der Papst?« fragte Leda ihrerseits zögernd.

»Falsch. Es ist ein guter Bekannter! Der heimliche Liebhaber dieser Ex-Nonne und der Vater ihres Kindes, Kardinal Innocenzo Vinciguerra.«

»David, soll das ein Scherz sein?« fragte Leda entgeistert.

»Keineswegs. Das ist die Wahrheit, nichts als die Wahrheit. So klein ist die Welt.«

Leda war sprachlos. In ihrem Kopf schwirrten tausend Gedanken gleichzeitig herum.

»Langsam würde es mich nicht mehr wundern, wenn sich eines Tages herausstellt, daß der Papst nicht nur der Herrscher über die Katholiken in aller Welt, sondern auch der über eine zahlreiche Kinderschar ist. Ihre Glaubensbrüder, entschuldigen Sie bitte, wenn ich das so drastisch sage, scheinen mir ein ziemlich zweifelhaftes Benehmen an den Tag zu legen«, meinte Leda.

»Was die angebliche Sexualfeindlichkeit und die Ehelosigkeit anbetrifft, gebe ich Ihnen recht. Aus gutem Grund kennen die orthodoxe Kirche oder die Protestanten den Zölibat nicht, und der Apostel Petrus, sozusagen der erste Papst, war verheiratet. Papst Alexander VI. zog noch mit vier Kindern in den Vatikan ein, machte seinen achtzehnjährigen unehelichen Sohn Cesare zum Kardinal und hatte ein Verhältnis mit seiner Tochter Lucretia Borgia. Er ließ eine seiner Geliebten, Giulia Farnese, als Mutter Gottes und sich selbst als Papst zu ihren Füßen malen.

Und so ging es nicht nur im Vatikan zu. Das Leipziger Thomaskloster beispielsweise wurde im ausgehenden Mittelalter als ›Weltwunder‹ bezeichnet, weil es dort so viele Kinder, aber keine Frauen gab. Manche Nonnenklöster in der Schweiz und in Deutschland waren als Bordelle berühmt.

Und das alles, obwohl schon zu Beginn des 12. Jahrhunderts der Zölibat als Kirchengesetz galt. Sie sehen also, daß es mit der verordneten Keuschheit noch nie so richtig geklappt hat. Das ist so ähnlich wie mit den Sicherheitsgurten in Autos. Das Gesetz sagt, man muß sie anlegen, sonst wird man bestraft. Haben Sie vielleicht in Rom schon einmal einen Polizisten gesehen, der sich drum geschert hätte? Ich nicht!«

Jetzt mußte Leda lachen. »Erstens hinkt der Vergleich gewaltig. Denn diese verrückten Keuschheitsregelungen sind gegen die menschliche Natur gerichtet, während die Gurte sie schützen. Zum zweiten spielt sich die italienische Polizei nicht als moralische Instanz für die ganze Welt auf.«

»Gut, gut, aber wir können ganz praktisch festhalten, daß das weltliche Gesetz so wenig befolgt wird wie das kirchliche«, meinte David mit einem kompromißbereiten Lächeln auf den Lippen.

»Ich würde sogar noch weiter gehen und sagen, daß dieser Kardinal höchstwahrscheinlich ein doppelter Sünder ist, weil er sich weder im Auto anschnallt noch das Keuschheitsgelübde eingehalten hat«, meinte Leda.

»O Gott, Leda, jetzt lassen Sie an uns Kirchenleuten aber gar kein gutes Haar mehr«, meinte David. »Es soll allerdings welche unter ihnen geben, die sich anschnallen und keusch leben.«

»Meinen Sie damit sich selbst?«

»Muß ich unbedingt antworten?« fragte David ausweichend.

»Nein, natürlich nicht. Entschuldigen Sie die dumme Frage, sie war nicht persönlich gemeint.«

»Zurück zu Ihrem Mordfall«, griff David den roten Faden wieder auf. »Um den Posten Vinciguerras tobt in den letzten Jahren unter den Kardinälen ein heftiger Konkurrenzkampf. Die ausländische Mehrheit im Kontrollrat ist der Meinung, daß mit Vinciguerra der Posten nicht optimal besetzt ist. Sie würden gern Hughes in dem Amt sehen. Hughes selbst glaubt auch, den Job besser machen zu können, weil nach seinem Dafürhalten die Vatikanbank unter ihm effektiver kontrolliert würde. Trotz der vielen Reformen arbeitet sie ihm noch immer viel zu stark nach den Regeln des italienischen Klüngels.«

»Was heißt das?«

»Das bedeutet, daß sich die Bank, so Hughes, nach wie vor von religiösen Institutionen dafür einspannen läßt, ihren weltlichen Spendern zu helfen, Geld illegal ins Ausland zu transferieren. Oder um Embargos gegen Staaten zu umgehen. Wenn also beispielsweise Kubaner aus den Vereinigten Staaten an ihre Landsleute am amerikanischen Wirtschaftsembargo vorbei Geld auf die Karibikinsel schicken wollen, ist das über die Vatikanbank möglich. Dieses Beispiel regt Hughes als erklärten Anti-Kommunisten und glühenden amerikanischen Patrioten besonders auf. Er meint, solche Aktionen müßten schleunigst unterbunden werden, damit das Geldinstitut des Heiligen Stuhls nicht immer wieder in negative Schlagzeilen gerät.«

»Was heißt das für meinen Fall?«

»Daß Kardinal Hughes sicherlich seine Kollegen davon überzeugen wird, die Vatikanbank und ihre Kontenbewegungen sehr bald und sehr genau in Augenschein zu nehmen. Als Kommissarin der italienischen Polizei und damit Vertreterin einer fremden Staatsmacht dürfen Sie natürlich nicht in die Bank. Ich denke, daß unter diesen Umständen die Hilfe von Hughes sehr nützlich sein könnte.«

»Im Moment weiß ich nicht, ob wir ihn brauchen. Aber die Aussicht, daß er zur Verfügung stehen könnte, finde ich beruhigend, sagen wir als Schlüssel für den Panzerschrank Vatikan.«

Sie unterhielten sich noch lange über die Kirche und ihre Leitung hinter den dicken Mauern inmitten der Stadt. Leda erstaunte es, wie sehr David mit seiner Kirche ins Gericht ging.

»Ich habe schon Schwester Claudia gefragt: Wieso bleiben Sie bei dieser Vereinigung, die Sie in so viele Zweifel und Widersprüche stürzt?«

»Weil es ohne sie noch schlimmer in dieser Welt aussähe. Was Außenstehende wahrnehmen, sind oft nur die negativen Seiten. All das Positive, was sie bewirkt, wird für selbstverständlich hingenommen, weil sie sich ohnehin der Sache des Guten verschrieben hat. Sie können mir getrost glauben, daß diese Kirche mit allen ihr innewohnenden Mängeln immer noch die stärkste und schönste Gemeinschaft ist, die ich mir vorstellen kann. Wir müssen nur immer darauf achten, daß Fehler korrigiert werden. Genau deshalb sind Leute wie ich – und damit meine ich die Jesuiten im allgemeinen – besonders kritisch in ihrer Betrachtung der Kirche«, antwortete David ruhig.

Inzwischen war es draußen stockfinster geworden. In der Küche brannte nur das Kerzenlicht des Stövchens, und Leda fühlte sich ausgesprochen wohl, obgleich sie ziemlich hungrig war.

»Darf ich Sie zum Essen einladen?« fragte sie David.

»Nein, ich Sie! Ich war heute vormittag einkaufen und habe köstliche Sachen im Haus, außerdem guten Wein und Lust zum Kochen. Draußen ist es kalt und naß. Warum sollten wir unnötig leiden? Rufen Sie Paolo an, vielleicht kommt er auch. Wir hatten uns vage für heute abend verabredet.«

Paolo versprach, in einer Stunde dazusein, und David begann mit der Küchenarbeit. Leda assistierte ihm, indem sie den Tisch deckte, Gemüse und Salat putzte.

Als Paolo erschien, standen eine Platte mit Bresaola auf dem Tisch: handgepökeltes, luftgetrocknetes Rindfleisch, bedeckt mit feinen Scheiben frischer Champignons und Rucolablättern und mit Zitrone und Olivenöl beträufelt. Der blanchierte Spinat wartete bereits in der Pfanne darauf, einmal kurz in Olivenöl und ein wenig Knoblauch heiß gewendet zu werden, und drei Rindersteaks lagen ebenfalls zum Braten bereit. Während des Kochens plauderten sie über Gott und die Welt und tranken einen kühlen Frascati dazu. Irgendwann spät am Abend öffnete David eine Flasche perlenden Prosecco. Als Leda die fünf Treppen wieder hinunterging, fühlte sie sich beschwingt wie ein Engel.

XVII

Leda richtete sich im Bett auf, um besser atmen zu können. Ihr brummte der Schädel, das Herz raste. Der Traum wirkte nach.

In einem mit Landschaftsszenen bemalten Raum hatten an einem langen Tisch aus schwerem, dunklen Holz sechs Kardinäle in schwarzen Gewändern und purpurroten Schärpen und Kappen gesessen und auf der gegenüberliegenden Seite die gleiche Anzahl Banker in dunklen Anzügen und Zylindern. Hinter ihnen standen Lakaien in weißen Uniformen und mit weißen Perücken. Die Banker schoben Papiere mit Bilanzkurven über den Tisch hin und her, lasen sie und reichten sie dann den Uniformierten. Diese schritten mit den Blättern ans Tischende, auf dem ein goldener zwölfarmiger Leuchter stand. Mit starrem Gesichtsausdruck verbrannten sie sie einzeln in den Flammen. Die Asche rieselte auf die blanke Holzplatte des Tisches und bedeckte langsam den schweren, runden Fuß des Leuchters. Nachdem alles Papier verbrannt war, sagte ein Kardinal:

»Meine Herren, das war's. Ich danke Ihnen.« Dann war die skurrile Szene entweder beendet gewesen, oder Leda erinnerte sich nicht mehr an ihren Fortgang.

Leda atmete tief durch. Irgendwo schlug eine Tür. Die grünen Leuchtziffern des Radioweckers, die ein schwaches, unwirkliches Licht erzeugten, zeigten 4:17 an. Sie stand fröstelnd auf, zog ihren dicken Frotteebademantel über und ging durch die Wohnung. Durch die Fenster schien das Licht der Straßenlaternen, und Leda bemerkte, wie sich draußen die Bäume im Wind hin und her wiegten. Die Flügel der Balkontür in der Küche schlugen im Rhythmus der Windböen gegeneinander. Es kam ihr so vor, als ob sie jedesmal ein Erdbeben auslösten. Schnell ging sie hin, um sie zu schließen. Ihr Mund war trocken vom vielen Zigarettenrauch und Wein bei David. Leda schenkte sich Mineralwasser ein und trank das Glas in einem Zug leer. Das Ticken der Küchenuhr an der Wand hallte so laut durch die Stille der Nacht, als wolle sie an die Kürze des Lebens erinnern. Leda schloß die Küchentür hinter sich, bevor sie ins Schlafzimmer zurückkehrte.

Unter der Decke war es warm, und sie steckte ihre eiskalten Füße zwischen Paolos Beine. Er drehte sich im Schlaf um, schlang seine Arme um sie, und Leda schlief wieder ein.

Es war weit nach acht Uhr, als Paolo sie weckte. Er stand frisch geduscht und rasiert vor dem Bett, und Ledas erster Eindruck vom neuen Tag war ein Duftschwall seines Rasierwassers.

»Buon giorno, mein Schatz. Willst du heute nicht arbeiten?«

»Wieso bist du so früh wach?« fragte Leda ihn verwirrt.

»Weil nachher eine Razzia gegen einen Ring von Rauschgifthändlern durchgeführt wird, da will ich dabeisein.«

»Bringst du uns zum Abendessen ein Pfund Kokain mit?«

»Wahrscheinlich wird's Heroin werden. Mal sehen, was sich machen läßt«, gab Paolo lachend zurück.

»O Gott, mein Schädel brummt. Den Prosecco gestern abend hätten wir lieber auslassen sollen«, sagte Leda, während sie sich langsam aufrichtete. Zu ihrer Freude sah sie, daß der nächtliche Wind die dicken Regenwolken vertrieben hatte und vom blauen Himmel die Sonne strahlte.

Die heiße Dusche bewirkte Wunder. Ledas Kopf wurde klar und ihr Kreislauf kam in Bewegung. Sie hörte, wie Paolo in der Küche herumfuhrwerkte und dabei laut und falsch pfiff.

»Sag mal, ist das immer noch der uralte Kaffee hier in der Dose?« rief er.

»Ja.«

»Der ist doch völlig ungenießbar.«

»Ja.«

»Dann müssen wir wohl zu Mario gehen. Würdest du dich freundlicherweise beeilen?«

»Ist es kalt draußen?« fragte Leda.

»Eiskalt sogar. Zieh dich bloß warm an«, erwiderte Paolo.

Kurz darauf saßen sie in ihren Autos. Leda kam als erste bei Mario an und stellte ihren Fiat in die letzte freie Parklücke direkt vor der Tür.

»Ciao, Commissaria, so spät heute?«

»Ciao, Bello. Der Wein gestern abend war so gut. Ich habe völlig verschlafen. Machst du zwei Cappuccini? Paolo kommt auch gleich. Er sucht noch einen Parkplatz.«

»Ich dachte schon, Sie hätten sich getrennt, so lange habe ich ihn nicht gesehen.«

»Nein, keine Sorge. Ich sage dir Bescheid, wenn es je dazu kommen sollte, und zwar bevor es in der Zeitung steht.«

»Haben Sie die neueste Unverschämtheit schon gelesen?« fragte Mario und führte damit sein Tagesthema ein.

»Nein, Mario, wie sollte ich? Meine erste Berührung mit einer Zeitung findet jeden Tag bei dir statt. Was ist denn nun schon wieder passiert?«

»Die wollen Franco Bertone wegen Bestechung anklagen.«

»Und wer ist das?« fragte Leda.

»Dieser Politiker aus der Emilia Romagna, der vor vier Wochen die Mehrheit in der Regionalregierung gekippt hat, weil er von den Links-Unionisten zur Rinnovazione Italiana übertrat. Nun will er sich bei den nächsten Wahlen für die Rechten präsentieren.«

»Also ein klassischer ribaltone, ein Parteienspringer.«

»Genau. Und recht hat er getan. Denn diese ewigen Kommunisten oben im Norden verseuchen doch das ganze Gebiet mit ihren Beziehungskadern. Kein Andersdenkender hat die geringste Chance, je einen wichtigen Posten zu bekommen. Und das nennen die auch noch Demokratie. Linker Inzest ist das, und sonst nichts.«

»Was sind das für harte Worte?« fragte Paolo, der den letzten Satz von Mario gerade noch mitbekommen hatte.

»Als was würden Sie das denn bitte bezeichnen? Demokratie bedeutet doch, daß die politischen Parteien sich beim Regieren abwechseln. Davon kann in der Emilia Romagna keine Rede sein«, fuhr Mario seinen Gast an. »Seit Jahrzehnten haben diese linken Clans die ganze Region in ihren Krallen. Wenn sich einer besinnt, daß es noch was anderes auf der Welt gibt, dann wird er – schneller, als man gucken kann – wegen irgendeiner Kleinigkeit angeklagt.«

»Wer wurde vor Gericht gestellt?« erkundigte sich Paolo, der überhaupt nicht verstand, wovon Mario sprach.

»Franco Bertone«, sagte Mario gewichtig.

»Dieser ribaltone, der erst über die Linken Politkarriere gemacht hat, sich dann von den Rechten kaufen ließ und jetzt für sie Wahlkampf macht?«

»Woher wollen Sie wissen, daß er gekauft wurde?« fragte Mario spitz.

»Weil es in der Politik wie im Fußball zugeht. Den Parteien werden die Leute weggekauft, sobald sie bekannt genug geworden sind. Anschließend werden sie bei den Wahlen aufgestellt – als Zugpferde, die zur angeblich richtigeren Meinung bekehrt worden sind«, antwortete Paolo. »Sind der Cappuccino und das Cornetto hier für mich?«

»Ja. Scheint es Ihnen denn unvorstellbar, daß einer nach gründlicher Überlegung seine Meinung ändert?«

»Theoretisch nicht. Praktisch ist in unserem Land Politik aber oft nur eine Frage von Geld und Karriereaussichten. Überzeugungen spielen leider selten eine Rolle«, meinte Paolo und biß vergnügt in sein Cornetto. Er genoß diesen morgendlichen Wortwechsel mit Mario.

»Erstens ist das nicht immer so. Zweitens, mein Lieber, ist das noch lange kein Grund, jemanden in einen Prozeß hineinzuziehen«, sagte Mario.

Er beugte sich so weit wie möglich über die Theke, hielt Paolo die Zeitung hin und tippte dabei mit dem Zeigefinger aufgeregt auf einen Artikel.

»Hier, das hat immerhin einer Ihrer Kollegen geschrieben.« Dann riß Mario das Blatt wieder an sich und begann mit lauter Stimme vorzulesen:

»Es ist immer wieder auffällig, um nicht zu sagen verwerflich, wie sich die Justiz in die politischen Angelegenheiten einspannen läßt. Der Vorwurf der Bestechung gegen Bertone wird von keinem anderen Beweis gestützt als von der Aussage eines einzelnen Bologneser Finanzbeamten, der, wie könnte es anders sein, ein ehemaliger linker Gefolgsmann Bertones ist. Und – was sagen Sie nun?« fragte Mario mit triumphierendem Blick.

»Daß der Kollege recht hat, wenn er sagt, die Justiz lasse sich viel zu leicht von der Politik einspannen. Es werden auch für meinen Geschmack zu häufig mitten im Wahlkampf Prozesse gegen Politiker eröffnet«, meinte Paolo, zog seine Geldbörse aus der Tasche und fügte hinzu:

»Mario, siamo nati per soffrire, zum Leiden wurden wir geboren! Dieses Land bringt uns noch um. Wieviel schulde ich dir?«

Mario ging hinter der Theke zur Kasse: »Vier Euro fünfzig. Ich habe Ledas Zigaretten dazugerechnet.«

Als Leda im Auto saß und es Meter um Meter in Richtung Questura bewegte, hörte sie in ihrer Tasche das Telefonino klingeln. Den Blick auf die Straße gerichtet, mit einem Hand am Lenkrad, kramte sie es heraus.

»Pronto.«

»Leda, Alesi möchte Sie dringend sprechen. Er hat schon zweimal nach Ihnen gefragt«, hörte sie Ugo.

»Ich stecke im Stau und brauche mindestens noch zwanzig Minuten, bis ich da bin. Kannst du ihm bitte Bescheid sagen? Wenn es so drängt, soll er mich kurz auf dem Telefonino anrufen«, rief sie in den Apparat und wich dabei einem Mofa aus, das sich langsam den Hügel hinaufquälte.

»Das mache ich. Fahren Sie vorsichtig. Bis gleich.«

Es kostete Leda noch eine halbe Stunde Nervenkrieg, bis sie endlich Alesis Büro betrat.

»Buon giorno, gnädige Signora Commissaria. Haben Sie gut geschlafen?« fragte er mit rügendem Unterton.

»Entschuldigung, aber es war ein Riesenstau. Was gibt es so Wichtiges?«

»Cremonese, der Präsident der Banca di Credito, hat angerufen. Du sollst so schnell wie möglich zu ihm in die Bank kommen.«

»Ist er zur Zusammenarbeit mit uns bereit?« fragte Leda.

»Ja. Er möchte nur unter allen Umständen vermeiden, daß von unseren Untersuchungen etwas publik wird.«

»Das wird kaum möglich sein, falls Mordanklage erhoben werden muß.«

»Solange wir das nicht wissen, kannst du ihm auch in meinem Namen versichern, daß wir so verdeckt wie irgend möglich arbeiten. Das wird seine Hilfsbereitschaft mit Sicherheit positiv beeinflussen. Geh vorsichtig mit ihm um. Er ist sehr auf seine Karriere in der Bank und auf deren guten Ruf bedacht«, erklärte Alesi.

»Wir können ihm aber keinesfalls garantieren, daß die Banca di Credito als unbefleckte Muttergottes dasteht, wenn ihre Mitarbeiter in mafiose Geschäfte verstrickt sind. Danach sieht es immerhin sehr stark aus, ganz unabhängig vom Tod Puccios.«

»Willst du vielleicht hingehen und ihm sagen: Es tut mir leid, Herr Präsident, aber Sie sind eine Führungsnull, denn Sie haben nicht bemerkt, welche faulen Spiele bei Ihnen gespielt werden?« bemerkte Alesi. Er war jetzt richtig böse geworden. Doch Leda blieb hart:

»Nein, so natürlich nicht. Aber ich will ihm auch nichts versprechen müssen, was sich später vielleicht als unmöglich erweist. Wenn die Bank und ihre Mitarbeiter sich etwas haben zuschulden kommen lassen, dann muß das auch klar gesagt werden. Ich bin jedenfalls nicht bereit, einen komplizierten Fall zu lösen, um ihn hinterher in der Schublade verschwinden zu lassen. Verbrecher gehören hinter Gitter, auch wenn sie in den obersten Positionen sitzen«, sagte sie.

»Du bist zu ehrlich, meine Liebe, und wirst eines Tages noch über deine Direktheit stürzen«, meinte Alesi.

»Das hoffe ich nicht, ich werde damit nur vermutlich nicht viel weiter nach oben kommen.«

»Und das ist dir gleichgültig?« fragte Alesi mit prüfendem Blick.

»Nicht ganz. Aber es scheint mir immer noch besser zu sein, als dieses verdammte Unter-den-Teppich-Kehren von Wahrheiten mitzumachen.«

»In einem anderen Land als Italien kämest du mit der Einstellung vermutlich sehr weit. Dir sollte aber klar sein, daß hier andere Spielregeln gelten.«

»Das weiß ich und habe deshalb die Hoffnung längst aufgegeben, irgendwann einmal beispielsweise deinen Posten einzunehmen«, sagte sie ruhig. »Außerdem bin ich eine Frau.«

»Willst du damit behaupten, daß ich auf meinem Posten sitze, weil ich die Wahrheit nicht ans Licht lasse und dann Versteck spiele, wenn es mir nützlich erscheint?« Alesi, normalerweise die Ruhe in Person, stand vor ihr und funkelte sie aus wütenden Augen an.

»Um Gottes willen, nein, Erman, das meine ich überhaupt nicht. Im Gegenteil. Wie oft habe ich deinen Mut bewundert, gegen die Heerscharen der Machtinhaber zu Felde zu ziehen! Aber du verfügst über die Fähigkeit, den Leuten die schlimmsten Vorwürfe so charmant zu servieren, daß sie glauben, sie würden gelobt. Ich kann das leider nicht.«

»Dann geh jetzt bitte zu Cremonese und übe es«, sagte Alesi, der sich inzwischen wieder gefaßt hatte. Er wußte, daß Leda ihn schätzte und achtete und ihm gegenüber immer rigoros ehrlich sein würde. Außerdem hatte sie seine Angst vor diesem vereinigten Machtapparat von Banken und Kirche erkannt.

»Leda, sie werden uns zerquetschen wie der Elefant die Maus, wenn wir nicht aufpassen, denk daran.«

»Ja, natürlich.«

Leda ließ sich mit einem Zivilfahrzeug an den von Cremonese genannten Seiteneingang der Bank bringen. Sie bat den Fahrer zu warten und ging hinein. Dem Pförtner sagte sie auf Wunsch Cremoneses nur ihren Namen, nicht ihre Funktion.

»Der Präsident erwartet Sie.« Der Mann begleitete sie zum Aufzug, steckte einen Schlüssel in ein Schloß, worauf sich die Türen öffneten. In der Kabine gab es nur eine Taste mit einem Pfeil nach oben und eine weitere mit einem Pfeil nach unten.

»Der Aufzug bringt Sie direkt in die Chefetage. Sie werden dort abgeholt«, erklärte ihr der Mann. Als Leda im achten Stockwerk ankam, stand bereits eine Dame in einem eleganten roten Kostüm vor der Aufzugtür.

»Ich bin Simonetta Gerini, die persönliche Assistentin des Präsidenten. Es freut mich, Sie kennenzulernen«, sagte sie und reichte Leda lächelnd die Hand. »Bitte folgen Sie mir.«

Sie gingen gemeinsam auf eine Tür zu, und Gerini klopfte.

»Avanti«, erklang es von drinnen.

»Signor Presidente, Signora Giallo ist da«, wurde Leda vorgestellt.

Luigi Cremonese erhob sich behende wie ein junger Mann von seinem Schreibtischstuhl. Er war groß wie ein Riese und hatte das Format eines Boxers. Mit zwei Schritten durchquerte er den Raum. Als ob er Gedanken lesen könnte, sagte Cremonese zu Leda:

»Erschrecken Sie nicht, ich weiß, daß ich wie ein Preisboxer aussehe, und als Student habe ich tatsächlich Geld im Ring verdient. Heute schlage ich mich aber nur noch mit Banksachen herum. Im übrigen bin ich friedlich wie ein Lamm.«

»Dürfen wir Ihnen einen Kaffee anbieten?« fragte Simonetta Gerini.

»Danke, gern.«

»Bitte nehmen Sie Platz, Signora Giallo. Simonetta, sorge dafür, daß uns absolut niemand stört. Laß Anrufe nur durch, wenn Nero Rom zum zweiten Mal angezündet hat«, gab Cremonese seiner Assistentin mit auf den Weg.

»Wissen Sie eigentlich, daß ich zu den größten Verehrern Ihres Vaters gehöre? Er war ein fabelhafter Professor und besaß die seltene Gabe, die trockene Rechtsmaterie höchst lebendig darzustellen, sie immer wieder in einen konkreten Zusammenhang einzubeziehen.«

»Vice-Questore Alesi hat mir erzählt, daß Sie zusammen mit ihm bei meinem Vater im Seminar gearbeitet haben.«

»Ja, das war eine großartige Zeit. Wir hatten Spaß und lernten trotzdem viel. Sie sehen ja, aus uns beiden ist etwas geworden. Was kann ich denn für die Tochter dieses wunderbaren Mannes tun?«

Es klopfte, und Simonetta trat mit einem Tablett ins Zimmer, das Cremonese ihr abnahm. Erneut war Leda erstaunt über die Geschicklichkeit, mit der der große Mann die kleinen Espressotassen auf den niedrigen Tisch stellte. Sie betrachtete seine Hände, die im Gegensatz zum wuchtigen Körper ausgesprochen zierlich waren.

»Zucker?«

»Einen Löffel, bitte.«

»Wie Sie von Erman Alesi schon wissen, stecken wir mitten in einer höchst schwierigen Ermittlung. Es geht um den Tod eines Ihrer Angestellten, Gianpiero Puccio. Er hat viele Jahre lang als Inspektor verschiedene Niederlassungen der Banca di Credito geprüft.«

Sie erzählte ausführlich von den Berichten, die Puccio verfaßt hatte, und von den Aussagen der verschiedenen Zeugen, die wesentlich weiter gingen als die schriftlichen Berichte.

»Soweit ich Erman verstanden habe, kann nicht ausgeschlossen werden, daß Mitarbeiter unserer Bank gemeinsam mit hohen Kirchenrepräsentanten in unsaubere Angelegenheiten verwickelt sind.«

»Alles weist im Moment darauf hin.«

»Sie sind sich darüber im klaren, daß das für meine Bank eine fatale Situation ist?«

»Nur zu genau. Ich bin gekommen, um mit Ihnen gemeinsam und nicht gegen Sie und die Bank zu arbeiten«, sagte Leda und fand, daß sie sich sehr diplomatisch ausgedrückt hatte.

»Nach Ermans Anruf habe ich mir diverse Akten aus der Personalabteilung kommen lassen. Ich kann mich natürlich nicht an die Geschichte aller Mitarbeiter erinnern, die bei uns eingestellt wurden, vor allem dann nicht, wenn es vor der Zeit meiner Präsidentschaft geschah. Beim oberflächlichen Durchschauen konnte ich nur bei Verdone einen ziemlich intensiven Bezug zur Kirche herstellen.

Gianni Verdone wurde unter meinem Vorgänger Emiliano Nucci vor zwölf Jahren eingestellt. Es ist in der Bank bekannt, daß Nucci den damals jungen Verdone bereits während dessen Studienzeit kennen- und schätzen gelernt hatte. Verdone entsprach in den Folgejahren Nuccis Erwartungen. Nach allem, was ich über ihn gehört und in den Akten gelesen habe, war seine Einstellung ein Glücksgriff.«

»Hat er innerhalb der Bank jemals speziell für die Kirche gearbeitet?«

»Speziell für die Kirche? Wie soll ich das verstehen? Wir haben keinen Bereich ›Katholische Kirche‹ oder ›Vatikan‹. Die Kirche hat bei uns genauso wie bei anderen italienischen und ausländischen Banken Geld, sogar sehr viel Geld angelegt. Sie ist für uns ein besonders wichtiger Kunde. Unter Nuccis Leitung war sie vielleicht sogar zum wichtigsten geworden. Das habe ich allerdings wieder etwas eingeschränkt, um ihren Einfluß auf unser Haus zu begrenzen. Ich halte es rein wirtschaftlich für riskant, nur auf einem, anstatt auf vielen Beinen zu stehen. Seine heutige Position hat Nucci nicht zufällig inne.«

»Was macht er denn?« wollte Leda wissen und löste mit ihrer Frage bei Cremonese zunächst ein überaus erstauntes Gesicht und dann ein breites Lächeln aus.

»Ich möchte Ihnen nicht zu nahe treten, aber Sie kennen sich im Bankenwesen wohl recht wenig aus«, sagte er.

»Ich würde sagen gar nicht.«

»Emiliano Nucci ist der heutige Präsident der Vatikanbank. Sie haben ihn uns weggeschnappt, um diesem skandalbeladenen Geldinstitut endlich eine Struktur und ein Ansehen zu verleihen, die, sagen wir, allgemeinen Gepflogenheiten im Finanzsektor entsprechen. Nucci hat einen guten Namen im Bankenbereich. Es war ihm seinerzeit auch gelungen, die Banca di Credito vor dem Konkurs zu retten. Heute hat er seinen Traumjob, weil er sich der Kirche von jeher zutiefst verbunden fühlte und so seinen Glauben und seinen Beruf ideal miteinander verbinden konnte.«

»Und Verdone war sozusagen sein Ziehkind?«

»Das ist eine gute Beschreibung. Nucci hat immer ein Auge darauf gehalten, daß Verdone innerhalb der Bank Posten erhielt, denen er gewachsen war, so daß er optimale Entwicklungsmöglichkeiten hatte. Lassen Sie es mich sehr direkt ausdrücken: Verdone ist gut, aber ohne Nucci wäre er wahrscheinlich nicht so schnell so weit gekommen. Kurz bevor Nucci uns vor fünf Jahren verließ, hat er Verdone noch auf den frei werdenden Posten des Direktors für Außeninspektionen gesetzt. Auch diesen Bereich bearbeitet er wieder zu unserer Zufriedenheit.«

»Es gibt aber Indizien dafür, daß die Berichte über die Prüfungen in den Außenstellen, die Sie respektive das Direktorengremium zu sehen bekommen haben, nicht immer vollständig waren«, antwortete Leda.

»Verdächtigen Sie Verdone der Fälschung von Berichten?« fragte Cremonese scharf.

»So weit würde ich nicht gehen, aber sie könnten geschönt worden sein. Es muß keineswegs Verdone gewesen sein, vielleicht war es ja auch Puccio selbst – aus uns bisher unbekannten Gründen. Oder ein noch unbekannter Dritter«, antwortete Leda.

»Gefälschte Berichte! Das glauben Sie doch wohl nicht ernsthaft?«

»Der Fall stellt sich vor meinen Augen sehr widersprüchlich dar. Puccio hat seinen Mitarbeitern in mindestens zwei Fällen die weitere Prüfung entzogen, und zwar in dem Moment, als man auf Kirchenangelegenheiten stieß. Dann hat er sie selbst übernommen. Ich frage mich: aus eigenem Antrieb oder aufgrund einer Weisung von oben?

Nach seinem unerwarteten Tod wurde sowohl in seiner römischen Wohnung als auch in seinem Landhaus eingebrochen. Es sieht ganz danach aus, als hätten die Täter etwas gesucht. Leider wissen wir nicht, was. Weiter hatte seine Tochter vor zwei Jahren, kurz vor der Inspektion in Bologna, einen schweren Autounfall. Die Bremsschläuche waren durchgeschnitten. Und schließlich wollte Puccio kurz vor seinem Tod mit der Polizei sprechen. Das haben wir alles sicher ermitteln können.«

»Würden Sie mir bitte konkrete Beispiele nennen?«

»Gern. Fall Nummer eins: Cosenza, der Bruder des Kardinals von Neapel, war Inhaber der Prokura für Kirchenkonten, die er nutzte, um gemeinsam mit dem Filialleiter Ihrer Bank Wuchergeschäfte zu betreiben. Durch Puccios Prüfung flog die Sache auf. Um einen Prozeß und die damit verbundene negative Publicity für die Bank zu vermeiden, wurden keinerlei Anzeigen erstattet. Mit dem inzwischen verstorbenen Filialleiter wurde seitens der Bank ein ›Ausscheiden in gegenseitigem Einvernehmen‹ vereinbart. Nach Aussage seiner Witwe hat er eine beachtliche Abfindung erhalten, Verdone behauptet jedoch, es seien keinerlei Abfindungsgelder von der Bank gezahlt worden. Der Bericht schweigt sich über die Frage der Größenordnung der entdeckten kriminellen Geschäfte aus.«

Cremonese war zusehends bleicher geworden, doch er schwieg, während Leda den zweiten Fall darlegte:

»In Neapel kam es zum gleichen Spiel mit den entsprechenden Folgen. Allerdings erging diesmal eine Warnung an den Kardinal. Die Banca di Credito werde im Wiederholungsfall den Vatikan unterrichten. Der Bruder des Kardinals wurde noch vermögender, die Kardinalskonten prallvoll. Der ehemalige Filialleiter, ein Signor Talamona, ist bisher unauffindbar. Wieder kein Wort im Bericht über die Größenordnung von Geldbewegungen.

Fall Nummer drei: In Bologna erteilte der Bischof einem Unternehmer die Generalvollmacht über Kirchenkonten. Diesem gelang es, die Kirchengelder durch Wucherzinsen wundersam zu vermehren. Wieder gab es keinerlei Anzeigen.

Fall Nummer vier, Mailand: Nun wurde das System umgestellt. Statt Bankleute einzuschalten gründete man eine Firma für die Durchführung von Wohltätigkeitsveranstaltungen zugunsten der Kirche. Der Inhaber ist Finanzberater und hat die Kontovollmachten. Er wurde in kürzester Zeit der wichtigste Einzelkunde dieser Niederlassung.«

Wie gebannt und sichtlich erschüttert verfolgte Cremonese den Bericht der Kommissarin.

»Fall Nummer fünf spielte sich in Venedig ab«, erklärte Leda. »Auch hier war ein Benefizveranstalter tätig, zufällig mit dem gleichen Namen. Diesmal ist der Inhaber Bauunternehmer. Und wieder ist er innerhalb kürzester Zeit einer der wichtigsten Kunden der Bank, angeblich wegen seiner großen unternehmerischen Anstrengungen. Auch in diesem Fall hat Puccio die Prüfung an sich gezogen, allerdings erst, nachdem einer Ihrer Inspektoren Einblick gewonnen hatte und zum Ergebnis gekommen war, daß von den Konten des Wohltätigkeitsvereins Bestechungsgelder für Bauaufträge gezahlt worden waren. Davon steht im Bericht nichts.

Fall Nummer sechs schließlich führt uns nach Rom: Verdones Frau betätigt sich bei einem Benefizunternehmen, das den gleichen Namen trägt wie in Mailand und Venedig. Im vergangenen Jahr hat angeblich ein einziges Konzert im Privathaus der Verdones fast eine halbe Million Euro eingebracht. Die Frau erhielt letzte Woche anläßlich des diesjährigen Konzerts sogar eine handschriftliche Danksagung des Papstes. Die Verdones begründen ihren Reichtum damit, daß die Frau aus einer sehr wohlhabenden apulischen Familie stamme. Ermittlungen haben ergeben, daß ihre Familie keineswegs über große finanzielle Reserven verfügt. In ihrem Heimatort wiederum haben sie erzählt, daß Verdone der vermögende Ehepartner sei. Das stimmt wiederum nach seinen eigenen Aussagen nicht, im Gegenteil, die Verdones seien ausgesprochen arme Leute aus den Bergen der Basilicata«, beendete Leda ihren Vortrag.

»Woher wissen Sie das alles?« fragte Cremonese, der bleich geworden war.

»Das steht, wie gesagt, zum Teil in Puccios Berichten, die uns Verdone gegeben hat. Ich habe sie Ihnen in Kopie mitgebracht, damit Sie sie nicht noch einmal anfordern müssen«, antwortete Leda, zog aus dem Aktenkoffer einen Stapel von Unterlagen und legte sie vor Cremonese auf den Tisch. »Außerdem haben wir einige Zeugen vernommen.«

»Dio mio, das wäre eine Katastrophe, wenn es wahr ist.« Er sah Leda mit weit aufgerissenen Augen an. »Aber Verdone selbst hat Ihnen doch die Berichte gegeben. Warum sollte er Ihnen unter diesen Umständen helfen wollen?«

»Das weiß ich nicht, wir wissen ja nicht einmal, ob er etwas damit zu tun hat. Wir schließen bei unserer Ermittlung nicht aus, daß es sich um eine Reihe voneinander unabhängiger Einzelfälle handeln kann«, fügte Leda hinzu.

Cremonese blickte sie mit leeren Augen an. Dann stand er auf, ging schweigend zum Fenster und betrachtete das großartige Panorama der römischen Innenstadt, die ihm zu Füßen lag.

»Sie haben recht«, sagte er schließlich. »Das sind zu viele Indizien, als daß es sich um einen Zufall handeln könnte.«

»Können Sie unter Umständen auch beweisen, daß Verdone unschuldig ist?«

»Wenn er es ist, ja! Wir dürfen nichts unversucht lassen. Ich kann mir als Präsident dieser Bank einen Mitarbeiter, auf dem ein solcher Verdacht ruht, nicht erlauben. Noch weniger kann ich mit der Kirche Krieg führen. Was schlagen Sie vor?«

»Am besten schiene es mir, die Prüfungen an den genannten Orten zu wiederholen. Verdone dürfte allerdings nichts davon erfahren – damit er sich einerseits nicht angegriffen fühlen, aber auch kein Beweismaterial unterschlagen kann. Ideal wäre es, wenn Sie in allen Städten eine handverlesene Gruppe Ihres Vertrauens zusammenstellen würden, um die entsprechenden Konten mit allen ihren Bewegungen nochmals auf Herz und Nieren zu prüfen«, erklärte Leda.

Cremonese rief Simonetta Gerini an und bat sie, Mineralwasser zu bringen. Seine angespannte Passivität lockerte sich langsam. Die Aussicht, sich nicht nur in eine Situation fügen, sondern sie durch eigenes Handeln beeinflussen zu können, hatte ihn wiederbelebt. Simonetta kam herein und stellte Wasser und Gläser auf den Tisch.

»Danke. Haben wir im Computer die Liste aller unserer Inspektoren und wo sie sich gerade aufhalten?« wandte sich Cremonese fragend an sie.

»Das weiß ich nicht. Aber ich kann sie sicher über die Direktorate der Inspektionen bekommen.«

»Genau daher möchte ich sie nicht haben. Die Inspektorate dürfen unter keinen Umständen erfahren, daß ich die Listen brauche.«

»Ich schaue mal nach«, antwortete sie und bewies ihre Qualität als diskrete Mitarbeiterin dadurch, daß sie sich nicht erkundigte, wofür ihr Vorgesetzter diese Unterlagen brauchte.

»Außerdem muß ich dringend mit Festa in Mailand, mit Giordano in Venedig, mit Ventura in Neapel und mit Martini in Forli sprechen. Und suchen Sie mir bitte raus, wer die Filiale Cosenza leitet.«

»Ist die Reihenfolge egal?« wollte Gerini wissen.

»Ja, es muß nur schnell gehen.«

»Wieso Forli?« fragte nun Leda.

»Ein Freund von mir leitet die dortige Filiale. Er war früher selbst Prüfer und kann mir vielleicht gute Leute empfehlen.«

»Wäre es nicht sinnvoll, Prüfer aus anderen Banken hinzuzuziehen?« schlug Leda vor.

»Auf gar keinen Fall. Die kennen unsere Systematik nicht und würden Wochen brauchen, bis sie überhaupt etwas finden. Außerdem will ich unter keinen Umständen, daß von den Untersuchungen etwas nach außen dringt«, antwortete Cremonese sehr bestimmt.

Es war Mittagszeit geworden. Leda begann, ihren Magen zu spüren.

»Vermutlich wird es ein paar Tage dauern, bis ich Ihnen die Ergebnisse vorlegen kann. Hoffen Sie mit mir, daß wir nichts finden, auch wenn das Ihre Suche nach dem Mörder erschwert«, sagte Cremonese. Er begleitete sie zum Fahrstuhl.

»Vielen Dank für Ihre Mitarbeit«, sagte Leda, bevor die Metalltüren sie trennten.

Als sie aus der Bank trat, hatte sie das Gefühl, aus dem geräuschlosen Inneren einer Höhle in ein wirbelndes Fest geraten zu sein. Die Sonne stach ihr in die Augen, und sie spürte ihre wärmenden Strahlen auf der Gesichtshaut. Autos hupten und fuhren mit brummenden Motoren an ihr vorbei. Von irgendwoher zog der Duft frisch gebratenen Fleisches direkt in ihre Nase. Ihre Haare flogen im Wind und sie mußte sie sich aus den Augen streichen. Der Gedanke, sofort ins Büro zu fahren, verursachte ihr Widerwillen. Sie beschloß, zu Fuß zurückzukehren und auf dem Weg irgendwo etwas zu essen.

Auf der gegenüberliegenden Straßenseite entdeckte sie den Wagen der Questura, vom Fahrer keine Spur. Vermutlich hat er sich in die nächste Bar verzogen. Genau dort fand Leda ihn und spendierte ihm einen Kaffee.

»Das hat ja lange gedauert«, meinte er.

»Es tut mir leid, haben Sie gefroren?«

»Nein, ich bin bald hierher gegangen, um den ›Corriere dello Sport‹ zu lesen und mich aufzuwärmen. Ich dachte mir, daß Sie mich hier leicht finden würden.«

Leda erklärte ihm von ihrem Plan, zu Fuß zurück ins Büro zu gehen, worauf er lediglich bemerkte:

»Dann fahre ich eben allein zurück.«

In die engen Gassen der Innenstadt gab es für die Sonne kein Durchdringen. Wo der Schatten im Sommer willkommene Kühle bot, ließ er Leda jetzt frösteln. Sie schlug ihren Mantelkragen hoch und war froh, als sie ein kleines chinesisches Restaurant entdeckte. Im Inneren war es dämmrig und warm. Asiatische Laternen baumelten an den Wänden und neben einem dicken Buddha stand ein kleiner, bunt geschmückter Weihnachtsbaum aus Plastik. Eine Gemüsesuppe und eine Portion knuspriges Entenfleisch mundeten ihr um so mehr, als die Suppe schon fünf Minuten nach der Bestellung auf dem Tisch stand.

Auf dem Rückweg wurde Leda von einem Weihnachtsmann angesprochen, der sie um eine Spende bat. Sie fragte nicht wofür, sondern schüttelte nur den Kopf. Nach Wohltätigkeit war ihr derzeit nicht zumute.

Der Mann ließ jedoch nicht locker und ging neben ihr her, während er unablässig an ihr mütterliches Herz zu appellieren versuchte. Leda blieb stur und tat so, als sei er nicht da. Nach einiger Zeit gab er auf, und sie hörte, wie ihm ein lautes »Canaglia« entwich.

»Daß man Sie auch mal wieder sieht«, begrüßte Ugo sie, als sie ins Büro kam. »Waren Sie so lange bei dem Bankpräsidenten?« erkundigte er sich.

»Ja, und anschließend essen«, erwiderte Leda, die vom Laufen noch etwas kurzatmig war.

»Schick sehen Sie aus«, meinte Ugo. »Das Schwarz mit dem Dunkelgrün steht Ihnen sehr gut. Haben Sie sich extra für den hohen Herrn so schön gemacht?«

»Nein, Ugo, ich bin von Natur aus schön. Heute morgen, als ich mich anzog, wußte ich übrigens noch gar nichts von meinem Rendezvous in der achten Etage. Verrat es niemandem, aber es war für dich gedacht«, antwortete Leda und warf ihm einen schelmischen Blick zu.

»Ich wußte doch, daß Sie einem Tänzer wie mir mit Haut und Haaren verfallen würden.«

»Was gibt's Neues?« meinte Leda und ging damit zum beruflichen Teil ihrer Bürogemeinschaft über.

»Diesen Talamona kann ich absolut nicht finden«, berichtete Ugo. »Ich lasse ihn gerade übers Einwohnermeldeamt suchen. Dann hat der Kollege Alessandro Tombardi aus Bolsena angerufen. Ich soll ausrichten, daß sie leider keinerlei verwertbare Spuren beim Einbruch ins Haus der Puccios gefunden haben. Er meldet sich noch mal.«

Dann erzählte Leda ihm von ihrem Besuch bei Cremonese, der sich bereit erklärt hatte, bei der Aufklärung zu helfen.

»Gesetzt den Fall, Cremoneses Leute kommen zu anderen Erkenntnissen, als es die derzeitigen Berichte besagen, und gesetzt den Fall, da stecken Kirchenleute mit drin, wird der Präsident sicher jemanden aus seinem Haus zum Hauptverantwortlichen für das Debakel erklären, selbst wenn der ganze Vatikan mitgemischt haben sollte.«

»Wenn es drauf ankommt, ganz bestimmt. Glaubst du etwa, ein Mann in seiner Position legt sich mit den dunklen Mächten der Kirche an? Er wäre mir nichts, dir nichts sein Präsidentenamt los«, meinte Leda.

»Und was ist, wenn er gewichtige Freunde warnt?«

»Dann haben wir Pech gehabt. Aber ich sehe im Moment keinen Grund, warum er es tun sollte. Je weniger Wind er um die Sache macht, um so eher kann er sie gegebenenfalls später unter dem Deckel halten«, gab Leda zu bedenken.

Anschließend wählte sie Davids Nummer.

»Ich wollte Sie auch schon anrufen. Kardinal Hughes möchte Sie sprechen. Haben Sie morgen vormittag gegen zehn Uhr Zeit?«

»Ja. Wo wollen wir uns treffen?«

»Im Vatikan, in seinem Büro. Ich möchte auch dabeisein, wenn es Ihnen recht ist.«

»Natürlich. Ich würde ihn aber gern gemeinsam mit meinem Vorgesetzten sehen, glauben Sie, das wäre möglich?«

David versprach, sie zurückzurufen, falls Hughes nicht einverstanden sein sollte.

»Nun habe ich noch ein Anliegen. Ich möchte mit Kardinal Gruciolo aus Bologna reden. Da ich aber nicht weiß, ob er eventuell in die dortigen Machenschaften verwickelt war, brauche ich einen Kundschafter, der mir ein paar Informationen über ihn geben kann. Fällt Ihnen jemand ein?«

»Ich denke darüber nach und sage Ihnen Bescheid.«

Anschließend ging sie zu Alesi, um ihn über den Besuch bei Cremonese zu unterrichten und zu fragen, ob er mit zu Hughes gehen wollte.

»Das ist gut. Je mehr Kirchentruppen wir um uns versammeln, um so besser. Wir müssen nur verhindern, daß sie irgendwann die Lanzen gegen uns wenden«, sagte Alesi.

»Ich bin fest davon überzeugt, daß uns David helfen wird, genau das zu verhindern.«

»Und Cremonese war zahm?«

»Ganz und gar«, erwiderte Leda lächelnd. Dann ging sie in ihr Büro zurück, um noch den Tagesbericht für Alesi zu schreiben. Ugo saß Zeitung lesend da und hatte offensichtlich nichts zu tun.

»Könntest du mir bitte bis morgen früh die Puccio-Berichte noch einmal kopieren? Ich möchte sie mit in den Vatikan nehmen.«

»Ich mach's am besten gleich zweimal. So schön ist es nämlich nicht, laufend am Kopierer zu stehen«, maulte Ugo.

XVIII

Mario hing an diesem regnerischen Morgen trüben Gedanken nach. Das berühmte Schlagersängerpaar Romano und Paola hatte nach dreißig Jahren Ehe und gemeinsamer Karriere seine Trennung öffentlich bekannt gegeben.

»Noch letzte Woche sind sie in der Show von Raffaele Carrara aufgetreten und haben erklärt, ihre Ehe sei entgegen allen Gerüchten völlig in Ordnung und sie planten gemeinsam Großes für die Zukunft. Eine Woche später ist alles vorbei. Warum lügen die Leute bloß so?«

»Weil sie das Musikfestival in Ventimiglia noch gewinnen wollten, ganz einfach. Glaubst du, dort wäre ein Liebeslied akzeptiert worden, bei dem sich die Sänger tief in die Augen schauen, wenn das Publikum gewußt hätte, daß die beiden völlig zerstritten sind? Niemals!« erklärte Leda.

»Dann hätten sie ein anderes Lied singen können«, blieb Mario hart.

»Aber sie haben doch ihr ganzes Leben lang nur Liebesschnulzen geträllert. Sie können dem Publikum nicht einfach etwas ganz anderes vor die Nase setzen. Ich wette, daß das die Veranstalter abgelehnt hätten.«

»Dabei waren gerade die Liebeslieder so schön, weil echte Liebe dahinterstand«, seufzte Mario.

»Vielleicht war sie schon seit Jahren tot, und sie haben nur weitergemacht, weil sich soviel Geld mit der Masche verdienen ließ.«

»Das glaube ich nicht. Die beiden haben sich immer sehr verliebt angeschaut. Könnten Sie vielleicht vor laufenden Kameras Liebe in Nahaufnahme heucheln? Das merkt man doch, wenn es nur gespielt wird.«

»Das tun die Schauspieler in den Filmen auch«, entgegnete Leda trocken.

»Ja, aber da sind es Filme, und hier war es Wirklichkeit«, blieb Mario seinem romantischen Traum vom glücklichen Sängerpaar treu.

Leda gab auf, trank ihren Cappuccino und aß ihr Cornetto.

»Können Sie mir erklären, warum es heute so viele Scheidungen gibt? Was haben die Leute nur davon? Und was soll aus unserer Gesellschaft werden, wenn nicht mal mehr die Familie zusammenhält?«

»Gründe für Scheidungen gibt es wie Sand am Meer. Die Zeiten haben sich halt geändert«, antwortete Leda.

»Das war früher wirklich besser«, bemerkte Mario.

Leda überließ ihn seinem Kummer, nahm ihre Zigaretten, zahlte und fuhr in die Questura.

Ugo war noch nicht da. Leda wunderte das, denn ihres Wissens streikte heute kein Verkehrsmittel. Auf ihrem Schreibtisch lagen die Kopien der Berichte, die sie für Kardinal Hughes hatte machen lassen. Sie hinterließ Ugo eine Nachricht, daß sie schon losgegangen sei, druckte ihren Bericht von gestern aus und ging zu Alesi, um ihn abzuholen.

»Buon giorno, Leda. Ich habe uns einen Wagen bestellt, der uns zum Vatikan bringt«, begrüßte er sie.

»Wir sollten nicht zu spät losfahren. Draußen herrscht das übliche Verkehrschaos.«

Sie brauchten fast eine Dreiviertelstunde, bis sie auf den Petersplatz zufuhren. In seiner Mitte war wie jedes Jahr eine Krippe mit mannshohen Figuren aufgebaut worden. Vor den beiden Säulenbögen des Platzes teilte sich der Verkehrsstrom. Gemäß Davids Wegbeschreibung reihten sie sich in die linke Spur ein und fuhren außen am Säulenrund vorbei, bis sie zu einem Tor kamen, vor dem die Soldaten der Schweizer Garde in ihren blaugelben Uniformen Wache hielten. Leda erklärte einem von ihnen, wohin sie wollten, woraufhin dieser sie zum vatikanischen Empfangsbüro schickte.

Sie gingen an der vatikanischen Poststelle vorbei, bis sie rechts an der kleinen Piazza dei Protomartiri Romani das Büro entdeckten. Leda betrachtete die Außenmauern des Petersdoms, die sich direkt neben ihr erhoben.

Gegenüber entdeckte sie ein Portal mit der Inschrift »Camposanto Teotonico«, hinter dem Palmen und Bäume emporragten. Sie erinnerte sich, daß Thomas ihr früher einmal von diesem alten Friedhof der Deutschen erzählt hatte, auf dem unter anderen der Schriftsteller Stefan Andres seine letzte Ruhestätte gefunden hatte. Über den Baumwipfeln sah sie die moderne, große Audienzhalle des Papstes, in der Tausende von Menschen Platz finden. Leda bedauerte, daß der Architekt so gar keine Rücksicht auf die Bauweise der Umgebung genommen hatte, und empfand den Anblick des Gebäudes, auch wenn es zum Großteil verdeckt war, als störend.

Der freundliche ältere Herr hinter der Glasscheibe war auf ihren Besuch vorbereitet. Er entschuldigte sich, daß sie trotz der Anmeldung durch Kardinal Hughes Ausweise hinterlegen müßten. Sie gaben ihm ihre Personalausweise und steckten sich die Schildchen an, die sie als Besucher des Vatikans auswiesen.

»Gehen Sie immer geradeaus, bis sie zu einem Platz mit einer Tankstelle kommen. Links daneben ist der Eingang zu einem Palazzo. Dort wird Ihnen der Portier weiterhelfen.«

Dieser griff, nachdem sie ihm ihr Anliegen unterbreitet hatten, zum Telefon. Ein paar Augenblicke später stand David vor ihnen, diesmal nicht in Jeans und buntem Pullover, sondern in einem dunklen Anzug, unter dessen Jackett er allerdings auch heute einen schwarzen Rollkragenpullover trug.

»Buon giorno. Pünktlich wie die Uhrmacher. Ich freue mich, Sie kennenzulernen, Dottore Alesi.«

Leda fühlte sich wie eine Geheimagentin mitten im feindlichen Terrain, während sie durch den kahlen, hellgelb getünchten Flur liefen, dessen meterhohe Wände lediglich hin und wieder von Gemälden oder Kreuzen geschmückt waren. Die Atmosphäre erinnerte an die eines alten Krankenhauses. In jeder Fensternische standen Grünpflanzen, die allesamt einen Umzug in größere Blumentöpfe nötig gehabt hätten.

Am Ende des Flurs stiegen sie eine schmale Treppe in den ersten Stock hinauf. Oben angekommen, klopfte David gleich an die erste Holztür zur Linken.

»Come in«, erklang es von innen.

Als sie in das schlicht eingerichtete Büro des Kardinals eintraten, war Leda völlig überrascht: Der Kardinal ähnelte dem Schauspieler Fernandel im Film »Don Camillo und Peppone« wie ein Ei dem anderen.

»Signora, Sie sind nicht im Film, und ich bin nicht Don Camillo, auch wenn uns Gott eine geradezu identische Physiognomie schenkte. Die meisten Menschen, die mich das erste Mal sehen, halten mich für einen Scherz und fragen, ob der Papst heimlich Filmproduktionen mache. Dem ist nicht so, das kann ich Ihnen versichern«, sagte er lachend und schüttelte Leda die Hand.

»Entschuldigen Sie bitte, Eminenz, daß ich Sie so anschaue, aber die Ähnlichkeit ist wirklich verblüffend.«

Hughes bat sie, auf den mit braunem, abgeschabtem Samt bezogenen Sesseln aus den fünfziger Jahren Platz zu nehmen, und bot ihnen Kaffee an. In den Bücherregalen standen Aktenordner, verschiedene Lexika und Tausende von Büchern. Über der Tür hing ein schlichtes Kruzifix aus Holz. Ansonsten konnte Leda nicht ein einziges überflüssiges Stück entdecken, das reinen Dekorationszwecken gedient hätte.

»Pater David hat mir von Ihren Problemen bei der Aufklärung eines Mordfalls erzählt«, leitete Kardinal Hughes die

Unterhaltung ein, und schon bald wurde Leda bewußt, wieviel Autorität dieser Mann ausstrahlte. Hughes sprach ein blendendes Italienisch, allerdings – anders als sein Landsmann David – mit einem starken amerikanischen Akzent.

»Ich habe sehr wenig Zeit und werde Ihnen jetzt einfach sagen, was ich weiß. Die Angelegenheit interessiert mich aus zwei Gründen: erstens, weil Nucci von der Banca di Credito kommt. Er hat zweifelsohne das Kunststück vollbracht, aus der Vatikanbank eine Art normales Bankhaus mit Sonderaufgaben zu machen. Sie war viele Jahre lang als unberechenbarer Fremdkörper durchs internationale Finanzwesen gesegelt und hatte nach keinerlei bekannten Regeln gearbeitet, weil keine Fachleute, sondern Priester an ihrer Spitze standen. Was früher undenkbar gewesen wäre, daß nämlich externe Prüfungsgesellschaften Bankabläufe, Wirtschaftlichkeit und das Vermögen unter die Lupe nehmen, ist heute Normalität geworden.

Jetzt komme ich zum entscheidenden Punkt: Genau diese externen Prüfer haben in den vergangenen Jahren mehrfach gerügt, die Vatikanbank helfe bei Steuer- und Kapitalflucht. Sie tut das auf höchst raffinierte Weise, die ich hier nicht weiter erläutern möchte und die auch nur einem sehr versierten Fachmann einfallen kann.«

»Und Nucci ist solch ein versierter Banker?« fragte Alesi.

»Man muß ihm wohl zugestehen, einer der besten des Landes zu sein«, antwortete Hughes und fuhr fort: »Die Vatikanbank arbeitet natürlich nicht aus purer Nächstenliebe so oder weil sie gegen die Steuerpolitik anderer Länder protestieren will. Sie verdient daran Geld.

Das System der Geldflucht über die Vatikanbank funktioniert ganz einfach: Der Steuerflüchtige überweist auf die Vatikanbank sein Kapital, ausgewiesen als Spende für ein beliebiges Projekt der Kirche. Noch hier in Rom wird die geschätzte Steuersumme rein rechnerisch durch vier geteilt.

Anschließend wird der gesamte Batzen Geld ins Ausland transferiert, vorzugsweise auf ein Kirchenkonto in einem Land der Dritten Welt, wiederum als Spende für ein Hilfsprojekt deklariert. Dort behält die Kirche ein Viertel der Steuersumme ein. Das Kapital geht über mehrere Umwege auf Schweizer Nummernkonten zurück. Dort kann der Steuerflüchtling das Geld abholen oder sonst darüber verfügen. So kann er drei Viertel der eigentlich fälligen Steuersumme sparen, und ein kirchliches Projekt irgendwo in der Welt hat eine Finanzspritze bekommen«, erklärte Hughes.

»Legal dürfte das aber nicht sein!« warf Alesi ein.

»Es wurde so geschickt eingefädelt, daß es zumindest nicht offensichtlich illegal ist. Lassen Sie es mich so ausdrükken: Die Vatikanbank befindet sich mit diesen Aktionen hart am Rande der Legalität«, antwortete Hughes.

»Haben die externen Prüfer keine Handhabe, um das Spiel zu beenden?« erkundigte sich Leda.

»Nein. Sie haben das in ihre Berichte geschrieben, aber solange die Kontrollgremien der Bank, und das sind in oberster Instanz wir Kardinäle, das durchgehen lassen, passiert gar nichts.«

»Warum tun Sie das?«

»Weil wir mit Mehrheit beschließen müßten, daß eine andere Bankpolitik betrieben wird. Diese Mehrheit kommt aber nicht zustande, weil in unserer Kontrollkommission zwei Italiener sitzen, die unter dem Einfluß des Vorsitzenden, Innocenzo Vinciguerra, stehen. Und er hält alles für richtig, was nicht eindeutig unter die Rubrik der Illegalität fällt und der Bank Geld einbringt. Da haben wir Ausländer mit unseren Stimmen keine Chance.«

»Warum wurde er zum Vorsitzenden gewählt?« fragte Alesi.

»Er wurde nicht gewählt, sondern vom Heiligen Vater ernannt. Da dieser sich aber um Detailfragen nicht kümmert, sondern nur die hervorragenden Jahresabschlüsse der Bank sieht, vertraut er dem Kardinal.«

»Dagegen ist wahrscheinlich auch kein Kraut gewachsen«, meinte Leda.

»Richtig«, antwortete Hughes ruhig. »Ich möchte an dieser Stelle deutlich sagen, daß mir diese Geldangelegenheiten der sogenannten Bank Gottes zuwider sind. Ich bin der Meinung, daß sie dringend beendet werden müssen.«

Hughes atmete tief durch.

»Da haben Sie mehr als recht, Eminenz«, pflichtete Alesi ihm bei.

»Ich komme nun zum zweiten Punkt, den ich bei Ihrer ganzen Geschichte für eminent wichtig halte«, sagte der Kardinal und räusperte sich. »David sagte mir, daß Vinciguerra eine Tochter mit einer ehemaligen Ordensschwester habe, die mit einem Controller in der Banca di Credito verheiratet sei. Ich möchte Sie darauf hinweisen, daß Vinciguerra immer langfristige Strategien verfolgt und über eine unglaubliche Suggestivkraft verfügt.

Ich habe in seinen Gesprächskreisen mit Geistlichen und Laien, aber auch hier im Vatikan beobachten können, wie er Menschen dauerhaft in seinen Bann zu ziehen versteht. Für mich ist er geradezu ein Phänomen. Ich halte ihn deshalb für sehr gefährlich, er kann seine Macht leicht ausnutzen.«

»Was wollen Sie uns damit sagen?« fragte Alesi.

»Daß Vinciguerra durchaus in der Lage ist, ein ganzes Heer von Menschen nach seinem Willen arbeiten zu lassen. Vinciguerra ist klug, charmant, gebildet und argumentationsfreudig, eine Art männliche Sirene. Wer seinem Gesang folgt und ihm nicht zu nahe tritt, wird in ein perfektes Beziehungsnetz eingebaut. Der Betörte profitiert davon, bis er eines Tages merkt, daß er sein Ich für die Ambitionen dieses Mannes aufgegeben hat, daß er nichts weiter als ein Rädchen in seinem Machtgefüge ist. Wer sich weigert, diese

Rolle weiter zu spielen, wird gnadenlos ersetzt. Das bedeutet für die Betroffenen in der Regel das Ende ihrer beruflichen Karriere. Da sie das wissen, ziehen sie es verständlicherweise vor, in den Diensten des Kardinals zu bleiben.«

»Soll das heißen, daß Verdone, Nucci oder Puccio Männer Vinciguerras sein könnten?«

»Das weiß ich nicht, würde aber an Ihrer Stelle diesen Aspekt bei der weiteren Ermittlung auf jeden Fall im Auge behalten.«

Leda sah, welche Unruhe ihren Chef befallen hatte. Er wippte mit den Beinen und war kalkbleich im Gesicht.

»Das heißt weiter, daß wir gegen die oberste Heeresleitung im Vatikan ermitteln?« fragte er nun eher rhetorisch.

»Ich weiß es wirklich nicht, gebe es aber zu bedenken. Und ich gebe Ihnen noch einen Rat: Seien Sie vorsichtig bei jedem Schritt, den Sie tun.«

In Leda stieg für einen kurzen Moment der Verdacht auf, sie könnten von Hughes selbst als Marionetten in einem Ränkespiel mißbraucht werden. Sie sah David an, der ihr die ganze Zeit reglos und schweigend gegenüber gesessen hatte. Ihm vertraute sie. Da er Hughes vertraute, konnte sie es auch tun.

»Noch eins: Pater David hat mir gesagt«, fuhr Hughes fort, »daß Sie mit Kardinal Gruciolo in Bologna sprechen möchten, aber nicht wissen, ob Sie das wagen können, weil er in irgendwelche Kirchen-Mafia-Geschichten verwickelt sein könnte. Ich selbst kenne ihn nicht, habe mich aber über ihn kundig gemacht. Gruciolo ist alt und hat von Gelddingen nie das Geringste verstanden. Es interessiert ihn wohl auch nicht. Dafür hat er seine Leute.

Er gehörte lange Zeit zu denjenigen, die von der Intelligenz und Bildung Vinciguerras angezogen waren. Es ist bekannt, daß die beiden in Glaubensfragen voller Hingabe die intellektuellen Klingen kreuzten. Ihre Diskussionen müssen beeindruckend gewesen sein. Gruciolo hat sich allerdings nie von dem jüngeren Vinciguerra vereinnahmen lassen.

Vor etwa einem Jahr kam es zum Zerwürfnis zwischen den beiden. Niemand konnte mir genau sagen, warum. Aber eines Abends hat Gruciolo das Arbeitszimmer Vinciguerras verlassen und nie wieder ein Wort mit ihm gesprochen. Seitdem vermeidet er es soweit wie möglich, in den Vatikan zu kommen. Da er weiß, daß ich Vinciguerra feindselig gegenüberstehe, habe ich mir erlaubt, ihn anzurufen und um einen Gesprächstermin für Sie zu bitten. Er ist bereit, Sie zu treffen. Sie müssen allerdings nach Bologna zu ihm fahren. Ich hoffe, in Ihrem Sinne gehandelt zu haben. Pater David ist bereit, Sie zu begleiten.«

Hughes stand auf, ging zu seinem Schreibtisch und notierte Gruciolos Telefonnummer auf einem Blatt Papier, das er Alesi reichte. Dieser bedankte sich für das Gespräch, und Leda verabredete mit David, ihn anzurufen, sobald sie mit Gruciolo gesprochen hätte.

»Nur eines interessiert mich noch«, fragte Leda den Kardinal. »Wenn es doch im Vatikan bekannt ist, daß Sie und Vinciguerra Feinde sind und ihn daher am liebsten von seinem Posten vertrieben sehen möchten – wie können Sie uns dann innerhalb dieser Mauern empfangen und so offen mit uns sprechen?«

»Sie meinen, daß unser Gespräch eventuell abgehört wurde, so wie es in manch einem Kriminalroman beschrieben wird?« Hughes lachte. »Sehen Sie, ich glaube, daß diese Beschreibungen möglicherweise nicht einmal so falsch sind. Hier ist alles möglich, das habe ich gelernt. Aber ich habe keine Angst davor. Außerdem bin ich gewappnet. In den Vereinigten Staaten gibt es kleine Apparate zu kaufen, die Wanzen problemlos aufspüren. Die sind in meinem Arbeitsraum installiert. Rein vorsorglich, weil meine kriminelle Intelligenz stark ausgeprägt ist.«

Als sie den Weg zwischen den vatikanischen Gemäuern zum Eingangsbüro zurückgingen, waren Wolken aufgezogen, und Leda kamen sie noch düsterer vor als auf dem Hinweg.

»Glaubst du diese Geschichte mit den Gegenwanzen?« fragte Alesi sie, während er seinen Mantelkragen hochschlug.

»Darüber habe ich auch gerade nachgedacht. Es könnte schon sein, daß es wahr ist«, antwortete sie.

»Welchen Eindruck hattest du von dem Mann?« wollte Alesi wissen.

»Ein typischer Amerikaner, der offen sagt, was er denkt, und bereit ist, gegen Vinciguerra Krieg zu führen.«

»Und kann er ihn gewinnen?«

»Da habe ich meine Zweifel. Hughes scheint mir aber klug vorzugehen. Er hat erkannt, daß er mit einer Gegenintrige unterliegen würde, weil er keine Partisanentruppen hat. Also hat er die offene Schlacht gewählt. Wenn überhaupt, scheint mir dies der erfolgreichere Weg zum Sieg zu sein«, erwiderte Leda.

»Für uns stellt sich nur das Problem, daß wir in diesem verdammten Krieg die Panzer in der ersten Frontlinie sind. Und wenn wir auf eine Mine fahren, fliegen wir in die Luft«, bemerkte Alesi grimmig.

Im Schutz eines Mauervorsprungs blieb er stehen, zog sein Telefonino aus der Manteltasche und rief den Fahrer an, der so lange gewartet hatte. Im Büro bekamen sie ihre Ausweise zurück und ließen sich schweigend in die Questura zurückfahren.

Als sie durch das große Eingangstor des Polizeipräsidiums gingen, roch es bereits aus der Kantine nach Fisch.

»Kommst du mit zum Essen?« fragte sie Alesi.

»Irgend etwas müssen wir ja in den Bauch bekommen. Obwohl die Gerüche nicht gerade anziehend wirken.«

Sie nahmen beide eine gebackene Dorata, die mit Petersilie im Maul und dicken Zitronenstücken garniert wesentlich besser schmeckte, als der Geruch es hatte vermuten lassen.

»Leda, ich weiß nicht, wieso Puccio umgekommen ist, ich weiß aber, daß wir mitten in einer Geschichte sitzen, die uns niemand glauben würde, weil sie so ungeheuerlich ist.«

»Ein Kardinal als Drahtzieher übelster Machenschaften. Das hat schon was!« grinste Leda ihren Chef an, während sie ihren Fisch nach allen Regeln der Kunst tranchierte.

»Genau richtig gebraten«, kommentierte sie ihr Essen. »Das Fleisch löst sich leicht von den Gräten und fällt trotzdem nicht auseinander. Hier stinkt es zwar, aber kochen können die.«

Alesi interessierten die Künste des Kantinenkochs wenig.

»Wann wirst du nach Bologna fahren?« fragte er statt dessen.

»Wenn es geht, morgen. Ich gebe dir aber Bescheid, sobald ich mit Gruciolo gesprochen habe.«

»Schaffst du es, heute noch den Bericht über den Besuch bei Hughes zu schreiben? Ich habe leider keine Zeit, weil nachher der Justizminister in die Questura kommt, um mit uns die neuesten Pläne für eine Strafrechtsreform zu besprechen. Da muß ich dabeisein.«

»Natürlich. Du brauchst die Berichte nur, um im Fall irgendwelcher Beschwerden unsere Ermittlungsarbeit Schritt für Schritt belegen zu können, nicht wahr?«

»Ja. In diesem Fall ist Vorsicht das oberste Gebot.«

Im Büro angekommen, wählte Leda sofort Gruciolos Nummer.

»Guten Tag. Ist dort Kardinal Gruciolo?«

»Nein, Signora. Ich bin Monsignore Claudio Silvestri, sein Sekretär. Wen darf ich melden?«

»Leda Giallo, ich rufe auf Geheiß von Kardinal Hughes an. Er hat mich bereits bei Seiner Eminenz vorangemeldet.«

»Oh, ja, ich erinnere mich. Einen Moment. Und sprechen Sie bitte sehr laut.«

Leda mußte nur zwei Sekunden warten, bis ihr ein brüllendes »Pronto, Signora Giallo, sind Sie das?« beinahe das Trommelfell zerrissen hätte.

»Ja, Eminenz, ich bin es. Ich wollte fragen, ob ich morgen mit Pater David della Cava zu Ihnen kommen kann?«

Das folgende Telefonat entwickelte sich zu einer Qual, weil Gruciolo so gut wie taub war. Es dauerte mehr als fünf Minuten, bis sie ein Treffen in seinem Bologneser Palazzo verabredet hatten.

»Sagen Sie das am besten noch einmal Monsignore Silvestri, damit ich auch nichts falsch verstanden habe. Arrivederla«, sagte er schließlich und verband sie zurück zu seinem Sekretär. Mit ihm machte Leda den Termin erneut fest.

Anschließend vereinbarte sie mit David, ihn morgen früh abzuholen, und fragte Paolo, ob er mitkommen wollte. Er freute sich über das Angebot und beschloß, bei dieser Gelegenheit einen alten Schulfreund in Bologna zu besuchen.

»Wo essen wir heute abend?« fragte er Leda.

»Ob du es glaubst oder nicht, ich würde gern zu Hause bleiben.«

»Dann verhungern wir«, antwortete Paolo trocken.

»Wir können uns doch eine Pizza und Salat bestellen.«

Paolo fand Ledas Vorschlag zwar befremdlich, akzeptierte ihn aber.

»Hast du Wein im Haus?«

»Nein, ich glaube nicht.«

»Ich bringe welchen mit.«

Während sie den Bericht schrieb, fiel ihr plötzlich Ugos Abwesenheit auf, und sie rief bei ihm zu Hause an.

»Meine Mutter hat vergangene Nacht plötzlich vierzig Grad Fieber bekommen. Es geht ihr sehr schlecht«, erklärte er.

»Hast du einen Arzt gerufen?«

»Ja, gleich heute morgen. Er meint, daß es die australische Grippe sei, und hat ihr ein Antibiotikum verschrieben.«

Leda berichtete ihm vom Besuch bei Hughes und wünschte seiner Mutter gute Besserung.

»Ich melde mich am Sonntag. Morgen fahre ich nach Bologna zu dem anderen Kardinal.«

»Passen Sie auf, daß Ihnen keine Bremsschläuche durchgeschnitten werden«, meinte Ugo.

»Mach bitte keine üblen Scherze, Ugo«, erwiderte Leda.

»Ich scherze nicht, sondern meine das ganz ernst. Gute Fahrt.«

Leda beschloß augenblicklich, mit Paolos Auto zu fahren.

Als sie mit dem Bericht fertig war, versuchte sie Alesi zu erreichen, doch Silvia teilte ihr mit, er tage noch im Konferenzraum mit dem Minister und mehreren Parlamentsabgeordneten. Leda steckte den Bericht in einen Umschlag mit der Information, daß sie morgen mit Gruciolo verabredet sei. Sie ließ Alesi aus dem Saal rufen, drückte ihm den Umschlag in die Hand und fuhr nach Hause.

Von dort aus rief sie Paolo an und bat ihn, sein Auto vorsichtshalber ein gutes Stück von ihrer Wohnung entfernt zu parken und den restlichen Weg zu Fuß zu kommen.

XIX

Credo in un Dio crudel
che m'ha creato simile a se,
e che nell'ira io nomo.
Dalla viltá d'un germe
d' un atómo vile son nato.
Son scellerato perché son uomo,
e sento il fango originario in me.
Si! quest' è la mia fè!
Credo con fermo cuor,
siccome crede la vedovella al
 tempio,
che il mal ch'io penso
che da me procede
per mio destino adempio.
Credo che il giusto è un istrion
 beffardo
e nel viso e nel cuor;
che tutto è in lui bugiardo,
lagrima, bacio, sguardo,
sacrificio ed onor.
E credo l'uom gioco d'iniqua sorte
dal germe della culla
al verme dell'avel.
Vien dopo tanta irrision la Morte.
E poi? E poi?
La Morte è il Nulla,
è vecchia fola il Ciel.

Ich glaube an einen grausamen
 Gott,
der mich nach seinem Bilde erschuf,
und den ich im Zorn nenne!
Aus der Niedrigkeit eines Keims
oder Atoms bin ich in Niedrigkeit
 geboren!
Ich bin ein Bösewicht, weil ich ein
 Mensch bin,
und ich fühle den Schlamm meines
 Ursprungs in mir!
Ja! Das ist mein Glaube!
Ich glaube mit festem Herzen
so wie die Witwe im Tempel,
daß ich das Böse, das ich denke,
das von mir ausgeht,
als mein Schicksal erfülle!
Ich glaube, daß der Gerechte ein
 höhnischer Komödiant ist,
im Antlitz wie im Herzen,
daß alles an ihm Lüge ist:
Tränen, Küsse, freundliche Blicke,
Opfermut und Ehre!
Und ich glaube, daß der Mensch das
Spielzeug eines bösen Schicksals ist,
vom Keim in seiner Wiege
bis zum Wurm in seinem Grab.
Auf diesen Spott folgt der Tod.
Und dann? Und dann?
Der Tod ist das Nichts!
Das Jenseits ein altes Märchen!

Jago im zweiten Akt von Giuseppe Verdis »Othello«

Um sieben Uhr meldete sich der Radiowecker mit den Nachrichten zu Wort. Leda erfuhr zu ihrem Schrecken, daß es in den Bergen Mittelitaliens geschneit hatte. Auf der Autobahn zwischen Florenz und Bologna wurde zwar Schnee geräumt, man forderte die Fahrer aber dennoch auf, die Strecke nur mit Schneeketten zu befahren.

»Paolo, wach auf. Wir müssen schnell los. Es liegt Schnee auf der Straße, und wir werden ewig brauchen, bis wir in Bologna sind.«

»Nun werde nicht gleich hysterisch wegen etwas Schnee. Bis wir ankommen, ist der längst weggetaut«, murrte Paolo verschlafen. Statt sich zu erheben, drehte er sich im warmen Bett auf die andere Seite.

Leda war klar, welch schwierige Aufgabe ihr bevorstand, diesen Morgenmuffel aus den Federn zu bekommen. Sie drehte das Radio laut auf und drehte einen Sender mit Popmusik an, die er haßte. Geräuschvoll suchte sie sich ihre Tagesgarderobe aus dem Schrank. Dann öffnete sie das Schlafzimmerfenster sperrangelweit, daß beißende Kälte ins Zimmer strömte.

Sie selbst floh ins Bad, um heiß zu duschen. Als sie das Wasser wieder abdrehte, hörte sie, wie Paolo laut fluchend das Fenster zuschlug, in die Küche ging und dort begann, mit der Kaffeemaschine herumzuhantieren. Er war wach, wenn auch übel gelaunt. Leda erwartete zum Glück um diese Uhrzeit nichts anderes von ihm.

»Läßt du andere Leute vielleicht auch mal ins Bad?« raunzte er wenig später vor der Tür.

»Komm nur rein, ich bin fertig.«

»Kannst du mir mal erklären, warum du mich morgens so mißhandelst?«

»Das tue ich wirklich nur in Ausnahmefällen.«

»Dann könntest du dir für diese Ausnahmefälle bitte andere Methoden zulegen!«

»Welche denn beispielsweise, die zum gleichen Erfolg führen?«

»Es soll Frauen geben, die wecken ihren Mann mit einem zärtlichen Kuß auf die Nasenspitze«, brummte Paolo nun schon ruhiger.

»Und was würde passieren, wenn ich es täte?« fragte sie.

»Ich würde ihn mit Freude zur Kenntnis nehmen ...«

»... und friedlich weiterschlafen«, vollendete Leda seinen Satz, während sie ihm im Spiegel fröhlich zublinzelte.

»Du bist und bleibst eine Tyrannin. Buon giorno, hast du gut geschlafen?« fragte Paolo. Endlich war er auf der Zielgeraden des Tagesbeginns eingelaufen.

»Danke, an deiner Seite schlafe ich immer prächtig.«

»Gut schaust du aus. Diese Kombination aus Grün und Schwarz steht dir.«

»Das hat Ugo mir kürzlich auch schon gesagt.«

»Wenn ich ihn nicht so gut kennen würde, wäre ich jetzt sehr, sehr eifersüchtig.«

»Deshalb stünde mir die grün-schwarze Kombination vermutlich nicht schlechter. Aber danke für dein Kompliment.«

»Muß ich mich rasieren?«

»Wenn du keine Lust hast, dann nicht. Du brauchst ja nicht beim Kardinal aufzutreten.«

»Ich mache mich lieber doch ausgehfähig. Bei solchen Fahrten weiß man nie, was passiert. Außerdem hat mein Freund Sergio eine ausgesprochen hübsche Frau. Der möchte ich imponieren.«

»Dann solltest du dich auch auf jeden Fall einparfümieren. Frauen lieben duftende Männer, sagt die Werbung.«

»Und was sagst du?«

»Es kommt auf den Mann hinter dem Duft an«, antwortete Leda.

»Und wer bekommt in meinem Fall den Vorzug? Der Duft oder der Mann?«

»Eindeutig der Mann, obwohl der Duft gut ist, ich habe ihn schließlich ausgesucht.«

»Danke. Für so viel Schmeichelei am Morgen steht bereits ein Kaffee für dich auf dem Küchentisch.«

»Hast du das alte Pulver genommen?«

»Nein. Gestern abend beim Weinkauf habe ich auch gleich frischen Kaffee, Milch und Cornetti erstanden. Die sind im Ofen und verbrennen wahrscheinlich, wenn du sie nicht schleunigst herausholst. Außerdem steht im Kühlschrank Orangensaft.«

Leda eilte in die Küche und rettete die Cornetti, die auf der Unterseite tatsächlich schon etwas dunkel geworden waren. Paolo stand unter der Dusche und schmetterte lauthals »Nessun dorma«, »Niemand schläft«, die Arie des Prinzen Kalaf aus Puccinis Oper »Turandot«. Leda verstand die Anspielung und mußte lachen. Sie wärmte Milch auf. Paolo liebte heißen Milchkaffee mit viel Zucker.

Ein paar Minuten später stand er frisch rasiert und duftend vor ihr.

»Na, wie war ich?«

»Eine echte Konkurrenz für Luciano Pavarotti. Ich habe nur den Eindruck, daß du den letzten, ganz hohen Ton sauberer singst, als er es je getan hat, und außerdem hältst du ihn länger, als er es in seinen besten Jahren schaffte«, scherzte sie.

»Irgendwann wird die Scala in Mailand mich engagieren.«

»Oh, da bin ich ganz sicher. Möchtest du vorher noch einen Milchkaffee?«

»Gern, wenn die Milch heiß ist.«

Sie saßen am Tisch und tunkten ihre Cornetti in den Kaffee.

»Und du meinst wirklich, daß wir diesen ganzen Autowechsel-Zirkus machen müssen?«

»Wahrscheinlich übertreibe ich, aber sicher ist sicher.«

»Dann bestell schon einmal ein Taxi. Ich sage David Bescheid, daß du früher kommst. Bis du ihn abgeholt hast und ihr am Bahnhof seid, vergeht noch jede Menge Zeit. Ich räume hier die Sachen weg und erwarte euch dann am Ausgang in der Via Marsala.«

Das Taxi war innerhalb weniger Minuten da, weil Samstag morgens in Rom wenig Verkehr herrschte. David war fix und fertig und kam sofort herunter, als Leda ihn mit dem Haustelefon anrief. Zügig erreichten sie den römischen Hauptbahnhof, die Stazione Termini.

Leda war nervös geworden, ohne daß sie einen konkreten Anlaß dafür hätte benennen können. Mehrfach schaute sie sich während der Fahrt um, konnte aber keinen Wagen entdecken, der ihnen gefolgt wäre. Sie betraten das Bahnhofsgebäude durch den Haupteingang, gingen in Richtung Gleise und verließen den Bahnhof durch den Nebeneingang wieder. Dort stand Paolo wie verabredet.

»Und? War jemand hinter euch her?«

»Ich habe zumindest nichts entdeckt.«

»Dann wünsche ich uns eine gute Fahrt«, sagte Paolo und fuhr los.

Ohne jeglichen Stau erreichten sie die Ringautobahn, die die gesamte Stadt wie ein Gürtel umschloß. An normalen Werktagen herrschte hier um diese Uhrzeit ein grenzenloses Verkehrschaos, doch jetzt lag die vielspurige Asphaltpiste leer vor ihnen, und Paolo drückte aufs Gaspedal seines Lancias.

»Warum haben wir eigentlich den Umweg über den Hauptbahnhof gemacht?« fragte David.

Leda erzählte ihm von den durchtrennten Bremsschläuchen, die zum Unfall von Puccios Tochter geführt hatten.

»Ich muß zumindest versuchen, während der Ermittlung jedes Risiko für uns auszuschalten. Deshalb fahren wir auch mit Paolos Wagen und nicht mit meinem.«

»Ich finde ja, daß du übertreibst. Aber mein Auto ist sowieso schneller als deines. Das tröstet mich.«

»Du hast sicher recht. Außerdem hat Ugo gestern eine dumme Bemerkung gemacht, daß ich ganz nervös geworden bin. Entschuldigt bitte die Verrücktheiten eines durchgedrehten Weibes.«

Als sie zur Mautstation kamen, bremste Paolo scharf ab.

»Mußt du denn so darauf zurasen?« beschwerte sich Leda.

»Das war eine Bremsprobe. Wenn die uns die Schläuche durchgeschnitten hätten, wären wir jetzt mit Karacho durch die Schranke gesaust«, antwortete Paolo, während er sie lachend von der Seite anschaute. Sie wußte nicht genau, ob er sie auf den Arm nahm oder es ernst meinte, hatte aber keine Lust, das Thema weiter zu verfolgen.

Die Landschaft flog an ihnen vorbei. Sie sahen die entfernten Bergketten der Abruzzen in jungfräuliches Weiß getaucht, und Leda wurde etwas wehmütig.

»Früher sind wir mit den Kindern oft am Wochenende zum Skilaufen in die Berge gefahren. Warum machen wir das eigentlich nicht, Paolo?«

»Weil du in den vergangenen zehn Jahren diesen Wunsch kein einziges Mal geäußert hast und ich nicht Ski laufen kann und deshalb von allein nie auf diese Idee gekommen wäre. Ich träume aber manchmal davon, mit einem ganz flachen Schlitten die Hänge runterzuflitzen. Mit meinem Gewicht bringe ich es sicher auf Höchstgeschwindigkeiten.«

»Kardinal Hughes und ich fahren öfter in die Abruzzen. Da sind die Pisten zwar ziemlich kurz, dafür aber auch nicht so voll. Und wunderschön langlaufen kann man dort«, meldete sich David vom Rücksitz.

»Fahren Kardinäle Ski?« fragte Leda erstaunt.

»Sogar der Papst war früher ein begeisterter Skiläufer. Jetzt ist er dafür zu alt geworden.«

»Gibt es denn einen vatikanischen Skiclub, mit Sonderkonditionen für die Lifte?« erkundigte sich Paolo.

»Das wäre überhaupt eine gute Idee, einen solchen zu gründen. Aber nur dann, wenn Sie mitfahren, mein lieber Paolo.«

»Dann dürfte das Projekt wohl bereits in seiner Entstehungsphase gestorben sein.«

»Sagen Sie mal, Leda, welchen Eindruck hatten Sie eigentlich von Kardinal Hughes?« wechselte David das Thema.

»Möchten Sie ein ganz ehrliches Wort hören?«

»Ja.«

»Daß er uns als Armada für seine Schlacht gegen Vinciguerra nutzen will. Das gefällt Alesi noch weniger als mir, weil es für uns sehr gefährlich ist.«

»Das hat er nicht verheimlicht.«

»Nein, in der Tat nicht. Es stellt sich für uns nur die Frage, ob wir gemeinsam mit ihm untergehen wollen oder siegen können.«

»Und wofür haben Sie sich entschieden?«

»Für den Sieg natürlich. Und da wir keine andere Wahl als Kardinal Hughes haben, um an Informationen aus dem obersten Kirchenbereich zu kommen, sind wir ihm bei der Ermittlung sozusagen ausgeliefert. Das ist zwar ein unangenehmes Gefühl, aber nicht zu ändern.«

»Ich habe mit Kardinal Hughes über diesen Punkt gesprochen. Er sieht ihn auch sehr deutlich. Er hat Ihre skeptische Haltung ihm gegenüber durchaus bemerkt. Sie hat ihn nicht gekränkt, weil er der Meinung ist, daß Sie wie der ungläubige Thomas im Johannesevangelium sehen und glauben werden. Er selbst meint, er habe Ihnen Vinciguerra noch verhältnismäßig harmlos dargestellt.«

»Wie dem auch sei. Ich vertraue Ihnen und Ihrer Freundschaft zu Paolo und hoffe, daß es Ihnen nicht egal ist, was mit Alesi und mir passiert. Dieses Vertrauen ist im Moment vielleicht das einzige Unterpfand für meine künftige Existenz, das ich in den Händen habe. Alesi hat das nicht und sieht vor seinem inneren Auge tagtäglich die drohende Versetzung in ein kleines Bergdorf mit Kirche, aber ohne Bank.«

»Ich kann nichts weiter tun als zu versichern, daß Kardinal Hughes ein außerordentlich ehrenhafter Mann ist, der Sie nicht nur zur Erfüllung eigener Karrierezwecke benutzt. Ich habe noch nie erlebt, daß er sich für eine Sache eingesetzt hätte, die den Einsatz nicht gelohnt hätte. Und er hat vor allem noch nie jemandem geschadet.«

»Hoffen wir's«, meinte Leda nur.

Bis Florenz hatten sie nicht die geringsten Straßenprobleme, und Paolo fuhr mit einer Geschwindigkeit, die Leda hin und wieder im Magen spürte. Nach etwa zwei Stunden schaltete er das Radio ein.

»Mal hören, was die über den Straßenzustand sagen«, meinte er. Aus den Lautsprecherboxen erklang die Stimme einer Radiosprecherin:

»Auf der A 1, Florenz – Bologna, wird vor Straßenglätte und Schnee gewarnt. Wegen eines Unfalls hat sich auf dem Streckenabschnitt Castiglione und Piano di Voglio ein drei Kilometer langer Stau gebildet.«

»Da müssen wir durch, ob wir wollen oder nicht«, sagte Paolo seufzend.

»Gibt es keine andere Strecke?« fragte David.

»Höchstens die Bergstraßen durch den Mugello. Aber wenn sie schon die Autobahn nicht schneefrei bekommen, dann sieht es woanders noch schlimmer aus.«

Um für die voraussichtlich anstrengende und lange Bergfahrt ausreichend gewappnet zu sein, hielten sie bei der nächsten Raststätte und tranken einen Kaffee.

»Ich habe gute Reifen drauf und sicherheitshalber Schneeketten eingepackt. Auf der Strecke weiß man im Winter nie, was einem blüht. Und ich bin da schon mal steckengeblieben, weil die Reifen nicht mitmachten«, verkündete Paolo.

Anschließend lenkte er den Wagen langsam und vorsichtig über die kurvenreiche, teilweise stark ansteigende Autobahn. Der Asphalt war von festgefahrenem Schnee bedeckt. Je weiter sie nach oben kamen, um so nebliger und dunkler wurde es. Sie saßen schweigend im Auto und versuchten, mit ihren Blicken die weiße Nebelwand zu durchdringen. Paolo fuhr jetzt nur noch im Schrittempo auf der rechten Fahrspur. Er hatte die Nebelscheinwerfer eingeschaltet und versuchte sich anhand der Rücklichter der vor ihnen fahrenden Autos zu orientieren.

Plötzlich tauchte ein uralter, winziger Fiat 500 vor ihnen auf. Paolo wollte ihn überholen und blinkte. Doch gerade als er begann, nach links auszuscheren, raste eine große, schwarze Limousine mit aufgeblendetem Licht laut hupend von hinten auf sie zu und fuhr in einem Abstand von wenigen Zentimetern an ihnen vorbei.

»Mortacci tua, verflixt und zugenäht, das war knapp«, schimpfte Paolo.

»Dio mio, ich dachte, daß es uns jetzt erwischt«, seufzte David.

»Der Typ ist doch völlig verrückt. Wahrscheinlich stehen wir gleich im Stau, weil er einen Unfall verursacht hat.«

Die Scheibenwischer mußten kräftig arbeiten, um die Windschutzscheibe vom aufgewirbelten Schnee freizuräumen. Vor ihnen tauchte das Abfahrtsschild nach Piano auf, und ihnen war klar, daß sie sich der angekündigten Stauzone näherten.

Zu ihrer Überraschung hatte sich der Stau inzwischen aufgelöst. Sie überquerten die Bergketten des Apennin ohne weitere Zwischenfälle, wenn auch sehr langsam. Über drei Stunden brauchten sie für die nur etwas mehr als einhundert Kilometer zwischen Florenz und Bologna.

»Wir sind spät dran. Soll ich euch nicht direkt zum Kardinalspalast bringen?« fragte Paolo.

Doch Leda lehnte dankend ab. Sie blieb bei ihrem Plan, vom Bahnhof aus ein Taxi zum Kardinalssitz zu nehmen. Also setzte Paolo sie dort ab und fuhr weiter zu seinem Freund.

Der Palast der Kardinals schloß sich direkt an die Kathedrale San Pietro an. Leda drückte auf den Klingelknopf aus Messing.

Monsignore Claudio Silvestri, ein Mann mittleren Alters, der sie freundlich willkommen hieß, nahm ihnen die Mäntel ab. Er führte sie durch die prächtigen Hallen und Flure des Palastes, dessen Wände mit großartigen Wandteppichen behängt waren. Leda hätte sie gern genauer betrachtet, doch Silvestri drängte sie weiter.

»Entschuldigen Sie bitte, wenn ich Sie so erbarmungslos vorantreibe. Aber es ist schon spät. Seine Eminenz ist an feste Essenszeiten gewöhnt. Er war vorhin schon sehr unruhig, und wir sollten ihn keinesfalls länger warten lassen.«

Als sie den Eßsaal betraten, saß Kardinal Gruciolo am Kopfende eines mindestens fünf Meter langen Holztisches, der für vier Personen gedeckt war.

»Buon giorno, Signora, entschuldigen Sie, daß ich sitzenbleibe. Aber meine Knochen machen bei den Zeremonien der Höflichkeit nicht mehr mit«, begrüßte er die Eintretenden. Leda reichte ihm die Hand, und David küßte seinen Ring. Der Kardinal bat die beiden, zu seiner Rechten und Linken Platz zu nehmen.

»Bitte setzen Sie sich, damit wir gleich mit dem Mittagsmahl beginnen können. Alte Leute wie ich haben einen Magen, der pünktlich wie ein Uhrwerk gefüttert werden will.«

Sie nahmen Platz, und Sekunden später stand vor jedem ein Teller Spaghetti à la Bolognese.

»Sehen Sie, unser Koch wollte Sie gleich mit den Spezialitäten unserer Stadt bekannt machen«, stellte Gruciolo zufrieden fest. »Er läßt sich immer etwas Nettes einfallen, wenn Gäste kommen. Pater, ich freue mich übrigens ganz außerordentlich, Ihre Bekanntschaft zu machen«, wandte er sich an David. »Ich habe kürzlich einen interessanten Beitrag von Ihnen gelesen – über die Notwendigkeit von Reformen bei den Finanzstrukturen im Vatikan. Ich verstehe gar nichts von Finanzen, hatte aber nach der Lektüre den Eindruck, daß es dort drunter und drüber gehen muß«, sagte Gruciolo, während er seine Spaghetti geschickt auf die Gabel rollte.

»So schlimm ist es nicht. Die von mir vorgeschlagenen Reformen hätten jedoch den großen Vorteil, daß die Abläufe weitaus durchsichtiger wären und damit eine bessere Kontrolle ermöglichen würden. Weil ich glaube, daß der Vatikan als geschlossene Gesellschaft in der Zukunft einer modernen Informationsgesellschaft keine Chance mehr hat, habe ich für solche Reformen plädiert.«

»Von denen in Rom niemand etwas hören möchte, habe ich recht?« erwiderte Gruciolo.

»Sie werden sicher nicht sofort und im vollen Umfang umgesetzt werden können, Eminenz.«

»Kardinal Hughes steht auf Ihrer Seite, nicht wahr?«

»Ja. Ich habe ihm mit diesem Artikel aus dem Herzen gesprochen oder – wenn Sie so wollen – mich als seine Stimme betätigt. Für ihn wäre es politisch ungünstig, sich direkt mit den Reformgegnern anzulegen. Also überläßt er mir als Wissenschaftler diese Aufgabe.«

»Ein kluger Mann, nur schade, daß ich ihn bisher nie persönlich kennengelernt habe.«

»Das kann man sicher nachholen«, antwortete David.

»Nun zu Ihnen, Commissaria. Was haben Sie so Schweres auf dem Herzen, daß Kardinal Hughes Sie zu mir schickt?«

»Es fällt mir schwer, den richtigen Einstieg zu finden«, antwortete Leda.

»Nur Mut. Alle Menschen sind Sünder, und so schlimm wird es nicht sein«, forderte Gruciolo sie auf.

Leda bemerkte, daß er heute ein Hörgerät trug und wohl deshalb nicht lauter als alle anderen sprach. Sie hatte sich wegen der Schwerhörigkeit auf eine schwierige Unterhaltung vorbereitet.

Dann berichtete sie Gruciolo von den unsauberen Geldgeschäften, die der Finanzberater Cesarini mit der von ihm erteilten Kontovollmacht betrieben hatte. Der Kardinal hörte ihr sehr aufmerksam zu.

»Woher wissen Sie das?« fragte er nach einer Weile.

Sie erzählte von Puccios Berichten, von dem Vorhang des Schweigens, der seitens der Bank über die Angelegenheit gedeckt worden war, und schließlich von Puccios Tod.

»Ich möchte wissen, wieso Sie ausgerechnet diesem Cesarini die Prokura über die kirchlichen Konten erteilt haben.«

Gruciolo schwieg eine Weile und schien vollkommen in sich gekehrt, als habe ihn soeben ein großer Schock getroffen, den es erst einmal zu verarbeiten galt, bevor er antwortete.

»An den Namen erinnere ich mich nicht mehr. Ich weiß nur noch, daß mir Kardinal Vinciguerra eines Tages einen für seine Begriffe außerordentlich fähigen Mann für Kirchenfinanzfragen empfohlen hatte. Er kam, das muß schon einige Jahre zurückliegen, mit diesem Mann zu mir und ich habe unterschrieben, was mir vorgelegt wurde. In der Folgezeit ist mir auch nichts über unsaubere Geschäfte oder fehlendes Geld auf unseren Konten zu Ohren gekommen.«

»Es wurde Ihnen ja auch nichts weggenommen. Im Gegenteil, Ihre Diözese hat recht gut daran verdient.«

»Heißt das, über unsere Konten wird Geldwäsche betrieben?«

»So könnte man es sagen.«

»Monsignore Silvestri, stellen Sie bitte sofort fest, ob dieser Kriminelle immer noch die Kontovollmacht hat. Sie können später weiteressen.«

»Eminenz, ich möchte darum bitten, daß diese Frage höchst vertraulich behandelt wird, weil unsere Ermittlungen sonst von den Betroffenen massiv gestört und Beweismittel vernichtet werden könnten«, wandte Leda ein.

»Sollen wir diese Verbrecher einfach weiterarbeiten lassen?«

»Auf ein paar Tage kommt es jetzt nicht mehr an. Es scheint mir im Moment wichtiger zu sein, den gesamten Hintergrund aufzudecken und soviel Beweismaterial wie möglich zu erhalten.«

Gruciolo seufzte und schob den halbvollen Teller von sich fort.

»Kamen Menschen dabei zu Schaden?« fragte er.

»Ja, weil Wucherzinsen erpreßt wurden.«

Der junge Mann, der vorhin die Spaghetti gebracht hatte, erschien wieder, um die Teller abzuräumen.

»Eminenz, hat es Ihnen nicht geschmeckt?«

»Doch, Don Tommaso, es hat mir nur den Appetit verdorben.« Zu seinem Sekretär gewandt, fuhr er fort:

»Monsignore, prüfen Sie bitte auch, ob dieser Unmensch von uns Finanzberatungsaufträge erhalten hat. Falls ja, müssen wir sie ihm – koste es, was es wolle – sofort entziehen. Können Sie das unbemerkt tun?«

»Nein, Eminenz. Die Unterlagen sind in der Verwaltung, und für diese Räume habe ich keine Schlüssel. Die hat Bischof Devoti.«

»Eminenz, ich verstehe Ihre Empörung und Ihre Enttäuschung. Ich möchte Sie aber nochmals eindringlich bitten, im Moment gar nichts zu unternehmen. Sie richten sonst wirklich viel Schaden an, und wir können die Verantwortlichen nie hinter Gitter bringen«, schaltete sich Leda ein, weil sie Angst vor der Dickköpfigkeit des Kardinals hatte. Seine pergamentblasse Haut war im Laufe des Gesprächs noch weißer geworden, und blaue Adern traten sichtbar auf der Stirn hervor.

»Das war wieder mal ein Teufelswerk Vinciguerras. Und ich habe mich von ihm hineinziehen lassen. O Gott!« klagte der Kardinal, der zusammengesunken in seinem thronähnlichen, geschnitzten Holzstuhl hockte.

»Was für ein Mensch ist Vinciguerra?« wollte Leda wissen.

In diesem Moment betrat Don Tommaso mit einer Fleisch- und Gemüseplatte den Saal. Gruciolo lehnte ab, und Leda hielt es für angebracht, sich ebenfalls nichts zu nehmen. David und Silvestri folgten ihrem Beispiel.

»Kennen Sie den Jago aus Verdis ›Othello‹? Genau so ist Vinciguerra. ›Credo in un Dio crudel che m'ha fatto simile a se‹, singt er. ›Ich glaube, daß der Gerechte ein höhnischer Komödiant ist, im Antlitz wie im Herzen, daß alles an ihm Lüge ist‹, heißt es im weiteren. Ich habe nie in meinem Leben einen innerlich so verkommenen Menschen mit einer äußerlich so perfekten Maske getroffen wie diesen Teufel im Vatikan! Vinciguerra zieht Menschen in seinen Bann, er verführt sie und benutzt sie anschließend als Werkzeuge des Bösen.«

Gruciolos Hände zitterten. Als er versuchte, sich Wasser aus einer Karaffe in ein Glas zu schenken, verschüttete er die Hälfte.

»Ich glaube, es ist besser, wenn Sie gehen«, meinte Silvestri und reichte dem Kardinal ein Wasserglas, das dieser mit kleinen Schlucken leer trank.

»Ich hätte nur noch eine allerletzte Frage«, sagte Leda bittend.

»Monsignore, lassen Sie die Signora nur. Wenn ich wenigstens jetzt helfen kann, das Malheur wieder zu bereinigen, möchte ich das tun. Bitte, Signora Commissaria.«

»Sie waren früher mit Kardinal Vinciguerra befreundet. Warum haben Sie mit ihm gebrochen?«

Der Kardinal zögerte, ehe er zu sprechen begann.

»Wir haben jahrelang sehr interessante Diskussionen über die Probleme des Gottesglaubens und die Rolle der Kirche in der heutigen Zeit geführt. Vinciguerra besitzt einen brillanten Verstand, hat ganze Bibliotheken gelesen. Mit der Zeit merkte ich, daß er Wissen ansammelte und seine Intelligenz ausschließlich einsetzte, um Argumente gegen Gott zu suchen. Er ist nicht nur ein Atheist, sondern aus tiefstem Herzen ein Antichrist.

Eines Abends habe ich ihm das gesagt. Er antwortete mir: ›Ja, Gruciolo, das stimmt. Gott ist nichts weiter als eine Krücke für menschliche Schwäche und Unvollkommenheit. Alle Völker der Erde haben sich ihre Götter geschaffen, weil sie sie als Erklärung für das Unerklärliche brauchen, weil sie nur so ihre eigene Unfähigkeit überwinden können. Gott ist eine Erfindung aus der Not, die Fata Morgana des Verdurstenden in der Wüste der Bedeutungslosigkeit. Ich habe meinen Glauben an Gott mit meiner wachsenden Stärke verloren und komme ohne ihn bestens zurecht. Sie sehen, ohne Glauben bin ich im Leben weiter gekommen als Sie. Von mir läßt sich der mächtigste Mann der Kirche beraten, von Ihnen nicht. Was also nützt Ihnen Ihr Glaube, wenn Sie mit ihm nichts bewegen können?‹ Monsignore, kann ich bitte noch Wasser haben?«

Der Kardinal trank ein weiteres Glas leer und sprach ruhig weiter:

»›Warum bleiben Sie dann im Kreis der Gläubigen?‹ habe ich ihn gefragt. ›Hier geht es mir doch blendend. Warum sollte ich gehen?‹ hat er geantwortet. ›Aber vergessen Sie nicht: falls Sie mein Geständnis jemals weitergeben sollten, wird es mir ein Leichtes sein, Sie als einen verwirrten alten Mann dastehen zu lassen.‹

Tief erschüttert verließ ich ihn an jenem furchtbaren Abend, habe tagelang geweint und mehr als ein Jahr lang geschwiegen. Jetzt bin ich erleichtert, daß ich es mir endlich einmal von der Seele reden konnte. Danke, daß Sie zugehört haben.«

Dicke Tränen liefen über das Gesicht des alten Mannes. Leda ging zu ihm, hockte sich neben ihn und streichelte seine Hand. Er ergriff sie und hielt sie schweigend fest.

»Ich danke Ihnen, daß Sie so viel Vertrauen zu uns haben, Eminenz«, sagte sie, während sie selbst mit den Tränen des Mitleids kämpfte.

»Gott segne Sie. Wären Sie mir böse, wenn ich mich jetzt zurückziehen würde? Ich fühle mich sehr schwach.«

»Können wir Ihnen helfen, Eminenz?« fragte David besorgt.

»Nein, danke, es geht schon. Monsignore Silvestri ist ja bei mir. Pater David, Sie möchte ich darum bitten, den Kampf mit Kardinal Hughes gegen Vinciguerra nicht aufzugeben. Ich würde mitmachen, aber Sie sehen, daß ich zu alt und schwach bin. Mit Rat stehe ich Ihnen, lieber Pater, und auch Ihnen, Signora Commissaria, jederzeit gern zur Verfügung.«

Sie verabschiedeten sich, und Silvestri bat Tommaso, die Gäste hinauszugeleiten. Leda gab ihm ihre Visitenkarte:

»Falls etwas sein sollte, wäre ich für einen kurzen Anruf dankbar.«

Schweigend gingen Leda und David nebeneinander durch die weitläufigen Gänge zurück und verließen den Palast des Kardinals von Bologna.

Als sie vor das große Tor traten, wirbelten ihnen Schneeflocken ins Gesicht. Auf dem Boden angekommen, schmolzen sie sofort. Schade, dachte Leda, denn etwas Weiß auf der grauen Erde hätte ihr jetzt gut gefallen.

David hielt sein Gesicht geradewegs nach oben gerichtet, um möglichst viele tanzende Flocken abzufangen.

»Himmel, wie schön das ist, ich habe schon so lange keinen Schnee mehr auf der Haut gespürt«, sagte er, während er die feuchte, kalte Luft tief einatmete, als tanke er nach dieser schweren Stunde eine neue Dosis Lebensenergie.

»Jetzt glaube ich Hughes«, sagte Leda.

»Das freut mich«, antwortete David.

»Möchten Sie auch ein Stück laufen?« fragte Leda.

»Nichts lieber als das.«

Sie schlenderten ziellos durch die weihnachtlich geschmückte Fußgängerzone der Innenstadt, über die Piazza del Nettuno, vorbei am gotischen Palazzo Communale bis zur Kirche des Bologneser Schutzpatrons San Petronino.

»Ich würde gerne kurz hineingehen«, sagte David.

»Sie müssen jetzt mit Gott reden, nicht wahr?«

David nickte.

»Va bene, ich komme mit.«

David kniete sich in eine der ersten Bankreihen. Er betete eine ganze Weile. Leda schaute sich unterdessen die Kirche an. Sie spürte, wie ihr aufgewühltes Inneres im Gotteshaus langsam zur Ruhe kam. Sie setzte sich in eine der hinteren Bankreihen und betrachtete David, der seine Hände vor dem Gesicht gefaltet hatte und tief versunken Zwiesprache mit dem Unsichtbaren hielt.

Erst als jemand auf der Orgel zu spielen begann, zunächst Tonleitern in verschiedenen Tonarten, dann Akkorde und schließlich ganze zusammenhängende Stücke, hob er den Kopf und hörte zu.

Plötzlich drehte er sich um und suchte Leda. Als er sie entdeckte, winkte er ihr zu, kam zu ihr und setzte sich neben sie. Der Organist intonierte das Weihnachtslied »Adeste Fideles«, »Herbei, o ihr Gläubigen«. Leda und David sangen leise mit.

Die Schneeflocken tanzten noch immer vom Himmel herab, als sie San Petronino verließen.

»Ich finde, wir haben uns jetzt eine Tasse heiße Schokolade mit Sahne und Kuchen verdient«, sagte David, hakte Leda unter und zog sie mit sich in einen der für Bologna so typischen Bogengänge.

Wenig später fanden sie ein hübsches Café, wo sie seinen Vorschlag in die Tat umsetzten. Leda kramte aus ihrem Sack für alle Fälle das Telefonino heraus und rief Paolo an.

»Ciao, wie war's?« begrüßte er sie erfreut.

»Schrecklich.«

»Wieso?«

»Das erklären wir dir später in Ruhe. Was machst du gerade?«

»Wir tafeln hier noch fröhlich. Kommt ihr auch?«

»Wo wohnen deine Freunde? Wie heißen sie noch mal?«

»Cosimo und Stefania Monego. Sie wohnen mitten in der Altstadt in der Via Rizzoli. Wo seid ihr denn?«

Leda erklärte es ihm und ließ sich die Anschrift geben.

»Haben Sie überhaupt Lust, zu Paolos Freunden zu gehen?« fragte Leda David.

»Sehr sogar. Ich freue mich immer, neue Menschen kennenzulernen. Ablenkung kann außerdem nicht schaden.«

Sie zahlten und gingen los. Draußen war es dämmrig geworden. Dicke Wolken hingen am Himmel und schütteten ihren weißen Inhalt auf die Erde. Durch den Vorhang aus Schnee ließen sich die Häuser auf der anderen Straßenseite nur schemenhaft erkennen.

Leda und David wurden von Stefania und Cosimo begrüßt, als kannten sie sich seit Jahren. In der Wohnung war es mollig warm. Leda merkte gleich, wie ihr Gesicht von dem Temperaturumschwung zu brennen und zu kribbeln begann. Schüsseln mit verschiedenen Olivensorten, zwei Käseplatten, Brotreste, zusammengeknüllte Papierservietten und Rotweinflecken auf der Tischdecke zeugten von einem üppigen Mahl. Ein dicker Pandoro stand noch unangeschnitten in der Mitte des Tisches.

»Ihr kommt genau richtig zum Kuchen«, meinte Cosimo und rückte ihm mit einem riesigen Messer zu Leibe. Stefania brachte ein Tablett mit Kaffeetassen.

»Was habt ihr eigentlich bei unserem alten Kardinal gemacht?« fragte sie neugierig. Paolo hatte ihnen offensichtlich nichts über den Grund des Besuchs gesagt, wofür Leda ihm dankbar war.

»Es ging um notwendige Veränderungen innerhalb der Kirche. Pater David arbeitet daran. Und da ich mich dafür interessiere, hat er mich freundlicherweise mitgenommen«, sagte Leda ausweichend.

»Der Alte und Reformen! Daran glaube ich nicht«, warf Cosimo lachend ein.

»Gruciolo ist so konservativ, daß man den Papst im Vergleich dazu als revolutionär bezeichnen könnte.«

»Das stimmt so nicht«, erwiderte seine Frau. »Kardinal Gruciolo hat sich beispielsweise als einer der wenigen Kirchenoberen für die Abtreibung ausgesprochen, falls die Schwangere vergewaltigt wurde oder sehr krank ist. Außerdem plädiert er seit Jahren für eine Kurie in Rom, die transparenter arbeitet und deren Beschlüsse den Bedürfnissen der heutigen Gesellschaft eher entsprechen.«

»Und welchen Eindruck hat er auf euch gemacht?« erkundigte sich Paolo.

»Daß er durchaus Reformen im Vatikan anstrebt, aber sich aufgrund seines hohen Alters außerstande sieht, diese noch aktiv betreiben zu können«, antwortete David.

Es entspann sich eine angeregte Unterhaltung über die Kirche im allgemeinen und den Vatikan im besonderen, über Priestertum, Glauben und alles, was damit zusammenhing. David machte es offensichtlich Spaß, mit den beiden Ärzten und Paolo über Gott, die Welt, das Gute und das Böse zu philosophieren. Cosimo öffnete eine Flasche köstlichen Rotwein aus der Toskana, und die Stunden vergingen wie im Flug. Als er gegen sechs Uhr die zweite Flasche aus der Küche holte, sagte Paolo:

»Laß sie zu, Cosimo. Wir müssen noch fahren.«

»Nach Rom zurück? Du machst wohl Scherze, schau mal aus dem Fenster! Es schneit immer noch wie toll. Ihr kommt heute gar nicht mehr über den Apennin. Die Autobahn ist garantiert gesperrt.«

Ein Blick aus dem Fenster bestätigte Cosimos Befürchtung.

»Dann gehen wir eben ins Hotel«, meinte David, der über die Entwicklung des Abends gar nicht unzufrieden war.

»Schlaft doch hier. Die Kinder sind beide gestern abend übers Wochenende zum Skilaufen gefahren, und ihre Zimmer sind frei«, schlug Stefania vor. Leda und Paolo akzeptierten das Angebot. David zog es vor, ein Zimmer in einer kleinen Pension um die Ecke zu reservieren.

XX Die Rückfahrt gestaltete sich überaus beschwerlich. In der Stadt war der Schnee zwar geschmolzen, auf der Autobahn in den Bergen lag er dafür um so dicker. Die Räumfahrzeuge mit ihren breiten Schaufeln hatten zwar einen Gutteil des nächtlichen Schneefalls zur Seite geschoben, wurden aber der nachkommenden Niederschläge nicht mehr Herr.

In den Bergen legten Paolo und David die Schneeketten an. Zum Glück hatten sich außer ihnen in den frühen Morgenstunden nur wenige Fahrer auf die Straße gewagt. Langsam, aber stetig kamen sie voran. Sie sprachen kaum, und Leda bewunderte die weiße Pracht der Natur.

»Was hat Gruciolo nun eigentlich gesagt?« erkundigte sich Paolo irgendwann. David berichtete ihm ausführlich von dem Treffen.

»Wie furchtbar muß das für den alten Herrn sein«, meinte Paolo mitfühlend.

»Für deinen Fall bedeutet es doch, daß ihr jetzt tatsächlich in der obersten Etage des Vatikans angekommen seid. Meine Güte, Leda, daran hast du wohl nicht gedacht, als du an den Tiber gefahren bist, um dir den Toten anzusehen.«

Gegen Mittag erreichten sie Rom, luden David zum Essen ein und brachten ihn anschließend nach Hause.

»Was machen Sie eigentlich zu Weihnachten?« fragte Leda ihn.

»Ich fliege Dienstag zu meiner Familie nach New York und feiere dort auch Silvester.«

»Schade, sonst hätten wir zusammen feiern können.«

»Danke, das ist lieb von Ihnen. Aber ich sehe meine Familie meist nur dieses eine Mal im Jahr, und das ist mir heilig.«

Sie wünschten sich frohe Festtage und nahmen Abschied, mit dem Gefühl, daß aus Bekanntschaft eine Freundschaft geworden war.

»Vielen Dank für Ihre Hilfe«, sagte Leda zu ihm, bevor sie winkend davonfuhren.

»Läßt du mich bitte ein Stück von der Wohnung entfernt raus?« bat sie Paolo.

»Du bist verrückt! Was, wenn in deiner Wohnung etwas angestellt wurde oder dort ein Gangster auf dich wartet?«

»Deshalb bleibe einfach zehn Minuten lang in der Nähe des Hauses. Wenn ich dich bis dahin nicht angerufen habe, komm bitte.«

»Leda, du hast ja Angst. Das kenne ich gar nicht von dir!«

»Ich hatte es auch noch nie mit der Kirche und Kardinälen zu tun.«

»Denen traust du offensichtlich viel Böses zu!«

»Inzwischen ja.«

Leda ging die letzten dreihundert Meter zu Fuß. Das tat nach der langen Fahrt und dem Essen gut. Eine kurze Inspektion der Wohnung ergab nichts Ungewöhnliches. Beruhigt rief sie Paolo an.

»Was machst du heute noch?« fragte er sie.

»Ich will nachher noch mal losfahren und einen Weihnachtsbaum holen.«

»Einen großen oder einen kleinen?« fragte er.

»Einen großen, für die Kinder.«

»Wie wirst du ihn transportieren?«

»Im Auto.«

»Soll ich dir helfen?«

»Danke, das schaffe ich schon allein. Wenn nicht, rufe ich dich an. Mach dir also keine Sorgen. Ciao, bacio.«

Leda merkte, daß sie todmüde war und sich unsäglich schmutzig fühlte. Seit gestern trug sie dieselben Kleider auf dem Leib. Sie war froh, sie endlich loszuwerden, und nahm eine heiße Dusche. Noch dampfend schlüpfte sie in ihr Bett und schlief auf der Stelle ein.

Drei Stunden später erwachte sie durch ein Kitzeln an der Nase. Paolo saß lachend am Bettrand.

»Groß kann deine innere Unruhe in Sachen Kirchenverbrechen nicht sein! Ich puste dir seit Minuten in die Nase, und du regst dich nicht einmal. Wenn dich jemand klauen will, kann er das getrost tun. Du würdest nichts davon mitbekommen.«

»Oje, wie lange habe ich denn geschlafen? Wieviel Uhr ist es?« fragte sie verwirrt.

»Gleich sechs Uhr, und draußen ist es dunkel.«

»Was machst du denn hier?«

»Komm mit und schau mal, was ich gezaubert habe.«

Er war aufgeregt wie ein kleiner Junge, holte den Bademantel und reichte ihn ihr, während sie sich langsam aus dem Bett rollte. Noch schlaftrunken schlurfte sie mit nackten Füßen hinter ihm her ins Wohnzimmer. Dort stand neben dem Kamin ein mindestens zwei Meter hoher, dunkelgrüner Tannenbaum in einem großen Topf.

»Paolo, der ist ja wunderschön. Wo hast du den her?«

»Von der Gärtnerei bei mir um die Ecke. Als ich auf dem Heimweg daran vorbeifuhr, sah ich, daß sie offen hatte, und habe ihn gekauft. Nach Weihnachten fahren wir irgendwo aufs Land und graben ihn in die Erde, damit er weiterwachsen kann.«

»Und wie hast du dieses Riesenstück ins Auto bekommen?«

»Ich habe die Rücksitze umgeklappt und ihn reingeschoben. Das Auto sieht jetzt aus wie nach einer Schlammschlacht. Unten habe ich deinen Nachbarn Francesco getroffen, der mir geholfen hat, ihn hochzuschleppen.«

Leda ging um den Baum herum und bewunderte seinen regelmäßigen Wuchs.

»Danke, Paolo. Das ist der schönste Weihnachtsbaum, den ich je gesehen habe!« Sie umarmte ihn und gab ihm einen Kuß. Dann ging sie in Flavias Zimmer, um die Tüten mit Weihnachtsschmuck zu holen, den sie eingekauft hatte.

»Möchtest du einen Kaffee?« rief Paolo aus der Küche.

»Danke, gern.«

Leda breitete auf dem Eßtisch ihre weihnachtlichen Neuerwerbungen aus. Dabei fiel ihr ein, daß im Wandschrank im Flur noch eine Kiste mit Weihnachtsschmuck sein mußte. Sie hatte mit Thomas und den Kindern jedes Jahr auf dem Weihnachtsmarkt der Piazza Navona mindestens ein Schmuckstück dazugekauft. Eine ganze Sammlung von Engeln, Kugeln und Sternen war im Laufe der Zeit entstanden.

Leda begann im Schrank herumzuräumen. In der hintersten Ecke entdeckte sie die Kiste, zog sie hervor und stellte sie auf den Tisch. Als sie sie aufklappte und die säuberlich in Papier eingehüllten Sachen sah, stieg in ihr die Erinnerung hoch, wie einst Flavia und Marco mit ihren kleinen Händen Stück für Stück aus der Kiste genommen und an die unteren Zweige des Baums gehängt hatten, weil sie oben nicht herangereicht waren. Wie viele Glaskugeln waren dabei zu Bruch gegangen! Aber das hatte eben dazugehört. Leda fragte sich wieder einmal, warum sie solche Momente damals nicht genug hatte schätzen und lieben können.

Sie legte den gesamten Inhalt der Kiste auf den Tisch und hängte ein paar Kugeln an die grünen Zweige. Es würde ein sehr bunter Baum werden.

»Man muß erst die Lichterketten um den Baum hängen. Sonst fallen die Kugeln wieder runter, wenn man anschließend daran wackelt«, erteilte Paolo den fachmännischen Rat eines geübten Weihnachtsbaum-Schmückers.

Eine Stunde lang vergnügten sie sich wie Kinder mit dem Baum, bis die Lichter blinkten und ganz oben auf der Baumspitze ein Glasstern prangte.

»Hast du keine Krippe?« fragte Paolo, als er das Fehlen der weihnachtlichen Hauptdarsteller bemerkte.

Leda wühlte wieder im Wandschrank herum und fand das Gesuchte in einer weiteren Kiste. Außer dem Stall mit Hirten und Tieren kam ein ganzes kleines Dorf mit seinen Bewohnern zum Vorschein. Paolo machte sich begeistert daran, die Holzfiguren auf der Kommode aufzubauen.

Plötzlich klingelte das Telefon.

»Ciao, Flavia. Wir bauen gerade die Krippe auf. Erinnerst du dich an die vielen kleinen Häuser und Figuren?«

Statt einer Antwort hörte Leda ihre Tochter am anderen Ende schluchzen.

»Was ist passiert?« fragte Leda beunruhigt.

»Philipp kommt nicht mit nach Rom.«

»Warum denn das?«

»Es ist Schluß«, jammerte Flavia.

»Wieso? Ihr wart vor ein paar Tagen doch noch sehr verliebt.«

»Waren wir auch, und ich liebe ihn genauso wie früher. Aber er ist so eifersüchtig.«

»Und was hast du angestellt?«

»Gestern abend habe ich längere Zeit mit einem anderen getanzt und ein bißchen geflirtet. Philipp hat nichts gesagt und ist einfach gegangen. Heute morgen habe ich ihn angerufen, und da hat er mich angeschrien, ich solle ihn in Ruhe lassen. Er sei kein Besenstiel, den man in die Ecke stellen kann. Dabei habe ich ihn gar nicht in die Ecke stellen wollen, sondern einfach nur mal mit einem anderen getanzt.«

»Hast du ihm das denn nicht erklärt?«

»Ich wollte es tun, aber er hat nicht zugehört und nur gesagt, ich könnte mit dem anderen, dem Martin, nach Rom fahren.«

»Ich dachte immer, die deutschen Männer seien nicht eifersüchtig«, meinte Leda.

»Hast du eine Ahnung! Die sind schlimmer als jeder Sizilianer. Zumindest diejenigen, mit denen ich es zu tun habe. War Papa früher eifersüchtig?« fragte Flavia.

»Nein, ich kann mich jedenfalls nicht erinnern.«

»Und Paolo?« forschte Flavia weiter.

»Ich glaube auch nicht. Aber ich tanze in seiner Gegenwart auch nicht mit anderen Männern«, erwiderte Leda.

»Aber nur deshalb, weil du nie tanzt«, entgegnete Flavia.

»Das stimmt nicht. Letzte Woche war bei uns in der Questura Weihnachtsfeier, und ich habe das Tanzbein geschwungen. Allerdings nur, weil ich dazu gezwungen wurde«, mußte Leda gestehen. Flavia war ruhiger geworden.

»Rede noch mal mit Philipp. Ich bin sicher, daß er seine Meinung wieder ändert. Und wenn nicht, suchen wir dir hier einen schönen Römer. Was hältst du davon?«

»Gar nichts, weil ich Philipp nun mal liebe.«

»Dann sag ihm das unmißverständlich.«

»Meinst du, ich soll ihn jetzt noch anrufen?«

Leda schaute auf die Uhr.

»Ja, natürlich. Es ist doch erst halb zehn. Sag mir hinterher Bescheid, wie es ausgegangen ist.«

Als Leda ins Wohnzimmer zurückkam, lag Paolo auf dem Sofa. Er war inmitten der Lichterpracht des Baumes tief und fest eingeschlafen. Leda beschloß, ihn zu wecken, damit er wenigstens noch duschen konnte, bevor er sich der endgültigen Nachtruhe hingab. Benommen tat er, was ihm gesagt wurde.

»Rufst du bitte meine Mutter an und sagst ihr, daß es mir gutgeht?« bat er sie, verschwand im Badezimmer und anschließend im Bett.

Nach dem Telefonat erkundigte sie sich bei Ugo nach dem Gesundheitszustand seiner Mutter.

»Sie hat immer noch fast vierzig Grad Fieber. Der Arzt sagt, wenn es bis morgen nicht besser ist, muß sie ins Krankenhaus. Alte Leute verlieren vom hohen Fieber so viel Flüssigkeit. Bereiten Sie sich also innerlich darauf vor, daß ich morgen nicht ins Büro komme.«

Leda konnte aus Ugos Stimme die Sorge um seine Mutter heraushören. Er erkundigte sich nicht einmal danach, wie es in Bologna beim Kardinal gewesen war. Sie bot ihm ihre Hilfe an, falls er sie bräuchte, wünschte seiner Mutter gute Besserung und ging in die Küche.

Ein Bärenhunger hatte sich in ihrem Bauch breitgemacht. In einem Schrank entdeckte sie einen Beutel Fertigmischung für Paella. Sie brauchte nichts weiter zu tun, als Wasser zum Kochen zu bringen, das Gemisch hineinzuschütten und hin und wieder umzurühren. Nach zwanzig Minuten häufte sie sich einen Berg Reis mit Meeresfrüchten und Gemüse auf den Teller.

Um elf Uhr teilte Flavia ihr mit, daß Philipp ihre Entschuldigung und die Liebesschwüre angenommen hatte und sie nun doch gemeinsam kommen würden. Leda ging ins Bett. Sie fühlte sich erholt wie nach zehn Tagen Urlaub.

XXI

»Buon giorno, Commissaria. Sind wir nicht die Größten?« begrüßte Mario sie am nächsten Morgen strahlend.

»Ganz gewiß. Nur verrat mir kurz, warum«, erwiderte Leda, die keine Ahnung hatte, wovon Mario sprach.

»Haben Sie etwa unseren Sieg gegen die Gelb-Roten verpaßt?«

Fußball, natürlich! Heute war Montag, fiel Leda ein.

»Ich war unterwegs. Wie habt ihr denn gespielt?«

»3 zu 1, und es war das beste Spiel, das ich seit einem Jahrzehnt gesehen habe. Unsere Weiß-Blauen waren unschlagbar gut. Sie haben AS Roma in Einzelteile zerlegt. Die wußten zum Schluß nicht mehr, wo sie hinlaufen sollten. Unsere Abwehr hat sie kaum noch über die Mittellinie kommen lassen.«

Vor die Theke hatte Mario eine große weiß-hellblaue Fahne gespannt, ins Schaufenster Luftballons in den Farben des Clubs und an die Wände die Bilder sämtlicher Spieler der Saison gehängt, die teilweise sogar mit Autogrammen versehen waren.

»Wenn die Jungs so weitermachen, haben wir gute Chancen, nächstes Jahr wieder italienischer Meister zu werden.«

»Paolo sagt, das haltet ihr nicht bis zum Sommer durch.«

»Das hat er letztes Jahr auch behauptet«, lachte Mario siegesgewiß. »Und wer hat in den letzten drei Spielen noch Kraftreserven mobilisiert? Wir!« Mit stolz geschwellter Brust stellte er ihr den Cappuccino und ein Cornetto mit Cremefüllung hin. Aus dem Zigarettenarsenal fischte er ein Paket mit Ledas bevorzugter Marke.

»Haben Sie den Fall mit dem Tibertoten eigentlich inzwischen aufgeklärt?« erkundigte er sich, während sie frühstückte.

»Nein, immer noch nicht.«

»Ist er denn so kompliziert?«

»Ja, ziemlich.«

»Wissen Sie denn wenigstens, ob es Mord oder Selbstmord war?«

»Nicht einmal das.«

»Dann würde ich an Ihrer Stelle die Akte zumachen. Sie können doch nicht jahrelang ermitteln, und jede Menge andere Mörder kommen ungeschoren davon, weil sich niemand um sie kümmert.«

»Den Tibertoten bearbeiten wir erst seit knapp drei Wochen. Außerdem beginnen Mordfälle manchmal ganz bescheiden mit einem Toten. Später merkt man dann, daß er nur ein Opfer eines riesigen Bandenkrieges ist und vor ihm schon ein Dutzend Leute von Kugeln niedergestreckt wurden.«

»Er war also in einen Bandenkrieg verwickelt?«

»In eine Bande vielleicht, in einen Krieg glaube ich nicht. Das eben war nur ein Beispiel, das mit dem Tibertoten nichts zu tun hatte.«

»Drogendealer?« bohrte Mario erbarmungslos weiter.

Leda mußte lachen: »Nein, nein, Drogen nicht. Schmutzige Geldgeschäfte.«

»Also Mafia«, entschied Mario.

»Na ja, sagen wir: eine Art Mafia.«

»War der Tote ein Guter oder ein Böser?«

»Mario, wenn ich das schon wüßte, wäre ich ein glücklicher Mensch.«

Aus unerklärlichen Gründen floß der römische Verkehr an diesem Morgen ohne größere Hindernisse langsam, aber stetig vor sich hin. Leda erreichte ihr Büro früher als erwartet.

Sie machte sich gleich an den Bericht über das Gespräch

mit Gruciolo. Da sie auch niemand anrief, war sie innerhalb einer halben Stunde fertig und ging damit zu Alesi. Sie klopfte an seine Tür und trat nach seinem »Avanti« ein. Er hatte den Telefonhörer am Ohr. Als er Leda sah, winkte er ihr, sie möge zu ihm kommen, und drückte auf den Knopf zum Mithören. Cremonese war am Apparat.

»Leda Giallo hört jetzt mit«, sagte Alesi zum Bankpräsidenten.

»Buon giorno, Commissaria. Übers Wochenende habe ich in allen fraglichen Filialen Prüftrupps mit Vertrauensleuten eingesetzt. Die Ergebnisse sind erschreckend. Bitte kommen Sie sofort zu mir.«

Nicht einmal eine halbe Stunde später saßen Leda und Alesi in Cremoneses Büro. Er referierte mit tief besorgtem Gesicht:

»Es hat sich folgendes Bild ergeben: In Cosenza und Neapel wurde völlig identisch gearbeitet. Kardinal Carducci erteilte seinem Bruder Stefano Vollmacht über Konten, die er in beiden Städten hatte und hat. Von diesen Konten wurden zunächst mittelhohe Summen von fünftausend bis fünfzigtausend Euro abgehoben und später von Stefano inklusive Zinsen wieder eingezahlt. In beiden Städten hat Stefano Carducci jeweils unter Ausnutzung der Geldgier unserer Filialleiter nach gleichem Strickmuster gearbeitet, nämlich die Kirchengelder als Kredite zu absoluten Wucherzinsen ausgegeben. Das wissen Sie ja im wesentlichen schon, weil es so auch in Puccios Berichten steht.

Was Sie aber noch nicht wissen, ist die Tatsache, daß dieses Wucherspiel sich offensichtlich auf ganz Italien erstreckt. Geldbewegungen weisen darauf hin, daß Stefano Carducci bei den verschiedensten Banken in den verschiedensten Orten Konten hat. Zwischen diesen Konten findet ein verwirrender und reger Geldverkehr statt. Ein klassisches Signal für Geldwäsche. Das müssen wir noch im Detail und vor allem in Zusammenarbeit mit den anderen Bankhäusern prüfen.

Da die Kirchenkonten und auch die Privatkonten von Kardinal Carducci in diesen Überweisungszirkus einbezogen sind, müßte er eigentlich davon wissen. Von den Konten wurden auch mehrfach hohe Beträge sowohl ins Ausland als auch an die Vatikanbank überwiesen. Ebenfalls klassische Signale für Geldwäsche.«

»Wie hoch schätzt du den Geldumlauf insgesamt ein?« fragte Alesi.

»Das können wir im Moment nicht sagen, weil die Prüfungen bei anderen Banken noch ausstehen. Ich kann aber versichern, daß es sich im Laufe der Jahre um Millionen und Abermillionen von Euros gehandelt hat.«

»Wieso wurden keine Anzeigen erstattet?«

»Weil das Ausmaß dieser Geschäfte in den Berichten nicht erkennbar ist. Das Direktorenkollegium muß angenommen haben, es handele sich um relativ kleine Verfehlungen, um die man kein großes Aufsehen erregen wollte. Man glaubte offensichtlich, daß mit der Trennung von den beiden Filialleitern die Sache beendet sein würde. Da die beiden Carducci-Brüder mit der Zeit über ausreichend Eigenkapital und ein gut organisiertes System für das gewaltsame Eintreiben von Krediten à la Mafia verfügt haben dürften, brauchten sie unsere Leute auch nicht mehr.«

»Hat die Banca di Credito Abfindungen an die ausgeschiedenen Mitarbeiter gezahlt?« fragte Leda weiter.

»Keinen Cent. Aber ich brauche Ihnen ja nicht zu erzählen, daß Schweigegelder bei der Mafia gang und gäbe sind«, antwortete Cremonese.

»Bologna?« gab Alesi das nächste Stichwort.

»Dieser Fall liegt gänzlich anders und einfacher. Dort hat ein zunächst relativ erfolgloser Finanzmakler namens Cesarini vom Kardinal die Prokura über die Kirchenkonten bekommen. Von diesen Konten überwies Cesarini im Prüfungsjahr dreimal hohe Geldbeträge von mehreren hunderttausend Euro auf das Privatkonto eines unserer Mitarbeiter, Romero Santilli. Es entzieht sich meiner Kenntnis, wofür. Da auch unser Mann, ein kleiner Bankangestellter, auf seinem Konto wesentlich mehr Geld hatte, als er bei uns verdiente, wurde er vom Filialleiter zur Rede gestellt. Statt zu antworten, kündigte er und verschwand aus Bologna. Cesarini ist inzwischen wirklich reich. Die Kirchengelder wurden anfangs wohl nur als Startkapital genutzt.«

»Warum wurde wieder keine Anzeige erstattet?«

»Immer der gleiche Grund. Im Bericht wird die Problematik der Bestechungsgelder weit unter das tatsächliche Ausmaß heruntergespielt. Deshalb kam das Direktorengremium offensichtlich zum Ergebnis, daß der Wirbel, den ein Prozeß auslösen würde, dem öffentlichen Ansehen der Bank schaden könnte. Sie brauchen mir nicht zu sagen, daß dies ein Skandal ist. Ich weiß es!« griff Cremonese jedem Einwand Alesis oder Ledas vor.

»In Mailand haben wir uns vor allem die Konten dieser Fare-Bene-Events und die des Finanzberaters angeschaut«, fuhr er fort. »In diesem Fall hat Puccios Bericht nur noch soviel mit der Realität zu tun, als sich die beiden in der Tat in kürzester Zeit zu den wichtigsten Kunden dieser kleinen Niederlassung unserer Bank entwickelt haben. Mit keiner Zeile wird erwähnt, daß ein Zusammenhang zwischen beiden Kunden besteht. Puccio muß vor der Prüfung einen Hinweis auf die Sachlage erhalten haben, da er diese Konten ganz allein geprüft hat.

Wir haben folgendes festgestellt: Der Finanzberater D'Alma, Inhaber der Fare-Bene-Events, eröffnete für diese Firma, für seine neue Finanzberatung und für sich privat drei Konten bei unserer Bank. Ursprünglich wurde das Fare-Bene-Konto von Carducci aus Neapel aufgefüllt – und zwar mit etwa einer halben Million Euro. D'Alma hat das Geld in Tranchen abgehoben. Seitdem fließen auf dieses Konto viele kleinere Einzahlungen, die allesamt als Spenden deklariert werden. Diese überweist D'Alma regelmäßig an die Vatikanbank, auf Konten von Fare-Bene-Events in Venedig und auf Kirchenkonten in Neapel.

Auf sein Beraterkonto reicht er laufend Schecks aus allen Teilen Italiens ein, die als Beratungshonorare bezeichnet werden. Davon fließt wiederum ein Teil auf sein Privatkonto. Wir haben viele Hinweise darauf gefunden, daß D'Alma auch mit anderen Banken zusammenarbeitet und daß es sich um ein riesiges Kreditkarussell mit Wucherzinsen handelt. In Puccios Bericht fehlt jeder Hinweis darauf. Für die Bank sind D'Alma und Fare-Bene-Events angesichts der Milliardenumsätze in der Tat zu sehr wichtigen Kunden geworden, wenn man nur die nackten Zahlen betrachtet.«

Cremonese atmete tief durch. Dann fuhr er fort:

»In Venedig wurde eine neue Kombination erfunden. Hier gehört Fare-Bene-Events dem Bauunternehmer Rossi. Das Konto wurde ursprünglich aus den bekannten Quellen in Mailand und Neapel gespeist und nach Überzeugung meiner Leute zur Zahlung von Bestechungsgeldern benutzt. So wurden beispielsweise hohe Summen an drei Privatpersonen weitergeleitet, von denen wohl nicht zufällig zwei in der venezianischen Bauverwaltung und einer im Stadtrat sitzen. Wenig später erhielt Rossi den millionenschweren Auftrag für den Neubau eines Unigebäudes und eine entsprechende Vorauszahlung. Einen Teil davon überwies er an unseren Mann, und der zahlte das ›ausgeliehene‹ Geld mit Zins und Zinseszins plus einer kräftigen Spende an die Geldgeber zurück. Eine, sagen wir, Vermittlungsgebühr behielt er für sich selbst. Rossi entwickelte sich innerhalb kürzester Zeit zu einer großen Baufirma, deren Konten Umsätze aufwiesen, von denen der Inhaber ein oder zwei Jahre zuvor nicht einmal zu träumen gewagt haben dürfte.

Anschließend erfolgten wiederum Kreuz- und Querüberweisungen auf Konten, die wir aus den vorangegangenen Fällen kennen. Auch hier muß Puccio vor der Prüfung über die Zusammenhänge Bescheid gewußt haben. Und der Bericht entspricht nicht im entferntesten der Wahrheit.«

»Erkennst du einen roten Faden, der diese Vorfälle miteinander verbindet?« fragte Alesi.

»Ja, natürlich. Es gibt, bis auf Bologna, eine klare Konten- und Personenverbindung.«

»Ist eine federführende Institution oder Person erkennbar?« wollte Alesi wissen.

»Das ist der Punkt, der mich zur Zeit noch verunsichert«, antwortete Cremonese.

»Verdone?« bohrte Alesi erbarmungslos weiter.

»Sein privates Konto weist auf keinerlei Geldeinnahmen aus bankfremden Quellen hin. Das muß aber überhaupt nichts bedeuten. Er kann bei anderen Banken im In- und Ausland Konten haben, von denen wir nichts wissen. Denn Tatsache ist, daß er erstaunlich viel Geld hat. Das bezieht er jedenfalls nicht von uns.«

»Habt ihr euch auch Fare-Bene-Events in Rom angesehen?«

»Ja. Inhaberin ist Pia Mastella, Verdone hat die Kontovollmacht. Auf diesem Konto laufen zwar zwei- bis dreimal jährlich hohe Summen ein, was für Spendenkonten ungewöhnlich ist. Diese Gelder werden aber nicht wie in den anderen Fällen in alle Himmelsrichtungen überwiesen, sondern in ihrer Gesamtheit an die Vatikanbank.«

»Also ist Verdone sauber?« fragte Alesi.

»Das kann nicht sein, weil er zuviel Geld hat!« antwortete Cremonese seufzend und fuhr fort:

»Ich habe ihn heute morgen sehr früh zu mir kommen lassen, weil ich sehen wollte, ob er etwas von unserer Wochenendaktion erfahren hat. Soweit ich es beurteilen kann, ist das nicht der Fall. Außerdem habe ich ihn mir natürlich genau unter dem Aspekt angeschaut, ob er die Graue Eminenz dieses Finanzimperiums sein könnte. Über eine Stunde lang habe ich mich mit ihm unterhalten. Entweder ist er ein phantastischer Schauspieler, der mich in jeder Hinsicht täuschen kann. Oder mein Eindruck stimmt, daß er zu solch einer Regie überhaupt nicht in der Lage wäre.

Verdone hat die Charaktereigenschaften eines gut funktionierenden Rades im Getriebe, mehr traue ich ihm keinesfalls zu. Er selbst hat übrigens während des Gesprächs immer wieder betont, daß er mit seinem Posten zufrieden ist und keinen anderen haben möchte«, sagte Cremonese.

»Hältst du es denn für möglich, daß er Einfluß auf die Berichte genommen hat?«

»Das müssen ja entweder er oder Puccio selbst gewesen sein. Dessen Konten habe ich mir übrigens auch angeschaut. Da war auch nichts Außergewöhnliches zu finden.«

»Und was hast du jetzt vor?« fragte Alesi seinen Freund.

»Verdone ist als Chef der Abteilung für Außeninspektionen für diese falschen Berichte verantwortlich, und ich werde ihn dafür zur Rede stellen, selbst wenn Puccio sie gefälscht haben sollte«, antwortete Cremonese.

»Könntest du damit noch ein paar Tage warten? Ich meine, wir sollten vorerst noch die Fahndung in die Büros aller Fare-Bene-Events schicken und Material beschlagnahmen lassen. Sonst laufen wir Gefahr, daß Beweismaterial verschwindet«, erklärte Alesi ihm.

»Das heißt, ich lasse im Moment auch die Außenprüfungen in aller Ruhe so weiterlaufen wie geplant?«

»Ja, bitte.«

»Glaubst du, daß Verdone der Drahtzieher ist?« fragte Cremonese.

»Nein, nur der Erfüllungsgehilfe anderer. Frag im Moment bitte nicht, wer das ist. Wir haben bisher nur einen vagen Verdacht, der aber auch völlig verkehrt sein kann. Deshalb möchten wir jetzt keinesfalls Pferde scheu machen«, erklärte Alesi.

Nun wurde Cremonese ungehalten.

»Entschuldige, Erman, so kann das aber nicht laufen. Ich habe in aller Offenheit als oberster Verantwortlicher meiner Bank mit dir zusammengearbeitet, weil wir befreundet sind und ich dir und deinen Leuten vertraut habe. Das hätte kein anderer in meiner Position so für dich getan.

Und nun willst du mir verschweigen, worum es geht? Und ich kann nicht einmal einschätzen, ob ich dabei meinen eigenen Kopf und Kragen und das Wohlergehen meiner Bank riskiert habe. Ich möchte klar wissen, wen du außer Verdone verdächtigst, mit Hilfe der Banca di Credito krumme Geschäfte zu betreiben«, rief Cremonese aufgebracht.

»Du hast recht, entschuldige bitte, aber dieser Fall bringt mich noch um den Verstand. Also, wir haben Hinweise, daß oberste Kirchenleute im Vatikan in Mafiamanier Geld machen.«

Alesi begann ihm die gesamte Ermittlungsgeschichte darzulegen. Da Leda wußte, daß dies einige Zeit beanspruchen würde und die beiden Herren anschließend noch ihr weiteres Vorgehen absprechen mußten, ließ sie sich ein Taxi bestellen. Sie wollte so schnell wie möglich ins Büro zurück, um die Durchsuchungen bei den Fare-Bene-Büros in Mailand, Venedig und Rom vorzubereiten und den Bericht über Cremoneses soeben erfolgte Aussage zu schreiben.

»Was ist denn los? Sie waren vorhin so schnell wie ein Blitz fort. Wo ist der Vice-Questore?« erkundigte sich die völlig verschnupfte Silvia nach dem Verbleib ihres Chefs.

»Ciao, Silvia, Sie hat es ja heftig erwischt.«

»Das kann man wohl sagen. Am Samstag nachmittag

ging's los. Ich wache jede Nacht mindestens zehnmal auf, weil ich keine Luft mehr bekomme. Und wie ich aussehe! Ist Ugo auch noch krank?«

»Er hat gar nichts. Seiner Mutter geht es nur sehr schlecht. Wahrscheinlich muß sie ins Krankenhaus gebracht werden, weil das Fieber zumindest bis gestern abend nicht gesunken war. Ich rufe Ugo jetzt gleich an und sage Ihnen dann Bescheid.«

Kaum hatte Leda ihr Büro betreten, klingelte das Telefon.

»Ugo«, schoß es ihr durch den Kopf.

Statt dessen meldete sich Chiara Puccio.

»Ich weiß, wo der Computer meines Mannes ist. Haben Sie Zeit zu kommen?« fragte sie Leda.

Der Computer, die Berichte! Leda ließ sich die Anschrift geben. Sofort rief sie Alesi an, der noch bei Cremonese war. Sie schilderte ihm in drei Sätzen die Situation und gab ihm die Adresse.

»Wir treffen uns dort in zwanzig Minuten.«

Leda bestellte einen Fahrer. Wenig später hielt der silbergraue Alfa-Romeo der Questura in der Via dei Tre Pupazzi. Alesi wartete bereits vor dem Haus. Leda klopfte wie mit Chiara Puccio verabredet an die Tür einer Bar, an deren Glastür das Schild »chiuso« hing. Nach ein paar Sekunden schaute sie aus einem Fenster im oberen Stockwerk und rief:

»Moment, wir machen auf!«

Ein Mann in den Fünfzigern öffnete und verlangte, ihre Ausweise zu sehen. Schweigend griffen Leda und Alesi in ihre Manteltaschen und zogen sie hervor. Er ließ sie eintreten und schloß sorgfältig die Tür hinter ihnen.

»Entschuldigen Sie bitte, aber Signora Puccio sagte mir, ich müßte sehr vorsichtig sein. Ich bin Federico la Valle, Eigentümer der Bar. Bitte folgen Sie mir nach oben.«

Sie kletterten die schmale Treppe hinter der Bar ins erste Stockwerk hinauf.

»Buon giorno, Vice-Questore Erman Alesi, Chiara Puccio, die Witwe des Toten vom Tiber«, stellte Leda die Anwesenden kurz untereinander vor.

»Kommen Sie«, sagte Chiara Puccio und öffnete eine der Türen im dunklen Flur.

Sie betraten ein Zimmer, durch dessen Fenster nur wenig Tageslicht hereinfiel. Die Wände waren grau und unansehnlich, genauso wie das spärliche Mobiliar: Ein ehemals rotes, abgeschabtes Samtsofa, ein ebensolcher Sessel und eine Stehlampe, deren Schirm aus vergilbter Seide einmal gelb gewesen sein mußte, ein Vitrinenschrank voller Aktenordner und ein Tisch mit einer modernen Halogen-Schreibtischlampe, die gemeinsam mit dem kleinen, tragbaren Computer die Umgebung noch erbärmlicher aussehen ließ. Der Bildschirm war aufgeklappt und mit Staub bedeckt.

»Das ist das Zimmer von Gianpiero«, unterbrach Federico das Schweigen.

»Wieso hatte er hier ein Zimmer?« fragte Leda.

»Davon hatte ich auch keine Ahnung, bis mich heute morgen Federico anrief. Es ist die frühere Wohnung meiner Schwiegereltern«, erklärte Chiara Puccio bedrückt. »Ich wußte nur, daß Gianpiero in der Bar öfter mit alten Freunden aus dem Borgo Karten spielte.«

»Er hat mir die Wohnung billiger verkauft und wollte dafür das Zimmer hier benutzen können. Da ich sowieso allein lebe, war mir das egal. Nach dem Kartenspiel Sonntag nachmittags ging er oft noch ein paar Stunden hoch und hat hier geschrieben. Das durfte ich nur niemandem sagen.

Als ich hörte, daß Gianpiero tot ist, wußte ich nicht, was ich machen sollte. Der Computer und der Papierkram waren ja noch hier. Heute morgen habe ich Signora Puccio dann angerufen. Vielleicht war das falsch, aber was soll ich mit den Sachen anfangen?« meinte Federico, während er entschuldigend die Schultern hochzog.

»Signor La Valle, Sie haben goldrichtig gehandelt«, wandte Alesi sich an ihn und fuhr fort: »Haben Sie irgendwem – und überlegen Sie bitte genau – nach Puccios Tod gesagt, daß er häufig bei Ihnen war?«

»Nein, ich schwör's bei Gott, niemandem. Gianpiero war mein Freund, und er hatte mir das streng verboten. Ich hab mich dran gehalten, bis heute morgen.«

»Demnach ist auch niemand zu Ihnen gekommen und hat nach Signor Puccio oder seinen Sachen hier gefragt oder gar das Zimmer betreten?« fragte Alesi weiter.

»Nein, absolut niemand. Nicht einmal Gianpiero selbst hatte den Schlüssel für das Zimmer. Der liegt immer in der Schublade unter der Theke zwischen allen anderen Schlüsseln«, sagte Federico.

»Es wäre auch in Zukunft besser für Sie, darüber zu schweigen wie ein Grab«, erklärte Alesi mit mahnender Stimme. »Hat er den Computer eigentlich immer hier stehenlassen?«

»Nein, den hat er jedesmal in einer Tasche mitgebracht und wieder mitgenommen. Nur die Sachen im Schrank ließ er liegen.«

»Und wann war Signor Puccio das letzte Mal hier?« fragte nun Leda.

»Am Montag vor drei Wochen, nach der Arbeit. Das war merkwürdig, denn er kam sonst nie unter der Woche. Er blieb auch bis sehr spät abends hier und schrieb.«

»Hat er etwas gesagt, als er ging? Hat jemand auf ihn gewartet?«

»Nein. Er meinte nur, daß er jetzt nach Hause gehe und den Computer hierlasse, weil er sich am nächsten Tag, also Dienstag, krank melden und wiederkommen wollte.«

»War er nervös oder irgendwie anders als sonst?« fragte Leda weiter.

»Als er kam, hatte er es sehr eilig, in sein Zimmer zu kommen. Er wollte sich kein bißchen mit mir unterhalten. Als er ging, war er müde, aber ruhiger. Wir haben bei mir im Wohnzimmer noch geredet, weil ich die Bar schon um acht Uhr geschlossen hatte.«

»Worüber haben Sie an dem Abend noch gesprochen?«

»Über Fußball.«

»Er hat nichts über seine Arbeit erzählt?« fragte Leda.

»Nein, wir haben nie von seiner Arbeit gesprochen. Höchstens mal über die Familie. Aber auch das nur selten.«

»Würden Sie uns bitte einen Augenblick allein lassen?« bat Alesi, woraufhin Chiara Puccio und Federico das Zimmer verließen.

Alesi zog ein blütenweißes, gebügeltes Taschentuch aus der Jackettasche, fuhr damit über den verstaubten Bildschirm des Computers und schaltete ihn ein.

»Na, dann wollen wir mal.«

Leda öffnete die Glastür des Vitrinenschranks und nahm eine Box mit Disketten heraus. Sie trugen alle ein Etikett mit Datum und Ortsbezeichnung und waren chronologisch geordnet. Leda zog eine heraus, die die Aufschrift »Venedig, September 1998« trug. Alesi schob sie ins Laufwerk. Drei Textdateien waren abgespeichert: »1. Version«, »2. Version« und »Bemerkungen«.

Alesi öffnete die erste Datei. Auf dem Schirm erschien, was sie beide erwartet hatten: Puccios Prüfungsbericht. Auf fast zwanzig Seiten war all das niedergeschrieben, was Cremoneses Prüfungstrupp am vergangenen Wochenende entdeckt hatte. Alesi scrollte schnell Seite um Seite weiter. Den Inhalt kannten sie im wesentlichen. Unter »2. Version« entdeckten sie den zugunsten von Rossi und Fare-Bene-Events umgeschriebenen Teil, den sie bereits gelesen hatten.

»Er hat den Bericht also selbst gefälscht«, konstatierte Leda.

Alesi öffnete die dritte Datei. Der Text war kurz:

»3. September. Seit dreieinhalb Tagen prüfen wir hier. Jetzt ist Donnerstag nachmittag. Eben hat V. mich angerufen. Die Niederlassung ist Aktionspunkt. Die Kunden Fare-Bene-Events und Rossi gehören zur ›Familie‹. Ich muß vorsichtig sein, weil Esposito die Akten bereits in den Fingern hatte. V. hat wieder mal nicht aufgepaßt. Hoffentlich reitet er sich bald selbst gegen die Wand! Der Schuft! Immer muß ich den Karren aus dem Dreck ziehen. Noch 183 Tage, dann ist es vorbei. Ich kann nicht mehr!« lasen sie.

»Gib mir ›Mailand, Dezember 1997‹«, sagte Alesi.

Auch das Inhaltsverzeichnis dieser Diskette zeigte drei Dateien, die Alesi eine nach der anderen aufrief. Wieder wichen die Inhalte der Berichte völlig voneinander ab, und wieder erklärten die »Bemerkungen«, was passiert war:

»4. Dezember. V. hat mir die Gruppe für Mailand zusammengestellt. Die ›Familie‹ hat dort einen Sitz. Ich kenne von der Gruppe nur Brindisi, und der ist gründlich. Montag geht's los. Ich habe V. nochmals gebeten, meine Nachfolge zu regeln, damit ich endlich aufhören kann. Er sagt, das geht nicht so einfach. Bei mir hat er es doch auch geschafft! Ein einziger durchgeschnittener Bremsschlauch hat gereicht!«

»Mein Gott, das darf nicht wahr sein«, stöhnte Alesi und schloß die Datei. »Schnell, gib mir die nächste.«

Leda zog die Diskette mit der Aufschrift »Bologna, November 1996« aus der Box und reichte sie ihm. Sie merkte, wie ihre Hände vor Aufregung zitterten.

»21. November. Der schwärzeste Tag in meinem Leben, ich bin V. ausgeliefert. Wir haben gestritten, doch er sagt, er steht selbst unter Druck. Er wollte nicht, daß Camilla so schwer verunglückt, und hat sich dafür entschuldigt. Ich habe ihm gesagt, daß ich ihn anzeige, und wollte kündigen. Er hat gelacht, dann geht es Michele an den Kragen. Es gibt niemanden in der Bank, der den Dreckskram machen könnte. Er läßt mich nicht gehen. V. ist der Teufel.«

»Basta, das reicht, wir haben ihn«, sagte Alesi plötzlich, schloß die Datei und schaltete den Computer aus.

Er war vollkommen ruhig. Die Routine eines erfahrenen Kriminalisten leitete sein weiteres Handeln. Aus der kleinen Ledertasche, die an seinem Gürtel hing, zog er sein Telefonino, rief in der Questura bei Silvia an und trug ihr auf, von Richter Marroni einen Haftbefehl für Verdone und seine Frau ausfertigen zu lassen. »Verdacht auf Mord im Fall Gianpiero Puccio und versuchten Mord an der Tochter Camilla Puccio.«

Leda trat auf den dunklen Flur hinaus und ging zu einer geöffneten Tür, die in die Küche führte. Dort saßen Chiara Puccio und Federico mit Kaffeetassen am Tisch. Chiara Puccios Augen waren rot vom Weinen.

»Ihr Mann hat, soweit wir es beurteilen können, zwar falsch gehandelt. Aber nur, um Sie und die Kinder zu retten. Camillas Autounfall war ein Anschlag, um Ihren Mann unter Druck zu setzen. Er mußte gegen seinen Willen Bankberichte fälschen«, erklärte Leda der schluchzenden Frau. »Das Zimmer, von dem niemand etwas wissen durfte, hat er dazu gebraucht, um die Beweise sammeln zu können. Ich vermute, daß er mich vor seinem Tod angerufen hat, um mir die ganze Geschichte zu erzählen. Wir müssen Ihrem Mann sehr dankbar sein. Er war ungeheuer tapfer«, sagte Leda und hoffte, sie ein wenig trösten zu können.

»Das haben die Einbrecher also bei uns gesucht! Die wußten, daß Gianpiero wichtige Unterlagen hatte.«

Leda sah, daß sie am ganzen Körper zitterte.

»Sie müssen es zumindest befürchtet haben. Wahrscheinlich hat Ihr Mann gedroht, sie anzuzeigen«, antwortete Leda.

»Wer hat ihn umgebracht?« fragte Chiara Puccio.

»Das kann ich Ihnen noch nicht mit letzter Gewißheit sagen, aber soweit wir es überblicken können, war sein Chef

Verdone mit für seinen Tod verantwortlich«, antwortete Leda.

Sie bat Federico um zwei Plastiktüten. Während er in einem der Küchenschränke danach suchte, bot Leda der Frau an, sie nach Hause zu bringen.

»Danke, aber ich denke, ein paar Schritte an der frischen Luft tun mir gut. Es ist ja nicht weit«, lehnte Chiara Puccio ab.

»Ich kümmere mich um Signora Puccio, machen Sie sich keine Sorgen«, sagte Federico und reichte ihr die gewünschten Tüten.

Leda und Alesi packten den Computer, die Disketten und sämtliche Unterlagen aus dem Vitrinenschrank ein und verließen das Haus.

Aus dem Auto rief Alesi bei Cremonese an.

»Luigi, wir haben die Disketten mit Puccios Originalberichten gefunden.«

Leda konnte nicht verstehen, was Cremonese antwortete, sondern hörte nur, was Alesi sagte:

»Nein, außer Verdone steht in der Bank niemand unter Verdacht. Ich wollte dich als ersten darüber informieren, daß wir ihn verhaften müssen. Es wäre dir sicher genauso lieb wie mir, dies ohne viel Aufsehen zu erledigen. Deshalb wollte ich dir vorschlagen, daß du ihn später in dein Büro kommen läßt, wenn wir schon da sind. Dann können wir ihn durch den Seitenausgang mitnehmen.«

Alesi sagte wieder eine Weile nichts, hörte Cremonese zu und nickte hin und wieder, als könne ihn der Bankpräsident beim Gespräch sehen.

»Es tut mir wirklich leid, Luigi, aber der Mann ist mit allerhöchster Wahrscheinlichkeit an einem Mord und einem versuchten Mord beteiligt. Das läßt sich nicht elegant lösen, wie du es nennst. Es geht nicht mehr nur um Geld, sondern um zwei Menschenleben. Ich verspreche dir, die ganze Sache so diskret wie irgend möglich über die Bühne zu bringen.«

Alesi hörte wieder zu und schaute dabei aus dem Autofenster zwei in elegante Pelzmäntel gekleideten Frauen hinterher, die mit großen Einkaufstüten bepackt und fröhlich plaudernd den Bürgersteig entlanggingen.

»Und es ist sicher, daß er heute nicht mehr ins Büro zurückkehrt? Um acht Uhr, hat er seiner Frau ausrichten lassen? Wo ist er jetzt genau?« fragte Alesi und signalisierte Leda, daß sie mitschreiben sollte.

Auf dem Grund ihrer Tasche fand sie einen Kugelschreiber und einen Briefumschlag. Sie notierte mit krakeliger Handschrift, was Alesi ihr diktierte:

»Kongreß für Mitarbeiterführung, Hotel Intercontinental, Via Sistina. Nein, nein, keine Sorge, wir nehmen ihn dort nicht fest. Wir müssen nur aufpassen, daß er nicht verschwindet. Ciao, Luigi, und nochmals danke für deine Mitarbeit. Ich lasse von mir hören.«

Kaum hatte Alesi aufgelegt, nahm Leda ihr Telefon und wählte Ugos Handynummer. Er meldete sich aus dem Krankenhaus. Seine Mutter hing am Tropf, es ging ihr schlecht.

»Ugo, es tut mir so leid. Bitte grüß sie von mir. Ich komme, sobald ich Luft habe. Braucht sie dich im Moment sehr dringend?« fragte Leda ihren Mitarbeiter.

»Nein, sie schläft ununterbrochen. Ich sitze einfach nur bei ihr, falls sie Durst bekommen sollte oder mich sehen möchte.«

»Meinst du, daß du sie für ein paar Stunden verlassen könntest, um Verdone bis etwa acht Uhr heute abend zu überwachen? Ich muß mich um den Haftbefehl und die Finanzpolizei kümmern«, erklärte Leda und berichtete Ugo, was inzwischen geschehen war. Ugo erklärte sich bereit zu kommen, bat allerdings um die Hilfe eines weiteren Kollegen in Zivil: »Vier Augen sehen mehr als zwei.«

»Nimm bitte ausnahmsweise ein Taxi, es muß schnell gehen.«

Der Alfa stand inzwischen eingekeilt im Verkehr und kam nicht voran.

»Machen Sie das Blaulicht an«, sagte Alesi zum Fahrer.

Der nickte nur kurz, zog eine Lampe mit einem Spiralkabel hervor, öffnete das Fenster, klebte die Lampe mit dem Gummipfropf aufs Dach, und wenig später jaulte die Sirene des Polizeifahrzeugs los. Langsam schoben sich die Autos um sie herum zur Seite, und der Fahrer bahnte sich mit sichtlichem Vergnügen seinen Weg durch die blecherne Umgebung.

»Wir müssen auch vor seinem Privathaus Leute postieren«, brüllte Leda gegen die Sirene an. Alesi nickte nur.

Zehn Minuten später rasten sie in den Hof der Questura, und als der Fahrer die Sirene ausschaltete, hatte Leda das Gefühl, sie sei taub, so still war es plötzlich geworden. Außerdem wurde ihr bewußt, daß sie furchtbaren Hunger hatte. Als könne Alesi Gedanken lesen, fragte er sie:

»Was essen wir eigentlich? Ich muß unbedingt etwas in den Magen bekommen.«

»Heute abend wird es sicher spät werden. Die Pizzeria a taglio unten an der Ecke hat durchgehend geöffnet«, sagte Leda.

Alesi wandte sich zum Fahrer und bat ihn, schnell etwas zu holen. Der strahlte bei der Aussicht auf Eßbares und erklärte sich sofort bereit, den Auftrag zu erfüllen. Alesi nahm ein paar Scheine aus dem Portemonnaie und gab sie ihm.

»Kommen Sie anschließend zu mir hoch ins Büro«, bat Alesi ihn.

»Natürlich, Signor Vice-Questore.«

»Ich trommele schnell die Mannschaft für die Überwachung und die Festnahme zusammen«, sagte Leda zu Alesi und machte sich auf den Weg zu ihrem Kollegen Nicola. »Wir kommen gleich zur Lagebesprechung.«

XXII

Punkt halb sieben hielten sie am geschlossenen schmiedeeisernen Tor vor Verdones Latifundien in Olgiata. Es war bereits stockfinster, und Ledas Herz klopfte so laut, daß sie dachte, Nicola müsse es hören. Doch er achtete gar nicht auf Leda, zu sehr war er in seine eigenen Gedanken versunken. Er schaute sich um, ob die beiden Zivilfahrzeuge sich unauffällig am Straßenrand plaziert hatten.

»Wir können!«

Leda stieg aus und klingelte. Es dauerte eine Weile, bis sich durch die Gegensprechanlage jemand meldete. Leda fror in der kalten Winternacht.

»Pronto, wer ist da?«

»Buona sera. Hier ist Leda Giallo. Ich möchte zu Signora Mastella.«

»Einen Moment, bitte«, sagte die Frauenstimme, und der Lautsprecher knackte leise.

Es kam Leda wie eine Ewigkeit vor, bis sich Pia Mastella selbst meldete:

»Wer ist da, bitte?«

»Buona sera, Signora Mastella, hier ist Leda Giallo, von der Questura. Ich war kürzlich bei Ihrem Weihnachtskonzert, vielleicht erinnern Sie sich an mich. Ich muß mit Ihnen sprechen.«

»Ist etwas passiert?«

»Ja«, erwiderte Leda nur kurz.

Mit einem leichten Surren rollten die beiden Torflügel zur Seite und verschwanden im Grün der hohen Hecke hinter der Mauer. Langsam fuhren sie den spärlich beleuchteten Weg zum Haus hinauf. Nicola pfiff leise, als sich die Aussicht auf das beleuchtete Haus eröffnete.

»Das schaffen Einfachverdiener wie du und ich nie. Wir haben doch die falsche Karriere gemacht.«

»Dafür landen die hinter Gittern«, bemerkte Leda kurz angebunden.

»Und wenn er nach ein paar Jährchen wieder rauskommt, ist dieser Verdone immer noch reich und wird in Freuden alt. Nach dem, was ihr vorhin erzählt habt, hat der doch sein Geld längst auf Konten in der ganzen Welt verteilt, an die wir nie rankommen.«

Das stimmte wohl, überlegte Leda. In diesem Moment klingelte ihr Telefonino.

»Wo sind Sie?« fragte Ugo.

»Ich fahre gerade Verdones Auffahrt hoch. Hast du ihn im Auge?«

»Ja, hier ist alles in Ordnung. Er ist an der Garderobe und holt seinen Mantel ab«, berichtete Ugo.

»Paß gut auf ihn auf. Vielleicht hat die Mastella ihn schon angerufen.«

»Glaube ich nicht. Er hat in der letzten halben Stunde nicht telefoniert.«

»Ciao, Ugo, wir sehen uns dann in etwa einer Stunde hier.«

Leda stellte den Wagen direkt vor der geöffneten Haustür ab. Pia Mastella wartete bereits auf sie. Anders als beim letzten Treffen, als sie in feinstes Tuch gehüllt und geschminkt gewesen war, wurden Leda und Nicola heute abend von einer sehr blassen Frau mit tiefen, dunklen Augenringen in Jeans und braunem Strickpullover begrüßt:

»Was ist denn um Gottes willen passiert? Ist meinem Mann etwas zugestoßen?« fragte sie, während sie Leda und Nicola die Hand reichte und sie hereinbat. Bevor Leda antworten konnte, erklang eine Kinderstimme:

»Mama, wer ist denn gekommen?«

Es war der kleine Jacopo, der sich neugierig dem Besuch näherte.

»Buona sera, Jacopo. Ich bin Leda und habe dich vor vierzehn Tagen hier beim Konzert gehört. Du spielst sehr schön, meinen Glückwunsch.«

»Das sagen alle. Kannst du Klavier spielen?« fragte sie der Junge und betrachtete sie mit großen, neugierigen Augen.

»Nur sehr wenig, und das auch noch schlecht«, antwortete Leda entschuldigend.

»Hast du denn ein Klavier?« fragte Jacopo weiter.

»Nein, leider nicht mehr. Es steht bei meiner Schwester. Ihre Kinder spielen darauf.«

»Du kannst unseres benutzen, wenn du möchtest«, bot Jacopo ihr großzügig an.

»Vielen Dank. Aber wenn ich mal spielen möchte, gehe ich zu meiner Schwester. Da schäme ich mich auch nicht so sehr, wenn andere mich hören.«

»Du brauchst dich nicht zu schämen. Jeder macht mal Fehler. Komm«, meinte Jacopo und ergriff eifrig ihre Hand, um sie ins Musikzimmer zu ziehen.

»Mein Schatz, jetzt bitte nicht. Signora Giallo ist gekommen, um etwas Wichtiges mit mir zu besprechen«, wiegelte Pia Mastella den Eifer ihres Sohnes ab. »Geh am besten wieder zu Palma in die Küche. Dann könnt ihr schon das Abendessen vorbereiten.«

Grollend zog Jacopo ab.

Sie betraten nun das Wohnzimmer, das ohne die vielen Gäste noch riesiger wirkte, und Pia Mastella bat sie, auf einer der Sitzgruppen Platz zu nehmen.

»Was ist denn nun geschehen?« drängte sie erneut.

»Signora Mastella, bitte sagen Sie mir, woher Sie so viel Geld haben«, bat Leda sie geradeheraus.

»Was soll die Frage? Ich dachte, Sie wollten mir etwas sagen?« antwortete Mastella nervös.

»Ich möchte Sie bitten, meine Fragen ohne weitere Gegenfragen zu beantworten. Sie stehen gemeinsam mit Ihrem

Mann unter Mordverdacht«, sagte Leda und legte dabei einen strengen Ton in ihre Stimme. »Also bitte, woher haben Sie das Geld?«

»Ich denke gar nicht daran, Ihnen etwas zu sagen, bevor ich nicht mit meinem Anwalt gesprochen habe«, antwortete Mastella.

»Wie Sie möchten. Dann fahren wir jetzt gemeinsam in die Questura. Von dort aus können Sie Ihren Anwalt anrufen. Bis dahin werden Sie mit niemandem sprechen.«

Leda und Nicola standen auf, während Mastella sie mit haßerfüllten Augen anstarrte.

»Dann müssen Sie ja wenigstens einen Haftbefehl gegen mich in der Tasche haben«, fuhr sie Leda an.

»Den habe ich«, sagte Leda ruhig, zog ein Blatt Papier aus der Manteltasche und las vor:

»Haftbefehl gegen Pia Mastella, Ehefrau des Gianni Verdone, wegen des Verdachts der Teilnahme an der Ermordung von Gianpiero Puccio und des versuchten Mordes an dessen Tochter Camilla Puccio. Bitte schön, lesen Sie selbst.« Leda hielt ihr das Blatt hin. Pia Mastella riß es ihr aus der Hand und überflog es kurz.

»Was ist mit der Tochter passiert?« fragte sie mit schriller Stimme.

»Sie hatte einen schweren Autounfall, weil die Bremsschläuche durchgeschnitten waren«, antwortete Leda ruhig.

»Ach, und die soll ich durchgeschnitten haben? Wieso denn?«

»Um ihren Vater, Gianpiero Puccio, unter Druck zu setzen, damit er das tat, was er nicht tun wollte. Nämlich Bankberichte fälschen. Sie ist nur knapp mit dem Leben davongekommen und hat deshalb im achten Monat ein Kind verloren. Noch heute leidet sie an den Folgen. Und das alles nur, weil Sie unbedingt reich werden wollten und geworden sind«, antwortete Leda.

Sie merkte, wie sie allmählich die Geduld mit dieser Frau verlor. Eindringlich schaute sie ihr in die Augen. »Signora Mastella, ich weise Sie darauf hin, daß Sie wegen dieser Delikte lebenslange Haft erwartet und Ihre Kinder ohne die Mutter aufwachsen werden. Es würde Ihre Lage vor Gericht mit Sicherheit günstig beeinflussen, wenn Sie zur Zusammenarbeit mit uns bereit wären. Bedenken Sie dabei, daß auch der Vater Ihrer Tochter, Kardinal Vinciguerra, sich nicht um die Kinder kümmern wird, so wie ich ihn einschätze.«

Der letzte Satz wirkte wie ein Bombe. Der Einschlag war so heftig, daß Pia Mastella die Beine unter dem Körper wegknickten und sie auf den Rand des Sofas sank. Jeglicher Kampfgeist war plötzlich verschwunden. Sie flüsterte leise:

»Woher wissen Sie das?«

»Oberin Claudia von Ihrem ehemaligen Orden hat es mir erzählt. Ich soll Ihnen ausrichten, daß sie Ihnen nicht mehr böse ist und für Sie betet«, sagte Leda und nahm wieder Platz, zog aber zuvor noch ihren Mantel aus und legte ihn auf einen freien Sessel.

»Wir sind keine Mörder«, flüsterte Pia Mastella und hielt ihre zitternden Hände vors Gesicht.

»Und warum sollten wir Ihnen das glauben? Alle Indizien sprechen dafür«, griff Nicola ins Gespräch ein.

Er fuhr sich dabei immer wieder mit einer Hand über die Haare, weil das Blatt einer Palme ihn kitzelte und er die Quelle der Störung in diesem Moment nicht ausfindig machen konnte. Es herrschte Schweigen im Raum. Leda signalisierte Nicola, daß er sich auch setzen sollte.

»Ihre Familie ist nicht reich, wie Ihr Mann behauptet. Wir haben das in Peschici untersucht. Woher haben Sie also so viel Geld, und warum mußte Puccio sterben?« fragte Leda erneut.

»Ich weiß es nicht, wirklich nicht. Ich habe meinen Mann

früher öfter gefragt, weil ich selbst weiß, daß ein Bankdirektor so viel auch wieder nicht verdienen kann. Er hat mir gesagt, daß er nebenher als Finanzberater für die Kirche arbeitet und große Finanztransaktionen für sie durchführt. Beispielsweise sorgt er für die Finanzierung wichtiger Hilfsprojekte in der Dritten Welt. Ich hatte zwar den Eindruck, daß vielleicht etwas nicht stimmte, aber ich durfte ihn nicht fragen«, erklärte Mastella.

Sie sah aus wie ein hilfloses Mädchen, so klein und zierlich, als könnte der geringste Windhauch sie zu Boden werfen.

»Warum durften Sie ihn nicht fragen?«

»Weil er dann außer sich geraten wäre. Er hat mir gedroht, sich scheiden zu lassen und Jacopo mit sich zu nehmen. Er weiß, daß Virginia nicht seine Tochter ist. Der Name des Vaters ist ihm allerdings unbekannt. Bitte, sagen Sie ihm nichts davon!«

Pia Mastella schaute Leda flehend an und die Kommissarin erkannte in den braunen Augen der Frau abgrundtiefe Angst.

»Ich habe ihm gesagt, es sei ein junger Priester gewesen, den ich bei Innocenzo kennengelernt habe. Diese Version hielten der Kardinal und ich für die beste. Und sie ist es ja auch bis heute. Die einzige, die bisher die volle Wahrheit wußte, war Schwester Claudia. Und jetzt Sie.«

»Und Vinciguerra natürlich!« warf Leda ein.

»Ja. Er hat Gianni damals gebeten, mir in meiner schwierigen Lage zu helfen. Gianni war sofort bereit, mich zu heiraten, weil er mich schon seit langem sehr mochte und mir das immer wieder zu verstehen gegeben hatte.«

»Ihr Mann hatte nichts gegen das Kind des anderen Mannes einzuwenden?«

»Nein, das sah er als das Ergebnis einer menschlichen Schwäche an, die ihn selbst immerhin vom Priesteramt abgehalten hatte. Er hat meine Tochter vom ersten Moment an wie seine eigene geliebt.«

»Es war also eine Liebesheirat?« fragte Leda.

»Von Giannis Seite aus mit Sicherheit.«

»Und von Ihrer Seite?«

»Ich war Gianni dankbar.«

»Die Liebe ist aber für Virginias Vater reserviert, nicht wahr?«

Mastella antwortete mit einem leichten Nicken.

»Und das hat Ihr Mann gemerkt?«

Wieder nickte die Frau.

»Aber es wurde ihm erst vor etwa vier Jahren richtig bewußt, als sich meine Depressionen plötzlich verschlimmerten.«

»Und die wurden so schlimm, weil Sie mit ihrer Ehe nicht fertig wurden und mit dem vielen Geld, von dem Sie nicht wußten, woher es kam?« fragte Leda nun ganz leise.

Mastella nickte. Wieder traf Leda dieser unendlich traurige Blick.

»Ich werde vor allem mit meiner Schuld nicht fertig. Ich hatte Innocenzo verführt, Gianni in eine Ehe gezwungen, und nun brachte ich auch noch den Kindern Unglück mit meiner nicht endenden Traurigkeit. Gianni hat recht, wenn er sagt, daß ich eine Nutte mit Heiligenschein bin, daß alles, was ich anfasse, zum Unglück verdammt ist«, meinte sie unter Tränen.

»Nach meinem Kenntnisstand war es doch viel eher der Kardinal, der Sie verführt hat, als umgekehrt«, warf Leda ein, erstaunt über Mastellas Sicht der Dinge.

»Nein, das ist verkehrt. Mich trifft die Schuld. Ich hätte seine Freundlichkeit und sein Entgegenkommen niemals ausnutzen dürfen. Ich habe ihn schwach gemacht, weil ich schwach war. Dafür muß ich büßen«, erwiderte Mastella sehr entschieden, wobei ihr weiter die Tränen übers Gesicht liefen.

Leda war klar, daß diese Frau völlig in der Rolle der schuldigen Büßerin aufgegangen war, die entweder im Wahnsinn oder in einer langjährigen Therapie enden würde. Es hatte jedenfalls keinen Zweck, die Frage nach ihrer moralischen Schuld oder Unschuld zu vertiefen.

»Weil das alles so war, durften Sie also nicht wagen, Ihrem Mann irgendwelche Fragen zu stellen. Sie leben sozusagen in getrennten Welten«, stellte Leda sachlich fest.

Wieder nickte Mastella.

»Ja. Ich versuche, mein Bestes für die Kinder zu geben, und arbeite für Gott und die Kirche mit allen mir zur Verfügung stehenden Kräften«, erklärte Mastella nun etwas ruhiger.

»Meinen Sie für Fare-Bene-Events?« fragte Leda und merkte, wie Nicola langsam nervös wurde.

Sie hoffte inständig, daß er nicht mit seiner typischen Ungeduld in ihr Gespräch von Frau zu Frau eingreifen würde. Nicht jetzt! Sie sah ihn an und schüttelte ganz leicht den Kopf. Er verstand und schwieg.

»Ja, das war ein Einfall von Gianni, um mir zu helfen. Er wußte, wie wichtig mir der Kontakt zur Kirche war. Ich wollte trotz all meiner Verfehlungen nicht ganz von ihr ausgeschlossen werden. Gianni hat einen Weg gefunden. Ich bin ihm sehr dankbar dafür. Auch Vinciguerra unterstützt meine Tätigkeit nach Kräften. Er ist es, der immer dafür sorgt, daß meine Veranstaltungen von allerhöchsten Herren der Kirche besucht und sie deshalb zu einem Ereignis besonderer Art auch für die anderen Gäste werden. So kommen sehr hohe Spendensummen zusammen, die für gute Zwecke eingesetzt werden können«, erklärte Pia Mastella.

»Wer macht eigentlich die Buchhaltung von Fare-Bene-Events?«

»Mein Mann.«

»Sie hatten nie das geringste damit zu tun?«

»Nein, er ist der Spezialist in Geldfragen.«

»Haben Sie sich jeweils einen Überblick über die Spendenhöhe nach einer Veranstaltung verschafft?«

»Mein Mann hat mir immer gesagt, wieviel es war.«

»Wußten Sie, daß es auch in anderen Städten Italiens die Fare-Bene-Events gibt?« schaltete sich Nicola ein.

Mastella schaute ihn aus geröteten Augen an und schüttelte den Kopf.

»Die können aber nichts mit uns zu tun haben«, antwortete sie sichtlich verwirrt.

»Woher wissen Sie das so genau?« bohrte Nicola weiter.

»Weil ich noch nie etwas davon gehört habe.«

»Und wenn ich Ihnen sage, daß sie alle Konten bei der Bank Ihres Mannes haben?«

Mastella zuckte lediglich mit den Schultern.

»Kannten Sie Puccio persönlich?« fragte nun Leda.

»Ja, er war einmal bei uns. Am Sonntag abend vor seinem Tod. Deshalb hat mich der Fund seiner Leiche auch so getroffen, weil ich ihn doch einen Tag vorher noch lebend gesehen hatte«, antwortete sie.

»Was wollte er?«

»Er wollte meinen Mann sprechen und war sehr unfreundlich. Die beiden haben hier im Wohnzimmer heftig gestritten«, erklärte Mastella. »Gianni hat ihn schließlich rausgeworfen und den ganzen restlichen Abend telefonierend in seinem Arbeitszimmer verbracht.«

»Mit wem hat er gesprochen?«

»Ich weiß es nicht! Ich weiß es nicht!« schrie Mastella beinahe hysterisch.

»Als Sie von seinem Tod erfuhren, kam Ihnen da keinerlei Verdacht, daß Ihr Mann damit in Verbindung stehen könnte?«

»Nein, mein Mann ist kein Mörder«, erwiderte sie.

»Haben Sie ihn nicht einmal da gefragt, was zwischen den beiden vorgefallen war?«

»Ich habe Ihnen bereits erklärt, daß ich Gianni nichts fragen darf. Ich kann doch nicht die Existenz meiner Kinder aufs Spiel setzen, nur weil mein Mann Krach mit einem unfähigen Mitarbeiter hat.«

»Hat Ihr Mann hier zu Hause öfter Arbeitsbesuch empfangen?« fragte Leda scharf.

»Was heißt Arbeitsbesuch? Ich weiß nicht, wann wer arbeitet«, konterte Mastella ebenso scharf.

»Fragen wir also anders. Kamen öfter Herren her, die sich mit Ihrem Mann zum Gespräch zurückzogen?«

»Ja.«

»Wer?«

»Verschiedene«, wich Mastella erneut aus.

»Signora Mastella, ich frage Sie zum letzten Mal, bevor wir in die Questura fahren: Wer? War Vinciguerra hier?«

Mastella nickte.

»Häufig?«

»Es kommt darauf an, was Sie häufig nennen. Er kommt mindestens einmal im Monat und bringt oft noch jemanden mit.«

»Wen?«

»Giannis ehemaligen Chef, Emiliano Nucci. Manchmal auch andere, die ich aber nicht kenne. Sie wurden mir …« Mastella unterbrach sich selbst, weil in diesem Moment ein Lichtkegel ins Zimmer fiel.

Ein Auto fuhr vor. Mastella sprang auf.

»O Gott, mein Mann.«

»Bleiben Sie ganz ruhig. Das ist am besten für uns alle«, sagte Nicola und schob sie aufs Sofa zurück, während er sich selbst erhob.

Sie hörten, wie die Haustür aufgeschlossen wurde, Jacopo seinen Vater freudig begrüßte und ihm mitteilte: »Papa, wir haben Besuch.«

Mit dem Jungen auf dem Arm betrat er lächelnd das

Wohnzimmer. Doch sein Lächeln gefror ihm buchstäblich im Gesicht, als er Leda, Nicola und seine weinende Frau auf dem Sofa sah. Mastella sagte:

»Bring das Kind raus.«

»Dürfte ich vielleicht erfahren, was hier los ist?« fragte Verdone mit eisiger Miene.

»Signor Verdone, tun Sie, was Ihre Frau gesagt hat. Es wäre besser für Jacopo«, sagte nun auch Leda und ging auf ihn zu, um den Jungen auf den Arm zu nehmen.

»Ich denke gar nicht daran. Was gibt es, was Jacopo nicht hören soll?«

Er hielt das Kind wie ein Schutzschild an den Körper gepreßt. Jacopo fühlte, daß etwas nicht stimmte, und begann zu weinen:

»Papa, was wollen die?«

Nun stand Pia Mastella auf, entriß ihm den Kleinen und verließ das Zimmer. Leda folgte ihr.

»Mamma, ich will zu Papa.«

»Später, mein Schatz. Jetzt mußt du erst einmal bei Palma in der Küche bleiben. Wir müssen sehr wichtige Dinge besprechen. Ich erkläre dir nachher alles«, tröstete Mastella ihren Sohn.

Als sie ins Wohnzimmer zurückkehrten, hatte Nicola Verdone bereits den Haftbefehl vorgelesen. Verdone stand sprachlos vor ihm und rang um Fassung.

»Sie glauben, ich hätte Puccio umgebracht?« stotterte er.

»Alle Indizien weisen darauf hin«, erklärte Nicola sachlich. »Ich habe sie Ihnen soeben aufgezählt. Was haben Sie uns dazu zu sagen?«

»Erstens, daß ich nichts, aber auch gar nichts mit seinem Tod zu tun habe, und meine Frau noch weniger. Und zweitens, daß wir überhaupt nichts ohne unseren Rechtsanwalt sagen werden«, erwiderte Verdone, der sich allmählich wieder faßte.

»Ihre Frau hat bereits ausgesagt, daß Puccio Sie kurz vor seinem Tod hier aufgesucht hat und es zu einem so heftigen Streit kam, daß Sie ihn rausgeworfen haben. Worum ging es bei dem Streit?« fuhr Leda dazwischen.

»Es waren berufliche Fragen, die Sie nichts angehen«, antwortete Verdone kurz angebunden.

»Und warum haben Sie anschließend stundenlang in Ihrem Arbeitszimmer telefoniert?« fragte Leda und sah Verdone dabei unablässig an.

»Wieso erzählst du diesen Leuten da irgendwelchen Quatsch?« fuhr Verdone seine Frau an.

Sie stand wie gelähmt neben ihm, und ihr Blick verriet große Angst. Sie schwieg. Verdone packte sie bei den Schultern und begann sie zu schütteln.

»Welche Lügenmärchen hast du denen noch aufgetischt? Es geht andere Leute nichts an, was in diesem Haus passiert.«

Nicola war mit einem Schritt bei Pia Mastella und befreite sie aus dem Griff ihres Mannes. Der tobte jetzt, und Leda verstand, warum Pia Mastella solche Angst vor dem nach außen so charmanten und freundlichen Mann hatte. Sein Gesicht war hochrot angelaufen, und er brüllte sie an:

»Nichts als Unglück bringst du jedem Menschen, der in deine verdammte Nähe gerät! Du bist geisteskrank, und ich hätte mich längst von dir Hure scheiden lassen sollen. Hat sie Ihnen vielleicht auch gesagt, daß ich Puccio umgebracht habe?«

»Haben Sie es denn getan oder veranlaßt?« fragte Leda.

»Nein. Und jetzt möchte ich meinen Anwalt anrufen.«

»Sie werden niemanden anrufen, weil die Gefahr besteht, daß Sie weitere Mittäter informieren. Falls Sie hier nicht aussagen wollen, fahren wir gemeinsam in die Questura und vernehmen Sie dort. Zu einem gegebenen Zeitpunkt werden wir Ihren Anwalt anrufen. Ganz, wie Sie möchten«, sagte Nicola.

»Ich sage gar nichts, und meine Frau auch nicht«, wiederholte Verdone stur.

Nun griff Nicola nach seinem Funksprechgerät und bat zwei der draußen wartenden Kollegen, sie ins Polizeipräsidium zu fahren.

»Falls Sie sich wehren, müssen wir Ihnen Handschellen anlegen«, teilte Nicola ihm sachlich mit.

»Sie überschreiten Ihre Befugnisse bei weitem. Das wird Folgen für Sie haben«, zischte Verdone ihn mit zusammengekniffenen Augen an.

»Lassen Sie das mal unsere Sorge sein. Möchten Sie ein paar Sachen zusammenpacken?« erwiderte Nicola, unbeeindruckt von der Drohung, die so oder ähnlich bei fast allen Verhaftungen ausgestoßen wurde.

»Die Kinder, was machen wir mit ihnen?« fragte die leichenblasse Pia Mastella.

»Palma ist da, und wir kommen ja später wieder. Also reg dich nicht auf. Es ist doch völliger Irrsinn, daß wir etwas mit dem Tod von diesem verdammten Puccio zu tun haben sollten«, sagte Verdone und machte dazu eine verächtliche Handbewegung. Leda wandte sich an Pia Mastella und fragte:

»Haben Sie hier in Rom Verwandte, wo die Kinder bleiben könnten?«

»Nein, sie sind alle in Peschici.«

»Dann müssen Sie mit Palma sprechen. Ich nehme an, sie ist Ihre Haushälterin?« sagte Leda, und Mastella nickte.

Die beiden gingen die Küche, wo Jacopo weinend auf dem Schoß einer etwa fünfzigjährigen rundlichen Frau saß, die eine weiße Schürze umgebunden hatte. Sie schaute Leda mit der Feindseligkeit einer Mutter an, deren Kind zu Unrecht Leid erfahren muß.

»Palma, wir müssen für ein paar Tage weg. Kannst du mit den Kindern allein hierbleiben?« fragte Pia Mastella sie unter Tränen.

»Ja, Signora«, antwortete Palma, ohne nach dem Warum zu fragen. Sie hatte begriffen, daß sich im Haus eine Katastrophe abspielte, für die sie irgendwann eine Erklärung erhalten würde.

»Virginia übernachtet sowieso bei Jonna. Ich hatte mit ihrer Mutter vereinbart, daß sie morgen ihre Sachen mit in die Schule nimmt und ich sie dort abhole. Das müßtest du auch übernehmen.«

»Ja, Signora.«

»Und ihr braucht noch Geld.« Mastella zog aus ihrem Portemonnaie ein paar Scheine und gab sie Palma, die das Geld schweigend in die Schürzentasche steckte.

»Mamma, ich will mitfahren«, meldete sich Jacopo zu Wort.

»Das geht nicht, wir müssen arbeiten. Da langweilst du dich viel zu sehr. Bleibe lieber hier bei Palma. Und ich rufe euch abends an«, erwiderte Pia Mastella, die sich vor ihren Sohn gehockt hatte. Die Tränen liefen ihr dabei weiter übers Gesicht, aber sie sprach, ohne zu schluchzen. »Das darf ich doch, oder?«

»Natürlich können Sie Ihre Kinder anrufen.«

»Warum weinst du denn die ganze Zeit?« bohrte Jacopo weiter.

»Weil ich überhaupt keine Lust habe wegzufahren«, antwortete Pia Mastella. »Wenn du jetzt mit hochkommst und mir beim Packen hilfst, wird es vielleicht besser.«

»Ich will nicht packen, wenn ich nicht mitfahren darf«, antwortete der Junge trotzig und schmiegte sich an Palma. »Darf Virginia denn mitkommen?« erkundigte er sich.

»Nein, mein Schatz. Sie bleibt auch hier.«

Es beruhigte ihn sichtlich, daß die Schwester keine Vorteile genießen würde.

»Und du spielst ordentlich Klavier, versprochen?«

»Versprochen!«

Leda bewunderte in diesem Moment Pia Mastella, die mit aller Kraft versuchte, die Situation für das Kind erträglich zu gestalten.

»Mamma, bringst du mir Schokolade mit, wenn du wiederkommst?« bettelte der Kleine und signalisierte der Mutter damit, daß ihre Bemühungen Erfolg hatten.

»Mache ich«, lächelte sie ihn unter Tränen an und küßte ihn auf die Stirn. »Wenn wir weg sind, mußt du aber gleich ins Bett gehen.«

»Dann gehen wir mal packen«, meinte sie und zog Leda mit sich aus der Küche.

Es klingelte. Leda nahm den Hörer von der Gegensprechanlage. Es war Ugo, und sie drückte auf den Knopf, der das große Einfahrtstor öffnete.

Fünfzehn Minuten später saßen Verdone, Nicola und zwei weitere Kollegen in dem einen und Leda mit Pia Mastella und Ugo im anderen Wagen. Die abendlichen Verkehrsstaus hatten sich bereits aufgelöst, und sie sausten ungehindert durch das beleuchtete Rom.

Die Lichter spiegelten sich in den Pfützen auf der Straße. Ein paar mit Regenschirmen bewaffnete Menschen eilten die Bürgersteige entlang und versuchten, den Wasserfontänen auszuweichen, die die vorbeifahrenden Autos bis an die Häuserwände spritzten. Pia Mastella sah während der gesamten Fahrt schweigend aus dem Fenster, als betrachte sie das Leben dort draußen zum letzten Mal. Ihre Tränen waren versiegt. Leda hatte das Gefühl, daß sie betete.

Es wurde eine lange Nacht. Leda rief Alesi an, der sich gemeinsam mit Nicola Verdone vornahm, während Leda und Ugo mit Mastella sprachen. Gegen elf Uhr gelangten sie zur Überzeugung, daß Pia Mastella von Anfang an die Wahrheit gesagt hatte und weder in die Geldgeschäfte ihres Mannes noch in den Todesfall Puccio verwickelt war.

Allerdings bestätigte sich erneut der Verdacht, daß Verdone eine Hauptrolle in diesem Drama um Geld und Tod spielte. Pia Mastella berichtete, daß er häufig nachts in seinem Arbeitszimmer am Computer saß und schrieb. Einmal hatte sie, während er arbeitete, das Zimmer ohne seine Zustimmung betreten und gesehen, wie er Disketten in den Safe legte.

»Hat der Safe ein Zahlenschloß oder eines mit Schlüsseln?« wollte Leda wissen.

»Er hat einen Schlüssel, den er bei sich am Schlüsselbund trägt.«

Leda schickte Ugo sofort ins Nachbarzimmer, wo er unter einem Vorwand Verdones Schlüsselbund holte. Es dauerte eine Weile, bis Ugo zurückkam. Leda erfuhr unterdessen, daß Verdone seiner Frau die Fare-Bene-Events mit dem organisatorischen und repräsentativen Teil überlassen und ihr damit das Gefühl gegeben hatte, tatsächlich etwas Gutes für ihre Kirche tun zu können. Jeder Einblick ins Geschäftliche war ihr systematisch verwehrt worden.

»Meine Güte, das war schwierig. Er wollte die Schlüssel unter keinen Umständen rausrücken, jetzt haben wir sie aber.« Ugo zeigte sie stolz wie eine Trophäe nach einem errungenen Sieg.

Pia Mastella unterschrieb das Vernehmungsprotokoll mit fester Hand. Anschließend sollte Ugo sie mit einem Fahrer nach Hause bringen und dort den Inhalt des Safes holen. Leda bestellte einen Wagen der Nachtbereitschaft, und sie begleiteten Pia Mastella durch den schwach erleuchteten Flur der Questura zur Toilette. Während sie erschöpft vor der Tür warteten, sagte Leda zu ihm:

»Die Frau kann einem leid tun. Ich würde das alles nicht aushalten.«

»Offen gestanden habe ich Angst, daß sie sich etwas antut«, meinte er.

»Das glaube ich nicht. Sie ist nach wie vor viel zu tief in

ihrem Glauben verwurzelt und sieht sich heute mehr denn je in der Verantwortung für ihre Kinder«, antwortete Leda, die sich in der vergangenen Stunde während des Verhörs diese Frage öfter gestellt hatte.

»Wir haben deine Mutter vergessen«, fiel Leda plötzlich ein.

»Keine Sorge. Ich habe stündlich im Krankenhaus angerufen. Sie schläft ununterbrochen, und das Fieber ist gesunken.«

Nachdem die beiden fort waren, signalisierte Ledas Magen ihr eindeutig, daß er nicht bereit war, auch nur eine weitere Viertelstunde auf Nahrungszufuhr zu verzichten. Sie eilte in ihr Büro zurück, kramte in der untersten Schublade des Schreibtischs und fand zu ihrer großen Freude ein Päckchen mit Keksen. Schon nach dem fünften Stück schmeckte es abscheulich. Sie goß Mineralwasser nach, und in ihr stieg die Vision eines Tellers voller Linguine mit Nußcreme auf…

Im anderen Zimmer warteten Alesi und Nicola mit Verdone bereits auf sie. Als sie die Tür zum Büro öffnete, schlug ihr eine Wolke von Zigarettenqualm entgegen. Der Aschenbecher auf Nicolas Schreibtisch quoll von Kippen und Asche über. Leda bekam Luftnot.

»Stört es Sie, wenn ich das Fenster kurz öffne?« fragte sie höflich.

»Wenn es dich nicht stört, daß wir weiterrauchen«, gab Nicola zurück.

»Wo ist meine Frau? Was hat sie Ihnen erzählt?« wollte Verdone wissen.

»Ich habe sie eben nach Hause fahren lassen. Sie war sehr erschöpft.«

Alesi gab ihr ein Zeichen, daß er sie draußen unter vier Augen sprechen wollte.

»Möchten Sie einen Kaffee?« fragte Leda Verdone.

»Ach, das ist wohl die neueste Masche beim Verhör: den

Mordverdächtigen mit Freundlichkeiten zu überhäufen! Vielleicht wird er dann weich und gesteht«, antwortete Verdone mit einem gewissen Sarkasmus.

»Nein, ich wollte Ihnen lediglich einen Kaffee anbieten, weil ich uns jetzt welchen holen werde.«

»Also gut, dann einen mit Zucker.«

»Aber gerne doch«, antwortete Leda, während Alesi sie zur Tür hinausschob.

»O Gott, der ist ja immer noch so aggressiv. Hat er wenigstens gestanden?« fragte Leda ihren Chef.

»Nein, den Mord nicht. Zuerst hat er eine Stunde lang ein Mordstheater veranstaltet. Wir haben kaum seine Personalien korrekt zusammenbekommen. Er hat ununterbrochen gedroht, daß er einflußreiche Leute kenne, die für das Ende unserer Karriere sorgen würden. Wir haben ihn toben lassen, denn wir wollten ohnehin auf dich warten. Du steckst tiefer in den Details. Er behauptet bisher, Puccio habe die Berichte in Eigenregie gefälscht. Er weiß angeblich nicht, warum. Deshalb hätten sie sich auch so sehr gestritten.«

Die Düse des Kaffeeautomaten war offensichtlich teilweise verstopft. Der Kaffee schoß in unregelmäßigen Schüben mit so hohem Druck heraus, daß Alesis blütenweiße Manschette häßliche braune Flecken abbekam, als er einen Plastikbecher darunterhielt. »Verflixt, das ist aber heiß«, schimpfte er. In ihrer Jackentasche fand Leda eine Packung mit Papiertaschentüchern und versuchte, das Malheur damit zu beheben. Erfolglos.

»Das Hemd kann ich wegwerfen«, stellte Alesi sachlich fest, legte sich zum Schutz vor der Hitze ein weiteres Papiertuch über die Hand und ließ auch die anderen Becher mit Kaffee vollaufen.

»Warum wolltest du eigentlich den Schlüssel haben? Nicola war so sauer auf Verdone, weil er ihn nicht rausgerückt hat, daß er ihm schließlich die Arme auf den Rücken gedreht und die Schlüssel einfach aus der Hosentasche gezogen hat. Unfeine Aktion, aber notwendig.«

Leda berichtete ihm von dem Safe.

»Habt ihr ihm schon was von den Zusammenhängen mit der Kirche gesagt?« fragte Leda.

»Nur kurz. Wir haben ihn darauf hingewiesen, daß wir Mittäter in Kirchenkreisen vermuten. Er hat nur gelacht. ›Hat der Papst persönlich zur Pistole gegriffen, und das in meinem Auftrag? Oder war es umgekehrt?‹« machte Alesi Verdone nach. »Den Mordvorwurf gegen ihn hält er jedenfalls für ungerechtfertigt.«

Dabei sollte es bleiben. Gegen zwei Uhr nachts, nachdem die von Ugo mitgebrachten Disketten aus dem Safe gesichtet worden waren, die eindeutig bewiesen, daß Verdone selbst die ersten Prüfungsberichte umgeschrieben hatte, war dem Banker die Aussichtslosigkeit seiner Verteidigungsstrategie klar. Und er begann zu erzählen.

Wie er bereits als gutgläubiger Student in den Dunstkreis Vinciguerras und später in die berufliche Abhängigkeit von dessen Freund Nucci geraten war, der seine Bankkarriere auf seinen jetzigen Posten zugeschnitten hatte, wo er die internen Prüfungen steuern konnte.

Wie sie ihm gedroht hatten, daß Jacopo etwas geschehen würde, wenn er nicht mit allen Mitteln ihre Goldminen vor Betrug, Erpressung, Bestechung und Geldwäsche schützen würde. Wie er wiederum Puccio als eine Figur in seinem grausamen Spiel benutzt und wie Puccio sich dagegen gewehrt hatte – jahrelang, bis der Anschlag gegen Camilla ihn endgültig gefügig gemacht hatte.

Wie Vinciguerra ihn so reich beschenkt hatte, als er seine geliebte Pia Mastella heiratete, von der er gehofft hatte, daß sie eines Tages seine Liebe erwidern würde. Mit der Zeit hatte er begriffen, daß das niemals geschehen würde. Er sprach von der Liebe seiner Frau zu Vinciguerra, wie sehr sie dem Kardinal verfallen war und ihre Ehe in Wahrheit nicht ertrug. Wie sehr er Virginia liebte, obwohl er immer geahnt hatte, wer ihr wirklicher Vater war.

Wie sich sein Leben unter der Regie Vinciguerras und Nuccis verändert hatte, wie er zur Marionette der beiden und dabei immer reicher und unglücklicher geworden war.

Er gestand alles. Nur mit einem wollte er nicht in Verbindung gebracht werden: mit dem Tod Puccios.

»Wer war es dann?« fragte Leda immer wieder.

»Ich kann es mir nur denken, genau wie Sie.«

In dem Geständnis, das er schließlich unterschrieb, ließ er ausdrücklich seine Unschuld festhalten – was den Mord an Puccio betraf.

Fine

Gianni Verdone und die gesamte Mannschaft weltlicher Betrüger und Wucherer landeten hinter Gittern. Verdone wurde weder wegen versuchten Mordes an Camilla noch wegen der vollendeten Tat an Puccio verurteilt. Es gelang ihm, glaubhaft darzulegen, daß eine höhere Instanz für diese Anschläge verantwortlich gewesen sei. Der wirkliche Mörder wurde nie gefunden. Alle Beteiligten vermuteten, daß es sich um einen von Vinciguerra beauftragten Berufskiller aus den Kreisen der Mafia handelte.

Auf massiven Druck des Vatikans wurde jegliche aktive Beteiligung der Kirche verschwiegen. Sie sei, so die Darstellung, lediglich das bedauernswerte Opfer schändlicher Taten in ihrem Umkreis geworden. Kein einziges Mal wurde während des gesamten Prozesses der Name Vinciguerras erwähnt. Man hätte ihm ohnehin nichts anhaben können, da italienische Strafverfolgungsbehörden auf dem souveränen Staatsgebiet des Vatikan nicht tätig werden dürfen.

Mit Cremonese war eine Informationsstrategie entwickelt worden, wonach die gesamte Schuld bei einem einzigen Mann lag, dem angeblichen Drahtzieher Verdone. So gelang es, den Ruf der Bank in der Öffentlichkeit nicht völlig zu ramponieren.

Drei Monate nach Beendigung der Ermittlungen wurden Leda, Alesi und David von Kardinal Hughes in seine Privatwohnung zu einem Abendessen eingeladen. Die Kardinalskommission sei umbesetzt worden, Vinciguerra habe seinen Posten verloren, und er selbst sei Vorsitzender geworden, berichtete Hughes. Auch Nucci, der Chef der Vatikanbank, würde gehen müssen. Ein Nachfolger, dem er vertraue, sei bereits gefunden.

Etwa ein Jahr später las Leda in der Zeitung eine Ankündigung: Das Wunderkind Jacopo Verdone sollte im renommiertesten Konzertsaal Roms, Santa Cecilia, spielen. Leda kaufte für Paolo und sich selbst Karten. Es wurde ein wundervoller Abend. Leda entdeckte Laura Lombardi und Pia Mastella, die in der ersten Reihe saßen. Sie beschloß, sie nicht mehr zu stören.

Eine Arie für die Diva

SERIE PIPER

Für Peter, der Pizza abscheulich fand

I Der Tag würde wieder heiß werden. Einer dieser Augusttage, an denen die Stadt unter blauem Himmel im Koma lag und auf einen kühlenden Hauch wartete. Kam ein Wind auf, brachte er keine Erquickung, weil er aus Afrika herüberwehte. Das kurze Gewitter gestern abend hatte nur die Luftfeuchtigkeit erhöht, konnte aber die seit zwei Monaten von der Sommersonne aufgeheizten Gemäuer und Straßen nicht abkühlen.

Naßgeschwitzt war er nachts um drei Uhr aufgewacht und hatte auf sein Thermometer an der Terrasse geschaut: achtundzwanzig Grad. Verdammte ewige Stadt, hatte er gedacht, im August bin ich lieber woanders.

Er hatte sie gewarnt, ausgerechnet jetzt nach Rom zu kommen. Doch sie hatte darauf bestanden. Sie liebe die Hitze, und sie liebe ihn, hatte sie gesagt. Ob nun die Hitze oder die Sehnsucht sie verzehre, sei egal. Der Hitze könne sie auf jeden Fall besser widerstehen als der Sehnsucht nach ihm.

Er schrieb es ihrer Jugend, der Müdigkeit von der langen Reise und den wunderbaren Stunden der Liebe nach ihrer Ankunft zu, daß sie trotz der unsäglichen Temperaturen fest schlief und seine Unruhe nicht bemerkte. Wie sie so bewegungslos dalag, war in ihm plötzlich die Angst aufgestiegen, sie könne tot sein. Doch sie atmete leise und gleichmäßig.

Er war bereits in einem Alter, in dem man den Tod immer häufiger in der eigenen Umgebung erleben muß. Im vergangenen Winter war seine Mutter gestorben. Er hatte sie lange für unsterblich gehalten – weil Mütter einfach nicht sterben, weil sie schon immer da sind. Den Vater zu Grabe zu tragen hatte er als sehr traurigen, aber dennoch erträglichen Meilenstein seines eigenen Lebens verkraftet. Der Tod der Mutter hatte ihn zum Waisen gemacht. Schon als Kind war sein Mitleid für Elternlose unermeßlich gewesen.

Ein paar Wochen später war seine Tante gestorben, und schließlich hatte ihn vor drei Monaten sein Freund Gasparo Vespucci nach zwei Schlaganfällen verlassen.

Die Hinwendung zu einer so jungen Frau, die er bei anderen Männern bisher verächtlich als ein Zeichen für fehlende innere Emanzipation gegeißelt hatte, interpretierte er inzwischen als Abwehr des Todes.

Eine Weile betrachtete er sie und erhob sich dann leise. Er trank ein Glas eiskaltes Wasser, zog leichte Sportkleidung über und schrieb ihr eine Nachricht, daß er joggen gegangen sei und in einer Stunde mit frischen Cornetti wiederkomme. Das Blatt legte er vorsichtig neben sie aufs Bett. Nachdem er die Haustür fast geräuschlos ins Schloß gezogen hatte, lauschte er kurz, ob sie wach geworden sei und ihn riefe. Doch nichts war zu hören.

Seine Beine federten auf dem weichen Waldboden. Unter dem schattigen Blätterdach der Bäume herrschte so etwas wie Kühle, und seine Lungen sogen begierig die frische Morgenluft ein. Er war besser in Form, als er es nach dieser anstrengenden Nacht erwartet hatte. Außer zwei Reitern traf er keine Menschenseele. Morgens um sechs Uhr schlief das sonntägliche Rom noch. Der Park der Villa Ada schien um diese Stunde verwunschen zu sein. Ein Gefühl von Glück und Leichtigkeit stellte sich ein, und er meinte zu schweben.

Nur wenige Autos begegneten ihm auf den Straßen, während er zur Baustelle lief. Vor einigen Tagen hatte er im Zaun ein Loch entdeckt, durch das Neugierige aufs Gelände schlüpften. Es war noch da, und nun nutzte er es.

Er mochte Baustellen. Während andere Menschen sie als häßlich und lästig empfanden, lief seine Phantasie zu Hochform auf, sobald er sie sah. Vor seinem inneren Auge tauchten die Bilder fertiger Bauwerke in perfekt gestalteter Umgebung auf.

Es staubte, als er zwischen betongrauem, rohem Mauerwerk, Holzplanken, Kränen und Baumaterialien umherlief. Die Sonne begann zu stechen. Keuchend sprang er eine Stufe nach der anderen in der halbrunden Arena hinauf, sein Blick nach vorn gerichtet, um nicht daneben zu treten. Oben angekommen, lief ihm der Schweiß in die Augen, und er rang nach Luft. Doch nicht so fit, dachte er und wischte sich mit dem Zipfel seines Hemdes übers Gesicht. Dann ließ er seinen Blick über die Arena schweifen. Diese Anlage würde großartig werden. Ein Tempel der Musik, der beste seiner Art. Hinter ihm ragten die Rohbauten der Hallen wie Ruinen einer Trutzburg in den blauen Himmel.

Was war das dort unten? Vom Sonnenlicht geblendet, kniff er die Augen zusammen. Abfall? Er stieg die Stufen wieder bis zur Hälfte hinab, um nachzuschauen. Allmählich wurde ihm klar, daß es sich um einen Menschen handelte. In seltsam verdrehter Haltung lag er da. Der Kopf des Mannes war aufgeplatzt, und ein schmales rotes Rinnsal tropfte auf die Stufenreihe darunter.

Ihm wurde schlecht, wie er Karl Breuer dort liegen sah. Der Mann war tot, daran zweifelte er keinen Augenblick. Doch er konnte nicht einfach gestolpert sein. Durch einen Sturz von der einen Stufenreihe zur nächsten platzte ein Kopf nicht auf, da war er sich sicher. Panik stieg in ihm hoch. Er mußte die Polizei benachrichtigen. Aber er durfte sich nicht zu erkennen geben. Dann würde man ihn als ersten verdächtigen, etwas mit Breuers Tod zu tun zu haben, und müßte sich den Strapazen langer Vernehmungen unterziehen, bis seine Unschuld bewiesen war. Sein Name würde im Zusammenhang mit einem Mord durch die Presse gehen. Und seine junge Geliebte würde nicht verstehen, warum er so lange fortblieb.

Er sah sich um. Heiße Totenstille lag über der Baustelle, kein Mensch war zu sehen. Sein Atem raste, während er die Stufen hinabrannte und durch das Loch im Zaun schlüpfte. Er jagte die Viale dei Parioli hinauf. Endlich entdeckte er eine Telefonsäule. Der Polizeinotruf funktionierte auch ohne Münzen.

»Ein Toter liegt in der Arena des neuen Auditoriums, kommen Sie schnell«, rief er keuchend in den Hörer.

»Wer sind Sie?«

»Fragen Sie nicht, kommen Sie zur Baustelle des Auditoriums.«

Er hängte ein und lief in den Park zurück. Unter dem Schutz der Bäume verlangsamte er das Tempo. Er spürte, daß seine Beine jeden Moment versagen würden. Er ließ sich am Ufer eines kleinen Baches fallen und schöpfte mit der Hand Wasser, das er durstig trank. Sein Kopf drehte sich, und vor seinen Augen tauchte der aufgeplatzte Kopf Breuers auf. Er mußte sich übergeben.

II

Das Sprudeln und Zischen der Kaffeemaschine rief Leda Giallo von der Terrasse in die Küche. Sie beeilte sich, die Macchinetta vom Gas zu nehmen, damit der Kaffee nicht aufkochte. Dann stellte sie den Milchtopf auf die Flamme. Noch benommen vom unruhigen Schlaf der heißen Nacht, blieb sie vor dem Herd stehen und beobachtete, wie die Milch am inneren Topfrand Bläschen zu schlagen begann. Leda stellte das Gas ab und schäumte die Milch mit einem an den Topfdeckel montierten Sieb auf. Das Ergebnis war großartig: fester Schaum bedeckte die Milch. Dann goß sie Kaffee und Milch in eine große Tasse, hob mit einem Löffel blütenweißen Schaum darüber und ließ etwas Zucker darin versinken. Das kann Mario nicht besser, dachte sie bei sich, während sie mit der Tasse in der Hand auf die Terrasse zurückkehrte.

Ihre Tochter Flavia hatte ihr dieses Wunderwerk der Milchschäumtechnik letzte Woche geschenkt: »Damit du Marios Frühstück in den Ferien nicht so vermißt.«

Leda verbrannte sich – wie jeden Morgen – leicht den Mund, als sie einen großen Schluck Cappuccino nahm. Seit über einer Woche gab sie sich dieser vormittäglichen Prozedur hin. Kein Wecker schreckte sie zu früh aus dem Schlaf. Und wenn sie einmal wach war, brauchte sie sich nicht zu beeilen. Leda genoß ihren Urlaub in vollen Zügen.

Noch herrschte Ruhe im Hausinneren. Die Kinder, Paolo und Pipo, die Promenadenmischung, schliefen den Schlaf der Gerechten, und sie hatte Zeit für sich allein. Zufrieden lehnte sie sich an die Balustrade der Terrasse und lauschte dem leichten Wellenschlag des Meeres. Sehen konnte sie es nicht. Eine hohe, grüne Hecke versperrte die Aussicht auf das Wasser, schützte aber dafür die Hausbewohner vor den neugierigen Blicken der Strandbesucher. Der Seewind trug ihre Stimmen und ihr Lachen herüber.

Zufrieden betrachtete Leda die dunkelrosa blühende Bougainvillea, die sich üppig um die Terrasse rankte. Liegen, Stühle, Tische und Sonnenschirme standen im Garten verteilt und schienen darauf zu warten, daß die Familie endlich aufwachte und sie benutzte. Barfuß schlenderte Leda herum und sammelte vergessenes Geschirr, Besteck und zerknüllte Papierservietten auf. Den Grill würden Paolo und Sohn Marco später säubern. Sie hielten das für eine typische Männersache und blieben dafür gern den übrigen Aufräumarbeiten fern.

Ledas Schwester Francesca und deren Mann Romano waren am vorherigen Tag nach einem ausgiebigen Abendessen noch nach Rom gefahren, wo Romano heute zu tun hatte. Ihre beiden Töchter, Giulia und Stella, waren geblieben. Sie verbrachten schon ihr ganzes Leben den August bei den Giallos in deren Strandhaus in Lavinio. Als ihre Kinder Flavia und Marco klein waren und Ledas Eltern noch lebten, besetzten den ganzen Monat lang mindestens zehn Personen das Haus. Jetzt waren sie nur noch zu acht. Allerdings kamen immer wieder Freunde der Kinder zu Besuch. Leda war ihren Eltern bis heute dankbar, daß sie ihr und Francesca ein so großes Sommerhaus vererbt hatten.

Während Leda gedankenverloren der Aufräumerei nachging, hörte sie plötzlich ihr Telefonino den türkischen Marsch anstimmen. Als sie das Mobiltelefon endlich unter einem Berg von sandigen, klammen Handtüchern fand und auf den grünen Empfangsknopf drückte, hatte der Anrufer bereits aufgelegt. War wohl nicht so wichtig, dachte sie sich und packte die Handtücher, um sie im Garten auszuschütteln und anschließend zum Trocknen auf die Leine zu hängen. Es gab Dinge, die auch erwachsene Kinder nicht schafften. Dazu gehörte zweifelsohne das abendliche Aufhängen nasser Strandtücher.

Doch da spielte Mozart erneut elektronisch auf.

»Signora Commissaria, bitte entschuldigen Sie, daß ich stören muß. Ich tue es nur ungern.«

Es war Ugo Libotti, ihr langjähriger Mitarbeiter, der außer seiner alten Mutter keine eigene Familie hatte und deshalb gemeinsam mit den anderen alleinstehenden Kollegen den August im Büro verbrachte, während sich Leda vier Wochen lang am Meer tummelte. Da er wußte, daß ihr diese arbeitsfreien Wochen heilig waren, mußte es einen guten Grund geben, sie anzurufen.

»Ciao, Ugo, möchtest du wissen, ob ich mich hier schon langweile? Es ist wundervoll, wie immer!«

»Das freut mich zu hören, Signora. Ich fürchte allerdings, mit der Langeweile wäre es jetzt sowieso vorbei.«

»Was soll das heißen?« fragte Leda mit skeptischem Unterton.

»Nicola Grunziola liegt nach einem Motorradunfall mit schwerer Gehirnerschütterung und gebrochenem Bein seit gestern nachmittag im Krankenhaus. Ettore Caliostro ist auf seiner Jagd nach den Attentätern in Mailand unterwegs, Sie wissen schon, den Typen, die den Wirtschaftsprofessor in der Via delle Isole erschossen haben. Und im neuen Auditorium haben sie vorhin einen Mann mit aufgeplatztem Kopf entdeckt, dessen Schädeldecke laut Spurensicherung einem heftigen Kampf und anschließendem Sturzflug nicht standgehalten hat. Wir sitzen hier ohne jemanden, der die Ermittlung leiten könnte.«

»Nein, Ugo, bitte nicht. Das kann doch nicht wahr sein«, stöhnte Leda. »Weißt du, was du da von mir verlangst? Haltet meinetwegen die Zeit an, friert die Leiche ein oder tut sonst etwas, damit ich meinen Urlaub in Frieden beenden kann.«

»Leda, Sie wissen, daß ich für Sie alles täte, was in meiner

Macht steht. Aber in diesem Fall gibt es keine andere Lösung. Sie müssen kommen, und zwar sehr rasch.«

»Es ist Sonntag«, führte Leda noch ins Feld, wohl wissend, daß diese Ausrede keinerlei Gewicht hatte.

»Sie sagen es, ich kann auch nicht verstehen, wieso der Herr am Tag der Ruhe das Morden und das Auffinden von Leichen überhaupt zulassen kann«, witzelte Ugo.

»Va bene, du hast mich überredet. In eineinhalb Stunden bin ich da.«

Leda seufzte. Alles in ihr sträubte sich dagegen, ausgerechnet jetzt einem Mörder nachzuspüren. Sie hatte so wenig Zeit für die Kinder und war so glücklich in ihrer kleinen, sommerlichen Familienwelt.

In diesem Moment fühlte sie Pipos Schnauze an ihrer Hand. Ganz sacht schubste er sie, um sie daran zu erinnern, daß er dringend Gassi gehen mußte, falls er nicht den Garten zu unerwünschten Zwecken nutzen sollte. Ein kleiner, zärtlicher Stubs langte, um Leda in Bewegung zu versetzen.

Und nun geschah, was Pipo erwartet hatte: Leda stürmte die Treppe hinauf in ihr Schlafzimmer, zog sich Unterwäsche und eine Art wehenden Kaftan über und stand eine halbe Minute später mit Halsband und Leine an der Haustür.

»Komm, mein Alter, so lange muß die Leiche noch warten.«

Pipo gehörte eigentlich ihrer Schwester. Zu aller Erstaunen adoptierte das struppige Riesentier für den August jedoch Leda als Frauchen. Selbst dann, wenn Francesca zu Besuch war.

Als die beiden zurückkamen, stand Paolo in der Küche und trank Kaffee.

»Buon giorno, carissima. Wie schön, daß du mir noch Kaffee übriggelassen hast.«

»Guten Morgen, mein Schatz. Es ist etwas Gräßliches passiert.«

Leda erklärte ihm in aller Eile das Nötigste.

»Das heißt im Klartext: Du läßt mich mit dieser Meute hier allein? Ist dir klar, was das bedeutet? Fast-food, Chaos, Saufereien! Endlich keine Kontrolle mehr, und ich kann am Strand so vielen Frauen nachschauen, wie ich will. Leda, ein Traum geht in Erfüllung!«

»Keine Sorge, heute abend komme ich zurück! Und dann erwarte ich ein köstliches Mahl und ein adrett hergerichtetes Haus. Ach, Paolo, ich habe keine Lust zu arbeiten.«

»Du Ärmste tust mir leid. Und ich mir auch. Der Urlaub war bisher so schön. Aber was will man machen.« Zärtlich schlang er seine Arme um sie und gab ihr einen Kuß. »Sieh zu, daß du den Mörder schnell erwischst.«

Im Handumdrehen duschte sie, machte sich fertig und setzte sich ins Auto. In Richtung Stadt fuhr so gut wie niemand, dagegen schienen alle daheim gebliebenen Römer diesen Sonntag am Strand verbringen zu wollen.

Leda trat aufs Gaspedal. Die Klimaanlage lief auf Hochtouren. Nach einer guten Stunde bog sie in die Viale Maresciallo Pilsudski ein. Ein Riesenaufgebot von Polizeiautos mit Blaulicht zeigte ihr, wo sie hin mußte. Als sie die Autotür öffnete, glaubte sie vom Hitzschlag getroffen zu werden.

»Guten Morgen, Commissaria. Signor Libotti bat mich, Sie zum Tatort zu begleiten.«

Nach zwanzig Schritten merkte Leda, daß ihr heiß war, nach hundert liefen ihr die ersten Schweißtropfen von der Stirn, und als sie nach etwa zweihundert Schritten vor der Leiche stand, war sie klatschnaßgeschwitzt.

»Meine Güte, Ugo, das ist ja nicht zum Aushalten. Da lobe ich mir meine Meeresbrise in Lavinio. Wie soll man denn bei der Hitze arbeiten?«

»Seien Sie gegrüßt, Signora. Ich kann nachts nicht schlafen, geschweige denn tagsüber richtig arbeiten. Aber es war ja auch nicht viel passiert, seit Sie in Urlaub gegangen sind. Ich hatte die Hoffnung, alle Mörder Roms wären in Urlaub gefahren, bis Sie zurückkommen. So kann man sich täuschen!«

Ugos Gesicht hatte die Farbe eines gekochten Krebses angenommen: knallrot. Offenbar hatte er seinen Hut vergessen, den er sonst im Sommer zu tragen pflegte. Zwischen Februar und Oktober vermied er jede direkte Sonneneinstrahlung, wo immer es möglich war. Im Sommer fühlte er sich im Büro wohler als am Strand und lehnte es grundsätzlich ab, dort seinen Urlaub zu verbringen. Mit geradezu missionarischem Eifer bemühte er sich jedes Jahr, Leda von ihren Strandgängen in Lavinio abzuhalten, und warnte sie vor den Gefahren der UV-Strahlung.

Er selbst fuhr regelmäßig Anfang Oktober, wenn die Sonne ihre Stärke weitgehend verloren hatte, in die Berge zum Wandern. Für Ledas Interessenlage eine ideale Lebenseinstellung, weil ihr Mitarbeiter den Sommer über das Büro hütete und sie fortkonnte.

»Seit wann schläft denn dieser Herr hier?« ging Leda zum geschäftlichen Teil über.

»Seit etwa fünf Stunden. Dottore Fino ist schon wieder weg. Aber er hat gesagt, daß der Tote um ziemlich genau sechs Uhr heute früh von dort oben heruntergestoßen wurde und an den Folgen seiner Kopfverletzung sofort gestorben ist«, antwortete Ugo und zeigte zum obersten Absatz der Stufen hinauf.

»Dottore Fino? Ist der neu?«

»Er macht die Vertretung für Dottore Leo Amato.«

»Und wer ist der Tote?« fragte Leda und zog die Decke zurück, die über die Leiche gelegt worden war.

Der Anblick war angesichts des gespaltenen Schädels und der großen Blutmengen nur schwer erträglich.

»Ein Deutscher, Karl Brä...Brä...uhr. Hier sind seine Papiere. Sie können doch Deutsch.«

Ugo gab Leda eine Tüte, in der sich der Inhalt der Hosentaschen des Toten befand: ein Schlüsselbund, ein Ledermäppchen mit einer Aufenthaltsgenehmigung für Italien, ein internationaler Führerschein und ein Taschentuch.

Karl Breuer, vor vierzig Jahren geboren in Regensburg, seit drei Monaten in Rom, wohnhaft in der Via Giuseppe Mercalli 32, entnahm Leda der Aufenthaltsgenehmigung.

In der Tat, Deutsch beherrschte Leda. Fünf Jahre Sprachunterricht in der Schule und später zwölf Jahre mit Thomas, ihrem deutschen Ehemann und dem Vater ihrer beiden Kinder, hatten ihr zu perfekten Deutschkenntnissen verholfen. Mit den beiden sprach sie bis heute überwiegend Deutsch. Als Schülerin hatte sie die Sprache mit großem Eifer gelernt, weil ihr Vater ihr erzählt hatte, daß Deutsch die Sprache der Philosophie sei. Schließlich war es ihr Traum gewesen, einmal eine berühmte Philosophin zu werden. Dann hatte sie jedoch erfahren, daß es außerordentlich schwer ist, als Philosoph seinen Lebensunterhalt zu verdienen. Deshalb war sie erst Juristin und anschließend Polizistin geworden.

Nun stand Leda hier vor einer deutschen Leiche, schwitzte und verfluchte innerlich die stechende Sonne und den Dreck der Baustelle.

»Was hatte Signor Breuer hier zu suchen? Mit einer Aufenthaltsgenehmigung in der Tasche war er ja wohl kein Tourist.«

»Er war der Bauleiter der deutschen Firma, die das Projekt durchführt«, erklärte Ugo.

»Bauen die auch sonntagmorgens um sechs?« fragte Leda erstaunt.

»Nein, eben nicht.«

»Wieso war er dann hier?«

»Er war wegen eines angeblichen Einbruchs in den Bürocontainer gerufen worden.«

»Angeblich? Hat es denn keinen gegeben?«

»Laut Aussage des Sicherheitsdienstes nicht.«

Die Sicherheitsleute hatten berichtet, daß Breuer um halb sechs im Bürocontainer erschienen sei, wo sie sich zwischen ihren zweistündlichen Rundgängen aufhielten. Er habe behauptet, zu Hause einen Anruf von ihnen bekommen zu haben. Diese versicherten, sie hätten den Bauleiter nicht aus dem Bett geworfen, weil es keinen Einbruch gegeben habe. Breuer sei daraufhin, laut Aussage aller sechs Männer, sehr böse geworden. Bei einem halbstündigen, außerplanmäßigen Inspektionsgang über die gesamte Baustelle sei niemandem etwas Ungewöhnliches aufgefallen. Daraufhin habe Breuer sie angeschrien, daß er solche Späße sonntagmorgens um diese Uhrzeit gar nicht komisch fände, und sei davongegangen. Sie hätten sich wieder in ihren kühlen Container gesetzt und heftig über den Zwischenfall debattiert. Um halb sieben sei plötzlich die Polizei im Container aufgetaucht und sehr rüde mit ihnen umgesprungen, weil Breuer tot in der Arena lag.

»Wer hat die Polizei gerufen?«

»Ein anonymer Anrufer. Er hat sich von einem öffentlichen Telefon in der Viale dei Parioli beim Notdienst gemeldet. Eine Personenfeststellung war nicht möglich.«

»Wir haben sofort versucht, Fingerabdrücke vom Hörer zu nehmen, aber den hatte kurz zuvor jemand gründlich abgeputzt«, schaltete sich Piero Bassani, der Leiter der Spurensicherung, ein.

»Sonstige verwertbare Spuren?«

»Ja, es gibt brauchbare Schuhabdrücke im Baustaub dort oben. Allerdings sehr viele verschiedene. Dort scheint einer der Hauptverkehrswege für Baustellenfußgänger zu sein. Die Abdrücke vom Toten haben wir bereits trennen und identifizieren können. Mindestens ein anderes Paar läßt den Rückschluß zu, daß der Träger dieser Schuhe in eine Kampfhandlung mit dem Toten verwickelt war«, erklärte Piero.

»Dann brauchen wir also nur die Schuhe und ihren Eigentümer zu finden«, resümierte Leda.

»Im Grunde genommen ja«, sagte Piero und fuhr fort: »Also merkt euch, jeder, der vernommen wird, muß nach seiner Schuhgröße gefragt werden.«

»Und die Männer von der Sicherheit wollen keine Schreie, rein gar nichts gehört haben. Wo ist denn dieser Container?« wollte Leda wissen.

»Hinter den Bauten dort oben«, sagte Ugo und wies mit der Hand in weite Ferne, als müsse man eine zweistündige Bergtour machen, um hinzugelangen.

»Außerdem rappelt die Klimaanlage so laut, daß man sein eigenes Wort da drinnen kaum verstehen, geschweige denn Geräusche von außen hören kann.«

»Wer befand sich zur Tatzeit sonst auf dem Gelände?«

Fillippo Mestre, kurz vor dem Pensionsalter und ein echter alter Hase in der Polizeiarbeit, ergriff das Wort.

»Neununddreißig Arbeiter. Sie wohnen am anderen Ende der Baustelle in Containern. Sind alle miteinander Ausländer. Keiner von ihnen kann anständig Italienisch. Die müssen wir mit Dolmetschern vernehmen. Haben aber alle gültige Papiere.»

»Kein einziger Illegaler?« fragte Leda ungläubig.

»Die haben sie wohl rechtzeitig in Sicherheit gebracht. Die Schuhgrößen müssen wir noch abfragen«, erklärte Mestre.

Im übrigen hätten alle in den Containern noch geschlafen, als er mit seinem Kollegen gekommen sei, oder zumindest sehr verschlafen getan. Mestre glaubte nicht, daß man dort hinten hätte Schreie hören können, die am Tatort ausgestoßen worden seien.

Wie viele Arbeiter sonst hier beschäftigt seien, wisse man nicht. Dazu müsse man die Verantwortlichen befragen. Die auf der großen Bautafel angegebenen Nummern seien alle abtelefoniert worden, doch es sei niemand zu erreichen gewesen. Selbst bei Massimo Sicolo, dem zweiten Bauleiter, gehe niemand ran. Die Nummer habe der Sicherheitsdienst als Notfallnummer erhalten, falls es bei der sprachlichen Verständigung mit Breuer zu Problemen komme.

»Sonntagmorgen im August«, kommentierte Mestre achselzuckend.

»Muß ich sonst noch irgend etwas wissen, oder kann die Leiche weg?« fragte Leda und ließ den toten Körper wenig später in die Pathologie abtransportieren.

»Sagt dem neuen Dottore, daß ich den Bericht morgen früh auf dem Schreibtisch haben möchte. Falls ihm etwas Ungewöhnliches auffällt, soll er sich bitte sofort bei Ugo oder mir melden. Ist Leo eigentlich im Dienst? Oder seziert er irgendwo Meeresgetier am Strand?«

»Freitag war er auf jeden Fall noch da. Weil es so heiß war, habe ich bei ihm unten in den kühlen Hallen der Pathologie Kaffee getrunken«, antwortete Ugo.

»Du findest wohl die Gesellschaft von Leichen im Kühlen angenehmer als die von Lebenden in der Hitze«, rutschte es Leda heraus.

»Ich finde Leichen generell sehr angenehm, weil sie wohlerzogen schweigen«, gab Ugo zurück.

Leda rann inzwischen der Schweiß in Strömen hinunter. Ihre Haare klebten. Die Sonne stand fast im Zenit.

»Piero, habt ihr das Gelände schon weiträumig nach Spuren abgesucht?«

»Jawoll«, antwortete er auf deutsch, wohl das einzige Wort, das aus unzähligen Kriegsfilmen bei ihm hängengeblieben war. »Wir sind ja schon seit Stunden hier. Trotzdem haben wir noch ziemlich viel zu tun. Verdammt, und das bei der Hitze. Kann uns jemand etwas zu trinken besorgen?«

»Machen wir«, bot Leda sofort an.

Schnaufend erklomm sie gemeinsam mit Ugo Stufe um

Stufe des Amphitheaters. So muß die moderne Hölle sein, fuhr es ihr durch den Kopf. Ein glühender Betontrichter, in dem die Toten um Abkühlung winseln.

»Mein Gott, Ugo, wie können lebende Menschen bei diesen Temperaturen hier arbeiten?« stieß sie oben angekommen nach einer Verschnaufpause hervor. Ihr Herz raste, und ihre Beine zitterten. Ugo schwieg und keuchte ebenfalls. Langsam gingen sie über staubige Flächen an hellgrauen Betonwänden entlang zum Haupteingang des Geländes. Eine Menschenmenge, Fernsehkameras und Journalisten warteten vor dem Tor.

»Commissaria, wer ist der Tote? Was ist geschehen?« fragte eine junge Frau und hielt Leda ein Mikrofon unter die Nase.

»Kein Kommentar. Sie werden zu gegebener Zeit unterrichtet«, sagte Leda und wies die herumstehenden Polizisten an, niemanden außer den Mitarbeitern der Polizei auf das Gelände zu lassen.

»Aber Signora Commissaria, Sie können uns doch wenigstens sagen...«

Mindestens zehn Reporter bombardierten sie gleichzeitig mit Fragen. Leda schüttelte nur den Kopf und lief hinter Ugo her, der ihnen einen Weg bahnte.

»Wo ist hier die nächste Bar?« erkundigte sich Leda bei einem uniformierten Kollegen.

»Gleich da drüben. Wir haben uns dort schon Wasser gekauft.«

»Gut. Hier haben Sie zwanzig Euro. Holen Sie mit einem Kollegen so viele Wasserflaschen, wie Sie tragen können, und bringen Sie die bitte unseren Leuten da unten in der Rohbauhölle. Die kippen sonst noch um. Trinken Sie hier oben auch! Wenn das Geld nicht reicht, legen Sie den Rest bitte aus. Sie bekommen es morgen wieder.«

»Wird sofort gemacht, Commissaria. Und vielen Dank.«

Leda öffnete die Tür ihres Autos. Es war zum Brutkasten geworden. Sie hatte vorhin beim Aussteigen vergessen, den Sonnenschutz in die Windschutzscheibe zu klemmen, und verbrannte sich nun die Hände am Steuerrad. Vom Hintersitz fischte sie einen Strohhut, legte ihn aufs Lenkrad, um die Sonnenstrahlen abzuhalten, startete den Motor, stellte die Klimaanlage an und klappte die Tür wieder zu. Sie mußten ein paar Minuten warten, bis die Innentemperatur auf ein erträgliches Maß gesunken war.

Währenddessen ließ Leda ihren Blick über die Baustelle schweifen und entdeckte das Schild, auf dem das Bauprojekt »Auditorium di Roma« kurz erklärt und alle federführenden Institutionen und Firmen mit Telefonnummern benannt waren: die Stadt Rom, der weltberühmte Architekt Enzo Gasco und die deutsche Baufirma Holzer Aktiengesellschaft.

»Wo fahren wir hin?« fragte Ugo, als sie endlich im abgekühlten Auto saßen.

»Erst in eine Bar, um uns zu erfrischen und um zehn Liter Wasser zu trinken, dann zur Wohnung des Toten. Vielleicht muß ja jemand über sein Ableben informiert werden.«

Die Platanen in der Via dei Parioli spendeten wunderbaren Schatten. Sie entdeckten eine Bar mit ein paar Tischen und Stühlen hinter einer Oleanderhecke.

»Dio, Signora, wo waren Sie denn?« fragte der junge Mann hinter der Theke und starrte sie entsetzt an.

»In der Hölle«, antwortete Leda.

»So sehen Sie auch aus«, sagte der Mann lachend.

»Bringen Sie uns bitte eine große Flasche eiskaltes Wasser an einen Tisch dort draußen, damit wir wenigstens ins Fegefeuer kommen können«, sagte Leda und entschwand Richtung Toilette.

Der Blick in den Spiegel brachte Leda zum Lachen. Sie sah furchtbar aus. Die Mischung aus Staub und Schweiß hatte eine unregelmäßig gemusterte Schmutzschicht über ihr

Gesicht gelegt. Ihre knallrote Lockenpracht rahmte es wie ein Flammenkranz ein. Mit ihren Händen schaufelte sich Leda kaltes Wasser ins Gesicht und wusch sich gründlich ab. Danach fühlte sie sich viel besser.

Die Flasche war im Handumdrehen leer. Leda verspürte Hunger. Sie hatte nicht einmal gefrühstückt, und jetzt war es bereits mittags.

»Hast du keinen Hunger, Ugo?«

»Doch, ich habe nicht einmal gefrühstückt.«

Die mit Thunfisch und Salatblättern belegten Brötchen, die der Ober brachte, waren frisch und knackig.

»Weißt du was, Ugo, ihr würdet das locker ohne mich schaffen. Ich hätte in Wahrheit gar nicht zu kommen brauchen.«

»Erstens gibt es die neue Vorschrift, die nun einmal besagt, daß in Mordfällen nur unter der Leitung eines Hauptkommissars ermittelt werden darf. Zweitens ist es gar nicht so sicher, daß alles ganz ruhig ablaufen wird. Erinnern Sie sich doch nur an den Fall Puccio. Das heißt, wir brauchen Sie auch tatsächlich als Person.«

Da konnte Leda ihrem Mitarbeiter nicht widersprechen. Der Fall Puccio hatte in der Tat harmlos begonnen. Vor dem letzten Weihnachtsfest hatte ein Hund einen toten Mann am Tiberufer erschnüffelt. Und mir nichts dir nichts waren sie bei ihren Ermittlungen in einem bedrohlichen Gestrüpp von mafiösen Bankern und Kirchenoberhäuptern gelandet.

Nachdem sie sich erfrischt und gestärkt hatten, holte Leda einen Stadtplan aus dem Wagen, um die Via Giuseppe Mercalli zu suchen. Sie befand sich keine zweihundert Meter entfernt.

Die Nummer zweiunddreißig war ein gepflegtes Haus. Leda fand einen Parkplatz im Schatten hoher Bäume. Sie spannte trotzdem den Sonnenschutz hinter die Windschutzscheibe.

Ugo klingelte beim Portiere, da die übrigen Klingeln nur mit den Nummern der Wohnungen, nicht aber mit Namensschildern versehen waren.

»Wer ist da?« rief eine Kinderstimme aus der Gegensprechanlage.

»Signora Giallo und Signor Libotti. Kannst du mir bitte sagen, welche Nummer die Wohnung der Deutschen hat?«

»Weiß ich nicht. Ich hole den Papa.«

Nach einer Weile surrte der Türöffner, und Leda und Ugo traten ein. Im Türrahmen gleich neben dem Eingang erwartete sie ein Mann in Shorts und einem eilig übergeworfenen Hemd, dessen Knöpfe er gerade schloß. Mit brummigem Gesicht begrüßte und taxierte er die Ankömmlinge.

»Sie möchten zu Signor Karl? Sein Auto steht nicht in der Garage. Schätze, die sind weg.«

»Bitte fragen Sie doch mal nach. Hat er vielleicht eine Frau?« fragte Leda.

»Wer sind Sie denn?«

Leda und Ugo zückten wie auf Befehl ihre Dienstausweise und zeigten sie dem wachsamen Hausmeister.

»Polizei? Ist etwas passiert?«

Der Mann wandte sich mit seiner Frage an Ugo. Offenbar hielt er ihn für den Chef. Auch zu Beginn des dritten Jahrtausends konnten sich viele Römer noch immer keine Frau als Vorgesetzte im Polizeidienst vorstellen. Um den Mann nicht unnötig zu verwirren – man wußte schließlich nie, wozu er noch gebraucht werden könnte –, überließ Leda ihrem Mitarbeiter die Erklärung, die keine war:

»Dazu dürfen wir im Moment noch nichts sagen.«

Der Mann ging in die Wohnung und griff zum Haustelefon.

»Pronto, die Polizei ist hier, Polizia.«

Leda und Ugo fuhren mit dem Aufzug in den zweiten Stock. Dort warteten eine Frau von Ende dreißig, ein etwa zwölfjähriges Mädchen und ein kleiner Junge in der geöffneten Wohnungstür.

»Buon giorno«, sagte die Frau und schwieg dann. Die Kommissarin begriff sofort: Die Frau war stumm, weil sie kein Italienisch sprach.

»Guten Tag, sind Sie Frau Breuer?« erlöste Leda sie auf deutsch aus dem Sprachgefängnis, stellte Ugo und sich vor und bat Frau Breuer, mit ihr allein sprechen zu dürfen. Frau Breuer schaute sie aus klaren, blauen Augen fragend an.

Dann beugte sie sich zu ihren Kindern hinunter und forderte sie auf, sich im Arbeitszimmer einen Videofilm anzuschauen. Das Mädchen war mit dem Vorschlag zunächst nicht einverstanden. Zuerst wollte sie wissen, warum denn die Polizei da sei. Der Junge vermutete sofort, daß Leda und Ugo hinter Außerirdischen her seien, die die Stadt bedrohten.

»So ein Quatsch. Du immer mit deinen Aliens. Die gibt es doch gar nicht wirklich«, fuhr die ältere Schwester dazwischen. Leda mußte trotz der dramatischen Situation lächeln.

»Wie heißt ihr denn?« erkundigte sie sich bei den beiden.

»Lena Breuer.«

»Paul.«

»Gut, Lena und Paul. Ich muß jetzt etwas sehr Wichtiges mit eurer Mamma besprechen. Wir erklären euch später alles. In Ordnung?«

»Wieso können Sie Deutsch?«

Lena ließ sich nicht so leicht vertreiben.

»Weil ich es gelernt habe. Erst in der Schule, und später habe ich mit meinem deutschen Mann und meinen Kindern immer Deutsch gesprochen. Aber jetzt mal los und laßt mir eure Mamma für eine Weile.«

Die beiden trollten sich.

Im Wohnzimmer, in das Leda und Ugo von Frau Breuer geführt wurden, war es angenehm kühl. An den Wänden stapelten sich Umzugskartons. Helle Naturholzmöbel skandinavischen Stils gaben dem Raum eine freundliche, lichte Atmosphäre. Die Rolläden vor den fußbodentiefen Fenstern waren als Sonnenschutz halb heruntergelassen. Mit einer einladenden Geste bat Frau Breuer Leda und Ugo, sich auf den blau-gelb-karierten Sesseln niederzulassen.

Leda rang mit sich um die richtigen Worte, wie sie der Frau die furchtbare Neuigkeit möglichst schonend mitteilen sollte. Ugo kannte ihr Problem, Angehörigen Todesnachrichten zu überbringen. Er hätte diesen Part gern für sie übernommen. Doch mangels Deutschkenntnissen war es ihm nicht möglich.

»Frau Breuer, wann haben Sie Ihren Mann das letzte Mal gesehen?« begann Leda tapfer.

»Heute morgen um halb sechs Uhr.«

»Ist er dann fortgegangen?«

»Ja, er wurde zur Baustelle gerufen. Dort haben sie in der vergangenen Nacht eingebrochen. Wo ist mein Mann?«

»Frau Breuer, es tut mir leid, Ihnen mitteilen zu müssen, daß...«

Die zierliche, blonde Frau mit dem Engelsgesicht saß aufrecht vor ihnen und verzog angesichts der grausamen Neuigkeit keine Miene. Sie schwieg zunächst, die Nachricht mußte erst einmal richtig bei ihr ankommen. Dann fragte sie:

»Wie ist er umgekommen?«

Leda erklärte, daß die Spurensicherung Hinweise auf einen Kampf gefunden habe, an dessen Ende Breuers Sturz auf die Betonstufen der Arena gestanden habe.

»Irgendwann mußte das ja mal passieren«, sagte Frau Breuer nur.

»Warum denn das?« fragte Leda erstaunt.

»Weil Karl ein Choleriker ist, der selbst ruhige Menschen in Furcht oder totale Wut versetzen kann. Vor zwei Jahren ist ein Polier mit einer Kelle auf ihn losgegangen und hätte ihn beinahe umgebracht, weil Karl ihn so beleidigt hatte. Auch hier auf der Baustelle hat er sich sofort mit den Arbeitern angelegt. Die Firma wollte ihn schon gar nicht mehr als Bauleiter einsetzen. Sie haben ihm hier in Rom die letzte Möglichkeit der Bewährung eingeräumt.«

»Warum brauste er denn dermaßen auf?«

»Ich weiß es nicht. Vielleicht ist so etwas genetisch bedingt. Sein Vater ist genauso. Seine Mutter hat ihn deshalb verlassen, als Karl noch klein war. Sie hoffte, daß ihr Sohn in einer ausgeglicheneren Umwelt anders würde. Doch Karl schlug nach dem Vater. Wir können seine Ausbrüche auch nicht mehr ertragen. Während Karl schon in Rom und wir noch in München wohnten, sagten die Kinder oft, daß es ohne Papa viel schöner sei. Sie haben Angst vor ihm. Er glaubt, daß ein völlig neues Umfeld ihm helfen könnte, und sieht im Ortswechsel eine Chance für unsere Ehe. Deshalb hat er um den Posten im Auditorium gekämpft. Uns gegenüber ist er tatsächlich etwas ruhiger geworden. Aber wir sind ja erst seit knapp zwei Wochen hier. Auf der Baustelle muß es jedoch schon wieder schlimm zugehen. Er hält dort alle für Vollidioten, weil sie angeblich pausenlos Fehler machen. Ich glaube eher, daß sie ihn einfach nicht verstehen und ihm die Geduld fehlt, sich verständlich zu machen. Karl kann sehr beleidigend sein. Dabei ist er kein schlechter Mensch, nur eben völlig unkontrolliert.«

Frau Breuer sprach über ihren Mann noch in der Gegenwartsform. Leda kannte das nur zu gut von Angehörigen, die keine Zeit hatten, sich vom Toten innerlich zu verabschieden.

»Hat Ihr Mann jemanden erwähnt, der wütend auf ihn sein könnte?«

»Nein, er bezeichnet schlichtweg jeden als Idioten. Ich habe auch gar nicht zugehört. Denn das erzählt er mir seit dreizehn Jahren. Der einzige, vor dem er wohl Respekt hat, ist der Architekt, Enzo Gasco. Den bewundert er.«

»Das heißt, die Anzahl seiner möglichen Feinde ist sehr groß.«

»Ja.«

»Ihr Mann war doch Angestellter der Firma Holzer, oder? Wen müssen wir dort unterrichten?«

»Seinen Chef, Werner Leonhardt. Er leitet die Holzer-Niederlassung Italien von Mailand aus. Seine Telefonnummer kann ich Ihnen geben.«

»Was werden Sie jetzt tun?«

»Ich werde mit den Kindern in eine kleinere Wohnung ziehen. Diese hier werde ich mir nicht mehr leisten können.«

»Sie wollen also in Rom bleiben?«

»Ja, hier zu leben ist seit Jahren mein Traum.«

»Gibt es hier Menschen, die Ihnen helfen können?«

»Ich kenne noch niemanden, bin es aber gewöhnt, alles allein zu regeln. Mein Mann war schon früher meistens auf Baustellen unterwegs und oft wochenlang im Ausland.«

»Und wovon werden Sie leben?«

»Karl hat verschiedene Lebensversicherungen zu meinen Gunsten und zugunsten der Kinder abgeschlossen. Außerdem habe ich ab Mitte September eine Stelle als Lehrerin an der deutschen Schule und werde vermutlich eine Witwenrente beziehen.«

»Seien Sie ehrlich, Sie wollten Rom als Sprungbrett nutzen, um sich endgültig von Ihrem Mann zu trennen«, sagte Leda.

»Ja, das mag sein«, erwiderte Frau Breuer.

»Die Auszahlung der Lebensversicherungen dürfte Ihnen da gerade recht kommen.«

»Ja, aber ich hätte es auch ohne sie geschafft. Als Lehrerin im Ausland werde ich gut bezahlt.«

»Haben Sie Ihren Mann gehaßt?«

»Nein, nicht gehaßt. Er war nur nicht zu ertragen. Verstehen Sie, was ich meine, wenn das gemeinsame Leben die reine Hölle ist und Kinder in Furcht vor ihrem eigenen Vater aufwachsen? Das ist unzumutbar.«

»Sind Sie froh darüber, daß er tot ist?«

»Sie fragen sehr direkt. Also, hier ist die ebenso direkte Antwort: Ich bin nicht froh darüber, daß er tot ist. Sein Tod erspart uns dreien aber einen vermutlich sehr schwierigen Trennungsprozeß mit traumatischen Folgen für die Kinder. So sind sie zwar Halbwaisen, werden aber nachts nicht mehr von Angstträumen geplagt, in denen ihr Vater die Hauptrolle spielt. Insofern bin ich froh darüber, daß er ganz einfach weg ist.«

»Wieso haben Sie diesen Mann nicht längst verlassen?«

»Weil ich ihn früher sehr geliebt habe und zu lange an der Hoffnung festhielt, es würde sich irgendwann alles ändern. Diese Hoffnung habe ich erst innerhalb des letzten Jahres aufgegeben. Trennungen brauchen ihre Zeit.«

Das wußte Leda aus eigener Erfahrung nur allzu gut. Wie lange hatte es gedauert, bis Thomas zu dem Entschluß gelangt war, sich endgültig von ihr zu trennen und Flavia und Marco ohne sie großzuziehen. Für Leda war damals eine Welt zusammengebrochen, und sie hatte lange gebraucht, um sich von diesem Schock zu erholen.

»Ja, das verstehe ich«, sagte Leda.

»Ich schreibe Ihnen jetzt die Telefonnummer von Herrn Leonhardt auf.«

Mit diesen Worten stand Frau Breuer auf und verließ den Raum. Ugo hatte der Unterhaltung die ganze Zeit schweigend zugehört.

»Und?« fragte er.

»Das erkläre ich dir gleich.«

»Die Signora scheint mir über den Tod ihres Mannes nicht sehr erschüttert zu sein«, fuhr Ugo fort.

»Das stimmt. Nach dem, was sie sagt, gibt es dafür auch gute Gründe.«

Frau Breuer kehrte mit einem Zettel in der Hand zurück.

»Hier habe ich Ihnen die Angaben zu meiner Person und zu den Kindern notiert sowie die Anschrift und die Telefonnummern von Herrn Leonhardt, in der Firma und privat. Meine Handynummer und die Festnetznummer finden Sie darunter.«

»Noch eine Frage: Auf welcher Nummer hat der Anruf heute morgen Ihren Mann erreicht?«

»Ich glaube, auf dem Handy. Das kann ich allerdings nicht mit Sicherheit sagen, weil ich noch schlief. Mein Mann ist rangegangen.«

»Und wer hat angerufen?«

»Der Sicherheitsdienst von der Baustelle, glaube ich.«

»Sicher wissen Sie das nicht?«

»Nein. Mein Mann hat wie gesagt abgenommen. Ist das wichtig?«

»Durchaus. Denn die Männer von der Sicherheit behaupten, sie hätten nicht angerufen, weil es nämlich keinen Einbruch gab.«

Frau Breuers glatte Stirn zog sich zu einem Faltengebirge zusammen.

»Das bedeutet also, Karl wurde unter falschem Vorwand hingelockt, und es handelt sich um einen sorgsam geplanten Mord?«

»So sieht es bisher aus. Wo ist das Handy Ihres Mannes? Vielleicht ist im Speicher die Nummer des Anrufers vorhanden. Auf der Baustelle wurde kein Telefonino gefunden.«

»Es liegt in der Küche. Er hat vergessen, es mitzunehmen.«

»Kann ich es bitte haben?«

»Ja, natürlich. Es ist ein Firmengerät.«

Als Leda und Ugo auf die Straße traten, schlug ihnen die sengende Nachmittagshitze entgegen. Es stellte sich heraus, daß Leda den Sonnenschutz zu Recht aufgespannt hatte. Inzwischen stand das Auto in der prallen Sonne. Während der Fahrt zur Questura, dem römischen Polizeipräsidium, gab Leda ihrem Mitarbeiter eine Zusammenfassung von Frau Breuers Aussage. Sie war just in dem Moment fertig, als sie durch den wuchtigen Steinbogen des Haupttores raste und mit quietschenden Reifen im Hof anhielt.

»Irgendwann werden Sie beim Reinfahren mit jemandem ordentlich zusammenkrachen«, prophezeite Ugo seiner Chefin mindestens einmal wöchentlich. Wie durch ein Wunder geschah aber nie etwas.

Leda schätzte das dicke, alte Gemäuer des Gebäudes, vor allem im Sommer, weil es die Hitze draußenhielt. So herrschte auch jetzt in den breiten Fluren eine angenehme Temperatur. Aus dem Kühlschrank in ihrem Büro angelte sich Ugo sofort zwei Flaschen Mineralwasser und stellte sie mit zwei Gläsern auf den Schreibtisch.

Obwohl Leda vor vier Monaten zur Leiterin der Mordkommission ernannt worden war und sich damit einen Anspruch auf ein Einzelzimmer erworben hatte, teilte sie den Raum weiterhin mit Ugo. Denn zum einem war sie ungern allein, zum anderen hielt sie es für gut, wenn mindestens eine andere Person immer wußte, was sie tat. Bei komplizierten Fällen verhinderte diese Arbeitsmethode Kommunikationslücken, die böse Folgen haben konnten. Falls Leda einmal brisante Führungsaufgaben zu erledigen hatte, von denen Ugo nichts wissen durfte, gab es einen kleinen Nebenraum, in den sie sich gegebenenfalls zurückziehen konnte. Ugo war ohnehin zuverlässig und loyal. Mit keinem anderen ihrer Mitarbeiter hätte die Kommissarin so zusammenarbeiten können.

Ihr Chef, Vice-Questore Erman Alesi, hatte seinerzeit diesem Büro-Modellprojekt ziemlich skeptisch gegenübergestanden.

»Leda, das klappt nicht, wenn man eine Führungsposition innehat. Glaube mir bitte, ich habe da mehr Erfahrung als du«, hatte er gesagt, sie aber zunächst gewähren lassen. Im Laufe der Zeit konnte sie ihm das Gegenteil beweisen, und heute war es kein Thema mehr. Genausowenig wie die Tatsache, daß eine Frau den begehrten Posten erhalten hatte. Zum ersten Mal in der Geschichte der Questura.

»Signora Bre-uhr gibt also zu, über den Tod ihres Gatten nicht eben in Verzweiflung auszubrechen, und bekommt darüber hinaus eine ordentliche Lebensversicherung. So ein schönes, klares Mordmotiv haben wir selten auf Anhieb«, kommentierte Ugo die Ausführungen seiner Chefin.

»Sie heißt Breuer mit eu, eu, eu.«

Dabei spitzte sie den Mund übertrieben, um Ugo die Bildung des im Italienischen unbekannten Lautes vorzumachen. Ugo versuchte es und platzte dann vor Lachen.

»Und wie betonen die Deutschen Euro?«

Leda machte es ihm vor, und Ugo schüttelte sich vor Vergnügen.

»Signor Breuer kauft Eis mit Euro«, ließ Ugo mit gespitztem Mund vernehmen und löste nun auch bei Leda Lachsalven aus.

»Der Name wird das Schwierigste am gesamten Fall werden. Hat die Signora vielleicht einen einfacheren Vornamen, so etwas wie Karl? Da fehlt zwar das O, aber immerhin können wir damit noch umgehen.«

Leda kramte in ihrer Tasche und zog Frau Breuers Zettel und das Telefonino hervor.

»Melanie«, las sie laut.

»Melanie, das geht. Wie eine Mörderin sieht mir Melanie trotz des wunderbaren und eindeutigen Mordmotivs aber nicht aus«, stellte Ugo fest.

»Du weißt, wie oft der erste Eindruck täuschen kann«, sagte Leda und reichte Ugo das Telefon des Toten mit der

Bitte, die jeweils letzten zehn ein- und ausgegangenen Nummern zu notieren. Dann stand sie auf und fragte ihn:

»Kaffee?«

»Nein danke, es ist schon zu spät, dann kann ich heute nacht nicht schlafen.«

Leda holte sich eine Tasse vom Automaten im Flur. Sie fühlte Unruhe in sich aufsteigen. Von dem Moment an, als sie sich an ihrem Schreibtisch niedergelassen hatte, war der Drang nach Nikotin wiederaufgetaucht. Eine Woche lang hatte sie sich im Ferienhaus ablenken können, durch Bewegung und tausenderlei Beschäftigungen außerhalb der Alltagsroutine. Nun schlug die Sucht nach Zigaretten wieder durch. Doch diesmal wollte sie es wirklich schaffen aufzuhören.

»Nein, nein, nein«, sagte sie laut zu sich selbst und hielt sofort erschrocken inne, weil ihre Stimme im sonntäglich menschenleeren und ruhigen Flurgewölbe wie ein Chor widerhallte.

Ugos Finger eilten bereits über die Computertastatur, um einen ersten Bericht zum Mordfall Breuer zu verfassen, als Leda wieder ins Büro trat. Sie selbst rief bei Werner Leonhardt in Mailand an. Entsetzt nahm er die Nachricht von Breuers Tod entgegen.

»Was sagen Sie, er wurde ermordet? Mein Gott, wie furchtbar. Von wem, warum?«

»Über diese Frage würde ich gern mit Ihnen sprechen«, sagte Leda.

»Ich kann Ihnen in der Sache vermutlich kaum weiterhelfen. Angesichts der Situation werde ich aber morgen natürlich nach Rom kommen, wahrscheinlich mit einem weiteren Kollegen aus Deutschland. Wir müssen sofort einen neuen Bauleiter einsetzen, damit im Auditorium weitergebaut werden kann. Wenn es Ihnen recht ist, treffen wir uns morgen nachmittag im Bürocontainer.«

»Va bene. Nur noch eine Frage: Hatte Signor Breuer Feinde?«

»Haufenweise, soweit mir bekannt ist. Ich selbst habe ihn nie so erlebt, aber er muß ein sehr schwieriger Zeitgenosse gewesen sein. In Fachfragen war er wohl einer der Besten in unserer Firma. Im Umgang mit Menschen dafür unerträglich. In Deutschland wollte niemand mehr mit ihm zusammenarbeiten.«

Vergeblich telefonierte Leda die Telefonnummern der Verantwortlichen noch einmal ab. Es war eben Sonntag und niemand erreichbar. Sie beschloß, daß es für heute reichte, verabschiedete sich von Ugo und brauste mit ihrem Auto wieder Richtung Lavinio.

In den Straßen des Ortes tummelten sich Tausende von Menschen, die wie Leda und ihre Familie den August hier verbrachten. Sonntagsausflügler, die an jedem Wochenende im Sommer wie die Fliegen einfielen, taten ihr übriges, um ein Durchkommen zu erschweren. Leda fluchte vor sich hin, während sie ihren Wagen Richtung Haus lenkte, das glücklicherweise etwas abseits vom Ortskern lag.

Pipo begrüßte sie begeistert, ansonsten war niemand da. Leda vermutete ihre Familie im Club, der etwa hundert Meter vom Haus entfernt am Strand lag. Dort waren schon Ledas Eltern Mitglieder gewesen. Rasch drehte sie mit Pipo eine Entleerungsrunde in den Dünen hinter dem Haus, riß sich dann ihre verschwitzte Kleidung vom Körper und zog sich Badesachen an.

»Leda, ciao, come stai? Dein Urlaub ist schon zu Ende, habe ich gehört«, wurde sie von Aldo Renzi, dem Eigentümer des Clubs La Nave empfangen.

»Wohl wahr. Du kannst dir nicht vorstellen, wie heiß es in der Stadt ist. Ich bin beinahe weggeschmolzen. Sind meine Lieben noch da?«

»Paolo und Marco spielen bei einem Fußballturnier im

Marinella mit, und die jungen Damen wurden von mehreren jungen Herren zu einem Aperitif im La Torre gebeten. Für neun Uhr hat Paolo einen Tisch reserviert.«

Der Sand brannte noch immer, obwohl die Sonne schon tief stand. Leda ging aufs Meer zu, streifte ihr luftiges, blaues Strandkleid ab und stürzte sich ins salzige Naß. Genüßlich schwamm sie gegen die Wellen an, tauchte unter ihnen her und ließ sich auf ihrem Kamm wieder zurück Richtung Land tragen. Sie genoß das Spiel mit dem Wasser, auf dem sich die Abendsonne orangeglühend brach. Immer wieder tauchte sie ihren Kopf unter, um die Hitze des Tages loszuwerden.

Als sie aus dem Wasser stieg, war ein leichter Wind aufgezogen, und sie fröstelte. Wie herrlich, dachte sie, so läßt es sich leben.

Zu Hause standen Paolo und Marco bereits unter den Duschen und besprachen wegen der Entfernung der Badezimmer laut schreiend den Verlauf des Fußballturniers. Ihre Mannschaft hatte offensichtlich gesiegt. Leda legte sich solange in einen Liegestuhl im Garten und nickte ein.

»Tante Leda, du bist ja da. Seit wann denn das?«

Leda schlug die Augen auf. Es war fast dunkel.

Ihre ältere Nichte Giulia hockte neben ihr und gab Leda einen Kuß. Giulia duftete und sah in ihrem hautengen, weißen Kleid auf dunkel gebräunter Haut entzückend aus.

»Komm, mach dich fertig, wir wollen in den Club zum Essen gehen.«

Mit großem Hallo wurde sie im Haus begrüßt. Nur Paolo war ein bißchen sauer.

»Wo hast du denn gesteckt? Ich habe hundertmal versucht, dich auf dem Telefonino zu erreichen.«

»Hat es denn nicht hier im Haus geklingelt?« wunderte sie sich.

Allgemeines Kopfschütteln.

»Sag jetzt bloß nicht, daß du es schon wieder irgendwo

liegengelassen hast«, bemerkte Marco mit dem verzweifelten Gesicht eines Sohnes, der diese Situation schon allzuoft erlebt hatte. Leda grübelte nach, wo es stecken könnte.

»Ich glaube, ich habe meine Handtasche im Auto in der Garage vergessen. Da müßte es drin sein.«

»Marco, mein Schatz, kannst du bitte so lieb sein...«, nahm der Siebzehnjährige mit hoher Stimme die Bitte seiner Mutter vorweg. »Aber gern doch, liebe Mamma«, fuhr er fort und war schon unterwegs.

Das Essen im Club war wie immer vorzüglich. Jeder bestellte sich zunächst eine Vorspeise. Anschließend servierte Aldo eine große Platte mit verschiedenen gegrillten Fischsorten, und zum Abschluß gab es Eis. Dazu tranken sie leichten, spritzigen Weißwein und Unmengen von Mineralwasser. Die Unterhaltung flog zwischen Fußball, attraktiven Männern am Strand und dem Mordfall in der Betonhölle des Auditoriums hin und her. Bis Flavia schließlich mit ernstem Gesicht um das Wort bat.

»Ich muß euch etwas sagen. Ich habe beschlossen, ab November in Rom zu studieren. Mamma, ich werde wieder zu dir ziehen.«

Leda sagte zunächst gar nichts. Sie war sprachlos und starrte ihre Tochter ungläubig an. Seit über zehn Jahren lebten Flavia und Marco mit ihrem Vater in München und hatten nur die Ferien und viele Feiertage bei ihr in Rom verbracht. Flavia hatte nie davon gesprochen, wieder zurückkommen zu wollen. Und Leda hatte nicht gefragt, um sie nicht zu bedrängen. Und nun das!

»Wie kommt denn dieser plötzliche Entschluß zustande? Was ist mit Philipp?« fragte Leda. Sie hatte Flavias Freund letztes Silvester kennengelernt, als er die Gelegenheit genutzt hatte, mit ihr den Jahreswechsel in Rom zu verbringen. Vor einem halben Jahr waren die beiden noch sehr verliebt gewesen.

»Er hat mich heute aus Chicago angerufen und mir gesagt, daß er noch ein weiteres Jahr dort an der Uni bleiben will. Unsere Beziehung war sowieso nichts Richtiges mehr. Und Papa und du habt mir immer gesagt, daß ich meine Zweisprachigkeit im Studium nutzen soll. Schließlich bin ich halbe Italienerin. Was sagst du dazu, Mamma?«

Leda schaute Flavia an. In der jungen Frau mit den flammendroten Haaren, dem schmalen Gesicht, der dunkel gebräunten Haut und den grünen Augen sah sie sich selbst vor zweiundzwanzig Jahren, voller Selbstbewußtsein und Unternehmungslust. Ihr stiegen die Tränen in die Augen, und ihr Kopf drehte sich vor Glück. Leda stand auf und umarmte Flavia.

»Du hast nicht die geringste Ahnung, wie ich mich darüber freuen würde, mein Kind.«

»Da brauchst du doch nicht zu heulen«, meinte Marco, dem die Tränen der Mutter in der Öffentlichkeit peinlich waren.

»Das ist aber zum Heulen schön. Ich habe es mir heimlich so oft gewünscht. Und Papa? Weiß er es schon?«

»Ich habe ihn vorhin angerufen. Er ist einverstanden und meint, ich sei alt genug, das zu entscheiden.«

Leda schaute Paolo fragend an. Was hielt er davon? Schließlich war er seit vielen Jahren ihr Partner. Seine Meinung war Leda wichtig.

Seine Augen blitzten sie verschmitzt an.

»So, Marco, da deine Mutter ja sowieso schon weint, kannst du ja jetzt gleich noch einen draufsetzen. Dann ist es in einem Abwasch erledigt. Leda, setz dich am besten erst mal wieder hin«, meinte Paolo.

»Also, ich möchte auch kommen und in Rom auf die deutsche Schule gehen«, eröffnete ihr Marco. »Ich hab schon vor den Ferien mit Papa darüber gesprochen. Er meint, ich soll es von deiner Entscheidung abhängig machen.«

»Hier kannst du aber, glaube ich, nicht Eishockey spielen«, warf Leda ein, die ihren Ohren nicht trauen wollte.

»Aber dafür Feldhockey. Ich hab schon im Internet nachgeschaut«, lautete die Antwort.

»Und das Abitur hier schaffst du?«

»Easy, schätze ich.«

Leda saß da – erschlagen, glücklich, sprachlos, vor Rührung weinend.

»Aldo, bring uns doch bitte schnell einen guten Schnaps zur Beruhigung der Gemüter«, orderte Paolo.

»Was sagst du denn nun, Mamma?« wollte Marco wissen. Diesmal mußte Leda nicht aufstehen, um den direkt neben ihr sitzenden Marco zu umarmen. Tränen flossen ihr übers Gesicht und in sein Hemd.

»Was ich sage? Ich bin glücklich, glücklich, glücklich. Ich habe euch so oft vermißt, jedes verdammte Jahr mehr. Der arme Thomas, er weiß nicht, was ihm fehlen wird.«

»Nicht so schlimm für ihn. Die Zeitung hat ihm eine Korrespondentenstelle in Madrid angeboten. Ich habe aber keine Lust dorthin zu gehen. Da komme ich lieber zu dir. In Rom kenne ich genug Leute, kann die Sprache und habe schon ein Zimmer. In den Ferien können wir dann ja mal nach Deutschland und mal nach Spanien fahren. Außerdem hat Papa gesagt, daß er mich sooft wie möglich besuchen würde, so wie du es bisher auch gemacht hast«, erläuterte Marco und fuhr fort:

»Und außerdem wechselt meine Englisch- und Sportlehrerin an die deutsche Schule hier. Dann kenne ich sogar schon eine Lehrerin. Melanie Breuer heißt sie und ist total nett.«

Nun war Leda endgültig ohne Worte und brauchte noch einen Grappa mehr.

III Lange saßen Leda und Paolo abends noch auf der Terrasse und erörterten die Perspektiven der neuen Familiensituation. Die jungen Leute hatten das zukünftige Leben in Rom längst als spannende und erfreuliche Abwechslung für sich akzeptiert und waren mit ihren beiden Cousinen zu einem Musikfestival verschwunden, wo sie weitere Freunde vom Strand treffen wollten.

Leda kamen plötzlich Zweifel, ob sie es schaffen würde, die alltägliche Anwesenheit der beiden zu meistern. Flavia war erwachsen, konnte ihr Studentenleben selbst in die Hand nehmen. Aber Marco: ein Siebzehnjähriger mit Flausen im Kopf, vor dem noch drei Jahre Schule bis zum Abitur lagen. Die letzte Klasse hatte er schon nicht geschafft und mußte sie jetzt wiederholen, und das in einer neuen Schule. Er selbst lebte in der Überzeugung, erwachsen und unabhängig zu sein. Doch Leda hatte diesbezüglich erhebliche Bedenken. Um ihren Sohn würde sie sich wohl ernsthaft kümmern müssen.

Für sie würde es eine gewaltige Umstellung bedeuten. Während des vergangenen Jahrzehnts hatte sie so gut wie keinen Abend zu Hause gegessen und konnte auch gar nicht kochen. Außerdem war sie es gewohnt, bis in die Puppen zu arbeiten, wenn nötig auch am Wochenende. Und dann war da Paolo, der ihre Aufmerksamkeit und Liebe einforderte, die er nun dauerhaft mit den Kindern teilen sollte.

»Erstens sind die beiden schon groß und werden kaum zu Hause sein. Zweitens engagierst du eine Haushälterin mit hervorragenden Kochkenntnissen oder, noch besser, einen Koch mit Haushaltskenntnissen. Drittens arbeitest du ganz einfach weniger, wie andere Leute mit Familie auch. Und was unsere Beziehung betrifft, so bin ich froh, daß wir nicht zusammenleben, oder sagen wir: nur halb. So kann ich mich zurückziehen, wenn ich von zuviel Giallo-Familie die Nase voll habe. Leda, wenn unsere Beziehung deine entzückenden Blagen nicht aushält, ist sie nichts wert. Und das glaube ich ehrlich gesagt überhaupt nicht. Außerdem scheinen sich beide im Laufe der Jahre an mich gewöhnt zu haben. Immerhin hat mir Marco heute mittag schon von seinen Absichten erzählt, als du noch nicht die geringste Ahnung davon hattest.«

Da hatte Leda schon wieder angefangen, vor Rührung zu weinen, und Paolo eine umfassende Liebeserklärung gemacht.

»Meine Güte, Frau Kommissarin, du wirst auf deine alten Tage noch sentimental. Wie schön!« hatte er ihr daraufhin zärtlich ins Ohr geflüstert.

»Ach Paolo, wie gern würde ich die nächsten Wochen ganz bei euch hier bleiben.«

»Was nicht geht, geht nun einmal nicht. Das ist eine glänzende Vorübung für kommende Zeiten«, hatte er gesagt.

Am nächsten Morgen war Leda in aller Herrgottsfrühe wachgeworden, mit Pipo um die Ecke gegangen und hatte im Meer gebadet. Dann machte sie sich fertig, packte Unmengen schmutziger Wäsche in eine große Mülltüte und fuhr ohne Frühstück in die Stadt. Die Wäsche wollte sie in der Wäscherei gleich neben Marcos Bar abgeben.

»Chiuso per ferie fino al 2.9.«, las sie auf dem Schild in der Eingangstür. Verflixt, die Wäscherei hatte Urlaub. Und nun?

Mit dem schweren Müllsack auf dem Rücken zog sie ein Haus weiter zu Mario. Der hatte glücklicherweise geöffnet.

»Signora Commissaria, welche Überraschung! Ich dachte, Sie seien noch in Lavinio! Was schleppen Sie denn da herum?« begrüßte er sie strahlend.

Seitdem Thomas mit den Kindern nach München gezogen war, frühstückte Leda morgens bei Mario. Seine Bar lag auf dem Weg von ihrer Wohnung ins Präsidium. Sein Kaffee war ebenso hervorragend wie seine kabarettreife Unterhaltung. Jeden Morgen überraschte er Leda mit weitschweifigen Ausführungen zu einem neuen Thema, das er in der Zeitung, im Fernsehen, im Radio oder aus dem Kreis seiner Kundschaft aufgeschnappt hatte.

An diesem Morgen brachte Leda das Thema mit.

»Die Wäscherei ist zu, und ich habe hier zentnerweise schmutzige Wäsche. Bis ich eine offene finde, kann ich wahrscheinlich einmal durch die ganze Stadt fahren«, vermutete Leda. Im August kam es einem Sechser im Lotto gleich, außer Restaurants und Souvenirläden irgendeinen arbeitenden Betrieb in Rom zu entdecken. »Grazie a dio, daß du noch hier bist. Wenigstens etwas Erfreuliches in dieser stickigen Stadt.«

Mario schien die Temperatur nichts auszumachen. In seinem hellblauen, sorgfältig gebügelten Hemd sah er wie frisch aus dem Ei gepellt aus. Allerdings zeugten tiefe dunkle Ringe unter seinen braunen Augen und die bläßliche Haut davon, daß er Erholung nötig hatte.

»Fährst du nicht weg?« fragte sie.

»Ab Ferragosto mache ich für vierzehn Tage dicht. Wir fahren aufs Land zu meiner Schwester Fiorella, wie immer. Unsere Tochter ist schon da. Soll ich die Wäsche mit nach Hause nehmen? Marcella, meine Frau, kann sie ja waschen und bügeln. Sie hat ohne die Kleine eh wenig zu tun und freut sich bestimmt, ein paar Euro verdienen zu können.«

»Ein wunderbares Angebot, Mario. Aber willst du sie nicht erst einmal fragen?«

»Falls sie es nicht machen möchte, verspreche ich, eine andere Lösung zu finden.«

Mario hatte bereits begonnen, den Kaffee für Leda in den

Filter zu füllen, ihn mit den geschickten Handgriffen des geübten Barmanns in die große, silberglänzende Maschine einzuhängen und eine Tasse unter die Auslaufvorrichtung zu stellen. Mit blitzschnellen Bewegungen holte er die Milch und schäumte sie auf. Vorsichtig goß er anschließend die Milch in die Kaffeetasse, hob mit einem Löffel noch Milchschaum obendrauf und stellte sie vor Leda auf die Theke. Dann nahm er mit einer Papierserviette aus der gläsernen Vitrine ein Cornetto, um es ihr in die Hand zu drücken. Mario brauchte keine Bestellung von Leda, um zu wissen, was sie begehrte.

»Und noch ein Glas kaltes Wasser, weil es so heiß ist, nicht wahr?«

Leda hatte kaum genickt, da stand es schon vor ihr. In einem einzigen Zug trank sie es leer.

Zwar hätte Leda jetzt liebend gern noch in ihrem Bett in Lavinio gelegen und von einem wunderbar duftenden und ebenso schmeckenden Cappuccino Marios nur geträumt. Doch sie war froh, wie charmant Mario versuchte, ihr morgendliches Dasein erträglich zu gestalten.

»So, Commissaria, jetzt erzählen Sie mal, was Sie mitten in den Ferien nach Rom treibt. Das kann doch nicht nur die Wäsche sein. Lassen Sie mich raten: der tote Deutsche von der Baustelle! Richtig?«

Natürlich, irgendwer hatte ja etwas ausplaudern müssen! Leda ärgerte sich jedes Mal, wenn trotz strikter Informationssperren am nächsten Tag eine Mischung aus Dichtung und Wahrheit über den Fall in den Zeitungen stand.

»Erster Toter auf der Bühne« prangte auf der Titelseite der römischen Tageszeitung »Il Messaggero«, die Mario ihr vor die Nase hielt.

»Eigentlich sollte als erste Angela Serafino zu Verdis großartiger Oper La Traviata ihr Leben auf der Freilichtbühne des neuen Auditoriums aushauchen, um sich anschließend im Applaus des Publikums zu baden. Doch die Realität hat ein anderes Libretto geschrieben: Am Sonntagmorgen wurde der deutsche Bauleiter des größten römischen Prestigeobjekts der Nachkriegszeit ermordet auf der unfertigen Bühne gefunden. Niemand hatte zu seinem Tod Wagner oder Beethoven intoniert«, las Leda laut vor. »Meine Güte, wie schwülstig. Aber es stimmt, Mario. Der Mann wurde ermordet, und ich mußte die Ferien deshalb abbrechen.«

Nun wurde Leda von Mario mit lauter Fragen bombardiert, die sie weder beantworten konnte noch wollte.

»Wir wissen noch gar nichts, außer seinen Namen und seinen Beruf und daß er eine Frau mit zwei Kindern hinterläßt.«

»Davon steht in der Zeitung nichts. Wohnen sie in der Stadt?«

Geistesgegenwärtig log Leda, die sich verplappert hatte:

»Das wissen wir auch nicht.«

»Die Ärmsten. Da arbeitet der Mann im Ausland und kommt als Toter zurück. Hoffentlich war der Täter kein Italiener. Das würde dem Ruf unseres Landes in Deutschland schaden.«

Unter diesem Aspekt hatte Leda den Fall noch nicht betrachtet. Die Frühstücksbesuche bei Mario eröffneten ihr eben immer wieder neue, überraschende Perspektiven.

Als Leda bezahlen wollte, fischte Mario unaufgefordert ein Päckchen Zigaretten aus dem Regal.

»Diese Neuigkeit kennst du noch nicht«, sagte Leda. »Ich habe aufgehört zu rauchen.«

»Wieder einmal! Das ist doch jedes Jahr im Sommer das gleiche mit Ihnen. Mal sehen, wie lange es diesmal vorhält«, meinte er schmunzelnd.

Wie jedes Jahr schwor Leda ihm, daß sie es diesmal schaffen werde, und bat ihn dann, sie zu benachrichtigen, sobald die Wäsche fertig sei.

Anschließend rief sie Ugo an und wollte sich mit ihm auf der Baustelle verabreden. Er war schon dort.

Vor dem geschlossenen Haupttor standen grüppchenweise Männer in Arbeitskleidung. Die meisten waren dunkelbraungebrannt von der täglichen Arbeit im Freien. Es herrschte ein babylonisches Sprachengewirr. Zwei uniformierte Kollegen und ein Mann mit einem gelben Schutzhelm riefen Namen anhand einer Anwesenheitsliste auf, stellten die Präsenz fest und fragten jeden einzelnen nach seiner Schuhgröße und nach seinem Alibi für Sonntag morgen. Das würde noch lange dauern. Leda stellte sich den beiden vor und erfuhr, daß der Mann mit dem Helm der Polier Giorgio Piga war. Sie kündigte ihm an, daß sie ihn später im Bürocontainer sprechen wolle.

Dort empfing Leda die angenehme Kühle einer Klimaanlage. Ugo gab ihr den vorläufigen Bericht der Spurensicherung, den er bereits aus dem Büro geholt hatte. Außerdem wartete Enzo Gasco, der Architekt, dem unter die Bräune der Gesichtsfarbe die Blässe des Schreckens gefahren war. Der hochgewachsene, drahtige Mann strahlte trotz der Jeans, des sportlichen, karierten Kurzarmhemds und der derben Arbeitsschuhe eine Eleganz aus, die einen merkwürdigen Kontrast zum Schmutz des Rohbaus bildete. Der Druck seiner schmalen Hand war fest und bestimmt, genau wie sein Blick, der während der Begrüßung auf Leda ruhte. Sie spürte, daß dieser weltberühmte Architekt die Beobachtung von Situationen und Personen der eigenen Selbstdarstellung vorzog.

»Signor Gasco, wann haben Sie vom Tod Herrn Breuers erfahren?« begann Leda die Befragung.

»Vor zwei Stunden, also kurz vor sieben Uhr, rief mich Signor Leonhard aus Mailand an und teilte mir die Ermordung Breuers mit. Sie hatten bereits gestern mit ihm gesprochen, wie er mir sagte. Ihr Kollege Inspettore Libotti hat mir hier ausführlicher berichtet, was geschehen ist.«

»Wir haben gestern versucht, Sie telefonisch zu erreichen, um Sie direkt zu informieren. Leider war das nicht möglich. Ist es üblich, daß sich der Architekt eines solchen Großprojektes am Wochenende völlig zurückzieht? Sie tragen doch die Verantwortung für die gesamte Baustelle«, wollte Leda wissen.

»Nicht so, wie Sie es sich offenbar vorstellen. Als Architekt, besser als Architekturbüro, prüft man während der Bauarbeiten nur, ob die Bauausführung den Plänen entspricht. Werden bauliche Veränderungen – wie im vorliegenden Fall aufgrund archäologischer Funde – notwendig, so muß der Architekt neu entwerfen. Die Hauptverantwortung für die Arbeiten trägt ansonsten der Bauleiter. Bei kleineren Bauvorhaben übernimmt der Architekt häufig auch die Rolle des Bauleiters. Bei größeren sind die Aufgaben meist getrennt. In diesem Fall lag sie bei Signor Breuer respektive Signor Sicolo.«

»Warum sind Sie dann hier?«

»Weil der Bau sich in einer schwierigen Phase befindet. Wie Sie sehen, ist der Betonrohbau so gut wie fertig. Nun müssen die Aufbauten für die drei Hallen daraufgesetzt werden. Solche Phasen begleite ich häufig persönlich. Ich bin vor einer Woche gekommen und werde zwei Monate bleiben, um zu sehen, ob alles klappt wie geplant.«

»War Signor Breuer ein guter Bauleiter?« fragte Leda.

»Fachlich gesehen sehr gut. Er hat sich nur hier wie auch schon anderswo rasch wegen seines ruppigen Umgangstons unbeliebt gemacht. Ich habe schon mehrfach mit Breuer in Deutschland zusammengearbeitet. Mir gegenüber hat er sich immer einwandfrei benommen. Die Arbeiter und Signor Sicolo, der zweite Bauleiter und Vertreter Breuers, hatten jedoch öfter Grund zur Beschwerde. Ich habe in dieser einen Woche, seitdem ich hier bin, mehrfach erlebt, wie er mit den Bauleuten umgesprungen ist«, erklärte Gasco ruhig.

»Wenn der Bau des Auditoriums schon seit fünf Jahren läuft, warum war Signor Breuer dann erst seit drei Monaten hier? Wer hat den Job vorher gemacht?«

»Signor Sicolo war jahrelang erster Bauleiter. Ein sehr guter, hoch respektierter Mann.«

»Und wieso wurde ihm Breuer vor die Nase gesetzt?«

»Weil das neue Bauunternehmen in der Leitungsfunktion einen eigenen Mann sitzen haben wollte. Das ist verständlich, gerade wenn es sich um ein internationales Prestigeobjekt handelt wie dieses Auditorium.«

»Wieso neues Bauunternehmen? Hat es gewechselt?« fragte Leda erstaunt.

Gasco sah Leda an, als wisse sie nicht, daß Rom am Tiber lag.

»Die gesamte Projektausführung wurde vor drei Monaten von dem deutschen Bauunternehmen Holzer übernommen. Signor Breuer kommt von Holzer. Das Unternehmen hat das gesamte Team, das bereits vorher hier gearbeitet hatte, übernommen und Signor Sicolo aus der Vorgängerfirma herausgekauft, damit die Arbeiten zügig weitergehen konnten. Er ist für alle weiterhin der heimliche Bauleiter geblieben.«

Leda begann sich zu erinnern. Natürlich! Medien und Politiker hatten sich vor Aufregung beinahe überschlagen, als nach langem Ringen zwischen Rom und Brüssel die Entscheidung der EU-Kommission bekannt geworden war, daß der in der gesamten Europäischen Union ausgeschriebene Auftrag für das Auditorium richtigerweise an ein deutsches Unternehmen hätte gehen müssen. Deshalb war das bis dahin tätige italienische Unternehmen zum Rückzug gezwungen worden, was bei den Italienern, insbesondere bei den Römern, zu unfeinen Äußerungen über die Europäische Kommission geführt hatte. Der Weg für den Ausbau der heimlichen Kolonialherrschaft Deutschlands in Italien mit Hilfe Brüssels werde geebnet: Erst hätten die Germanen die Region um den

Gardasee, dann die Toskana übernommen, und nun rissen sie sich auch noch in der Hauptstadt die Bauarbeiten für die Musik-, Opern- und Festhallen unter den Nagel.

»Wie kommt Signor Sicolo mit der Rolle als zweiter Mann klar?« fragte Leda, nachdem sie ihre Gedanken zurechtgerückt hatte.

»Sicolo ist ein ruhiger und eher bescheidener Mann. Seine Rolle interessiert ihn nicht, diesen Eindruck vermittelt er zumindest. Breuers schlechtes Benehmen störte ihn aber nachhaltig, weil es sich negativ auf die gesamte Baustelle auswirkte.«

»Gab es Streit zwischen den beiden?«

»Ja, vergangene Woche. Breuer hatte Sicolo wegen einer Geringfügigkeit so sehr beleidigt, daß dieser kündigen wollte. Ich konnte Breuer dazu bewegen, sich zu entschuldigen.«

»Wo ist Sicolo jetzt?«

»Er hat seit Freitag Urlaub und wollte in die USA zu seiner Schwester fliegen. Wir haben bereits versucht, ihn zu erreichen, aber er geht weder ans Telefon, noch öffnet er die Tür zu Hause. Er ist wohl schon weg.«

»Ohne Bauleiter kann doch nicht weitergearbeitet werden. Wird die Baustelle nun wochenlang lahmliegen?«

»Ich weiß nicht, was die Firma Holzer vorhat. Signor Leonhardt sagte mir, daß er heute nachmittag um drei Uhr mit einem Kollegen aus Frankfurt hiersein wird, um weitere Entscheidungen zu treffen.«

Leda erfuhr von Gasco, daß der bei der Stadt Rom für das Projekt zuständige Mann Assessore Vincenzo Romelli war. Als Leda den Namen hörte, zuckten erneut Erinnerungsblitze durch ihren Kopf. Ein Parteimann, der während des letzten Kommunalwahlkampfes den Bau des Auditoriums für ebenso bedeutend erklärt hatte wie einst den des Kolosseums.

»Nur werden dort keine Menschen in Kämpfen sterben, sondern ihre Seelen werden von der Schönheit der Musik erfüllt werden«, hatte Romelli mit bewegter Stimme in die Fernsehkameras gesagt und verkündet, daß ohne ihn und die Partei das Bauprojekt nie begonnen worden wäre. Daß es das beste Musikhaus Italiens, wenn nicht des gesamten Globus werde, und daß Rom nun endlich die Spielstätte erhalte, die es als »schönste und kulturträchtigste Stadt der Welt« verdiene. Und daß er persönlich dafür sorgen werde, daß das Auditorium von den Menschen gebaut werde, deren Herz dafür schlage: von Römern.

»Ich sage: Brüssel, laß die Finger von unserem Auditorium. Eher wird Italien aus der Europäischen Union austreten, als daß Fremde es in die Finger bekommen«, hatte Romelli populistisch getönt und dafür gesorgt, daß ein römischer Bauunternehmer die Bagger anrollen ließ.

Ein Riesendisput über die Frage, inwieweit der Arm Europas in italienische Angelegenheiten hineinreichen dürfe, war daraufhin entbrannt. Mario hatte vehement die Position Romellis vertreten. Ledas Versuche, ihm klarzumachen, daß sich die Stadt Rom von internationalen Vereinbarungen, die der Staat Italien mitgetragen hatte, nicht nach Belieben verabschieden könne, hatten bei Mario überhaupt nicht gefruchtet. Wie bei vielen Römern. Bei der Wahl war Romellis Partei wieder an der Stadtregierung beteiligt worden, und er hatte seinen Posten behalten.

Inzwischen war alles anders gelaufen, als vom Assessore damals behauptet: Der Bau des Auditoriums wurde von Deutschen ausgeführt, und ein Menschenleben war dem Projekt zum Opfer gefallen.

»Ist Assessore Romelli vom Mord verständigt worden?« fragte Leda den Architekten.

»Ihn persönlich konnte ich nicht erreichen. Er befindet sich seit einer Woche bis Ende des Monats auf einem Segeltörn durchs Mittelmeer, sagte mir sein Mitarbeiter«, erklärte Gasco.

»Kam Breuer denn mit Romelli zurecht?«

»Romelli konnte Breuer nicht leiden und hat sich deshalb in der vergangenen Zeit wenig auf der Baustelle aufgehalten. Höchstens mal, wenn er ein Interview zum Baufortschritt gab. Meine Leute haben mir berichtet, daß Romelli Breuer regelrecht schnitt und immer nur mit Sicolo sprach, wenn er hier war. Breuer hat sich darüber wohl sehr geärgert.«

»Und wie geht so ein Mann mit dieser politischen Niederlage um? Immerhin hat er den Wahlkampf mit dem Thema ›Das Auditorium gehört in römische Hände‹ bestritten?«

»Deshalb hat er ihn wohl nicht gemocht. Aber er wird sich an die Situation gewöhnen und mit den Deutschen zusammenarbeiten. Immerhin soll das Auditorium im nächsten Sommer mit großem Pomp eingeweiht werden«, meinte Gasco.

»Das ist doch kurz vor der nächsten Kommunalwahl, wenn ich nicht irre.«

»Richtig. Dann will Romelli die Fertigstellung mit Sicherheit als seinen Erfolg preisen und um Stimmen für sich werben.«

»Also kann er sich keinesfalls eine Bauverzögerung wünschen!«

»So sehe ich das auch. Der Zeitrahmen ist schon jetzt sehr eng.«

»Demnach konnte Romelli kein Interesse am Tod Breuers haben«, stellte Leda fest, und Gasco nickte zustimmend.

In diesem Moment öffnete sich die Tür des Containers. Der Polier Giorgio Piga und die beiden uniformierten Polizisten traten ein. Allen dreien lief der Schweiß übers Gesicht.

Gasco forderte sie auf, sich am Wasserautomaten zu bedienen. Sie nahmen das Angebot dankbar an und tranken gierig. Dann berichteten sie, daß bis auf sechs Arbeiter alle gekommen seien, daß die gesuchte Schuhgröße etwa dreißigmal angegeben worden sei und die Befragung zu den Alibis noch nicht abgeschlossen werden konnte, weil sie es in der prallen Sonne nicht mehr aushielten. Mindestens die Hälfte der Männer spreche entweder gar kein oder nur sehr wenig Italienisch, und es müßten deshalb Dolmetscher eingeschaltet werden. Piga wollte wissen, ob heute noch gearbeitet werden könne oder ob er die Leute heimschicken solle.

Leda erklärte die Baustelle für geschlossen und wies die Polizisten an, alle Arbeiter mit der entsprechenden Schuhgröße nach und nach in der nächsten Polizeistation – wenn nötig mit Hilfe von Dolmetschern – zu vernehmen. Außerdem sollten sie feststellen, wer ein schlechtes Verhältnis zu Breuer gehabt hatte und warum. Die drei verließen seufzend das Büro, nicht ohne sich über die sengende Sonne zu beschweren.

Ugo war bereits damit beschäftigt, telefonisch am Flughafen zu überprüfen, ob und wann Sicolo geflogen war.

»Signor Gasco, wo waren Sie Sonntag früh? Entschuldigen Sie bitte, daß ich auch Ihnen diese Routinefrage stellen muß.«

»Ich lag im Bett und habe geschlafen.«

»Gibt es dafür Zeugen?«

»Ja«, erwiderte Gasco lakonisch. »Meine Schuhgröße stimmt übrigens auch mit der des Täters überein.«

Gasco berichtete, daß die Mitarbeiter von Holzer mittags um zwei am Flughafen ankommen und etwa eine Stunde später auf der Baustelle sein wollten.

»Brauchen Sie mich noch?« fragte Gasco. »Sonst würde ich gern gehen.«

»Ugo, ich denke, wir können jetzt auch ins Präsidium fahren. Wie kann ich Sie im Notfall erreichen, Signor Gasco?«

Er gab ihr einen Zettel, auf den er alle wichtigen Angaben notiert hatte.

IV

In der Questura herrschte normaler Alltagsbetrieb. Der Pförtner hatte Leda erstaunt gefragt, ob ihr der Urlaub nicht gefallen habe, weil sie schon wieder da sei.

In den Fluren und Räumen des alten Gebäudes surrten Ventilatoren. Durch das dicke Gemäuer konnte die Hitze nicht eindringen. Ledas Büro lag zudem in westlicher Richtung, so daß die Sonne erst am späten Nachmittag ihre Fenster erreichte.

»Buon giorno, Signora Giallo. Viel hatten Sie ja dieses Jahr nicht von Ihrem Urlaub«, sagte Silvia Marconi, die Sekretärin von Ledas Chef Erman Alesi, als sie ins Büro trat, um einen Stapel Akten auf Ugos Schreibtisch zu legen.

»Nein, Silvia, leider nicht. Dabei ist es dieses Jahr ganz besonders schön am Strand mit der Familie. Aber was soll man machen, wenn die Kollegen entweder unerreichbar weit fort sind oder von Motorrädern über den Haufen gefahren werden. Wissen Sie, wie es Nicola Grunziola geht?«

»Besser. Ich habe vorhin im Krankenhaus angerufen. Er muß aber noch einige Zeit dort bleiben. Es hat ihn ziemlich erwischt.«

Silvia Marconi trug ein kanariengelbes Sommerkleid und hochhackige Riemchen-Pumps in derselben Farbe. Sie sah aus, als sei sie soeben einer Modeboutique mit angeschlossenem Kosmetiksalon entsprungen. Seit Jahren war es Leda schleierhaft, wie es dieser ausgesprochen fleißigen Frau gelang, täglich von morgens bis abends wie ein Mannequin kurz vor dem Betreten des Laufstegs auszusehen und darüber hinaus mit einem freundlichen Lächeln jede Frage zu beantworten und jeden Arbeitsauftrag zu erledigen.

Silvia liebte ihre Arbeit, die bewundernden Blicke der Männer und die meist neidischen der Frauen. Gleichzeitig wurde sie gerade von der weiblichen Kollegenschaft zutiefst bedauert und bemitleidet. Denn die aus einem süditalienischen Dorf stammende Silvia war knapp siebzehnjährig auf Druck ihrer Familie mit einem über zwanzig Jahre älteren Cousin dritten Grades verheiratet worden, dessen erste Frau bei einem Unfall ihr Leben gelassen hatte. Dieser Mann tyrannisierte sie Tag für Tag mit unendlich vielen Kontrollanrufen. Sein Motiv: Eifersucht.

Das damals frisch getraute Paar hatte die Provinz verlassen, weil dumme Gerüchte über einen möglicherweise nicht ganz zufälligen Unfalltod der ersten Frau kursierten. Der Ehemann hatte außerdem keinerlei berufliche Entwicklungsmöglichkeiten gesehen, und so waren die beiden vor siebzehn Jahren nach Rom gezogen.

Der Mann hatte bald durch Mithilfe eines Cousins, der wie einige andere seiner Verwandten in die Hauptstadt ausgewandert war, einen Posten als Hausmeister gefunden, zunächst in einem kleineren Gebäude am Rande der Stadt. Dank seinem handwerklichen Geschick, seiner raschen Auffassungsgabe und seinem freundlichen Wesen erfreute er sich bei Bewohnern und Hauseigentümern größter Beliebtheit und wurde in immer bessere Häuser Richtung Stadtzentrum empfohlen. Inzwischen lebte er mit seiner Frau in der Hausmeisterwohnung eines eleganten Wohnkomplexes in der Via Ungheria und dirigierte etwa ein Dutzend Gärtner, Handwerker, Putzfrauen und andere dienstbare Geister, die die Wohnanlage in Schwung hielten.

Als Süditaliener mit klassischer Erziehung hatte er für seine junge Frau die für ihn einzige denkbare Karriere als Mutter seiner Kinder vorgesehen. Solange diese jedoch auf sich warten ließen, sollte Silvia durchaus etwas dazuverdienen. Die große Stadt war teuer genug.

Zunächst hatte sie in der Boutique einer Verwandten ihres Mannes ausgeholfen. Tante Maria ihrerseits war von ihrem eigenen Mann mit den drei Kindern kurz nach ihrer Ankunft in Rom sitzengelassen worden. Seitdem hatte sie auf eigenen Beinen gestanden, bis zum Umfallen geschuftet und nie wieder einem Mann über den Weg getraut. Deshalb hatte sie Silvia von Anfang an gedrängt, den Liebes- und vor allem Treueschwüren eines jeden Mannes zu mißtrauen und sich wenigstens finanziell auf den Fall der Fälle vorzubereiten.

Tante Maria hatte für Silvia ein Sparbuch angelegt, von dessen Existenz die junge Frau nichts ahnte. Silvia arbeitete sechs Jahre lang fleißig im florierenden Geschäft der Tante, erhielt dafür vermeintlich einen Hungerlohn und gebar die vorgesehenen Kinder nicht. Ihr Mann war darüber völlig außer Fassung geraten und hatte sie angeschrien, daß die Frauen von heute eben alle nichts mehr taugten.

Silvia hatte sich zunächst als Alleinschuldige für die Kinderlosigkeit gesehen und sich von Gynäkologe zu Gynäkologe geschleppt und immer das gleiche Ergebnis erhalten: Sie war gesund und fruchtbar. Als ihr Mann sich auf Zeugungsunfähigkeit untersuchen lassen sollte, weigerte er sich strikt.

»Wenn Gott will, daß wir keine Kinder bekommen, so müssen wir das akzeptieren. Er wird einen Grund für diese Entscheidung haben«, ließ er plötzlich vernehmen.

Von diesem Tag an war das Thema Kinder keines mehr im Eheleben der beiden, Silvias Mann wurde etwas kleinlauter, sie hingegen wesentlich selbstbewußter, und bis auf seine Eifersucht veränderte er sich in Silvias Augen durchaus positiv.

Er war sogar damit einverstanden, daß Silvia eine Ausbildung zur Bürokauffrau machte. Silvias Intelligenz, Fleiß und Organisationstalent ließen sie alle Prüfungen, auch die zur Aufnahme bei der Polizei, mit Leichtigkeit passieren. Inzwischen hatte sie als Staatsdienerin schon mehr als zehn Jahre auf dem Weg zur Pensione hinter sich gebracht. Jede freie Minute verbrachte sie in Tante Marias Boutique, half beim Dekorieren und erledigte die Buchhaltung. Als Gegenleistung durfte sie sich all das einpacken, was ihr gefiel.

Und so entzückte Silvia vor allem im Sommer die Kollegenschar mit dem jeweils letzten Schrei in Sachen Mode auf einer Figur, die der einer Schaufensterpuppe in nichts nachstand. Von einer Puppe hatte sie ansonsten wenig. Sie war weder zerbrechlich noch unbeweglich, sondern mit bewundernswerter Belastbarkeit und Geschwindigkeit gesegnet.

Nicola Grunziola versuchte seit Jahren bei ihr zu landen. Er hielt sich für die eindeutig bessere Partie als den Ehemann und konnte überhaupt nicht verstehen, daß sie sich unter dem Vorwand einer rein dienstlichen Besprechung nicht einmal von ihm ins Restaurant ausführen ließ. Leda beobachtete immer wieder amüsiert seine vergeblichen Annäherungsversuche. Im Gegensatz zu Nicola hatte sie begriffen, daß Silvia ihre Ehe niemals auch nur durch einen zunächst »harmlosen« Abend gefährden würde. Erführe ihr Mann jemals davon, würden ihr auch die kleinsten Freiräume gestrichen. Was für Leda der Sklavenhaltung gleichkam, entsprach für Silvia den Gepflogenheiten einer normalen Ehe. Sie hatte ihrem Mann vor Gottes süditalienischem Angesicht das Jawort gegeben und würde bis zu seinem Tod daran festhalten. Leda war nicht ganz sicher, ob Silvia nicht hin und wieder davon träumte, seine Lebenserwartung würde unterhalb des statistischen Durchschnitts für Männer liegen.

»Ich werde nachher kurz bei Nicola im Krankenhaus vorbeifahren. Wo liegt er denn?« erkundigte sich Leda.

Silvia gab ihr die Anschrift des Ospedale San Camillo de Lellis. Es lag im Stadtviertel Monteverde auf der anderen Tiberseite.

»Dann müssen wir uns aber beeilen, um rechtzeitig bei der Besprechung mit den Holzer-Leuten auf der Baustelle zu sein. Die Deutschen sind doch immer so pünktlich«, mischte sich Ugo ein.

»Wissen wir eigentlich inzwischen, wer Karl Breuer zur Baustelle gerufen hat?« fragte Leda.

»Oje, ich habe vergessen, das Telefonino zu überprüfen. Die verdammte Hitze kocht meine Hirnzellen weich. Der Anrufer könnte schließlich der Mörder sein«, stöhnte Ugo.

Er nahm das Handy aus seiner Schreibtischschublade, wo er es am Vorabend eingeschlossen hatte, und begann auf den Tasten herumzudrücken.

»Da haben wir ja etwas. Gestern früh, fünf Uhr zweiundzwanzig.«

Ugo rief die Nummer an, doch das Läuten ging ins Leere. Die Auskunft teilte ihm mit, daß es sich um die Nummer eines öffentlichen Fernsprechers handelte, irgendwo in Rom. Wo genau, sei nur über die Telecom zu erfahren. Nun begann der Kampf mit der Telefongesellschaft, die Ugo unter dem Vorwand des geringen Personalbestands in den Ferien auf Ende der Woche vertrösten wollte. Er beharrte auf sofortige Erledigung der Anfrage unter Androhung eines Verfahrens wegen Behinderung polizeilicher Aufklärungsarbeit. Das wirkte. Zehn Minuten später wußte er, daß der mutmaßliche Mörder von einer Säule auf dem Corso di Francia, keinen Kilometer vom Tatort entfernt, angerufen hatte.

Leda steckte auf einem Stadtplan an der Wand kleine, verschiedenfarbige Fähnchen an den Fundort der Leiche, den Wohnort der Breuers und die beiden Telefonsäulen, von denen erst Breuer zum Sterben und später die Polizei zum Helfen gerufen worden waren. Alles lag nah beieinander.

»Wo wohnt dieser Sicolo?« fragte Leda.

»Auch nicht weit weg. Quartiere Trionfale, oben auf dem

Berg, in der Nähe vom Observatorium. Aber Sicolo war zum Zeitpunkt des Anrufs bei Breuer schon fast beim Flughafen Fiumicino. Er hat um Viertel nach sechs eingecheckt und ist um sieben Uhr fünfundvierzig nach Miami abgeflogen. Wenn er Breuer zwischen halb und zwanzig vor sechs umgebracht hätte, wäre er niemals so früh am Flughafen angekommen.«

»Sonntagmorgens, wenn man richtig aufs Gaspedal drückt, kann man es schaffen. Überprüf mal die Taxis, ob die vielleicht eine Fahrt hatten.«

Leda rief bei der Zulassungsstelle an, um herauszufinden, welches Auto Sicolo fuhr. Anschließend beauftragte sie die Polizeikollegen am Flughafen, nach dem nagelneuen, schwarzen Alfa Romeo zu suchen. Möglicherweise hatte Sicolo ihn dort für die Dauer seiner USA-Reise geparkt.

Plötzlich stand der Pathologe Leo Amato im Raum. Er war weiß im Gesicht wie die Leichen, die bei ihm auf den metallenen Arbeitstischen lagen.

»Meine Güte, Leo, du siehst richtig krank aus«, sagte Leda zur Begrüßung.

»Ich hatte ja auch noch keinen Urlaub wie du. Statt des blauen Meeres sehe ich tagein tagaus nur die blauen Kacheln in der Pathologie. Wie soll ich in der Tiefe des kühlen Kellers zu einer gesunden Gesichtsbräune kommen?«

»Du klingst so, als mache dir der Job heute keinen Spaß.«

»So ist es. Manchmal kann ich die ganzen Leichen nicht mehr sehen, und heute ist so ein Tag. Außerdem habe ich mich scheußlich erkältet. Der Wechsel zwischen der Eiseskälte da unten und der Hitze draußen bekommt mir nicht. Aber ab nächster Woche bin ich auch weg.«

»Wohin denn?«

»In einen Club nach Griechenland, dorthin, wo soviel Rummel ist, daß ich mich anschließend wieder nach der Todesruhe sehnen werde.«

»Das nenne ich gezielten Motivationsurlaub. Gratulation

zu deiner Entscheidung. Kannst du schon was über den Deutschen sagen?«

»Nichts anderes als das, was ihr schon vermutet habt: Er ist mit dem Schädel nach einem Flug aus großer Höhe direkt auf dem Beton gelandet. Die Schädeldecke hielt den Aufprall nicht aus und ist buchstäblich in zwei Hälften gespalten worden. Die Gehirnmasse wurde weitestgehend zerquetscht. Er muß sofort tot gewesen sein. Breuer hat außerdem Blutergüsse im Gesicht, soweit davon noch etwas übriggeblieben ist, sowie an den Armen und am Brustkorb. Außerdem mußte er vor seinem Flug in die Tiefe Fausthiebe einstecken. Die Person, die auf ihn eingeprügelt hat, war größer als er, sehr stark und sehr wütend. Das kann man aus der Wucht der Schläge herleiten. Breuer selbst ist eher untersetzt. Er hat versucht, sich mit den Armen vor den Fausthieben zu schützen, hatte aber wohl gegen den Angreifer keine Chance. Unter den Fingernägeln habe ich Hautreste und Jeansfasern gefunden. Wenn ihr mir den Täter bringt, kann ich zumindest bestätigen, daß er mit Breuer gekämpft haben muß. Habt ihr denn schon jemanden im Visier?«

»Es gibt einen Haufen Leute, die ihn gehaßt haben. Mehrere der Bauarbeiter und vor allem der frühere Bauleiter des Auditoriums. Seine Frau wollte ihn auch loswerden, allerdings per Scheidung.«

»Falls sie etwa einen Kopf größer ist als ihr Mann und Meisterin des Nahkampfs, kommt sie durchaus in Frage.«

»Nein, sie ist ausgesprochen klein und zierlich.«

»Dann streicht sie von eurer Verdächtigenliste«, meinte Leo und versprach, den abschließenden Bericht bis zum nächsten Mittag zu liefern. Dann verschwand er zurück in die Kälte des Kellers.

Leda und Ugo brachen auf in Richtung Krankenhaus. Die mittägliche Sonne stach erbarmungslos vom Himmel und hatte Ledas Wagen in einen Backofen verwandelt. Dank der

Klimaanlage fiel die Innentemperatur des Autos nach und nach auf ein erträgliches Maß.

Die Straßen der Stadt lagen flimmernd vor ihnen. Sie kamen gut voran. Die Römer hatten sich in die kühleren Häuser zurückgezogen oder saßen unter Sonnenschirmen vor den Restaurants, um eine Kleinigkeit zu essen. Um das Kolosseum herrschte ein munteres Treiben von Touristen, die mit Fotoapparaten um den Hals tapfer die Antike bewunderten und an den Ständen ringsum wahre Unsummen für Wasser, Eis und Melonenstücke ausgaben.

Bei der Pyramide hielt Leda plötzlich an und parkte direkt vor einem Restaurant namens Da Caio.

»Mein Magen braucht eine Kleinigkeit, um das Gehirn in Trab zu halten«, erklärte Leda. Um diese Uhrzeit hatte Ugo nichts anderes von ihr erwartet. Ihm fiel ein, daß er das von seiner Mutter wie jeden Morgen sorgfältig zubereitete Tramezzino – heute mit Tomaten, Mozzarella und Basilikum belegt – zu Hause auf dem Küchentisch vergessen hatte. Er konnte sich nicht daran erinnern, wann ihm das zuletzt passiert war. Da er morgens, anders als Leda, außer einem Kaffee nie etwas zu sich nahm, knurrte nun auch sein Magen.

Im Schatten der Hauswand standen Tische und Stühle, umgeben von wuchernden Pflanzen in Kübeln. Gegenüber erhob sich die über dreißig Meter hohe, mit weißem Marmor verkleidete Pyramide des Caius Cestius, eines im Jahre zwölf vor Christus verstorbenen reichen römischen Patriziers, der nur wegen seines imposanten Grabmals in die Geschichte eingegangen war. Nach dem Sieg der Römer über die Ägypter 30 vor Christus war deren Stil in der Hauptstadt des damaligen Weltreichs in Mode gekommen.

Der Hitze angemessen bestellten sich Leda und Ugo Spaghetti mit frischen Tomaten, danach Salat und dazu eine große Flasche Wasser. Sie aßen rasch, da die Zeit drängte. Leda träumte bereits von einem ausführlichen Abendessen im Kreis ihrer Lieben am Strand von Lavinio. Und von einer Zigarette, die sie nicht rauchen würde. Als sie gingen, ließ sich Leda noch eine Flasche eisgekühltes Wasser mitgeben.

Nicola sah mit seinen weißen Bandagen aus wie eine Mumie. Als sie in sein Zimmer traten, tupfte gerade eine Frau sein Gesicht mit einem feuchten Tuch ab.

Es war schwer gewesen, ihn im Gewühl der Menschen, die ihre kranken Angehörigen versorgten, ausfindig zu machen. Leda empörte es immer wieder, welch eine schlechte Versorgung die ständig überfüllten römischen Krankenhäuser boten. Wer keine Familie oder Freunde hatte, die die Kranken mit Essen und bei der Hitze mit Getränken versorgten, die ihnen die Betten machten und beim Waschen oder bei Toilettengängen halfen, der blieb sich weitgehend selbst überlassen. Die alten Klimaanlagen arbeiteten laut klappernd und ohne fühlbare Wirkung.

Leda erschrak, als sie nähertrat. Nicolas linke Gesichtshälfte war dick geschwollen und rund um das Auge bläulich angelaufen. Die Finger seiner linken Hand, die aus dem Armverband herausragten, hatten dieselbe Farbe. Sein linkes Bein war bandagiert, er trug eine Halskrause und schien starke Schmerzen zu haben.

»Nicola, du armer Kerl. Wir wollten mal nach dir schauen«, sagte Leda.

»Ciao, Leda, ciao, Ugo. Mir geht's beschissen, das könnt ihr mir glauben. Tut mir leid um deinen Urlaub, Leda. Das ist übrigens meine Schwester Claudia.«

Nicola konnte kaum sprechen.

»Wir haben dir kühles Wasser mitgebracht. Möchtest du etwas?«

»Sehr gern, das Wasser hier ist lauwarm, und wenn es länger steht, fängt es von allein an zu kochen bei der Hitze. Ich komme mir vor wie in einem Kriegslazarett mitten in der Wüste.«

»Warum läßt du dich auch im August von einem Motorrad überfahren?«

»Leda, du weißt doch: Siamo nati per morire, wir werden geboren, um zu sterben. Und ich bin nicht mal endgültig tot, sondern nur vorläufig aus dem Verkehr gezogen. Habt ihr viel zu tun?«

Während Nicolas Schwester ein frisches Wasserglas holte, erzählten Leda und Ugo abwechselnd von dem Mord an Breuer. Nicola strengte sich an, ihren Worten zu folgen. Doch Leda sah schnell, daß er damit große Schwierigkeiten hatte und ihm laufend die Augen zufielen.

»Du bekommst starke Schmerzmittel, oder?« fragte Leda.

Nicola nickte .

»Du darfst den Kopf nicht bewegen und sollst auch nicht reden«, mahnte seine Schwester, die zurückgekommen war.

»Wir gehen am besten, damit es nicht zuviel für dich wird. Gute Besserung! Wir schauen in den nächsten Tagen wieder vorbei.«

Nach einer halben Stunde waren sie bei der Baustelle. Das Tor war mit einer dicken Kette verschlossen und weit und breit kein Mensch zu sehen. Ugo schaute irritiert auf die Uhr. Es war schon kurz vor vier.

Leda kramte in ihrer Tasche und fand schließlich Gascos Telefonnummer. Ja, die Deutschen seien schon da. Es komme sofort jemand, um sie hereinzulassen. Nervös lief Leda in der Hitze hin und her. Vergeblich sah sie sich nach einem Schattenplätzchen um. Unter den Rändern ihrer Sonnenbrille begannen sich kleine Schweißperlen zu bilden. Ugo lehnte träge am Zaun und wartete. Heute hatte er seinen Baumwollhut mitgebracht und aufgesetzt.

Plötzlich fiel ihm ein, daß er von dem Gespräch mit den Deutschen nichts verstehen würde.

»Da ist es doch viel sinnvoller, wenn ich zur Polizeistation rübergehe und mal nachfrage, wie weit sie dort mit den Vernehmungen der Arbeiter sind.«

Leda stimmte ihm zu und erzählte ihm noch, daß sie später voraussichtlich gleich nach Lavinio und nicht mehr ins Polizeipräsidium fahren werde.

Im Container war es erträglich. Gasco sah wieder aus wie aus dem Ei gepellt und stellte ihr Werner Leonhardt aus Mailand und Bernd Schneider aus Frankfurt vor. Schneider war für die Koordinierung der Südeuropa-Projekte der Firma Holzer zuständig, wie Leonhardt in fließendem Italienisch erklärte. Da Schneider ihre Sprache nicht spreche, schlug er vor, auf englisch fortzufahren. Zum allgemeinen Erstaunen bot Leda an, deutsch zu reden. Wie sich zeigte, war auch Gasco in der Sprache sehr bewandert.

Nach einem kurzen Präludium kam Schneider schnell zum Wesentlichen:

»Frau Giallo, gibt es einen Verdächtigen?«

»Nein. Es gibt Motive, aber keinen Verdächtigen. Wir wissen, daß Breuer cholerisch war und sich gern mit anderen Menschen anlegte. Signor Gasco sagte mir, Sicolo habe wegen Breuer sogar kündigen wollen, so böse war er auf ihn. Er käme als Verdächtiger in Betracht, befand sich aber zum Zeitpunkt des Mordes wohl schon auf dem Weg zum Flughafen. Wissen Sie, wie wir ihn in den USA erreichen können?«

»Sicolo als Mörder? Das kann ich mir nicht vorstellen. Wir haben bereits mit ihm gesprochen. Er kommt morgen zurück, um die Leitung der Baustelle zu übernehmen. Hätte er ein schlechtes Gewissen, würde er in den Staaten untertauchen. Genug Geld für einen Neuanfang besitzt er.«

Noch ist er nicht da, dachte Leda bei sich.

»Woher hat er denn Geld?«

»Zum einen verdient man auch als zweiter Bauleiter eines solchen Auftrags nicht schlecht. Zum anderen hat er von uns eine große Summe dafür erhalten, daß er bei Conedil, seiner früheren Firma, ausgestiegen ist, um für uns zu arbeiten. Wir brauchten ihn dringend, um jegliche Bauverzögerung zu verhindern.«

»Wieviel hat Sicolo genau von Ihnen erhalten?«

»Fünfzigtausend Euro.«

»Dafür mußte er aber ins zweite Glied zurücktreten. Beeinträchtigt das nicht langfristig seine Karriere?«

»Das könnte möglicherweise der Preis sein, den Sicolo zu zahlen hat. Dafür erhielt er ja von uns die genannte Summe.«

»Gab es deshalb Verstimmungen mit Conedil?«

»Nein, die wollten den Auftrag sowieso nicht behalten, weil er von Anfang an viel zu niedrig kalkuliert war. Dazu kamen die Probleme mit dem Fund der antiken Villa, die in das Gesamtprojekt eingebunden werden mußte. Sie waren eher froh, den Klotz am Bein loszuwerden.«

»Aber solche Sonderkosten bei archäologischen Funden werden doch vom italienischen Staat übernommen«, wandte Leda ein.

»Schon, aber es führt natürlich zu einer enormen Zeitverzögerung, die sich auf Anschlußprojekte auswirken kann. Aber dazu sollten Sie besser die Herren von Conedil selbst fragen«, meinte Schneider.

»Die Übergabe der Arbeiten und des Personals verlief also unproblematisch?«

»Beinahe freundschaftlich, könnte man sagen. Enzo Gasco und seine Leute hatten daran einen großen Anteil. Er kannte sowohl die Firma Conedil als auch die Firma Holzer von früheren gemeinsamen Projekten.«

»Wenn Sie Signor Sicolo jetzt als ersten Bauleiter akzeptieren, wieso konnten Sie das nicht von Anfang an tun?«

»Weil wir mit dem System ›erster Bauleiter ein Deutscher, zweiter ein Nationaler‹ im Ausland beste Erfahrungen gemacht haben. Sicolo mit dieser Aufgabe zu betreuen ist für uns ein Experiment, dem wir aber gute Chancen einräumen. Signor Gasco hat uns zu dieser ungewöhnlichen Maßnahme geraten, weil das gesamte Projekt schon jetzt aus dem Zeitrahmen zu fallen droht. Er selbst und deutschsprachige Mitglieder seines Teams werden den Bau verstärkt begleiten und mögliche Probleme der Kommunikation überbrücken helfen.«

»Signor Gasco sagte mir aber heute vormittag, daß er gut mit Breuer zurechtkam. Warum wollte er ihn Ihrer Meinung nach nicht in Rom haben?«

»Gasco war wohl einer der ganz wenigen Menschen im Berufsleben von Karl Breuer, den er wirklich bewunderte. Daher verhielt er sich ihm gegenüber auch korrekt. Die beiden haben bereits in Berlin beim Wiederaufbau des Potsdamer Platzes zusammengearbeitet«, bestätigte Schneider, und Gasco nickte. »Signor Gasco hatte zunächst befürchtet, daß es zwischen Breuer und Sicolo Probleme geben und daß dieser abspringen könnte, mit der Folge einer weiteren Bauverzögerung. Das wäre ja nun auch beinahe passiert.«

»Wußten Sie eigentlich, wie wenig glücklich die römischen Politiker mit der EU-Entscheidung für die Firma Holzer sind?«

»Oh, ja, insbesondere Assessore Romelli war damit wohl gar nicht einverstanden. Aber auch er beruhigt sich langsam. Ich habe ihn inzwischen mehrfach besucht und letzte Woche sogar unseren Vorstandsvorsitzenden, Herrn Lehnert, zu ihm begleitet. Das hat die Wogen offenbar etwas geglättet«, erklärte Leonhardt.

»Meinen Sie denn, es könnte sich um eine Art nationalistisch motivierten Racheakt handeln? Dann wäre doch jeder unserer Mitarbeiter gefährdet. Halten Sie das für denkbar?« erkundigte sich Schneider sichtlich besorgt.

»Dafür gibt es im Moment keinerlei Hinweise, und ich

würde mir an Ihrer Stelle keine Sorgen machen. Aber wir von der Polizei müssen jede Möglichkeit ins Auge fassen, insbesondere dann, wenn ein Projekt so sehr auf die politische Ebene gehoben wurde«, antwortete Leda.

Schneider und Leonhardt würden noch ein paar Tage in Rom bleiben, um alle offenen Fragen mit Sicolo und Frau Breuer zu klären. Sie wollten außerdem wissen, wann die Arbeiten wiederaufgenommen werden dürften. Leda versprach, daß es in spätestens zwei Tagen möglich sein solle. Besondere Trauer über das Ableben des Bauleiters schien niemand von ihnen zu empfinden.

Dann stellte Leda eine Frage, die alle Anwesenden in Erstaunen versetzte:

»Wie groß ist Signor Sicolo eigentlich?«

»Groß«, antwortete Gasco. »Größer noch als ich.«

»Und wie groß sind Sie?«

»Ein Meter fünfundachtzig, warum fragen Sie?« erkundigte sich der Architekt.

»Weil der Täter nach Meinung des Pathologen ziemlich groß und sehr stark sein muß.«

Leda sah, daß Gascos Augen ganz leicht zusammenzuckten.

V

Bereits als Leda ihr Auto in Lavinio in die Garage fuhr, schlug ihr ohrenbetäubender Lärm aus dem Garten entgegen. Aus den Lautsprechern von Marcos Ghetto-Blaster dröhnte amerikanische Rap-Musik. Vor dem Gartenzaun standen mehrere Roller und ein Motorrad. Etwa ein Dutzend Jugendliche, von denen sie nur einige kannte, hockten auf ihren Strandtüchern in Badehosen und Bikinis, rauchten und nippten an Gläsern mit Coca-Cola oder Limonade. Sie schauten die Eintretende gelangweilt an, und lediglich Marco bequemte sich zu einem: »Ciao, Mamma. Du bist ja schon da.« Auch er hielt eine Zigarette in der Hand. Leda, die von der Hitze und der Arbeit des Tages müde und gereizt war, gelang es nur mühsam, die Ruhe zu bewahren. Entschlossen ging sie zum Höllenapparat, drehte die Lautstärke herunter und handelte sich prompt den Protest der jungen Leute ein.

»Mamma, so hört man das doch gar nicht richtig. Mach es bitte wieder lauter.«

»Ich denke gar nicht daran. Hier ist doch keine Disco.«

Plötzlich verwandelte sich der schlaffe Haufen zu einer Reihe von munteren jungen Leuten, die sich erhoben und sich höflich bei Leda vorstellten, soweit sie sie noch nicht kannte, und ihr sogar ein Glas Cola und eine Zigarette anboten. Das Getränk nahm sie dankbar an, die Zigarette wies sie tapfer zurück.

»Wir haben am Strand über Musik geredet. Und weil Marco die CD besitzt, hat er uns zu Ihnen eingeladen, und nun sind wir immer noch da. Stört Sie das?« wollte Sonia, die Nachbarstochter, mit unschuldigem Gesicht wissen.

Leda schüttelte den Kopf.

»Durchaus nicht. Nur muß es ja nicht ganz so laut sein. Marco, wo sind denn die anderen?«

»Flavia nimmt mit ihrer neuen Liebe und Giulia und Stella einen Aperitivo in Anzio. Dann wollen sie dort essen und haben gesagt, daß sie vermutlich ziemlich spät zurückkommen. Pipo haben sie auch mitgenommen. Paolo hilft Aldo bei der Reparatur seines Bootes im Club. Du sollst hinkommen, wenn du da bist. Und wir gehen gleich zu Michele grillen und später in die Disko«, ratterte Marco den familiären Lagebericht herunter.

Wie er mit seinen sonnengebleichten Haaren braungebrannt vor ihr stand, sah er seinem Vater Thomas wie aus dem Gesicht geschnitten ähnlich, er war nur etwas größer. Leda gab ihm einen Kuß auf die Wange und mußte sich dabei strecken.

»Wer ist denn Flavias neue Liebe?«

»Dieser Davide von gestern abend. Er ist den ganzen Tag am Strand um sie herumscharwenzelt und hat dann alle Mädchen heute abend zum Aperitivo eingeladen. Er fährt auf jeden Fall ein cooles Auto. Einen Cabriolet!«

Ledas Kleider klebten ihr am Leib und die Haare im Nakken. Sie mußte erst einmal ins Wasser und sich Baustaub und Schweiß von der Haut spülen. Ihre Beine waren schwer. Ein kurzes Bad im aufgewühlten Meer und eine anschließende ausführliche Dusche weckten die ermatteten Lebensgeister, die auch unverzüglich Hunger anmeldeten.

Paolo hatte den Motor von Aldos Boot zwar nicht zum Laufen gebracht, aber immerhin den Fehler gefunden, den er nach dem Kauf entsprechender Ersatzteile morgen beheben wollte.

Aldo verwöhnte sie zunächst mit köstlichen Antipasti. Zwischen eingelegten Artischockenherzen, luftgetrockneten Tomaten, Zucchini und Auberginen in Öl debattierte er mit Paolo den Defekt des Bootsmotors. Zu Calamari ripieni, mit

Kalbfleisch gefüllten Tintenfischen in Tomatensoße und einem, was in der Region selten zu finden ist, ausgesprochen guten Marino-Weißwein servierte Leda ihrem Liebsten den Fortgang der Ermittlungen um den Baustellenmord. Erst beim Zitronensorbet, das jeden Restaurant-Mitbewerber als einen Anfänger der Küchenzunft hätte dastehen lassen, kam Paolo wieder zu Wort:

»Ihr habt also mindestens drei Personen, die ein Interesse am Tod Breuers haben könnten: Sicolo, weil er Breuer haßte und so seinen alten Posten zurückbekommen konnte, Romelli, weil er sich für den italienischen Bauunternehmer politisch zu weit aus dem Fenster gehängt hat, und Signora Breuer, weil sie ihren Mann loswerden wollte. Nicht zu vergessen die ganzen Bauarbeiter, die Breuer nicht leiden konnten.«

»Und Gasco scheint mir auch irgend etwas damit zu tun zu haben. Aber das ist nur so ein Gefühl von mir«, fügte Leda hinzu.

Sie genoß es, abends mit Paolo den Arbeitstag Revue passieren zu lassen. Genaugenommen hätte sie das nicht tun dürfen. Schließlich war er einer der bekanntesten Polizeireporter Roms. Doch zwischen ihnen herrschte ein stillschweigendes Abkommen, wonach er über Fälle, an denen Leda arbeitete, erst dann berichtete, wenn die Ermittlungen abgeschlossen und für die Presse freigegeben waren.

Es wurde die erste Nacht seit längerer Zeit, in der ein kühler Wind die Hitze des Tages vertrieb und Leda traumlos und ruhig durchschlafen ließ. Erholt und gutgelaunt machte sie sich morgens in Richtung Rom auf.

Sie war kaum zwanzig Kilometer gefahren, als in einiger Entfernung vor ihr ein mit Melonen beladener Laster während eines riskanten Überholmanövers ins Schwanken geriet und umkippte, weil er gleichzeitig einem entgegenkommenden Wohnmobil ausweichen wollte. Die ganze

Fahrbahn wurde vom Laster und umherrollenden und geplatzten Melonen blockiert, und der Verkehr war in beiden Richtungen lahmgelegt. Leda rief sofort die Kollegen von der Straßenpolizei und sah nach, ob dem Melonenfahrer etwas passiert war. Dann nahm sie die Personalien aller Unfallbeteiligten auf, diktierte anschließend den Kollegen in der Rolle der Zeugin noch den Unfallhergang in den Block und kam schließlich erst kurz vor Mittag durchgeschwitzt im Büro an.

Ugo hatte ihr schon telefonisch mitgeteilt, daß er die meiste Zeit des Tages mit den Vernehmungen der Arbeiter in der Polizeistation in Parioli verbringen würde. Leda war froh, allein zu sein, und dachte daran, wie gut nach den Strapazen des Vormittags jetzt eine Zigarette schmecken würde. Zumal sie Ugo, den Nichtraucher, nicht stören würde. Doch sie widerstand der Versuchung heldenhaft, was ihre Laune trotz der Hitze sehr hob. Zur Belohnung holte sie sich einen Kaffee vom Automaten und verbrannte sich dabei die Finger, weil sie vergessen hatte, den Plastikbecher mit einer Serviette zu umhüllen.

Sie hatte das Glück, im Büro für Stadtentwicklung einen Mitarbeiter von Asssessore Vincenzo Romelli zu erwischen. Pietro Zelli hatte sich gerade in die Mittagspause verziehen wollen, als sie anrief. Er habe bereits auf ihren Anruf gewartet, erklärte er, denn schon Gasco und Leonhardt hätten versucht, Romelli zu erreichen. Doch der befinde sich auf einem Segeltörn durchs Mittelmeer und habe offensichtlich das Telefon abgeschaltet.

Leda erhoffte sich von Zelli weitere Informationen und verabredete sich mit ihm in einer Bar an der Piazza del Fico, da er nachmittags ohnehin im Stadtzentrum zu tun hatte und dort essen wollte. In dieser Gegend waren tagsüber freie Parkplätze so selten wie weißer Trüffel, so daß Leda sich von der Fahrbereitschaft bis zur Piazza Navona bringen ließ.

Die Schönheit des Platzes beeindruckte Leda jedes Mal, wenn sie ihn betrat. Dort, wo Kaiser Domitian im ersten Jahrhundert nach Christus das erste Sport- und Musikstadion in Rom für dreißigtausend Zuschauer hatte anlegen lassen, lieferten sich später Baumeister des Barock wie Barromini und Bernini einen Wettstreit um die schönsten Paläste und Kirchen auf dem Grundriß der antiken Anlage. Die Abflüsse der drei Brunnen auf der Längsachse des langgestreckten, ovalen Platzes wurden bis ins 19. Jahrhundert hinein hin und wieder verschlossen, so daß der konkave Platz mit Wasser vollief und sich die Menschen mit Spielen im kühlen Naß vergnügen konnten. Leda wünschte sich, daß der römische Magistrat diese Maßnahme wiederaufnehmen möge. Wie gern hätte sie jetzt ihre Füße in das kalte Bergwasser gesteckt, das bis heute über den Aquädukt in die Brunnen der Stadt geleitet wurde.

Sie schlenderte durch ein Sträßchen, überquerte die romantische kleine Piazza della Pace, sog das belebende Aroma frischer Kräuter ein, die auf ein paar Marktständen in einer der schattigen Gassen feilgeboten wurden, und stand bald darauf auf der winzigen Piazza del Fico. Mit der Nase konnte auch der Sprachunkundige sofort erkennen, woher der Platz seinen Namen hatte: von einem Feigenbaum, der seinen lieblichen Duft verströmte.

An einer mit weißen Tischtüchern gedeckten Tafel speiste eine Runde elegant gekleideter Menschen unter riesigen Sonnenschirmen. Sie erkannte Amadeo Rossignoli, einen berühmten Antiquitätenhändler aus der benachbarten Via dei Coronari, und er kam sofort auf sie zu.

»Signora Commissaria, wie nett, Sie hier zu treffen. Kommen Sie, setzen Sie sich doch zu uns! Das sind alles Kollegen von mir aus der Gegend.«

Leda lehnte das Angebot dankend ab. Schließlich war sie bereits verabredet. Sie bedauerte es ein wenig, da diese

Geschäftsleute immer amüsant über den neuesten Klatsch und Tratsch in der feinen römischen Gesellschaft zu berichten wußten. Aus dem Verkauf von Möbelstücken, wertvollen Lampen und Vasen zogen sie Rückschlüsse auf die mehr oder minder angespannte finanzielle Situation der nicht immer flüssigen Mitglieder der berühmten Adelsfamilien. Sie irrten sich selten in ihrer Einschätzung, und Rossignoli hatte ihr schon mit wertvollen Hinweisen gedient – natürlich unter dem Siegel der absoluten Vertraulichkeit. Außerdem hatte sie vor Jahren einen wunderschönen und sündhaft teuren Barocksekretär bei ihm erworben.

Leda setzte sich in der benachbarten Bar an einen der freien Tische unter einer Markise. Ihr Magen knurrte, da sie nicht gefrühstückt hatte. Der Besuch bei Mario war wegen der Verspätung ausgefallen.

Sie mußte nicht lange warten. Zelli erkannte sie sofort.

»Ihre roten Haare sind tatsächlich ein hervorragendes Erkennungsmerkmal. Entschuldigen Sie bitte, wenn ich frage, aber sind die echt?«

Leda mußte lachen. Sie bejahte, verschwieg ihm allerdings, daß sie inzwischen hin und wieder chemisch nachhalf, um die immer zahlreicheren grauen Haarsträhnen abzudecken.

Zelli kannte die Bar und empfahl Leda eine der Salatkompositionen. Ein Glatzkopf mit der Figur eines Nahkämpfers nahm die Bestellung auf, sah aber währenddessen ständig auf dem Platz herum. Plötzlich, mitten im Satz, drehte er sich um und wandte sich einem anderen jungen Mann zu, der seinen Motorroller vor der Restaurantbegrünung geparkt hatte. Anschließend unterhielten sich die beiden in aller Ruhe über einen bevorstehenden Surfurlaub auf Sardinien. Zelli und Leda waren sprachlos.

»Einen Moment bitte«, sagte Zelli zu Leda, stand auf und verschwand im Inneren der Bar. Nach etwa zwei Minuten kehrte er mit zwei Tüten und einer Mineralwasserflasche zurück. Er riß die Tüten auf, breitete sie auf dem Tisch aus und bot Leda ein reichhaltig mit Salat, Schinken und Käse belegtes Sandwich an.

»Dann sind wir eben Selbstversorger. Das ist Ihnen doch auch recht, hoffe ich. Wir haben beide wenig Zeit.«

In diesem Moment wandte sich der Glatzkopf wieder ihrem Tisch zu.

»Hey, die Sandwiches können Sie nur mitnehmen, aber nicht hier essen.«

»Das können wir sehr wohl. Bitte bringen Sie uns noch zwei Gläser für das Wasser«, antwortete Zelli ruhig.

»Dies ist ein Restaurant und kein Schnellimbiß. Entweder Sie bestellen etwas bei mir, oder Sie gehen.«

»Das haben wir versucht, doch Sie mußten sich leider mit Ihrem Freund unterhalten und haben nicht einmal bemerkt, daß ich drinnen etwas geholt habe. Junger Mann, bringen Sie uns einfach zwei Gläser, und lassen Sie uns in Ruhe. Va bene?«

Leda sah, wie sich die Muskelpakete des Glatzkopfes anspannten und die Halsadern schwollen.

»Passen Sie auf, Alter, entweder Sie tun das, was ich Ihnen sage, oder ich setze Sie höchstpersönlich vor die Tür«, platzte es aus ihm heraus, und er packte Zelli am Kragen.

Nun reichte es Leda.

»Lassen Sie den Mann los, und holen Sie Ihren Chef«, sagte sie in sehr bestimmtem Ton.

»Halten Sie sich da raus, Signora!«

Da erschien Rossignoli auf der Bildfläche und packte den Glatzkopf an den Armen.

»Bist du wahnsinnig geworden? Laß den Mann in Ruhe. Du bringst dich in Teufels Küche! Die Signora ist von der Polizei.«

Etwa eine Viertelstunde später war der Glatzkopf seinen

Job los und verließ unter wüsten Beschimpfungen des Inhabers Angelo die Bar. Vor Leda und Zelli standen bereits wunderbare Salatteller und ein Liter kühler Frascati, und Angelo entschuldigte sich immer wieder für das schlechte Benehmen seiner Aushilfe.

»Signora Commissaria, was möchten Sie von mir wissen?« Zelli ging zur Tagesordnung über, als wäre nichts geschehen.

»Ich brauche Hintergrundwissen über das gesamte Projekt ›Auditorium di Roma‹, vor allem aber über Ihren Chef, Assessore Vincenzo Romelli, und seine Rolle dabei. Er hatte offenbar ein angespanntes Verhältnis zu den Deutschen, oder?«

»Das stimmt. Der Assessore ist, wie soll ich sagen, ein typischer Aufsteiger, sehr ehrgeizig. Er hat die Parteilaufbahn gewählt, um nach oben zu kommen, und beherrscht die Karriere-Klaviatur. Und er hat alle politischen Stürme bisher durch ein hohes Maß an Flexibilität überlebt. Als Romelli vor sechs Jahren sein Amt antrat, hatte er von Stadtentwicklung keine Ahnung, aber seine Partei war am Ruder. Inzwischen sitzt sie in der Opposition, er ist aber immer noch im Amt. Dazu gehört schon etwas...«

»Inzwischen versteht er doch vermutlich viel von der Sache!«

»Nun ja, die Wahrheit sieht eher so aus, daß ich das gesamte Projekt inhaltlich betreue und er die Lorbeeren dafür erntet. Ich war schon in den ersten Planungsphasen dabei, eben als Fachmann. Damals redete man noch nicht so laut darüber. Zweifellos haben wir es Romelli zu verdanken, daß er das Projekt so vehement aufgegriffen hat, um mit diesem Prestigeobjekt die Wahlen zu gewinnen. Er hat es geschafft, den Stadtrat von der Freigabe der notwendigen Gelder zu überzeugen, was angesichts der Finanzenge sicher nicht leicht war. Und dann mußte plötzlich alles ganz schnell gehen, um bis zur Kommunalwahl vor vier Jahren den Bürgern auch etwas Konkretes vorweisen zu können. Romelli brauchte perfekt gezeichnete Pläne und Rohbauten. Der Architektenwettbewerb war ja schon gelaufen, bei dem Gasco gewonnen hatte. Außerdem hatte Romelli den Conte Di Palmieri mit seiner Conedil auf seiner Seite.«

»Was soll das heißen, auf seiner Seite? Conedil war doch lediglich der Auftragnehmer, oder?«

»Richtig. Aber er erwies sich als Trumpfkarte. Denn Di Palmieri, übrigens ein Parteifreund Romellis, ging das Risiko ein, auch ohne europäisches Ausschreibungsverfahren umgehend mit dem Bau zu beginnen. Wohlwissend, daß Brüssel auch eine andere Entscheidung hätte treffen können.«

»Warum? Brauchte er Geld?«

»Nein, absolut nicht. Im Gegenteil, er hat eine Kalkulation vorgelegt, die nur als ein sehr großzügiges Sponsoring des gesamten Projektes verstanden werden konnte. Der Conte ist wahnsinnig reich. Seiner Familie gehören riesige Ländereien in der Toskana, wo hochklassiger Wein angebaut wird. Außerdem hatte er eine glückliche Hand mit der Conedil. Er hat in jungen Jahren das Bauunternehmen von einem Onkel übernommen und es zu einem der größten Italiens gemacht. Dabei waren seine Geschäfte stets absolut sauber. Das ist in der Branche nicht gerade üblich. Selbst in konjunkturschwachen Zeiten, die zyklisch auftreten und Baufirmen mit geringerem Finanzpolster regelmäßig in den Ruin treiben, hatte er immer genug Geld im Hintergrund, um weiter zu wachsen.«

»Wenn er ein so guter Geschäftsmann ist, warum hat er ein solches Interesse an diesem Bau entwickelt?«

»Erstens, weil er sich, so banal das klingt, als reicher Mann in der Verpflichtung sieht, etwas für sein Land und seine Stadt zu tun. Er denkt und handelt da sehr amerikanisch. Seit Jahrzehnten unterstützt der Conte soziale und kulturelle Projekte in Rom, ohne dies an die große Glocke zu hängen. Auf ihn ist letztlich die gesamte Idee des Auditorium-Projektes zurückzuführen. Er verfügt über alle notwendigen Kontakte, um ein solches Vorhaben in die Wege zu leiten. Mit ihm habe ich das alles schon besprochen, als Romelli noch als Geschäftsführer in der Parteizentrale tätig war. Der ist erst später auf den fahrenden Zug aufgesprungen. Di Palmieri kann Romelli zwar nicht leiden, aber er war ihm durchaus nützlich. Romelli wußte das und hat auch zwischendurch versucht, die Conedil rauszudrängen, was aber nicht geklappt hat.«

»Di Palmieri ist also eine Art Wohltäter der Stadt?«

»Genau. Außerdem war er sich ziemlich sicher, daß Brüssel nicht gegen die römische Entscheidung votieren würde. Er hatte nämlich ein gutes Argument auf seiner Seite: Die Conedil hatte sich bereits um den Auftrag für den Wiederaufbau von La Fenice in Venedig beworben.«

»Richtig, deshalb kam mir der Name Di Palmieri so bekannt vor«, unterbrach Leda ihn. »Das abgebrannte Theater! Da hatte er doch mit dem Wiederaufbau vor der Brüsseler Entscheidung angefangen und mußte später einen Rückzieher machen, weil die Deutschen den Zuschlag erhielten. Das stand riesig in den Zeitungen, ich erinnere mich genau.«

»Und deshalb hielt er es für unwahrscheinlich, daß sich die Sache wiederholen würde.«

»Wie hat der Conte denn reagiert, als sich das Blatt wendete und Brüssel erstmalig gegen Rom entschied?«

»In den Nebenverträgen mit ihm war vereinbart worden, daß die Stadt im Falle einer europäischen Entscheidung zu seinen Ungunsten dagegen Widerspruch einlegen würde, was ja auch geschah. So ging es jahrelang zwischen Rom und Brüssel hin und her. Zeitweilig wurden die Bauarbeiten sogar eingestellt. Das hatte aber auch mit dem überraschenden Fund der römischen Villa zu tun. Es kamen also eine Menge Probleme zusammen. Gasco wollte zwischenzeitlich aus der ganzen Sache aussteigen, weil das Auditorium in seinem Architektenbüro zu viele Kräfte band. Di Palmieri konnte ihn aber immer wieder bei der Stange halten.«

»Dann war Gasco also gar nicht erfreut darüber, daß die Firma Holzer den Auftrag erhielt?«

»Im Gegenteil, er war sogar sehr erfreut darüber, daß die Unsicherheiten nun endlich ein Ende zu haben schienen und die Arbeiten mit einer Firma, die er ebenfalls sehr gut kannte, zügig fortgesetzt werden konnten.«

»Und Di Palmieri?«

»Der Conte leitet seit zwei Jahren die Firma nicht mehr selbst. Sein Sohn Luca hat sie übernommen und war erleichtert, das Projekt loszuwerden, weil die Großzügigkeit des Vaters die Firma seiner Meinung nach zu teuer zu stehen kam.«

»Also gibt es bei der ganzen Geschichte eigentlich nur glückliche Menschen«, resümierte Leda.

»Nicht ganz, Romelli tobte vor Wut. Mit seiner Hilfe war schließlich die Streiterei mit Brüssel kräftig vorangetrieben worden, und er hatte sich politisch und öffentlich in den vergangenen Jahren für die rein italienische Lösung, sprich den Conte, eingesetzt. Er sieht sich selbst als Verlierer und wird die Sache wohl auch politisch kaum überstehen.«

In diesem Moment klingelte Ledas Telefon im Inneren ihrer großen Tasche. Sie fischte darin zwischen Notizbuch, Lippenstiften, einer Tube Sonnencreme, Taschentüchern, Kugelschreiber und Kamm herum und ertastete schließlich das Gerät.

»Pronto?«

»Ciao, Signora, hier ist Ugo. Ein Arbeiter behauptet, er habe Gasco letzten Sonntag früh auf der Baustelle gesehen.

Der Zeuge ist Bulgare, Velitchko Vassilev. Er klingt glaubwürdig. Angeblich ist er frühmorgens von seiner Freundin, ebenfalls einer Bulgarin, die in einer Wäscherei arbeitet, zurückgekommen und hat beobachtet, wie Gasco über das Gelände zu einem Loch im Zaun gelaufen ist, durch das er dann verschwand. Seine Freundin hat bestätigt, daß Velitchko bei ihr war und sehr früh gegangen ist.«

»Wie bitte? Das ist ja eine Überraschung. Ich fahre sofort los. Komm bitte auch sofort zu seiner Wohnung. Wie lautet die Adresse?«

Leda erklärte Zelli, daß sie sofort wegmüsse, und wollte zahlen. Doch Angelo lehnte ab: Sie seien nach diesem häßlichen Vorfall natürlich Gäste des Hauses, und er hoffe, sie in Zukunft noch häufig begrüßen zu dürfen. Leda gab Zelli eine Visitenkarte, falls ihm noch etwas einfallen sollte, bedankte sich für seine Ausführungen und lief, soweit es die Hitze und ihre Körperfülle erlaubten, eilig davon. Auf dem Corso del Rinascimento erwischte sie ein Taxi.

Der Portiere des Hauses, in dem Gasco wohnte, trug seine dunkelblaue Livree mit einer Würde, die dem Präsidentenamt des Landes geziemt hätte. Mit seiner Eleganz paßte er perfekt zur Umgebung der mit hellem Marmor ausgestatteten Eingangshalle. Aus seiner Empfangsloge begutachtete er von oben herab Leda, die verschwitzt und mit zerknitterter Leinenbluse nach Signor Gasco fragte. Er hielt sie eindeutig für unwürdig, dieses Haus zu betreten.

»Ich werde nachfragen, ob er da ist. Wen darf ich melden?« fragte er mit näselnder Stimme.

»Commissaria Giallo.«

»Polizei?«

Enzo Gasco war zu Hause. Der Portiere begleitete Leda zum Aufzug und wartete schweigend, bis sie eingestiegen war. »Dachgeschoß« war das einzige Wort, das er ihr gönnte.

Die große Wohnungstür aus dunkelbraunem Holz, die einzige, die es auf dem Flur gab, war verschlossen. Leda fand auch keine Klingel, sondern nur einen eisernen Löwenkopf zum Klopfen.

Wenig später öffnete eine junge Frau asiatischen Ursprungs.

»Please, come in«, hauchte sie und bat Leda mit einer einladenden Geste in die Wohnung. Leda fand sich in einem großzügig gestalteten und ganz in Weiß und Schwarz gehaltenen Raum wieder. Großformatige abstrakte Bilder zeitgenössischer Maler belebten mit teils grellen Farben das ansonsten ruhige Ambiente. Ein Ventilator drehte sich geräuschlos an der Decke und verteilte den Duft von einigen weißen Lilien. Der Raum kam Leda in seiner Klarheit und Harmonie fast unwirklich vor. Die Geräusche der lärmenden Stadt drangen nur entfernt durch die hohen Bambuspflanzen und die üppigen Palmen auf der Dachterrasse herein. Der kleine tropische Wald hielt auch die Sonnenstrahlen fern. Trotz der Hitze und der weit geöffneten Fenstertür war das Klima ausgesprochen angenehm.

»Please sit down. Mister Gasco will arrive in a moment. My name ist Shiiko. May I offer you a glass of water?« fragte die schöne Asiatin.

»Ja, bitte.«

Shiiko entschwand, und Leda ging auf die Terrasse. Sie hatte Hemmungen, sich so verschwitzt, wie sie war, auf einen der weißen Ledersessel zu setzen.

Die Terrasse war viel größer, als man von innen vermuten konnte. Leda ließ ihren Blick über die Piazza bis zur Kirche Trinità dei Monti schweifen.

»Es ist wunderschön hier, nicht wahr?« Gasco war auf die Terrasse getreten.

»Allerdings. Gehört die Wohnung Ihnen?«

»Ja.«

»Ich vermute, Sie haben viele Wohnungen an vielen schönen Orten der Welt«, bemerkte Leda.

Gasco trug eine helle Leinenhose und ein weißes T-Shirt. Er lief barfuß und verströmte die Frische einer kalten Dusche. Es fiel Leda zum ersten Mal auf, wie groß er war, wie schlank und durchtrainiert, wie alterslos und stark. Er vermittelte den Eindruck von Makellosigkeit, so wie seine Wohnung. In seiner Gegenwart kam Leda sich unglaublich dick und schmutzig vor.

Shiiko erschien mit einem Tablett und zwei Wassergläsern, die sie Leda und Gasco offerierte.

»Thank you, Shiiko«, sagte Gasco, und die junge Frau verschwand.

In diesem Moment ertönte ein Gong.

»Wer das wohl sein mag?« fragte Gasco und ging zur Tür.

»Sicher mein Kollege Libotti. Ich habe ihn hierhergebeten«, rief Leda ihm nach.

Gasco öffnete und kehrte zu ihr auf die Terrasse zurück.

»Signora Commissaria, ich habe Ihnen etwas zu sagen, bevor Sie irgendwelche Fragen stellen. Ich war es, der die Polizei Sonntag früh zur Baustelle gerufen hat. Beim Joggen habe ich den toten Breuer entdeckt, wollte mich aber nicht zu erkennen geben, um den Vernehmungen zumindest eine Zeitlang zu entgehen. Shiiko ist erst Samstag gekommen und nur für eine Woche hier, dann muß sie nach Tokio zurückfliegen.«

»Bei allem Verständnis für Ihre privaten Angelegenheiten, aber finden Sie nicht, daß Sie mir das ein bißchen spät sagen?«

»Doch.«

Mit einem lauten »Hallo, ist niemand da?« kam Ugo in die Wohnung.

»Wir sind auf der Terrasse, kommen Sie heraus«, rief Gasco.

»Signor Gasco, würden Sie bitte in Gegenwart meines Kollegen wiederholen, was Sie mir soeben gesagt haben?« forderte Leda ihn auf, und Gasco wiederholte seine Aussage.

»Dann stimmt also die Zeugenaussage. Sie wurden nämlich Sonntag früh von einem der Arbeiter beobachtet«, sagte Ugo. »Ihnen ist klar, daß Sie damit unter Mordverdacht stehen, oder?«

»Ja.«

»Laufen Sie oft so frühmorgens?«

»Jeden Morgen, immer zur gleichen Uhrzeit. Im Sommer verlasse ich das Haus um halb sechs, im Winter eine Stunde später. Wenn ich in Rom bin, fahre ich mit dem Wagen zum Park der Villa Ada und laufe dort etwa eine halbe Stunde. Meist drehe ich auch eine Runde über die Baustelle.«

»Warum sind Sie durch das Loch im Zaun geklettert? Sie haben doch einen Schlüssel vom Tor.«

»Weil ich ihn hier vergessen hatte. Das passiert mir öfter. So habe ich auch das Loch entdeckt.«

»Hat Shiiko Sie begleitet?«

»Nein, sie hat noch geschlafen.«

»Und Sie behaupten, Breuer erst gefunden zu haben, als er schon tot war?«

»Das behaupte ich nicht nur, das war so.«

»Aber bezeugen kann das außer Ihnen niemand?«

»Nein, ich glaube nicht.«

»Haben Sie Shiiko nach Ihrer Rückkehr vom Joggen etwas von Ihrem grausamen Fund erzählt?

»Nein, zunächst nicht.«

»Warum?«

»Weil ich unsere kostbare Zeit nicht damit belasten wollte. Außerdem schien mir unsere Beziehung noch zu jung und vielleicht noch zu oberflächlich, um sie einer solchen Belastung auszusetzen.«

»Weiß sie noch immer nichts?«

»Sie weiß es seit Sonntag abend, weil sie gespürt hat, daß ich sehr durcheinander war. Das schreckliche Bild vom toten Breuer, wie er dort mitten in seinem Blut lag, ließ mich nicht mehr los. Sie hat mich darauf angesprochen, und ich habe es ihr erzählt. Shiiko hielt es für verkehrt, Ihnen nicht sofort die ganze Wahrheit zu sagen. Schon deshalb, weil sie meinte, daß es mich erleichtern würde.«

»Und warum tun Sie es jetzt?«

»Weil ich es nicht mehr aushalte. Ich sehe Sie jeden Tag, und das wird in der nächsten Zeit vermutlich so bleiben. Sie gehen sehr sachlich und fair mit Menschen um, und Sie werden nicht versuchen, sich auf meine Kosten zu profilieren, das habe ich inzwischen über Sie gelernt, Commissaria. Das heißt, Sie werden mich nicht voreilig zum Mörder abstempeln, der ich nicht bin. Wenn Sie so wollen: Ich brauchte Zeit, um Ihnen Vertrauen schenken zu können. Jetzt habe ich es und bedaure, es nicht früher gehabt zu haben. Wahrscheinlich hätte ich Ihnen eine Menge Arbeit erspart und mir viel Angst.«

»War außer Ihnen noch jemand am Tatort? Oder haben Sie vielleicht jemanden fortlaufen sehen?«

»Nein, niemanden. Ich war allein dort.«

»Sie sind mit Conte Palmieri befreundet?«

»Ja. Seit vielen Jahren. Ein honoriger und kultivierter Mann. Mit ihm, beziehungsweise der Conedil, habe ich in Mailand ein Theater gebaut. Daraus entstand vor fast zwanzig Jahren die Idee für das Auditorium.«

»War er sehr enttäuscht, daß seine Firma den Auftrag verloren hat?«

»Er selbst ja. Aber die Geschäftsführung liegt heute in den Händen seines Sohnes, und Luca wollte das Projekt nicht mehr. Ihm fehlt die innere Bindung dazu, und er lehnt es ab, unwirtschaftlich zu arbeiten, was sein Vater in diesem Fall getan hatte.«

»Haben Sie mit dem Conte schon über den Mord an Breuer gesprochen?«

»Ja, er ist entsetzt.«

»Sie sagten mir bereits, Romelli habe auf das Ausscheiden Conedils aus dem Projekt empört reagiert und Breuer geschnitten. Aber sie vermuten, daß er sich in sein Schicksal fügen und versuchen wird, die Angelegenheit politisch positiv für sich zu nutzen, oder?«

»Bisher hat Romelli immer so reagiert, wenn etwas schiefgelaufen ist. Er kann gut reden und gut auftreten, Menschen leicht von sich überzeugen. Er hat mich seinerzeit aufgefordert, die Zusammenarbeit mit Breuer zu boykottieren, was ich natürlich abgelehnt habe. Breuer war ein guter Mann, und Holzer ist eine gute Firma. Ich war nur froh, daß es endlich zügig und störungsfrei weitergehen sollte. Genauso habe ich es Romelli gesagt, und er hat nur gemeint, daß ich das noch bereuen werde. Aber ich halte das für eine spontane Reaktion von ihm, der ich keine Bedeutung zumesse.«

»Und nach dem Mord, sind Ihnen da keine Zweifel gekommen?«

»Irgendwo im tiefsten Inneren schon. Aber Romelli ist ein Hund, der bellt, jedoch nicht beißt.«

»Aber er hatte ein Motiv.«

Gasco zuckte mit den Schultern und schwieg.

»Könnten wir bitte die Kleidung sehen, die Sie am Sonntag getragen haben?«

»Meine Joggingsachen? Die liegen noch ungewaschen im Wäschekorb. Das Hausmädchen kommt erst morgen wieder.«

Leda bat, auch mit Shiiko sprechen zu können. Wegen ihrer eigenen miserablen englischen Sprachkenntnisse war das eine schwere Aufgabe für Leda. Die Japanerin bestätigte Gascos Schilderungen.

»He did it for me. That was not so clever, I know. But he is not a murderer.«

Ugo ließ sich in der Zwischenzeit von Gasco die gesamte schmutzige Wäsche in Tragetüten packen, inklusive der Sportschuhe.

»Signor Gasco, auch wenn es merkwürdig klingt: Würden Sie bitte Ihr T-Shirt hochheben, ich möchte mir gern Ihren Oberkörper anschauen«, sage Leda.

Nun verlor Gasco die Fassung und sah sie angesichts dieser Bitte entgeistert an.

»Was wollen Sie? Meinen Oberkörper betrachten? Wieso denn das?«

»Weil der Täter etwa so groß wie Sie ist und Breuer sich heftig gegen ihn gewehrt haben muß. Der Pathologe hat Hautreste unter seinen Fingernägeln gefunden, und ich möchte sehen, ob Sie Verletzungen haben.«

Gasco zögerte, zog dann kurzerhand sein T-Shirt aus und stand schließlich mit nacktem Oberkörper vor Leda. Er stützte die Arme in die Hüften und drehte sich langsam. Als er sich Leda wieder zuwandte, lag ein breites Lächeln auf seinem Gesicht. Es war das erste Mal, daß Leda ihn so sah. Sie hatte gedacht, er könne gar nicht lächeln.

»Zufrieden?«

»Sehr zufrieden, Sie können stolz auf sich sein. Sie haben einen schönen und ganz und gar unversehrten Oberkörper. Betreiben Sie auch Kraftsport?«

»Ja, in Verbindung mit der japanischen Kampfkunst Aikido.«

»Das heißt, man sollte sich Ihnen besser nicht gegen Ihren Willen nähern.«

»Zumindest nicht mit feindlicher Absicht. Ich betreibe den Sport aber nicht, um eine Kampfmaschine zu sein, sondern weil ihm eine harmonische Wirkung auf den Fluß der Lebensenergien zugeschrieben wird. Gerade Aikido fördert die Konzentrations- und Leistungsfähigkeit. Aber zum Hintergrund Ihrer Frage: Ich habe noch nie mit jemandem außerhalb der Sportstätten gekämpft, auch nicht mit Breuer.«

Während Leda und Ugo über die Piazza di Spagna gingen, klingelte das Telefon der Commissaria in der Tasche. Diesmal fand sie es auf Anhieb.

»Pronto?«

»Ciao, Mamma, ich bin es, Flavia.« Gerade hätten sie in der Zeitung gelesen, daß an diesem Abend die Rockgruppe Zucchero im Foro Italico ein Konzert gebe. »Kannst du uns bitte fünf Karten besorgen? Wir werden gegen acht in Rom sein, und dann sind sicher schon alle weg.«

»Jetzt Karten kaufen? Flavia, ich sitze mitten in einem schwierigen Mordfall.«

»Bitte, Mamma, bitte.«

Sie ließ sich breitschlagen.

»Ein schlechtes Muttergewissen ist leicht auszubeuten«, unkte Ugo lachend. »Das habe ich früher auch so gemacht. Seien Sie froh, daß Ihre Kinder nur hin und wieder mal da sind.«

»Das wird sich demnächst ändern«, meinte Leda und erzählte ihm von den römischen Zukunftsplänen ihrer Sprößlinge.

Ugo beglückwünschte sie überschwenglich zu ihrem späten Mutterglück und meinte:

»Dann werde ich mich wohl auf einen neuen Arbeitsstil einrichten müssen.«.

»Nein, Ugo, es bleibt alles beim alten. Die Kinder sind ja schon fast erwachsen.«

»Genau, deshalb fahren Sie jetzt Karten kaufen und ich zum Flughafen, um Sicolo in Empfang zu nehmen«, sagte er grinsend.

Im Olympiastadion stand Leda eine geschlagene Stunde in der Schlange, bis sie die gewünschten Karten in der Hand hielt. Die Uhr zeigte bereits sieben, und in einer Stunde war sie mit den jungen Leuten zum Essen in einer Pizzeria in Prati verabredet. Sie fühlte sich wie erschlagen.

Mitten in der Nacht fuhr sie aus den verschwitzten Laken in ihrer römischen Wohnung auf. Im Traum war die Arena des Auditoriums zu einem riesigen, mit Wasser gefüllten Becken geworden, auf dessen Grund sich die Ruinen einer römischen Villa mit wunderschönen Delphinmosaiken befanden. Leda war hinabgetaucht, um sie zu betrachten, und hatte plötzlich Atemnot bekommen. Sie versuchte verzweifelt wieder an die Oberfläche zu schwimmen, was ihr mißlang, weil jemand ihre Beine festhielt. Plötzlich tauchte Gasco auf und befreite sie. Mit dem ersten Lungenzug, den sie im Traum tat, wachte sie erleichtert auf. Sie tappte verschlafen durch die dunklen Räume, um nach den Kindern zu sehen. Mario und Davide schliefen in Marios Zimmer. Ihr Sohn hatte dem Gast sein Bett überlassen. Er lag auf dem Boden. Flavia wurde kurz wach, als Leda ihre Zimmertür öffnete.

»Ist was, Mamma?«

»Gar nichts, ich wollte nur sehen, ob ihr da seid. Wo sind Giulia und Stella?«

»Sie schlafen bei sich zu Hause.«

»Gut, schlaf weiter, und träum was Schönes.«

VI Leda hängte ihren Kindern einen großen Zettel an den Badezimmerspiegel: Da weder etwas zu essen noch Kaffee da seien, sollten sie bitte in einer Bar frühstücken. Sie selbst verließ das Haus nach einem Kampf mit ihren Haaren, die sich jeglicher Formgebung erfolgreich widersetzt hatten. Wie schafft dieser Gasco es nur, immer so gepflegt auszusehen? hatte sie sich vor dem Spiegel gefragt. In ihrer Verzweiflung band Leda die flammendrote Haarpracht mit einem dunkelblauen Tuch zusammen. Der Kleiderschrank bot ihr auch nichts, was ihr gefiel. Nach einigem Hin und Her entschied sie sich für einen dezent gestreiften leichten Hosenanzug und beschloß, noch heute für eine neue Garderobe zu sorgen. Irgendwann würde sie schon Zeit dafür finden.

Mario telefonierte gerade und war in heller Aufregung, als sie die Bar betrat.

»Ich fahre – und basta. Du kannst bleiben, wo du willst«, rief er aufgebracht und knallte den Hörer auf die Gabel.

»Was ist denn los?« wollte Leda wissen.

»Diese Frauen bringen mich noch mal um meinen Verstand.« Die schwere goldene Kette wippte im Haarpelz seiner schnaufenden Brust. Leda erkannte, daß die höchste Alarmstufe in Marios Gefühlsleben angesagt war. Sich zwischendurch immer wieder an den Kopf schlagend, redete er weiter, bereitete gleichzeitig ihren Cappuccino vor und nahm ein Cornetto mit Cremefüllung aus der gläsernen Auslage, um alles vor Leda auf die Theke zu stellen.

»Völlig durchgeknallt sind diese Ziegen und meckern mir die Ohren voll, daß es nicht auszuhalten ist. Stellen Sie sich vor: Nonna, meine Großmutter, wird neunzig. Gott erhalte sie uns noch lange. Eine grundgütige Person, die in ihrem ganzen Leben nur Gutes getan hat. Jetzt geht es ihr nicht gut. Meine Schwester Mirella hat gestern abend angerufen und uns gebeten, zu Nonnas Geburtstag zu kommen. Nun kann meine Frau Marcella ihre Schwägerin aber nicht ausstehen und will partout nicht hinfahren. Wahrscheinlich wird es aber Nonnas letzter Geburtstag sein. Und da soll ich fehlen? Ich würde mir den Rest meines Lebens Vorwürfe machen. Für meine Frau zählt immer nur ihre Familie. Da müssen wir sogar hin, wenn die Katze Flöhe hat. Das läuft so nicht. Ich fahre zu meiner Nonna. Dann soll Marcella eben zu Hause bleiben.«

»Wo lebt denn deine Familie?«

»In Olevano Silvio, das ist ja nun wirklich nicht weit.«

»Herrliche Gegend, und gerade bei der Hitze ist es in den Bergen angenehm.«

»Kann man wohl sagen. Meine Eltern haben da ein Restaurant von den Großeltern übernommen. Irgendwann will ich auch wieder dahin zurück, wenn meine Eltern nicht mehr können. Mirella kann das allein nicht schaffen, und einen Mann hat sie bisher noch nicht abgekriegt. Mit Mitte Dreißig wird das wohl auch nichts mehr.«

»Was soll denn das heißen? Ich habe mit Ende Dreißig ja auch noch einen Neuen erwischt.«

»Sie sind halt eine tolle Frau. Und Sie kommen auch viel unter Menschen und lernen Männer kennen. Meine Schwester steht aber meistens mit meiner Mutter im Kittel in der Küche. Mein Vater ist für den Publikumsverkehr zuständig. Er findet, daß Mirella kein Auftreten hat.«

»Und stimmt das?«

»Na ja, sie neigt schon sehr zum Jammern und macht sich auch nie nett zurecht.«

»Vielleicht klappt's ja doch noch. Wie geht es eigentlich meiner Wäsche?«

»Dio, vor lauter Familienkrach habe ich ganz vergessen,

Sie anzurufen. Moment, ich hole sie gerade. Marcella hat mir gestern schon den ersten Schwung mitgegeben. Ich soll Ihnen sagen, daß der Rest morgen kommt. Schneller schafft sie es nicht.«

Mario verschwand und kehrte mit zwei großen Paketen zurück. Marcella hatte die gesamte Wäsche nicht nur gewaschen, sondern auch gebügelt und säuberlich zusammengelegt in feines Zellophan gewickelt.

»Das ist ja wunderbar. Danke! Was bekommt sie denn dafür?«

»Fünfzehn Euro für alles zusammen, hat sie gesagt.«

»Das ist aber zuwenig!«

»Ich habe keine Ahnung. Geben Sie halt so viel, wie Sie meinen.«

Leda gab ihm dreißig Euro, und Mario trug ihr die Pakete ins Auto.

Kaum war Leda im Büro, erschien Leo.

»Ciao, Bella. Du siehst ja immer noch sommerlich erholt aus, braungebrannt und frisch.«

»Deine Worte sind Balsam auf meine geschundene Frauenseele. Wenn du es doch nur ernst meinen würdest.«

»Aber Leda, das tue ich doch. Du siehst wirklich toll aus mit dem Tuch in den Haaren. Ein bißchen verwegen, vielleicht nicht gerade wie die gestrenge Leiterin einer Mordkommission. Aber wir wissen ja, wie gut bei der Überführung von Bösewichten manchmal der Überraschungseffekt ist. Apropos, wir haben die Hautreste unter den Fingernägeln von Breuer mit dem Haar von Gasco verglichen. Da gibt es keine genetische Übereinstimmung.«

»Welches Haar?«

»Na das, was Ugo mir gestern abend noch gebracht hat. Ihr wart doch beim Architekten!«

»Ja, aber ich wußte nicht, daß Ugo Haare mitgenommen hat.«

»Das hat er. Und Faserübereinstimmungen gibt es auch nicht, sagt das Labor. An der schmutzigen Wäsche Gascos waren keinerlei Spuren von Breuer zu entdecken und umgekehrt. Die beiden können also nicht miteinander in Berührung gekommen sein, weder friedlich noch feindlich. Gasco muß sich allerdings übergeben haben.«

»Wahrscheinlich beim Anblick der Leiche mit dem aufgeplatzten Kopf. Da kann einem Normalbürger schon schlecht werden. Verletzt ist sein wunderschöner Körper auch nicht.«

»Woher weißt Du, wie sein Körper aussieht?«

»Ich habe ihn gebeten, sich auszuziehen.«

»Was? Ganz?«

»Leider nicht. Es hätte sich wahrscheinlich gelohnt. Ein Mann über Fünfzig mit einer Figur wie ein asketischer Jüngling. Das läßt Frauenherzen höher schlagen. Er hatte auch nicht den geringsten Kratzer an seinem Adonis-Körper.«

»Habe ich noch eine Chance, so zu werden wie er?«

»Das glaube ich nicht. Er trainiert seit Jahrzehnten täglich Körper und Seele. Dafür ist es bei dir schon zu spät. Bei mir übrigens auch.«

»Und trinkt nicht und ißt ganz gezielt gesund und raucht nicht und hat überhaupt kein Laster. Nicht wahr?«

»Falsch. Eine junge, japanische Geliebte hat er.«

»Und jetzt träumst du nachts davon, eine junge Japanerin zu sein, eine Art Madame Butterfly. Denk dran, die hat zum Schluß Selbstmord begangen. Glaub mir, der Mann ist nichts für dich.«

»Laß mich doch auch mal träumen!«

»Wovon träumen Sie?« fragte Ugo, der gerade das Büro betrat.

»Von dem schönen Signor Gasco und seinem Superbody«, antwortete Leo für sie.

»Tja, das ist Gasco wohl noch nie passiert, daß er sich auf Befehl der Staatsgewalt entblößen mußte«, witzelte Ugo.

»Ihr seid doch nur neidisch, weil Ihr nicht mit ihm konkurrieren könnt«, bemerkte Leda spitz.

»Dafür sind wir aber absolut unbescholten und stehen nicht unter Mordverdacht. Zählt das nicht?« meinte Ugo.

»Gasco auch nicht mehr. Es gibt weder DNA- noch Faserübereinstimmungen. Das hat mir Leo gerade berichtet.«

»Damit fällt noch ein Verdächtiger fort«, meinte Ugo.

»Wieso noch einer? Wer ist der zweite?« fragte Leda.

»Sicolo. Ich habe ihn doch gestern abend abgeholt und noch lange vernommen. Sein Alibi ist wasserdicht. Er ist Sonntag früh mit seinem Wagen zum Flughafen gefahren und hat ihn dort stehenlassen. Das Parkticket wies die Ankunftszeit um zwanzig vor sechs Uhr aus. Das kann er beim besten Willen nicht geschafft haben. Zudem erinnerte er sich genau daran, was im Frühfernsehen gelaufen ist: Die Wiederholung von den Nachtnachrichten. Er wußte, welche Sprecherin dran war. Ich werde das sicherheitshalber noch mal abklären. Die Sendung lief aber so kurz vor der Tatzeit, daß er es bis zum Tatort nicht mehr geschafft hätte.«

»Vielleicht hat er die ersten Nachtnachrichten gesehen?«

»Nein, weil er bis halb zwei morgens bei seiner Nachbarin mit vier weiteren Freunden auf dem Balkon Karten gespielt hat.«

»Hast du die Freunde und die Nachbarin schon vernommen?«

»Nur die Nachbarin. Sie war sehr erstaunt, ihn schon wiederzusehen. Ihre Angaben über den Verlauf des Abends stimmten mit den seinen überein.«

»Glaubwürdig?«

»Völlig glaubwürdig.«

»Das heißt, wir müssen uns Romelli vorknöpfen. Und dann wird es politisch.«

Der Zeitpunkt war gekommen, Erman Alesi, den Polizeipräsidenten und Ledas Vorgesetzten, im Urlaub zu stören.

Sie griff zum Hörer und wählte seine Telefonnummer in Fregene an. Dort hatten er und seine Frau vor vierzig Jahren ein Ferien- und Wochenendhaus gebaut. Während Leda und ihre Schwester das ihre eigentlich nur im Sommer nutzten, fuhren die beiden Alesis fast jedes Wochenende hin.

Leda brauchte die Telefonnummer nicht zu suchen, sie hatte sie seit ihrer Kindheit im Kopf. Alesi und ihr Vater waren seit der Studienzeit miteinander befreundet gewesen. Es war Alesi, der sie mit strenger, aber stets wohlwollender Hand während ihrer beruflichen Anfänge in die von Männern besetzte Domäne der Polizeiarbeit geführt hatte. Im vergangenen Jahr war sein Traum in Erfüllung gegangen, und man hatte ihn nach der plötzlichen Abberufung des amtierenden Polizeipräsidenten zu seiner eigenen Überraschung und Freude in den Chefsessel der Behörde gehievt. Damit hatte er so kurz vor dem Ende seiner beruflichen Laufbahn nicht mehr gerechnet. Nach einigen Skandalen sollte er das in der Öffentlichkeit etwas angekratzte Image der römischen Polizei wieder aufpolieren. Dazu gehörte auch, das bisweilen gestörte Verhältnis zu den Kommunalpolitikern ins Lot zu bringen. Alesi war dafür genau der richtige Kandidat, da er die Schritte auf dem glatten Parkett des römischen Gesellschaftslebens perfekt beherrschte. Er ahnte Fallen und erkannte Möglichkeiten, war charmant, gebildet, gutaussehend und wurde in breiten Kreisen akzeptiert.

Doch jede Ermittlung in Richtung Romelli konnte fatale Konsequenzen haben, die Leda nur allzugut kannte: Im Zweifelsfall würden diejenigen vor Gericht landen, die unbequem oder unwichtig waren, nicht aber die Hauptschuldigen. Und es konnte bei ungeschickter Handhabung das Ende ihrer eigenen Karriere bedeuten – und das von Alesis Laufbahn. Ihrem Förderer, den sie so sehr schätzte, durfte sie die beiden letzten Berufsjahre nicht zum Mißerfolg werden lassen.

»Leda, wie schön, von dir zu hören. Genießt du den Urlaub?«

»Nein, leider nicht.« Sie berichtete ihm vom Mordfall Breuer und den bisherigen Ermittlungen.

»Du denkst also an einen Auftragsmord? Theoretisch ist das möglich. Dieser Romelli ist dafür bekannt, daß er für seine Karriere alles tut. Ich kenne ihn persönlich nicht, habe aber schon viel von ihm gehört. Ein aalglatter, arroganter Aufsteiger, süchtig nach Aufmerksamkeit. Er geht einer Menge Leute mächtig auf die Nerven. Auf der anderen Seite treibt er das Projekt Auditorium mit seinem Engagement auch durch jede Untiefe. Und das wird auch von denen anerkannt, die ihn für einen eher unangenehmen Zeitgenossen halten. Ich neige zu Gascos Interpretation, daß Romelli aus jeder Situation seinen Vorteil zu ziehen versteht. Ein Mann wie er mordet nicht, er mischt vielmehr die Karten neu und spielt das nächste Spiel. Aber dein berühmtes Gefühl sagt dir, daß er etwas mit der Sache zu tun hat, nicht wahr?«

»Genau.«

»Leda, wenn du keine hieb- und stichfesten Beweise auf den Tisch legen kannst, sind wir fertig. Ich sage dir klipp und klar, daß ich als geachteter Mann in Pension gehen möchte. Mein ganzes Leben lang habe ich auf dieses Ziel hingearbeitet. Du weißt ja: Römisches Pflaster ist auch im heißesten Sommer spiegelglatt. Nur weil ich dich und dein kriminalistisches Gespür so gut kenne, lehne ich deinen Antrag nicht grundsätzlich ab. Aber fang bitte erst mal vorsichtig in seinem Umfeld an, ob du da Hinweise auf eine Beteiligung finden kannst und halte mich bitte täglich auf dem laufenden. Weiß Fernando Raimondi schon von der Sache?«

Raimondi hatte im vergangenen Jahr Alesis Posten als stellvertretender Polizeipräsident übernommen und war so zu Ledas direktem Vorgesetzten geworden. Ein angenehmer Mann, mit dem Leda gern zusammenarbeitete.

»Nein. Er ist seit Sonntag auf dem internationalen Sommertreffen der europäischen Führungskräfte der Polizei in Polen.«

»Ach ja, das hatte ich vergessen. Denk dran, ihm alle Berichte auf den Tisch zu legen.«

Ein bißchen verärgert war Leda über Alesis Art, sie wie eine unerfahrene Tochter zu behandeln. Sie wußte, wie sie mit Raimondi zu arbeiten hatte. Andererseits gab er ihr die Rückendeckung, die sie brauchte. Das zählte.

Ugo hatte inzwischen bei Zelli die Adresse von Romelli erfragt. Der Politiker lebte im Stadtteil EUR.

Der Himmel war grau verhangen. Eine dichte Wolkendecke hatte sich zwischen Sonne und Erde geschoben. Die Abgase lagen schwer und unerträglich über der Stadt.

»Sie haben für morgen ein Fahrverbot für die geraden Nummern angekündigt, falls sich die Luftwerte nicht wieder verbessern«, sagte Ugo, während Leda den Wagen durch den Verkehr lenkte. Sie war eine geschickte Autofahrerin und empfand die Straßen zur Urlaubszeit als erfreulich leer. Für ein mögliches Fahrverbot interessierte sie sich wenig. Der Polizeiausweis würde sie davor schützen.

»Ich bewundere die Leute, die sich bei diesem Wetter Kirchen und Kulturdenkmäler anschauen können«, meinte sie, als sie an einer Ampel halten mußten und Heerscharen von Menschen mit Fotoapparaten über den Lateransplatz strömen sahen. Die meisten von ihnen wußten vermutlich nicht, daß der Obelisk aus rosa Granit aus dem fünfzehnten Jahrhundert vor Christus stammte und im Jahr 357 von Kaiser Constantinus II. nach Rom gebracht worden war. Erst Ende des sechzehnten Jahrhunderts hatte Papst Sixtus V. ihn auf seinem heutigen Platz aufstellen lassen. Leda fand es unwürdig, daß ein solches Kulturdenkmal verlassen und unbeachtet inmitten des tosenden Verkehrs stand.

»Ob in dreieinhalbtausend Jahren vom Auditorium wohl noch etwas übrig sein wird?« fragte Leda.

»Wie kommen Sie denn auf diese Idee?«

»Nur so, weil der Obelisk so alt ist.«

»Glauben wir den Filmemachern und Ökologen, so wird die Erde dann längst von Menschen oder Außerirdischen zerstört worden sein. Entweder gelingt es den Herren da oben, sich bei Gott langfristig für uns einzusetzen, oder wir gehen eben unter«, sagte Ugo und zeigte auf die Statuen der fünfzehn Kirchenväter, die weiß über dem Portal der Basilika San Giovanni in den Himmel ragten.

Leda lachte.

»Meinst du wirklich, daß es von denen abhängt?«

»Nicht wirklich. Aber auf irgend etwas müssen wir ja hoffen dürfen. Sonst könnte es uns egal sein, wer gut und wer böse ist und wer wen warum umbringt. Und wir bräuchten keine Mörder zu jagen. Diese Lebenseinstellung würde kurz gesagt unsere Arbeitsplätze vernichten. Und da bin ich ganz entschieden dagegen. Apropos: Glauben Sie tatsächlich, daß dieser Romelli den Mord begangen hat?«

»Keine Ahnung. Sicolo war es wohl nicht. Bei Gasco müssen wir aufmerksam bleiben, aber eine aktive Ermittlung in seine Richtung scheint mir im Moment wenig weiterführend. Ich kann kein Motiv entdecken. Bleiben also die wütenden Bauarbeiter und Romelli. Der hätte wenigstens ein Motiv.«

Über die breite Via Cristoforo Colombo erreichten sie das Stadtviertel EUR, die populäre Abkürzung für Esposizione Universale di Roma. Während der faschistischen Epoche war hier eine Weltausstellung geplant worden, die allen Wissenschaften, Künsten und Berufen eine Plattform bieten sollte. Anknüpfend an die Kaiserzeiten der Antike wollte der Duce Mussolini eine moderne Siedlung verwirklichen, das »Dritte Rom« als architektonische Verherrlichung seiner

Macht. Doch der Zweite Weltkrieg machte ihm einen Strich durch die Rechnung. Erst nach dem Krieg wurde das Projekt wiederaufgenommen, und es entstand vor den Toren der alten Stadt ein modernes Verwaltungs- und Wohngebiet mit schattigen Alleen und weitläufigen Plätzen.

Die Anschrift war problemlos zu finden. Leda und Ugo hatten erwartet, daß Romelli ein standesgemäßes Haus mit Garten bewohnte oder in einem der eleganten Wohnblöcke am See lebte. Nun fanden sie sich vor dem Tor eines leicht heruntergekommenen Hauses am Rande des Stadtviertels wieder. Es dauerte eine Weile, bis sie unter den vielen Namensschildern das richtige entdeckten. Niemand reagierte auf ihr Klingeln. Erst der dritte Versuch bei Nachbarn fruchtete.

»Romellis? Die sind nicht da«, erklang eine schroffe Frauenstimme aus der Gegensprechanlage.

»Können Sie uns bitte sagen, wo wir sie finden?«

»Keine Ahnung. Beim Segeln vielleicht? Fragen Sie Rosanna Piccinato, das Kindermädchen, falls sie nicht weggefahren ist. Sie wohnt um die Ecke, Nummer dreiundzwanzig.«

Leda kam nicht einmal dazu, sich für die Auskunft zu bedanken, da hatte die Frau die Leitung schon unterbrochen.

Während sie den Rat der Nachbarin befolgten, hörten sie es weit entfernt grollen. Erst einmal, dann noch einmal.

»Das gibt ein ordentliches Gewitter. Abkühlung können wir brauchen«, meinte Ugo mit einem Blick nach oben.

Auch Leda hatte den Eindruck, keine Luft mehr zu bekommen, und das, obwohl sie seit Wochen keine Zigarette mehr angerührt hatte. Der Schweiß lief ihr am ganzen Körper hinab, und sie fühlte sich elend und schwach.

Ein Klingelschild mit dem Namen Piccinato gab es nicht. Erst durch erneute Nachfrage bei Nachbarn erfuhren sie, daß Rosanna bei ihrer Tante, Signora Vietti, lebte.

»Polizei? Ist Rosanna etwas passiert?« rief eine Frau aufgeregt durch die Gegensprechanlage. Der Türöffner summte, und die beiden betraten einen dunklen Hausflur. Ihre Augen mußten sich ein paar Sekunden lang an die Düsternis gewöhnen. Immerhin herrschte hier eine angenehme Kühle. Am Fahrstuhl klebte ein Schild: »Fuori Servizio«, außer Betrieb. Leda stöhnte auf:

»Das darf doch wohl nicht wahr sein. Ugo, deine Kirchenoberen vom Lateran meinen es heute aber nicht gut mit uns.«

»Das fällt ja wohl auch eher in den Zuständigkeitsbereich von Hausmeistern als in den von Heiligen. Da es auf Erden gewerkschaftlich ausgehandelte Ferien gibt, begeben sich Hausmeister unter dem geistigen Schutz der Heiligen in den Urlaub, und kaputte Fahrstühle bleiben, was sie sind: kaputt.«

Sie hatten Glück: Bereits im ersten Stockwerk stand eine kugelrunde Frau im Alter von Leda in der Tür. Neben ihr kläffte ein kleiner, schwarzer Hund und wedelte heftig mit seinem Ringelschwänzchen. Die Frau hielt ein Küchentuch in der Hand und fuhr sich damit ununterbrochen über die Stirn, auf der sich laufend neue Schweißperlen bildeten. Ihre kurzen Locken wirkten wie frisch gewaschen, so naß klebten sie aneinander. Sie trug einen Küchenkittel mit einem Blumenmuster, das Leda auch als Tischdeckenstoff aus billigen Restaurants kannte, und war sichtlich aufgeregt.

»Entrate, entrate, treten Sie ein. Was ist mit meiner Nichte? Ist sie verunglückt oder gar tot?«

»Nein, beruhigen Sie sich, es ist gar nichts mit Rosanna passiert. Ihr geht es vermutlich glänzend. Wir müssen sie nur etwas fragen.«

Ugo sagte es mit einem Ton eines Priesters, der seinen Schäfchen ewigen Frieden verkündete.

Signora Vietti zog die beiden in ihre Wohnung. Die Rollläden waren heruntergelassen und alle Fenster geschlossen.

Es roch nach kaltem Rauch. Auf dem Tisch lag eine Plastikdecke mit ausgestanzten Spitzen, und ringsherum standen Stühle mit dünnen Metallbeinen und roten Kunststoffsitzen. Von der Wand lächelte milde eine Madonna. Das Bild war von einem bunten Lichterkranz eingefaßt, dessen winzige Elektrokerzen im Halbdunkel matt leuchteten. Das Fernsehen lief, und der Hund hatte bereits wieder hechelnd auf dem Sofa seinen Platz gefunden.

»Setzen Sie sich bitte«, forderte Signora Vietti die Besucher auf. Sie lief aufgeregt durchs Zimmer, das zugleich als Flur und Wohn-Eßzimmer diente. Aus einem Büfett nahm sie schwere Kristallgläser und stellte sie auf ein silbernes Tablett und dann auf den Tisch.

»Sie mögen sicher ein Glas Wasser?« fragte sie und wartete die Antwort gar nicht ab.

Sekunden später stand eine große Flasche kaltes Mineralwasser vor Leda und Ugo. Es schmeckte wunderbar.

»Was ist denn nun los?«

Leda erklärte der Signora, daß sie eigentlich auf der Suche nach Rosannas Arbeitgeber seien, der sich in Urlaub befinde.

»Romelli? Hat der was verbrochen?«

»Nein, er auch nicht. Er weiß nur wahrscheinlich etwas, was wir wissen müssen«, sagte Ugo.

»Es geht um den Mord in der Arena, nicht wahr? Im Fernsehen haben sie von dem toten Deutschen erzählt. Ich habe Rosanna gleich am Sonntag angerufen. Sie schaut nämlich nie Fernsehen. Ich habe ihr gesagt, daß dieser Romelli ein komischer Kauz sein mag. Aber daß keine Fremden unser Auditorium bauen dürfen, da hat er wohl recht. Sie hat gesagt, daß es ihr völlig egal ist, wer da baut. Das kann ich nicht verstehen. Ein solches Projekt hat doch nationale Bedeutung.«

Signora zog eine Zigarette aus der Packung und zündete sie sich an.

»Entschuldigung, möchten Sie auch?« fragte sie und hielt den Polizisten die Schachtel hin. Beide schüttelten den Kopf. Dann fuhr sie fort:

»Aber Rosanna kann die Romellis nicht leiden. Die Kinder schon, aber die Eltern hält sie für völlig verrückt. Die tun hier immer so, als seien sie etwas Besonderes. Sind sie ja vielleicht auch. Aber dann sollen sie zu den feinen Leuten drüben am See ziehen. Mit meiner armen Rosanna springen sie um wie mit einem Stück Vieh. Sie sagen ihr nie, wann sie über Nacht dableiben muß und wann sie gehen kann. Dazu bezahlen sie oft erst einen Monat später und oft auch weniger als vereinbart. Das Kind sucht einen neuen Job. Kennen Sie jemanden, der ein zuverlässiges Kindermädchen braucht? Rosanna ist sehr zuverlässig und kinderlieb, dafür verbürge ich mich.«

Leda und Ugo schüttelten wieder ihre Köpfe.

»Wo ist Rosanna denn?«

»In Ceri, bei ihren Eltern. Dort auf dem Land gab es für das Kind nichts zu tun, da haben sie sie vor zwei Jahren zu mir in die Stadt geschickt. Ich wußte ja, daß Romellis ein Kindermädchen suchten. Wer konnte schon wissen, daß sie so komisch sind? Manchmal hat Rosanna richtig Angst vor ihnen. Sollen wir sie anrufen, damit Sie sie gleich fragen können?« Signora Vietti unterstrich jeden Satz mit großen Gesten, so daß auch ein Tauber sie verstanden hätte.

»Vielen Dank, das ist nicht nötig. So eilig haben wir es nicht. Aber würden Sie uns bitte die Telefonnummer und Adresse geben?« In ihrer Tasche fand Leda nach einigem Wühlen einen Stift und ihr Notizbuch, in das sie nun die Angaben notierte.

Als Leda und Ugo sich von ihren Stühlen erhoben, begann der Hund wieder zu kläffen und um sie herumzutanzen.

»Nein, Nerino, die Herrschaften gehen nicht mit dir spazieren. Er denkt immer, daß jeder, der aufsteht, mit ihm rausgeht. Nerino, beruhige dich, ich gehe später mit dir Gassi.«

»Aber beeilen Sie sich, Signora. Es wird ein Gewitter geben«, sagte Ugo.

»Mamma mia, das wäre herrlich. Diese Hitze ertrage ich nicht mehr. Wie können Sie nur dabei arbeiten?«

»Wir müssen. Uns fragt niemand, ob wir das wollen.«

»Das sagt mein Cousin Luigi auch immer. Er ist ebenfalls bei der Polizei, aber in den Bergen in Rieti. Kennen Sie ihn zufällig, unter Kollegen kennt man sich doch?«

Nun ergriffen Leda und Ugo buchstäblich die Flucht. Die Signora würde sie noch stundenlang ausfragen und ihnen Geschichten ohne Ende erzählen.

»Signora, vielen Dank für Ihre Bemühungen und die Auskünfte. Sie können Ihrer Nichte gern sagen, daß wir sie morgen besuchen werden«, sagte Leda in der sicheren Annahme, daß die Signora umgehend zum Telefonhörer greifen würde.

Draußen war die Luftfeuchtigkeit noch weiter gestiegen, der Himmel grollte, und Ledas Magen knurrte. Sie mußte ihn dringend mit Nahrung füllen. Also fuhren sie zum Restaurant am künstlichen See im Zentrum des EUR und setzten sich auf die Terrasse. Sie konnten immer noch hineingehen, wenn das Gewitter richtig losging.

Auf dem Wasser zogen Enten ihre Bahnen, sogar ein Schwan kam dicht an ihnen vorbeigeschwommen. Ein älterer Herr und ein kleiner Junge traten lachend die Pedale eines Tretbootes. Hinter den Hochhäusern am anderen Ufer brauten sich schwarze Wolken zusammen.

Durch die Glasfassade sah Leda, wie eine junge Frau in schwarzem Minirock und einer langen, weißen Schürze den Barmann über die Theke hinweg küßte. Die beiden bemerkten die Ankunft der neuen Gäste zunächst nicht. Leda versuchte durch besonders lautes Sprechen auf sich aufmerksam zu machen.

»Worauf hast du Hunger?« schrie sie den überraschten Ugo an und gab ihm durch Kopfbewegungen zu verstehen, er solle ins Innere des Restaurants schauen. Er tat es und begriff sofort.

»Auf eine gute Pasta«, rief er mit lauter Stimme.

Noch immer tat sich nichts. Leda und Ugo mußten lachen.

»Sollen wir die beiden stören?«

»Eigentlich ist es schade, einen solchen Moment des Glücks durch banale Anliegen wie Hunger und Durst zu unterbrechen«, meinte Ugo. »Aber wenn die noch länger so weitermachen? Ich erinnere mich daran, daß ich in diesem Alter meinen persönlichen Kußrekord von fast einer Stunde aufgestellt habe.«

Das hatte Leda nicht von ihm erwartet. Sie starrte ihn so entgeistert an, daß er lachend fragte:

»Meinen Sie vielleicht, ich kann nicht küssen?«

»Doch, doch. Aber irgendwie treffe ich dich außerhalb des Dienstes höchstens mal zusammen mit deiner Mutter. Deshalb...« Leda errötete und fand sich selbst albern. Wie konnte sie annehmen, daß ein gestandener Mann von Vierzig ohne Beziehungen kürzerer oder längerer Natur durchs Leben lief? »Entschuldigung, das war blöd.«

»Nein, machen Sie sich keine Sorgen. Ich bin ganz normal. Ich rede nur nicht darüber, wahrscheinlich, weil ich ein bißchen verklemmt bin. Aber Ihnen kann ich es ja sagen: In den letzten Bergferien habe ich eine sehr nette Signora namens Elena kennengelernt. Vielleicht werden wir sogar heiraten.«

Nun war Leda endgültig baff. Ugo interessierte sich für etwas anderes als Beruf, Bergwandern und Mamma?

»Was darf ich Ihnen bringen?« wurden sie von der jungen Kellnerin aus ihrer Unterhaltung gerissen.

»Eine große Portion Küsse«, platzte es aus Ugo heraus.

Leda lachte schallend. Ein Lachen, das sie endgültig aus der peinlichen Situation befreite. Nun war es an der Bedienung, die beiden irritiert anzuschauen.

»Wie bitte?«

»Ich möchte bitte eine kleine Karaffe kühlen Frascati und eine große Flasche Wasser«, sagte Leda. »Was haben Sie denn zu essen?«

»Als Vorspeise wunderbar süße Melone mit Schinken, Mozzarella mit Tomaten und Basilikum, Bruschetta mit Tomaten, Knoblauchbrot und Olivenpaste oder gemischte Antipasti. Als Primo eine wunderbare Minestrone und verschiedene Pastagerichte. Als Hauptspeise Omelette mit Käse, wunderbares Saltimbocca, gegrilltes Rindersteak, gegrillte Dorade oder Carciofi alla Romana«, rasselte sie die Speisekarte herunter.

Leda wußte sofort, wonach ihr der Sinn stand:

»Ich nehme die wunderbare Melone und dann ein wunderbares Saltimbocca.«

»Die Melone hätte ich auch gern und dann Spaghetti all'amatriciana. Kein Secondo.«

In diesem Moment blitzte es. Wenig später folgten ein lauter Donnerschlag und die ersten Regentropfen. Der Himmel über ihnen hatte sich innerhalb kürzester Zeit in ein schwarzes Dach verwandelt. So schnell sie konnten, liefen die Bedienung, Leda und Ugo ins Lokal. Kaum unter dem sicheren Dach angekommen, wurden sie Zeugen eines großartigen Naturschauspiels: Blitze und Donnerschläge jagten einander, sintflutartige Regenfälle peitschten über den See und verwandelten die eben noch glatte Oberfläche in ein kleines Wellenmeer. Das andere Ufer war nicht mehr erkennbar.

Plötzlich sahen sie, wie das Tretboot sich der Terrasse näherte. Der Mann und der Junge versuchten ans sichere Ufer zu gelangen. Das Boot tanzte auf dem aufgewühlten Wasser hin und her. Der Mann klammerte sich mit aller

Kraft an die Holzpfähle der Terrasse und rief dem Jungen zu:

»Steig aus, los, steig aus, und geh ins Haus! Ich ziehe das Boot an Land.«

Doch der Junge konnte mit seinen kleinen Armen vom schwankenden Boot aus die Holzplanken nicht erreichen. Gerade als er ins Wasser zu fallen drohte, sprang Leda von ihrem Stuhl auf, lief hinaus, legte sich platt auf die Planken der Terrasse und streckte dem Kleinen ihre Arme entgegen:

»Halt dich an mir fest. Ich hebe dich raus.«

Sie spürte die kalten Hände des Kindes in den ihren und zog ihn mit aller Kraft auf den sicheren Boden. Da schlug ein Blitz wenige Meter neben ihnen im Wasser ein, und ein Donnerschlag erschütterte die Umgebung. Vor Schreck ließ der Mann den Pfahl los und trieb sofort ein Stück ab. Inzwischen lag auch Ugo neben ihr. Es gelang ihm, das Boot an der Stange des Sonnendachs festzuhalten und es wieder heranzuziehen. Schnell kletterte der Mann nach oben und rief dabei schnaufend:

»Halten Sie das Boot fest, sonst treibt es davon! Wir müssen es festbinden.«

Doch Ugo dachte gar nicht daran. Von oben drohte Gefahr.

»Wir müssen rein, sonst gar nichts«, schrie er gegen Wind und Regen an, schnappte sich den Jungen und lief ins Restaurant, Leda hinterher. Besserer Einsicht gehorchend folgte der Mann. Klatschnaß standen sie unter dem Schutz des Daches. Das Tretboot entfernte sich, wie von unsichtbarer Hand gezogen.

»Weg ist es. Müssen wir das jetzt bezahlen?« erkundigte sich der Kleine. Mit der Zunge fing er die Wassertropfen auf, die von den Haaren übers Gesicht nach unten tropften.

»Das glaube ich nicht. Das finden die schon wieder. Der See ist ja ziemlich klein«, sagte Ugo.

»Stimmt«, meinte der Junge. »Und wenn es an den Klippen zerschellt?«

»Mateo, hier gibt es keine Klippen«, sagte der Mann lachend.

»Aber Opa, untergehen kann es doch«, beharrte der Kleine, um wenigstens eine Katastrophe für sich und seine Erzählungen gerettet zu haben.

»Vielleicht«, meinte der Mann. Dann bedankte er sich bei Leda und Ugo für ihre Hilfe.

»Haben Sie gesehen, wie nahe der Blitz eingeschlagen hat? Richtige Angst hatte ich. Das Unwetter war aber auch so plötzlich da. So schnell konnten wir gar nicht wieder an Land gehen.«

Er stellte sich als Ernesto Cardinale vor und bot den beiden Kommissaren an, einen Schnaps auf den Schrecken und auf die Rettung mit ihm zu trinken. Doch sie waren im Dienst und lehnten ab.

»Nein, danke, das haben wir doch gern getan«, sagte Leda und verschwand in der Toilette, um sich abzutrocknen. Im Toilettenraum schaute sie sich vergeblich nach einem Handtuch um. An der Wand hing lediglich ein Gebläseautomat. Gerade als sie überlegte, was sie tun sollte, erschien die Kellnerin mit einem Handtuch:

»Ich dachte, das können Sie jetzt brauchen.«

»Allerdings. Vielen Dank, nett von Ihnen.«

Leda trocknete sich ab, so gut es ging. Ein Blick in den Spiegel offenbarte jedoch, daß ihr heller Anzug total verschmutzt war und die Haare sich in einem noch desolateren Zustand befanden als vorher. Doch da Leda dazu neigte, Unabänderlichkeiten mit orientalischer Ruhe zu begegnen, ergab sie sich auch jetzt in ihr Schicksal und beschloß, erst einmal anständig zu essen.

Ugo saß bereits vergnügt und relativ trocken am Tisch und wartete. Zwei Teller mit leuchtend orangefarbenen

Melonenstücken und rosaroten, feinen Schinkenscheiben lachten sie an. Draußen tobte das Unwetter. Von den beiden Geretteten keine Spur.

»Wo sind die beiden Herren?« erkundigte sie sich.

»Der Alte hatte es wahnsinnig eilig, weil er zum Kartenspielen verabredet ist.«

»Und deshalb geht er mit dem Kind raus in diese Hölle? Der ist verrückt!«

»Immerhin spart er so die Dusche. Die bekommt er gratis«, meinte Ugo.

»Die hat mir sehr gut getan, auch wenn mein Aussehen nun endgültig zerstört ist.«

Sie schälte zufrieden Melonenstück um Melonenstück aus der Schale. Das Essen war tatsächlich so wunderbar, wie die Bedienung es angekündigt hatte. Das Zusammenspiel der kühlen Fruchtsüße mit dem nussig-salzigen Fleisch des Schinkens trug zum weiteren Wohlbefinden der beiden Kommissare bei.

»Ist unser Beruf nicht herrlich?« meinte Ugo.

»Wie kommst du gerade jetzt darauf?«

»Schauen Sie uns an: Da sitzen wir und verspeisen köstliches Essen, das wir uns wirklich verdient haben. Wer kann das schon so von sich behaupten?«

»Diese Rettungsaktion war, glaube ich, weniger beruflich begründet als vielmehr durch die Tatsache, daß wir eben Gutmenschen sind. Was für ein Glück, daß wir nicht zu den Pfadfindern gehören und täglich eine gute Tat vollbringen müssen.«

Bei Saltimbocca und Spaghetti rief Leda bei Rosanna an, um mit ihr einen Termin zu vereinbaren.

Diese war, wie erwartet, von ihrer aufgeregten Tante bereits über den Besuch der Polizei informiert worden. Nein, sie wisse nicht, wo sich Romelli aufhielt. Jedenfalls nicht auf seinem Segelboot, denn das sei verkauft worden. Allerdings hatte sie im Moment keine Zeit, alles zu erklären, weil sie mit der Mutter dringend ins Krankenhaus nach Cerveteri fahren mußte, da diese von einem Insekt gestochen worden und ihr Bein zum Platzen dick sei. Leda möge doch bitte am nächsten Morgen bei ihr vorbeikommen.

»Romelli hat gar keine Segeljacht mehr. Ugo, da stimmt etwas nicht. Wo steckt er nur?« fragte sich Leda.

Während sich die aufgebrachten Himmelsmächte draußen langsam beruhigten, wurde Leda nervös. Nacheinander rief sie Zelli und Gasco an. Von beiden erhielt sie die bekannte Auskunft: Romelli sei zum Segeln unterwegs. Nein, er habe nie erwähnt, daß er die Jacht verkauft habe. Im Gegenteil, er habe sich schon wochenlang auf den Urlaub gefreut. Bei Romelli meldete sich nur der Anrufbeantworter.

»Möglicherweise schippert er auf dem Boot anderer Leute über die Meere«, meinte Ugo.

Doch in Leda stieg ein ungutes Gefühl hoch. Wieder und wieder ließ sie alle bisherigen Erkenntnisse Revue passieren, filterte Aussagen, Eindrücke und Beweise.

Ugo kannte seine Chefin gut genug, um zu wissen, daß er sie in solchen Momenten nicht stören durfte. Ohne sie zu fragen, bestellte er zwei Tassen Kaffee. Sie trank, ohne ein Wort zu sprechen.

»Ugo, wir müssen Romelli unter allen Umständen finden«, unterbrach sie schließlich das Schweigen. »Am liebsten würde ich gleich zu Rosanna fahren. Aber das hat wohl wenig Sinn. Also brechen wir gleich morgen früh nach Ceri auf. Heute können wir nichts mehr tun.«

Sie zahlten und gingen. Draußen dampften die Straßen, und die ersten Sonnenstrahlen blitzten wieder hervor. Auf dem Weg zum Auto klingelte das Telefonino in der Handtasche.

»Ciao, Mamma, donnert es bei dir auch so?« Es war Marco.

»Hier ist es schon vorbei. Ich bin im EUR. Wo steckt ihr denn?«

»Zu Hause. Wir wollten gerade los, um Stella und Giulia abzuholen und nach Lavinio zurückzufahren. Aber wir warten wohl besser noch das Gewitter ab.«

Im Hintergrund vernahm Leda laut dröhnende Rockmusik.

»Ist das Zucchero?« fragte sie ihren Sohn.

»Ja, ist toll, oder? Die CD haben wir uns gestern abend beim Konzert gekauft.«

»Sehr schön.«

»Das meinst du nicht wirklich, oder? Du kannst doch diesen Krach nicht ab.«

»Immerhin finde ich Zucchero besser als diese Hiphop-Musik, die du sonst immer hörst. Laß uns später in Lavinio darüber reden. Ich werde gegen sechs dasein. Schließt bitte die Wohnungstür gut ab.«

Ugo grinste breit, als Leda ihn ansah.

»Zucchero und Hiphop-Musik. So ändern sich Gesprächsthemen, wenn Kinder im Haus sind. Demnächst rappen Sie noch im Präsidium herum«, sagte er lachend und bewegte sich andeutungsweise rhythmisch wie ein Rapper mit schlenkernden Armen und Beinen voran.

Lachend stiegen die beiden ins Auto. Leda setzte Ugo an der nächsten Metrostation ab, damit er in die Stadt zurückkehren konnte. Er wollte auf jeden Fall bei den Kollegen nachfragen, ob sich bei der Vernehmung der Arbeiter neue Aspekte aufgetan hatten.

Leda machte sich auf den Rückweg ans Meer. Je weiter sie aus der Stadt hinausfuhr, um so heller wurde es. In Lavinio herrschte der normale Ferienbetrieb. Keine dunkle Wolke weit und breit. Der Boden war staubtrocken. Aber das Gewitter würde kommen. Leda spürte die ungewöhnliche Schwüle, als sie aus dem Wagen stieg.

Aus dem Haus erklang die Stimme von Giuseppe di Stefano, des Tenors, der einst mit der Callas die großen Opern gesungen und aufgenommen hatte. Leda erkannte sofort Paolos Lieblingsoper: Lucia di Lammermoor von Gaetano Donizetti. Er mußte sie schon seit einiger Zeit hören, denn als Leda eintraf, erging sich der verzweifelte Ehemann der Lucia, Edgardo, gerade im tiefsten Leid seiner vorletzten Arie: »Fra poco a me ricovero darà negletto avello... Mein Leib wird bald in Grabes Nacht den Ahnen sich anschließen...« Vergebens schaute sie sich nach Paolo um. Erst als er sich beim Schmerzensschrei Edgardos: »Lucia più non è! Lucia lebt nicht mehr!« knapp im Ton vergriff, wußte sie, wo er steckte. Der falsche Ton kam aus dem Garten.

Leda bot sich ein hinreißendes Bild, als sie auf die Terrasse trat. Paolo stand in der Badehose mitten auf dem Rasen mit dem Schlauch in der einen, dem Grillrost in der anderen Hand und sang mit Inbrunst die Partie des Edgardo. Als er zur letzten dramatischen Arie anhob: »Tu che a Dio spiegasti l'ali, o bell'alma innamorata... Du, die schon zum Himmel eilet, reiner Geist auf lichten Schwingen...«, öffnete er die Arme und das Wasser spritzte weit über den Rasen. Mit »Morir voglio! Sterben will ich!« zog er den Schlauch langsam wieder zu sich, um anschließend stellvertretend für das Messer, das Edgardo sich in die Brust stößt, den vollen Wasserstrahl auf seine Brust zu richten, unter seiner Wucht wankend zu Boden zu sinken und ein letztes Mal zu hauchen: »O bell'alma innamorata ne congiunga il Nume in ciel! O reine Seele, bald vereint mich Gott mit dir!«

»Da capo, da capo«, rief Leda laut und klatschte, als der letzte Ton verklungen war. Paolo erhob sich, noch immer mit Grillrost und Schlauch in den Händen, und verbeugte sich wie ein Opernstar auf der Bühne.

VII

Zwischen Mitternacht und zwei Uhr morgens hatte sich das sehnsüchtig erwartete Gewitter über Lavinio ausgetobt. Leda war von den Blitz- und Donnerfolgen, dem rauschenden Meer, dem niederprasselnden Regen und lauten Stimmen am Strand erwacht.

»Beeilt euch! Sonst erwischt es uns noch!« hatte eine Männerstimme immer wieder gerufen, während Schläge wie Kanonenschüsse durch die Nacht krachten.

So muß es sich angehört haben, als die britischen Alliiertentruppen 1944 hier am Strand landeten, hatte Leda gedacht.

Sie wußte aber nicht, ob bei der Landung überhaupt geschossen worden war oder ob die Briten ganz ruhig an Land gegangen waren. Ein bißchen hatte sie noch über diese Frage sinniert und beschlossen, Paolo am nächsten Tag danach zu fragen. Dann war sie dank der frischen Regenluft wieder fest eingeschlafen.

Als der Wecker sie um sieben Uhr morgens wachklingelte, fühlte sie sich ausgesprochen munter, drehte eine kurze Runde mit Pipo und stellte fest, dass ein Blitz einen Verteilerkasten getroffen haben mußte. Der Boiler im Bad sprang nicht an, und auch sonst funktionierte nichts elektrisch Betriebenes. Sie nahm eine kalte Dusche, legte einen großen Zettel auf den Küchentisch, irgend jemand möge sich um die Sachen in der Gefriertruhe kümmern, und fuhr gen Rom.

An der Metrostation Vitinia an der südwestlichen Peripherie der Stadt sammelte sie Ugo ein, mit dem sie sich telefonisch verabredet hatte.

»Buon giorno, Signora. Sie sind ja so pünktlich wie die römische Polizei«, begrüßte er sie.

»Auf ein Minimum an Service muß man sich ja verlassen können.«

Die Fahrt auf der Autobahn verlief zügig. Ugo berichtete ihr, daß die Vernehmung der Arbeiter nur schleppend voranging, da es sich als schwierig erwies, während der Urlaubszeit Dolmetscher für die verschiedenen Sprachen aufzutun.

»Für Albanisch haben sie schnell einen gefunden. Für Russisch auch. Aber für Slowenisch war in ganz Rom niemand aufzutreiben. Morgen kommt eine Frau aus Venedig. Dann sind die Kollegen fast durch. Bei zwei oder drei Männern müssen die Alibis noch überprüft werden. Das kann noch ein paar Tage dauern.«

»Und ist bei irgendeinem ein Verdacht aufgekommen?«

»Nein. Fast niemand hatte persönlich je etwas mit Breuer zu tun. Bei den Vorarbeitern ist auch nichts Verdächtiges aufgetaucht. Für sie war und ist Sicolo der Hauptansprechpartner, schon wegen der Sprachschwierigkeiten mit Breuer. Das entspricht auch der Aussage von Sicolo.«

Eine gute halbe Stunde später standen sie bereits an der roten Ampel, die die einspurige Auffahrt nach Ceri regelte. Das Städtchen war im Mittelalter auf den Gipfel eines Tuffstein-Berges gebaut worden. Mit seinen Stadtmauern thronte es weithin sichtbar wie eine Krone über der leicht hügeligen Landschaft. Baumkronen ragten wie wilde Haarbüschel in den blauen Himmel. Eine schmale Gasse war ins Gestein geschlagen worden, um den Ort überhaupt erreichen zu können. Sie warteten geduldig an der roten Ampel, die die Auf- und Abfahrt regelte. Zwei Autos kamen tatsächlich nach unten gefahren. Dann geschah lange nichts.

»Ein Onkel von mir war früher mal Pilot. Er flog diese kleinen Propellermaschinen«, begann Ugo plötzlich zu erzählen. »In der Schule hatten er und sein Freund gut aufgepasst. Sie wußten also, daß hier in der Gegend viele der

Hügel bewachsene Etruskergräber sind. Aus der Luft kann man das wohl anhand der Form gut erkennen. Nachts, wenn es dunkel war, betätigten sich die beiden als Archäologen. Sie gruben und schaufelten sich durch Erdschichten durch und drangen in die Gräber ein. Leider nicht nur aus wissenschaftlicher Neugierde. Sie haben die Gräber geplündert, jahrelang phantastischste Keramikbüsten, Teller, Vasen und Schmuckstücke ausgebuddelt und auf dem Schwarzmarkt verkauft. Damit sind sie richtig reich geworden.

Zum neunten Geburtstag schenkte mir mein Onkel, der mich sehr liebte so wie ich ihn, eine kleine, bemalte Vase und sagte: ›Die ist noch älter als die alten Römer.‹ Das wollte ich nicht glauben, denn in meiner Zeitrechnung hatte es erst Neandertaler und Drachen und anschließend die antike Hochkultur gegeben, bestenfalls noch ein paar Ägypter zwischendurch. Also marschierte ich mit dem Väschen zu meinem Vater und zeigte es ihm. Der unterzog meinen Onkel einer peinlichen Befragung, wo er es herhatte. In der Familie bestand schon länger der Verdacht, daß bei meinem Onkel irgend etwas nicht mit rechten Dingen zuging, da er so schnell zu viel Geld gekommen war. Mein Vater brach den Kontakt zu ihm ab, was ich natürlich tief bedauerte. Außerdem fühlte ich mich schuldig für den Familienzwist. Immerhin: Die Vase durfte ich behalten. Ich habe sie immer noch. Sie muß einiges wert sein.«

»Hat man ihn erwischt?« fragte Leda.

»Ja. Den Bauern aus der Umgebung waren der häufige Flugverkehr in sehr niedriger Höhe und das nächtliche Treiben verdächtig vorgekommen, und sie meldeten es der Polizei. Mein Onkel und sein Freund wurden in flagranti erwischt und haben einige Jahre im Gefängnis zugebracht. Dort studierte er die Geschichte der Etrusker und entwickelte sich zu einem echten Fachmann. Später arbeitete er mit dem Ministerium für Kultur zusammen, denn kaum jemand war in der Lage, Fundstätten aus der Luft mit so großer Treffsicherheit ausfindig zu machen wie mein Onkel.«

»Du stammst also aus einer wirklich kriminellen Familie«, bemerkte Leda.

»Ja. Allerdings muß man anerkennen, daß mein krimineller Onkel ja später zur Stütze des Staates wurde.«

»Das Zusammenspiel krimineller Energien mit dem Staat scheint mir in unserem wunderschönen Land ein häufigeres Phänomen zu sein.«

»Seien Sie nicht so hart, Signora. Bedenken Sie, daß mein Onkel sich dank Knast und Studienmöglichkeiten vom Saulus zum Paulus gewandelt hat und zu einem glänzenden Beispiel für eine gelungene Resozialisierung wurde. Er verstarb vor drei Jahren als angesehener Etruskerexperte.«

Endlich sprang die Ampel auf Grün, und sie fuhren durch die schmale, schattige Straßenschlucht hinauf. Oben eröffnete sich vor ihnen der Hauptplatz von Ceri. Er war im Verhältnis zum restlichen Ort ausgesprochen groß. Auf den Plastikstühlen vor einem Café saßen drei oder vier Männer im Schatten, tranken ihren Morgenkaffee und spielten mit Würfeln. Ein Hund begrüßte bellend die beiden Neuankömmlinge und begleitete sie schwanzwedelnd, als sie sich bei den Männern nach dem Haus von Rosanna Piccinato erkundigten.

»Rosanna wohnt im Haus ihrer Mutter Valeria«, antwortete einer von ihnen. »Die liegt aber im Krankenhaus mit einer Blutvergiftung. Wurde von irgendwas gestochen. Sehen Sie die Straße dahinten, die neben dem Palazzo vom Platz abgeht? Dort müssen Sie reingehen, dann ist es die dritte Tür auf der rechten Seite.«

Es dauerte eine Weile, bis jemand auf Ledas Klopfen reagierte und eine junge, dunkelhaarige Frau ihnen öffnete. Sie hatte tiefe Ringe unter den übernächtigten Augen und war sehr blaß.

»Rosanna Piccinato? Buon giorno, ich bin Commissaria Leda Giallo, und das ist mein Kollege Ugo Libotti aus Rom. Wir haben gestern miteinander telefoniert.«

»Bitte treten Sie ein.«

Im dunklen Flur des alten Hauses war es angenehm kühl. Rosanna führte die beiden ins Wohnzimmer, das von vergangenem Wohlstand zeugte. Sie setzten sich an einen langen, blankpolierten Holztisch, auf dem eine Schale mit bunten Keramikfrüchten stand.

»Ich bin erst vorhin aus dem Krankenhaus in Cerveteri zurückgekommen. Meiner Mutter ging es letzte Nacht ziemlich schlecht. Sie hat von dem Stich eine Blutvergiftung und Fieber bekommen. Jetzt scheint es aber wieder besser zu werden. Das Fieber ist gesunken. Die Ärzte mußten sie aber dabehalten. Meine Schwester ist heute morgen aus Rom gekommen und bleibt erst mal bei ihr. Ich fahre dann später wieder hin.«

Ein paar Tränen liefen Rosanna über das schmale Gesicht. Sie sprach sehr leise und hatte die Hände auf dem Schoß gefaltet.

»Das tut mir leid, Signorina. Können Sie mir ein paar Fragen zur Familie Romelli beantworten?« fragte Leda.

Rosanna nickte.

»Wissen Sie, wo wir Signor Romelli finden können?«

»Ich weiß es nicht. Sie haben behauptet, sie würden wie letztes Jahr mit dem Segelboot wegfahren. Das kann aber nicht sein.«

»Warum nicht?« fragte Ugo.

»Weil sie es vor zwei Monaten verkauft haben. Das haben sie mir zwar nicht erzählt, ich habe es aber trotzdem mitbekommen. Das Boot hat jemand aus Pisa gekauft. Ein Signor Valerio. Seinen Nachnamen habe ich vergessen. Er hat ein paarmal deshalb angerufen. Ich habe selbst mit ihm gesprochen.«

»Sind Romellis vielleicht mit Freunden zum Segeln gefahren?«

»Das glaube ich nicht. Denn dann hätten sie die Kinder nicht mitgenommen. Letztes Jahr sind die beiden ja auch bei mir geblieben, weil sie noch zu klein für eine Hochsee-Tour sind.«

»Ihre Tante sagte uns, daß Sie sich bei den Romellis unwohl und schlecht behandelt fühlen.«

»Meine Tante redet soviel.«

»Stimmt es denn nicht?«

»Ich möchte nichts Schlechtes über die Romellis sagen. Der Signore ist schließlich ein wichtiger Mann bei der Stadt. Und ich weiß ja auch gar nichts über einen Mord.«

»Das ist uns schon klar. Aber wenn Sie uns ein bißchen über die Romellis erzählen, können wir uns ein besseres Bild von ihm machen. Sie sollen uns ja nichts Verkehrtes sagen, um ihn zu beschuldigen, sondern nur ganz einfach, wie Sie die Familie erleben. Und wenn es Ihnen bei den Romellis schlechtgeht, sollten wir wissen, warum.«

»Glauben Sie denn, daß Signor Romelli ein Mörder ist?«

»Könnten Sie sich das vorstellen?« gab Leda zurück.

Rosanna drehte ein kleines Goldkreuz, das an einer dünnen Kette um ihren Hals hing, zwischen den Fingern und schwieg. Leda sah, wie sie mit sich kämpfte, und ließ ihr Zeit, um die richtigen Worte zu finden.

»Seit wann arbeiten Sie denn bei den Romellis?«

»Seit zwei Jahren.«

»Und welche Aufgabe haben Sie dort?«

»Ich mache den Haushalt, koche und kümmere mich um die Zwillinge.«

»Wie alt sind die Zwillinge?«

»Fünf.«

»Und wie heißen sie?«

»Paula und Paolo, ich rufe sie Pa und Po.«

»Gefällt Ihnen die Arbeit mit den Kindern?«

»Ja, sehr sogar. Deshalb bin ich ja noch bei ihnen.«

»Die Eltern hingegen gefallen Ihnen weniger, nicht wahr?«

»Manchmal sind sie auch nett. Wenn ich morgens hingehe, weiß ich nie, ob sie mich anschreien oder mit einer Umarmung begrüßen werden. Manchmal habe ich richtig Angst vor ihnen.«

»Warum schimpfen sie denn so mit Ihnen?«

»Es geht eigentlich nie um mich. Der Signor und die Signora haben soviel Krach, weil Geld fehlt. Deshalb bezahlen sie mich auch oft nicht pünktlich.«

»Geben sie denn soviel Geld aus?«

»Die Signora kauft sehr teure Kleider und geht oft zum Friseur. Aber nur, weil der Signore die hohe Stellung hat und sie abends zu offiziellen Veranstaltungen gehen müssen, sagt sie. Und wenn sie zu Hause bleiben, kommen abends manchmal sehr spät noch Gäste. Dann wird ziemlich viel getrunken und geraucht. Das kostet vermutlich auch eine Menge.«

»Und Sie müssen für die Gäste kochen?«

»Nein, da gibt es nichts zu essen. Die kommen immer erst frühestens um halb zehn Uhr, also nach dem Abendessen. Da bin ich schon weg. Ich räume nur am nächsten Tag auf. Die Signora weiß auch nie genau, wann diese Gäste kommen. Wenn der Signore anruft und sagt, daß sie am Abend Besuch bekommen, wird die Signora immer sehr böse. Manchmal geht sie dann selbst weg, und ich muß die Zwillinge ins Bett bringen und warten, bis sie eingeschlafen sind. Wir dürfen dann nicht mehr ins Eßzimmer gehen, wo der Signore mit den Männern trinkt und raucht. Der Signore sagt dann immer, sie hätten eine wichtige Besprechung. Ich darf ihn dann nicht einmal ans Telefon holen, sondern muß Anrufern sagen, daß er nicht zu Hause ist.«

»Kommen nur Männer?«

»Ich habe noch nie eine Frau dabei gesehen.«

»Und warum wird die Signora so böse, wenn die Männer kommen?«

»Ich weiß nicht genau, aber sie schreit dann herum, daß ihr Mann damit aufhören soll, daß sie ihn nun endgültig verlassen wird. Aber sie verläßt ihn trotzdem nicht. Am nächsten Tag ist sie manchmal sehr schlecht und manchmal sehr gut gelaunt. Wenn sie gut gelaunt ist, bekomme ich meistens mein Geld. Manchmal sogar alles, was sie mir noch schuldet. Es kann nach diesen Abenden aber auch passieren, daß sie den ganzen Tag weint und mir ankündigt, sie würde mir in diesem Monat kein Geld geben können.«

Rosanna machte eine Pause und schwieg. Dann hob sie plötzlich den Kopf und sah Leda gerade in die Augen:

»Wissen Sie, ich verstehe überhaupt nicht, wie ein Mann, der angeblich einen so hohen Posten hat, immer in der Geldklemme stecken kann. Solche Leute wohnen in großen Villen, haben Hausangestellte, Segelboote und vieles mehr. Warum ist bei der Familie Romelli alles so anders? Bei denen fehlt manchmal sogar das Geld für den monatlichen Großeinkauf im Supermarkt. Eigentlich lieben die Romellis den Luxus. Sie fahren ein großes Auto, sie geht gern shoppen, sie hatten ein Segelboot und tun nach außen ja auch immer so, als wären sie vermögend. Wenn sie Geld haben, geben sie es in vollen Zügen wieder aus. Aber dann ist garantiert irgendwann die Pleitewelle angesagt, und es reicht für gar nichts mehr. Dann wird nicht einmal mehr telefoniert. Finden Sie das nicht verrückt? Ich denke mir oft, daß da etwas nicht stimmen kann.«

»Und wer diese Männer sind, wissen Sie wirklich nicht?«

»Nein. Ich sehe sie ja höchstens mal, wenn ich dableiben muß, ihnen die Tür öffne und sie ins Wohnzimmer begleite. Und dann nennen sie ihre Namen nie.«

»Sind das denn immer dieselben Männer?«

»Manche ja, manche kommen neu dazu.«

»Und wie viele sind es pro Abend?«

»Verschieden. Mal sind sie zu dritt und mal mehr.«

»Das ist merkwürdig, in der Tat. Zurück zu unserem Ausgangspunkt, wo wir die Romellis finden können. Haben sie Verwandte, die wir fragen könnten?«

»Da gibt es die Eltern vom Signore und die beiden Brüder, Giorgio und Luigi. Sie leben in New York.«

»Auch die Eltern?« wollte Leda wissen.

»Nein, nur die Brüder. Die Eltern sind in Ancona. Der Vater heißt Eduardo und die Mutter Livia. Die waren noch nie zu Besuch da, weil Signora Livia im Rollstuhl sitzt. Da fahren sie ein-, höchstens zweimal im Jahr hin.«

»Sonst noch jemand?«

»Signora Maria Pinto, die Mutter der Signora. Sie mag den Signor Romelli wohl nicht so sehr, weil sie nur zu Besuch kommt, wenn er unterwegs ist.«

»Wissen Sie, wo sie wohnt?«

»In Norma. Die Signora fährt häufig mit den Kindern hin, ist ja auch nicht weit. Sie ist sehr nett. Einmal habe ich geweint, als sie gerade da war, weil ich mein Geld schon wieder nicht bekommen hatte. Da hat sie mir etwas gegeben und so furchtbar mit der Signora geschimpft, bis die auch weinte.«

Als Leda und Ugo aus der Kühle des Hauses wieder auf die Gasse traten, wurden sie von der Hitze beinahe erschlagen. Die Sonne stand fast im Zenit, und ihre Strahlen ließen die Wäschestücke, die über der Straße zum Trocknen hingen, wie Figuren von Scherenschnitten als Schatten erscheinen.

Als hätten sie sich zuvor darüber abgestimmt, strebten Leda und Ugo zum Café. Sie setzten sich unter das Weinlaubdach, von dem die Reben mit noch grünen Früchten herabbaumelten, und bestellten Kaffee und Wasser.

»Haben Sie auch Cornetti?« fragte Leda.

»Die sind schon weg. Aber Obsttörtchen mit Vanillecreme und Käsekuchen kann ich Ihnen anbieten. Beide sind ganz frisch.«

Leda bestellte von jedem etwas, während Ugo sich auf ein Obsttörtchen mit Erdbeeren beschränkte.

»Mit diesen Romellis stimmt etwas nicht. Wieso sind sie so oft pleite und dann wieder nicht? Da hat Rosanna schon recht: Der Mann verdient ausgesprochen gut, vermute ich. Die müssen doch in der Lage sein, regelmäßig eine Hausangestellte zu entlohnen. Oder sie haben ihre Finanzen nicht im Griff und geben zwischendurch immer wieder viel zuviel aus. Aber wofür nur?«

»Alles ist möglich. Vielleicht hat er andere Frauen oder spekuliert mit Aktien. Wir wissen nur eines: Auf seinem Segelboot macht er wohl keinen Urlaub, weil er keines mehr hat.«

Leda hatte sich während des Gesprächs mit Rosanna einige Notizen gemacht. Nun griff sie den Block, zog ihr Telefonino aus der Tasche und bat die Auskunft um die Nummern der Eltern Romelli.

»Genau, in Ancona, Eduardo Romelli. Nein, die Anschrift kenne ich nicht. Ich weiß nur, daß er dort einen Telefonanschluß hat.«

Inzwischen standen Kaffee, Wasser und Kuchen vor ihnen auf dem Tisch. Während die Dame von der Auskunft suchte, teilte Leda ein Stückchen Käsekuchen mit der Gabel ab und wollte es sich gerade in den Mund schieben, als sie am anderen Ende vernahm:

»Da ist ja der Signore Romelli. Bitte notieren Sie...«

Anschließend begann die Suche nach Maria Pinto in Norma. Leider konnte die Dame am anderen Ende der Leitung in der kleinen Stadt in den latinischen Bergen gleich sechs Pintos, aber keine Maria ausmachen. Leda notierte sich eine Nummer nach der anderen.

»Fangen wir mit den Romellis in Ancona an. Aber erst esse ich in Ruhe das Obsttörtchen. Die Erdbeeren schmekken wunderbar. Die scheinen sie heute morgen geerntet zu haben«, sagte Leda und schob sich genüßlich Bissen um Bissen in den Mund.

Dann wählte sie die Nummer von Romellis Eltern in Ancona. Eine Frauenstimme meldete sich:

»Pronto!«

»Signora Romelli? Buon giorno. Mein Name ist Leda Giallo, und ich hätte gern mit Ihrem Sohn Vincenzo gesprochen. Ist er vielleicht bei Ihnen?«

»Nein, er ist nicht hier. Er sitzt bestimmt auf seinem Boot und schippert über die Meere. Wir haben seit Monaten nichts von ihm gehört. Ich kann Ihnen nicht weiterhelfen.«

Noch bevor Leda etwas erwidern konnte, hatte die Frau am anderen Ende der Leitung bereits eingehängt.

»Mamma mia, die ist aber gar nicht gut auf ihren Sprößling zu sprechen. Sie weiß nicht, wo er steckt. Also probieren wir die Pintos. Du drei, ich drei. Möchtest du die oben auf der Liste oder die unten?« fragte sie Ugo.

»Die oberen, weil aller Erfahrung nach erst eine der letzten Nummern zum Erfolg führt und ich gern noch so ein Törtchen essen möchte«, sagte Ugo, zog sein Telefonino aus der Gürteltasche und begann zu wählen.

Leda tat dasselbe. Es kam, wie Ugo prophezeit hatte: unter der letzten Nummer meldete sich eine Kinderstimme. Als Leda nach Maria Pinto fragte, sagte das Kind:

»Das ist meine Oma, ich ruf sie ans Telefon.«

»Warte mal einen Moment. Sind deine Eltern denn auch da?«

»Nein, die sind eben gerade weggefahren zum Einkaufen, weil morgen doch das große Fest ist.«

»Das ist aber schön. Was feiert ihr denn?«

»Weiß ich nicht. Einfach so.«

»Damit ich auch weiß, daß ich bei euch richtig bin: Dein Papa ist doch Vincenzo Romelli, richtig?«

»Ja, da bist du richtig. So heißt mein Papa. Ich habe auch noch eine Zwillingsschwester, Paula. Sie wurde am selben Tag wie ich geboren.«

»Das ist ja toll. Dann wünsche ich euch jetzt erst mal eine schöne Feier. Ich rufe morgen dann einfach noch einmal an. Ciao.«

»Ciao!« rief das Kind und legte auf.

»Wir haben ihn. Romelli ist in Norma bei der Schwiegermutter. Wir fahren sofort hin.«

Leda überließ Ugo das Steuer, um in Ruhe mit Alesi telefonieren zu können. Sie erreichte ihn gerade noch, bevor er zum Friseur aufbrechen wollte.

»Fünf Minuten später, und ich wäre weggewesen.«

»Nimmst du denn dein Telefonino nicht mit?«

»Für die eine Stunde? Nein. Ich habe schließlich Urlaub. Zumindest theoretisch. Wenn ich länger weg bin, habe ich es aber dabei. Also, was habt ihr herausgefunden?«

Leda berichtete von der Vernehmung Rosannas und den angeblichen Finanznöten der Familie. Sie erzählte, daß Romelli sein Segelboot verkauft habe und entgegen allen Ankündigungen nicht auf dem Mittelmeer kreuze, sondern mit der Familie bei seiner Schwiegermutter in Norma sei.

»Dafür kann es eine einfache Erklärung geben, beispielsweise die, daß es der Schwiegermutter nicht gutgeht oder seine Frau nicht ohne die Kinder Ferien machen wollte. Das allein ist sicherlich kein Indiz für eine Beteiligung am Mord.«

»Aber die Umstände sind merkwürdig, und er ist und bleibt der einzige, der ein Mordmotiv haben könnte. Wir sind gerade auf dem Weg zu ihm und werden sein Alibi so freundlich und vorsichtig überprüfen, wie es einem hochrangigen Kommunalpolitiker geziemt.«

»Höre ich da einen gewissen Zynismus aus deinem Tonfall heraus? Leda, ich bleibe dabei: Ermittlungen im politischen Raum können sich für die Ermittler leicht als Bombe erweisen. Also, seid vorsichtig und zuvorkommend.

Bevor du jetzt wieder wütend wirst, hör bitte kurz zu: Ich habe mich ein bißchen über Romelli kundig gemacht. Er stammt aus kleinen, aber ordentlichen Verhältnissen. Der Vater war Finanzbeamter in Ancona. Der Junge war blendend – auf der Schule und an der Universität in Rom, wo er Ingenieurwesen studierte. Er trat schon zu Beginn seines Studiums in die Partei ein, um dort Karriere zu machen. Schon als junger Mann fiel er wegen seiner ausgefeilten Rhetorik und seines Talents zum Taktieren auf. Aber auch wegen einer gewissen Verbissenheit und Skrupellosigkeit, wenn es um die Eroberung von Machtpositionen ging.

Er kennt jede Leiche in den Kellern der Parteimitglieder und spielt dieses Wissen immer wieder nach Bedarf aus, um sich Leute gefügig zu machen. Er ist nicht beliebt, wird aber respektiert, weil er ein hocheffizienter Arbeiter ist. Ohne ihn als Generalsekretär wäre die Partei in ihrer letzten Finanz- und Imagekrise auf Nimmerwiedersehen versunken. Ohne ihn wäre auch das Auditorium nicht so weit, wie es heute ist. Das weiß er auch und ist offenbar sehr arrogant. Er gibt gern Geld aus. Sein Privatleben schottet er völlig ab. Im Unterschied zu anderen Politikern und zu Inhabern hoher Ämter lädt er beispielsweise nie zu sich nach Hause ein, sondern immer nur in noble Restaurants. Seine Frau taucht in Gesellschaftskreisen kaum auf. So, jetzt hast du ein Bild von ihm und wirst mir glauben, daß er sich gegen Ermittlungen tatkräftig zur Wehr setzen wird. Auch auf die Gefahr hin, daß ich mich wiederhole: Sei sehr, sehr vorsichtig. Der Mann ist ein Fuchs!«

»Danke. Woher du immer alles erfährst, möchte ich gar nicht wissen. Ich werde mich auf jeden Fall auf einen schwierigen Menschen einrichten. Noch etwas spricht gegen ihn:

Wenn er nicht auf hoher See war, muß er doch von dem Mord an Breuer gehört haben. Die Medien berichten schließlich jeden Tag in großen Schlagzeilen darüber. Wieso hat er sich nicht gemeldet? Weil er sich ganz sicher ist, daß seine Geschichte vom Segeltörn von jedermann geglaubt wird.«

»Genau wegen dieser Frage hast du meine volle Unterstützung für seine Vernehmung. Melde dich bitte heute abend bei mir, va bene?«

»Geht in Ordnung. Ciao, Erman, und viel Spaß beim Friseur.«

Ugo fuhr, was das Zeug hielt: erst über die Autobahn um Rom herum und dann Ledas gewohnte Strecke nach Lavinio. Doch statt rechts zum Meer abzubiegen, raste er weiter Richtung Süden. Ein paarmal kam es zu riskanten Überholmanövern. Leda konnte sich einen Aufschrei nur verkneifen, weil sie Angst hatte, Ugo zu erschrecken und damit die Situation noch mehr zu gefährden.

»Ugo, ich weiß gar nicht, was mit dir los ist. Erst outest du dich als leidenschaftlicher Liebhaber, und jetzt fährst du auch noch wie der Henker. Seit Jahren arbeite ich mit dir zusammen, aber so habe ich dich noch nie erlebt. Du bist ja in jeder Hinsicht aus den Fugen geraten.«

»Seien Sie doch mal ehrlich: Sie haben mich immer für einen totalen Langweiler gehalten – nett, harmlos und Mamma-fixiert. Das war ich auch. Elena, von der ich schon erzählt habe, hat mir die Augen über mich geöffnet. Sie sagt, ich würde meinen wahren, spontanen Charakter ständig unterdrücken. Nie über mich und meine Gefühle reden und mich selbst lähmen. Und sie hat recht. Jetzt mache ich Dinge, die ich aus lauter Vernunftgründen nie zu tun gewagt hätte, und öffne mich dem Leben. Das gefällt ihr viel besser und mir auch!«

»Das finde ich sehr beachtlich. Aber deshalb mußt du uns doch nicht gleich umbringen«, entgegnete Leda.

»Keine Sorge, ich passe schon auf. Vertrauen Sie mir. Ich kenne die Strecke.«

Ugo lebte seine neu gewonnene Dynamik auch auf der Strecke in den Lepiner Bergen weiter aus. Erst als er in einer Haarnadelkurve das Auto beinahe gegen den Hang gesetzt hätte, verlangsamte er das Tempo auf ein für Leda angenehmes Maß.

Sie sagte nichts und genoß von nun an den Blick über die Tiefebene von Latina. Nach zwei Stunden hielten sie an einer Bar in Norma und fragten nach der Anschrift von Maria Pinto. Niemand kannte sie. So erging es ihnen überall, wo sie sich nach Romellis Schwiegermutter erkundigten.

Erst bei den Kollegen der örtlichen Polizei hatten sie Erfolg. Ein älterer Carabiniere lachte, als Leda ihm die Suchgeschichte erzählte.

»Natürlich, wenn Sie nach Maria Pinto fragen, weiß niemand, wer das ist. Aber versuchen Sie es mal mit ›La Vedova‹, der Witwe, dann kann Ihnen jeder sagen, wo sie wohnt. Die Frau ist bekannt wie ein bunter Hund. Sie leitet nämlich den Kirchenchor und organisiert den Weihnachtsbasar.«

»Und wieso dieser Spitzname?« fragte Leda.

»Weil sie schon mit vierundzwanzig Jahren ihren Mann bei einem Verkehrsunfall verloren und nie wieder geheiratet hat. Es wird kolportiert, der inzwischen längst verstorbene Pfarrer Don Giuseppe habe ihr mehr als rein geistlichen Zuspruch gewährt. Jedenfalls durfte kein anderer Mann jemals wieder in ihre Nähe. Und warum erweist uns die Mordkommission Rom die Ehre? Darf ich raten? Wegen des Mordes auf der Baustelle, für die Signor Romelli zuständig ist! Als ich im Fernsehen hörte, daß er sich auf einer Segeltour befindet, habe ich gleich im Präsidium angerufen, um zu sagen, daß das nicht stimmt. Das hat man Ihnen ja wohl ausgerichtet. Klar, sonst wären Sie ja nicht hier.«

Leda verschlug es den Atem, als sie das hörte. Niemand

hatte ihr von diesem Anruf berichtet. Sie fühlte Wut in sich aufsteigen. Wieviel Arbeit und Zeit hatten sie bei der Suche nach Romelli verschwendet! Sie schaute Ugo an, der entsetzt schwieg. Auch sie verlor kein Wort über die unverzeihliche Unterlassungssünde in der Questura, beschloß aber, den Schuldigen zu finden und zur Rede zu stellen.

Gewappnet mit neuen Erkenntnissen über Signora Pinto und ihren Wohnort, verließen sie die Polizeiwache und machten sich auf den Weg zu La Vedova.

»Das darf doch nicht wahr sein, Ugo, sag mir bitte, daß ich da etwas Falsches gehört habe. Wir dackeln seit zwei Tagen durch die Gegend, um den Mann zu finden, dabei hat ein braver Kollege längst im Präsidium kundgetan, wo er steckt. Ich schwöre dir, das wird Konsequenzen haben.«

»Regen Sie sich nicht auf. Das nützt ja doch nichts. Jetzt ist eben Urlaubszeit, und da funktioniert so manches nicht. Das kennen wir doch«, versuchte Ugo sie zu beruhigen. Er erreichte das genaue Gegenteil. Leda fing an zu toben.

»Ugo, du kannst diese Schlamperei nicht auch noch verteidigen! Urlaub hin oder her – die Polizei muß trotz Ferienzeit funktionieren. Sonst erleben wir bald einen alljährlichen Kriminalitätsboom, weil sich die Verbrecher sagen: Die Polizei hat Ferien, wunderbar, jetzt schlagen wir zu. Das ist doch völlig absurd.«

»So habe ich das ja auch nicht gemeint. Ich wollte nur sagen, daß da mal was durchrutschen kann«, verteidigte Ugo den Kollegen, der voraussichtlich sein blaues Wunder erleben würde. In solchen Fragen konnte Leda sehr ungnädig sein.

Sie stritten, bis sie am Haus der Signora Pinto angekommen waren. Leda, die vor Wut einen puterroten Kopf hatte, knallte die Autotür zu, würdigte Ugo keines Blickes und atmete tief durch, bevor sie auf den Klingelknopf drückte.

Nach unendlichen Minuten des Schweigens und mehreren Klingelversuchen sah Leda Ugo zum ersten Mal wieder an und sagte:

»Und nun? Wieso sind die denn jetzt weg? Das ist wohl heute nicht mein Tag.«

Gerade als sie sich wieder ins Auto setzen wollten, hörten sie aus dem Inneren des Hauses eine Stimme:

»Was ist denn? Wer hat es denn so eilig?«

Eine ältere Frau mit Dutt öffnete die Tür.

»Es ist Mittagszeit. Kann man denn nicht einmal mehr in Ruhe schlafen?« fauchte sie die Ankömmlinge an.

»Entschuldigen Sie bitte die Störung, aber wir suchen Signor Romelli. Können wir ihn sprechen?«

»Nein. Meine Tochter und Vincenzo sind noch unterwegs. Als Sie klingelten, haben die beiden gerade angerufen, um zu sagen, daß sie in etwa zwei Stunden zurück sein werden. Kommen Sie dann wieder.« Sprach's und schlug Leda und Ugo die Tür vor der Nase zu.

Leda rutschte ein Schimpfwort heraus, das ihre Kinder in ihrer Gegenwart nicht in den Mund hätten nehmen dürfen.

»Die Alte hat Haare auf den Zähnen. Es hat gar keinen Zweck, sie jetzt zu vernehmen«, befand Ugo, und Leda gab ihm Recht.

»Also gehen wir etwas essen«, beschloß Leda.

Ugo stimmte sofort zu, in der Hoffnung, daß ein gutes Mahl Ledas Stimmung wieder auf Normalstand bringen könnte.

Am Ortsrand fanden sie ein nettes Restaurant mit einem großen Garten, wo unter dem schattigem Laub hoher Bäume Tische mit rot-weiß karierten Tischdecken standen. Es war schon spät für den Mittagstisch, und die meisten Gäste hatten bereits den abschließenden Espresso getrunken.

Die beiden Polizisten gingen ins Haus und erkundigten sich, ob sie noch etwas zu essen bekommen würden.

»Aber Signora, natürlich. Der Grill ist noch an. Nehmen

Sie nur Platz, wo Sie möchten. Ich kann Ihnen gern Fisch oder zartes Lammfleisch machen. Besseres haben Sie wahrscheinlich noch nie gegessen. Als Primo vorneweg vielleicht eine Scheibe gegrillten Scamorza-Käse?« schlug der Wirt vor und fuhr fort: »Unsere Pasta ist hausgemacht. Die Leute kommen von weither gefahren, um unsere Orecchiette alle verdure mit Pecorino zu speisen. Und als Nachtisch haben wir selbstgemachtes Aprikosen-, Pfirsich- oder Meloneneis.«

Leda lief das Wasser im Mund zusammen. Sie wußte sofort, was sie wollte:

»Für mich den gegrillten Scamorza, dann das Lamm. Aber bitte eine kleine Portion. Haben Sie frischen Spinat dazu?«

»Natürlich, Signora, vom Bauern aus dem Ort. Und Sie, Signore?« wandte er sich an Ugo.

»Die Orecchiette und danach ein Pfirsicheis.«

»Sonst nichts?« fragte der Wirt erstaunt.

»Nein, danke, es ist so heiß.«

»Und dazu einen leichten, kühlen Weißen? Vielleicht einen Trebbiano aus Velletri?«

»Va bene, eine kleine Karaffe, und bitte viel kaltes Wasser dazu. Und zum Dessert für mich ein Meloneneis«, bestellte Leda.

In kürzester Zeit standen die Köstlichkeiten vor ihnen. Leda war wieder die Friedfertigkeit in Person. Es war ihr zwar heiß, aber hier oben in den Bergen wehte ein ständiger Hauch, der die Temperatur erträglich machte. Sie genoß das wunderbare Essen und fand, daß sie es sich auch redlich verdient hatten.

Am Nachbartisch saß eine Gruppe von Engländern, die sich angeregt über die Besichtigung der Ruinen der alten Volskerstadt Norba unterhielten. Die einst von einer zwei Kilometer langen Befestigungsmauer umgebene Stadt lag gleich neben Norma auf einem Hochplateau und war seit dem achtzehnten Jahrhundert Pilgerstätte vieler Archäologen und Neugieriger. Die Tatsache, daß es hier bereits im vierten Jahrhundert vor Christus eine komplette Stadtanlage mit Wohnhäusern, Tempelanlagen, Thermen und breiten Alleen gegeben hatte, die von den eigenen Bewohnern 82 vor Christus in Brand gesteckt worden und seitdem eine Ruinenstadt war, hatte die Engländer offensichtlich so begeistert, daß sie nicht bemerkten, wie die Bergsonne ihre Gesichter verbrannte. Einige von ihnen hatten regelrechte Brandblasen im Gesicht.

»Hast du dir die Ruinenstadt Norba schon mal angeschaut?« fragte Leda ihren Mitarbeiter.

»Ich war schon mit der Schule hier und später auch noch ein paarmal. Da gibt es die besten Brombeeren im Land. Die Büsche wuchern über den Ruinen. Allein der Blick über die Pontinische Ebene ist einen Besuch wert. Unglaublich schön. Fahren Sie mal mit Ihren Kindern hin, das wird ihnen gefallen.«

Als Leda und Ugo vom Mittagsmahl ermattet erneut an der Haustür von Signora Pinto klingelten, brauchten sie nicht lang zu warten. Romelli selbst öffnete die Tür.

»Ja bitte?«

»Buona sera, Assessore, wir sind von der Mordkommission in Rom und möchten Sie sprechen«, sagte Leda, die auf einen Schlag alle Trägheit verlassen hatte.

»Das ist jetzt leider sehr ungünstig. Bitte kommen Sie doch Montag wieder. Dann habe ich sicher Zeit für Sie.«

Romelli wollte bereits die Tür schließen, als sich Ugos Schuh blitzschnell in die Öffnung schob.

»Es tut uns sehr leid, Signore, aber wir müssen Sie dringend sprechen. Es geht um den Mord an Karl Breuer. Sie kennen ihn ja.«

»Und was soll ich damit zu tun haben?«

»Wahrscheinlich gar nichts. Aber Sie können uns möglicherweise wichtige Hinweise für die Ergreifung des Mörders liefern.«

»Jetzt hören Sie mir mal genau zu: Wenn ich Ihnen sage, daß ich mit diesem Mord nichts zu tun und jetzt keine Zeit habe, mit Ihnen zu reden, dann ist das so. Außerdem sage ich ohne meinen Anwalt kein Wort.«

»Das heißt, Sie wollen uns nicht hereinlassen und nicht mit uns reden?« fragte Leda ruhig, aber bestimmt.

»Signora, das haben Sie richtig verstanden«, erwiderte Romelli spöttisch. Leda setzte daraufhin ihr strahlendstes Lächeln auf und sagte:

»In Ordnung, Signor Romelli. Dann verhafte ich Sie jetzt als Mordverdächtigen im Fall Karl Breuer. Kommen Sie bitte mit. Wir fahren nach Rom. Sie können von dort aus selbstverständlich gern Ihren Anwalt anrufen. Darf ich bitten?«

»Sind Sie verrückt geworden? Wissen Sie eigentlich, wer ich bin?« tobte Romelli los.

»Nur zu gut, Signor Assessore. Deshalb wollten wir auch erst einmal in Ruhe und ohne öffentliches Aufsehen mit Ihnen reden. Aber wenn Sie das nicht möchten, müssen wir eben zu anderen Mitteln greifen.«

Romelli begriff, daß er in Leda eine ebenbürtige Meisterin gefunden hatte, und forderte sie mit einer Kopfbewegung auf einzutreten.

Im hinteren Teil des Hausflures hatten die alte Signora Pinto und ihre Tochter das Geschehen an der Tür beobachtet.

»Buona sera, Signora, wir hatten ja bereits heute mittag das Vergnügen«, begrüßte Leda sie und reichte ihr und Romellis Frau die Hand.

Die Alte schaute sie aus strengen, dunklen Augen an und öffnete eine Tür zu ihrer Rechten. Sie betraten ein dunkel möbliertes Wohnzimmer, in dem allein ein modernes, weißes Sofa vor dem offenen Kamin sowie große Sträuße bunter Stoffblumen für farbliche Abwechselung sorgten. Die hohen Fenstertüren gaben den Blick auf eine dicht bewachsene Veranda frei. Im Garten tummelten sich die Zwillinge in einem Plantschbecken aus grellfarbenem Plastik und gaben kleine Jubelschreie und Jauchzer von sich.

Wieder nur mit einer Geste forderte Romelli sie auf, Platz zu nehmen.

»Was soll denn das heißen, daß ich unter Mordverdacht stehe? Sie wollen mich wohl auf den Arm nehmen?«

Frau Romelli wollte gerade gemeinsam mit ihrer Mutter den Raum verlassen, als ihr Mann sagte:

»Nein, bleib nur hier. Es gibt nichts, was du nicht hören könntest.«

Sie sah verunsichert ihren Mann und dann Leda an.

»Sie können gern hierbleiben, Signora«, half Leda ihr aus der Klemme. »Signor Romelli, lassen Sie uns der Einfachheit halber die Regeln einhalten. Wir fragen, Sie antworten. Meine erste Frage lautet: Wo waren Sie Sonntag früh zwischen fünf und sieben Uhr?«

Der Mittvierziger war für einen Urlauber erstaunlich blaß. Die tiefen Ringe unter seinen graublauen Augen zeugten von mangelnder Erholung. Romelli hatte die Statur eines Preisboxers und bereits ausgeprägte Geheimratsecken über der Stirn. Seine Finger lagen ineinander verschränkt auf dem Tisch. Verkrampft, wie Leda fand.

»Im Bett.«

»Im Bett, wo?«

»Hier, neben meiner Frau, wo sonst?«

»Stimmt das, Signora Romelli?«

»Hör zu, Luisa. Du mußt als meine Frau gar nichts sagen. Du hast ein Aussageverweigerungsrecht. Darüber hätten dich die sauberen Polizisten aufklären müssen. Da sie es versäumt haben, tue ich es hiermit. Sag also nichts, wenn du nicht möchtest. Verstanden?«

Signora Romelli nickte, schaute nach unten und schwieg. Sie hatte wenig mit der schicken, modebewußten Signora gemein, die Rosanna ihnen geschildert hatte, wie sie hier in Shorts, einem einfachen T-Shirt und Gummischlappen vor ihnen saß.

»Also noch einmal, Signora Romelli, möchten Sie mir sagen, ob Ihr Mann Sonntag früh zwischen fünf und sieben Uhr hier im Bett lag?«

Die Frau schüttelte den Kopf.

»Nein, das hat er nicht«, meldete sich nun Maria Pinto, die gerade mit Wasser und Gläsern das Zimmer betrat. »Er ist erst um kurz vor acht wiedergekommen und wollte dann anschließend nicht mit uns zur Messe gehen, weil er todmüde war.«

»Mamma, was soll das? Warum mischst du dich ein?« fuhr ihre Tochter auf.

»Weil man die Polizei nicht belügen darf. Es reicht, wenn dein Mann das tut. Aber du und deine Kinder werden das in meinem Haus und unter meinen Augen nicht tun. Ich jedenfalls sage die Wahrheit: Er war nicht hier.«

»Halt den Mund, Schwiegermutter. Das ist allein meine Angelegenheit«, schnauzte Romelli sie an.

»Du irrst. Ein Mensch kam ums Leben, und zwar auf einer Baustelle, die dir das Wichtigste im Leben ist, wichtiger als deine Familie und wichtiger als Gott. Da mußt du mithelfen, die Wahrheit herauszufinden, ob es dir gefällt oder nicht.«

»Raus mit dir«, schrie Romelli außer sich vor Zorn.

»Dies ist mein Haus. Wenn einer es verläßt, dann bist du es. Hai capito?« sagte die Alte mit dem Stolz einer italienischen Mutter, die im Leben schon viel mitgemacht hatte. Ein ungeliebter Schwiegersohn hatte ihr keine Befehle zu erteilen.

Romelli schwieg, und Leda sah, daß er vor Zorn innerlich bebte. Am liebsten wäre er der Alten an den Kragen gegangen.

»Also, Signor Romelli, wo waren Sie Sonntag früh zur genannten Zeit?« fragte Leda unerbittlich weiter.

»Ich verweigere die Aussage und will meinen Anwalt anrufen.«

»Bitte, tun Sie das. Ihre Behauptung wird dadurch allerdings nicht glaubwürdiger.«

»Dio mio, du bist doch sonst nicht so auf den Kopf gefallen«, schaltete sich Signora Pinto wieder ein. »Es ist schließlich besser, ein Zocker als ein Mörder zu sein.« Endlich konnte sie einmal alles loswerden, was ihr offensichtlich seit Jahren auf dem Herzen lag.

»Signora Commissaria, mein Schwiegersohn ist ein notorischer Spieler. Sie denken, er ist der feine Herr in der hohen Position in Rom? Nein, das ist nur seine schöne, glänzende Seite. Die andere ist dunkel und wird uns alle noch ruinieren. Er verspielt jeden Cent und drängt mich sogar, mein Haus zu verkaufen, damit er seine Spielschulden bezahlen kann. Aber das werde ich nicht tun. Niemals. Irgendwo muß meine Tochter mit den Kindern bleiben können, wenn er eines Tages alles verspielt hat. Seit Jahren geht das schon so, und irgendwann muß es ein Ende haben.«

Signora Romelli war zu ihrer Mutter gelaufen und schlug mit den Fäusten auf sie ein.

»Basta, Mamma, hör auf. Du machst doch alles noch schlimmer!«

Ugo packte Signora Romellis Arme und hielt sie fest.

»Ruhig, Signora, ganz ruhig. Ihre Familienangelegenheiten sind uns nicht wichtig. Aber Ihr Mann braucht ein Alibi. Und wenn er tatsächlich gespielt hat, soll er uns sagen, wo und bei wem, damit wir das überprüfen können. Stimmt es, dann hat er ein Alibi, und wir werden nicht weiter gegen ihn ermitteln.«

»Welche Verdachtsmomente gibt es gegen mich?«

»Erstens: Sie haben ein Motiv, und zwar die Angst vor

einer politischen Niederlage. Wir haben verschiedene Zeugenaussagen, alle mit dem gleichen Tenor – Assessore Romelli haßte Breuer so sehr, daß er nicht einmal mit ihm redete. Zweitens: Sie haben versucht, Ihre Umwelt über Ihren wahren Aufenthaltsort während des Urlaubs zu täuschen. Sie haben sich nach dem Ereignis nicht gemeldet, sondern alle in dem Glauben gelassen, Sie seien auf hoher See. Drittens: Sie sind trotz Ihres nicht eben spärlichen Einkommens hoch verschuldet und mußten sogar Ihr Segelboot verkaufen.«

»Sie halten mich doch wohl nicht ernsthaft für einen Mörder?«

»Wir halten niemanden für einen Mörder, solange es nicht bewiesen ist. Wo waren Sie Sonntag früh?«

Romellis Augen flammten kurz auf. Er erhob sich, ging durchs Zimmer und schaute aus dem Fenster. Es war totenstill. Leda sah, wie er sich zum Gegenschlag vorbereitete.

Plötzlich drehte er sich um. Sein Gesicht war verzerrt vor Wut und Ohnmacht.

»Hören Sie, Signora, die Sache wird Sie Ihren Kopf kosten. Wie können Sie sich erlauben, solche Vorwürfe gegen einen Mann in meiner Position zu erheben! Ich werde dafür sorgen, daß Sie Ihren Job verlieren.«

»Wollen Sie mir drohen?«

»Nein, ich will Ihnen nur zeigen, wo Sie stehen.«

»Das weiß ich sehr wohl. Mir ist bekannt, wie mächtig Sie sind und welch gute Beziehungen Sie haben. Aber in jedem Gerichtssaal unserer Republik hängt der Spruch: Das Gesetz ist für alle gleich. Und Sie scheinen bei alledem eines zu vergessen: daß es genauso unsere Pflicht ist, Ihre Unschuld zu beweisen, falls Sie unschuldig sind«, entgegnete Leda ruhig. »Wie mein Kollege eben zu Ihrer Frau sagte: Wir interessieren uns nicht für Ihr Privatleben, solange es nicht im Zusammenhang mit dem Mordfall steht. Wir möchten durch die Überprüfung Ihres Alibis nur ausschließen, daß Sie als Mörder in Betracht kommen. Insofern sind wir ganz in Ihrem Sinne tätig.«

Signora Romelli lief schluchzend zu ihrem Mann, ergriff seine Hände und sagte:

»Amore, du bist kein Mörder. Sag ihnen, wo du warst. Sag es ihnen.«

Romelli schloß seine Frau in die Arme, seufzte und sagte:

»In Sperlonga bei einem Freund.«

»Einen Freund nennst du so etwas? Einen Menschen, der dir nur Geld aus der Tasche zieht?« fuhr Signora Pinto erneut dazwischen.

»Wie heißt der Freund, wo genau kann ich ihn finden?«

»Er ist nicht direkt ein Freund, sagen wir, ein flüchtiger Bekannter. Seinen Namen habe ich vergessen. Die Adresse ist Via Marconi 17 in Sperlonga.«

»Waren noch weitere Personen dabei?«

»Ja, drei andere Herren, die ich nicht kannte.«

»Sagen Sie mir bitte, wann genau Sie sich dort aufgehalten haben?«

»Ich bin um elf Uhr am Samstagabend hier losgefahren. Wir haben kurz nach Mitternacht mit dem Spielen begonnen und um etwa halb sechs Sonntag früh aufgehört.«

»Um welches Spiel handelte es sich?«

»Poker.«

»Haben Sie um Geld gespielt?«

»Um ein paar Cent, nichts Besonderes. Es geht ums Spielen, nicht ums Geld.«

»Danke, Assessore und auf Wiedersehen. Ach, und noch etwas: Bitte verlassen Sie Norma nicht, bis wir Ihnen Bescheid geben, daß Ihr Alibi stimmt. Ich werde es natürlich sofort überprüfen, um Ihnen weitere Unannehmlichkeiten zu ersparen.«

VIII

»Romelli wird jetzt seinen gesamten Machtapparat in Bewegung setzen«, meinte Ugo, während er den Wagen Richtung Sperlonga lenkte. Leda hatte ihm vor Fahrtantritt das Versprechen abgenommen, seine Selbstverwirklichungsphase nicht mit ihr im Auto auszuleben. Er hielt sich daran.

»Das glaube ich nicht. Denn dann liefe er Gefahr, daß seine Spielsucht bekannt wird. Außerdem macht auch der Machtapparat Urlaub, da wird er so schnell niemanden erreichen.«

Leda konnte in Ruhe mit Paolo telefonieren, um ihm zu sagen, daß sie heute erst sehr spät, wenn überhaupt käme. Paolo war sauer, weil sie eine Verabredung mit Freunden zum Abendessen hatten. Anschließend unterrichtete sie Alesi über die Neuigkeiten.

»Du gerätst häufig an außergewöhnliche Fälle. Kannst Du pokern?« fragte er sie.

»Nein, aber ich würde es gern lernen. Vielleicht bekomme ich heute abend noch eine kleine Einführung.«

»Ledakind, sei vorsichtig. Diese Spieler können gefährlich sein. Ich weiß, daß sogar unsere ausgefuchsten Undercover-Leute Angst vor ihnen haben. Oft steht die Mafia hinter dem Glücksspiel, und du kennst ja deren Art, mit unliebsamen Elementen umzugehen.«

»Erman, mach dir keine Sorgen. Wenn es zu brenzlig wird, steigen wir sofort aus. Versprochen.«

Immer, wenn er sie Ledakind nannte, was weder zu ihrem Alter noch zu ihrer Statur oder ihrem Beruf paßte, wußte sie, daß er die Situation für wirklich gefährlich hielt.

Auf den Straßen herrschte reger Verkehr. Richtung Meer

wurde es immer voller, und in Terracina standen sie im Stau. Sie brauchten fast eineinhalb Stunden, bis sie endlich im romantischen Sperlonga angekommen waren und das Haus gefunden hatten.

Die Stimme einer Frau teilte ihnen durch die Gegensprechanlage mit, der Hausherr und seine Gattin kämen erst nach dem Abendessen vom Segeln zurück.

»Wie heißt denn der Herr des Hauses?« fragte Leda.

»Ich bin gehalten, keinerlei Fragen zu beantworten. Bitte fragen Sie ihn doch selbst, wenn er da ist.«

Das Mädchen hatte offensichtlich Übung im Abwimmeln ungebetener Gäste, und Leda beschloß, vorübergehend den Rückzug anzutreten.

»Das wird ein langer Abend. Wir sollten uns ein Hotel suchen«, meinte sie.

»Ich habe aber keine frischen Sachen für morgen dabei«, wandte Ugo ein.

»Mein Lieber, es gehört zu den Merkmalen eines spontanen, freien Menschen, daß er jede Situation bewältigt. Sieh es als eine Art Survival-Training, wenn du dir jetzt ein neues Hemd, eine Zahnbürste und einen Einmal-Rasierer kaufen mußt. Deine Unterhose kannst du später kurz auswaschen, die wird bis morgen früh trocken sein. Das ist wirklich nur ein Training, denn die Geschäfte haben ja noch offen. Die wahre Härte beginnt erst, wenn die Geschäfte bereits geschlossen sind.«

»Ich hätte Ihnen besser nicht soviel von mir erzählt, jetzt nehmen Sie mich die ganze Zeit auf den Arm.«

»Das meine ich doch nicht böse. Im Gegenteil, es gefällt mir, außer beim Autofahren in den Bergen vielleicht! Im übrigen verschonst du mich mit meiner neuen Mutterrolle ja auch nicht gerade.«

Sie mußten beide lachen. Wenig später betraten sie das erstbeste Hotel.

»Da werden Sie im Ort wohl kein Glück haben. Hier ist um diese Jahreszeit immer alles ausgebucht«, teilte ihnen der Herr an der Rezeption mit.

Bei einer kleinen Pension in einer Nebengasse hatten sie endlich Erfolg. Die freundliche ältere Dame war froh, für kurzfristig abgesagte Zimmer nun doch noch eine Belegung zu finden.

»Haben Sie kein Gepäck?« fragte sie mit der typischen Neugierde einer Pensionsbesitzerin.

»Nein, wir müssen heute nacht überraschend aus beruflichen Gründen in Sperlonga bleiben und uns jetzt erst einmal mit dem Notwendigsten versorgen«, klärte Leda die Dame auf, die ihr kein Wort glaubte und die beiden vermutlich für ein heimliches Liebespaar hielt. Leda gab sich keine Mühe, das Bild der Dame zu korrigieren, es wäre zwecklos gewesen. Sie füllten die Anmeldescheine aus, bezahlten im voraus und sahen sich die Zimmer an. Einfach eingerichtet, aber nett und sauber.

»Wir kommen möglicherweise erst sehr spät zurück. Sind Sie dann noch wach?«

»Sie können jederzeit klingeln, mein Sohn oder ich selbst werden Ihnen öffnen.«

Dann ließen sie sich noch ein nettes Restaurant empfehlen und zogen los. Sie schlenderten mit schier unglaublichen Urlaubermengen durch die schmalen Gassen des malerischen Örtchens. In einem kleinen Supermarkt fanden sie alles, was sie für eine Nacht brauchten. Leda schwitzte zwischen all den Menschen und träumte von einem kühlen Glas Wein.

Und dann plötzlich, in einer der Gassen, sah Leda es im Schaufenster einer Boutique: ein orangefarbenes Leinenkleid, wadenlang, schlicht geschnitten, vorn durchgeknöpft und mit kurzen Ärmeln. So etwas hatte sie schon lang gesucht. Schnell war sie in der Boutique verschwunden. Ugo zog es vor, draußen zu warten.

Sie geriet für einen kurzen Moment ins Wanken, weil das Kleid auch in einem dunklen Grün und einem warmen Gelbton auf der Stange hing. Schließlich griff sie zu dem Orangenen. Während sie sich umzog, kam Ugo in den Laden und erklärte durch den Vorhang der Umkleidekabine, daß er kurz in das Herrengeschäft schräg gegenüber gehe, wo er ein Hemd entdeckt habe.

Das Kleid paßte wie angegossen, was bei Ledas barocker Figur eher selten vorkam. Auch der Preis stimmte. Als Leda das Geschäft verließ, hatte sie das orangefarbene Kleid an und die beiden anderen in Gelb und Grün in der Einkaufstüte. Um ihre Schultern flatterte ein leichtes, buntes Tuch, auf dem sich die Farbtöne der Kleider wiederfanden.

»Das paßt sehr gut zu Ihren roten Haaren. Toll sehen Sie aus«, sagte Ugo und pfiff anerkennend durch die Zähne. Er selbst trug ein neues Polohemd, das ihn ausgezeichnet kleidete.

»Du bist ja auch fündig geworden. Sehr schön, Glückwunsch«, bemerkte Leda und betrachtete ihren Begleiter voller Wohlgefallen. Innerlich dankte sie Elena, die solche Veränderungen ermöglicht hatte.

In dem von der Pensionswirtin empfohlenen Restaurant erwischten sie die letzten freien Plätze an einem Tisch an der Straße. Matt, aber zufrieden bestellten sie sich Hummermedaillons in Weißweinsauce mit frischen Kräutern und dazu einen Falerner Weißwein. Die Krustentiere waren eine Spezialität des Ortes und wurden in den umliegenden Felsgrotten gefangen. Bis die Köstlichkeit auf dem Tisch stand, dauerte es fast eine Stunde. Die Küche war dem Ansturm der Gäste kaum gewachsen. Doch Leda und Ugo hatten Zeit, waren noch vom opulenten Mittagessen gesättigt, tranken in Ruhe kühlen Wein und bestaunten gegenseitig ihre Neuerwerbungen. Dann entschädigte sie das Essen für jede Wartezeit.

»Ich denke, das ist der beste Hummer, den ich je gegessen habe«, schwärmte Leda, die sich, was gute Küche betraf, wahrlich auskannte.

»Wenn wir hier nicht arbeiten müßten, könnte ich das Gefühl von Urlaub bekommen«, meinte Ugo ebenso begeistert.

»Wir stellen uns einfach für zwei Stunden vor, wir hätten Urlaub. Dann sind wir anschließend bestens erholt und können diesen Signore noch besser vernehmen.«

Zum abschließenden Kaffee kam bei Leda der brennende Wunsch nach einer Zigarette auf. Sie unterdrückte ihn, drängte aber auf raschen Aufbruch, um die Reste der Sucht durch Bewegung und Ablenkung zu besiegen.

Um kurz vor zehn brachen sie auf, luden ihre Einkäufe in der Pension ab und schoben sich durch die Menschenmengen erneut zum Haus in der Via Marconi. Über dem Eingang entdeckte Ugo schon von weitem eine Videokamera. Ein Mann stand vor der Tür, der die Flucht ergriff, als Ugo und Leda sich näherten.

Ein Mädchen mit einer adretten weißen Schürze öffnete die Tür, noch bevor sie läuten konnten. Sie sah sie mit einem Blick an, der ihnen signalisierte, daß sie jemand ganz anderen erwartet hatte. Wieder trug Leda ihr Anliegen vor, den Herrn des Hauses sprechen zu wollen.

»Sind Sie angemeldet?«

»Nein.«

»Dann muß ich erst einmal nachfragen, ob der Signore jetzt Zeit hat. Wie ist bitte Ihr Name?«

Leda und Ugo zückten ihre Polizeiausweise und hielten sie dem Mädchen vors Gesicht.

»Einen Moment bitte«, sagte sie und wollte die Tür schließen. Zum zweiten Mal an diesem Tag kam Ugos Fuß zum Einsatz. Sie folgten dem Mädchen unaufgefordert ins Hausinnere. Leda sah, wie sie rasch auf einen unscheinbaren Knopf in der Wand drückte.

Der Luxus im Inneren stand im krassen Gegensatz zu der schlichten, weißen Hausfassade. Auf dem Boden aus weißem Carrara-Marmor, wie ihn Michelangelo für seine Kunstwerke benutzt hatte, stand eine Reihe von antiken Sandsteinsäulen, die Leda allesamt echt zu sein schienen. Sie spiegelten sich in der gegenüberliegenden Wand, die mit reinem Bleikristall verkleidet war. Zwischen den Säulen hingen halbrunde Wandleuchten aus Terracotta, die den großzügigen Eingangsbereich in ein bühnenartiges Licht tauchten. Eine breite, geschwungene Treppe führte ins obere Stockwerk. Das Mädchen ging auf eine große Holztür unter der Treppe zu und öffnete sie. Leda und Ugo folgten ihr ins Wohnzimmer, wo drei leger gekleidete Männer und eine Frau sich angeregt unterhielten. Die großen Fenster zur Veranda waren weit geöffnet, und Leda sah im Hintergrund die vielen kleinen Lichter des Hafens und die Dunkelheit des Meeres, auf dessen glatter Oberfläche sich der Mondschein brach.

»Desdemona, was soll das? Wer sind diese Leute?« fragte ein zierlicher Mann mit vollem schwarzen Haar und einem Schnauzbart, der mit einem Champagnerglas in der Hand aufgebracht auf sie zukam.

»Die Polizei, Signore. Sie sind einfach hinter mir hergegangen«, sagte das Mädchen leise.

Der Mann erstarrte förmlich, gab sich aber alle Mühe, es sich nicht anmerken zu lassen. Doch Leda sah, wie es ihm die Farbe aus dem gebräunten Gesicht trieb.

»Ihr entschuldigt mich bitte einen Moment«, wandte er sich mit vorgetäuschter Lässigkeit an seine Gäste. Dann drängte er die Polizisten aus dem Saal, den sich Leda gern noch genauer angeschaut hätte, und schloß die Tür hinter sich.

»Sie sind ein Sammler antiker Kunst«, begann Leda das Gespräch.

»Die Herkunft eines jeden Stückes ist nachweisbar und mit Rechnungen belegt. Wer sind Sie, und was wollen Sie?«

Erneut zückten Leda und Ugo ihre Ausweise.

»Mordkommission Rom. Nachdem Sie nun wissen, wer wir sind, wüßten wir gern, wer Sie sind.«

»Sie wissen nicht einmal, wen Sie verhören? Ich bin mit Sicherheit nicht derjenige, den Sie sprechen wollen.«

»Demjenigen, der uns zu Ihnen geschickt hat, ist Ihr Name leider unbekannt. Die Anschrift allerdings nicht. Deshalb bin ich sicher, daß Sie genau der Mann sind, mit dem ich sprechen möchte. Würden Sie also bitte meine Frage beantworten?«

»Mein Name ist Claudio Caiolo, und ich bin Steuerberater und Wirtschaftsprüfer in Rom. Das hier ist mein Ferienhaus«, sagte er freundlich. »Aber Sie sind sicher nicht gekommen, um nur meinen Namen von mir zu erfahren. Was möchten Sie noch wissen?«

»Signor Caiolo, bitte entschuldigen Sie, daß wir Sie kurz von Ihren Gästen fernhalten«, sagte Leda, »aber wir müssen wissen, ob Signor Vincenzo Romelli am Sonntag früh zwischen fünf und sieben Uhr hier bei Ihnen war.«

»Welche Frage! Um diese Uhrzeit schlafe ich. Da ist außer meiner Familie und vielleicht einigen Freunden niemand hier. Ein Signor Romelli war nicht da, denn ich kenne niemanden mit diesem Namen.«

»Signor Romelli behauptet aber, er habe hier bei Ihnen von Sonntag kurz nach Mitternacht bis etwa halb sechs morgens Poker gespielt, gemeinsam mit drei weiteren Herren.«

In diesem Moment summte Caiolos Telefonino in der Gürteltasche. Er zog es heraus und entfernte sich ein paar Schritte.

»Wie heißt er? Schon unterwegs? Nein, jetzt auf gar keinen Fall. Verstanden? Jetzt nicht.«

Er steckte das Telefon wieder ein.

»Der Signore phantasiert. Darf ich fragen, warum es für die Mordkommission in Rom so wichtig ist, ob er bei mir zu Gast war?«

»Gern. Wir ermitteln in einem Mordfall, der in Rom geschehen ist. Sie haben wahrscheinlich in der Presse davon gelesen: der tote Deutsche im Auditorium. Nun müssen wir rein routinemäßig alle Alibis der Personen prüfen, die mit dem Bau der Musikstätte zu tun haben.«

In diesem Moment läutete es an der Haustür. Das Mädchen erschien und meldete:

»Signor Benevento ist da. Soll ich öffnen?«

»Ist nicht nötig, Desdemona. Ich gehe selbst.«

Caiolo ging rasch zur Tür und öffnete.

»Mein lieber Benevento, wie schön, daß Sie Zeit haben, uns Gesellschaft zu leisten. Kommen Sie herein«, begrüßte er überschwenglich einen jüngeren Mann, den die herzliche Umarmung wohl überraschte.

Ihn fest im Arm haltend, führte Caiolo ihn zu Leda und Ugo.

»Mein junger Segelfreund Germano Benevento.«

Der junge Segelfreund schaute verwirrt drein, grüßte höflich und ließ sich von Caiolo ins Wohnzimmer schieben, während dieser seinen Gästen von der Tür aus zurief:

»Germano ist da. Kümmert euch bitte noch einen Augenblick um ihn, ich komme gleich.« Er schloß die Tür und wandte sich wieder an Leda und Ugo.

»Wo waren wir stehengeblieben? Ach ja, beim Alibi von Signor Romelli. Tut mit leid, da kann ich Ihnen und ihm nicht weiterhelfen. Samstag abend war aber mein Freund Ferdinando Ca'Zorzi bei uns. Er ist im Wohnzimmer. Möchten Sie vielleicht auch mit ihm sprechen?«

»Gern, sehr gern sogar«, sagte Leda mit einem freundlichen Lächeln. Ugo bewunderte ihre schauspielerischen

Fähigkeiten, mit deren Hilfe sie schon manche schwierige Situationen gemeistert hatte. Gerade spielte sie das harmlose, freundliche, wenig durchsetzungsfähige Weibchen. Romelli hatte vorhin die knallharte Polizistin zu spüren bekommen.

»Ca, kannst du mal bitte eine Sekunde herauskommen? Hier sind Herrschaften, die mit dir sprechen möchten.«

»Ca'Zorzi. Mit wem habe ich die Ehre?«

Während Leda sich vorstellte, wirkte der Mann mit den hellen Haaren völlig ungerührt.

»Welch erstaunlicher Name. Aus welcher Region unseres Landes stammen Sie?« fragte Leda.

»Aus dem Veneto, Signora. Soweit ich mich in der Familiengeschichte auskenne, steht das für Ca ›Casa‹, also Haus, und in dem unseren wohnten die Zorzis, was dazu führte, daß man die Familienmitglieder Ca'Zorzi rief.«

»Wie interessant, das wußte ich nicht. Ich wollte Sie fragen, mit wem Sie Sonntag nacht Poker gespielt haben.«

»Erstens haben wir Samstag abend gespielt, und zweitens war es Buraco und nicht Poker.«

»Und das ging nicht bis in die frühen Morgenstunden des Sonntags hinein?«

»Nein, ganz sicher nicht. Denn unsere Frauen waren dabei, und wir wollten am nächsten Tag noch segeln. Da können wir nicht die ganze Nacht spielen.«

»Und wer war noch da?«

»Zwei weitere Bekannte, die wir beim Segeln kennengelernt haben. Sie stammen aus dem Norden und sind auch schon wieder abgereist. Ich kann Ihnen natürlich Namen und Adressen zukommen lassen, falls Sie die brauchen.«

»Sind Sie ganz sicher, daß kein Signor Romelli Ihnen Gesellschaft geleistet hat?«

»Absolut.«

»Vielen Dank, die Herren. Entschuldigen Sie nochmals

die Störung.« Leda wandte sich zum Ausgang. Caiolo begleitete sie zur Tür.

»Erwarten Sie noch weitere Gäste?«

»Nein, warum?«

»Ach, nur so, ich finde es immer schön, wenn sich viele Freunde abends treffen.«

Caiolo schwieg. An der Tür zeigte Leda auf den kleinen, weißen Knopf in der Wand:

»Reine Neugierde: Was ist das für ein Knopf?«

»Ein interner Klingelknopf. Damit kann derjenige, der die Tür öffnet, den anderen Hausbewohnern Bescheid geben, daß Besuch für sie da ist. Das gilt insbesondere, wenn ich in meinem Arbeitszimmer sitze.«

Die Tür fiel hinter ihnen ins Schloß, und sie gingen langsam die Gasse hinab. An einer Ecke blieb sie stehen und sah zurück zum Haus.

»Wir warten noch ein paar Minuten. Ich will sehen, ob doch noch jemand kommt.«

Sie hatte den Satz kaum ausgesprochen, als ein Mann bei Caiolo anklingelte, während er sein Telefonino zückte. Er wählte eine Nummer und schob das Gerät nach einem kurzen Wortwechsel wieder in die Gürteltasche zurück. Der Mann trat nervös von einem Bein aufs andere, während er wartete.

»Da siehst du, die lügen wie gedruckt. Das ist doch der Typ, der bei unserer Ankunft weggelaufen ist. Wir sind denen mitten in den Beginn einer erlesenen Pokerrunde reingeplatzt. Caiolo schützt sich vor unliebsamen Besuchern durch ein ausgeklügeltes Sicherheitssystem. Er wird von außen informiert, wer als nächstes kommt, und kann unerwünschte Gäste abwimmeln, wie vorhin per Telefon. Dann wird das Mädchen in der Küche informiert. Desdemona beobachtet die Neuankömmlinge und vergleicht deren Aussehen mit ihren Informationen. Mit uns ist ihr eine Panne unterlaufen. In der Küche hatte sie noch den Mann auf dem Bildschirm. Der haute aber ab, als wir kamen. Bis sie an der Haustür war, standen wir schon da. Pech!

Die interne Klingelanlage ist ein simples Warnsystem. Wenn etwas schiefgeht, wie heute abend mit uns, werden die Leute im Spielzimmer angeklingelt und wissen, was sie zu tun haben. Wahrscheinlich gibt es einen geheimen Ausgang, durch den alle schnell verschwinden können. Ich bin sicher, daß wir es mit Profis zu tun haben. Zumindest Caiolo und dieser Ca'Zorzi. Diesem Benevento war Caiolo bestimmt noch nie begegnet, und der konnte deshalb mit der Herzlichkeit seiner Begrüßung nichts anfangen.«

»Den Eindruck hatte ich auch. Mit Romelli kann es genauso gelaufen sein. Und jetzt behaupten sie, ihn nicht zu kennen, damit ihr Pokerkreis nicht auffliegt. Jeder, den wir befragen, wird bestreiten, jemals einen Signor Romelli gesehen zu haben«, meinte Ugo.

»Genau. Wir dürfen aber nicht außer Betracht lassen, daß auch Romelli lügen könnte. Vielleicht war er tatsächlich gar nicht hier. Er kann aus Spielerkreisen von der Adresse gehört und sich ihrer als Alibi bedient haben.«

»Dann knöpfen wir uns morgen also wieder Romelli vor.«

Ugo war todmüde und ging gleich in die Pension, während Leda es vorzog, noch durchs Dorf zu schlendern, um die Anspannung des Tages abzulegen. In den Gassen kehrte langsam Ruhe ein. Ladenbesitzer ließen die schweren Gitter vor ihren Geschäften herunter und schlossen sie sorgfältig. Vor den Restaurants wurde gekehrt, und in dunklen Hauseingängen standen engumschlungene Liebespaare.

Auf einmal hatte Leda das Gefühl, ihr folge jemand, und sie sah sich mehrfach um. Nichts. Auf der Piazza della Repubblica entdeckte sie eine noch geöffnete Bar, setzte sich hin und trank ein Glas Wein. Dann rief sie Paolo an, der im

Kreis der Freunde in Lavinio saß und sich prächtig amüsierte. Leda beneidete und vermißte ihn.

»Also dann bis morgen, schlaf gut.«

»Du auch.«

Ein leichter Wind wehte vom Meer herauf über den Platz. Leda fröstelte, zog das bunte Tuch fester um ihre Schultern und ging Richtung Pension. Wieder meinte sie, jemanden ganz in ihrer Nähe zu spüren. Sie beschleunigte ihre Schritte. Als sie in die kleine Gasse einbog, in der die Pension lag, hörte sie plötzlich eine dunkle Männerstimme hinter sich:

»Signora, lassen Sie die Finger von Caiolo. Das rate ich Ihnen dringend.«

Leda erstarrte für einen kurzen Moment. Dann drehte sie sich um und sah, wie ein mittelgroßer Mann davonlief und in der Nacht verschwand.

»Verdammt, Erman hat Recht. Die Brüder gehen aufs Ganze«, dachte sie.

IX Durch lautes Klopfen an ihrer Tür ewachte Leda am nächsten Morgen.

»Signora, schlafen Sie noch?«

Sie war benommen und brauchte Zeit, um herauszufinden, wo sie überhaupt war. Als sie Ugos Stimme erkannte, wickelte sie sich das Bettlaken um und öffnete ihm die Tür.

»Buon giorno, haben Sie gut geschlafen?« begrüßte er sie, frisch rasiert und geduscht.

»Geht so. Wieviel Uhr ist es?«

»Acht. Ich denke, wir sollten bald los.«

»Danke, daß du mich geweckt hast. Wo gibt es hier eine Dusche?«

»Am Ende des Flurs. Das Wasser ist bestenfalls lauwarm. Ich gehe solange eine Zeitung kaufen. Möchten Sie auch eine?«

»Nein, danke. Treffen wir uns im Frühstücksraum?«

»Ja, bis später.«

Eine halbe Stunde später saßen sie im Auto zurück nach Norma. Leda setzte ihre Sonnenbrille auf, klappte die Blende mit dem Kosmetikspiegel herunter und beobachtete den Verkehr hinter ihnen. Ein blauer Fiat folgte in einiger Entfernung. Leda erzählte Ugo von der geheimnisvollen Warnung des Fremden.

»Dio mio, da haben wir wohl mitten ins Wespennest gestochen bei diesem Caiolo«, kommentierte Ugo das Geschehene. »Das sind Mafiamethoden. Erst warnen sie dich, dann stirbt einer aus deiner Familie, und zum Schluß du selbst. Hinter dem Glücksspiel steht häufig die Mafia. Was wollen Sie jetzt machen? Sich überwachen lassen?«

»Nein, das würden sie merken. Ich denke, wir lassen sie

erst einmal in dem Glauben, daß wir uns tatsächlich nur für die Sache Romelli interessieren. Bitte fahr die nächste Tankstelle an. Ich möchte sehen, ob sie uns folgen. Seit unserer Abfahrt ist ein blauer Fiat hinter uns. Aber laß dir nichts anmerken. Dreh dich nicht um, sondern tanke ganz normal.«

Schon bald kamen sie zu einer Tankstelle. Ugo bog ein und tankte voll. Leda stieg aus, ging zur Kasse, zahlte und inspizierte auf dem Rückweg das Gelände. Tatsächlich stand der blaue Fiat mit laufendem Motor auf der Außenspur und wartete.

»Fahr einfach weiter Richtung Norma und tu so, als wäre nichts. Die wollen nur sehen, ob wir Romelli festnehmen, weil er ja nun kein Alibi hat.«

»Aber Leda, wenn das Profis sind, dann sind er und seine Familie in Gefahr. Dann ist er für sie ein Verräter. Er hat uns die Adresse von Caiolo genannt. Die gehen knallhart zur Sache. Wir müssen unbedingt dafür sorgen, daß die Frauen und die Kinder weg sind, bevor wir mit denen im Schlepptau ankommen«, warnte Ugo.

»Stimmt, solange die Ermittlungen gegen Caiolo laufen, muß die Familie in Sicherheit gebracht werden. Sonst nehmen sie sie womöglich noch, um Druck auf Romelli auszuüben, damit er sie nicht verrät.«

Leda kramte in ihrer Handtasche und fand den Block mit der Telefonnummer von Signora Pinto. Die alte Frau meldete sich, und Leda erklärte ihr in kurzen Worten, daß sie, ihre Tochter und die Kinder möglicherweise gefährdet seien.

»Gibt es eine Möglichkeit, wo Sie in den nächsten Tagen bleiben könnten?«

»Dieser Hurensohn, nichts als Probleme beschert er uns. Wann müssen wir los?«

»Sofort. Bitte holen Sie Ihren Schwiegersohn an den Apparat.«

»Pronto. Was ist los?« meldete sich Romelli kurz darauf.

»Sehen Sie zu, daß Ihre Frau, Ihre Schwiegermutter und die Kinder an einen sicheren Ort gebracht werden. Wer kommt da in Frage? Möglichst niemand aus der nächsten Verwandtschaft, die findet man zu leicht.«

»Commissaria, Sie übertreiben maßlos.«

»Wenn Sie meinen. Wir glauben das allerdings nicht, und ich fordere Sie erneut auf, Ihre Familie in Sicherheit zu bringen. Sie sind da in eine sehr dumme Sache reingeraten.«

Auf der anderen Seite der Leitung herrschte Schweigen. Dann sagte Romelli:

»Ich habe eine Cousine in Frosinone mit einem großen Haus, und die Kinder kennen sich gut.«

»Gut, fragen Sie sie und rufen Sie mich sofort an, ob es klappt. Schreiben Sie meine Nummer auf.«

Ein Blick in den Spiegel bestätigte Leda, daß Eile geboten war, denn der Fiat fuhr nach wie vor hinter ihnen, obwohl Ugo mit mäßigem Tempo unterwegs war und sich mehrere Gelegenheiten zum Überholen geboten hatten.

Wenig später jaulte das Telefonino den Türkischen Marsch.

»Pronto, Commissaria? Hier ist Romelli. Alles klar. Sie packen und fahren in etwa einer halben Stunde los. Reicht das?«

»Ja. Aber dann müssen sie weg sein. Und Sie bleiben, wo Sie sind, verstanden? Ich verspreche Ihnen, daß ich Ihnen den gesamten italienischen Verfolgungsapparat auf den Hals hetze, falls Sie fort sein sollten.«

»Bin ich selbst gefährdet?«

»Sogar massiv. Ihre Spieler dürften Profis der härtesten Art sein. Sie haben gestern abend sogar mir gedroht. Wir werden zur Zeit von einem Wagen verfolgt. Das dürften Caiolos Leute sein. Deshalb lasse ich vor Ihrem Haus jetzt auch Carabinieris aufstellen. Wundern Sie sich also nicht.

Alles Weitere später. Packen Sie bitte auch, wir werden Sie zu Ihrer eigenen Sicherheit mit nach Rom nehmen.«

Anschließend rief Leda den Notruf an und ließ sich mit der Carabiniere-Station in Norma verbinden.

»Buon giorno. Hier ist Commissaria Giallo von der Mordkommission in Rom.«

»Commissaria, buon giorno. Ich erinnere mich gut an Sie. Wir haben gestern miteinander gesprochen, als Sie das Haus von La Vedova suchten. Haben Sie es gefunden?«

»Nochmals herzlichen Dank. Sie haben uns sehr geholfen. Jetzt hätte ich eine weitere Bitte.« Sie schilderte ihm die Situation, ohne auf Einzelheiten einzugehen.

»Natürlich stellen wir zwei Leute zum Schutz von Assessore Romelli ab. Ich werde das selbst mit einem Kollegen übernehmen. Es ist doch schön, wenn die Carabinieri und die Staatspolizei so gut zusammenarbeiten.»

Ugo erhöhte die Geschwindigkeit, und der Fiat folgte ihnen in gebührendem Abstand. Weniger geschulte Augen hätten ihn vermutlich nicht bemerkt. Gerade als Leda den nächsten Anruf ins Präsidium tätigen wollte, piepte ihr Telefonino einige Male und gab dann den Geist auf.

»Porca, der Akku ist leer. Ich muß mir endlich eine Freisprechanlage ins Auto bauen lassen, eine mit integriertem Aufladegerät. Gibt es so etwas?«

»Ich weiß nicht, glaube schon.«

Ugo fummelte sein Telefon aus der Gürteltasche und gab es ihr. Leda wählte die Nummer von Silvia, weil sie keine Ahnung hatte, in welches Dezernat illegales Glücksspiel gehörte. In wenigen Worten schilderte sie ihr die Situation und bat sie um weitere Informationen zu Ca'Zorzi.

Silvia versprach das Menschenmögliche zu tun.

Schließlich rief Leda bei Alesi an.

»Ciao, Leda. Kannst Du jetzt pokern?« fragte er sie gutgelaunt.

»Das nicht, aber ich habe gelernt, wie ungemütlich diese Leute werden können. Gerade sind wir auf dem Weg zurück nach Norma zu Romelli und werden dabei verfolgt. Für meine Begriffe sind Romelli und seine Familie in höchster Gefahr.«

Sie bat den Polizeipräsidenten, wieder einmal seine römischen Freundschaften zu nutzen und sich über Caiolo zu erkundigen, dessen Namen Alesi noch nie gehört hatte.

»Ich werde heute vormittag hoffentlich noch einen Anruf von meinem Freund, dem Bankpräsidenten Luigi Cremonese, erhalten. Du kennst ihn ja schon vom Fall Puccio. Ich hatte ihn gebeten, die finanzielle Situation Romellis genauer unter die Lupe zu nehmen und gegebenenfalls Kollegen anderer Bankhäuser mit einzuspannen.«

»Ich rufe dich an, sobald es Neuigkeiten gibt. Zum Berichteschreiben komme ich im Moment nicht, weil wir die ganze Zeit unterwegs sind.«

Ugo fuhr weiter, während sie den Fiat noch immer auf den Fersen hatten. Sie rasten an der Ruinenstadt Ninfa vorbei und wanden sich über die Serpentinenstraße nach Norma hinauf. Leda rief Romelli an.

»Sind Sie fertig? Alles abgeschlossen, Waschmaschine aus und Fensterläden dicht?«

»Nein, noch nicht.«

»Beeilen Sie sich, wir sind in zehn Minuten da und holen Sie.«

Als sie in die Straße einbogen, sahen sie schon von weitem den Wagen der Carabinieri auf der Straße stehen.

»Park bitte dicht an der Haustür, Ugo, falls die auf Romelli schießen sollten. Du bleibst im Auto sitzen. Laß den Motor laufen.«

Leda stieg aus und ging zum Wagen der Militärpolizei.

»Vielen Dank. Das klappt ja prima. Wir wurden von einem blauen Fiat von Sperlonga bis hierher verfolgt. Er parkt dort hinten. Schauen Sie in den Rückspiegel. Können Sie ihn sehen?«

»Ja, sehr gut sogar.«

»Ich denke, die haben es auf den Assessore abgesehen. Romellis Familie ist bereits weg.«

»Das stimmt, zwei Frauen und zwei Kinder sind eben in einem großen BMW davongefahren«, meinte ein älterer Kollege in Uniform.

»Gut. Falls der Fiat in die Nähe des Hauses kommt, während ich drinnen bin, seien Sie doch bitte so nett und starten eine langwierige Überprüfung der Dokumente aller Autoinsassen, die so lange dauert, bis wir weg sind. Ansonsten fahren Sie bitte eine Zeitlang Richtung Rom hinter uns her, und zwar so dicht, daß der Fiat nicht dazwischenpaßt. Wir müssen ihn unbedingt loswerden.«

»Und falls er dann immer noch hartnäckig bleibt, werden wir ihn stoppen und eine ausführliche Kontrolle vornehmen.«

»Genau, Sie sind ein alter Fuchs, ich habe es geahnt!« meinte Leda lachend.

»Keine Sorge, Sie werden schon gut nach Rom kommen.«

»Kann ich mal bitte Ihre Visitenkarte haben, Herr Kollege?« bat Leda und zog eine von den ihren aus der Handtasche.

»Ich habe keine dabei, aber mein Name ist Piero Cassotti.«

Leda reichte ihm die Hand durchs Fenster.

»War mir eine Freude. Hoffentlich auf bald, und das unter angenehmeren Umständen.«

»Gern, Commissaria. Viel Glück.«

Leda klingelte. Romelli fragte durch die Tür, wer da sei, und ließ sie erst dann hinein.

»Fertig?«

»Ja.«

»Wir fahren jetzt so schnell wie möglich ins Polizeipräsidium nach Rom. Es könnte sein, daß auf Sie geschossen wird, während Sie ins Auto steigen. Der Wagen, von dem ich Ihnen vorhin erzählte, ist uns bis hierher gefolgt. Wir sollten so schnell wie möglich weg. Steigen Sie rasch auf den Rücksitz des Wagens, und geben Sie mir Ihr Gepäck. Hauptsache, Sie sind aus jeder möglichen Schußlinie raus. Ich gehe zuerst hinaus, öffne den Kofferraum und stelle das Gepäck hinein. Dann öffne ich die Hintertür des Wagens, Sie steigen ein, und wir fahren los. Va bene?«

Romelli nickte. Leda nahm die Reisetasche und trat vors Haus. Der Fiat stand noch immer am gleichen Platz. Sie lud das Gepäck ein, nahm ihre Waffe aus der Handtasche, öffnete die hintere Wagentür und nickte Romelli zu. Er kam heraus und begann, die Haustür abzuschließen. In diesem Moment setzte sich der Fiat in Bewegung und raste auf sie zu.

»Nicht!« schrie Leda. »Steigen Sie ein!«

Romelli reagierte sofort und sprang ins Auto. Leda warf sich auf den Boden. Sie hörte drei Kugeln in die Haustür einschlagen. Der Fiat jagte davon, der schwarze Alfa der Carabinieris mit quietschenden Reifen hinterher. Romelli lag geschockt, aber unverletzt auf der Rückbank. Auch Ugo war nichts zugestoßen.

»Das war knapp«, sagte Leda. »Glauben Sie mir jetzt, daß ich nicht übertrieben habe?«

Romelli nickte. Leda sprang ins Auto, und Ugo trat aufs Gaspedal. Diesmal mahnte Leda ihn nicht zur Vernunft, sondern ließ ihn mit einem Affenzahn hinter den beiden Autos herfahren. Sie hörten die Sirene des Alfas mal leiser, mal lauter jaulen, je nachdem, in welche Richtung er die Serpentinenstrecke hinabsauste. An der Kreuzung kurz vor Ninfa sahen sie zwei Carabinieri- Wagen, die den Fiat in die Klemme genommen hatten. Zwei junge Männer standen bereits mit den Händen auf dem Autodach und gespreizten Beinen da und wurden nach weiteren Waffen abgesucht.

»Cassotti, wo kam denn der zweite Wagen so schnell her?« fragte Leda verdutzt.

»Wir haben sie per Funk gerufen. Ich wußte, daß meine Leute hier unten unterwegs waren. Meine Jungs sind richtig gut, non è vero?«

»Glückwunsch die Herren, das war eine Meisterleistung. Und wer sind die Gauner?«

»Überprüfen wir gerade.«

»Können Sie mir die beiden nach Rom ins Polizeipräsidium bringen, oder soll ich sie holen lassen?«

»Wir bringen sie Ihnen rüber. Ich organisiere nur schnell noch einen Wagen aus Latina. In drei Stunden haben Sie sie.«

»Cassotti, Sie haben einen bei mir gut. Ohne Ihre Hilfe wäre das nicht gutgegangen. Ach, und noch etwas. Falls Neugierige Sie fragen sollten, was passiert ist: Der Name des Assessore kommt bitte weder über Ihre noch über die Lippen Ihrer Jungs. Erzählen Sie eine hübsche Geschichte, daß Halunken nach Abreise der Familie einbrechen wollten, was Sie zufälligerweise entdeckt hätten. Dabei sei es zu einer Schießerei gekommen.«

»Sì, Signora. Kein Wort über meine Lippen«, meinte Cassotti augenzwinkernd.

Romelli hockte kreidebleich im Fond des Wagens. Leda ließ ihm Zeit, sich vom Schock zu erholen. Das würde ihm eine Lehre sein.

»Soll ich jetzt fahren?« bot Leda ihrem Mitarbeiter an.

»Nein, ich bin völlig in Ordnung und fahre gern. Das tue ich selten genug.«

»Hat Elena ein Auto?«

»Ja, hat sie. Aber sie benutzt in der Stadt nur öffentliche Verkehrsmittel, genau wie ich. Deshalb passen wir auch so gut zueinander.«

Leda rief erneut in der Questura an, schilderte kurz, was passiert war, und bat Silvia, die Kollegen zu informieren, daß das Haus in der Via Marconi ab sofort sorgfältig observiert und alle ein- und ausgehenden Personen fotografiert werden müßten.

Nach einer Weile wandte sich Leda zu Romelli um:

»Wollen Sie uns nichts sagen?«

»Wenn Sie sich aus meinem Privatleben herausgehalten hätten, wäre nichts passiert.«

Leda mußte sich anstrengen, um Haltung zu bewahren. Fast wäre sie vor Wut geplatzt.

»Soll das ein Witz sein? *Sie* haben uns diesen Caiolo als Alibi-Zeugen benannt. Was können wir dafür, daß Sie sich mit kriminellen Elementen herumtreiben? Und ich will Ihnen mal erzählen, was dieser Caiolo gestern abend zum Thema Alibi gesagt hat: daß er Sie nicht kennt, daß Sie nie in seinem Haus waren, daß dort weder Samstag noch Sonntag noch sonst irgendwann gepokert wurde. Im Klartext: Sie haben nicht den Schimmer eines Alibis.«

»Das brauche ich auch nicht, weil ich kein Mörder bin.«

»So? Wir können dem Staatsanwalt genügend Beweise liefern, die den Mordverdacht und einen Haftbefehl rechtfertigen. Und es dürfte Ihnen bekannt sein, daß die Staatsanwälte prominente Politiker nicht gerade mit Samthandschuhen anfassen. Hinzu kommt der dringende Verdacht auf Beteiligung an illegalem Glücksspiel. Eine häßliche Sache, weil illegales Glücksspiel heutzutage als typisches Verbrechen der organisierten Kriminalität besonders scharf verfolgt wird. Da wird Sie auch der beste Anwalt Roms nicht rausholen können. Und ich erlaube mir noch einen kleinen Hinweis: Wenn wir einen so prominenten Mann wie Sie zu einem Besuch in die Questura bringen, so wird das ganz sicher auf reges Medieninteresse stoßen. Wir werden gezwungen sein, eine Pressekonferenz abzuhalten. Selbst wenn wir schweigen, werden die Pressegeier auf Sie und Ihre arme Familie scharf sein.

Es gibt aber auch eine zweite Variante des Spiels, die ich wesentlich eleganter finde. Sie kooperieren mit uns und reden. Kommen wir im Verlauf der Fahrt zu dem Ergebnis, daß Sie mit den genannten Verbrechen nicht in Verbindung stehen oder uns sogar sachdienliche Hinweise zur Aufklärung beider Fälle geben, dann würden wir Sie in Ihre römische Wohnung fahren und Sicherheitskräfte in Zivil zu Ihrem Schutz abstellen. Die würden sogar für Sie einkaufen gehen.«

»Sie wollen mir drohen?«

»Nicht im geringsten. Ich möchte Ihnen lediglich die Sachlage erklären. Ich sage Ihnen offen: Nach dem, was eben passiert ist, neige ich dazu, Ihnen Ihre Alibi-Geschichte in Sperlonga abzunehmen. Das kann ich aber nur dann tun, wenn Sie mir nachvollziehbare Details nennen. Wie sind Sie an diese Typen geraten?«

Romelli schwieg zunächst, aber Leda merkte, daß sein Widerstand der Angst Platz machte. Dann begann er zu sprechen. Erst langsam, dann immer schneller.

»Ich spiele seit vielen Jahren. Ich weiß, daß ich uns ruiniere und kann doch damit nicht aufhören. Wahrscheinlich bin ich süchtig, krank. Im Anfang konnte ich mich noch kontrollieren, verdiente gut und spielte um kleine Summen mit schlechten Spielern. Da habe ich oft und leicht gewonnen. In dieser Zeit haben wir uns das Boot gekauft.

Langsam erhöhten sich die Einsatzsummen, und es ging plötzlich um richtig viel Geld. Das Gefühl, ein Full House oder sogar einen Royal Flush auf der Hand zu haben, die Karten genüßlich auf den Tisch zu legen und dann den gesamten Batzen Bargeld nehmen zu können, ist unbeschreiblich.

Aber man gewinnt nicht immer. Alles, was wir hatten, ist

draufgegangen. Die Banken haben uns den Hahn abgedreht. Und ich schulde einem Bekannten noch sehr viel Geld. Deshalb mußte ich vor ein paar Monaten das Segelboot verkaufen. Mit einem Teil des Geldes konnte ich die Banken bedienen, einen Teil habe ich behalten, um fürs Spielen flüssig zu sein.

Vor einem Monat habe ich in Rom eine große Summe gesetzt und auch gewonnen. Es war viel, sehr viel. Jeder Spieler weiß, daß es Glückssträhnen gibt. Und ich war mir ganz sicher: Jetzt ist es bei mir wieder einmal soweit. Die nächsten Male werde ich gewinnen. Aus der Spielerrunde hat mich einer angesprochen und gesagt, daß er einen Platz kenne, an dem um große Summen gespielt werde. Ob mich das interessiere.

Er gab mir eine Kontaktadresse in Sperlonga, eine Bar in der Nähe der Via Marconi. Dort erhielt ich ein Paßwort und mußte meine Nummer hinterlassen. An jenem Samstagabend erhielt ich plötzlich einen Anruf, ich solle mich um halb zwölf abends in der Bar einfinden, und bekam die Adresse. An der Tür mußte ich mein Paßwort sagen, und eine Frau ließ mich hinein. Sie führte mich zunächst in ein Wohnzimmer, wo es ein Glas Champagner zu trinken gab. Zwei Männer waren schon da. Man sprach sich nur mit Vornamen an. Sie wußten genau, wer ich war. Das ist in Spielerkreisen eigentlich unüblich. Ich habe bis heute keine Ahnung, wer sie sind. Es dauerte eine Weile, bis der vierte kam. Anschließend gingen wir ein Stockwerk tiefer in den Spielraum und begannen. Erst habe ich gewonnen, wieder sehr viel, gegen Morgen dann lief es schlechter. Trotzdem ging ich mit mehr weg, als womit ich gekommen war. Sie schlugen mir vor, sich bald wieder bei mir fürs nächste Spiel zu melden. Ich war einverstanden.

Gestern vormittag erhielt ich den Anruf, ich solle mich um zwei Uhr nachmittags in einer Bar in Anzio einfinden.

Da meine Frau ohnehin in Latina einkaufen wollte, sind wir zuerst dorthin und anschließend ans Meer nach Anzio gefahren. Dort erhielt ich wieder ein Paßwort und den Bescheid, man werde mich anrufen. Genauso wie letztes Mal. Ich habe gefragt, ob das nächste Treffen in Anzio stattfände. Doch der Barmann sagte mir, er wisse von nichts. Ich solle auch besser nicht weiter fragen. Wahrscheinlich hätten sie sich heute abend gemeldet.«

»Ihnen war aber klar, daß es sich um organisiertes Spiel handelte, oder?« fragte Leda nun.

»Natürlich. Nur Profis sind so gut organisiert, und nur mit ihnen sind wirklich große Gewinne möglich.«

»Beschreiben Sie mir bitte das Haus von innen.«

Romelli erwies sich als genauer Beobachter seiner Umwelt. Er benannte jedes Detail im Haus Caiolos, beschrieb jede Person des Abends genau.

»Um wieviel Geld ging es in der Nacht?«

»Dreißigtausend Euro.«

Leda schaute ihn sprachlos an:

»Um dreißigtausend Euro? Meine Güte, das ist wirklich viel. Und wie hoch sind Ihre Schulden?«

»Das geht Sie nichts an«, erwiderte Romelli.

»Doch, und wenn Sie es mir nicht sagen, werde ich es herausfinden.«

Romelli blickte sie haßerfüllt an und schwieg.

Ugos Telefonino unterbrach die Sprachlosigkeit.

»Sie sitzt neben mir. Aber der Akku ihres Telefons ist leer. Ja, ich gebe sie Ihnen.«

Es war Alesi. Leda informierte ihn über die neuesten Entwicklungen.

»Sitzt Romelli im Auto?«

»Ja.«

»Aber er kann mich nicht verstehen, wenn ich rede, oder?«

»Ich denke nicht.«

»Gut. Cremonese sagt, daß der Assessore drei Konten bei verschiedenen Banken hat. Überall herrscht im Moment totale Flaute. Der Gesamtschuldenstand beläuft sich auf etwa einhunderttausend Euro. Er pflegt in unregelmäßigen Abständen größere Summen einzuzahlen und abzuheben. Vor zweieinhalb Jahren hatte er sämtliche Konten fast wieder glattgebügelt. Damals muß er also eine Menge Geld bekommen haben. Daraufhin wurden ihm weitere Kredite eingeräumt. Vor zwei Monaten hat er bei der Banca di Credito seit langem mal wieder Schulden getilgt, nachdem sie ihm eine Lohnpfändung angedroht hatten.«

»Wieso haben die ohne Sicherheiten so hohe Kredite gewährt?«

»Er ist ein bekannter Mann mit hohem Einkommen. Da haben sie den Punkt mit den Sicherheiten lockerer gesehen.«

»Danke für die Information. Ich melde mich.«

Leda drehte sich wieder zu Romelli.

»Assessore, so spielt das Leben. Gerade bekomme ich die Nachricht über die Höhe Ihres Schuldenstandes. Beachtlich, kann ich da nur sagen, beachtlich! Und wie peinlich, daß die Banca di Credito gegen Sie mit dem Ziel der Lohnpfändung klagen will.«

Romelli starrte mit verbittertem Gesicht aus dem Fenster. Plötzlich sackte er auf dem Rücksitz in sich zusammen und begann zu weinen.

»Rund einhundertfünfzigtausend Euro«, brach es aus ihm heraus. »Ich hatte gerade diese Glückssträhne. Gerade jetzt mit den hohen Einsätzen hätte ich das Geld schnell zusammenbekommen.«

Der Mann hatte den Sinn für die Realität offenbar gänzlich verloren.

»Sie haben also vier Konten bei verschiedenen Banken«, bohrte Leda weiter.

»Nein, drei. Wie kommen Sie auf vier?«

»Gut, drei. Ich will nur den Wahrheitsgehalt Ihrer Aussagen testen. Aber dort sind nur hunderttausend Euro aufgelaufen. Wieso sprechen Sie von hundertfünfzigtausend?«

»Ein Freund hat mir Geld geliehen.«

»Das muß ein sehr guter Freund gewesen sein. Vor zweieinhalb Jahren hat er Ihnen das Geld gegeben, stimmt's? Und jetzt will er es wiederhaben, genau zu dem Zeitpunkt, da alle ihre Forderungen geltend machen.«

»Hören Sie doch endlich auf!«

»Nein, das tue ich nicht. Ich möchte von Ihnen wissen, wer dieser Freund ist. Und ich sage Ihnen auch, warum. Weil ich annehme, daß Sie Bestechungsgelder erhalten haben für das Auditorium. Sie brauchten dringend Mittel für die Spielerei und für das Begleichen Ihrer Schulden. Zu diesem Zeitpunkt war die Conedil noch als Bauträger der Musikstätte tätig. Und Sie taten alles, absolut alles, damit Brüssel keine gegenteilige Entscheidung treffen würde. Dabei hätte es Ihnen egal sein können, wer baut. Aber nein, Sie haben sich bis zum letzten Moment für die Conedil eingesetzt, obwohl die Firma längst kein Interesse mehr an dem Auftrag hat. Daraus ziehe ich den Schluß, daß der alte Conedil-Chef den Bau unter allen Umständen wollte, Sie dafür bezahlte und nun, da Holzer den Auftrag bekommen hat, sein Geld zurückfordert.»

»Di Palmieri hat mir das Geld geliehen. Ich bin nicht bestechlich. Und ich werde es ihm auch zurückzahlen. Das hatte mit dem Bau nichts zu tun. Es war ein Kredit unter Freunden. Fragen Sie ihn.«

»Das werden wir tun. Gibt es einen Kreditvertrag zwischen Ihnen?«

»Einen mündlichen.«

»Halten Sie es eigentlich für möglich, daß die Firma Conedil sich im Fall eines Rückzugs der Firma Holzer wieder für den Auftrag interessieren könnte?«

»Nein. Der Sohn des Conte Di Palmieri will es nicht, und er führt die Geschäfte von Conedil.«

»Sie haßten Breuer, weil er für die Firma Holzer arbeitete und der Auftrag Ihre politische Karriere beeinträchtigte.«

»Er war ein unausstehlicher Mensch. Und ich bleibe dabei, daß der Bau eines Kulturgutes wie der des Auditoriums in nationale Hände gehört. Mit dieser Meinung stehe ich nicht allein. Aber deshalb bringe ich niemanden um.«

Per Telefon organisierte Leda den Personenschutz für Romelli. Als sie bei seinem Haus ankamen, hatten sich schon Polizisten in Zivil eingefunden.

Im Präsidium wartete Silvia bereits auf die beiden. Leda bat Ugo, ihr eine Pizza zu bestellen und den Aufenthaltsort Di Palmieris herauszufinden. Währenddessen lief sie so schnell sie konnte in das Büro von Alfonso Lucarelli, der für Fälle von illegalem Glücksspiel zuständig war.

»Leda Giallo erweist uns die Ehre, welch eine Freude, Frau Kollegin«, rief der Kommissar.

Lucarelli war wesentlich jünger als Leda und hatte bereits eine steile Karriere hinter sich. Wegen seiner großen Erfolge im Kampf gegen die organisierte Kriminalität hatte man ihn sehr jung in den Rang eines Kommissars erhoben. Mit seinen zurückgekämmten Locken, die mit Hilfe chemischer Substanzen glänzend am Kopf lagen, einer auffälligen Golduhr am Handgelenk, einem breiten Goldring am kleinen Finger und hochgekrempelten Hemdsärmeln sah er selbst aus wie ein Spieler aus einem Hollywoodfilm.

»Lucarelli, unser bester Mann, ist nicht im Urlaub! Das kommt mir wie eine Fügung Gottes vor«, begrüßte Leda ihn.

»Lassen wir die Schmeicheleien, Signora Giallo. Sie haben Claudio Caiolo getroffen? Ein charmanter Mann, nicht wahr? Aber wohl einer der gefährlichsten. Wir kennen ihn seit Jahren. Er ist vermutlich der oberste Kopf eines Mafia-Clans, der unter anderem illegales Glücksspiel betreibt. Es ist bekannt, daß er selbst spielt. Leider ist es uns noch nie gelungen, Zeugen zu einer verwertbaren Aussage gegen ihn zu bewegen. Hoffentlich haben Sie uns etwas Gutes mitgebracht.«

Leda berichtete ihm, was geschehen war und wen die Carabinieris aus Norma in Kürze bringen würden.

»Die werden schweigen wie Gräber. Einen Caiolo kennen die angeblich nicht, da wette ich mit Ihnen. Die wissen genau, daß ansonsten ihre Familien dran sind. In den Knast müssen sie wegen versuchten Mordes ohnehin. Romelli könnte allerdings unsere Chance sein. Wenn er bereit wäre, gegen Caiolo auszusagen, wäre das großartig. Dazu müßte aber seine gesamte Familie, inklusive der näheren Verwandtschaft, in ein Zeugenschutzprogramm aufgenommen werden. Seine politische Karriere ist damit gestorben. Denken Sie, das würde er tun?«

Leda zuckte mit den Schultern. Sie wußte überhaupt nicht mehr, was sie noch denken sollte. Ihr Kopf brummte, ihr Magen knurrte, und sie schwitzte wie in der Sauna.

»Sie halten Romelli also für extrem gefährdet?«

»Auf jeden Fall. Caiolo wird versuchen, ihn aufzutreiben und umzubringen. Koste es, was es wolle. Wo ist er jetzt?«

Als Leda erzählte, daß er sich in seiner Wohnung aufhalte, allerdings mit Zivilschutz, wurde Lucarelli nervös.

»Da muß er sofort weg. Ich regele das und halte Sie auf dem laufenden.«

Im Büro aß Ugo bereits seine Pizza.

»Wo hast du die so schnell aufgetrieben?«

»Einer unserer Auszubildenden lief gelangweilt durch die Flure. Er war bereit, sie zu holen, nachdem ich ihm versichert hatte, daß davon die Ermittlungen eines Mordfalls abhingen und er außerdem einer Hauptkommissarin und einem Kommissar das Leben retten würde. Dafür hatte er Verständnis und ist zur Pizzeria um die Ecke gegangen.«

Leda schlang eine Pizza mit feinen Zucchini-Schnitzen herunter, schüttete etwa einen Liter Wasser hinterher und rief anschließend Paolo an.

»Leda, meine Güte, lebst du noch? Ich habe bei dir angerufen und Nachrichten hinterlassen. Was ist denn los?«

Sie erzählte ihm von dem leeren Akku, der Schießerei und den Freunden des Glücksspiels.

»Und was hat das alles mit dem Mord zu tun?« wollte Paolo wissen.

»Frag mich nicht, keine Ahnung. Könntest dir mir bitte einen Gefallen tun?«

Paolo zögerte. Er fühlte sich von ihr versetzt, mußte den Haushalt und das Ferienleben ihrer Kinder organisieren und fand das alles ungerecht.

»Nachher kommen auch noch Francesca und Romano. Sie wollen übers Wochenende hierbleiben. Und es ist nicht mal Kaffeepulver im Haus.«

»Warum schickst du denn nicht die Kinder zum Einkaufen?«

»Die sind seit heute morgen am Strand.«

Leda versprach ihm, alles Notwendige zu organisieren.

»Paolo, reg dich nicht auf. Wir schaffen das irgendwie.«

Es dauerte noch eine Weile, bis Paolo sich beruhigt hatte.

»Welchen Gefallen soll ich dir denn tun?«

»Du hast doch diesen Freund, Massimo Levante, bei der Zeitschrift ›Gente‹, der sich beim römischen Adel so gut auskennt. Kannst du ihn mal bitte fragen, was es mit Antonio Conte Di Palmieri und seiner Familie auf sich hat?«

»Der heißt Antonio Conte Talasso Di Palmieri und stammt aus einer steinreichen toskanischen Weinbauernfamilie, die seit zwei Generationen in Rom lebt. Von seinem Onkel Alessio hat er eine Baufirma geerbt und sie groß gemacht. Er ist hilfreich und gut, für seine Verhältnisse relativ bescheiden und versteht sehr viel von Musik. Das weiß sogar ich. Aber ich frage Massimo trotzdem. Er weiß sicher noch viel mehr. Was möchtest du denn wissen?«

»Ob er eventuell Bestechungsgelder an Romelli für den Bau des Auditoriums gezahlt hat. So direkt kannst du Massimo das natürlich nicht fragen. Aber ich will wissen, ob er der Typ für solche Zahlungen ist, wie wichtig ihm der Bau des Auditoriums war und wo er seine Ferien verbringt.«

»Gut, ich lasse mir etwas einfallen. Wann kommst du?«

»Bald, versprochen!«

Leda brauchte jetzt erst einmal einen Kaffee.

»Ugo, möchtest du auch einen Kaffee? Ich bringe dir einen mit.«

Ugo nickte, noch immer kauend. Er war ein langsamer Esser, brauchte weniger Nahrung als sie und brachte, so vermutete Leda, weniger Kilos auf die Waage als sie selbst, obwohl er zwei Kopf größer war.

Als Leda mit zwei Plastikbechern voller Espresso zurückkehrte, saß Ugo kreidebleich und mit dem Hörer in der Hand da.

»Meine Mutter ist beim Fensterputzen von der Leiter gefallen. Sie liegt im Krankenhaus. Ich muß sofort hin.«

Er nahm einen Zettel, kritzelte noch eine Anschrift und eine Telefonnummer darauf und sagte bereits in der Tür stehend:

»Das ist Di Palmieris römische Adresse. Es meldet sich aber niemand.«

Damit verschwand er.

»Gute Besserung«, rief Leda ihm hinterher.

Ihr reichte es für heute auch. Sie setzte sich ins Auto. Wie von unsichtbarer Hand geleitet, fuhr sie jedoch nicht nach Lavinio, sondern lenkte den Wagen zur Via Appia Antica, wo das Haus der Grafenfamilie lag. Das Gebäude war hinter der hohen Mauer inmitten eines kleinen Zypressenhaines eher zu erahnen als zu sehen. Sie parkte vor einem schweren

Eisentor und klingelte. Nach einer Weile hörte sie hinter dem Tor eine Frauenstimme:

»Wer ist da?«

»Polizei. Bitte öffnen Sie!«

»Einen Moment.«

Sie mußte wieder warten. Dann ging eine kleine, ins Tor eingelassene Tür auf, und ein Mann musterte Leda mit neugierigen Augen.

»Buona sera. Zu wem möchten Sie?«

»Zum Conte Di Palmieri.«

»Tut mir leid. Die ganze Familie ist nach Argentario ins Ferienhaus gefahren. Ich bin der Hausmeister. Ist etwas passiert?«

»Nein, ich möchte den Conte nur etwas fragen. Könnten Sie mir seine Telefonnummer und die Anschrift in Argentario geben?«

»Ja, natürlich. Kommen Sie herein. Ich schreibe es Ihnen auf.«

Leda trat ein, und es verschlug ihr den Atem: eine von Pinien gesäumte Allee führte schnurgerade auf einen in dunklem Rot gehaltenen Palast zu, dessen Haupthaus von einem Turmbau gekrönt wurde. Sämtliche Fenster und Türen waren mit dunkelgrünen Holzläden verschlossen. Ein sicheres Zeichen für die Abwesenheit der Bewohner. Um die Säulen des Eingangs rankte sich eine Bougainvillea mit knallig pinkfarbenen Blüten. Rechts und links in der Gartenanlage sprudelte Wasser aus den Mäulern steinerner Brunnenfische.

Der Mann führte sie zu einem Tisch vor einem Häuschen, in dem er mit seiner Familie lebte. Aus den Wäschestücken auf dem Ständer in der Sonne schloß Leda, daß der Mann kleine Kinder hatte. Er verschwand im Haus und kehrte kurz darauf mit einem beschriebenen Zettel zurück.

»So, hier finden Sie die Angaben. Der Conte hat vor

zwanzig Minuten angerufen, um zu erfahren, ob alles in Ordnung ist. Er hat gesagt, daß er nächste Woche für ein paar Tage hiersein wird. Es ist schöner, wenn die Familie hier ist. Wenn Sie möchten, können Sie gern von hier aus mit ihm sprechen. Er ist jetzt mit Sicherheit zu Hause.«

»Vielen Dank, das ist nett von Ihnen. Aber so eilig habe ich es nicht. Es geht mir nur um eine Information. Sie mögen den Conte sehr, nicht wahr?«

»Ja, die ganze Familie. Sie sind nett, sehr nett sogar. Gute und fromme Leute.«

Leda bedankte sich und ging. Auf dem Weg nach Lavinio kam sie an einem Einkaufszentrum vorbei. Das war ihre Chance, ihren guten Willen zu demonstrieren und allen zu zeigen, wie einfach sich Beruf und Familie vereinbaren ließen.

Doch entgegen ihrer Vorstellung stand sie mit dem voll gepackten Einkaufswagen eine geschlagene halbe Stunde an der Kasse und mußte warten, weil um diese Uhrzeit außer ihr noch viele andere Menschen auf die Idee gekommen waren, ausgerechnet jetzt den Wochenendeinkauf zu machen. Naßgeschwitzt und fluchend schob sie den schweren Wagen zum Auto.

Als sie ankam, trugen Marco und die Mädchen gerade Einkaufstüten aus dem Kofferraum von Paolos Auto nach drinnen.

»Hallo, Mamma, sieht man dich auch mal wieder«, begrüßte Marco sie strahlend. »Wir haben einen Rieseneinkauf gemacht, weil Tante Francesca und Onkel Romano gleich kommen und wir gar nichts mehr im Haus hatten.«

Es gab großes Gelächter, als Leda ihren Kofferraum aufklappte und ihnen zeigte, was sich darin befand. Sie beschlossen entgegen der Planung, zu Hause zu essen, um wenigstens die frischen Sachen in ihren Mägen zu verstauen.

Leda war müde, ein kurzes Bad im Meer und eine anschließende kalte Dusche belebten ihre Geister jedoch wieder. Als sie im neuen gelben Kleid in die Küche kam, schickten die Mädchen sie gleich wieder hinaus.

»Schick, Mamma, todschick, aber für die Küche ungeeignet. Laß uns mal machen«, meinte Flavia und rührte in der Bolognese-Soße, wobei hin und wieder ein Tomatenspritzer durch die Luft flog. Giulia und Stella wuschen und schnipselten Salat und schnatterten wie junge Gänse. Aus den Lautsprechern im Wohnzimmer schmetterte Eros Ramazotti eine Hymne an die Liebe im Sommer, während Paolo und Marco das Feuer des Grills entfachten.

»Quanto è bella, quanto è cara«, begann Paolo zu singen, als er Leda sah. Von Verstimmung keine Spur. »Hast du ein neues Kleid?«

»Ja, gefällt es dir?«

»Sehr hübsch. Aber ich dachte, du jagst Mörder und wärst beinahe erschossen worden. Dabei hast du nur einen Boutiquenbummel gemacht.«

»Leute wie ich können alles gleichzeitig.«

»Das stelle ich mir komisch vor: Mamma mit Einkaufstüte in der einen und Pistole in der anderen Hand. Paolo, ich sage dir, Frauen kann man nie trauen«, ließ Sohn Marco vernehmen.

»Das weiß ich schon lange. Was meinst du, warum ich nie geheiratet habe?«

»Und mich würdest du auch nicht heiraten?«

Paolo schaute sie lächelnd an.

»Selbst wenn ich es wollte, würde wahrscheinlich just im Moment der Trauzeremonie das Telefon klingeln und dich zu irgendeiner Leiche zitieren. Deshalb versuche ich es erst gar nicht.«

»Einen Heiratsantrag könntest du mir wenigstens mal machen.«

»Das habe ich schon mal versucht, und du hast nur gelacht.«

»Ehrlich, Mamma, du hast gelacht? Warum denn?«

»Weil wir ziemlich betrunken waren und Paolo es sowieso nicht ernst gemeint hat. Und ich finde, wir sollten das Thema hier am Grill nicht weiter verfolgen. Was soll ich tun?«

»Nichts, meine Geliebte. Setz dich hin und erhol dich ein bißchen. Du siehst so aus, als könntest du das brauchen.«

Paolo mußte sie nicht zweimal darum bitten. Sie setzte sich in einen der herumstehenden Liegestühle, schloß die Augen und lauschte dem geschäftigen Treiben der Familie.

Von einem Kitzeln an der Wange wurde sie wach. Giulia stand lachend mit einem Zweig vor ihr, den sie ihrer Tante vorsichtig übers Gesicht strich.

»Zia Leda, wir sitzen schon alle am Tisch. Kommst du auch?«

Schlaftrunken torkelte Leda zur Runde ihrer Lieben. Ihr Schwager hatte ein paar Flaschen Rotwein umbrischer Herkunft aus seiner Schatzkammer mitgebracht, von denen er fand, daß sie besonders gut zu gegrilltem Fleisch schmeckten.

»Jetzt, ihr Lieben, kommen wir zum Besten, was Umbrien uns zu bieten hat: ein Torgiano Riserva der Familie Lungarotti. Er entsteht im wesentlichen aus Sangiovese-Trauben. Mit diesem Wein ist es der Region endgültig gelungen, aus dem Schatten der Toskaner ans Licht der internationalen Öffentlichkeit zu treten.«

»Wo ist denn Torgiano?« erkundigte sich Stella beim Vater.

»Ein paar Kilometer südlich von Perugia. Wir müssen mal hinfahren. Da gibt es auch ein sehr schönes Weinmuseum.«

»Das machen wir, wenn Flavia und Marco endgültig hier wohnen.«

»Was soll das heißen?« fragte Francesca neugierig.

Mitten ins Erklärungsgewirr um die römischen Zukunftsplanungen von Flavia und Marco spielte der Türkische Marsch auf. Leda hatte ihr Telefonino zum Aufladen in die Steckdose an der Terrasse gesteckt.

»Leda, meine Mutter hat einen Oberschenkelhalsbruch und ist operiert worden. Es geht ihr ziemlich schlecht. Ich werde bei ihr bleiben, morgen auch.«

Ugo klang verzweifelt. Sein ganzes Leben hatte er mit Donna Cecilia zusammengelebt. Jedes Leid, das ihr widerfuhr, brachte ihn völlig aus dem Gleichgewicht. Ein solcher Bruch, das wußte Leda sehr genau, konnte eine Dame von weit über siebzig Jahren dauerhaft zu einem Pflegefall werden lassen.

»Es tut mir so leid, Ugo. Ist Elena bei dir?«

»Sie war die ganze Zeit hier, zum Glück. Ich habe sie nach Hause geschickt.«

»Brauchst du noch irgend etwas?«

»Drücken Sie mir die Daumen, daß sie bald wieder gesund wird. Das reicht. Mehr kann man im Moment nicht tun.«

X

Paolo fluchte wie ein Müllmann, als am nächsten Morgen um sieben Uhr der Wecker klingelte. Im Urlaub kam ihm diese Stunde fürs Aufstehen schier unmenschlich vor. Er beschimpfte Ledas Polizeiarbeit im allgemeinen und den Mörder Breuers im besonderen, der ihn nun vom Schlaf abhielt. Paolo hatte Leda angeboten, sie zur Vernehmung von Conte Di Palmieri nach Argentario zu begleiten. Dieses Angebot bestätigte Ledas Eindruck, daß Paolo ein bißchen Abstand vom intensiven Familienleben brauchte. Als Einzelkind war er mit dem jährlichen Ferientrubel der Familie Giallo nach spätestens zwei Wochen Meeraufenthalt überfordert. Eine Pause würde ihm guttun, auch wenn er jetzt schimpfte.

Leda ließ ihm Zeit, um zur Besinnung zu kommen. Sie drehte ihre gewohnte Runde mit Pipo, den die Eingeweide drückten, weil er am Vorabend von allen Seiten mit Grillfleischstücken unter dem Tisch versorgt worden war. Gemeinsam liefen sie zum Strand, der sich menschenleer vor ihnen ausbreitete. Noch brannte der Sand nicht unter den Fußsohlen. Auf dem spiegelglatten Meer tanzten die Sonnenstrahlen, und der wolkenlose Himmel kündigte einen weiteren heißen Tag an.

Leda lief ins kühle Wasser und schwamm mit kräftigen Zügen hinaus. Pipo begleitete sie zunächst ein paar Meter, drehte dann aber wieder Richtung Land ab. Leda sah, wie er sich am Strand ausführlich schüttelte, so daß die Tropfen wie ein Feuerwerk in der Sonne um ihn herumflogen. Anschließend warf er sich in den Sand, wälzte sich ausgiebig und rannte dann eine Zeitlang wie von Geisterhand gejagt auf und ab. Als Leda aus dem Wasser stieg, war sein Fell über und über mit einer Sandschicht verklebt und glich einer Panade.

Im Garten spritzte sie das Tier mit dem Gartenschlauch gründlich ab. Dann duschte sie selbst, zog sich das gelbe Kleid über und packte eine Tasche mit dem Nötigsten für eine eventuelle Übernachtung. Nachdem sie Paolo mit Nachdruck aus dem Bett geworfen hatte, ging sie in die Küche, um Kaffee zu kochen. Sie hörte, wie Paolo seine Morgentoilette verrichtete, und fragte sich, ob es wirklich Sinn hatte, zu Conte Di Palmieri zu fahren. Wie so häufig trieb sie in erster Linie ihr Gefühl. Im Laufe der Jahre hatte sie gelernt, ihm zu folgen, weil es ihr häufig den richtigen Weg wies.

»Ihr habt doch bisher sowieso keine heiße Spur«, sagte Paolo. »Das heißt, es bleibt euch gar nichts anderes übrig, als in alle nur erdenklichen Richtungen zu ermitteln. Immerhin gibt es die Möglichkeit, daß er dir etwas Interessantes über Romelli erzählt.«

Paolo war gutgelaunt und unternehmungslustig. Er trat wie ein Verrückter aufs Gaspedal, was in seinem Fall jedoch keinen Akt der spontanen Befreiung bedeutete, sondern vielmehr seinem generellen Temperament entsprach. Das Meer zur Linken, die Hügel des Latium zur Rechten und blühende Oleanderbüsche auf dem Mittelstreifen der Autobahn, flogen sie durch Zeit und Land.

»Wie schön es ist, mal wieder mit dir allein zu sein«, sagte Paolo irgendwann. Leda hatte gerade dasselbe gedacht.

Nach zwei Stunden erreichten sie Orbetello. Das Städtchen lag zwischen zwei Lagunen auf einer der drei Landbrücken, die die Halbinsel Argentario mit dem Festland der Toskana verband. Vor ihnen erhob sich majestätisch die Berglandschaft des Monte Argentario. Über die einst von den Spaniern mit mächtigen Mauern und Türmen befestigte Hafenstadt Porto Santo Stefano fuhren sie die bergige

Strecke am westlichen Rand der Halbinsel entlang. Zweimal hielten sie an, um das hinreißende Panorama von Bergen, Meer und vorgelagerten Inseln zu betrachten. Das Anwesen der Di Palmieri war leicht zu finden, denn jeder auf der Insel schien die Grafenfamilie zu kennen.

»Fahren Sie die Straße immer weiter, bis Sie auf der rechten Seite einer Einfahrt das Schild mit der Aufschrift ›Casa Cala Grande‹ sehen. Da biegen Sie ab und folgen dem Weg, bis Sie angekommen sind«, hatte ihnen eine keuchend bergauf tretende helmbewehrte und mit einem grellbunten Fahrrad-Dreß bekleidete junge Frau während des Fahrens zugerufen.

»Die trainiert wohl für eine Alpenüberquerung«, meinte Paolo kopfschüttelnd angesichts der Qualen, denen sich die Frau freiwillig unterzog.

»Hast du ihre Muskeln gesehen? Der möchte ich nicht im Dunkeln begegnen!« fuhr er fort.

»Solange du nett zu ihr bist, wird sie dir nichts tun«, meinte Leda. Paolo brummelte ein paar abfällige Bemerkungen über spindeldürre und muskelbepackte Weiber.

»Die haben keinen Busen, keinen Hintern und nie Zeit, weil sie permanent um körperliche Höchstform kämpfen müssen. Mir ist schleierhaft, was ein Mann mit einer solchen Frau anfangen soll. Nicht einmal zum guten Essen kann man sie einladen, weil sie fasten müssen. Geschweige denn einen guten Wein mit ihr genießen.«

»Da müßtest du mit mir ja sehr zufrieden sein: Ich betreibe keinerlei Sport, esse leidenschaftlich gern, liebe guten Wein über alles und bin kugelrund, Busen und Hintern inklusive«, sagte Leda lachend und sah ihn dabei von der Seite an.

»Sehr zufrieden. Obwohl ein paar Kilo weniger auch nicht schlecht wären. Aber ja nicht zu viele. So dünn wie du früher warst, hast du mir nicht gefallen.«

In der Tat, bis zur Trennung von Thomas war Leda sehr

zierlich gewesen. Der Schmerz über den Verlust von Mann, Kindern und der eigenen Mutter, die mit ihnen zusammen nach München gezogen war, hatte Leda in eine wahre Freßsucht gestürzt. Die Pfunde aus dieser Zeit war sie nie wieder losgeworden. Halbherzige Diätversuche brach sie nach wenigen Tagen wieder ab. Und da sich Paolo nie über ihr Gewicht beschwerte, gab es auch keinen Anlaß, die Situation zu ändern. Heute äußerte er sich zum ersten Mal anders, kritischer.

»Meinst du wirklich, ich sollte abnehmen?«

»Ach, Leda, nimm das bitte nicht zu ernst. Wenn du ein paar Pfund weniger draufhättest, wäre das in deinem Alter wahrscheinlich ganz gut. Aber wenn du dich wohlfühlst, so wie du bist, dann ist das völlig in Ordnung. Ich liebe dich mit und ohne Pfunde und werde dich garantiert nicht gegen eine muskulöse Bohnenstange eintauschen.«

»Alle normalen Männer in deinem Alter packt das Verlangen nach einer neuen, jungen Frau mit knackigem Hintern. Schau dich nur mal in unserem Bekanntenkreis um: Pasquale und Elviro sind sogar älter als du und haben sich gerade wegen einer Jüngeren von ihren Frauen getrennt.«

In diesem heiklen Moment war Paolo heilfroh, das gesuchte Schild zu entdecken. Schwungvoll lenkte er den Wagen durch einen Torbogen, dessen Flügel weit geöffnet standen. Der Weg war holprig, und in der Mitte verlief eine hohe Grasnarbe. Hinter ihnen stieg eine Staubwolke auf. Es ging in Kurven steil bergab.

»Das sieht mir aber nicht wie die Zufahrt zu einem hochherrschaftlichen Sommersitz aus«, meinte Leda.

Nach ein paar Minuten Fahrt durch die mediterrane Macchia tauchte ein Konglomerat aus einem größeren, einstökkigen Haupthaus mit einem wuchtigen Turm und mehreren angrenzenden kleineren Häusern auf. Alle waren aus grobem Naturstein, mit breiten rotbraunen Dachziegeln gedeckt und offensichtlich sehr alt. Nur wenige schmale Fenster und Türen und ein großes Holztor unterteilten die abweisende Steinfassade. Auf dem kleinen Vorplatz standen riesige Blumenkübel mit blühenden Oleanderbüschen und Zitrusbäumen. Paolo parkte den Wagen hinter einem schwarzen Jeep. Als sie ausstiegen, begrüßte sie ein Grillenkonzert. Sie sahen eine Eidechse davonhuschen, ansonsten war es totenstill. Die Sonne brannte vom Himmel.

Sie gingen auf eine der Türen zu und entdeckten eine dieser altmodischen Klingeln, an deren Griff man ziehen mußte, damit das Zugseil irgendwo im tiefen Inneren des Hauses eine Glocke in Schwung brachte. Paolo zog daran. Doch es passierte nichts.

»Keiner zu Hause. Wir hätten doch vorher anrufen sollen. Hast du eine Telefonnummer?«

Leda wühlte in ihrer Tasche nach dem Zettel, den ihr der gräfliche Portiere gestern in Rom gegeben hatte. Sie diktierte Paolo gerade die Nummer, als sich die Tür plötzlich quietschend öffnete.

»Entschuldigung, daß es so lang gedauert hat. Wir waren gerade unten. Wer sind Sie?«

Ein große, schlanke Frau von etwa sechzig Jahren mit Kurzhaarschnitt, in Jeans und einer weiten, weißen Bluse schaute sie erstaunt an.

»Oh, ich hatte Tito mit den Eiern erwartet. Buon giorno, zu wem möchten Sie?«

»Buon giorno, Signora. Wir sind von der Polizei in Rom und möchten mit Conte Di Palmieri sprechen.«

Entsetzt starrte die Frau sie aus stahlblauen Augen an, die inmitten ihrer sonnengebräunten Gesichtshaut noch heller schienen.

»Um Gottes willen, ist Nicola etwas passiert?«

»Wer auch immer Nicola sein mag, seinetwegen sind wir nicht gekommen«, antwortete Leda.

»Nicola ist mein jüngerer Sohn, er ist in Amerika. Da weiß man nie, was passiert.«

»Haben Sie nicht zwei Söhne?« fragte Leda.

»Doch, Luca ist der Ältere. Da er hier ist, weiß ich, daß es ihm gutgeht. Er schläft noch.«

»Nicola geht es sicher auch prächtig. Keinem Ihrer Kinder ist nach unserem Kenntnisstand etwas zugestoßen. Wir kommen nur, um mit Ihrem Mann zu sprechen, Contessa.«

»Kann ich bitte Ihre Ausweise sehen?«

»Aber natürlich, gern.«

Leda fand den ihren sofort in der Tasche und zeigte ihn der Gräfin. Diese war mit dem einen zufrieden und verzichtete glücklicherweise auf die Inspektion des nicht existierenden Polizeiausweises von Paolo.

»Bitte treten Sie ein. Worum geht es?«

»Um den Mord im Auditorium.«

»Mein Mann hat mit dem Auditorium nichts mehr zu tun.«

»Das weiß ich. Aber er kennt die Verhältnisse sehr genau und kann uns vielleicht weiterhelfen.«

Die äußere Schlichtheit des Baus setzte sich im Inneren fort. Die Wände der kleinen Eingangshalle waren weiß getüncht. Auf einem Tisch aus dunklem Holz stand ein großer Wildblumenstrauß. Ein prachtvoll geschnitztes Kruzifix dominierte den Raum. Aus dem Antlitz des Gekreuzigten sprach das Leid der Welt, und Leda dachte sich, daß eine Dornenkrone auf dem Kopf so wehtun mußte wie eine Pistolenkugel im Körper.

Die kleine Halle öffnete sich nach ein paar Schritten zu einem rechteckigen Kreuzgang. Durch die Bögen blickte man in eine hübsche Gartenanlage: Rosen und Lavendel blühten in zarten Farben. Genau in der Mitte spie ein steinerner Fisch aus seinem aufgerissenen Maul Wasser, das in ein flaches Brunnenbecken herablief.

»War das früher mal ein Kloster?« erkundigte sich Leda.

»Ja. Aber seit über einhundert Jahren gehört es der Familie Di Palmieri.«

Die Gräfin öffnete eine Tür zur Rechten und bat sie in einen weiteren, fast kahlen Raum.

»Achtung, Kopf einziehen. Früher waren die Menschen kleiner«, warnte sie. »Bitte nehmen Sie Platz, ich hole meinen Mann. Möchten Sie Wasser?«

Leda und Paolo nickten und ließen sich auf einer der beiden Holzbänke nieder. Ansonsten fehlten Möblierung und Wandschmuck. Die rauhen Bodenfliesen aus Terracotta neigten sich leicht zur Mitte des Raums, wo sich ein Abfluß im Boden befand.

»Ein idealer Ort, um Kübelpflanzen überwintern zu lassen«, meinte Paolo.

»Und um ungebetene Gäste möglichst schnell wieder loszuwerden«, ergänzte Leda.

Kurze Zeit später erschien der Conte höchstpersönlich: groß und kräftig, braungebrannt mit schlohweißen, millimeterkurz geschnittenen Haaren. Er trug ebenfalls Jeans und ein weißes Hemd, dessen Ärmel er bis zu den Ellbogen hochgekrempelt hatte. Unter dem Stoff zeichnete sich der muskulöse Körper eines Mannes ab, der in seinem Leben entweder hart körperlich gearbeitet oder viel Sport getrieben hatte. Seine Erscheinung entsprach keineswegs dem, was sich Leda bisher unter einem kulturbeflissenen Adligen vorgestellt hatte. Abkommen solcher Familien, die in Palästen wohnten oder zumindest welche besaßen, definierten sich für sie über fein geschnittene Gesichter mit tiefliegenden Augen und zartgliedrigen Körpern. Dieser Mann hingegen strahlte die Kraft eines Vulkans aus. Im nächsten Moment einen schweren Balken aufheben und forttragen – das ja. Aber abends im Smoking mit einem Champagnerglas in der Hand eine Vernissage eröffnen oder im Foyer eines Opernhauses die Inszenierung einer Oper mit der im vergangenen Monat an der Mailänder Scala zu vergleichen – das nicht.

Wie sehr sie sich irrte, sollte Leda bald erfahren.

»Buon giorno. Ich bin Antonio Di Palmieri. Sie wollten mich wegen des Auditoriums sprechen? Ich nehme an, unser Gespräch hat mit dem Mord zu tun. Wie waren bitte noch mal Ihre Namen?«

»Leda Giallo, Hauptkommissarin im Morddezernat der Questura in Rom, und Paolo Merla, der mir heute bei den Ermittlungen zur Seite steht.«

»Ich halte es für unwahrscheinlich, daß ich Ihnen helfen kann. Wie Sie sicherlich wissen, habe ich mit dem Bau des Auditoriums seit etwa zwei Jahren nichts mehr zu tun. Meine Söhne Nicola und Luca haben die Geschäftsführung der Conedil übernommen. Die Familie war der Meinung, daß die alte Generation ausgedient hat und die Jungen ans Ruder gehören. Es wäre also besser, wenn Sie gleich mit Luca sprechen. Er ist hier. Soll ich ihn wecken?«

»Später gern. Aber wir benötigen im Moment vor allem eine Art Gesamteindruck über die Geschichte des Baus und über die beteiligten Akteure, insbesondere über Signor Romelli. Denn Sie sind wohl gut mit ihm befreundet.«

»Sie bringen Romelli mit dem Mord in Verbindung?«

»Da gibt es zweifelsohne Unstimmigkeiten.«

»Das müssen Sie mir erst einmal erklären. Da das vermutlich länger dauern wird, schlage ich vor, daß wir uns auf die Terrasse setzen.«

Di Palmieri führte die beiden durch einen weiteren Flur, von dem nacheinander mehrere Türen abgingen, die ehemaligen Mönchszellen, nahm Leda an. Dann öffnete er eine Flügeltür, und sie standen in einem hohen Raum, der einst die kleine Kirche des Klosters gewesen sein mußte. Heute diente er als Wohn- und Eßzimmer. In der halbrunden Apsis stand ein großer, runder Holztisch, an dem mindestens zwölf Personen bequem Platz finden konnten. Am anderen Ende des Raums luden ausladende Sofas und Sessel in warmen Farbtönen zum Verweilen ein. Moderne Kunstobjekte aus Stein und Metall, auf derbe Holzklötze montiert, und mehrere meterhohe, auf Leinwände gemalte Figuren in bunten Kostümen vermittelten den Eindruck einer Bühne. Der Höhepunkt war jedoch die Aussicht: eine Terrasse, hinter der sich das türkisblaue Meer erstreckte, in das einige kleine Inseln eingestreut waren.

»Ich wußte nicht, daß Kirchen so aussehen können«, sagte Paolo beeindruckt.

Di Palmieri lachte:

»Da gibt es aber inzwischen gerade bei uns in Italien einige schöne Beispiele. Wir haben zu viele Sakralbauten für die heutige Zeit. Daher verkauft man dort, wo sie nicht mehr gebraucht werden, vor allem in den Bergen. Sie sind nicht einmal teuer. Ein verrückter Ur-Ur-Onkel von mir hat der Kirche dieses Kloster abgekauft. Als ich es vor etwa dreißig Jahren übernahm, war es völlig heruntergekommen, weil sich niemand darum gekümmert hatte. Erst als wir jungverheiratet ein Feriendomizil suchten, stieß ich wieder darauf und habe es ausbauen lassen. Wir sind sehr häufig hier.«

Di Palmieri führte sie nach draußen auf die Terrasse, wo sie an einem Tisch unter einem Dach von Weinlaub Platz nahmen.

»So, und nun sagen Sie mir, wie ich Ihnen weiterhelfen kann, den Mord an dem Deutschen aufzuklären. Steht Romelli unter Vedacht?«

»Er hat kein Alibi und möglicherweise ein Motiv«, erklärte Leda.

Sie sah, wie Paolo einen kleinen Block und einen Stift aus der Hemdtasche zog und sich Notizen zu machen begann.

»Welches denn?« wollte der Conte wissen.

»Wut darüber, daß die Deutschen den Auftrag erhalten haben und er selbst möglicherweise politisch und finanziell endgültig ruiniert ist.«

»Was sagt er selbst dazu, wenn ich fragen darf?«

»Natürlich dürfen Sie. Romelli sagt, er habe in der fraglichen Nacht bis morgens um kurz vor sechs in Sperlonga Poker gespielt und sei anschließend zu seiner Schwiegermutter nach Norma gefahren.«

»Warum bezweifeln Sie das?«

»Weil diejenigen, bei denen er gespielt haben will, behaupten, Romelli sei nicht dagewesen.«

»Das heißt, er hat keine Zeugen. Glauben Sie denen?«

»Das weiß ich noch nicht. Romelli sagt, es handele sich um professionelle Glücksspieler. Kollegen überprüfen das gerade. Falls es so sein sollte, wird es nicht leicht sein, sie zu überführen. Diese Leute sind eben so geschickt wie gefährlich. Wissen Sie, ob Romelli zu solchen Kreisen Kontakt hat?«

»Ich wußte nur, daß er hin und wieder spielt, weil er öfter in Geldnot geriet.«

»Das heißt, er führt ein Doppelleben: ein offizielles als Vertreter der Stadt und erfolgreicher Politiker. Und ein verdecktes als jämmerlicher Spieler und Verlierer. Und Sie haben ihm Geld geliehen?«

»Ja.«

»Wann und wieviel?«

»Ich glaube, gut fünfzigtausend Euro. Vor zwei Jahren.«

»Für wann war die Rückzahlung vorgesehen?«

»Es gab keinen festen Termin. Vor etwa einem Jahr bat ich ihn, wenigstens einen Teil zu zahlen. Es passierte aber nichts. Vor vier Monaten habe ich es noch einmal versucht. Daraufhin erhielt ich fünftausend Euro und das Versprechen, am Ende des Sommers die gesamte Summe wiederzubekommen.«

»Hat er gesagt, woher er es nehmen wollte?«

»Nein. Das war mir auch gleichgültig. Aber ich vermutete, daß es sich um Spielgeld handelte, weil er es mir bar auf den Tisch legte, statt es zu überweisen. Ist das etwa verboten?«

»Keineswegs, es fällt nur auf, daß Sie Ihr Geld ausgerechnet dann zurückwollten, als der Auftrag fürs Auditorium verlorengegangen war.«

Die dunkelbraunen Augen Di Palmieris glühten förmlich, während er Leda ansah. Er hatte genau verstanden, was sie meinte.

»Um das ein für alle Mal klarzustellen: Möglicherweise bin ich der einzige Bauunternehmer in ganz Italien, der seinen Erfolg nicht irgendwelchen Bestechungsgeldern zu verdanken hat. Das hatte ich nie nötig. Andere Dinge sind viel wichtiger als Geld: Fleiß und Beziehungen. Über beides verfüge ich. Das hat zum einen mit meiner Position als Abgeordneter im italienischen Parlament zu tun und zum anderen mit meiner Abstammung aus einer der bekanntesten und reichsten Familien des Landes. Um es kurz zu machen: Ich habe es gar nicht nötig, vergleichsweise kleine Leute wie Romelli mit kleinen Summen zu schmieren.«

Di Palmieri war aufgestanden und lief angespannt und wild gestikulierend über die Terrasse. Er kam Leda wie ein wildes Tier vor, das man eingesperrt hatte. Warum nur? fragte sich Leda. Der Mensch hatte alles, was man sich erträumen konnte. Er war trotz seines Alters in körperlich bester Verfassung, strahlte Stärke und Autorität aus, hatte eine Familie und Geld. Vielleicht war er in sich selbst gefangen? Es gab viele Gründe, warum Menschen sich nicht frei und im Einklang mit sich selbst fühlten. Di Palmieri blieb schließlich stehen, stellte einen Fuß auf das Mäuerchen, das die Begrenzung der Terrasse bildete, und atmete tief durch. Er fixierte Leda mit seinen großen, schwarzen Augen, die er in anderen Situationen wahrscheinlich mit ebenso großem Erfolg einzusetzen wußte.

»Hat Romelli etwa behauptet, ich hätte den Auftrag nur gegen Geld bekommen?«

»Nein.«

»Irgendwer sonst?«

»Nein.«

»Dann sollten Sie es auch nie wieder tun oder auch nur daran denken. Va bene?«

In diesem Moment trat die Gräfin mit einem altmodischen Holztablett aus dem Haus. Auch sie sah ihren Mann erstaunt an. Schweigend stellte sie gefüllte Kaffeetassen, Gläser und eine Karaffe mit Wasser auf den Tisch und setzte sich dazu. Dann ergriff der Conte erneut das Wort.

»Danke Cara. Bitte bedienen Sie sich. Also, ich erhielt den Auftrag für das Auditorium, weil das Projekt meine Idee war und ich sehr viel in seine Realisierung investiert hatte. In Enzo Gasco fand ich sehr früh jemanden, der sich dafür genauso interessierte wie ich. Ein hochkultivierter Mann, ein kluger Kopf und genialer Architekt. Man kann sein Schaffen nicht genug bewundern.«

Wie eine Herkulesstatue, die ein Meister der Bildhauerkunst genau für diesen Ort geschaffen hatte, stand Di Palmieri auf seiner Terrasse und begann, von der Geschichte des Baus zu erzählen. Leda spürte, daß er eine enorme Ausstrahlung hatte und daß er um seine Wirkung wußte. Sie mußte vorsichtig sein, weil sie Gefahr lief, in seinen Bann zu geraten. Sogar Paolo spürte die Spannung, die sich zwischen Leda und dem Conte aufgebaut hatte, denn er sah sie unverwandt an.

»Sind Sie Römerin?« fragte Di Palmieri die überraschte Kommissarin.

Sie nickte.

»Dann wissen Sie, daß unsere Stadt zu wenige Orte hat,

wo vielen Menschen gute Musik präsentiert werden kann. Das Opernhaus ist technisch veraltet, dort passiert seit vielen Jahren kaum etwas. Die anderen Säle sind relativ klein oder unattraktiv. Italien ist ein Land der Musik, seine Hauptstadt die schönste der Welt. Und dort gibt es keinen Ort, wo sich Schönheit und Musik zu wirklicher Größe vereinen können. Schauen Sie sich beispielsweise Berlin an. Dort gibt es bei vergleichbarer Einwohnerzahl allein drei Opernhäuser, verschiedene große Konzertsäle und dazu noch Musical- und Varietétheater. Wir können nicht immer nur aus der Vergangenheit schöpfen, sondern haben die Aufgabe, den Menschen neben schönen Gebäuden, dem Vatikan und den Museen auch musikalische Kultur zu bieten. Gascos und meine Idee ist es, eine moderne Musikanlage zu schaffen, die den historischen Schätzen ebenbürtig ist und Rom zu einem weltweiten Zentrum des schönen Klangs werden läßt.

Musik ist eine der elementarsten Ausdrucksformen des Menschen, wobei das erhabenste und schönste Instrument für mich die menschliche Stimme ist. Ich setze mich seit vielen Jahren für die Förderung junger Gesangstalente ein. Einer der wichtigsten nationalen Wettbewerbe für Gesang trägt meinen Namen. Darauf bin ich sehr stolz. Drei der dort prämierten jungen Künstler stehen inzwischen auf international berühmten Bühnen. Eine von ihnen ist Angela Serafino. Sie macht Weltkarriere wie einst Maria Callas oder Joan Sutherland. Ich kenne derzeit keine bessere und ausdrucksstärkere Sopranistin.«

Natürlich kannte Leda »La Serafino«, wie sie allgemein genannt wurde. Ganz Rom war mit Plakaten zugepflastert, auf denen ihre Auftritte in den Caracalla-Thermen als Höhepunkt des römischen Kultursommers angepriesen wurden. Seit Jahren hatte man die Thermen nicht mehr als Spielstätte verwendet. Für La Serafino wurden sie nun wieder hergerichtet. Angeblich, weil sie dort als kleines Mädchen zum ersten Mal die Oper Aida gesehen und gehört hatte und an jenem Abend den Beschluß gefaßt haben sollte, die größte Sängerin Italiens zu werden. In allen Medien erschienen seit Monaten weitgehend spekulative Berichte über die junge Frau mit der unvergleichlichen Stimme, die Details ihres Privatlebens zum großen Ärger der Kolumnisten weitgehend unter Verschluß hielt. Sie entzog sich gekonnt der Öffentlichkeit, gab selten Interviews und sprach, wenn überhaupt, nur über ihre Rollen und die Kunst im allgemeinen.

Di Palmieri fuhr fort.

»Gasco und ich meinten, daß es an der Zeit war, die seit 1935 existierende Idee eines großen Auditoriums endlich zu verwirklichen. Gasco hatte weltweit Erfahrung im Theater- und Konzertbau gesammelt. Er ist ein Meister seines Fachs, weil er verstanden hat, daß es zwischen Musik und Architektur viele Parallelen gibt. Er beherrscht alle bautechnischen Feinheiten, um eine optimale Akustik in einem Saal zu erreichen.

Da ich seit über vierzig Jahren auch politisch tätig bin, hatte ich die Chance, das Projekt Auditorium in der Kulturszene der Stadt auf die Tagesordnung zu bringen und bei den zuständigen Leuten Gehör zu finden. Es folgten Architektenwettbewerbe, aus denen Gasco und seine Mitarbeiter als klare Sieger hervorgingen, nicht zuletzt weil sie als einzige vergleichbare erfolgreiche Projekte vorweisen konnten.

Meine Erfahrung, mein guter Ruf als Bauunternehmer und eine für den Magistrat höchst attraktive Kosten- und Zeitkalkulation führten zum Auftrag für die Conedil. Wir alle wußten, daß die Brüsseler Bürokratie möglicherweise auf einer europaweiten Ausschreibung beharren würde, waren aber der Überzeugung, daß wir sie im Zweifelsfall gewinnen würden. Es stand für alle Beteiligten außer Frage, daß ein solches Projekt in italienischen Händen liegen sollte. Der Meinung bin ich bis heute. Dieser Fall wäre geeignet gewesen, den gesamten europäischen Bürokratiewahnsinn zu kippen. Doch dazu sind sie ja zu feige.«

Die Veränderungen Di Palmieris während der verschiedenen Erzählphasen waren bemerkenswert. Solange er von der Entstehung des Projektes gesprochen hatte, stand er ruhig da und untermalte seine Ausführungen mit Gesten, die denen eines Dirigenten ähnelten. Mal gab er einzelne Einsätze, mal führte er durch weit ausholende Armbewegungen alle Stränge des Geschehens zusammen. Doch sobald er auf Brüssel zu sprechen gekommen war, begann er wieder die Terrasse abzulaufen, die Hände verkrampft und den Blick starr zu Boden gerichtet.

Leda beobachtete die Frau des Grafen. Sie wirkte völlig unbeteiligt. Wahrscheinlich kannte sie die Thematik in- und auswendig und ging ihren eigenen Gedanken nach.

»Wann kam Romelli ins Spiel?« fragte Leda.

»Romelli?«

Der Conte stoppte seinen Lauf abrupt, starrte die Kommissarin an und begann zu lachen.

»Romelli, dieser Crétin, kam erst viel später dazu. Vor sechs Jahren, glaube ich. Ein unkultivierter Aufsteiger, der Zahlen verwalten und Strippen ziehen kann, aber keinen blassen Schimmer von Kultur oder Stadtentwicklung hat. Er sollte wohl für seine Verdienste um die Partei belohnt werden und erhielt daher den Posten als Assessore. Immerhin hatte er schnell begriffen, daß dieses Projekt seiner politischen Karriere sehr nützlich sein konnte, wenn er es nur mit Nachdruck unterstützte. Er kann nur in der Kategorie des persönlichen Vorteils denken und hat es damit bedauerlicherweise, wie viele Parteigenossen, weit gebracht.«

»Aber so hat er Ihnen doch sehr genützt.«

»Zweifelsohne, das muß ich zugeben. Außerdem ist er

intelligent und sehr lernfähig, was man wahrlich nicht von allen Parteileuten sagen kann.«

Jetzt kam Di Palmieri zum Tisch, nahm die letzte auf dem Tablett stehende Tasse Kaffee, rührte Zucker hinein und trank sie in einem Zug leer.

»Kalt«, stellte er fest.

Seine Frau schnellte vom Stuhl hoch.

»Soll ich dir einen neuen machen?«

»Nein, danke, meine Liebe, es geht schon. Zurück zu Romelli. Bevor er mit dem Posten betraut wurde, hatte er noch nie in seinem Leben klassische Musik in einem Konzertsaal gehört, geschweige denn eine Oper. Ich habe mit ihm eine Art Schnellkurs Musik gemacht, ihn in die besten Konzert- und Opernhäuser Italiens, Europas und sogar der Vereinigten Staaten geschleppt. Er sollte die Materie, für die er tätig war, wenigstens oberflächlich kennen. Daß er die Musik nicht in ihrer ganzen Tiefe begreifen würde, war mir klar. Aber das machte nichts, er mußte nur ihre kulturhistorische Bedeutung, die wichtigsten Werke, deren Komponisten und Interpreten kennen. All das habe ich übrigens aus eigener Tasche bezahlt. Und zwar nicht, um ihn zu bestechen. Das wäre gar nicht möglich gewesen, weil er sich in seinem tiefsten Inneren für Musik nicht interessiert. Sie erreicht sein Herz nicht, geschweige denn seine Seele. Wissen Sie...«

Di Palmieri ließ sich auf einen Stuhl neben Leda fallen und sah sie aufmerksam an. Dann griff er zu einem Glas, schenkte sich Wasser ein, leerte es mit wenigen Zügen und fuhr fort:

»Wissen Sie, wie Gasco und ich Freunde wurden?«

Wieder fixierte er Leda mit seinen durchdringenden Augen.

»Vor vielen Jahren saßen wir einmal nebeneinander in einem Schubertkonzert, ein Klaviertrio für Pianoforte, Violine und Cello. Wir haben beide geweint, weil es uns so sehr berührte. Kurze Zeit später haben wir eine Aufführung der Oper Norma von Bellini in London gesehen und wieder beide an derselben Stelle geweint. Seitdem sind wir Freunde fürs Leben. Unser gemeinsames Musikempfinden verbindet so sehr, wie es sonst nur die Liebe zwischen Mann und Frau kann.«

Um weiteren langatmigen Ausführungen Di Palmieris vorzubeugen, lenkte Leda das Gespräch in die gewünschte Bahn:

»Und Romelli trieb die Sache zunächst erfolgreich durch die Brüsseler Untiefen?«

»Ja, unter Mithilfe des Magistrats. Alle Parteien hatten dem Auditorium inzwischen eine herausragende Rolle für die Stadt- und Kulturentwicklung eingeräumt, und Romelli setzte sich besonders vehement dafür ein. Es kam immer wieder zu Baustopps, zum Beispiel gleich am Anfang durch den Fund der römischen Villa. Im Stadtrat gab es öfter an dieser oder jener Ecke Streit um Kleinigkeiten. Einmal wollte Gasco sogar abspringen, weil sein gesamter Zeitplan durcheinandergeriet. Er hatte schließlich noch andere wichtige Projekte. Da hat Romelli jedes Mal wie ein Löwe für die Fortsetzung gekämpft, das muß man ihm lassen.«

»Wenn alles schließlich so gut lief, warum haben Sie die Leitung Ihrer eigenen Firma aufgegeben?«

»Meine beiden Söhne sind von mir seit ihrer Jugend auf die Übernahme der Firma vorbereitet worden und eignen sich glücklicherweise auch dafür: der eine als Ingenieur, der andere als Ökonom. Als sie die Leitung der Conedil übernahmen, hatten sie bereits jahrelang unter meiner Führung in der Firma gearbeitet, hatten also Erfahrung und kannten alle Bauvorhaben. Zu diesem Zeitpunkt waren Luca und Nicola immerhin schon Mitte Dreißig. Sie wollten die Verantwortung übernehmen, zumal sie mit meiner Geschäftspolitik nicht einverstanden waren. Es gab damals sehr viel Krach in der Familie. Da habe ich nachgegeben und ihnen die Leitung übertragen. Sonst wäre die Familie gesprengt worden.«

»War der Streitpunkt das Auditorium?«

»Ja. Die beiden meinten, daß die hohen Ansprüche an die Qualität und die damit verbundenen Kosten die Firma in den Ruin treiben würden.«

»Aber Sie hatten doch den Bau sicherlich so kalkuliert, daß der Firma ein satter Gewinn blieb, oder?«

»Nein. Ich war und bin der Auffassung, daß das Projekt viel mit persönlichem Engagement zu tun hat. Das ist mir wichtiger als schwarze Zahlen unter dem Strich der Firmenbilanz. Dafür war und bin ich bereit, privates Geld einzuschießen, sozusagen als Sponsor. Unsere Familie ist sehr reich und kann sich das leisten. Ich glaube, daß mein Reichtum mir Verpflichtungen gegenüber der Gesellschaft und gegenüber der Kunst auferlegt. Meine Söhne haben dafür wenig Verständnis. Meine Frau übrigens auch nicht, oder, Cara mia?«

Aus seinem Tonfall glaubte Leda eine tiefe Verachtung für seine Familie herauszuhören. Oder war es Enttäuschung, daß die Seinen ihm kein gebührendes Verständnis entgegenbrachten? Oder beides?

XI »Da ist ja Luca, mein vielversprechender Nachfolger«, sagte Di Palmieri plötzlich mit lauter Stimme und verbeugte sich in Richtung Haus. »Haben Sie wohl geruht, Principe? Es ist wohl spät geworden gestern abend, oder soll ich besser sagen, heute früh?«

»Papa, bitte laß gut sein.«

Leda wandte sich um und erblickte einen unrasierten Mann mit halblangen, dunklen Haaren. Er war einen halben Kopf kleiner und insgesamt schmaler als sein Vater und trug ein lachsfarbenes Polohemd, das locker über seiner Jeanshose hing und seine Haut besonders dunkel wirken ließ. Eine Sonnenbrille schützte seine Augen vor dem grellen Tageslicht.

»Buon giorno, ich wußte nicht, daß wir Besuch haben. Bitte entschuldigen Sie meinen Aufzug.«

Er reichte ihnen die rechte Hand. Am Ringfinger seiner Linken steckte ein Siegelring.

»Das sind Hauptkommissarin Giallo und ihr Mitarbeiter Paolo Merla von der römischen Polizei. Sie untersuchen den Tod des Deutschen im Auditorium. Romelli steht unter Verdacht, weil er ein Motiv haben könnte und ihm ein verläßliches Alibi fehlt. Die beiden haben dir sicher auch einige Fragen zu stellen, die du bitte wahrheitsgemäß beantworten wirst.«

Leda war über den Tonfall Di Palmieris gegenüber seinem fast vierzig Jahre alten Sohn entsetzt.

»Darf ich vorher noch einen Kaffee trinken?« fragte Luca und ging zu seiner Mutter, um sie auf beide Wangen zu küssen. Seinen Vater würdigte er keines Blicks. Die Contessa stand auf:

»Setz dich, Luca, ich mache dir einen. Möchten Sie auch noch welchen?«

Leda und Paolo nickten.

»Wie gut, daß du es aus den Federn geschafft hast, denn ich war gerade dabei, unsere unterschiedlichen Einstellungen zum Bau des Auditoriums darzulegen. Du kannst mich also direkt korrigieren, wenn ich etwas Falsches sagen sollte.«

Luca zeigte keinerlei Reaktion auf die Worte seines Vaters. Während dieser weitersprach, ging Luca ans andere Ende der Terrasse, blickte über das Meer und atmete die Seeluft tief ein, als würde er aus ihr die Kraft für den gesamten Tag saugen. Er schien keinen Grund zu haben, sich durch seinen Vater und zwei Polizisten aus seinem Rhythmus bringen zu lassen.

»Meine Söhne sind bessere Geschäftsleute als ich. Meine angeblich falschen Geschäftsstrategien haben dem familiär bedingten Reichtum noch einige weitere Millionen gebracht. Und das, obwohl ich mich immer finanziell sehr stark für soziale und kulturelle Fragen in der Stadt eingesetzt habe. Immerhin wurden Luca und Nicola nicht vertragsbrüchig und haben die laufenden Aufträge fortgesetzt, wenn auch mit knirschenden Zähnen. Aber ihnen fehlt offensichtlich jede innere Verbindung zum Auditorium und zur Musik. Als vor etwa einem halben Jahr die ersten Signale aus Brüssel kamen, daß wir den Auftrag verlieren könnten, waren meine beiden Söhne ausgesprochen froh darüber. Während ich es als Vollendung meines Lebenswerkes sehe, betrachten sie es nur als finanzielle Belastung. Drücke ich mich richtig aus, mein Sohn?«

Luca schwieg beharrlich. Von einem Mauervorsprung nahm er einen Aschenbecher, fischte eine Packung Zigaretten und ein Feuerzeug aus der Hosentasche und setzte sich an den Tisch. Er hielt Leda und Paolo die Schachtel einladend hin. Beide winkten dankend ab, woraufhin er sich selbst eine anzündete. Dann wandte er sich an Leda.

»Warum werden wir eigentlich verhört? Stehen wir unter Mordverdacht?«

»Nein. Wir möchten nur so viel wie möglich über das Bauprojekt und die Übernahme durch die Firma Holzer erfahren, um Rückschlüsse auf ein mögliches Mordmotiv ziehen zu können«, antwortete sie.

»Und warum steht Assessore Romelli unter Mordverdacht?«

Leda erläuterte ihm kurz die Situation.

»Romelli ein Mörder? Das kann ich nicht glauben. Er kann zwar sehr unangenehm werden, wenn man nicht seine Meinung vertritt, das weiß ich aus eigener Erfahrung. Romelli ahnte seit Monaten, daß der Auftrag an die Deutschen gehen und seine Karriere dadurch einen heftigen Knick erleben würde. Aber ich schätze ihn nicht so ein, daß er handgreiflich wird. Der zweite Bauleiter, Sicolo, und Gasco, der Architekt, haben mir berichtet, daß Romelli wegen der Brüsseler Entscheidung eher still und trübsinnig als aggressiv geworden sei. Viel wahrscheinlicher scheint mir, daß dieser unerzogene deutsche Signore irgend jemanden, der möglicherweise gar nichts mit dem Auditorium zu tun hat, so beleidigt hat, daß dieser ihn die Stufen hinuntergestoßen hat.«

»Aber wer käme da in Frage? Die Bauarbeiter? Wir haben sie fast alle verhört. Entweder hatten sie keinerlei Kontakt zu Breuer oder wasserdichte Alibis. Wer sonst?«

Luca zuckte mit den Schultern. Er nahm seine Brille ab und rieb sich die Augen. Er hatte die fast schwarzen, ausdrucksstarken Augen von seinem Vater geerbt, nicht die hellen seiner Mutter. Ratlos schaute er die Kommissarin an.

»Wer hat denn die Leiche gefunden?«

»Gasco.«

»Gasco? Also der war es bestimmt nicht! Er war mit der

Übergabe an die Firma Holzer ganz zufrieden, weil er mit ihr und insbesondere mit Breuer in Deutschland schon gut zusammengearbeitet hatte.«

»Wer käme noch als Täter in Frage? Vielleicht Ihr Vater? Er hat sich doch als einziger bis heute mit der neuen Situation nicht anfreunden können.«

Luca sprang von seinem Stuhl auf. Zum ersten Mal, seit er die Terrasse betreten hatte, sah er seinen Vater an. Leda erwartete, daß jetzt wieder das Tier im Conte ausbrechen und er sich gegen falsche Beschuldigungen zur Wehr setzen werde. Doch nichts desgleichen geschah.

Statt dessen ergriff Luca das Wort. Er sprach mit leiser, tiefer Stimme und vor allem sehr bestimmt. In diesem Moment begriff Leda, warum der Alte schon lange keine Chance mehr gegen seinen Sohn hatte.

»Mein Vater, Signora Commissaria, und ich sind meistens unterschiedlicher Meinung. Er ist enttäuscht, weil er glaubt, daß niemand ihn versteht, weder seine Liebe zur Musik noch seine Verantwortung für die Gesellschaft. Er hat sich für unseren Geschmack zu sehr in das Projekt Auditorium hineingesteigert. Wir meinen, daß unsere Verantwortung für die Gesellschaft und für die Musik ihre Begrenzung in unseren eigenen finanziellen Ressourcen findet, weil auch unser Geld endlich ist. In Absprache mit weiteren Familienmitgliedern, die an Teilen des Gesamtvermögens beteiligt sind, haben mein Bruder Nicola und ich das Ruder der Firma Conedil übernommen. Darüber war und ist er verbittert.

Aber mein Vater ist ein guter Mensch. Er könnte keiner Fliege etwas zuleide tun, auch wenn er sich manchmal so aufspielt. Sie verschwenden Energie, wenn Sie auf dieser Fährte weiterforschen.«

Das Klappern von Tassen unterbrach die Stille auf der Terrasse. Niemand hatte bemerkt, daß die Gräfin zurückgekommen und im Türrahmen stehengeblieben war.

»Das ist absurd. Mein Mann ist kein Mörder, niemals«, erklärte sie nachdrücklich. Dann stellte sie schweigend die Tassen auf den Tisch und einen Teller mit Keksen daneben. Di Palmieri schnappte kurz nach Luft, schien etwas sagen zu wollen, aber tat es dann doch nicht.

»Das behaupte ich auch gar nicht, weil es dafür tatsächlich keine Anhaltspunkte gibt. Dennoch muß ich auch Sie rein routinemäßig fragen, wo Sie sich Sonntag früh zwischen fünf und sieben Uhr aufgehalten haben. Bitte verstehen Sie mich nicht falsch, aber das ist nun mal unser Job.«

»Sie verdächtigen mich doch«, entfuhr es dem Conte.

»Nein, Papa, beruhige dich. Sie muß fragen«, sagte Luca beschwichtigend. »Samstag abend waren Papa und ich bei einer Probe von Lucia di Lammermoor. Eine Freundin des Hauses, Angela Serafino, singt die Hauptpartie, und Papa ist Sponsor der gesamten Veranstaltung. Sie hat das erste Mal zusammen mit Salvatore Ghezzi gesungen, dem Tenor, der die Partie des Edgardo übernimmt. Es hat ziemlich lange gedauert, bis sie miteinander klarkamen. Erst gegen Mitternacht war Schluß. Ich habe anschließend noch eine Freundin besucht, bei ihr übernachtet und bin bis zum nächsten Mittag bei ihr geblieben.«

»Name und Anschrift der Freundin?«

»Das möchte ich in Gegenwart meiner Eltern nicht sagen. In unseren sogenannten besseren Kreisen darf man sich nur mit ganz bestimmten Leuten einlassen. Anderes tut man besser heimlich, und solange niemand darüber redet, ist es in Ordnung. Bei Bedarf gebe ich Ihnen die gewünschten Informationen unter vier Augen«.

»Ich habe dich bei der Probe aber nicht gesehen. Du hast nicht auf deinem Platz gesessen«, fuhr der Conte dazwischen.

»Habe ich auch nicht. Ich wollte nicht neben dir sitzen. Ich saß in der letzten Reihe und bin sofort gegangen, als Angela sagte, sie sei müde und müsse aufhören.«

»Und Sie, Conte?«

»Ich habe Signora Serafino nach Hause gebracht und bin anschließend hergefahren, habe mich ins Bett gelegt und geschlafen.«

»Haben Sie Ihren Mann begleitet, Gräfin?«

»Nein, ich bin hiergeblieben und schlief bereits, als mein Mann zurückkehrte.«

»Um wieviel Uhr war das?«

»Das weiß ich nicht. Ich hörte nur, wie er irgendwann in sein Zimmer ging, und habe einfach weitergeschlafen. Ich bin es gewohnt, daß mein Mann sehr spät nach Hause kommt, und schaue nicht jedes Mal auf die Uhr.«

»War es schon hell?«

»Ich denke nein. Aber ich hatte die Fensterläden zu und die Augen geschlossen. Jedenfalls lag er in seinem Bett, als ich so um halb acht aufgewacht bin und nach ihm geschaut habe.«

»Und er schlief ruhig?«

Die Gräfin nickte. Für einen kurzen Moment glaubte Leda in ihrem Lächeln eine Art Triumph zu entdecken. Aber das konnte eine Fehlinterpretation sein, und so schob sie den Eindruck beiseite.

»Was für ein Auto fahren Sie, Conte?«

»Ich habe mehrere.«

»Und welches haben Sie an diesem Abend benutzt?«

»Keine Ahnung, entweder den Porsche oder den BMW.«

»Und wem gehört der Jeep vor der Tür?«

»Mir«, antwortete Luca.

»Die Strecke läßt sich sonntags um diese Uhrzeit mit einem schnellen Auto in eineinhalb Stunden schaffen. Die beiden Wagen fahren doch sehr schnell, wenn ich nicht irre?« dachte Leda laut nach.

»Commissaria, was soll der Unfug?« sprang Luca wieder dazwischen.

»Beruhigen Sie sich bitte. Polizisten entwickeln mit der

Zeit einen Haufen Ticks. Einer davon ist es, bei jedem, den sie befragen, egal ob als Zeugen, Informanten oder Verdächtigen, alle Möglichkeiten einer Beteiligung durchzuspielen. Dabei kommt man dem eigentlichen Ziel nur selten näher, zumindest in komplizierteren Fällen wie diesem, weil fast alle Spielfiguren nach und nach vom Feld fliegen. Aber die Methode hat den großen Vorteil, daß man sich später, falls es nötig werden sollte, daran erinnert, die Überlegung schon einmal angestellt zu haben. Und denkt man dann gründlicher nach, fällt einem alles wieder ein, und man hat eventuell das noch fehlende Puzzleteil gefunden. Das ist alles. Sie haben es ganz einfach mit einer Spielerin zu tun.«

»Das Spiel ist für uns aber keineswegs amüsant«, bemerkte Luca mit grimmigem Gesicht.

»Entschuldigen Sie bitte, ich sollte einfach leise denken«, erwiderte Leda.

»Brauchen Sie mich noch?« fragte der Conte, der inzwischen aufgestanden war.

»Ja, einen Moment noch, bitte. Hatten Sie mit dem Projekt Auditorium also seit der Übergabe der Geschäftsführung gar nichts mehr zu tun?«

»In geschäftlichen Fragen nicht, in politischen sehr wohl. Ich habe als Parlamentsabgeordneter, in meiner Partei, im römischen Magistrat und bei Romelli immer wieder meinen Einfluß geltend gemacht, um die Fortführung des Projektes sicherzustellen. Es ist mir gelungen, gegen den Willen meiner Söhne und der gesamten Familie, die politischen Fäden bis zur gegenteiligen Entscheidung aus Brüssel vor vier Monaten zusammenzuhalten. Heute sagen zwar alle, bis auf meine Söhne, es sei falsch, daß die Deutschen das Projekt fortführen, aber niemand kämpft mehr. Niemand, bis vielleicht auf Romelli, ist bereit, eine Klage durchzuziehen und sich für ein Bauwerk von dieser Bedeutung einzusetzen.«

»Kannten Sie Breuer?«

»Nein. Ich hatte auch kein Bedürfnis, ihn kennenzulernen. War es das? Ich habe in Porto Santo Stefano zu tun und werde dort erwartet.«

Grußlos und ohne Ledas Antwort abzuwarten, verließ Di Palmieri die Terrasse.

Ein leichter Wind ließ die Weinblätter über ihren Köpfen hin- und herwiegen. Möwen zogen am Himmel ihre Bahnen und stießen Schreie aus, die an Hilferufe von Kindern erinnerten. Auf dem Mäuerchen erschien eine Eidechse, erhob sich auf ihre Hinterbeine, schaute sich kurz um und verschwand dann lautlos an der Außenmauer. In der Macchia ringsum zirpten die Grillen ihr endloses, monotones Lied. Luca zündete sich eine weitere Zigarette an. Leda schwitzte und bekam Lust zu rauchen.

»Darf ich?«

»Ja, bitte, ich dachte nur, Sie rauchen nicht.«

»Ich habe eigentlich auch aufgehört.«

»Dann lassen Sie es besser sein. Nur die eine – das klappt nicht. Man wird rückfällig.«

Aber Leda brauchte sie jetzt, die eine, und zündete sie sich an. Sie schmeckte scheußlich und wunderbar zugleich. Paolo sah sie mit einem nachsichtigen Lächeln an, das besagte: »Ich habe es doch gewußt!« Leda schämte sich ein bißchen vor ihm, aber es reichte nicht für den Verzicht. Dann wandte sie sich an die Gräfin:

»Haben Sie keine Angst, nachts hier allein zu sein?«

»Nein. Die Anlage ist wie eine Festung gebaut und das gesamte Grundstück von einer fünf Meter hohen Mauer umgeben. Die Macchia ringsherum ist so dicht und stachelig, da kommt kein ungebetener Gast durch. Außerdem wird das Tor zur Einfahrt nachts geschlossen. Innerhalb des Hauses sind in jedem Raum Alarmknöpfe angebracht, die laute Sirenen aktivieren und Alarm bei der nächsten Polizeistation auslösen. Und schließlich laufen die Hunde nachts frei herum. Sie greifen jeden Fremden, der nicht von uns begleitet wird, bedingungslos an.«

»Begleiten Sie Ihren Mann denn nie in die Stadt?«

»Doch, wenn es sich um wichtige Termine oder Besuche bei Freunden handelt. Aber ich muß mir nicht jede Opernprobe anhören.«

»Warum gehen Sie denn eigentlich zu den Proben mit?« wollte Leda von Luca wissen.

»Sie sind das schönste an einer Oper, weil man erlebt, wie sich das Werk und seine Künstler entwickeln, langsam zu einer Einheit werden. Ich liebe Proben beinahe mehr als die fertigen Aufführungen.«

»Aber Ihr Vater hat doch gesagt, daß Sie sich nicht für Musik interessieren.«

»Nicht in seinem Sinne. Ich verliere wegen der Musik nicht völlig den Kopf wie Papa. Er ist fanatisch. Ich hasse jede Art von Fanatismus – für oder gegen was auch immer. Aber ich liebe die Musik zutiefst, habe sogar eine Gesangsausbildung hinter mir und wäre lieber Sänger als Ökonom geworden. Aber es reichte nicht für eine echte Karriere. Jeder hat Träume, die an den Grenzen des persönlichen Unvermögens scheitern können. Wenn es sich wie bei mir um einen natürlichen und nicht korrigierbaren Mangel an Stimmvolumen handelt, der das Singen großer Partien auf der Bühne unmöglich macht, dann muß man das einfach akzeptieren. Auf kleine Partien, Musicals und Nebenrollen hatte ich keine Lust. Ich habe eben ziemlich hohe Ansprüche an mich selbst und möchte bei dem, was ich tue, gut sein, richtig gut. Als Leiter eines Unternehmens bin ich das und widme mich nun der Musik als Zuhörer und Genießer. Da bin ich, wie Sie merken, Papa sehr ähnlich. Er war auch in allem gut, was er anfaßte. Das ist er bis heute, solange er sich nicht verrennt.«

»Sie hätten also gern neben der Serafino den Part des Edgardo übernommen?«

Jetzt lachte Luca und strich sich das Haar aus dem Gesicht.

»Nein, das hätte sowieso nicht geklappt, weil ich ein Baß-Bariton bin, also viel zu tief für den vor Liebe rasenden Tenor Edgardo. Da hätte ich leider mit der Rolle von Lucias bösem Bruder Enrico vorlieb nehmen müssen. Aber allein die Tatsache, neben einer Sängerin wie Angela auf der Bühne stehen zu dürfen, wäre die Erfüllung meiner Träume, das gestehe ich ein. Sie gibt übrigens heute abend auf der Piazza in Santo Stefano ein Konzert. Ein Wohltätigkeitskonzert für Künstler in Not. Angela singt gratis, und Papa sponsert den Rest. Sie sollten unbedingt hingehen. Angela singt ein hinreißendes Programm mit lauter Liebesarien aus verschiedenen Opern.«

»Noch eine Frage: Halten Sie Romelli für korrupt?«

»Bei uns hat er es nie versucht. Es wäre auch sinnlos gewesen, weil mein Bruder und ich in dieser Hinsicht dieselbe Einstellung wie mein Vater haben. Außerdem fehlte wie gesagt unser Interesse an der Fortführung des Auftrags. In der Branche wird aber gemunkelt, daß Romelli in den letzten Jahren so gut wie immer die Hand aufgehalten hat und inzwischen sehr reich sein muß. Das kann ich aber nicht beurteilen, auch nicht, ob er spielt, wie Papa behauptet.«

»Wußten Sie, daß er einen hohen Kredit von Ihrem Vater erhalten hat?«

Luca zog seine Augenbrauen in die Höhe und seufzte.

»Nein, das wußte ich nicht. Aber Papa gibt so vielen Menschen Geld, daß es mich nicht weiter wundert. Er glaubt tatsächlich, er bekäme es eines Tages zurück. Manchmal stimmt das ja auch. Aber eben nur manchmal.«

»Sie halten Ihren Vater für einen ziemlich verdrehten Vogel, nicht wahr?«

»Er hat sich in den letzten Jahren sehr verändert, nicht unbedingt zum Wohl der Familie. Vielleicht ist er nur zu gut für diese Welt und kommt mit ihr nicht mehr zurecht.«

XII

Sie waren kaum ein paar hundert Meter auf der Straße zurück nach Porto Santo Stefano gefahren, da bog Paolo wieder ab und folgte dem Hinweisschild zu einem Hotel.

»Wo willst du hin?«

»Das Hotel anschauen. Mal sehen, ob es dort auch eine Terrasse mit einem so fantastischen Blick wie beim Grafen gibt.«

»Sollen wir dort essen?«

»Ja, hast du etwa keinen Hunger?«

Keinen Hunger? Ledas Magen brummte seit Stunden, und ihre Gedanken waren während der Vernehmung der gräflichen Familie mehrfach von Bildern mindestens dreigängiger Menüs gestört worden.

Das Hotel Casa della Macchia hatte eine Terrasse. Und was für eine! Sie erstreckte sich über die gesamte Länge und war mit einem dichten, dunkelgrünen Dach aus Jasmin bedeckt, dessen weiße Blüten betörend dufteten. Leda entdeckte sofort einen gemauerten Grill, an dem ein junger Mann mit einer bodenlangen karierten Schürze stand und Fleisch wendete. Sie beneidete ihn angesichts der brütenden Hitze nicht um seinen Job.

Familien und Paare aßen zu Mittag oder waren bereits fertig und dösten vor sich hin. Ein Ober kam freundlich lächelnd auf sie zu und fragte, ob sie speisen wollten. Sie wählten einen Tisch am Geländer aus, von wo aus sich ein Ausblick über die gesamte Bucht bot. Dann bestellten sie sich eine Flasche leichten toskanischen Landwein und ein Mineralwasser und vertieften sich in die Lektüre der Speisekarte.

Speisekarten übten auf Leda eine magische Anziehungskraft aus. Sie erweckten bei ihr Sehnsüchte, die nur derjenige nachvollziehen kann, der Essen nicht nur als Akt der Nahrungsaufnahme sieht, sondern als eine genußvolle Bereicherung des Lebens. Stand der Aspekt der Lebenserhaltung zeitweilig im Vordergrund, was bei Leda wegen ihrer hektischen Arbeit öfter passierte, war sie bereit, sich auf Schnellgerichte wie Pizza, Pasta oder ähnliches einzulassen. Sie nahm jedoch jede Möglichkeit wahr, den Aspekt des Genußessens in ihr Leben zu integrieren.

In Paolo hatte sie für diese Leidenschaft einen kongenialen Partner. Da keiner von ihnen die Kunst des Kochens beherrschte, beide aber über entsprechende finanzielle Mittel verfügten, aßen sie so gut wie nie zu Hause. Beide konnten sich nichts Schöneres vorstellen, als sich nach getaner Arbeit in einem guten Lokal lukullisch verwöhnen zu lassen und ein oder zwei Glas Wein zu trinken. In römischen Restaurants waren sie bekannt wie bunte Hunde. Paolo verfaßte seit einiger Zeit neben seiner hauptberuflichen Tätigkeit als Polizeireporter für eine große römische Zeitung eine wöchentliche gastronomische Kolumne, die bei der Leserschaft großen Zuspruch fand. In Leda hatte sich in den vergangenen Tagen jedoch der Verdacht breitgemacht, daß die neue Situation mit den Kindern im Haus ihren Lebenswandel grundlegend ändern könnte.

Die Karte des Hauses war so, wie es sich für ein gutes Restaurant gehörte: wenige Gerichte besonderer Zubereitungsart. Schweigend studierten sie das Angebot. Leda sprangen als Vorspeise sofort Lumache alla Maremma ins Auge, Weinbergschnecken nach Art des Landstrichs Maremma. Paolo entschied sich für Zucchini alla Scapese, marinierte Zucchini, und Thunfisch am Spieß. Leda bestellte als Hauptspeise Calamari.

Ihre Wahl erwies sich als hervorragend. Der Ober erklärte

begeistert, daß die Weinbergschnecken in den Anbaugebieten von ökologischem Wein auf dem Festland gesammelt würden. Die Oliven stammten von den Bäumen der Hotelbesitzer, ebenso wie die Zitronen, mit deren Saft die Zucchini tags zuvor beträufelt worden waren. Auch Gemüse, Tomaten, Kräuter und Salat bauten sie im eigenen Garten an.

»Signora Anna-Maria zeigt Ihnen den Garten sicher gern, falls Sie ihn sehen möchten. Sie ist sehr stolz auf ihn.«

Das Essen übertraf alle Erwartungen. Leda und Paolo schwelgten im puren Genuß, reichten sich gegenseitig Bissen zum Probieren über den Tisch und krönten das Mahl mit einem hausgemachten Zitronensorbet auf gebackenen Ricottaplätzchen. Hinterher saßen sie zufrieden und müde auf der Terrasse und schauten apathisch aufs Meer. Jede Bewegung hätte ihre Körper überfordert, jede Unterhaltung war der Trägheit der Mittagshitze erlegen.

»Ein Königreich für ein Bett«, sagte Leda. Paolo stand schweigend auf und verschwand im Restaurant. Leda schloß die Augen und träumte davon, sich an einem kühlen Ort ausstrecken zu können.

Eine Viertelstunde später lag sie ausgezogen auf den kühlen Laken eines Bettes im zweiten Stockwerk der Casa della Macchia. Paolo hatte kurzerhand für eine Nacht ein Zimmer gemietet.

»Familie und Mörder in allen Ehren. Aber heute habe ich einfach keine Lust mehr darauf«, sagte Paolo. »Außerdem ist Wochenende. Auch wir haben das Recht auf einen Urlaubstag. Keine Widerrede, es hat keinen Zweck, ich habe schon bezahlt.«

Leda hatte entgegen seiner Vermutung nicht die geringste Absicht, ihm zu widersprechen, sondern fand seine Idee wunderbar und fiel sofort in einen tiefen Schlaf. Als sie erwachte, war es bereits fünf Uhr nachmittags. Zärtlich betrachtete sie Paolo, wie er platt auf dem Bauch, alle viere von sich gestreckt, dalag. Nach fast drei Wochen Strandleben in Lavinio war seine Haut tief gebräunt. Leda hielt einen ihrer Arme neben ihn. Einige Stufen heller, stellte sie fest. Normalerweise stand sie ihm in der Bräune nicht nach, was Paolo in der Verbindung mit ihren roten Haaren jeden Sommer in helle Begeisterung versetzte. Nun mußte er so mit ihr vorlieb nehmen. Vorsichtig fuhr sie ihm mit den Fingerspitzen über den Rücken, um ihn zu wecken.

»Mmhh, mach weiter, das ist herrlich.«

»Es ist schon fünf.«

»Nur noch ein bißchen, bitte.«

Leda lachte und kam seinem Wunsch nach.

»Genauso habe ich mir unseren freien Tag vorgestellt«, murmelte er zufrieden, drehte sich um und zog sie an sich.

Es dämmerte bereits, als sie das Hotel verließen, um nach Porto Santo Stefano zu fahren. Hand in Hand schlenderten sie durch die Stadt. Überall prangten Plakate, die zum Besuch des Konzerts mit Angela Serafino auf der Piazza Centrale einluden.

Dort herrschte reges Treiben. Klappernd wurden Stühle aus einem Lastwagen ausgeladen und in Reihen aufgestellt. Auf zwei riesigen Bildschirmen sah man die Arbeiter auf der Bühne. Die letzten Scheinwerfer und Mikrofone für die Übertragung auf den Platz wurden installiert. Aus einem Aufnahmewagen des Fernsehens liefen Leute pausenlos auf die Bühne und gaben Anweisungen. In zwei Stunden sollte die Diva auftreten.

Während sie sich das Spektakel anschauten, kam der verschwitzte Graf auf sie zu. Er schien wenig entzückt über ihre Anwesenheit:

»Sie sind noch hier?«

»Ja, wir haben spontan beschlossen, uns einen freien Tag zu gönnen. Es ist so schön hier.«

»Oder spionieren Sie mir nach?«

»Nein, Conte, ganz gewiß nicht. Auch Polizisten machen mal Pause und besuchen Konzerte. Wo bekommt man denn Eintrittskarten?« fragte Paolo.

»Wenn Sie es mir nicht als Bestechungsversuch auslegen, lade ich Sie gern ein.«

»Das dürfen wir leider nicht annehmen, aber wenn Sie uns sagen, wo wir Karten kaufen können, wären wir Ihnen sehr dankbar«, sagte Leda schnell, weil sie wußte, daß Paolo auf das großzügige Angebot eingehen würde.

»Zwanzig Euro pro Person. Damit tun Sie auch noch ein gutes Werk. Denn was wäre ein Land ohne Kunst, selbst wenn nicht alle Künstler zu Lebzeiten berühmt werden.«

Paolo gab Di Palmieri vierzig Euro. Prompt zog der Graf zwei Karten aus der Brusttasche seines Hemdes, reichte sie ihm und sagte:

»Erste Reihe, Mitte. Da hören Sie jede Feinheit von Angelas überirdisch schöner Stimme. Sie werden diesen Abend nie vergessen. Es ist übrigens neben den Abenden in den Caracalla-Thermen ihr einziges Freiluft-Konzert in diesem Jahr. Sie tritt mir zuliebe hier auf. Jetzt entschuldigen Sie mich, ich muß noch nach Hause fahren und mich umziehen.«

»Dio, ich habe gar nichts Passendes dabei. Kann man denn so zum Konzert kommen?« fragte Leda.

Di Palmieri lachte:

»Aber natürlich, machen Sie sich keine Sorgen. Die meisten Menschen werden in ganz normaler Straßenkleidung erscheinen. Große Kunst ist nicht von der Kleidung ihrer Besucher abhängig. Ich selbst bin nur völlig verschwitzt und will vor allem duschen.«

Dann drückte er ihnen noch ein Programm in die Hand und ging. Als Leda ihre Augen über das Getümmel auf der Piazza schweifen ließ, bemerkte sie eine ganze Reihe uniformierter Polizisten und weitere in Zivil. Sie hatte ein Auge für die besonders gut durchtrainierten und mit weiten Jacketts bekleideten Kollegen, die darunter ihre Waffen trugen. Sie ging zu einem von ihnen, zeigte ihren Ausweis und fragte nach dem Grund der hohen Polizeipräsenz.

»Es gibt Hinweise darauf, daß der Conte Di Palmieri entführt werden soll. Wir sind zu seinem Schutz abgestellt.«

»Seit wann?«

»Seit heute mittag. Bei einem festgenommenen Mitglied der neuen Roten Brigaden fand sich in der vergangenen Nacht eine Liste mit zehn sogenannten Zielpersonen für Entführungen. Di Palmieri und seine Söhne gehören dazu.«

»Heute vormittag konnten wir noch ungehindert zum Haus des Grafen gelangen«, sagte Leda.

»Dann versuchen Sie es doch jetzt noch einmal, Commissaria. Ich kann Ihnen garantieren, daß Sie nicht mehr so einfach durchkommen«, sagte der Mann lachend.

»Erstaunlich, er läßt sich so gar nichts anmerken. Er läuft hier herum, als interessiere ihn die Bedrohung gar nicht.«

»Conte Di Palmieri und seine Söhne sind es gewöhnt, hin und wieder Mord- und Entführungsdrohungen zu bekommen. Das ist nun einmal das Schicksal der Superreichen und Prominenten. An sich müßte die gesamte Familie permanent Personenschutz haben. Aber sie lehnen das ab, weil es ihre Lebensqualität beeinträchtigen würde. Es ist ja auch noch nie etwas passiert.«

Im Fortgehen bemerkte Leda, wie der angesprochene Zivilpolizist sein Handy zückte und telefonierte. Ihr war klar, was er tat: ihre Identität überprüfen. Und sie war froh, daß dieser Staat bei allem, was nicht funktionierte, doch manchmal auf sehr gewissenhafte Beamte zählen konnte.

Bevor das Konzert begann, beschlossen sie noch eine Kleinigkeit zu essen. Diesmal begnügten sie sich mit einem großen Salat für zwei Personen und einer kleinen Karaffe Weißwein. Leda telefonierte mit Flavia. Allen ging es gut und sie konnten beruhigt noch einen Tag fortbleiben. Dann rief sie bei Ugo an, der ihr berichtete, daß seine Mutter aufgewacht sei und sich von der Operation etwas erholt habe.

Für Paolo gab es während des Essens ein einziges Gesprächsthema: terroristische Vereinigungen wie die Brigate Rosse. Welches Leid diese »ideologisch Verblendeten« – wie er sie nannte – mit ihren Morden und Anschlägen über die Menschen brachten, und das alles im Namen einer sogenannten höheren Gerechtigkeit.

»Dabei glauben sie selbst zu wissen, was für die Menschen am besten ist, und wollen uns ihre Maßstäbe und merkwürdigen Definitionen aufdrängen. Manche tun es im Namen Gottes, manche im Namen des Antikapitalismus, andere in wessen Namen auch immer – oder sie schieben einen falsch verstandenen Freiheitskampf für ihre Gewalttaten vor. Sie sind unfähig, die Vielschichtigkeit der Welt zu verstehen und zu akzeptieren. Deshalb teilen sie alles in Gut und Böse auf. Wer ihnen folgt, ist gut, wer nicht, ist böse und muß vernichtet werden. Wenn sie ehrlich wären, müßten sie zugeben, daß sie nichts anderes wollen als Macht über andere. Sie wollen aus ihren kleinen, nichtigen Existenzen ausbrechen und endlich etwas Besonderes darstellen. Im Grunde genommen sind sie nichts weiter als gefährliche Schauspieler.«

Leda schwieg zu Paolos Ausführungen. Jede Anmerkung hätte eine anstrengende Diskussion von mehreren Stunden nach sich gezogen. Sie wollte einfach nur einen Abend in schöner Umgebung und angenehmer Begleitung verbringen. Paolo verstand.

»Du hast ja recht, ich sage nichts mehr. Aber diese Leute regen mich wahnsinnig auf.«

»Mich auch.«

Dann nahm sie ihr Glas Wein und hielt es ihm zum Anstoßen hin:

»Salute, Paolo, was für ein Glück, daß wir anders und klüger sind!«

Er zögerte einen Moment, stieß dann mit ihr an und sagte lachend:

»Ach Leda, warum nimmst du mich nie ernst?«

»Wahrscheinlich, weil ich mich selbst nicht ernstnehme.«

Auf der Piazza Centrale hatte sich inzwischen eine große Menschenmenge eingefunden. Väter trugen Kinder auf ihren Schultern oder hielten sie an den Händen, damit sie nicht verlorengingen. Mütter schoben Kinderwagen vor sich her, in denen die Kleinsten bereits schliefen oder mit großen Augen das Treiben verfolgten. Die Stühle in den Bars, Gelaterias und Restaurants rings um den Platz waren besetzt, genauso wie die Stufen und der Rand des Brunnens. Rollstuhlfahrer wurden durch die Menge geschoben, um ihnen einen Platz möglichst weit vorn zu sichern.

Die Stuhlreihen vor der Bühne mit rund dreihundert kostenpflichtigen Sitzplätzen waren durch ein Seil vom Rest der Piazza abgeteilt worden. Am Eingang mußten Leda und Paolo eine Weile warten, weil die Ordner rege Debatten mit Leuten führten, die unbedingt noch Karten ergattern wollten. Ohne Erfolg, das Konzert war ausverkauft.

Endlich saßen sie auf ihren Plätzen. Die Bühne war über und über mit Blumen geschmückt. Stuhlreihen und Notenständer waren im Halbrund aufgestellt, ein Dirigentenpult in der Mitte. Drei Plätze rechts neben Leda waren noch frei.

Dann betraten die Musiker mit ihren Instrumenten unter dem Beifall der Menge die Bühne und setzten sich. In diesem Moment erschien Luca, begrüßte sie und andere Zuhörer in ihrer Nähe mit freundlichem Kopfnicken und nahm neben Leda Platz. Er war jetzt rasiert, trug einen hellen Sommeranzug und sah so aus, wie Leda sich einen Adligen vorstellte.

Sein Vater trat auf die Bühne, hielt eine kurze Ansprache, wie sehr er sich freue, daß die berühmte Serafino hergekommen sei und zugunsten verarmter Künstler auf ihre Gage verzichte. Es folgte tosender Applaus. Übergroß war der Conte auf den Bildschirmen rechts und links der Bühne zu sehen. Anschließend erschien, wiederum vom Applaus der erwartungsvollen Menge begleitet, Maestro Vincenzo Bianchini mit federndem Schritt, verbeugte sich schwungvoll vor dem Publikum, drehte sich zum Orchester und hielt die Hände in der Luft zum Einsatz bereit. Das Publikum verstand die Geste, und das Gemurmel auf dem Platz nahm ab.

Bianchini gab zwei Takte vor, und dann erklangen zart die ersten Violinentöne aus der Ouvertüre zu La Traviata. Es wurde immer ruhiger. Nur ein paar Kinderstimmen quäkten durch das Klangkissen, das sich langsam über den gesamten Platz legte.

Dann kam sie, die große La Serafino, schlank, mit einem einfach geschnittenen, knöchellangen und tief ausgeschnittenen geblümten Kleid. Langes, dunkles Haar umrahmte ihr blasses Gesicht. Leda war von ihrer Natürlichkeit beeindruckt. Angela reichte dem Maestro die Hand und nickte dem Orchester zu. Mit einer nur angedeuteten Verbeugung begrüßte sie das Publikum, das ihr von unten herauf zujubelte.

Der Maestro nahm erneut die Pose von vorher ein, und das Publikum verstummte. Der Stuhl zwischen dem Conte und seinem Sohn, wohl der der Gräfin, war frei geblieben.

Die ersten Töne erklangen. Leda sah auf den Programmzettel, den Paolo ihr hinhielt. Eine Arie aus Mozarts Hochzeit des Figaro, »Voi che sapete«. Leicht wie eine Feder im Wind schwebte die Stimme der Sängerin durch die Luft. Mit der Einfachheit eines Kinderliedes beschrieb ihr Gesang die Freude über die erste unverdorbene Liebe des jungen Cherubino. Dann bezirzte sie als Zerlina aus Don Giovanni charmant den unsichtbaren Verlobten und das Publikum mit »Batti, batti, o bel Masetto«. Anschließend schlüpfte sie in die Rolle der Adina aus der komischen Oper Der Liebestrank von Gaetano Donizetti. Im letzten Stück vor der Pause beklagte sie als Orfeo den vorübergehenden Verlust Euridices mit der Glucks-Arie »Che farò senza Euridice«.

Luca erklärte ihnen in der Pause, daß es früher üblich gewesen sei, Kastraten diese Partie singen zu lassen. Heute würde sie von Frauen übernommen oder von Männern mit besonders hohen Stimmlagen, sogenannten Counter-Tenören, von denen es aufgrund der natürlichen Veranlagung des Mannes zur tiefen Stimme nur wenige gebe. Besonders begabte fänden sich allerdings in England.

»Wir italienischen Männer können dafür etwas anderes als hoch singen, und ich glaube, die Frauen finden das schöner«, gab Paolo grinsend zum besten.

»Vielleicht können die Nordmenschen beides gut, und wir sollten sie beneiden«, meinte Luca und lächelte verschmitzt.

»Stellen Sie sich vor, Sie sitzen in der Kirche neben einem großen, bärtigen Mann, der mit heller Frauenstimme lossingt. Ich glaube, ich bekäme einen solchen Schrecken, daß ich davonlaufen und meinen sowieso instabilen Glauben an Gott endgültig verlieren würde«, sagte Paolo, und sie mußten alle drei herzlich lachen.

Dann begann für die beiden Di Palmieris der gesellschaftliche Teil des Programms. Von allen Seiten wurden sie angesprochen und für die Organisation des Konzertes beglückwünscht. Der Conte wurde nicht müde, darauf hinzuweisen, daß am Ausgang ein Tisch aufgebaut sei, wo die Besucher Spenden in Form von Bargeld oder Schecks für die Künstler abgeben könnten.

»Die Contessa ist nicht gekommen, hast du das bemerkt?« meinte Paolo plötzlich.

Sie nickte. Just in diesem Moment ging Luca zur Absperrung und bat eine alte Frau, die dort schon während des ersten Konzertabschnitts gestanden hatte, ihn zu begleiten und sich neben ihn zu setzen. Galant hob er das Absperrseil, damit sie bequem darunter hindurchgehen konnte, bot ihr seinen Arm und begleitete sie zum Ehrenplatz. Die alte Dame war zunächst verlegen, strahlte aber bald über das ganze Gesicht.

»Gott segne dich, mein lieber Junge, Gott segne dich, du bist ein guter Mensch. Ist deine Frau krank geworden? Warum ist der Stuhl frei?«

»Er war für meine Mutter bestimmt, doch sie fühlte sich plötzlich nicht gut«, antwortete Luca artig.

»Und dann hast du mich zahnlose Alte gesehen und mich geholt, weil du mir eine Freude machen wolltest. Gott segne dich, mein Sohn.«

Sie hatte tatsächlich kaum noch Zähne im Mund, was sie aber nicht daran hinderte, Luca minutenlang Worte der Dankbarkeit zuzuflüstern, seine Hände in die ihren zu nehmen und sie immer wieder zu küssen. Er saß ruhig da und ließ es geschehen. Dann erzählte er ihr, was als nächstes auf dem Programm stand und daß er selbst gern sang. Dabei wirkte er kein bißchen gönnerhaft, fand Leda. Es ging ihm nicht um die Pose, sondern um die Freude, die er der Frau machen konnte.

»Oh, ich habe früher wie eine Nachtigall gesungen und war schön wie eine Fee. Mein Mann hat mich auf Händen getragen, aber jetzt ist er schon lange tot. Er war ein guter Mann, so wie du. Hast du keine Frau?«

»Es gibt eine Frau, die ich sehr liebe. Aber ich bin nicht mit ihr verheiratet.«

»Liebt sie dich nicht?«

»Doch.«

»Dann mußt du sie heiraten, damit ihr Kinder haben könnt. Kinder der Liebe. Alle meine Kinder sind Kinder der Liebe. Und sie sind alle wohlgeraten.«

Luca sah sie mit seinen großen schwarzen Augen lächelnd an und nickte:

»Ich verspreche, ich werde sie heiraten.«

Luca hatte die ganze Zeit gewußt, daß Leda und Paolo wegen der räumlichen Nähe ihrem Gespräch zwangsläufig folgten. Er schaute sie verlegen an und wiederholte:

»Ich verspreche, daß ich sie heiraten werde.«

Nach einiger Zeit nahmen die Musiker wieder ihre Plätze ein. Nach der Pause zeigte Angela Serafino, was sie wirklich konnte: das dramatische Fach. Die Reinheit, die Kraft, der enorme Umfang ihrer Stimme steigerten den Gesang zur höchsten Kunst. Leda war wie gebannt von dieser Musik, die – genau wie der Graf es gesagt hatte – ihr Herz, vielleicht sogar ihre Seele erreichte. La Serafino ließ sie die Freuden und Hoffnungen, die Abgründe und Verzweiflung der Liebe nachempfinden, so als erlebe sie sie selbst.

Als Violetta in Verdis La Traviata besang sie die Unfaßbarkeit tiefer Gefühlsregungen, die ausgerechnet ihr, der Kurtisane, widerfuhren, und brachte dann als Sterbende im »Addio, del passato« ihr Glück, die Liebe empfunden zu haben, in unübertroffener Schönheit zum Ausdruck. Als Desdemona aus Othello bot sie ein Abendgebet dar, das den ersten Zuschauern die Tränen in die Augen trieb, Paolo ergriff Ledas Hand, die er bis zum Ende des Konzerts in der seinen hielt. Als Priesterin Norma aus Bellinis gleichnamiger Oper schwankte Angela Serafino zwischen der Trauer über die unerwiderte Liebe zum Vater ihrer Kinder und ihrem Kampfeswillen für das Glück aller. Zum Schluß jagte sie als Lucia di Lammermoor aus Liebe und aus Ohnmacht, sie nicht leben zu dürfen, durch die verschiedensten Phasen des Wahnsinns.

Auf der Piazza hätte man eine Stecknadel fallen hören, so still, so erschüttert, so hingerissen folgten die Menschen der Sängerin durch die musikalisch-dramatische Welt der gesungenen Gefühle. Sie hatte sie alle in ihren Bann gezogen. Dem Conte rannen die Tränen über die Wangen, und er zog ein Taschentuch hervor, um sie wegzuwischen. Luca saß wie versteinert neben Leda und verzog keine Miene. Paolo, dem üblicherweise jede Melodramatik abging, schluckte mehrfach verdächtig. Auch Leda saß ein Kloß im Hals.

Nach Maestro Bianchinis abschließendem Schlag mit dem Taktstock war es sekundenlang totenstill auf dem Platz. Dann tobte ein Orkan des Jubels los. Der Conte ging auf die Bühne, überreichte der Künstlerin Blumen und schloß sie lange in seine Arme. Fünfmal musste Angela Serafino auf die Bühne kommen, sich beklatschen lassen und sich verbeugen. Sie sah sehr angestrengt aus. Eine Lautsprecherstimme teilte mit, daß ein Mitschnitt des Konzerts demnächst als CD käuflich zu erwerben sei.

»Ich glaube, sie ist wirklich eine der ganz großen Sängerinnen des Jahrhunderts, auch wenn ich nichts von Opern verstehe. Aber sie kann sogar bei mir Gefühle wecken«, sagte Paolo, während er sich von Luca verabschiedete.

»Ja, das ist sie«, antwortete dieser schlicht und reichte ihm die Hand zum Abschied. Auf die von Leda hauchte er einen Kuß. Der Conte war verschwunden.

Als sie wenig später im Bett lagen, meinte Paolo:

»Beide lieben sie, hast du das bemerkt? Vater und Sohn, jeder auf seine Weise. Deshalb hassen sie sich auch so sehr. Sie ist der alleinige Grund für ihre Zwistigkeiten, nicht die geschäftlichen Fragen. Und die Gräfin weiß es. Deshalb ist sie bei der Aufführung nicht erschienen.«

»Und liebt sie einen von den beiden oder beide?«

»Luca hat uns gegenüber jedenfalls sein Heiratsversprechen abgegeben.«

»Vielleicht hat er gar nicht Angela Serafino gemeint.«

»Doch, da bin ich mir sicher.«

Sie schliefen bis in die Puppen. Als Paolo die Fensterläden aufklappte, war es bereits elf Uhr vormittags. Die Luft war schwül und der Himmel bedeckt. Sie machten sich in aller Ruhe fertig, nahmen ein ausführliches Frühstück mit Rühreiern, Früchten und Joghurt zu sich und baten die Dame des Hauses, Signora Anna-Maria, ihnen den Garten zu zeigen.

Er erwies sich tatsächlich als Paradies für Zutaten der gehobenen Küche. Auf einem kleinen Weg durch Gestrüpp erreichten sie eine etwa vierhundert Quadratmeter große gerodete Fläche, auf deren Boden in säuberlichen Reihen alles wuchs, was gut schmeckte: verschiedene Salatsorten, Zucchini, Kürbisse, Melonen, Auberginen, Paprika, Mangold, Tomaten jeglicher Form und Größe, Zwiebeln, Knoblauch und verschiedene Kräuter. Es duftete wie auf einem Markt. Die Pflanzen waren so angeordnet, dass sie sich wechselseitig Ungeziefer und Pilzbefall vom Stengel hielten und keine chemischen Mittel zu ihrer Bekämpfung eingesetzt werden mußten.

Dann machten sich Paolo und Leda auf den Weg. Langsam fuhren sie die Küstenstraße bis Porto Ercole weiter. Der Himmel war inzwischen aufgeklart. Immer wieder bot sich ein hinreißendes Wechselspiel von Berglandschaft und Meer mit den vorgelagerten Inseln. Über die Landbrücke ging es zurück aufs Festland. Auf den Straßen herrschte reger Verkehr.

Am Nachmittag kamen sie in Lavinio an. Alle waren ausgeflogen, bis auf Pipo, der sie freudig begrüßte. Schnell zogen sie sich Strandsachen an und gingen zum Club, wo Francesca und Romano unter Sonnenschirmen dösten. Von den jungen Leuten keine Spur. Leda und Paolo nahmen ein Bad im Meer. Das Wasser war jedoch lauwarm von der Sonne und wenig erfrischend. Die Abkühlung lieferte die Dusche mit ihrem eiskalten Strahl. Leda ließ sich das Wasser genüßlich über Kopf und Körper laufen und legte sich anschließend zum Trocknen in die Sonne. Paolo verschwand, weil wie jeden Sonntag um fünf Uhr ein Fußballspiel stattfand, an dem er teilnehmen wollte. Leda erzählte ihrer Schwester und ihrem Schwager von dem Konzertbesuch.

»Ihr habt La Serafino live gehört? Wie ich euch beneide! Wie ist sie denn? Wir haben Karten für eine Vorstellung mit ihr in den Caracalla-Thermen. Sündhaft teuer, sage ich dir!«

»Das Geld ist gut investiert. Sie singt einfach umwerfend. Ihr könnt euch auf die Oper freuen. Vielleicht gehe ich auch hin.«

»Die Karten sollen schon ausverkauft sein.«

Zu Ledas und Paolos mäßiger Freude beschloß der Familienrat abends, Pizza essen zu gehen. Flavia saß neben ihrer Mutter. Sie strahlte eine unbändige Freude aus, kicherte, erzählte und war wunderhübsch, noch hübscher als sonst, fand Leda. Besonders häufig erwähnte sie den Namen Alessandro. Leda war verwirrt, hieß der Erwählte nicht Davide?

»Das war nichts Richtiges«, wurde sie belehrt, und dann sprudelte es aus Flavia heraus:

»Mamma, ich bin sooo verliebt, so wahnsinnig verliebt. Kennst du das Gefühl, wenn in deinem Bauch Tausende von Schmetterlingen herumfliegen?«

»Und alle heißen Alessandro und sehen aus wie er, sprechen wie er, riechen wie er«, erklang prompt das Gespött vom kleinen Bruder Marco quer über den Tisch.

»Sei ruhig, Kleiner, du bist noch zu jung für so etwas. Mamma, aber du verstehst mich doch, nicht wahr?»

O ja, Leda verstand ihre Tochter sogar sehr gut. So war es ihr in jungen Jahren auch ergangen, und manchmal passierte es heute noch. Und es war nicht immer nur Paolo, der dieses Gefühl bei ihr auslöste. Doch darüber schwieg sie wie ein Grab.

In der nächsten Stunde redete Flavia ausschließlich von

ihrem Angebeteten: wie er aussah (einfach phantastisch, hinreißend, süß), wie er lachte (wunderbar und oft), wie intelligent er war (er studierte Politik und Philosophie, war fast fertig und wollte Wissenschaftler werden), wie sportlich er war (Tennis, Surfen und Skifahren), wie weitgereist und sprachkundig (Englisch, Französisch, Spanisch und etwas Russisch), wie gut er tanzte und wie sehr er auch sie liebte. Leda fragte sich selbst, was er eigentlich nicht konnte, und erkundigte sich bei Flavia, seit wann sie ihn kannte. Kennengelernt hatten sie sich gleich zu Beginn der Ferien.

»Aber da war er noch mit einer anderen zusammen. Letzte Woche hat er mit ihr Schluß gemacht. Vor vier Tagen wurde es dann mit uns ernster, und jetzt sind wir richtig zusammen«, erzählte Flavia strahlend, und Leda freute sich für sie. Hoffentlich würde sie eine Zeitlang glücklich mit ihm sein. Mal sehen, wie lang es dauerte. Die meisten Strandlieben waren wie Seifenblasen: bunt und wunderschön, bis sie platzten.

XIII

Das Haus und seine Bewohner befanden sich noch im Tiefschlaf, als Leda sich am nächsten Morgen nach einem Rundgang mit Pipo auf den Weg in die Stadt machte. Mario begrüßte sie fröhlich in der Bar:

»Wo waren Sie die letzten Tage? Ich habe Sie vermißt. Sie müssen doch arbeiten, oder ist der Fall vom toten Deutschen schon aufgeklärt?«

»Mitnichten. Ich bin zwar inzwischen einmal fast erschossen worden, habe eine Bande illegaler Glücksspieler aufgetan, eine berühmte Sängerin gehört und interessante Leute kennengelernt, aber wer der Mörder ist, weiß ich nicht.«

»In der Zeitung stand, daß die deutsche Baufirma auf jeden Fall weiterarbeiten will und großes Vertrauen in die Fähigkeiten der römischen Polizei setzt, daß der Mörder bald gefunden wird.«

»Wenn die sich da mal nicht täuschen«, entfuhr es Leda.

»Aber, aber, Commissaria, Sie erwischen doch jeden!«

»Es ist schön, daß nicht nur die Deutschen, sondern auch mindestens *ein* Römer an uns glaubt. Doch diesmal gestaltet sich der Fall wirklich kompliziert. Ich bin nicht einmal sicher, ob wir ihn überhaupt aufklären werden. Es sieht momentan nicht danach aus.«

»Das sagen Sie bei fast jedem Fall, und dann geht es meistens ganz schnell«, meinte Mario lachend.

»Und was gibt es Neues bei dir?«

»Eine tiefe Depression hat mich erfasst.«

Leda sah ihn verblüfft an, so sah er nicht aus.

»So, und warum?«

Marco griff zur Zeitung und schlug mit der Hand auf die Titelseite:

»Da, lesen Sie nur. Alessandro Resta, der wichtigste Mann beim SS Lazio, ist korrupt. Er hat sich von den Mailändern einkaufen lassen. Schon zur nächsten Saison wird er wechseln. Damit sind wir den letzten guten Mann los, und die Mannschaft wird in Bedeutungslosigkeit untergehen.«

»Und warum hat er die Mannschaft verlassen?«

»Die Milanesi sind reich. Er ist dem Geld erlegen, und das, obwohl der SS Lazio ihn zu dem gemacht hat, was er heute ist. Es ist ein Grundübel dieser Zeit: fehlende Dankbarkeit.«

Leda platzte fast vor Lachen.

»Dankbarkeit im Fußballgeschäft! Das wäre mal was Neues! Es war doch euer Vereinspräsident, der nichts als Geld im Sinn hatte, den Verein an die Börse brachte und ihn ruinierte. Und jetzt sitzt er im Kittchen!«

»Aber Resta hat immer gesagt, daß er Rom nie verlassen würde, und dann ausgerechnet Mailand! Wenn er wenigstens zum AS Roma gewechselt wäre. Das hätte ich ja noch akzeptiert. Aber Mailand, nein! Er ist ein Traditore, ein undankbarer Verräter!«

Mario schmetterte ihr den Cappuccino und den Teller mit dem gewohnten Cornetto auf die Theke. »Zigaretten fallen ja aus«, sagte er mehr zu sich als zu ihr und schimpfte weiter.

Leda kannte ihn gut genug, um zu wissen, daß es jetzt besser war, das Thema zu wechseln, oder zu schweigen. Sie entschied sich für die zweite Variante. So gab sie dem Barmann Zeit, sich noch ein bißchen über die verkommene Moral im Sport auszulassen und sich dann zu beruhigen, was er auch tat.

»Übrigens, Ihre Wäsche ist längst fertig. Meine Frau dankt sehr für die großzügige Bezahlung.«

Mario trug ihr die beiden restlichen Pakete ins Auto, und Leda fuhr ins Präsidium. Auf ihrem Schreibtisch fand sie eine Nachricht vor, sie möge bitte sofort beim Kollegen Alfonso Lucarelli anrufen. Sie ging statt dessen hin.

Beim Anblick von Lucarelli konnte sie sich das Lachen nur schwer verkneifen. Sein Aufzug war unbeschreiblich geschmacklos: zu einem dunkelgrünen Anzug trug er ein kanariengelbes Hemd mit kleinen grünen Palmen und dazu eine grüne Krawatte mit gelben Palmen.

»Wo haben Sie denn dieses Hemd gefunden?« fragte sie ihn entgeistert.

»Shocking, oder? In San Francisco, da war ich im letzten Urlaub. Tolle Stadt, ziemlich abgedreht.

Es gibt Neuigkeiten für Sie. Ich habe Caiolo in Sperlonga sofort nach unserem Gespräch am Freitag überwachen und jeden fotografieren lassen, der sich in seine Nähe begeben hat. Ob Sie es glauben oder nicht, der Kerl hatte tatsächlich die Unverfrorenheit, am Freitag in seinem Haus und am Sonntag auf seinem Boot schon wieder Pokerrunden stattfinden zu lassen. So stellt sich für uns jedenfalls die Situation dar. Er fühlt sich offensichtlich so sicher, nicht geschnappt zu werden, daß er unvorsichtig wird.

Mit diesen Fotos, die noch vergangene Nacht gekommen sind, war ich heute morgen beim Assessore und habe sie ihm gezeigt. Er hat darauf zwei Männer wiedererkannt, die angeblich am Vorabend des Mordes bei Caiolo gepokert haben. Romelli ist sich ganz sicher. Der eine entspricht Ihren Beschreibungen von neulich. Das müßte der hier sein, stimmt's?«

Er hielt Leda ein Foto hin und tippte mit dem Finger auf einen der abgelichteten Männer. Leda nickte, das war der Mann, der sich ihr als Signor Ca'Zorzi vorgestellt hatte.

»Den anderen kennt Romelli zwar nicht, er ist aber ein guter Bekannter von uns: Cesare Labianco. Er besitzt eine Nachtbar an der Piazza Mattei und hat mehr Geld, als er mit dem offiziellen Betrieb verdienen dürfte. Wir vermuten, daß bei ihm im Hinterzimmer kräftig gepokert wird. Wir haben ihn schon lange im Visier, konnten ihn aber noch nie festnageln, weil in der Branche nun mal keiner gegen den anderen aussagt und Razzien bisher erfolglos blieben. Er muß ein sehr gutes Informationsnetz haben.

Romelli ist unsere große Chance. Er mag zwar bestechlich sein, aber er gehört ganz sicher nicht zum harten Kern der Profispieler, geschweige denn zu den Köpfen. Die haben ihn nur ausgenutzt, um an frisches Geld zu kommen. Gleichzeitig ist er brandgefährlich für sie, weil sie zu Recht seine Aussage fürchten müssen. Ich denke, wir sollten ihn in Sicherheit bringen. In seiner Wohnung können sie ihn zu leicht finden.«

»Was schlagen Sie vor? Sollen wir ihn in Schutzhaft nehmen?«

»Dio, nein. Das ist im Zweifel noch gefährlicher, zumindest hier in Rom. Wir haben am Stadtrand mehrere Wohnungen, die wir auch für die Leute in Zeugenschutzprogrammen nutzen. Da wollte ich ihn hinbringen lassen, wenn Sie einverstanden sind. Romelli ist es, wir haben bereits mit ihm gesprochen. Auch seine Familie muß vom Haus der Schwester weggebracht werden. Da könnten sie sie finden. Wir werden sie nach Pescara bringen. Dort hat Signora Romelli eine Studienfreundin, die hier niemand kennt.«

»Das ist eine fabelhafte Idee.«

»Labianco hat vergangene Nacht auf seinem Boot im Hafen von Sperlonga übernachtet. Er ist heute morgen ausgelaufen und wird wohl gerade in diesem Moment auf hoher See festgenommen. Jede Aktion an Land wäre Caiolo aufgefallen. Ihn wollen wir erst dann schnappen, wenn seine schießwütigen Jungs oder Labianco gegen ihn ausgesagt haben. Wobei die Jungs wirklich hart sind. Wir probieren es seit Tagen immer wieder. Nichts zu machen. Bei dem einen haben wir allerdings den Eindruck, daß er vielleicht heute noch den Mund aufmachen könnte. Wir geben Ihnen dann sofort Bescheid. Mit Ihrem Romelli haben Sie uns wahrscheinlich einen Riesendienst erwiesen. Danke«, sagte Lucarelli fröhlich.

»Ihnen vielleicht, mir aber nicht. Denn wenn er ein Alibi als Spieler hat, fehlt mir der Mörder.«

»Signora. Wenn es hier jemandem gelingt, Mörder zu fassen, dann sind das doch wohl Sie! Also geben Sie nicht auf, Ihr Mörder findet sich bestimmt.«

»Und Caiolo? Den laßt ihr doch überwachen, oder?«

»Sì, Signora. Er kann keinen Schritt mehr ohne Aufsicht tun. Seine beiden Autos, die seiner Mitarbeiter sowie sein Boot sind mit Sendern ausgestattet. Da wir annehmen, daß er sich am ehesten per Schiff absetzt, haben wir uns erlaubt, sein Steuersystem ein bißchen zu manipulieren und ein paar unserer Kollegen als Urlauber getarnt auf Motorboote rund um Sperlonga zu positionieren, damit sie ihn im Notfall retten können«, erklärte Lucarelli lächelnd.

»Ihr seid wirklich mitfühlend! Denken Sie dran, einen Bericht zu schreiben. Alesi wird ihn sowieso einfordern.«

»Signora Giallo, wir kennen doch unseren Chef. Wie sagt er immer: kurz, präzise und umfassend. In einer Stunde haben Sie ihn.«

»Danke, Lucarelli.«

Zurück im Büro startete Leda ihren Computer und begann ihren eigenen Zwischenbericht über die bisherigen Ermittlungsergebnisse zu verfassen. Sie haßte diese Arbeit zutiefst, weil sie ihr die Zeit raubte, die sie gebraucht hätte, um sich neuen Aspekten zu widmen. Andererseits wußte sie, daß solche Berichte Vorgesetzte und Kollegen informierten und bei späteren Ermittlungen eine große Hilfe darstellen konnten.

Ihr Chef, zu dem sie noch am selben Abend zu einer Besprechung fahren wollte, wäre sehr böse gewesen, wenn sie ohne diese Schriftstücke erschienen wäre. Also unterzog sie sich lieber sofort der Qual. Zwischendurch legte sie zwei oder drei Denk- und Schreibpausen ein, holte sich Kaffee am Automaten und verbrannte sich an den dünnen Plastikbechern jedesmal die Finger. Sie sehnte sich inständig nach einer Zigarette und danach, daß es bald vorbei wäre. Pünktlich nach einer Stunde erschien Lucarelli mit seinem Bericht. Dann rief eine Fernsehjournalistin an, um sich zu erkundigen, ob sie im Fall Breuer schon weitergekommen sei.

»Dazu werden wir Ihnen zu gegebener Zeit Auskunft erteilen«, lautete Ledas Antwort.

»Darf ich daraus schließen, daß Sie noch keine Fortschritte erzielt haben?«

»Nein, das dürfen Sie nicht«, sagte Leda und dachte das Gegenteil.

Sie hatte etwa eineinhalb Stunden lang auf der Tastatur herumgeklappert, als sich die Tür öffnete und Ugo mit tiefen Ringen unter den Augen eintrat.

»Ciao, Leda, haben Sie den Mörder schon, oder kann ich bei der Suche noch behilflich sein?«

»Wie gut, daß du kommst. Wie geht es deiner Mutter?«

Sie erholte sich schnell, berichtete Ugo, die Ärzte waren zufrieden und bewunderten den Kampfeswillen der alten Dame. Sie mußte noch eine Weile im Krankenhaus bleiben und sich anschließend einer längeren Rehabilitation in einer Spezialklinik unterziehen. Doch die Prognosen waren sehr gut.

»Mamma hat mich ins Büro geschickt. Sie sagt, ich könne schließlich nicht wochenlang an ihrem Bett sitzen.«

»Da hat sie recht. Sie ist eine kluge Frau.«

Leda war froh, daß ihr Bericht fertig war, druckte die fünf Seiten aus und gab sie Ugo zum Lesen.

Währenddessen telefonierte sie mit Alesi, der bereits auf ihren Anruf gewartet hatte. In kurzen Worten setzte sie ihn über die am Wochenende gewonnenen Erkenntnisse ins Benehmen, insbesondere über die von Lucarelli.

»Wann bekomme ich eure Berichte?«

»Heute abend bringe ich sie vorbei.«

»Gut.«

Auch er hatte Neuigkeiten für Leda. Irgend jemand aus Alesis breitem Bekannten- und Freundeskreis war in der Lage gewesen, übers Wochenende Auslandskonten von Romelli zu finden und zu überprüfen.

»Wo bringt jemand Geld hin, das unentdeckt bleiben soll?«

»In die Schweiz oder nach Liechtenstein«, antwortete Leda prompt.

»Genau. Bei den Eidgenossen gibt es gleich zwei. Die sind zwar inzwischen so gut wie leer, aber die Bewegungen in den vergangenen Jahren sind hochinteressant. Bitte geh in den kleinen Schreibwarenladen an der Ecke Via Nazionale. Dort gibt es ein Faxgerät. Sobald du da bist, rufst du mich an, und ich schicke die Listen mit sämtlichen Ein- und Auszahlungen los. Stell sicher, daß nur du das Fax in Empfang nimmst, schneide sofort die Absenderkennung ab und vernichte sie. Ich darf unter keinen Umständen als Lieferant der Information erkennbar sein. Dann vergleicht bitte die Einzahlungen mit den Aufträgen und Auftragnehmern der Projekte, die unter Romellis Leitung in den vergangenen Jahren realisiert wurden. Heute abend sprechen wir drüber. Ciao, bis später.«

Leda beauftragte Ugo, sich in der Pathologie zu erkundigen, ob der abschließende Bericht über Breuer fertig sei. Außerdem sollte er bei Romellis Mitarbeiter Zelli anrufen und Ledas Besuch in etwa einer Stunde abkündigen.

»Soll ich uns etwas zu essen mitbringen?« fragte sie.

Ugo nickte. Seine Mutter konnte ihm schließlich derzeit keine Butterbrote fürs Büro vorbereiten.

Leda eilte, so schnell sie konnte, in das besagte Geschäft. Durchgeschwitzt kam sie dort an. Die Übertragung klappte erstaunlich reibungslos. Nach zwanzig Minuten hielt sie einen ganzen Packen Blätter in der Hand, auf denen lange Reihen von Kontenbewegungen mit Absendern und Adressaten aufgelistet waren. Sie ließ sich eine Schere geben, schnitt die Kennung am oberen Rand der Blätter ab, zerriß die schmalen Streifen in winzige Stücke und warf sie in den Papierkorb. Dann packte sie die Blätter in ihre Handtasche und ging. Ein paar Häuser weiter lag eine Pizzeria, die Pizza vom Blech verkaufte. Sie ließ sich mehrere Stücke einpakken: mit Kürbisblüten und Anchovis belegt, mit Tomaten und Mozzarella, mit Schinken und Rucola und mit feinen Kartoffelscheiben.

Ugo war mit ihrer Wahl sehr zufrieden und teilte ihr kauend das Ergebnis seiner Arbeit mit. Zelli hatte zwar gemurrt, als er hörte, daß sie gleich kommen würden, weil er eigentlich etwas in der Stadt zu erledigen hatte. Aber er hatte versprochen, zu warten und eine Liste mit sämtlichen von Romelli bearbeiteten Projekten bereitzuhalten.

Außerdem hatte Ugo noch schnell die Vernehmungsberichte der Kollegen, die die Bauarbeiter vernommen hatten, überflogen: Rein gar nichts sei da zu finden gewesen.

Schließlich hatte Ugo den Bericht des Pathologen abgeholt und gelesen: Nach Ansicht des Mediziners waren Breuers Oberarme vom Täter so fest gepackt worden, daß seine Finger blaue Flecken hervorgerufen hatten. Der Pathologe zog daraus die Schlußfolgerung, daß der Täter den sich wehrenden Mann mit ungeheurer Kraft in die Luft gehoben und wie ein Paket die Stufen der Arena hinuntergeworfen habe, wo Breuer mit dem Kopf auf der Kante einer Stufe gelandet sei. Das bestätigte die anfängliche Vermutung, daß der Täter sehr groß, ungewöhnlich stark und zudem emotional sehr aufgeladen gewesen sein mußte, um solche Kraft entwickeln zu können. Denn Breuer hatte immerhin fast achtzig Kilo gewogen.

»Der Conte«, entfuhr es Leda.

»Wie bitte? Di Palmieri? Wie kommen Sie denn auf den?«

»Er ist ein Koloß, fast zwei Meter groß und stark wie ein Elefant.«

»Aber welchen Grund sollte er gehabt haben, Breuer umzubringen? Hat Breuer auch ihn geärgert?«

»Er behauptet, daß er ihn gar nicht gekannt hat. Außerdem hat er ein Alibi. Wenn er jemanden umbringen will, dann ist es sein Sohn Luca. Vergiß es, er kommt nicht in Frage. Das war eine Schnapsidee. Er ist nur so stark, deshalb fiel er mir spontan ein.«

»Warum will er seinen Sohn umbringen?«

»Die beiden hassen sich. Paolo behauptet, es sei wegen ihrer Liebe zur selben Frau.«

»Vater und Sohn lieben dieselbe Frau? Und wen liebt sie?«

Leda lachte:

»Genau das habe ich mich auch gefragt. Der Sohn will sie heiraten. Ihre tatsächliche Gefühlslage kennen wir nicht.«

»Das ist ja wie in der Oper«, bemerkte Ugo.

»Genau, sie ist ja auch Sängerin. Komm, wir fahren zu Zelli.«

Im Auto stellte Ugo dann die gewagte These auf, daß Di Palmieri vielleicht hinter eine Affäre zwischen der Sängerin und Breuer gekommen sei und er ihn deshalb getötet habe.

»Dann haben wir es mit Eifersucht zu tun. Die kann bei einem Mann bekannterweise ungeahnte Kräfte freisetzen. Und die meisten Morde geschehen aus Eifersucht, vergessen Sie das nicht.«

»Eine Römerin dieses Kalibers läßt sich doch nicht mit einem kleinen Bauleiter ein, der kaum Italienisch spricht, abends verdreckt nach Hause kommt und noch dazu eine Frau und zwei kleine Kinder hat. Sie sieht phantastisch aus, macht Weltkarriere, und Grafen mit dicken Geldbörsen stehen bei ihr Schlange. Tut mir leid, aber das mit dem Verhältnis kann ich nicht glauben.«

»Die Wege des Herrn und die der Liebe sind manchmal unergründlich«, meinte Ugo grinsend.

Zelli wartete bereits ungeduldig auf sie. Leda hatte Ugo zuvor instruiert, er solle ihm nicht verraten, daß sie Romelli aufgespürt hatten.

»Haben Sie meinen Chef gefunden?« lautete auch Zellis erste Frage.

»Nein, leider noch nicht. Haben Sie etwas von ihm gehört?«

Kopfschütteln.

»Ich verstehe das nicht. Wo kann er denn nur stecken? Er wird doch nicht abgehauen sein?«

Achselzucken bei Leda und Ugo.

Zelli hatte in den letzten anderthalb Stunden fleißig gearbeitet und präsentierte ihnen eine genaue Aufstellung von Projekten und ihren Auftragnehmern, mit den Daten der Baugenehmigungen und der Durchführung.

»Wo können Signor Libotti und ich diese Listen in Ruhe durchgehen?«

»Hier, wenn Sie möchten. Ich würde schon mal gehen. Sie brauchen dann nur die Tür fest hinter sich zuzuziehen.«

»Das geht nicht, weil wir ganz sicher Rückfragen haben und Sie brauchen werden.«

»Aber ich habe einen wichtigen Termin in der Stadt«, erwiderte Zelli ungehalten.

»Dann sagen Sie ihn bitte ab«, lautete Ledas eindeutige Antwort.

»Wenn es sein muß. Könnten Sie sich dann bitte in das Zimmer des Assessore setzen? Dort gibt es auch einen großen Tisch, an dem Sie arbeiten können, während ich hier weitermache.«

Leda war einverstanden, und Zelli führte sie in das Büro von Romelli. Es war ausgesprochen modern eingerichtet. Große Fotografien verschiedener Bauprojekte, Konstruktionszeichnungen und Stadtpläne hingen an den Wänden.

»Sie wissen, wo Sie mich finden«, sagte Zelli und schloß die Tür.

Nun zog Leda ihre Liste aus der Tasche.

»Das sind die Zahlungen, die in den letzten fünf Jahren auf Romellis Schweizer Konten eingegangen sind. Wir müssen prüfen, ob es einen Zusammenhang zwischen dem Zeitpunkt der Baugenehmigungen und der Einzahlung von Geldern auf diese Konten gibt oder möglicherweise Übereinstimmungen zwischen den Auftragnehmern und den Einzahlern.«

»Wo haben Sie denn diese Liste her?«

»Betriebsgeheimnis!«

»Der Alte ist einfach unglaublich!« sagte Ugo und lächelte verschmitzt.

Auf Zellis Liste fanden sich Schulen, Verwaltungsgebäude, Schwimmbäder, Sporthallen, Hotels und andere Projekte, die der Genehmigung durch das Amt für Stadtentwicklung bedurften. Über hundert hatte Romelli im Laufe der Jahre verantwortet. Der Vergleich mit Alesis Papieren zeigte, daß erstaunlich viele Überweisungen von Bauunternehmern, die die Vorhaben ausgeführt hatten, auf Romellis Konten eingegangen waren. Mehrmals mußten sie sich von Zelli erklären lassen, in welchem Zusammenhang welcher Name mit welchem Projekt stand. Er war zwar verwundert, woher sie diese Namen hatten, antwortete aber gern, zumal sie ihn wegen seines hervorragenden Erinnerungsvermögens ausführlich lobten und ihm immer wieder dankten, daß er ihnen sein Wissen zur Verfügung stellte.

»Ihre Mitarbeit wird in unserem Bericht eine mehr als lobende Erwähnung finden, Signor Zelli, das kann ich Ihnen schon jetzt versprechen. Sie erweisen sich und der ganzen

Stadt einen großen Dienst«, sagte Ugo und traf damit genau den Ton, den ein unbeachteter, sich wichtig fühlender Beamter brauchte. Sein Groll darüber, daß er hatte bleiben müssen, war verflogen. Er versorgte sie mit Kaffee und Wasser, holte zwischendurch Eis für alle und fühlte sich als gleichberechtigtes Mitglied eines Teams, über dessen Arbeit er jedoch nur Vermutungen anstellen konnte. Auf seine Frage, ob Romelli Bestechungsgelder angenommen habe, erhielt er keine genaue Antwort.

»Signor Zelli, wir dürfen leider im Moment noch nicht darüber sprechen. Aber ich garantiere Ihnen, daß ich Sie anrufen werde, sobald wir Genaueres wissen und Informationen nach außen geben dürfen«, versprach Leda ihm.

»Korruption ist schrecklich, wenn auch weit verbreitet. Mir hat man nie Geld angeboten. Ich hätte es auch nicht genommen. Geld fällt sowieso immer nur denen in den Schoß, die schon genug davon haben. Das ist wohl eine Art Naturgesetz«, philosophierte Zelli während einer Arbeitspause, und Leda fragte sich, ob er es vielleicht doch genommen hätte, wenn es ihm angeboten worden wäre, nur um diese vermeintliche Zwangsläufigkeit Lügen zu strafen.

Fünf Stunden später hatten sie eine Liste mit dreiundvierzig Fällen erstellt, bei denen es eindeutige Zusammenhänge zwischen Einzahlungen auf Romellis Schweizer Privatkonten und erteilten Bauaufträgen gab. Der Assessore war korrupt bis auf die Knochen. Zahlungen von Di Palmieri waren allerdings nicht dabei.

Aus dem Auto rief Leda bei Lucarelli an und fragte ihn, wo Romelli jetzt sei.

»In der Wohnung, wie verabredet. Möchten Sie ihn sprechen?«

»Nein, heute nicht mehr. Aber ich werde einen Haftbefehl gegen ihn erwirken und muß sicher sein, daß er Ihnen nicht entkommen kann.«

»Ich glaube kaum, daß das bißchen Spielen für einen Haftbefehl ausreicht«, meinte Lucarelli.

»Tut es auch nicht. Aber wir haben Beweise, daß er seit Jahren Bestechungsgelder für städtische Bauprojekte erhalten hat. Und dafür kriegen wir den Haftbefehl.«

»Mamma mia, auch das noch. Er ist auf jeden Fall bei uns sicher, verlassen Sie sich darauf!«

Dann wandte Leda sich an Ugo:

»Jetzt hör dir meine Version der Tat an, mal sehen, wie du sie findest: Romelli, dem das Wasser bis zum Hals steht, verlangt von Breuer die Zahlung einer Summe X. Und zwar dafür, daß er sich erstens politisch für die Deutschen einsetzt, um einen Stimmungswechsel in der Bevölkerung herbeizuführen, und zweitens Breuers persönliche Entgleisungen übersehen wird. Ansonsten, so droht er ihm an, werde er dafür sorgen, daß Breuer seinen Job verliert. Aus welchen Quellen auch immer hat Romelli erfahren, daß Breuer die Bauleitung des Auditoriums von der Firma Holzer sozusagen auf Bewährung bekommen hat. Da Breuer sich weigert, auf diese Forderung einzugehen, heuert Romelli einen starken Mann aus der Unterwelt an, um die Ernsthaftigkeit seiner Forderung zu unterstreichen und den Bauleiter gründlich verprügeln zu lassen. Der übertreibt es und wirbelt Breuer gleich so durch die Luft, daß er mit dem Kopf zuerst in der Arena landet und stirbt.«

»Auch eine Möglichkeit«, kommentierte Ugo lapidar.

»Mehr sagst du dazu nicht?«

»Wir haben für Ihre These genausowenig Beweise wie für meine oder für irgendeine andere. Solange Romelli nicht gesteht, haben wir nichts in der Hand, außer natürlich die Korruption und die Spielerei.«

»Dann wissen wir ja, was wir morgen vormittag zu tun haben.«

Leda setzte Ugo, der den Haftbefehl für Romelli besorgen

und anschließend ins Krankenhaus zu seiner Mutter fahren wollte, an der U-Bahn-Station ab und machte sich auf den Weg nach Fregene zu Alesi. Sie brauchte ewig für die Strecke, weil die Straßen von Berufspendlern verstopft waren. Aus dem Radio erfuhr sie zu ihrem Entsetzen, daß die Polizei hinter einer Bande her sei, die illegales Glücksspiel betreibe, und wahrscheinlich schon morgen erste Ermittlungsergebnisse vorweisen werde. Leider seien die ermittelnden Beamten nicht bereit gewesen, die Namen der Verbrecher zu nennen.

»Dafür müssen Sie Verständnis haben. Die Nennung von Namen würde unsere Ermittlungen möglicherweise zunichte machen«, ertönte Lucarellis Stimme aus dem Lautsprecher.

»Verdammt, wie sind denn diese Spürhunde von der Presse dahintergekommen, daß es überhaupt eine Ermittlung gibt?« schimpfte Leda laut und wollte gerade zum Telefon greifen, um Lucarelli von weiteren Interviews abzuhalten, als sie die nächste Meldung wie ein Schlag traf: Aus sicherer Quelle habe die Journalistin Ariana Floris exklusiv erfahren, daß die Ermittlungen in Sachen Mord im Auditorium gute Fortschritte machten. Möglicherweise stehe die Polizei auch hier kurz vor der Festnahme des Mörders.

Ariana Floris, das war die Frau, die heute morgen angerufen hatte! Gar nichts von alledem hatte sie ihr gesagt! Diese Journalisten drehten einem immer das Wort im Mund um. Eine der seltenen Ausnahmen war Paolo. Nicht zuletzt deshalb gehörte er in die Riege der Bekannten und vor allem Geachteten seines Berufsstandes.

Bei Alesis herrschte fröhliches Familienleben. Eine der Töchter hatte ihre beiden kleinen Söhne bei Oma und Opa abgesetzt und war mit ihrem Mann für zwei Tage an die ligurische Küste gefahren, um dort Freunde zu besuchen. Alesi umarmte Leda zur Begrüßung und lud sie zum Abendessen ein.

»Es gibt zwar nur Pasta, viel Salat und Käse, weil die Kleinen das so mögen. Aber das ist dir hoffentlich recht«, sagte Alesis Frau, und Leda nahm die Einladung gerne an.

Dann zog sie sich mit Erman in sein kleines Arbeitszimmer zurück. Dank einer Klimaanlage war es dort wunderbar kühl. Leda gab ihm die Berichte und wartete, bis er sie gelesen und damit in sein Gehirn kopiert hatte. Alesi war berühmt dafür, daß er sich Berichte merkte und noch Jahre später die genannten Personen und Fakten bei Bedarf wieder ausgrub, wenn sie gebraucht wurden.

Mündlich erläuterte Leda ihm, wie häufig Romelli Bestechungsgelder erhalten hatte, und legte ihm die Listen vor. Er studierte sie sorgfältig und wiegte seinen Kopf mit den schlohweißen Haaren hin und her:

»Das darf ja wohl nicht wahr sein! Einer der wichtigsten Männer in Rom ist so korrupt, daß einem Hören und Sehen vergeht. Wahrscheinlich hat die Spielerei so viel Geld verschlungen. So ein krasser Korruptionsfall ist mir noch nie untergekommen. Dabei wird das Geld auf die Baupreise geschlagen, und die aus Steuergeldern finanzierten Projekte werden teurer, als es nötig wäre. Das ist skandalös. Und dieser Mann hat immer den politischen Gutmenschen gespielt, der sich mit Haut und Haaren dem Wohlergehen der Römer verschrieben hat. Es ist nicht zu fassen. Habt ihr ihn schon verhaftet?«

»Nein, noch nicht. Ugo besorgt den Haftbefehl noch heute. Aber es ist auch nicht so eilig, weil Romelli freiwillig in eine unserer Wohnungen gezogen ist und dort streng bewacht wird. Lucarelli weiß Bescheid und läßt ihn garantiert nicht aus seinen Fängen.«

»Das ist gut. Aber was hat das alles mit dem Mord zu tun? Ich finde die Verbindung zum Toten im Auditorium nicht«, sagte Alesi.

»Genau das ist mein Problem.«

Gemeinsam gingen sie alle denkbaren Varianten durch. Ledas These von der geplanten Warnung an Breuer fand Alesi noch am wahrscheinlichsten, doch sie überzeugte ihn nicht.

»Wenn ihm morgen einer der Spieler ein Alibi gibt, ist auch die Vermutung hin. Wir haben es mit einer ungewöhnlichen Tat zu tun, müssen also ungewöhnliche Wege denken«, bemerkte Alesi treffend.

»Di Palmieri«, sagte Leda.

»Wer?« fragte Alesi ungläubig.

»Antonio Conte Di Palmieri«, wiederholte sie.

»Wie kommst du denn auf den?«

»Kennst du ihn?«

»Flüchtig, von verschiedenen gesellschaftlichen Anlässen.«

»Wie sagst du immer zu mir, wenn es darum geht, den Eindruck von einer Person zu schildern? Du sagst: Schließ die Augen und rede drauflos. Darum bitte ich dich jetzt.«

Alesi lehnte sich bequem zurück und schloß die Augen. Er sah selbst in seiner Freizeitkleidung elegant aus: eine dunkelblaue, leichte Baumwollhose, dazu ein schneeweißes Polohemd dunkelblaue Mokassins.

»Um die Sechzig, könnte aber auch älter sein, er hat sich gut gehalten. Sehr gut sogar! So wie ich!«

Alesi öffnete die Augen und grinste Leda an. Dann fuhr er fort:

»Er ist noch größer als ich, mindestens einen Meter fünfundneunzig, wirkt wie ein Goliath und hat sehr ausdrucksstarke dunkle Augen. Sehr elegant, läßt sich wohl alles nach Maß anfertigen. Überaus gebildet und wortgewandt, ein blendender Unterhalter, aber bei Gott kein Blender. Impulsiv, wenn er eine Sache wirklich vertritt. Kennt jede Oper, die jemals komponiert wurde, auswendig. Ich habe einmal erlebt, wie Tullio Muti, der Dirigent der Mailänder Scala, irgend etwas gefragt wurde, was er nicht wußte, und antwortete: Fragen Sie Conte Di Palmieri, der weiß es. Und der wußte es sofort. Manchmal emotional wie ein Kind, wenn er sich für gesellschaftliche Belange, für Künstler oder das Auditorium einsetzt. Ansonsten bekannt als knallharter Geschäftsmann und Politiker. Hält hervorragende Reden im Parlament, häufiger Gast in Talkshows. Tolerant und großzügig. Reicht das?«

»Ja. Du hast drei Punkte genannt, die für den Mordfall relevant sein könnten: Stärke, Emotionalität und die Liebe zum Auditorium. Die körperliche Stärke des Täters muß von gewaltigen Emotionen noch gesteigert worden sein, damit er ein Gewicht wie Breuer einfach wegwerfen konnte. Und Di Palmieri hängt am Bau des Auditoriums, bis heute, er hat es mir gesagt.«

»Motiv?«

»Rache und Enttäuschung! Er wollte Breuer, den Deutschen, bestrafen, weil er als Italiener das in seinen Augen wichtigste nationale Bauwerk der Gegenwart, sein Lebenswerk, nicht zu Ende bringen darf.«

»Leda, das ist absurd! Di Palmieri mag den Bogen in seinen gefühlsbetonten Reden manchmal überspannen, aber er ist klar im Kopf. Ohne ihn würde doch das ganze Auditorium, egal von wem, gar nicht gebaut. Sein Lebenswerk ist doch im Entstehen begriffen, und das weiß er!«

»Aber vielleicht wollte er es selbst bauen und nicht durch andere bauen lassen.«

»Du kannst mir doch nicht erzählen, daß ein Mann, der sein ganzes Leben lang ein enormes Familienvermögen weiter vermehrt und dazu eine Baufirma zur größten Italiens gemacht hat, plötzlich durchknallt und wegen eines verlorenen Auftrags einen Menschen umbringt. Blödsinn! Und du wirst den Teufel tun, Di Palmieri wegen dieser unglaublichen Hilfskonstruktion zu belästigen, die du dir zurechtgelegt hast, weil dir eine andere Erklärung fehlt!«

Alesi war zornig aus seinem Sessel aufgesprungen und lief im Zimmer auf und ab.

»Dein sonst unbestritten hervorragendes kriminalistisches Gespür schlägt aus Verzweiflung über die Stränge. Du mußt dich damit abfinden, daß der Mörder in diesem Fall zumindest vorläufig nicht gefaßt wird. Aber laß die Finger vom Conte. Wir blamieren uns in ganz Italien! Bring mir einen anderen Mörder oder gar keinen, damit kann ich leben. Aber nicht Di Palmieri.«

Leda schwieg. Alesi hatte ja recht. Schließlich war sie selbst alles andere als überzeugt von ihrer eigenen These.

Plötzlich öffnete sich die Tür, und einer der Enkelsöhne trat ein.

»Ihr sollt kommen, das Essen ist fertig.«

XIV Nachts hatte Leda einen furchtbaren Traum: Flavia und Marco waren noch klein, lagen in ihren Betten und schrien vor Hunger. Leda konnte ihnen nichts geben, weil sie nichts zum Essen im Haus hatte. Sie konnte es auch nicht verlassen, weil vor der Haustür Conte Di Palmieri mit einem ganzen Orchester und Angela Serafino das Treppenhaus besetzt hielten und sie zwangen, sich stundenlang Opernarien anzuhören. Als sie schließlich doch die Tür öffnete, um einkaufen zu gehen, baute sich der Graf vor ihr auf und lachte grausam: »Du willst La Serafino nicht hören? Dann werfe ich dich die Treppe hinunter. Denn wer ihren Gesang nicht liebt, ist es nicht wert zu leben.«

Mit rasendem Herzen erwachte sie und brauchte ein paar Sekunden, um herauszufinden, wo sie war: zu Hause im Bett ihrer Stadtwohnung. Die Hitze drückte, obwohl sie nach ihrer Rückkehr von Alesi gestern abend alle Fenster weit aufgerissen hatte und der Ventilator an der Decke seine Kreise drehte. Sie stand auf und stellte mit Genugtuung fest, daß wenigstens die Bodenfliesen schön kühl waren. Barfuß tappte sie erst zur Toilette und anschließend in die Küche, um ein Glas klares, kaltes Leitungswasser zu trinken. Sie war jetzt hellwach.

Von draußen erleuchtete der Vollmond die Wohnung. In der kleinen Parkanlage rund um das Mehrfamilienhaus hörte sie es rascheln. Sie ging durch das Wohnzimmer auf den Balkon und sah unten zwei Katzen, die einander eine wilde Verfolgungsjagd über Mauern, Bänke, Bäume und Wege lieferten und dabei laut fauchten. Anschließend gab Leda den Pflanzen Wasser. Sie hatten es mehr als nötig. Maria, ihr Hausmädchen, das normalerweise zweimal wöchentlich kam, um den Haushalt, die Wäsche und auch die Pflanzen in Ordnung zu halten, war vor vierzehn Tagen in die Ferien gefahren.

Leda schlenderte durch alle Räume und stellte sich vor, wie es sein würde, wenn die Kinder wieder da waren. Würden sie ihre Möbel aus dem Haus des Vaters hierherholen? Dort in München waren sie modern eingerichtet, das Mobiliar hier war eher altmodisch. Würden sie die Wände in anderen Farben gestrichen haben wollen? Dann sollte sie die günstige Gelegenheit wahrnehmen und gleich die gesamte Wohnung streichen lassen. Auch die beiden Bäder konnten eine Rundumerneuerung vertragen, genauso wie die Küche.

Ledas Eltern hatten die geräumige Wohnung gekauft, als Francesca und sie noch Kinder waren. Flavia und Marco waren die ersten Jahre hier aufgewachsen und empfanden sie bis heute als ihr eigentliches Zuhause, das sagten sie zumindest immer, wenn sie in den Ferien zu Leda nach Rom kamen. Sie kannten die jungen Leute in der Nachbarschaft und verbrachten gern ihre Tage mit ihnen. Fiorella, die junge Frau aus der Wohnung über ihnen, war früher Flavias beste Freundin gewesen. Die beiden Mädchen hatten damals furchtbar unter ihrer Trennung gelitten, und wann immer Flavia in Rom war, hockten sie zusammen. Bis heute. Fiorella hatte auch in diesem Jahr bereits ein paar Tage bei ihnen in Lavinio verbracht. Ob sie schon von Flavias Entscheidung wußte?

Leda ging wieder auf den Balkon und legte sich auf eine Liege, um aus der Stille der schlafenden Stadt und dem Licht des Vollmonds Ruhe für sich selbst zu schöpfen.

Als sie erwachte, war es bereits hell. Sie kehrte in ihr Bett zurück und schlief hinter dem Dunkel der geschlossenen Fensterläden drei weitere Stunden, tief und traumlos.

Bei Mario herrschte Hochbetrieb. Drei Familien, die dem Dialekt nach zu urteilen aus der Gegend um Turin stammten, waren die Nacht durchgefahren, um den Kindern die Hitze auf ihrer Fahrt ins Feriendomizil in Süditalien zu ersparen. Jetzt saßen die Erwachsenen abgekämpft an den kleinen Tischen, während die Kinder herumliefen und ihren Eltern Anweisungen gaben, was sie alles essen und trinken wollten. Mario schleppte Wasserflaschen und Kaffeetassen, Teller mit Cornetti und Toasts zu den Tischen. Zwischendurch erklärte er den Gästen, wie sie am besten zum Kolosseum, zu den Kaiserforen und zur Spanischen Treppe gelangten. Denn die Reisenden hatten beschlossen, sich wenigstens ein paar Sehenswürdigkeiten anzuschauen, wenn sie schon einmal in der Ewigen Stadt waren.

Trotz des Trubels rief Marco Leda ein schallendes »Buon giorno, Signora« zu, schaffte es, ihren gewohnten Cappuccino und das cremegefüllte Cornetto auf die Theke zu zaubern und auch noch ihr angeblich hübsches Aussehen zu loben. Sie bewunderte ihn aufrichtig. Nicht eine Schweißperle war auf seiner Stirn zu sehen.

»Zahlen Sie morgen«, rief er ihr zu, als sie gehen wollte, und balancierte ein weiteres Tablett zwischen den herumwuselnden Kindern hindurch zu einem der Tische.

Am Eingang des Präsidiums traf sie Ugo. Er sah schon viel erholter aus. Seiner Mutter ging es den Umständen entsprechend gut.

Leda gab ihm eine Kurzfassung des abendlichen Gespräches mit Alesi.

»Es war ja klar, daß er uns nicht gegen einen so prominenten Mann ermitteln läßt, ohne daß wir eindeutige Beweise für seine Täterschaft vorlegen können«, meinte Ugo. »Warum haben Sie Di Palmieri überhaupt erwähnt?«

»Weil ich das Gefühl habe, daß er irgendwas mit der Sache zu tun hat.«

Ugo seufzte. Wenn bei Leda dieses Gefühl einmal aufgetaucht war, konnte nichts und niemand sie davon abbringen, ihm zu folgen. Auch ein um seinen guten Ruf äußerst bedachter Alesi nicht.

»Keine Sorge, Ugo. Diesmal bin ich sehr, sehr unsicher und werde sehr, sehr vorsichtig sein. Hast du den Haftbefehl?«

Ugo nickte und gab ihr das vom Haftrichter unterschriebene Papier. Sie besprachen die anfallenden Arbeiten für diesen Tag. Ugo würde gemeinsam mit einem Kollegen aus Lucarellis Abteilung die beiden Schützen aus Norma im Untersuchungsgefängnis vernehmen, wo man sie hingebracht und unter besondere Bewachung gestellt hatte.

Sie selbst wollte währenddessen zu Romelli fahren. Lucarelli wartete bereits in seinem Büro auf sie. Heute war er ausgesprochen zivil gekleidet: in Jeans, einem weißen Hemd, einem leichten, gelben Sakko und vor allem ohne Pomade im Haar.

»Wie geht es Caiolo?« erkundigte sich Leda.

»Gut. Er läßt gerade sein Boot für eine längere Reise klarmachen. Möglicherweise zieht es ihn nach Frankreich oder Nordafrika. Wenn wir nicht bald brauchbare Aussagen für eine Festnahme bekommen, ist er weg.«

»Hat er das manipulierte Steuersystem schon bemerkt?«

»Nein. Das bringt uns hoffentlich Zeit.«

»Und wenn das nur ein Ablenkungsmanöver ist und er statt dessen mit dem Wagen zum nächsten Flughafen rast und sich von dort aus fortmacht?«

»Möglich, aber dann wird es erst eine Straßensperre wegen Bauarbeiten geben und anschließend am Schalter mit seinem Ticket etwas nicht in Ordnung sein. Commissaria, ich habe ganze Kohorten von Leuten im Einsatz, die den festen Vorsatz haben, einen Gangster, dem wir seit Jahren auf der Spur sind, zu fassen. Da werden sogar Beamte erfinderisch, glauben Sie mir!«

Leda machte Kopien von Zellis und Alesis Listen und

steckte sie ein. Dann brachen Sie zur Vernehmung Romellis auf.

Die Wohnung lag in einem gepflegten Gebäudekomplex am nördlichen Stadtrand. Er war von einem Zaun aus hohen Eisenstangen umgeben, und die Zufahrt war nur durch ein bewachtes Tor möglich. Lucarelli fuhr das Auto in die Tiefgararge, deren Tor sich mit Hilfe einer Fernbedienung öffnete. Per Lichtsignal kündigte er den wachhabenden Beamten, die Leda nicht entdecken konnte, ihre Ankunft an.

»Wie viele Beamte sind denn hier unten stationiert?« fragte sie ihn.

»Drei hier unten, zwei im Eingangsbereich des Hauses, und vor der Wohnung selbst noch mal zwei. Wir haben das Haus gewählt, weil alle Wohnungen nur über die zentrale Tiefgarage und eine zentrale Eingangshalle zugänglich sind und jeder Ein- und Ausgehende überwacht wird.«

Mit einem der Aufzüge fuhren sie in den siebenten Stock. Von dort aus gelangte man zu den drei Flügeln des Gebäudes. Lucarelli führte sie in den Trakt, auf dessen Eingangstür zur Orientierung ein großes A angebracht war.

»Romellis Rechtsanwalt kommt übrigens auch. Ich habe seinen Namen wieder vergessen«, klärte er sie auf.

Vor der Wohnungstür saßen zwei uniformierte Beamte.

»Alles in Ordnung?« fragte Lucarelli.

Sie nickten.

»Der Rechtsanwalt ist gerade gekommen.«

Lucarelli klingelte, und von innen erklang eine Stimme:

»Wer ist da?«

»Hauptkommissarin Giallo und Kommissar Lucarelli.«

Die Tür öffnete sich zunächst nur einen Spalt, und Leda blickte in das Gesicht ihres Studienkollegen Sandro Torrente. Er war ein ausgezeichneter und teurer Rechtsanwalt für Strafsachen, und Leda hatte häufig mit ihm zu tun. Bei ihm mußte sie insbesondere auf die Einhaltung aller Formalien achten, denn er ließ gern Verfahren wegen vorangegangener Formfehler platzen. Dabei war er keiner von denen, die versuchten, ihre Mandanten durch üble Tricks rauszupauken. Dazu war sein Gerechtigkeitsgefühl zu groß. Wer eindeutig schuldig war, hatte in seinen Augen eine gerechte Strafe zu verbüßen.

»Ciao, Leda, buon giorno, Signor Lucarelli«, begrüßte er sie und ließ sie herein.

»Sie kennen sich?« fragte Romelli beunruhigt.

»Jeder, der in Rom jemals mit dem Strafrecht in Berührung gekommen ist, kennt Leda Giallo«, antwortete Torrente.

Romelli wirkte blaß und nervös.

»Ist meine Familie in Sicherheit?« lautete seine erste Frage.

»Sie sind auf dem Weg nach Perugia. Es geht ihnen gut, und Ihre Frau läßt Sie grüßen. Die Kinder haben sich auf die Fahrt gefreut und hören im Auto pausenlos Kassetten mit Kindergeschichten. Ein Zivilfahrzeug hat sie noch eine ganze Strecke lang begleitet, um mögliche Verfolger auszumachen. Doch es gab keine. Jetzt ist Ihre Frau allein unterwegs. Sie wird sich melden, sobald sie angekommen sind«, erklärte Lucarelli.

Die Wohnung war nur mit dem Nötigsten ausgestattet. Durch die offene Tür zum Schlafzimmer sah Leda Romellis Kleider auf dem Boden verstreut herumliegen. Im Wohnzimmer lief der Fernseher, und neben dem Sessel standen mehrere leere Bierflaschen und überfüllte Aschenbecher. Torrente schaltete das Fernsehen aus, und sie setzten sich alle an den Tisch. Lucarelli packte ein Aufnahmegerät aus der Tasche und postierte das Mikrofon vor Romelli.

Die Kommissarin berichtete, was sie gestern bei Zelli gefunden hatten, und teilte Romelli mit, daß er wegen Korruption und illegalen Glücksspiels verhaftet sei. Vorläufig solle er aber in dieser Wohnung bleiben. Je intensiver er mit ihnen zusammenarbeite und zur Überführung des Glücksspielerrings beitrage, um so günstiger werde sich das anschließend auf das Strafmaß auswirken. Außerdem werde nach wie vor im Mordfall Breuer gegen ihn ermittelt, da sein Alibi von seinen angeblichen Mitspielern bestritten worden sei.

»Aber ich habe Ihnen sogar beschrieben, wie das Haus von Caiolo aussieht und wie man zum Spielzimmer kommt«, platzte es aus Romelli heraus.

»Wer sagt uns, daß Sie nicht zu einem ganz anderen Zeitpunkt schon dort waren?« fragte Leda.

»Torrente, sagen Sie etwas.«

»Signora Giallo hat Recht.«

»Assessore Romelli, sind Sie bereit auszusagen?«

»Da mein Mandant mich erst heute früh erreicht hat und ich die Vorwürfe bisher nicht kannte, möchte ich kurz mit ihm unter vier Augen sprechen«, sagte Torrente.

Leda gab ihm die kopierten Listen, damit sie sich ein umfassendes Bild über den Korruptionsvorwurf machen konnten. Lucarelli schaltete das Aufnahmegerät ab, und die beiden Polizisten verließen die Wohnung, um vor der Tür zu warten. Etwa zehn Minuten später bat Torrente sie wieder hinein und erklärte, daß Romelli zu einer umfassenden Aussage bereit sei – unter der Voraussetzung, daß in einem möglichen Strafprozeß seine Mitarbeit auch tatsächlich Berücksichtigung finde.

»Sandro, du hast ihm hoffentlich erklärt, daß wir ihm nichts garantieren können. Wir sind nicht das Gericht, sondern Teil der Strafverfolgung. Je nachdem, wie inhaltsreich seine Aussage ist, können wir den Staatsanwalt und den Richter darüber informieren. Eventuell kommt für ihn sogar die Kronzeugenregelung in Betracht, wenn durch seine Aussage der ganze Spielerring auffliegt.«

»Das wollten wir hören«, sagte Torrente zufrieden.

Lucarelli hatte das Aufnahmegerät inzwischen wieder eingeschaltet. Leda wandte sich an Romelli:

»Sie haben die Liste der Bewegungen auf Ihren Schweizer Konten gesehen und das Verzeichnis der städtischen Bauprojekte, die unter Ihrer Leitung durchgeführt wurden. Bestätigen Sie, daß eine große Anzahl der an den Bauaufträgen beteiligten Unternehmer Ihnen Geld überwiesen hat?«

»Ja.«

»Wie kam es dazu?«

Romelli schwieg zunächst. Dann räusperte er sich und begann zu erzählen.

Er stammte aus kleinen Verhältnissen und hatte schon als Junge beschlossen, später in die Hauptstadt zu gehen und ein wichtiger Mann zu werden, einer, über den auch in seinem Dorf gesprochen würde. Mit Intelligenz und Fleiß schaffte er es bis zum Studium nach Rom. Seine Eltern steuerten soviel bei, wie sie konnten, aber es reichte nicht, und so mußte er nebenher als Fahrer, Spüler und Bedienung arbeiten. In einer Nachtbar lernte er eine Gruppe junger Männer kennen, die dort regelmäßig um Geld pokerten. Sie brachten ihm das Spiel bei, das ihn bald in seinen Bann schlug. Schon nach kurzer Zeit war er so gut, daß sie ihn wechselseitig als Vertreter einsetzten. Dazu wurde er von demjenigen, den er vertrat, mit einer Summe ausgestattet und mußte den eingespielten Gewinn abliefern. Zwanzig Prozent blieben ihm als Anteil. Er beschloß, auf eigene Rechnung zu spielen, und war erstaunt, wie viele Pokerspieler es in Rom gab. Er wurde von der einen zur nächsten Runde weitergereicht.

»Ein guter Spieler sucht stets die Herausforderung. Nur die bringt den Nervenkitzel. Sie brauchten Leute wie mich. Ich verdiente richtig viel Geld und konnte das Spielen schon bald auf zwei Abende pro Woche beschränken.«

Nach seinem Abschluß als Jurist und Ökonom begann er

als Justiziar und Assistent in der volkswirtschaftlichen Abteilung der Partei zu arbeiten. Niemand ahnte, daß er sein Geld beim Pokern einsetzte. Das Spiel war zur Sucht geworden. Er kam nicht mehr davon los.

Als seine Heirat mit Luisa, eine seiner Mitarbeiterinnen, bevorstand, unterzog er sich einer Therapie. Von da an verlief sein Leben in geregelten Bahnen. Zu geregelt, denn ihm fehlte der Nervenkitzel des Spiels. Aber er widerstand.

Das erste Kind starb kurz nach der Geburt. Luisa brach zusammen, verfiel in Depressionen und verbrachte mehrere Monate bei ihrer Mutter in Norma.

Da ging Romelli wieder zu seinen Spielern. Er pokerte hoch, gewann hoch, verlor hoch. Luisa durfte unter keinen Umständen etwas merken. Als sein Konto immer öfter Löcher aufwies, begann er auf die Bestechungsangebote von Unternehmern einzugehen. Sie lieferten ihm das finanzielle Polster, das er für die Aufrechterhaltung seiner Ehe brauchte. Dann gebar Luisa die Zwillinge und ging in ihrem Mutterglück auf. Er fühlte sich aus der symbiotischen Beziehung zwischen der Mutter und ihren Kindern ausgeschlossen, machte seinen Segelschein und kaufte sich ein Boot und ein großes Auto als äußere Zeichen des hart erarbeiteten Wohlstands. Sie haßte gesellschaftliche Verpflichtungen jeder Art und das Segelboot, so daß er seine Spielrunden dort stattfinden lassen konnte.

Er war inzwischen politisch so weit oben, wie er es sich als Junge nie hätte träumen lassen. Luisa war immer seltener in Rom, und Romelli spielte weiter, ohne daß sie etwas davon ahnte. Die viele Arbeit, vor allem der Bau des Auditoriums, forderten jedoch ihren Tribut: Er war beim Spiel oft müde und verlor. Der Schuldenberg wuchs.

Dann sperrten ihm die Banken seine Konten. Di Palmieri lieh ihm Geld, nahm ihm dafür aber das Versprechen ab, sich weiterhin intensiv für das Auditorium einzusetzen, auch dann, wenn es mit Brüssel zu Schwierigkeiten kommen sollte. Romelli, für den das Projekt bis dahin beinahe nur Vorteile gebracht hatte, war einverstanden. Auch nach der Übernahme von Conedil durch Di Palmieris Söhne wehrte er alle Brüsseler Bemühungen ab, den Auftrag einer anderen Firma zu übertragen.

Da die Kinder der Romellis eingeschult werden mußten, lebte Luisa seit einiger Zeit wieder in Rom, bemerkte die chronische Ebbe auf dem Konto und kam hinter das Geheimnis ihres Mannes. Mit ihrer Unterstützung unterzog er sich einer weiteren Therapie. Ihre Mutter konnte sie überreden, Land zu verkaufen, um wenigstens einen Teil der Schulden zu begleichen. Es ging wieder einige Zeit gut, die Bestechungsgelder flossen, er verdiente hervorragend, und das Auditorium nahm langsam Gestalt an. Aber ihm war klar, daß es nur eine Frage der Zeit sein konnte, bis Brüssel gewinnen würde.

Romelli stand unter wahnsinnigem Druck, weil er noch immer hohe Schulden hatte und nun auch der Conte sein Geld zurückforderte. Eines kam zum anderen, und da Romelli keinen anderen Ausweg sah, begann er wieder zu spielen. Jetzt ging es um ganz große Summen. Er mobilisierte seine Reserven in der Schweiz und verkaufte sein Boot. So geriet er an den Kreis um Caiolo und schließlich an den »Capo«, wie Romelli ihn bezeichnete.

»Capo, so nennen ihn alle. Bei denen herrscht eine Hierarchie wie bei der Mafia.«

Sie pokerten fünfmal auf Caiolos Boot, in verschiedenen Privathäusern rund um Rom und in Sperlonga.

»Weiß Ihre Frau, mit wem Sie spielen?« fragte Leda.

»Nein, sie weiß nur, daß es Leute mit viel Geld sind.«

»Sind Sie bereit, uns bei der Identifizierung Ihrer Mitspieler zu helfen?«

»Ich kenne ihre Namen nicht, bis auf den von Caiolo, und das auch nur, weil ich irgendwann einmal mit dem Boot im

Segelclub von Sperlonga einlief und dort Caiolo traf. Ihm gehört dieser Segelclub zur Hälfte.«

»Sind Sie bereit, gegebenenfalls gegen Caiolo und weitere Personen vor Gericht auszusagen?«

»Nur wenn meine Familie in ein Zeugenschutzprogramm aufgenommen wird, zumindest, bis sie alle hinter Gittern sind.«

»Das wird nicht reichen. Wir haben es hier mit Mafiastrukturen zu tun. Da wird Rache auch noch bis in die nächste Generation geübt. Ihre Frau und die Kinder werden dauerhaft Namen und Wohnort wechseln müssen. Im übrigen können wir hier nicht darüber entscheiden. Dafür gibt es bei der Staatsanwaltschaft ein eigenes Gremium«, sagte Lucarelli mit einem Seitenblick auf Leda, die zustimmend nickte. »Sandro, dir ist das Verfahren ja bekannt.«

Torrente nickte. Er hatte während der gesamten Zeit kein Wort gesagt, nicht einmal in die Schilderungen Romellis eingegriffen.

»Ich werde auf verminderte Zurechnungsfähigkeit aufgrund von krankhafter Spielsucht plädieren«, sagte er nur.

»Natürlich, das würde ich als Rechtsanwalt in dieser Situation auch tun. Du brauchst allerdings entsprechende ärztliche Gutachten, aber die wirst du schon bekommen.«

Lucarelli zeigte Romelli ein Foto.

»Kennen Sie den Mann links?«

Dieser nahm das Foto und studierte es genauer.

»Ja. Ich habe schon zweimal mit ihm gespielt.«

»Wann und wo?« wollte Lucarelli wissen.

»Vielleicht vor zwei Jahren. Irgendwo im Stadtzentrum. Man kam erst in eine Bar und ging von dort aus durch einen Gang in ein Hinterhaus. Dort war das Spielzimmer.«

»Wo genau?«

»Irgendwo hinter dem Teatro di Marcello. Ein kleiner Platz, auf dem ein Brunnen mit Schildkröten steht.«

»Piazza Mattei? Da gibt es einen Brunnen mit Schildkröten und eine Bar.«

»Kann sein.«

»Und der Mann auf dem Foto ist der Barbesitzer?«

»Keine Ahnung.«

»Und wo haben Sie sonst noch mit ihm gespielt?«

»Nur dort. Das zweite Mal vor etwa vier Monaten. Da war auch einer von denen da, die am besagten Sonntag bei Caiolo gespielt haben. Sie haben mir gestern schon ein Foto von ihm gezeigt.«

Lucarelli schaute kurz die Fotos durch und gab Romelli eines.

»Genau, der ganz rechts.«

»Gut, das reicht schon«, sagte Lucarelli. »Noch etwas, Signor Romelli: Sie behaupten weiterhin, am Morgen des Mordes bei Caiolo in Sperlonga gewesen zu sein?«

»Ja. Ich habe mit dem Mord an Breuer nichts zu tun. Ich habe auch niemanden beauftragt, ihn für mich zu begehen«, sagte er laut und vernehmlich ins Mikrofon.

Sie standen auf. Romelli saß unbeweglich auf seinem Stuhl und starrte Löcher in die Luft. Sein aufstrebendes Leben war zerstört, das seiner Familie ebenfalls, und es war zu spät, etwas daran zu ändern.

»Sandro, bleibst du noch bei ihm? Ich würde gern jemanden von unserem psychologischen Dienst herschicken, um sicherzustellen, daß er sich nichts antut«, sagte Leda leise zu Torrente.

»Höchstens eine Stunde, ich habe noch weitere Termine.«

Beim Fortgehen bat Leda einen der Beamten vor der Tür, bei Romelli in der Wohnung zu bleiben, sobald Torrente gegangen war.

»Selbstmordgefahr?«

Leda nickte. Dann verließen sie die die Wohnung in Richtung Präsidium.

»Haben Sie denn Labianco inzwischen festgenommen?«

»Ja, auf seinem Boot, wie geplant. Er sitzt seit gestern in Untersuchungshaft im Präsidium. Ich habe unsere Jungs gleich gestern losgeschickt, um sich die Bar mal ganz genau anzusehen. Dabei haben wir ein Spielzimmer entdeckt, so wie Romelli es gerade beschrieben hat. Es war eine Heidenarbeit, der Staatsanwältin den Haftbefehl aus den Rippen zu leiern. Gott sei Dank war sein Anwalt in Urlaub und nicht erreichbar. Es ist Dante Stafoggia, der Wadenbeißer. Einen anderen wollte Labianco nicht. Mit der Aussage Romellis können wir ihn jetzt packen, selbst wenn er kein Wort sagt. Komisch finde ich nur, daß er überhaupt einen Rechtsanwalt braucht. Er ist doch selbst einer.«

»Wie bitte, Labianco ist Anwalt?«

»Ja, zwar nicht übermäßig eifrig, aber hin und wieder taucht er bei Gericht auf.«

»Das ist ja interessant. Und trotzdem haben Sie den Haftbefehl bekommen? Bravo, dann war das ein echtes Meisterstück! Kennen Sie die Staatsanwältin besonders gut?«

»Sie war dabei, als ich mir das Hemd und die Krawatte mit den Palmen in San Francisco gekauft habe.«

Leda mußte lachen.

»Und sie hat sich trotzdem nicht von Ihnen getrennt?«

»Sie hat es angedroht, inzwischen hat sie sich daran gewöhnt.«

Dieser Lucarelli wurde ihr immer sympathischer.

Ugo war inzwischen von der Vernehmung der beiden Schützen zurückgekommen.

»Der eine heißt Gilberto Morra, sechsundzwanzig Jahre alt, wohnhaft in Pontinia Latina. Er blockt total ab, will ohne Anwalt kein Wort sagen. Der Anwalt wiederum ist unerreichbar. Wir haben es mindestens zehnmal probiert und Nachrichten auf seinem Anrufbeantworter hinterlassen. Jeden anderen Anwalt lehnt Morra ab.«

»Wie heißt der denn?« fragte Lucarelli.

»Dante Stafoggia, hier aus Rom. Muß ein fürchterlich schmieriger Typ sein. Ich habe ihn selbst noch nie erlebt.«

»Sieh an. Der scheint ja für den ganzen Spieler-Clan zuständig zu sein. Kaum ist er im Urlaub, haben alle ein Problem«, meinte Leda amüsiert.

»Der andere heißt Omero Villoresi, ein Cousin von Morra, gerade mal achtzehn Jahre alt, wohnhaft in Fondi, stottert wie toll. Zunächst wollte auch er den Mund ohne Anwalt nicht aufmachen. Seine Mutter war jedoch da, wir hatten sie kommen lassen. Anständige Leute, der Vater Busfahrer, die Mutter Kindergärtnerin. Sie hat ihn bekniet, alles zu sagen, die ganze Wahrheit. Der arme Junge wird wegen der Stotterei von den Gleichaltrigen gehänselt und hat sich sehr früh an den älteren Cousin gehängt.

Dann haben wir Omero klargemacht, daß er als Mittäter wegen versuchten Mordes dran ist und seine miserable Lage nur durch die Mitarbeit mit uns verbessern kann. Da ist er weich geworden und hat geredet. Es hat ewig gedauert, bis er nur einen zusammenhängenden Satz rausbekam.

Die Lage stellt sich wie folgt dar: Morra arbeitet als Mädchen für alles im Segelclub von Sperlonga. Dort gibt es oft Sachen abzuholen oder hinzubringen. Dafür bekommt Omero ordentliches Geld, womit er bei den Gleichaltrigen prahlen kann. Am vergangenen Freitag sei Morra sehr früh zu ihm gekommen und habe gesagt, sie hätten zu tun, er solle fahren. Leute seien beim Chef gewesen und hätten ihn bedroht. In Norma mußte Omero in der Straße von Romellis Schwiegermutter warten und dann plötzlich auf Befehl Morras losfahren. Der habe zu Omeros Entsetzen eine Waffe gezogen und geschossen. Dann habe Morra geschrien, er solle Gas geben und abhauen. Im Auto haben sie entsetzlich gestritten, weil Omero wegen der Schießerei in Panik geraten war. Dann stand plötzlich auf der Kreuzung der andere Polizeiwagen, Omero geriet ins Schleudern und landete in der Böschung. Wenig später hatten die Polizisten sie aus dem Auto gezerrt und ihnen Handschellen angelegt. Omero behauptet, von dem Mordauftrag nichts gewußt zu haben, und klingt dabei glaubwürdig. Und nun raten Sie mal, wer der Chef vom Segelclub in Sperlonga ist?«

»Claudio Caiolo«, sagten Leda und Lucarelli aus einem Mund.

»Schade, ich dachte, ich hätte eine Überraschung für Sie«, sagte Ugo und war sichtlich enttäuscht über die verpaßte Pointe.

»Demnach kann Omero nicht bezeugen, daß Caiolo einen Mordauftrag erteilt hat. Habt ihr ihn zur Pokerei befragt?«

»Haben wir, er konnte aber schon mit unserer Frage nichts anfangen. Caiolo ist für ihn der Chef des Segelclubs und sonst nichts. Ich glaube, daß er tatsächlich vom ganzen Rest keine Ahnung hat.«

»Schade, aber nicht zu ändern. Leute, ich habe wahnsinnigen Hunger, gehen wir etwas essen? Ich muß nur schnell den Psychologen zu Romelli schicken.«

Da Giuseppes Restaurant wegen der Ferien geschlossen war, mußten sie sich mit einer Pizzeria nebenan begnügen. Das Essen war mehr schlecht als recht, aber es gab immerhin eine Klimaanlage, kaltes Wasser und kühlen Wein.

Der Vernehmungsraum der Questura war kahl und hatte kein Außenfenster, sondern nur eine Glasscheibe, durch die man nicht hindurchsehen konnte. In der Mitte stand ein Tisch mit drei Stühlen, auf dem ein Mikrofon plaziert war. Hinter der Glasscheibe befand sich ein kleiner Raum, der mit modernster Aufnahmetechnik ausgerüstet war und von dem aus man in den Vernehmungsraum sehen konnte. Als Leda, Ugo, Lucarelli und sein Kollege Davide Timpani ankamen, wartete der Tontechniker bereits. Ugo und Timpani blieben bei ihm, die beiden anderen nahmen am Tisch im Vernehmungsraum Platz, machten ein paar Tonproben und warteten auf Labianco. Kurz darauf wurde er von zwei Beamten hereingeführt. Er sah ungepflegt aus und hatte seine Kleidung offensichtlich seit der Festnahme nicht gewechselt.

Lucarelli, den er bereits kannte, stellte Leda vor.

»Hat ihm niemand frische Kleider gebracht?« fragte Leda die wachhabenden Beamten.

»Er wollte nicht, daß jemand von seiner Festnahme erfährt. Und die Gefängniskleidung möchte er nicht tragen«, lautete die Antwort.

»Signor Labianco, Sie sind darüber informiert, warum Sie bei uns festgehalten werden. Meine Kollegen und der Haftrichter haben Sie bereits angehört. Da auch ein Mordversuch begangen wurde, bin ich als Hauptkommissarin der Mordkommission ebenfalls für Sie zuständig. Sie sind selbst Rechtsanwalt, kennen also die Zuständigkeiten und Vorgehensweisen. Ich kann mir weitere Hinweise ersparen«, begann Leda die Vernehmung. »Uns wurde inzwischen von mehreren Zeugen bestätigt, daß Sie zum engeren Kreis einer organisierten Glücksspielerbande um Claudio Caiolo gehören. Sind Sie bereit auszusagen?«

»Nein.«

»Angaben zur Person müssen Sie aber machen.«

»Cesare Labianco, dreiundfünfzig Jahre alt, geboren in Rom, wohnhaft in Rom, geschieden, Rechtsanwalt und Inhaber der Bar La Notte«, spulte er herunter.

»Hinter der Bar befindet sich ein Spielzimmer – oder als was würden Sie den Raum sonst bezeichnen? Dort finden regelmäßig illegale Pokerrunden statt. Außerdem vermitteln Sie Spieler an andere Runden aus Ihrer Bande.«

»So ein Quatsch! Und das mit dem Mordversuch erfinden Sie doch nur, um mich in die Ecke zu treiben. Das sind unerlaubte Methoden.«

»Nicht im geringsten, denn einen Ihrer Spieler und mich

hat es beinahe erwischt. Die beiden Täter haben wir, das dürfte Ihnen Caiolo selbst schon gesagt haben. Ich gehe davon aus, daß Sie gemeinschaftlich den fehlgeschlagenen Mord vereinbart haben, weil Sie einen Zeugen für das Glücksspiel aus dem Weg räumen wollten.

Nachdem ich Caiolo am Freitag in Sperlonga besucht hatte, rief er Sie und mögliche weitere Personen an, um Sie zu informieren. Um das Auffliegen Ihrer Machenschaften zu verhindern, beschlossen Sie den Mord an Assessore Romelli und übertrugen Caiolo die Ausführung. Sie werden also wegen zweier Kapitalverbrechen angeklagt: wegen Zugehörigkeit zu einer Bande der organisierten Kriminalität und wegen versuchten Mordes. Wir gehen allerdings davon aus, daß nicht Sie, sondern Caiolo der Kopf ist.»

Labianco saß da und grinste sie frech an.

»Und ich soll glauben, daß ein einziger Zeuge bereit ist, gegen eine angeblich so gefährliche Bande auszusagen? Der müßte doch sein restliches Leben lang Angst um sich und seine Familie haben. Das Ganze ist eine lächerliche Konstruktion.«

»Haben Sie schon einmal etwas von Kronzeugenregelung und Zeugenschutzprogrammen gehört? Wir sehen die Möglichkeit, daß beide zur Anwendung kommen.«

»Das soll wohl ein Witz sein, wegen ein bißchen Pokerei wollen Sie das gesamte Instrumentarium großer Mafia-Prozesse zur Anwendung bringen. Das können Sie mir nicht weismachen.«

»Sie unterliegen einem fatalen Irrtum, es geht nicht nur ums Glücksspiel, es geht auch um Prostitution, Drogenhandel und mehrfachen Mord. Mögliche Zeugen gegen Caiolo wurden umgebracht, bevor sie aussagen konnten. Andere schweigen aus Angst und verbüßen lieber Haftstrafen. Doch sie sind alle jung und haben noch viele Jahre in Freiheit vor sich. Bei Ihnen sieht das anders aus. Wir haben diesmal aussagewillige Zeugen und bringen Sie hinter Gitter, garantiert. Wenn Sie da wieder rauskommen, sind Sie ein alter Mann und können mit Ihrem Leben nichts mehr anfangen. So einfach ist das«, sagte Lucarelli.

»Ich habe mit keinerlei Morden oder Mordaufträgen etwas zu tun, genausowenig wie mit Prostitution und Drogenhandel, merken Sie sich das. Und im übrigen sage ich gar nichts. Beweisen Sie mir die angeblichen Taten, dann sehen wir weiter.«

»Sie schaden sich selbst, denn Sie wissen genau, daß die Kronzeugenregelung für eine Strafmilderung nur dann greift, wenn der Zeuge frühzeitig aussagt. Aber wenn Sie darauf verzichten wollen, ist das natürlich Ihre Angelegenheit.«

Labianco stand auf und ließ sich abführen.

»Verdammt«, entfuhr es Lucarelli, als Labianco fort war. »Sie zittern alle vor diesem verdammten Caiolo. Und Labianco schien nicht mal von seinen anderen Geschäften zu wissen, haben Sie das gemerkt?« fragte er Leda.

Sie nickte.

»Da können wir nichts machen, außer es immer wieder zu versuchen. Vielleicht wird er irgendwann doch noch weich. Er gehört nicht zu dieser ganz und gar abgebrühten Sorte, das ist zumindest mein Eindruck. Wer schreibt die Berichte?«

Sie teilten sich die Arbeit auf und gingen in ihre jeweiligen Büros. Während Ugo und Leda schrieben, klingelte plötzlich das Telefon.

»Labianco will uns noch einmal sprechen.«

In Windeseile speicherten Leda und Ugo ihre Dateien ab und liefen zum Vernehmungsraum, wo Lucarelli und Labianco bereits Platz genommen hatten.

»Jetzt sagen Sie mir noch mal ganz genau, was Caiolo alles auf dem Kerbholz haben soll und womit ich in Verbindung gebracht werde«, begann Labianco.

Lucarelli präsentierte ihm aus dem Kopf eine mündliche

Liste mit etwa zwanzig Taten, Ort, Datum und Beteiligten, darunter mehrere Morde.

»Wir können Sie derzeit beweisbar nur mit mehrfachem illegalen Glücksspiel und einem Mordversuch in Verbindung bringen. Da wir aber davon ausgehen, daß es sich um Bandenkriminalität handelt, wird sich die Palette der Vorwürfe auch für Sie und andere entsprechend erweitern.«

»Darf man hier rauchen, und kann ich einen Kaffee haben?« fragte Labianco.

»Kaffee für uns alle, Aschenbecher und auch einmal Zigaretten«, sagte Leda in den Raum hinein.

Wenig später öffnete sich die Tür, und Ugo trat mit Kaffee, Zigaretten, Aschenbecher und Feuerzeug ein.

Labianco bot Leda eine Zigarette an, sie schmeckte wunderbar. Labianco blies gekonnt Rauchringe in die Luft, die einige Zeit stehenblieben, bis sie davonschwebten. Er schaute Leda aus hellbraunen Augen an und sagte:

»Sehen Sie, das kann ich gut, spielen und Spiele organisieren. Aber schwere Kriminalität ist nicht mein Ding. Damit will ich nichts zu tun haben. Und bevor mich Caiolo noch tiefer mit hineinzieht, packe ich lieber aus. Sie haben völlig recht, ich habe sonst nichts mehr vom Leben. Sie sichern mir zu, daß Sie mich als Kronzeugen klassifizieren, natürlich nur soweit Sie das jetzt und hier tun können.«

Leda und Lucarelli nickten.

»Dann blüht mir wahrscheinlich nur eine Geldstrafe, höchstens ein bißchen Gefängnis. Danach kann ich meine Bar weiterführen und habe außerdem genug Geld für ein ruhiges Alter.«

»Und fürs Pokern, nur nicht mit Profis und ohne Einsatz von großen Geldsummen. In Casinos, da dürfen Sie Ihr Geld verjubeln, wie Sie möchten«, meinte Leda.

Labianco lachte und begann dann zu reden. Ähnlich wie Romelli war er in jungen Jahren ans Spielen gekommen. Da ihn sein Beruf als Rechtsanwalt weitgehend langweilte, kaufte er sich vor zehn Jahren von seinem vorhandenen Geld die Bar an der Piazza Mattei. Bald sprach sich herum, daß man dort exzellente Spieler treffen konnte, ohne hohe Einsätze riskieren zu müssen. Doch irgendwann juckte es ihn, denn die Angebote, höhere Summen zu setzen, mehrten sich. So richtete Labianco das Hinterzimmer her, und fortan gab es dort zwei Spielorte: den offiziellen vorn in der Ecke der Bar, mit den kleinen Einsätzen, und den inoffiziellen im Hinterhaus, wo Tausende von Euro auf den Tisch kamen.

Diejenigen, die ihn animiert hatten, das Hinterzimmer einzurichten, waren auch diejenigen, die ihm die entsprechende Kundschaft schickten. Ganz selten durfte auch mal ein Spieler nach ausreichender Probezeit vom Bartisch an den ins Hinterzimmer wechseln. Allerdings nur dann, wenn Labianco ganz sicher war, daß es sich nicht um einen Polizeiagenten handelte.

»Davon habt ihr mir ja in den letzten Jahren genug ins Haus geschickt. Aber ihr habt nicht genug Leute, die wirklich gut pokern können, das ist euer Pech. Außerdem rückt die Polizeikasse wohl nicht genügend Geld raus«, sagte er mit einem breiten Lachen an Lucarelli gewandt.

Der nickte und erwiderte mit ernstem Gesicht:

»Wir haben den Mangel erkannt und gerade Sonderkurse für Meisterpokern eingerichtet. Zufrieden?«

Es gab immer wieder Spieler, denen es ums ganz große Geld ging. Die vermittelte Labianco, nachdem er sich sicher war, daß sie dichthalten würden, an diejenigen weiter, die ihm die »bessere Kundschaft« zuschoben. Inzwischen war er auf den Geschmack des Geldes gekommen und konnte seiner Liebe zum Segeln nachgehen. Er wollte eine Yacht und in der obersten Liga mitmachen. Das hieß, er brauchte noch finanzkräftigere Spieler, denen er noch mehr »Eintrittsgeld« abnehmen konnte. Das ließ er die Vermittler wissen.

Daraufhin erhielt er einen Anruf von Caiolo, von dessen Existenz er bis dahin nichts gewußt hatte. Der bot ihm an, ihn wegen »besonderer Verdienste« in den vergangenen Jahren nun an den großen Umsätzen zu beteiligen. Labianco hatte zunächst nicht verstanden, was Caiolo damit meinte, bis dieser ihm erklärte, daß sämtliche Vermittler, die ihm Kundschaft zuführten, in seinen Diensten standen. Kurz: Er war seit Jahren ein wichtiges Rad im Getriebe Caiolos, ohne es zu wissen. Labianco hatte nicht einmal mehr die Möglichkeit auszusteigen, weil Caiolo ihm kalt androhte, ihn auffliegen zu lassen. Also entschied er sich zwangsläufig für die Beteiligung, die er neben seinem Einkommen in der Bar erhalten sollte.

Das System klappte prächtig, das Geld floß in Strömen. Caiolo rief hin und wieder die wichtigsten Leute seines Netzwerkes aus ganz Italien zusammen. Diese »Familientreffen« fanden immer woanders statt, so vergangenes Wochenende in Sperlonga. Man besprach Aspekte der Sicherheit, Gefahren für das System vor allem, wie man die Polizei erfolgreich raushalten konnte.

»Sie haben auch Assessore Romelli an Caiolo vermittelt?«

»Ja.«

»Wer besorgt die Informationen bezüglich der Spieler und ihrer finanziellen Verhältnisse? Sie oder Caiolo?«

»Ich unterhalte mich mit meinen Kunden und gebe die Informationen an die Vermittler weiter. Dann setzt Caiolo seinen Informationsapparat in Bewegung, bevor er jemanden in seine höheren Kreise eindringen läßt.«

»Kennen Sie die Namen der Vermittler?«

»Nein, keinen einzigen.«

»Ich zeige Ihnen jetzt Fotos von Besuchern Ihrer Bar, die häufig kommen. Zeigen Sie mir die Vermittler.«

Timpani betrat den Raum mit einem Packen Fotos in der Hand. Labianco tippte viermal auf Personen, die er erkannte.

»Zeigen Sie mir jetzt, wer von den hier Abgebildeten an den sogenannten Familientreffen teilnimmt.«

Labianco erkannte zwei, doch er wußte weder, wo sie herkamen, noch wie sie hießen.

»Ist Ihnen bei dem Treffen in Sperlonga nichts Ungewöhnliches aufgefallen?«

»Doch, wir haben uns diesmal nur an einem Abend getroffen, und zwar Samstag auf seiner Yacht. Caiolo sagte nur, es sei ihm etwas dazwischengekommen, er habe keine Zeit und wir sollten uns nicht zusammen sehen lassen. Daraufhin sind die beiden anderen losgefahren. Ich war mit dem Boot da und außerdem für Sonntag mit Freunden verabredet, deshalb bin ich in Sperlonga geblieben.«

»Wieviel Geld haben Sie mit Caiolo verdient, und wo ist es?« erkundigte sich Lucarelli.

»Das hat mit der Überführung von Caiolo nichts zu tun, sondern ist allein meine Angelegenheit. Deshalb werde ich dazu nichts sagen, sonst wollen Sie mir vielleicht noch wegen Steuerhinterziehung ans Leder.«

»Okay, war ja nur eine Frage«, lenkte Lucarelli ein.

»Wir schreiben jetzt das Protokoll und geben es Ihnen später zur Unterschrift. Va bene?«

»In Ordnung.«

Lucarelli besorgte einen Haftbefehl für Caiolo, faxte ihn an seine Leute in Sperlonga, damit sie ihn festnehmen konnten. Dann sandte er die Fotos der anderen Mitglieder des Familientreffens an alle Polizeistationen Italiens, versehen mit der Bitte, sie zu identifizieren und gegebenenfalls sofort zu überwachen.

Leda legte Labianco eine Stunde später das Protokoll zur Unterschrift vor. Er unterzeichnete es umstandslos und wurde anschließend in ein Gefängnis außerhalb Roms überstellt. Unter falschem Namen, zu seiner eigenen Sicherheit.

XV

Mailand meldete sich noch am späten Nachmittag. Einer der Männer auf den Fotos sei ein bekannter Barbesitzer namens Gaspare Bellante, der seit langem unter dem Verdacht stehe, illegales Glücksspiel zu betreiben. Leda erklärte dem Mailänder Kollegen sofort die Umstände und bat um Festnahme.

»Sehr verehrte Frau Kollegin, es ist August. Die Bar ist wahrscheinlich geschlossen und der Mann in Urlaub.«

»Bitte versuchen Sie, ihn aufzutreiben, bevor er gewarnt wird und sich absetzen kann.«

Der Mailänder versprach, sein Bestes zu tun. Als Leda bereits auf dem Weg nach Lavinio war, fiel ihr Blick auf ein Plakat, das die Premiere der Oper Lucia di Lammermoor für denselben Abend ankündigte. Um halb neun sollte sie beginnen.

In ihrer Stadtwohnung war es erfreulich kühl. Sie nahm eine kalte Dusche und wählte ein halblanges schwarzes Seidenkleid mit weitem Ausschnitt. Dann legte sie eine mehrreihige Perlenkette um, die sie von ihrer Mutter geerbt hatte, schlüpfte in hochhackige Abendsandaletten, packte ein Opernglas ein und war schließlich, als sie sich im Spiegel betrachtete, mit ihrem Aussehen zufrieden. Mehr war nicht herauszuholen.

Dann rief sie Paolo an, um ihm zu sagen, daß sie auch diese Nacht nicht kommen werde. Sie erfuhr, daß Francesca beim Tierarzt gewesen war, weil Pipo sich an einer herumliegenden Glasscherbe in die Pfote geschnitten und furchtbar geblutet hatte. Jetzt lag er mit einem dicken Verband auf der Terrasse, ließ sich von allen bemitleiden und genoß es, im Mittelpunkt der Aufmerksamkeit zu stehen.

Dann fuhr Leda in Richtung Thermen. Es dämmerte bereits, war jedoch noch früh genug, um eine Kleinigkeit zu essen. Sie kannte ein nettes Restaurant an der Piazza Bernini und fand dort auch einen Platz. Nach dem schlechten Mittagessen war sie dankbar, eine leckere kalte Gemüsesuppe und anschließend ein Steak mit viel Salat zu bekommen. Während des Essens rief Lucarelli an, der ihr von der erfolgreichen Festnahme Caiolos berichtete. Dieser hatte sich tatsächlich mit seiner Yacht und drei seiner Leute ins Ausland absetzen wollen. Allerdings schwiegen bisher alle wie die Gräber.

»Das wird sich vermutlich auch nicht ändern«, meinte Leda.

»Macht nichts, wir haben genügend Zeugenaussagen, um ihn erst mal festzusetzen. Wenn das bekannt wird, kippen vielleicht noch mehr Zeugen um.«

Sie parkte anschließend ziemlich verboten in der Via Antonina, doch das Schild hinter der Windschutzscheibe, das das Auto als Polizeiwagen im Einsatz auswies, würde sie vor dem Abschleppen bewahren.

Der Anblick der erleuchteten Ruinen des im zweiten Jahrhundert nach Christus erbauten öffentlichen Bades begeisterte Leda immer wieder. Damals konnten Tausende von Besuchern hier nicht nur baden, schwimmen und verschiedene Sportarten betreiben, sondern die Anlage auch wie einen modernen Freizeitpark nutzen, mit Wellness-Center, Konzertsälen, Vortragsräumen, Bibliotheken und Gärten, damit nach den Worten eines antiken Dichters »ein gesunder Geist in einem gesunden Körper« wohnen könnte.

Leda zeigte am Eingangstor ihren Polizeiausweis vor und wurde eingelassen.

»Brauchen Sie einen besonderen Platz?«

»Ich muß das Publikum beobachten und die Garderoben der Sänger gut erreichen können.«

»Dann lasse ich Ihnen einen Stuhl ans rechte Ende der ersten Reihe stellen. Von dort aus kommen Sie schnell hinter die Bühne und haben das gesamte Publikum im Auge, wenn Sie sich umdrehen.«

»Sehr gut, danke.«

»Aber nehmen Sie bitte heute abend weder La Serafino noch den Dirigenten fest. Sonst platzt die Aufführung«, scherzte der Ordner. Er erklärte ihr, daß sie sich vor der Bühne an einen jungen Mann namens Ottavio wenden solle, der ihr einen Platz zuweisen werde.

Per Funk informierte er seinen Kollegen, und Leda hörte ihn sagen:

»Was weiß ich, was die hier will. Knallrote Haare, genau.«

Sie reihte sich in den Fluß elegant gekleideter Menschen ein, die durch die Parkanlage Richtung Bühne strebten.

»Ciao, Leda, bist du allein? Wo ist Paolo?«

Es waren ihre Schulfreundin Roberta und ihr Mann Leonardo. Leda erklärte ihnen, daß Paolo mit der Familie in Lavinio sei und sie leider arbeiten müsse.

»Und nun gönnst du dir einen schönen Abend mit dieser göttlichen Stimme. Hast du sie schon mal gehört?«

»In Porto Santo Stefano, vergangenes Wochenende.«

Leda ging Richtung Bühne, als ein junger Mann auf sie zukam. Er zeigte ihr den für sie bereits bereitgestellten Stuhl. Der Platz war für ihre Zwecke perfekt.

Eine Trompete rief dazu auf, die Plätze einzunehmen. Sie sah, wie sich Conte Di Palmieri in die Mitte der ersten Reihe setzte. Dann kam Luca in Begleitung eines älteren Ehepaars, das den Conte freundlich begrüßte und die Stühle neben im besetzte. Die Trompete erklang zum zweiten Mal, die letzten Nachzügler drängelten sich durch die Reihen. Als die dritte Fanfare durch die Nacht hallte, wurde es ruhiger. Das Orchester nahm unter dem Beifall des Publikums seine Plätze ein.

Dann betrat Maestro Bianchini unter tosendem Beifall das Dirigentenpult. Die sanften Paukenschläge zu Beginn der Ouvertüre gingen noch fast gänzlich im allgemeinen Gehüstel und Geflüster unter. Erst als die Pauken stärker wurden, kehrte Ruhe ein.

Die Katastrophe im schottischen Schloß Ravenswood nahm ihren Lauf, weil Lucia nicht dem Wunsch ihres Bruders nachgeben wollte, eine politische Ehe mit einem von Enrico bestimmten Mann einzugehen. Denn sie war seinem Erzfeind Edgardo in Liebe zugetan.

Als zu Beginn des zweiten Aufzugs eine Harfe eine Melodie anstimmte und Angela Serafino die Bühne betrat, wollten einige Zuhörer klatschen, wurden jedoch durch Zischen oder »Silenzio«-Rufe zur Zurückhaltung gezwungen. Nachdem sie aber ihre ersten beiden Arien und eine wunderbare Liebeserklärung an den noch abwesenden Edgardo beendet hatte, tobte das Publikum ungehalten los: »Brava, Bravissima!«

Der Graf stand mehrfach auf, um ihr zuzuklatschen. Luca saß genau wie in Porto Santo Stefano ruhig da und erhob nicht einmal die Hände zum Applaus. Statt dessen sandte er ihr einmal, als sie sich direkt vor ihm verneigte, eine gehauchte Kußhand zu, so unauffällig, daß nur sie es sehen konnte. Und Leda, weil sie den Fokus ihres Opernglases auf die Di Palmieris eingestellt hatte.

Das Arienfeuerwerk der Donizetti-Oper, deren Melodieführung für Ledas Geschmack nicht immer der Dramatik der Handlung entsprach, riß die Menschen immer wieder zu frenetischem Zwischenapplaus hin, der die Ruinenwände hinaufkletterte und in den Pinienkronen des Parks verschwand. Hin und wieder huschten Fledermäuse über die Köpfe hinweg und sausten durchs Scheinwerferlicht.

Angela Serafino verkörperte die Leiden der Lucia mit einer Intensität, die die Menschen erschaudern ließ. Sie litten mit ihr, hofften, daß sich der Bruder doch noch eines Besseren besinnen würde. Umsonst! Als der zwischenzeitlich verschwundene Edgardo wiederauftauchte, hatte sie den Ehevertrag mit Arturo bereits unterschrieben.

In der Pause trank Leda mit Roberta und Leonardo ein Glas Sekt.

»Die Serafino singt so wunderbar, wie ich es noch nie gehört habe. Dazu hat sie diese Begabung für dramatische Darstellung. Für meine Begriffe hat sie mindestens die Größe der Callas«, sagte Leonardo.

Nach der Pause wurden sie alle Zeugen des schleichenden Prozesses zunehmenden Wahnsinns. Die Serafino besang das Leid der Lucia, daß es den Menschen reihenweise die Tränen in die Augen trieb. Leda hatte sogar den Eindruck, als versuche sie, ihr eigenes schreckliches Leiden mit den wunderbarsten Tönen zu Gehör zu bringen. Leda war noch ergriffener als in Porto Santo Stefano. Und als Lucia den sich betrogen fühlenden heimlichen Ehemann kurz vor ihrem Tod bat, ihre irdische Hülle mit bitteren Tränen zu bedekken, während sie im Himmel auf ihn warten werde, war es auch um Ledas Fassung geschehen. Sie brauchte ein paar Sekunden, um sich vom Zauber dieser Stimme zu lösen. Während die Sängerin sich unter tosendem Beifall langsam erhob und verbeugte, gewann bei Leda die Kommissarin wieder die Oberhand, und sie beobachtete die beiden Di Palmieris.

Diesmal saß der Alte reglos da und hatte die Hände vors Gesicht geschlagen, während Luca und der Herr an seiner Seite damit beschäftigt waren, die in Tränen aufgelöste Dame zu beruhigen. Dort spielte sich ein Drama ab, für das Leda keine Erklärung hatte, das dem auf der Bühne aber offensichtlich in keiner Weise nachstand.

Nachdem der letzte Ton und der letzte Paukenschlag verklungen waren, erhob sich ein Orkan der Begeisterung, der

Angela Serafino und die anderen Künstler immer wieder auf die Bühne rief. Sie warfen ihrem Publikum Kußhände zu und dankten ihrerseits dem Orchester und dem Chor durch Applaus. Im Getümmel sah Leda, wie der Graf durch einen schmalen Gang hinter der Bühne verschwand. Sie war sicher, daß er zur Garderobe der Serafino eilte. Dann trat das gesamte Ensemble ab, und die Menschen verließen langsam ihre Plätze Richtung Ausgang.

Leda stand auf und ging durch den Gang neben der Bühne nach hinten. Sie hatte einige Mühe, sich zwischen Ruinenmauern, provisorischen Holzwänden, Elektrokabeln und Vorhängen zurechtzufinden. Überall liefen Menschen mit und ohne Kostüm herum, lachten und freuten sich über die gelungene Aufführung. Edgardo, der sich eben noch erstochen hatte, stand mit einem Glas Champagner in der linken Hand und seinem Erzfeind Enrico im rechten Arm da. Sie besprachen fröhlich, wo sie um diese Uhrzeit noch ein gutes Essen finden könnten.

»Kommt Angela mit?« fragte Edgardo.

»Ich habe sie eben gefragt, aber sie sagt, daß ihre Eltern da seien und sie gleich mit ihnen nach Hause fahren wolle. Angela ist ziemlich kaputt, weil sie am Wochenende noch das Konzert für den verrückten Grafen gesungen hat.«

»Entschuldigen Sie bitte, wo finde ich Signora Serafino?« erkundigte sich Leda bei den beiden Herren.

»Gehen Sie den Gang bis zum Ende und dann nach links. Es ist die dritte Tür«, antwortete Edgardo freundlich.

Als Leda dort ankam, vernahm sie durch die dünne Holztür die Stimme des Conte. Eindringlich redete er auf die Serafino ein:

»Angela du darfst mich nicht verlassen. Du liebst mich, wie ich dich liebe. Ich weiß es, vertrau mir, ich vergebe dir den Seitensprung mit Luca. Ich verspreche dir, ich werde meine Frau verlassen, endgültig. Ich dachte immer, es sei für unsere Liebe nicht wichtig, ob ich verheiratet bin oder nicht. Du selbst hast immer gesagt, dass du deine Freiheit haben willst. Ich habe sie dir gegeben, und du wirst sie immer haben, aber verlaß mich nicht.«

»Antonio, wann wirst du es endlich verstehen: Ich habe dich längst verlassen, schon vor Jahren. Du willst es nur nicht wahrhaben. Es geht nicht darum, ob du deine Frau verläßt oder nicht, es geht allein darum, daß ich nicht mit dir zusammensein möchte. Ich liebe nicht dich, sondern Luca. Ich werde ihn heiraten und nicht dich. Auf der Bühne kann mich Enrico von der Ehe mit Edgardo abhalten. Aber das wahre Leben spielt nun einmal anders als auf der Bühne.«

»Angela, ich habe alles für dich getan. Ohne mich wärst du nicht das, was du heute bist. Bist du denn kein bißchen dankbar? Laß uns darüber reden, ich bitte dich. Weich mir nicht immer aus.«

»Nein, Antonio. Draußen warten meine Eltern. Luca wird uns nach Hause fahren, und dann muß ich schlafen. Ich bin müde.«

»Du bist die Frau, die ich liebe. Ich werde dich niemals gehen lassen, eher bringe ich dich und ihn um!«

In diesem Moment flog die Tür auf und schlug Leda gegen den Kopf. Der Conte stürmte heraus und rannte den Gang entlang, ohne sie zu bemerken. Leda schaute in die Garderobe von Angela Serafino, die weinend vor einem Spiegel saß.

»Nein, ich möchte jetzt niemanden sprechen«, sagte sie, als sie Leda bemerkte, stand auf und schloß die Tür vor ihrer Nase.

Leda trat den Rückzug an. Im Grunde genommen hatte sie alles erfahren, was sie wissen wollte. Als sie wieder in den Zuschauerbereich trat, kam Luca auf sie zu:

»Entwickeln Sie sich auch zu einem Fan der Serafino?«

»Ich glaube, ja. Sie singt einfach wunderbar. Ich frage

mich allerdings, ob sie gerade in dieser Rolle so umwerfend ist, weil sie eine ähnlich dramatische Liebesgeschichte durchlebt wie Lucia. Jemand, der diese Verzweiflung nicht wirklich gefühlt hat, kann sie so nicht singen, behaupte ich. Ist diese These sehr gewagt?«

»Nein, sie könnte der Realität entsprechen. Aber fragen Sie sie besser selbst.«

»Das habe ich bereits versucht, aber sie möchte im Moment mit niemandem sprechen.«

»Sie ist nach den Aufführungen immer sehr erschöpft. Und morgen muß sie die Partie schon wieder singen.«

»Das verstehe ich. Buona notte.«

»Buona notte, Commissaria.«

Leda schlenderte langsam zum Ausgang. Draußen setzte sie sich auf ein Mäuerchen und rief Paolo an:

»Du hattest recht, beide lieben Angela Serafino. Sie hatte wohl auch mal was mit dem Alten. Jetzt jedenfalls will sie Luca heiraten, und der Alte droht sie beide umzubringen.«

»Wer sagt das?«

»Er selbst.«

»Er hat ausgerechnet dir gesagt, daß er sie umbringen will?«

»Nein, der Serafino.«

»Hast du mit ihr gesprochen? Ich dachte, du wolltest dir nur die Oper anhören.«

»Habe ich auch. Eher zufällig habe ich ein Gespräch zwischen Di Palmieri und der Serafino mitbekommen. Und ich weiß nicht, wie ernst ich das nehmen soll.«

»Di Palmieri scheint seine Gefühle nicht sehr gut im Griff zu haben, aber daß er jemanden umbringt, glaube ich nicht. Übrigens ist hier ein Riesenstreit zwischen deinen Kindern entbrannt, weil Marco seine Schwester wegen ihrer neuen Liebe ständig foppt. Sie hat vorhin sogar geweint. Romano und ich haben uns Marco vorgeknöpft, damit er das bleiben läßt. Er war stocksauer und meint, sie sei nur zickig.«

»Gib ihn mir mal.«

»Das geht nicht. Er ist mit Freunden unterwegs.«

»Und Flavia?«

»Mit Alessandro.«

»Die werden sich schon wieder beruhigen«, meinte Leda.

Sie plauderten noch eine Weile, dann fuhr Leda in ihre Wohnung.

XVI

Mario stand über die Zeitung gebeugt, als Leda am nächsten Morgen die Bar betrat.

»Buon giorno, Signora. So früh heute? Haben Sie das schon gelesen? Die Welt ist doch völlig verrückt.«

Das bezweifelte Leda keineswegs, sie wußte nur nicht, worauf Mario in diesem Moment seine Aussage gründete.

»In so vielen Ländern verhungern die Menschen, weil sie nichts zu essen haben, und bei uns, weil sie schön sein wollen.«

»Ich verstehe gar nichts.«

»Dann lesen Sie mal.«

Er tippte mit dem Finger auf einen Artikel und machte sich daran, Ledas Cappuccino zuzubereiten. Sie begann zu lesen, doch das war überflüssig, weil Mario ihr gleichzeitig alles erzählte. Also verlegte sie sich aufs Zuhören.

»Schauen Sie sich das Bild von dem Mädchen an. Sie ist doch hübsch und schlank, oder? Das heißt, sie war es, denn jetzt ist sie tot. Verhungert und elend an Dopingmitteln eingegangen. Noch dünner wollte sie sein, wie ein Model. Da hat sie eine Diät gemacht und vom Arzt auch noch Amphetamine und Antidepressiva bekommen, um wenigstens gut gelaunt zu verhungern.«

»Was sind das denn für Substanzen?«

»Die Amphetamine putschen auf. Sobald ihre Wirkung nachläßt, wird man depressiv. Dagegen bekommt man dann die Antidepressiva, um anschließend wieder das andere Pulver zu schlucken.«

»Woher weißt du das?«

»Steht doch da in der Zeitung. Können Sie sich vorstellen, daß ein Arzt, der Menschenleben retten soll, einem Mädchen von knapp zwanzig Jahren eine solche Teufelsmischung gibt? Nein! Aber es ist passiert, die arme Monica ist tot. Jetzt wird gegen den Arzt ermittelt, daß ich nicht lache. Das macht sie auch nicht wieder lebendig!«

Mario schäumte Milch auf und goß sie in den Kaffee. Dann griff er nach einem kleinen Gerät, das Leda noch nie bei ihm gesehen hatte, hielt es über den Cappuccino, klopfte vorsichtig daran und stellte ihr die Tasse auf die Theke. Auf die weiße Schaumkrone waren zwei mit Pfeilen durchbohrte Herzen aus Kakaopulver gezaubert.

»Das ist neu«, stellte sie fest.

»Hübsch, nicht wahr? Meine Frau hat mir dieses Sieb gestern mitgebracht. Man kann verschiedene Muster damit machen, je nachdem, welche Schablone man einlegt. Für Singles streue ich nur ein Herz drauf und am Wochenende ein vierblättriges Kleeblatt für die Männer, damit es ihnen Glück im Fußball bringt.«

Leda zögerte einen Moment, das Kunstwerk zu zerstören, tat es aber doch, weil ihr Wunsch nach einem guten Kaffee am Morgen siegte.

»Aber es heißt doch immer, daß Männer so dünne Frauen haben wollen, deshalb hungern sie ja«, meinte sie.

»So ein Quatsch, wer hat Ihnen das denn erzählt? Bestimmt kein Mann. Da hat man ja nichts zum Anfassen. Ich will Ihnen ja nicht zu nahe treten, aber Sie mit Ihren Formen haben doch auch einen abgekriegt. Das ist doch der schlagende Beweis!«

»Findest du, ich bin zu dick?«

»Nun, das geht mich nichts an. Was sagt denn Paolo?«

»Ein paar Pfund zuviel, sagt er.«

»Da könnte er recht haben. Aber so eine Dünne will er sicher auch nicht.«

»Meinst du, ich soll eine Diät machen und auf mein morgendliches Cornetto verzichten?«

»Auf gar keinen Fall. Mit dem Rauchen aufhören und keine Cornetti essen, das geht nicht. Dann fehlt Ihnen doch die nötige Energie – und Roms Mörder laufen frei herum. Apropos, wie kommen Sie voran?«

»Überhaupt nicht, es ist zum Verzweifeln. Aber bald haben wir vielleicht einen neuen Mord, weil ein Vater seinen Sohn umbringen will.«

»Etwa der Mann, der dieselbe Frau liebt wie sein Junge?«

»Genau der.«

»Und der Alte rast vor Eifersucht? Das kann ich verstehen. So sind römische Männer nun mal.«

Er baute sich hinter der Theke auf, hielt beide Hände fest an die Brust gepreßt und deklamierte mit theatralischer Stimme:

»Wir haben nämlich Herz, echtes Herz. Das können Fremde nicht verstehen. Sie halten uns für Schauspieler, was wir natürlich auch sind. Aber wenn es um die Liebe geht, dann ist es uns ernst. Also sehen Sie zu, daß der Junge und die Frau überleben. Mit einem rasenden Alten ist nicht zu scherzen! Denn wenn er seine große Liebe nicht bekommt, was hat er dann noch vom Leben? Er kann sich nur noch selbst umbringen!«

Diese Sätze von Mario setzten sich bei Leda fest, während sie ins Präsidium fuhr. Kaum hatte sie an ihrem Schreibtisch Platz genommen, erschien Silvia, schlank, lächelnd und elegant, im weißen Hosenanzug und einem roten Top, die Schuhe in derselben Farbe.

»Guten Morgen. Eben hat ein Commissario aus Mailand angerufen. Sie hätten gestern mit ihm gesprochen, wegen des Mannes auf einem Foto. Ich soll Ihnen sagen, daß sie ihn gefunden haben, aber einen Haftbefehl brauchen, um ihn festzunehmen.«

»Das soll Lucarelli übernehmen. Geben Sie ihm Bescheid?«

Silvia nickte.

»Dann hat noch ein Luca Di Palmieri angerufen. Hier ist seine Nummer. Er bittet um baldigen Rückruf.«

Leda griff sofort zum Hörer und wählte seine Nummer.

»Wissen Sie, wo mein Vater ist?« fragte Luca.

»Nein. Das müßten doch die Sicherheitsleute wissen.«

»Er ist ihnen letzte Nacht entwischt, wie vom Erdboden verschwunden. Wir machen uns große Sorgen.«

»Wo sind Sie?«

Er gab ihr eine Anschrift im Quartiere Trieste, in der Nähe des Parks der Villa Ada.

Leda setzte sich sofort mit dem Sicherheitsdienst in Verbindung. Eine Entführung wurde dort für unwahrscheinlich gehalten. Der Conte sei schlichtweg abgehauen.

»Eine Entführung ist doch das Naheliegendste, haben Sie denn diesbezüglich nichts in die Wege geleitet?« tobte Leda.

»Nein, es gibt keinerlei Hinweise auf eine Entführung. Er hat sich höchstens selbst entführt«, lautete die lakonische Antwort.

Leda knallte den Hörer auf. In diesem Moment kam Ugo herein. Sie begannen sofort, das Abhören der Telefonleitungen der gräflichen Familie in Rom und in Porto Santo Stefano einzuleiten, da sich Entführer üblicherweise per Telefon meldeten. Leda informierte die Gräfin, daß demnächst einige Beamte mit technischer Ausstattung zu ihr kommen würden.

»Und wenn er doch nur für ein paar Tage abgetaucht ist?« warf Ugo ein.

»Dann kann uns wenigstens niemals der Vorwurf gemacht werden, wir hätten trotz eindeutiger Entführungsdrohungen untätig herumgesessen.«

Leda ließ sich gemeinsam mit einem Telefonspezialisten und seinen Gerätschaften zur von Luca angegebenen Adresse fahren. Es war die Wohnung der Familie Serafino.

Die ältere Frau, die am Tag zuvor in Lucas Begleitung in den Thermen gewesen war, wurde ihr als Angelas Mutter vorgestellt.

»Sie sind doch die Frau, die mich gestern abend in der Garderobe sprechen wollte«, wurde Leda von Angela Serafino begrüßt.

»Ja, Sie haben wunderbar gesungen.«

»Danke.«

In Jeans und schwarzem Baumwolltop sah sie heute nicht gerade wie eine berühmte Operndiva aus, ebensowenig wie Luca in zerknitterten Baumwollhosen, Poloshirt und Bartstoppeln dem eleganten Adligen im Smoking vom Vorabend ähnelte.

»Vielleicht ist Ihr Vater entführt worden. Wo landen die Anrufe für Ihre Eltern in Rom? In der Via Appia?«

»Sie werden allesamt nach Porto Santo Stefano weitergeleitet. Die Nummern von Nicola und mir sind auf unsere Handys umgeschaltet. Anrufe für Nicola laufen auf der Mailbox auf, da er verreist ist.«

»Könnte es sein, daß ein Entführer hier anruft?«

»Möglich, die Nummer steht im Telefonbuch. Aber woher sollen denn die Entführer über die Beziehungen zur Familie Serafino Bescheid wissen?«

»Wenn es sich um Profis handelt, sind sie in der Regel sehr gut vorbereitet. Wir müssen alle Möglichkeiten in Betracht ziehen«, antwortete Leda.

»Wie sicher sind Sie denn überhaupt, daß es sich um eine Entführung handelt? Ich glaube nämlich nicht daran«, meinte Luca.

»Wie sicher sind Sie, daß es keine ist?« gab Leda zurück.

Luca zuckte mit den Schultern und erwiderte:

»Sollten wir nicht erst einmal abwarten, ob sich jemand meldet, bevor hier die große Technik installiert wird?«

»Möchten Sie, daß ich meinen Job verliere, weil ich trotz

Entführungsdrohung und dem Verschwinden Ihres Vaters nichts unternommen habe?«

»Luca, laß sie ihre Arbeit tun, sie wird schon wissen, was richtig ist«, schaltete sich nun Angelas Mutter ein und begann, dem Techniker beim Aufbau der Anlage neben dem Telefon im Flur zu helfen.

Leda wurde von Angela und Luca in ein dunkel eingerichtetes Wohnzimmer geführt und nahm auf einem der geblümten Sofas Platz.

»Nun schildern Sie bitte genau, was geschehen ist«, forderte Leda die beiden auf.

»Mein Vater ist gestern nach der Aufführung in Angelas Garderobe gegangen«, begann Luca. »Es gab wie immer Streit, Privatangelegenheiten. Anschließend fuhr er in unser Haus an der Via Appia. Dort hat er wie ein Wahnsinniger gewütet und Möbel zerschlagen. Anschließend lief er durch unseren Garten und hat ununterbrochen gebrüllt: Ich bringe sie um, ich bringe sie um. Gianfranco, unser Hausmeister, bekam es mit der Angst zu tun und hat mich mitten in der Nacht angerufen, daß ich kommen soll. Er und die Wachhabenden vor dem Tor haben vergeblich versucht, ihn zu beruhigen. Als ich dort ankam, war Papa bereits mit dem Wagen fortgefahren. Ich habe probiert, ihn über Autotelefon und Telefonino zu erreichen. Im Ferienhaus bei meiner Mutter ist er auch nicht. Die Polizisten melden sich, sobald er dort eintreffen sollte.«

»Wen will er Ihrer Meinung nach umbringen?«

»In Wahrheit niemanden und wenn überhaupt sich selbst, weil er nicht akzeptieren kann, daß Angela und ich heiraten möchten.«

»Warum? Ist sie nicht standesgemäß für Ihre Familie?«

Luca zögerte mit einer Antwort, und Angela sah schweigend zu Boden.

»Das ist es nicht, er betet sie an.«

»Luca, sag, was los ist, sonst kann die Signora nicht helfen«, sagte Angelas Mutter, die gerade den Raum betrat. Sie ging zu Luca, blieb hinter ihm stehen, strich ihm über das Haar und legte ihre Hände auf seine Schultern.

»Coraggio, nur Mut. Oder soll ich reden?«

Luca nickte. Sie behandelte ihn wie einen Sohn und würde ihm helfen wie ihrem eigenen.

»Signora, ihm fällt es schwer zu reden, denn was er zu sagen hat, ist nicht angenehm. Wo soll ich beginnen? Wissen Sie, früher war mein Mann Portiere beim Grafen. Wir wohnten in dem kleinen Haus am Tor, wo heute Gianfranco mit seiner kleinen Familie lebt. Wir waren dort sehr glücklich, mein Mann und ich. Er war für Reparaturen und den Garten, ich für Nicola, Luca und das Kochen zuständig. Als Nicola fünf und Luca vier Jahre alt waren, wurde unsere Angela geboren. Die drei Kinder wuchsen wie Geschwister auf. Wenn die Jungs gefragt wurden, ob sie noch mehr Geschwister hätten, sagten sie: ›Ja, noch eine kleine Schwester, Angela, und sie ist wirklich ein Engel.‹ Der Graf und die Gräfin liebten Angela wie ihr eigenes Kind und waren sehr gut zu ihr. Angela durfte die gleichen Schulen besuchen wie die Jungs, teure Schulen, gute Schulen. Sie wurde Weihnachten reich beschenkt. Die Gräfin hatte sich immer auch ein Mädchen gewünscht und verwöhnte Angela um so mehr. Sie erhielt Ballettunterricht, lernte Klavierspielen und ging in den Kirchenchor. Als Angela dreizehn war, riet uns der Chorleiter, ihr Gesangsunterricht zu geben. Schon damals setzte er sie häufig als Solostimme ein. Sie liebte die Musik und das Singen. Wir konnten das natürlich nicht bezahlen, aber der Graf und die Gräfin kannten die beste Gesangslehrerin in Rom: Maestra Maria Leandri. Eine wunderbare Frau, klug, empfindsam, nachsichtig und streng. Auch Luca hatte bei ihr Unterricht. Er singt wunderschön, wußten Sie das?«

»Er hat mir von seiner Gesangsausbildung erzählt«, sagte Leda.

»Mamma, ich glaube nicht, daß sich die Kommissarin für unsere ganze Familiengeschichte interessiert«, sagte Angela ungeduldig.

»Doch, lassen Sie sie nur reden. Manchmal stecken in unwesentlich scheinenden Kleinigkeiten wichtige Informationen«, meinte Leda.

»Also, die beiden sangen als junge Leute oft zusammen. Später ging Luca zum Konservatorium und studierte Gesang und Klavier. Er war sehr gut, aber wie er selbst fand, nicht gut genug. Maestra Maria baute Angelas Stimme auf, denn sie sah in unserer Tochter eine große zukünftige Sängerin. Als Angela die Schule abbrechen wollte, um sich ganz dem Gesang zu widmen, wurde Maestra Maria sehr böse und machte ihr und uns klar, daß auch die schönste und stärkste Stimme versagen kann. Sie müsse das Abitur machen, um im Notfall auch etwas anderes studieren zu können. Angela sah das ein und beendete erfolgreich das Gymnasium. Nebenher gewann sie einen Gesangswettbewerb nach dem anderen. Dann riet Maestra Maria ihr, zur weiteren Ausbildung der Stimme nach Mailand und ins Ausland zu gehen, um auch bei anderen, noch besseren Lehrern zu studieren. Angela war gerade neunzehn Jahre alt, und der Graf entschied, daß ich mit ihr reisen sollte. Er bot an, alles zu bezahlen. Also packten wir die Koffer und blieben jeweils ein Jahr in Mailand, in Berlin, in Paris und schließlich in New York. Nur in den Ferien und zu den großen Feiertagen kamen wir nach Hause.

Immer wieder gewann sie Wettbewerbe und gab kleinere Konzerte. Das ruhelose Leben gefiel ihr gut, mir längst nicht mehr. Als sie sich dann in New York verliebte und beschloß, dort zu bleiben, bin ich nach Rom zurückgekehrt und habe meine Arbeit im gräflichen Haushalt wiederaufgenommen.

In New York sang sie noch ein halbes Jahr lang an verschiedenen Bühnen, dann wurde am Theater in Avignon eine Stelle frei. Da die Beziehung zu dem Amerikaner sowieso beendet war, sang sie vor und wurde sofort engagiert. Sie blieb zwei Jahre in Frankreich und hatte großen Erfolg. Dann suchte Turin eine Sopranistin. Sie wollte nicht aus Avignon fort, aber Turin zahlte besser und bot ihr wichtigere Partien an. Außerdem vermißten wir sie sehr und wollten gern, daß sie wieder in unsere Nähe kam. Der Graf flog hin und konnte sie überzeugen, wenigstens vorzusingen. Sie wurde genommen und kehrte nach Italien zurück.

Vier Jahre später hatte sie ihren ersten Auftritt am Teatro della Scala in Mailand, und ihre internationale Karriere begann. Conte Di Palmieri begleitete ihre gesangliche Entwicklung mit größtem Interesse. Er flog zu allen Premieren. Zunächst begleitete ihn die Gräfin. Wir waren alle sehr stolz auf Angela. Sie verdiente viel Geld und wollte dem Grafen die Kosten für ihre Ausbildung zurückzahlen, was dieser jedoch strikt ablehnte. Sie kaufte uns diese Wohnung und ermöglichte uns einen langgehegten Traum: ein eigenes Geschäft für Pasta zu eröffnen. Zweihundert verschiedene Sorten aus dem ganzen Land finden Sie dort.

Was wir alle jahrelang nicht ahnten: Seitdem Angela in Turin engagiert war, hatte sie ein Verhältnis mit dem Grafen. Mit einem dreißig Jahre älteren Mann, der ihr wie ein Vater gewesen war. Er trug sie auf Händen, las ihr jeden Wunsch von den Augen ab, umgab sie, wo immer sie Engagements hatte. Er trat offiziell als ihr väterlicher Freund und Förderer auf. Eine Rolle, die ihm jeder glaubte, da er sich seit vielen Jahren intensiv für die Förderung des italienischen Gesangsnachwuchses engagierte.

Doch er engte Angela immer mehr ein, war rasend vor Eifersucht. Er wollte ihr sogar verbieten, Engagements anzunehmen, wenn er wegen geschäftlicher Verpflichtungen nicht hinfliegen konnte. Sie brach zusammen. Bis auf die

Knochen abgemagert, kam sie zu uns und hat uns endlich die ganz Sache gestanden. Vier Monate lang konnte sie nicht singen und machte eine Therapie. Die Nerven, wissen Sie. In den Zeitungen stand, daß sie unter einer rätselhaften Krankheit litte und möglicherweise nie wieder singen könne. Der Graf hatte dieses Märchen verbreitet, um sie noch mehr unter Druck zu setzen.

In dieser Zeit besuchte Luca sie oft. Er war ihr ein guter Freund und hatte schon lange gespürt, daß zwischen Angela und seinem Vater mehr war. Seinen Vater kannte er gut genug, um zu wissen, wie besessen er für seine Interessen kämpfen kann.

Nach der Therapie sang Angela besser denn je. Sie lehnte jeden Kontakt zum Grafen ab, der jedoch bombardierte sie mit Briefen. Wir dachten, er würde sich mit der Zeit beruhigen. Er war ja auch so sehr mit dem Bau des Auditoriums beschäftigt.«

»Wann ist das denn alles passiert?« fragte Leda.

»Vor achteinhalb Jahren hat diese unglückselige Affäre begonnen. Damals war Angela fünfundzwanzig. Sie dauerte fast fünf Jahre lang.«

»Und dann begann die mit Luca?«

»Nein, erst ein Jahr später. Aus der Freundschaft wurde langsam Liebe. Beide hatten große Angst vor den eigenen Gefühlen, aber auch vor dem Grafen.«

»Wann hat Ihr Vater von Ihrer Beziehung erfahren?« wandte Leda sich an Luca.

»In der Nacht vor Breuers Tod.«

»Und gestern hat er Ihnen zum ersten Mal gedroht?«

»Ja, weil Angela ihm von unseren Hochzeitsplänen berichtet hat. Das war aber nichts weiter als ein unüberlegter Gefühlsausbruch.«

Die leichenblasse Sängerin hatte inzwischen die Hände ihrer Mutter genommen und hielt sie wie ein kleines, verängstigtes Mädchen. Dabei sah sie unverwandt zu Boden, wie gelähmt.

»Signora Serafino, Sie haben den Conte in der Mordnacht nach der Probe noch gesehen. Ist das richtig?«

Sie nickte schweigend.

»Erzählen Sie bitte genau, was geschah.«

Angela Serafino brauchte eine Weile, bis sie sprechen konnte. Sie umklammerte die Hand ihrer Mutter noch fester. Endlich begann sie leise und stockend zu erzählen.

»Antonio lud die Sänger und den Dirigenten zum Essen ein. Eigentlich hatte niemand so rechte Lust dazu, weil wir alle sehr kaputt waren. Ich war mit Luca verabredet, um mit ihm allein zu essen, was Antonio nicht wußte. Doch er ließ nicht locker. Er war aufgekratzt, wollte feiern und fröhlich sein. Da er der Hauptsponsor der Aufführungen in den Thermen ist, haben wir uns breitschlagen lassen. Er setzte sich natürlich neben mich und bestellte eine Flasche Champagner nach der anderen. Dabei führte er große Reden über die Macht der Liebe und der Musik und daß ich die einzige Sängerin auf der Welt sei, die beides in voller Größe verstanden habe. Er sagte in aller Öffentlichkeit, daß er mich liebe und mit mir leben wolle. Daß er sich scheiden lassen werde, daß nun endlich unsere Zeit gekommen sei. Es war furchtbar. Anfangs versuchte ich ihm noch zu widersprechen, doch es war sinnlos. Deshalb schwieg ich. Die Kollegen waren konsterniert, einer nach dem anderen verabschiedete sich höflich. Antonio bemerkte nicht einmal, was er anstellte. Er erging sich in Liebesbeschwörungen und trank immer mehr. Schließlich saßen nur noch der Tenor Salvatore Ghezzi, Antonio und ich am Tisch. Salvatore bot mir an, mich nach Hause zu bringen. Als wir gehen wollten, rastete Antonio ganz aus und schrie Salvatore an, er solle seine Finger von mir lassen. Da wurde ich böse und gestand ihm, daß ich ihn nicht liebe, sondern Luca.

Antonio starrte mich entgeistert an und fing dann plötzlich wie ein Irrer an zu lachen. Er lachte und lachte. Das könne nicht mein Ernst sein, sein Sohn, der ohne ihn nichts sei und mir außer seiner Jugend nichts zu bieten habe. Eine Affäre, die nicht zähle. Ihm hätte ich alles in meinem Leben zu verdanken, nur ihm. Deshalb habe er ein Anrecht auf mich und werde es auch zeit seines Lebens geltend machen.

Salvatore und ich waren entsetzt. Als Antonio zur Toilette mußte, verließen wir das Restaurant so schnell wir konnten. Ich rief Luca an und berichtete ihm von dem Vorfall. Wir beschlossen, uns im Hotel Lord Byron zu verkriechen, weil ich ahnte, was auf uns zukommen würde.

Antonio klingelte anschließend stundenlang Sturm bei meinen Eltern, rief und jammerte meinen Namen vor dem Haus, schrie, daß er mich zerstören werde. Irgendwann holte ein Nachbar die Polizei, die Antonio fortbrachte. Als meine Mutter um etwa drei Uhr morgens wach wurde und aus dem Fenster schaute, sah sie Antonio vor dem Haus in seinem Porsche sitzen und regungslos zu unserer Wohnung hochblicken. Eine Stunde später saß er immer noch da. Als sie um halb sechs wieder nachsah, war er fort.«

»Wann haben Sie ihn nach diesem Abend zum ersten Mal wieder gesprochen oder gesehen?«

»Gesprochen und gesehen habe ich ihn erst wieder in Porto Santo Stefano, kurz vor dem Konzert. Aber seit jenem Sonntag erhalte ich per Boten jeden Tag einen Strauß roter Rosen von ihm. Ich werfe sie alle fort. Er hat mir auch mehrere Briefe geschrieben, in denen er sich für sein Benehmen entschuldigt.«

Angelas Stimme klang matt, und Leda hätte sie gern mit weiteren Fragen verschont, doch sie war auf ihre Aussage angewiesen.

»Mein Kind, mein armes Kind«, flüsterte ihre Mutter immer wieder und strich ihr beruhigend über den Kopf, so wie sie es vorher mit Luca getan hatte. Dieser hockte mit zusammengesunkenen Schultern in seinem Sessel. Leda wandte sich nun an ihn.

»Warum haben Sie mir das nicht gleich bei unserem ersten Gespräch in Porto Santo Stefano erzählt?«

»Weil es nichts mit dem Mordfall und mit Romelli zu tun hat. Angesichts unserer prekären Familiensituation hielt ich es für besser, zu schweigen. Das geht Fremde eigentlich nichts an. Sonst hätte sich mein Vater wieder aufgeregt. Das wollte ich nicht.«

»Wie gestaltete sich die Beziehung zwischen Ihnen und Ihrem Vater in der Folgezeit?«

»Wir vermieden es, uns zu sehen und zu sprechen. Er war im Ferienhaus und ich in Rom und Mailand. Sie haben unsere erste direkte Begegnung in Porto Santo Stefano miterlebt.«

»Weiß Ihre Mutter von alledem?«

»Ja. Sie weiß seit Jahren, daß mein Vater ein Verhältnis mit Angela hatte, und sie weiß auch von uns.«

»Schmerzt sie das nicht?«

»Sehr sogar. Aber meine Mutter hat gelernt, daß die Fassade einer Familie wie der unseren keine Risse nach außen haben darf. Folgerichtig reagiert sie so, als sei nichts geschehen, und mimt ein normales Eheleben. Sie würde alles unternehmen, um das öffentliche Ansehen der Familie zu schützen. Nur eines hat sie getan: Sie hat meinen Vater gezwungen, das gesamte Familienvermögen an uns Kinder zu übertragen. Er hat keinerlei Entscheidungsgewalt mehr und erhält nur eine jährliche Apanage. Und sie erlaubt sich den Luxus, den Konzerten von Angela fernzubleiben, wenn mein Vater dort ist.«

»Und wie steht sie zu Ihrer Beziehung?«

»Positiv, obwohl sie es lieber gesehen hätte, wenn ich eine Adlige heiraten würde. Aber sie liebt Angela sehr und kann verstehen, daß auch ich sie liebe.«

»Trotz alledem würde sie Ihrem Vater auch dann ein Alibi geben, wenn es nicht der Wahrheit entspräche?«

»Ja, auf jeden Fall.«

»Selbst vor Gericht, wenn sie vereidigt würde?«

»Selbst dann.«

»Würden Sie selbst auch so reagieren?«

Luca zögerte, bevor er antwortete. Dann schaute er Leda gerade in die Augen und sagte:

»Ja, und ich glaube, ich würde meine Mutter verachten, wenn sie es nicht für uns alle täte. Das ist ihre Pflicht als Contessa Di Palmieri. Und ich würde ein solches Verhalten auch von meiner eigenen Frau erwarten. Sie sollte stets die Interessen unserer Kinder und der Familie in ihrer Gesamtheit wahren, im Zweifel auch gegen mich. Angela weiß das und ist mit mir einer Meinung. Umgekehrt gilt das natürlich auch für mich – nicht daß wir uns falsch verstehen. Meinem Vater ist das mißlungen, und er hat es eingesehen. Deshalb hat er der Vermögensregelung zugestimmt. An seinen Gefühlen kann er nichts ändern. Das wissen wir alle und respektieren sie. Doch wir akzeptieren nicht, daß sie uns ruinieren. In den vergangenen zehn Jahren hat Papa seine Gefühle kaum noch unter Kontrolle gehabt. Das gilt für seine Affäre mit Angela genauso wie für dieses geradezu fanatische Interesse am Bau des Auditoriums. Er hat sich sehr verändert. Offen gestanden haben wir uns manchmal gefragt, ob das noch normal ist. Denn genauso wie die Gefühle einen Menschen glücklich machen, kann er auch an ihnen zugrunde gehen, wenn sie nicht erwidert werden.«

»Das heißt aber auch, daß ein solcher Mensch das Maß verlieren und morden kann«, sagte Leda.

»Das mag Ihrer Erfahrung entsprechen, trifft aber auf meinen Vater nicht zu«, antwortete Luca scharf.

Nun wandte sich Leda an Angela, der die Tränen über das Gesicht liefen.

»Noch eine letzte Frage: Gibt es einen oder mehrere Orte, wo Sie sich mit dem Grafen heimlich trafen? Orte, zu denen er eine emotionale Beziehung haben könnte, beispielsweise ein Hotel, ein Gasthof, eine Wohnung, ein stiller Platz am Meer oder in den Bergen?«

»Hier in Rom war das Grand Hotel unser Treffpunkt. Ansonsten fuhren wir häufig in das Haus der Familie in den Bergen. Das steht sowieso meistens leer und bot sich dafür an.«

Leda nahm ihr Telefonino aus der Tasche und rief Ugo an. Sie beauftragte ihn, in Absprache mit den Sicherheitskräften eine umfangreiche Suche nach Di Palmieri einzuleiten.

»Es kann gut sein, daß er tatsächlich nicht entführt wurde. Wir müssen ihn finden. Es besteht akute Selbstmordgefahr. Und schick bitte Leute her, die Angela Serafino rund um die Uhr bewachen.«

Von Angela ließ sie sich Fotos von Antonio und Luca Di Palmieri geben. Anschließend bat sie den Kollegen in Porto Santo Stefano, der sich bereits im Haus der Gräfin befand, sie zu vernehmen.

»Fragt sie, wo ihr Mann sein könnte. Alle Orte, die er kennt, zu denen er eine emotionale Beziehung hat. Vielleicht fällt ihr etwas ein. Laßt ihr Zeit zum Nachdenken.«

In diesem Moment krachte ein Donnerschlag nieder, der sie alle hochfahren ließ. Leda sah aus dem Fenster. Der Himmel hatte sich zugezogen, es goß aus Kübeln.

XVII Als Leda im Büro ankam, tropfte sie wie ein Pudel nach einem Bad im See. Blitz und Donner wechselten sich ab, als sei der Weltuntergang nahe. Immerhin sank die Temperatur um ein paar Grad.

Sie war durstig und nahm eine Flasche Wasser aus dem kleinen Kühlschrank hinter ihrem Schreibtisch. Ugo war fort. Er hatte ihr einen Zettel hingelegt, er sei unterwegs, um an den von Angela genannten Orten nach dem Grafen zu suchen. Leda solle sofort – sofort dreimal unterstrichen – bei Alesi anrufen, was sie ohnehin getan hätte.

Ihr Chef hatte von Di Palmieris Verschwinden erfahren und wollte nun genau wissen, was los sei.

»Die Presse hat schon dreimal bei mir angerufen. Sie will wissen, ob der Fall Di Palmieri mit dem Mordfall Breuer zusammenhängt. Was soll ich den Journalisten sagen?«

»Gar nichts«, erwiderte Leda. »Wir wissen weder, wo er ist, noch, was er vorhat. Möglicherweise wurde er entführt, möglicherweise hat er Selbstmord begangen. Di Palmieri hat angedroht, seinen Sohn und die Sängerin Serafino aus Eifersucht umzubringen. Aber das hält der Sohn für wenig wahrscheinlich.«

»Und was hat das gräfliche Liebesdrama mit dem Fall Breuer zu tun?«

»Möglicherweise gar nichts. Ich habe langsam den Verdacht, daß wir den Mordfall Breuer noch mal ganz von vorn aufrollen müssen. Irgendwie paßt kein Stein auf den anderen«, seufzte sie.

»Leda, das kannst du mir nicht antun!«

»Tut mir leid.«

Der Tag verging mit der Koordinierung der Suche nach

dem Conte. Er war und blieb wie vom Erdboden verschluckt. Sie ließ sogar Romelli in der Haft befragen, ob ihm ein Ort einfalle, wo sich der Graf aufhalten könne.

Er erinnerte sich daran, daß ihn der Graf einmal in die unterirdischen Gänge des Nero-Palastes bei Anzio gebracht hatte, um ihm das akustische Phänomen der alten Gewölbe vorzuführen. Leda ließ auch diese Spur sofort verfolgen. Und tatsächlich behaupteten einige Bewohner der umliegenden Häuser, nachts unheimliche Schreie und Laute aus den Gängen vernommen zu haben. Ja, einen roten Porsche glaubten sie auch gesehen zu haben. Aber wo er hingefahren war, hatten sie keine Ahnung.

Dem Architekten Enzo Gasco fielen Opernhäuser in der ganzen Welt ein, wo er schon einmal mit Di Palmieri gewesen war oder von denen er ihm vorgeschwärmt hatte. Leda ließ sämtliche Passagierlisten aller Flughäfen in Italien nach dem Conte durchchecken. Die Spur verlief im Sand – genauso wie alle anderen.

Die Kommissarin war verzweifelt und schrieb einen Zwischenbericht, in der Hoffnung, die genaue Auflistung aller Ereignisse, Eindrücke und Aussagen brächten sie zu neuen Erkenntnissen. Zwischendurch ließ sie sich einen Salat, in Teig gebackene Kürbisblüten mit Anchovis und einige frittierte Reisbällchen bringen, um ihren quälenden Hunger zu bekämpfen. Pausenlos klingelte das Telefon und irgend jemand teilte ihr wieder mit, daß der rote Porsche gesichtet worden sei. Noch vor kurzem, eben sozusagen. Und ein älterer Herr habe auch darin gesessen. Aber so, wie er aus dem Nichts gekommen sei, so sei er auch wieder verschwunden. Und das gleichzeitig im Süden des Latiums und in der Mitte der Toskana, dachte Leda und bedankte sich immer wieder bei den fleißigen Kollegen für ihre Mühen.

Irgendwann nachmittags kehrte Ugo erschöpft und ebenfalls ohne Ergebnisse zurück.

»Das bringt doch alles nichts. Wir sollten die Suche abbrechen. Entweder der Graf taucht wieder auf oder eben nicht. Manchmal muß man auch warten können.«

Doch Leda gab nicht so schnell auf. Eine einzige Chance, ihn aufzuspüren, gab es in ihren Augen: die Vorstellung heute abend. Sie trommelte kurzfristig alle Beamten im Sucheinsatz zu einer Lagebesprechung im Präsidium zusammen. Sie planten eine breit angelegte Überwachung der Caracalla-Thermen unter der Annahme, daß Di Palmieri möglicherweise versuchen würde, unerkannt zur Vorstellung zu kommen.

»Prägt Euch vor allem das Gesicht des Alten ein«, sagte Leda und zeigte auf dessen Foto, das an die Wand projiziert worden war. Er fällt auf, weil er sehr groß ist und kurzes, weißes Haar hat. Und noch etwas: Die Vorstellung darf nicht gestört werden. Geht bitte umsichtig vor.«

Etwa eine Stunde vor Beginn der Vorstellung waren sie mit zehn Beamten vor Ort. Alle in Zivil. Angela Serafino befand sich in ihrer bewachten Garderobe und machte sich fertig. Sie berichtete Leda, daß Luca zu Hause beim Telefon geblieben sei und sie nach der Vorstellung abholen wolle.

Langsam füllten sich die Stuhlreihen. Der Mittelplatz in der ersten Reihe blieb frei. Leda befand sich diesmal am äußersten Rand der hintersten Reihe, um das gesamte Geschehen im Auge zu halten. Sie spürte, wie der leichte Stoff ihres Kleides am Rücken klebte und wahre Wasserströme die Beine hinabliefen. Nach dem erfrischenden Gewitter am Vormittag war die Wolkendecke nach kurzer Zeit wieder aufgebrochen, um die erbarmungslose Sommersonne durchzulassen. Diese glühte noch immer, obwohl der Feuerball am Himmel schon hinter dem Horizont verschwunden war. Leda fluchte still vor sich hin und sehnte sich nach einer kühlen Dusche. Später, dachte sie. Später.

Per Funk hielt sie Kontakt zu den Kollegen, die sich am

Haupt- sowie am Künstlereingang, hinter der Bühne und rund um das Publikum aufgestellt hatten. Doch weit und breit war kein Conte zu sehen.

Die Oper begann. An diesem Abend wirkten die Ruinen der Thermen mit ihrer gewaltigen Masse beunruhigend auf Leda, die Kronen der Pinien warfen unheimliche Schatten. Das Publikum war ungewöhnlich ruhig, der Himmel ungewöhnlich schwarz.

Leda hatte plötzlich das Gefühl, als ähnele Stefano Gobbi, der die Partie des bösen Bruders Enrico sang, dem Grafen: groß, stark und dominant. Verzweifelt versuchte Lucia, ihre Liebe zu Edgardo zu verheimlichen und sich der Macht des Bruders zu entziehen.

Plötzlich stieg in Leda eine beklemmende Angst auf, nicht nur Lucia, sondern auch Angela könne dem Wahnsinn erliegen, den Conte ermorden und sich in ihrem Wahn selbst umbringen. Lucias Arien der Liebe und der Verzweiflung rissen das Publikum zu Begeisterungsrufen und nicht enden wollendem Zwischenapplaus hin.

Leda erschrak, als Ugo sie aus ihren Gedanken riß.

»Leda, ist bei Ihnen alles in Ordnung?« klang es aus ihrem Kopfhörer.

»Ja, Ugo, alles okay. Bei euch auch?«

»Bestens, kein Graf zu sehen. Und diese Serafino singt ja, als wäre nichts geschehen. Unglaublich. Ich könnte das nicht, wenn ich so einen durchgeknallten Grafen im Nacken hätte.«

»Vielleicht kann sie es gerade deshalb so gut«, erwiderte Leda. »Nach der Vorstellung, wenn alle rausgehen, seid bitte besonders aufmerksam. Vielleicht erwartet der Graf sie draußen oder wird versuchen, in die Garderobe zu gelangen. Wir müssen alles im Auge behalten. Luca wird die Serafino übrigens später abholen. Er darf natürlich rein. Die beiden müssen anschließend nach Hause begleitet werden. Das übernehmen Ugo und ich. Die Nachtüberwachung auch. Va bene, Ugo?«

Ein seufzendes »Va bene« erreichte ihr Ohr.

»Jetzt noch viel Spaß. Lucia wird gleich wahnsinnig, und dann fließt reichlich Blut. Eine Oper, als wäre sie extra für diesen Fall komponiert worden. Seht zu, daß ihr solche Ereignisse in der Wirklichkeit verhindert«, sagte Leda.

»Wird denn noch jemand von den Ruinenspitzen hinabgeworfen?« witzelte ein Kollege.

»Gott behüte uns davor«, antwortete Leda.

Er tat es. Weder auf der Bühne noch um sie herum geschah irgend etwas Unvorhergesehenes. Lucia wurde wahnsinnig, brachte den Ehemann planmäßig im Hochzeitsbett um, erstach sich der Vorgabe entsprechend. Edgardo, der Geliebte, erkannte mit ebenfalls bestechend schönem Gesang, daß Lucia nur ihn geliebt hatte und nur seinetwegen aus dem Leben geschieden war.

Diesmal fiel Leda ihren Emotionen nicht zum Opfer, sondern beobachtete aufmerksam die Umgebung. Nach der zweiten Woge des Schlußapplauses nahmen die Sänger unter Verbeugungen noch Blumensträuße entgegen, erschienen aber nicht mehr auf der Bühne. Sichtlich verwirrt erhoben sich auch die Musiker und verschwanden mit den Chormitgliedern hinter der Bühne. Leda war beunruhigt.

»Dario, du bist doch in den Garderoben. Was ist los? Warum kommt niemand mehr?«

»Die Serafino ist umgekippt. War wohl doch zuviel für sie. Hier herrscht helle Aufregung.«

»Ugo, geh auch hin. Die anderen bleiben auf ihren Posten.«

Murmelnd verließen die ergriffenen Zuschauer die Thermen. Auf der Bühne und im Zuschauerbereich begannen die Aufräum- und Säuberungsarbeiten. Nach etwa zwanzig Minuten erschien Luca in Begleitung eines Sicherheitsbeamten.

»Hallo, Sie hier?« fragte er beim Anblick von Leda erstaunt.

»Ja, ich hielt es für möglich, daß Ihr Vater zur Vorstellung kommt. Aber ich habe mich getäuscht. Haben Sie etwas gehört?«

»Nein, weder mein Vater noch irgendwelche Entführer haben sich gemeldet. Wurde die Suche nach meinem Vater eingestellt?«

»Nein, sie läuft weiter. Ich habe nur die römische Mannschaft für heute abend hierhergeholt. Angela geht es übrigens schlecht, wurde mir gesagt. Sie sollten schnell zu ihr gehen. Wir begleiten Sie gleich nach Hause.«

Luca eilte davon. Ein paar Minuten später tauchte er mit Angela im Arm und Ugo und zwei weiteren Beamten im Schlepptau wieder auf.

»Sollen wir ins Krankenhaus fahren?« fragte Leda die leichenblasse Angela.

»Nein, nicht nötig. Sie muß nur etwas essen und dann ins Bett. Absolute Ruhe«, antwortete Luca, der selbst so aussah, als würde er im nächsten Moment umfallen. Als der kleine Troß langsam den Weg vom Haupttor zur Straße hinunterging, wo der Wagen der Sicherheitsbeamten parkte, sah Leda rein zufällig über die breite, baumbestandene Allee auf die andere Straßenseite hinüber. Dort stand er, im Halbdunkel der Laternen: der rote Porsche. Die Kommissarin legte sich in Bruchteilen von Sekunden einen Plan zurecht. Leise sprach sie in die Kopfhörer:

»Laßt euch nichts anmerken, schaut nicht hin, gruppiert euch dicht um Luca und die Serafino. Der Graf steht mit seinem Porsche auf der anderen Straßenseite. Hat jemand ein Zivilfahrzeug Richtung Circus Maximus geparkt?«

»Ja, hier, Dario Morosini und Stefania Marinelli.«

»Gut. Ihr geht jetzt als verliebtes Paar zum Auto, steigt ein und hängt euch an die Fersen von Di Palmieri. Euch kennt er nicht.«

»Wir auch, Claudio Natali und Fernando Artigiani.«

»Um so besser, ihr folgt ihm ebenfalls. Zwei Beamte bleiben bei Luca und Angela und begleiten sie wie geplant nach Hause. Mein Wagen steht Richtung Piazzale Numa Pompilio, Ugo und ich sind die Joker für den Fall, daß er plötzlich umkehrt. Zentrale, hören Sie mich?«

»Ja, Commissaria.«

»Prima. Wann könnt ihr die Piazza Porta Capena und die Zufahrt zur Viale Aventino dichtmachen?«

»In zwei Minuten, es sind Wagen ganz in der Nähe.«

»Dann los. Sagen Sie allen, daß es sich um den Fahrer eines roten Porsches handelt. Er hat schwere psychische Probleme und muß aus dem Verkehr gezogen werden. Im Moment steht er schräg gegenüber vom Haupteingang zu den Caracalla-Thermen. Ich will aber auf gar keinen Fall eine Sirene hören oder ein Blaulicht sehen. Wenn meine Zielperson vorzeitig aufgeschreckt werden sollte, stelle ich den Verantwortlichen vors Disziplinargericht. Er kann sich einen neuen Job suchen, das schwöre ich. Klar?«

»Sì, Signora.«

»Was ist los?« fragte Luca nervös.

»Ihr Vater steht da drüben. Wir versuchen ihn vorsichtig aus dem Verkehr zu ziehen, bevor noch ein Unglück geschieht.«

»O Gott, ich kann nicht mehr«, stöhnte Angela.

»Ich kann Sie gern tragen«, bot Ugo großzügig an.

Da mußte die Diva lächeln.

»Danke, das ist nett von Ihnen. Aber ich schaff's schon.«

Das junge Paar und die beiden Polizisten schlenderten los und überquerten die große Straße, als sie für ein paar Augenblicke autofrei war. Langsam stiegen sie in das bereitstehende Fahrzeug.

Während Ugo ihren Wagen aus der kleinen Seitenstraße holte, beobachtete Leda den roten Porsche auf der anderen Straßenseite. Der Conte war deutlich zu erkennen.

»Okay, wir können los«, vernahm Leda aus den Kopfhörern. »Steht die Straßensperre?«

»Sì, Signora, fünf Wagen.«

»Gut. Dann los. Bringt mir das junge Paar gut nach Hause. Was auch immer passieren mag, ihr fahrt zur Wohnung der Serafinos.«

Der Wagen vor Leda und Ugo setzte sich in Bewegung. In diesem Moment sahen sie, wie der Porsche losraste. Leda blieb stehen und drehte sich um.

»Er kommt jetzt mit hohem Tempo zur Porta Capena. Aufpassen, Kollegen.«

Ein paar Sekunden lang hörte Leda nichts. Dann ein wütender Aufschrei aus dem Knopf in ihrem Ohr:

»Scheiße, er hat abgedreht! Signora, er kommt jetzt mit einem Affenzahn zu Ihnen hochgefahren.«

»Wagen vorn, fahrt rechts hoch auf den Bürgersteig, auch wenn es euch die Achse durchhaut. Der Conte kommt von hinten.«

In diesem Moment schoß er wie eine Rakete an ihnen vorbei. Leda gab Gas, Ugo setzte das Blaulicht aufs Dach. Sie rasten hinter Di Palmieri über die große Kreuzung der Piazzale Numa Pompilio in Schlangenlinien zwischen den Autos hindurch und bogen links Richtung Lateranspalast ab. Kurz hinter dem Platz hatten sie den Wagen mit Luca und Angela überholt, der mitten auf dem Bürgersteig vor einem Tor stand.

Der Graf jagte mit voller Geschwindigkeit durch den nächtlichen Verkehr. Leda und Ugo hinterher.

»Meine Güte, was hat der vor?« stöhnte Ugo.

Leda konnte nicht antworten, weil sie sich zu stark aufs Fahren konzentrieren mußte, um sich darüber Gedanken machen zu können. Der Abstand zum rasenden Grafen wurde immer größer. Nur mit Mühe konnten sie ihn im Auge behalten.

Als sie auf der Höhe der Lateransbasilika ankamen, sahen sie, wie er langsam auf eine grüne Ampel zufuhr. Offensichtlich wartete er auf sie. Leda fuhr ebenfalls langsamer. Welches Spiel spielte er mit ihnen? Kurz nachdem die Ampel auf Rot gesprungen und die große Kreuzung autofrei war, gab er Gas. Er beschleunigte wie ein Verrückter und reihte sich leicht schleudernd in eine Rechtsabbiegerspur ein. Wie ein Pfeil schoß der Porsche auf den Torbogen der Porta San Giovanni zu.

»Via Appia Nuova«, murmelte Ugo.

In diesem Moment krachte es. Die Karosserie prallte auf die Steine des antiken Stadttors, daß die Funken nur so in die Nacht stoben.

»O mein Gott«, schrie Leda.

Sie fuhr auf die Unglücksstelle zu, bremste abrupt und wollte gerade aus dem Wagen springen, als der Porsche explodierte. Die Druckwelle warf sie auf ihren Sitz zurück. Wie in Zeitlupe nahm sie ihre Umgebung wahr: Der Verkehr um sie herum stand still, vor ihren Augen brannte der Wagen des Grafen lichterloh, und die Sirene auf dem Dach jaulte die monotone Musik des Verhängnisses.

»Was ist da bei euch los?« rief der Mann aus der Zentrale wieder und wieder.

Ugo gewann als erster die Fassung zurück und schrie:

»Schickt Krankenwagen und Feuerwehr. Der Conte verbrennt im Auto.«

»Wohin?«

»Porta San Giovanni, schnell, wir können nicht ran, alles brennt!«

Inzwischen waren die anderen Polizeiwagen von der Straßensperre an der Porta Capena eingetroffen, und die Beamten riegelten den gesamten Verkehr ab. Leda erwachte aus ihrer Lähmung, sprang aus dem Auto und riß einen Feuerlöscher aus dem Kofferraum.

»Gehen Sie weg da, weg!« schrie sie die gaffenden Menschen an, die sich inzwischen an der Unglücksstelle versammelt hatten, und rannte mit dem Löscher zum Porsche.

Von mehreren Seiten begannen sie weißen Schaum in die Flammen zu sprühen. Leda sah schemenhaft den Kopf des Grafen eingequetscht zwischen Steuerrad und Sitz auf dem aufgeblähten Airbag liegen. Sie glaubte ein Lächeln auf seinem Gesicht zu erkennen. Aus der Ferne waren die Sirenen der Rettungswagen zu hören.

Ihr kommt zu spät, dachte sie nur.

Mitten im Getöse der Hölle von Geschrei, Sirenen und zischenden Flammen erhob vor Ledas innerem Ohr plötzlich Edgardo, Lucias Geliebter, seine Stimme zum letzten dramatischen Totengesang:

Ah, se l'ira dei mortali
fece a noi sì cruda guerra,
se divisi fummo in terra,
ne congiunga il Nume in ciel,
o bell'alma innamorata,
ne congiunga il Nume in ciel.

Ach, wenn hier, wo wir geweilet
uns nur drohten stets Gefahren,
wenn wir hier geschieden waren,
eint ein Gott mich dort mit dir,
reiner Geist auf lichten Schwingen,
Mich eint ein Gott mit dir.

All die Tränen, die Leda an diesem Abend während der Aufführung in den Thermen nicht vergossen hatte, liefen ihr jetzt übers Gesicht.

»So wie Angela wirklich die Lucia war, so war der Conte Edgardo. Dies ist seine Arie für die Diva«, sagte Leda zu Ugo. Er starrte sie mit aufgerissenen Augen an und schien nicht zu verstehen, was sie damit meinte.

Fine

Antonio Conte Di Palmieri starb noch an der Unfallstelle. Leda fuhr in derselben Nacht zur Wohnung der Serafinos und überbrachte Angela und Luca Di Palmieri die Todesnachricht. Sie nahmen sie mit erstaunlicher Fassung auf, als habe das Schicksal eine folgerichtige Lösung für alle Probleme gefunden.

Luca brach sofort zu seiner Mutter nach Agentario auf, um sie nach Rom zu holen.

Ugo hatte Leda zu den Serafinos begleitet, weil er sich Sorgen um den Gemütszustand seiner Chefin machte.

»Mit dieser Hetzjagd habe ich den Grafen in den Tod getrieben«, sagte sie immer wieder und ließ sich nur mit Mühe beruhigen.

Es dämmerte bereits, als Leda ihren Mitarbeiter vor seiner Haustür absetzte und ihm beteuerte, daß es ihr wieder gutgehe. Er glaubte ihr kein Wort.

Auf dem Heimweg zog Leda eine Packung Zigaretten am Automaten. Im Kühlschrank fand sie eine Flasche Weißwein, hockte sich auf ihren Balkon, rauchte zehn Zigaretten hintereinander weg, trank die Flasche leer und sank gegen sieben Uhr morgens aufs Bett.

Gegen Mittag klingelte ihr Telefonino. Es war Angela Serafino.

»Signora Commissaria. Ich habe eben einen Strauß roter Rosen erhalten. Von Antonio. Es war ein Brief dabei, den er geschrieben hat, bevor er sich umbrachte. Der Unfall war Selbstmord. Er wollte sterben, weil er mich nicht haben konnte. Und er war davon überzeugt, daß ich ihn verschmähte, weil er das Auditorium nicht fertigstellen durfte. Er glaubte, er hätte mir seine tiefe Liebe nur mit der Vollendung dieses Bauwerks beweisen können. Nur für mich hat er es gebaut, nur für mich und meine Stimme. Dio, er war verrückt, schon seit Jahren. Er hat der deutschen Firma die Schuld dafür gegeben, daß er mir den endgültigen Liebesbeweis nicht geben konnte. Deshalb hat er Signor Breuer getötet. Und ich habe nicht erkannt, wie sehr er mich geliebt hat – so sehr, daß für diese Liebe zwei Menschenleben ausgelöscht wurden. Habe ich mich am Tod zweier Menschen schuldig gemacht?«

»Nein. Der Conte hatte ein Libretto für seine eigene Lebensoper geschrieben, die sich mit der Realität nicht vereinbaren ließ. Er tötete und starb – wie auf der Bühne. Im Grunde lebte er auf einer imaginären Bühne, doch die Inszenierung seiner Lebensoper endete doppelt tragisch«, antwortete Leda.

Angela Serafino erlitt am Tag der Beerdigung einen Nervenzusammenbruch. Während eines langen Krankenhausaufenthaltes trennte sie sich von Luca Di Palmieri. Anschließend betrat sie zum großen Unverständnis der musikalischen Welt nie wieder eine Opernbühne, sondern spezialisierte sich auf Kunstlieder und Kirchenmusik, eines ihrer liebsten Werke war das Requiem von Verdi. Jedes Konzert im Auditorium lehnte sie jedoch ab.

SERIE PIPER

Anne Holt

In kalter Absicht

Roman. Aus dem Norwegischen von Gabriele Haefs. 365 Seiten. Serie Piper

Packend und beklemmend zugleich ist der brisante Kriminalroman der Bestsellerautorin Anne Holt über eine Serie von dramatischen Entführungsfällen: Am hellichten Tag verschwindet in Oslo die kleine Emilie, wenig später wird der fünfjährige Kim vermißt. Schließlich findet man den Jungen tot auf, mit einem rätselhaften Zettel in der Hand. Hauptkommissar Stubø beschließt, die sensible Psychologin Inger Vik einzuschalten. Schließlich erinnern die Umstände fatal an den Fall, in dem sie gerade recherchiert: ein Verbrechen, das über vierzig Jahre zurückliegt …

»Gegen diesen Serienkiller-Thriller ist ›Das Schweigen der Lämmer‹ eine Gute-Nacht-Geschichte. Hätte Anne Holt mit Inger Vik nicht eine absolut vertrauenerweckende Heldin in die böse Welt geschickt, man würde nach der Lektüre ihres neuen Psychokrimis kein Auge mehr zukriegen.«

Brigitte

05/1425/01/L

Franziska Stalmann

Annas Mann

Roman. 192 Seiten. Serie Piper

Annas geliebter Mann stirbt bei einem Autounfall. Für Anna geht die Welt unter. Sie sucht Zuflucht in Jochens Ermittlungsbüro und findet Hinweise, dass sein Tod kein Unfall war, sondern Mord. Naiv und unerfahren beginnt sie zu ermitteln. Dabei trifft sie auf Andreas, in dessen Bett sie Jochen für eine Weile vergessen kann. Hin und her gerissen zwischen neuer Leidenschaft und alter Liebe, ermittelt sie weiter, bis sie in einen unheimlichen Irrgarten aus Spurensuche und Bedrohung gerät … Franziska Stalmanns neuer Roman besticht durch Wärme, Ironie, Spannung und den schwebenden Ton, in dem sie vom Verlust einer großen Liebe erzählt und davon, wie Anna den Boden unter den Füßen zurück gewinnt.

Von der Autorin des Bestsellers »Champagner und Kamillentee«

05/1503/02/R

Susanne Mischke

Mordskind

Roman. 360 Seiten. Serie Piper

Der fünfjährige Max ist ein wahrer Satansbraten, destruktiv und böse. Als Max plötzlich spurlos verschwindet, gerät die spießige Kleinstadt in Aufruhr, weil dies der zweite Fall in kurzer Zeit ist. Allerdings trauert niemand um ihn, nicht einmal seine Mustermutter Doris. Die sucht sich das Prachtkind Simon als Ersatz. Und ihre Freundin Paula, Redakteurin und beruflich ständig im Streß, bemerkt viel zu spät das teuflische Intrigenspiel um sich und ihren Sohn Simon.
Susanne Mischke hat mit »Mordskind« einen beklemmenden Psychokrimi geschrieben, der zugleich sarkastische Schlaglichter auf einen grassierenden Mutterschaftswahn wirft und das Dilemma zwischen Kind und Karriere mit Ironie und Einfühlungsvermögen zur Sprache bringt.

»Ein Kriminalroman der Extraklasse, lebensnah und spannungsvoll.«
Der Tagesspiegel

05/1012/01/L

Christiane Martini

Carusos erster Fall

Meisterdetektiv auf leisen Pfoten. 160 Seiten. Serie Piper

Die venezianische Katzenbande um den charismatischen Kater Caruso ist in heller Aufregung: In ihrer geliebten Lagunenstadt ist schon wieder ein Mensch ermordet worden. Wenn das so weitergeht, kommen bald keine Touristen mehr, und dann fallen keine köstlichen Abfälle für die Katzen ab! Carusos detektivischer Spürsinn ist geweckt, und mit seinen Kollegen, allen voran seiner heimlichen Liebe Camilla, beginnt er in den Gassen und Kanälen von Venedig nach dem Mörder zu suchen. Die Spur reicht weit in die Vergangenheit zurück und hat mehr mit Caruso zu tun, als er ahnt: eine geheimnisvolle Komposition Antonio Vivaldis weist schließlich den Weg zu einem verborgenen Schatz in San Marco …

»Carusos erster Fall« ist ein Leckerbissen für jeden Katzenfreund, Krimifan und Venedig-Liebhaber.

05/1984/01/R

SERIE PIPER